위기의 세계정치

저우언라이를 보라

위기의 세계정치

저우언라이를 보라

초판 1쇄	발행 2017년 6월 20일
초판 2쇄	발행 2017년 6월 29일
지 은 이	덩자이쥔(鄧在軍) · 저우얼쥔(周尔均)
옮 긴 이	김승일 · 이형준 · 이택산
발 행 인	김승일
디 자 인	조경미
펴 낸 곳	경지출판사
출판등록	제2015-000026호

판매 및 공급처   도서출판 징검다리

주소 경기도 파주시 산남로 85-8

Tel : 031-957-3890~1 **Fax** : 031-957-3889 **e-mail** : zinggumdari@hanmail.net

ISBN 979-11-86819-63-0   03820

위기의 세계정치

저우언라이를 보라

덩자이쥔(鄧在軍) · 저우얼쥔(周尔均) 지음
김승일 · 이형준 · 이택산 옮김

경지출판사

「깊이 생각 중인 저우언라이」 - 이탈리아의 유명한 사진작가 조르지 로디焦尔乔·洛迪
가 1973년 1월 9일 북경인민대회당에서 촬영하였다.

이 사진을 촬영할 때 저우 총리는 방광암(膀胱癌)을 앓고 있었고, 병세는 점점 가중되
고 있었다. 이때 마침 그는 적극적으로 덩샤오핑의 복권을 위한 일을 추진하던 역사적
인 시기였다. 사진은 다른 사람을 초월하는 풍채와 근엄한 모습을 잘 보여주고 있다.
그의 깊고 그윽한 눈 빛 속에 국가 운명에 대한 사색과 미래에 대한 강한 신념이 포함
되어 있음을 볼 수 있다. 이 사진이 발표되자 중국의 수많은 집에 널리 걸리게 되었다.
그의 부인 덩잉차오 여사는 "언라이 동지의 생전에서 가장 좋은 사진 중 하나"라고 말
했다. 1997년 7월 저우 총리 탄신 100주년을 기념하기 위해 로디 선생은 몸소 파리로
가서 이 사진의 원판을 이 책 앞면에 넣기 위해 이 책을 편집한 덩자이췬 부부에게 보
내왔다. 이 사진에 "백년 언라이 – 세기적 위인"이라는 제사(題詞)를 써서 보냈다. 이
사진은 국내 유일의 작가 서명과 제사가 들어있는 원판 작품이다.

RITRATTO A Zhou en lai   1973

조르지 로디가 덩자이쥔 부부에게 증정한 「깊이 생각 중인 저우언라이」 원판 사진 뒷면에 친히 쓴 서명과 그 본인의 인지표(印花票).

출판설명

20세기의 위인 저우언라이 총리 탄신 115주년을 기념하기 위해 이 책을 편집 출판하였다. 저우 총리 탄신 100주년을 기념하기 위해 텔레비전 연출가인 덩자이쥔이 대하 다큐멘터리 『백년 은래(百年恩來)』를 제작했었다. 1995년에서 1998년 3년간에 걸친 제작과정에서 300여 명이나 되는 저우 총리 주변에 있던 각계의 저명인사들을 인터뷰하면서 상세한 기록을 남겨놓았었다.

그 후 저우 총리 탄신 110주년을 위해 『당신은 이런 사람이었습니다』라는 주제로 대형 문예 만찬회를 주최하면서 이를 전후하여 관련 인사들을 인터뷰하였다. 이 책은 이러한 취재기록 400편중에서 63편을 정선하여 취재한 인사들의 역사적 순서에 의한 내용에 따라 편집하여 출판하게 된 것이다.

이 책은 전체적으로 취재한 인사들의 개성과 내용의 특징을 기본적으로 유지하면서 독자들이 이 책을 통해 그의 인생 중에서 최고로 값지게 기억하고 있는 그에 대한 진지한 정감을 느낄 수 있도록 편찬하였다. 이 책에서 취재했던 사람들 대부분은 이미 작고하여 이 세상에 없다. 그렇기 때문에 이 책에 기록되어 있는 대량의 자료들은 매우 진귀한 것이라고 할 수 있다.

저우 총리 일생동안의 사적은 바다와도 같아서 이 책에서 소개하고 있는 내용은 극히 일부분에 지나지 않는다. 그렇지만 저우 총리를 생각할 수 있는 마음은 이 책을 통해 충분히 독자들도 인식하게 될 것이다. 저우 총리의 정신은 중화민족 정신의 정화라고 할 수 있고, 그러한 정신은 영원히 중국인들 마음 가운데 남아 있게 될 것이다.

이 책은 덩자이쥔 본인이 스스로 편집을 담당했고, 저우 총리의 조카인 저우얼쥔(周爾均) 장군과 저우언라이에 대한 전문 연구가인 랴오신원(廖心文) 선생이 고문을 맡아 완성했다. 여기서 이 책이 출판하는데 많은 공헌을 하신 세 분께 감사를 드린다.

인민출판사
2013년 8월

CONTENTS

CONTENTS

CONTENTS

CONTENTS

CONTENTS

나는 저우 총리를 나의
스승과 형님으로 생각했다.

– 노로돔 시아누크 (캄보디아 전 국왕)

나는 저우 총리를 나의
스승과 형님으로 생각했다.

– 노로돔 시아누크 (캄보디아 전 국왕)

1955년 인도네시아 반둥회의에서 나는 저우 총리를 처음 만난이래, 우리의 관계는 항상 매우 친밀했다. 1970년 당시의 캄보디아 수상 겸 총사령관인 론논 장군이 정변을 일으켜서 나를 불법적으로 몰아냈다. 설령 이러한 상황이라도 저우 총리는 여전히 중화인민공화국과 위대한 중국인민, 중국공산당을 대표하여, 특히 존경하는 마오쩌둥 주석을 대표하여 우리가 캄보디아 민족해방투쟁에서 승리할 때까지 전력으로 지지해주었고, 나의 명예를 보호해 주었다. 나와 나의 아내는 우리에 대한 저우 총리의 온정을 잊지 않았으며 우리는 저우 총리를 매우 존경했다.

저우 총리는 일찍이 나에게 다음과 같이 말했다. "작은 나라가 용감하게 자신의 독립을 지킨다는 것은 매우 가치가 있는 것으로 나를 탄복하게 합니다. 우리는 마오 주석이 제시한 '세계의 모든 국가는 대소, 빈부를 떠나서 당연히 일률적으로 평등하다. 전 세계 인류의 정의, 평화와 발전 중에서 당연히 평등한 권리와 의무를 누려야 한다'와 같다고 생각합니다." 이 국제관계의 준칙은 현재와 미래를 막론하고 21세기에 들어선 후에도 여전히 매우 정확한 것이다. 만약 저우 총리 각하가 말한 국제관계의 준칙에 따를 수 있으면 세계의 모든 문제는 모두 매우 빠르게 해결될 수 있을 것이다.

반둥회의에서 저우 총리는 인도네시아 수카르노 대통령과의 관계가 매우 좋았으며 나와의 관계도 매우 가까웠다. 이 역사적 의의를 가지고 있는 아시아·아프리카 단결회의에서 우리는 함께 어떻게 투쟁을 전개하고 독립을 보위하고 쟁취하여 신제국주의와 식민주의 통치를 종결시켜야 하는지 등에 대한 대사를 토론했다.

저우 총리는 그가 투숙한 곳에서 연회를 개최하고 나를 초대했다. 연회 중에 우리는 캄·중 양국의 관계와 국제, 특히 아시아의 형세에 대하여 의견을 교환했다.

반둥회의 이후, 우리는 사이가 매우 좋아졌다. 저우 총리가 중병에 걸려서 중국의 의사들이 이미 모든 방법을 동원하여 치료했지만, 저우 총리가 계속 세상에 머물기 힘들다는 소식을 듣고 나는 매우 걱정하였다. 그러나 그 어른은 병마를 전혀 두려워하지 않고, 여전히 덩잉차오(鄧穎超) 부인과 함께 열정적으로 우리를 대접했다. 그는 여전히 국가건설과 보위를 위하여, 인민을 위하여, 중·캄 양국의 우의 및 중국과 세계 각 우호국 간의 우의를 위하여 있는 힘을 다해 마지막까지 의무와 책임을 다하였다.

1955년 반둥회의 기간에 총리 각하는 그가 머무르는 곳에서 우리들을 위하여 연회를 열었는데, 연회 중에 우리는 비교적 긴 시간 동안 담화를 나누었다. 저우 총리가 나에게 말했다. "나는 친왕 당신이 캄보디아 국가의 영수로서 용감하게 당신의 인민을 이끌고 투쟁하여 1955년 국가의 완전한 독립을 쟁취한 것에 대하여 탄복했습니다."

나는 프랑스 식민주의자의 수중에서 캄보디아의 독립을 되찾아 왔던 것이다. 캄보디아는 천년의 유구한 역사를 가진 독립된 문명 고대 국이다. 그러나 프랑스 식민주의가 캄보디아를 점령하자 캄보디아 인민은 식민주의의 통치를 진심으로 달가워하지 않았고 단호하게 독립을 요구했다. 고통스러운 담판을 통하여 프랑스는 마침내 1953년 캄보디아의 완전한 독립에 동의했던 것이다.

연회에서 저우 총리는 마오쩌둥 주석과 중국 인민의 이름 및 그 본인의 이름으로 나와 캄보디아 인민이 흔들림과 굽힘이 없는 투쟁을 거쳐 취득한 독립에 대하여 축하를 표해주었다. 그가 나에게 말했다. "친왕, 당신이 캄보디아 독립을 공고히 하기 위해 우리의 원조가 필요하다고 하기 만 하면 중국 인민은 반드시 전력을 다해 도와줄 것입니다."

저우 총리는 특별히 캄보디아 민족공업의 자립적 발전을 위한 원조에 대하여 관심을 가졌다. 그는 중화인민공화국을 대표하여 캄보디아에 원조하여 6개의 대공장을 건설케 했다.

당시 캄보디아의 경제적 기초는 매우 부실했다. 저우 총리의 말은 매우 훌륭했다. 경제를 공고히 해야지 정치적 독립을 비로소 공고히 할 수 있다는 것이었다. 캄보디아의 농업 기초는 비교적 안정적이지만 공업은 각 방면에서 모두 좋지 않았고, 발전을 이룩하지 못했다. 이 때문에 중국은 곧 공업, 문화교육위생, 여행 등의 방면에서 캄보디아에 감격스러운 원조를 제공했다. 중국은 우리를 도와 대학, 실험실 등을 세워주었고 우리에게 교육 실험용 각종 기계를 증정했다. 이 밖에 또 씨엠립에 현대적인 공항 건설을 하는데 원조를 해줘 이 공항은 지금도 여전히 사용되고 있다. 비록 이런 원조가 마오 주석과 류샤오치(劉少奇) 주석 동지의 동의를 거쳤지만 원조 항목에 대한 방침과 제정은 총리 각하로부터 나온 것이었다. 캄보디아 인민은 지금까지 중화인민공화국이 제공한 이런 원조에 대하여 감사하고 있으며, 이미 세상을 떠난 총리 각하에게 감사하고 있다. 중국의 원조는 매우 모범적인 지원이라는데 그 의의가 있다고 본다.

그 이유는 다음과 같다. 먼저 이 원조 항목은 모두 독립한 캄보디아의 가장 부실하고 가장 필요한 영역으로, 캄보디아가 정치적으로 이미 획득한 독립을 공고히 하는데 유리하도록 캄보디아의 경제적 독립을 촉진시켰다는 점이다.

둘째, 중국의 원조는 무조건적이었다. 미국도 캄보디아에게 원조를 제공했는데 그러나 그 나라의 원조는 수많은 정치적 조건이 덧붙여져 있었다. 그러나 중국은 어떠한 조건도 덧붙이지를 않았다. 총리 각하는 중국은 캄보디아가 실행하는 독립자주정책을 지지한다고만 표했다. 캄보디아는 비록 작은 나라지만 다른 국가의 존중과 칭찬을 얻었는데, 그것은 국가의 독립을 유지하였을 뿐만 아니라 또 국가의 존엄을 보호했기 때문이다. 국가는 대소를 구분해서는 안 되고, 대국은 소국을 무시하고 억압해서는 안 되며, 대국과 소국 사이의 관계는 일률적으로 평등해야 한다. 이는 국제관계 속에서 매우 중요한 원칙인 것이다.

중·캄 양국은 1955년에 우호관계를 건립한 후, 나의 요청에 응하여 저우 총리는 천이(陳毅) 원수를 대동하고 캄보디아를 국빈 방문하였다. 우리는 매우 영광스럽게 캄보디아 국토위에서 저우 총리를 맞이할 수 있었다.

나와 저우 총리는 반둥회의에서 처음으로 회견하고 이어서 캄보디아는 중화인민공화국을 인정한다고 선포했다. 당시 동남아에서는 몇 개의 국가만이 중국을 인정했는데, 당시는 지금처럼 중국의 친구들이 천하에 널리 퍼져 있지 않았던 때였다. 그러나 그때 어떤 국가는 미국의 압력을 두려워하여 감히 중국을 인정하지 못하는 경우도 있었다. 그러나 캄보디아는 오히려 용감하게 중국의 승인을 정식으로 선포했다. 비록 중·캄 양국의 제도가 같지는 않지만, 우리 양국 사이의 관계는 매우 밀접하여 우의의 모범이라고 할 만 했다. 저우 총리는 유쾌하게 캄보디아와 서로 대사를 파견할 것을 결정했다. 저우 총리의 1956년의 방문은 역사적으로 의의가 있는 방문이었다. 나는 친히 프놈펜 성동공항에서 그를 영접했다. 캄보디아의 10만여 명 군중이 공항에 모여 왕국까지의 도로변에서 열렬하게 저우 총리 등 중국 귀빈을 환영했다. 당시 총리는 내가 살고 있는 카마린궁에 머물렀다.

1956년 와병중인 부왕 수라마트리와 모후 코사마크 네아리라트, 그리고 나는 함께 금란전(金鑾殿)에서 정식으로 의식을 거행하여 저우 총리와 천이 원수 등 귀빈들을 환영했다. 이어서 나와 나의 아내는 총리 각하를 위시한 중국 귀빈을 모시고 씨엡립성의 앙코르와트와 빈해(濱海)시 캄포트를 유람하고 함께 유람선을 타면서 백마해변 및 해변의 풍광을 감상하였다.

저우 총리는 캄보디아 방문을 끝낸 후, 중·캄 양국이 역사적 의미를 담은 공동 협의서를 발표했으며, 양국의 우호관계를 위하여 견고한 기초를 다졌다. 그 연합 협의사항은 지금까지 여전히 계속 그 작용을 발휘하였다.

1960년 저우 총리는 재차 대표단을 인솔하여 캄보디아를 방문했다. 왕궁을 포함하여 수도 프놈펜과 일부 도시에서 모두 영광스럽게 중국의 위대한 정치가 저우 총리를 영접했다. 당시 캄보디아 전국에서 수라마트리 국왕의 국상이 거행 중이었다. 저우 총리 등 중국 귀빈은 별세한 국왕에 대한 깊은 우정을 품고 있어서 친히 금란전을 방문하여 조문하였다. 총리 각하는 조문에 참가한 대표단원 모두 캄보디아 관습에 따라 검은 완장을 차게 했고 부왕의 관 앞에서 묵념을 했다. 저우 총리의 이번 방문은 우리들에게 매우 깊은 인상을 남겼다.

캄보디아 어느 곳을 막론하고 저우 총리는 중국에서와 같이 그런 열정과 친절로 우리의 관원들, 학생들과 일반 군중들을 대하였다.

내가 중국을 방문했을 때, 운 좋게도 저우 총리와 함께 참관을 한 적이 있었다. 저우 총리와 일반 백성들과의 관계는 매우 친밀하여 거리가 없었다. 캄보디아 인민도 저우 총리가 온화하고 친절한 분이라는 것을 느꼈다. 중국의 총리는 그 어떤 국가의 대인물처럼 형식적이지 않았는데 총리는 친히 군중과 접촉하고 그들을 깊게 이해했다. 예를 들어 캄보디아 캄포트를 참관할 때, 저우 총리는 그곳의 농민과 친절하게 한담을 나누었고, 프놈펜 대학에서 그는 대학생들과 폭넓게 대면했다. 저우 총리는 온화하고 정겨운 분으로 밀접하게 군중들과 관계를 가졌으며, 국제적으로 숭고한 성망을 누린 위대한 정치가였다. 나는 그를 롤모델로 삼으려고 노력했으며, 국왕이든 다른 직무를 맡든 나는 여전히 군중들과의 소통에 매우 주의를 기울였다. 당연히 저우 총리는 각국 지도자를 위하여 좋은 본보기가 되었다.

위대한 중국은 나에게 매우 아름다운 추억을 남겨 주었다.

내가 처음 중국을 방문한 것이 1956년이었는데, 그 후 1958년, 1960년, 1963년, 1964년 이렇게 여러 번 중국을 방문하였다. 방문 횟수가 너무 많아서 나는 셀 수가 없을 정도였다. 그러니 거의 매년 갔다고 할 수 있다. 그때의 중·캄 양국의 관계는 매우 밀접했다. 중국을 방문할 때마다, 저우 총리는 매번 미리 나와 나를 환영하는 군중들에게 말했다. "시아누크 국왕은 우리의 위대한 친구로, 모두가 친왕의 중국 방문을 매번 중요하게 생각하길 바랍니다." 수십 년이 지났으나, 당시에 자리했던 수많은 젊은이들이 지금도 여전히 중요한 직무를 담당하고 있다. 그들은 아직도 자신들이 그때 중·캄 양국의 국기를 들고, 꽃을 흔들며 거리에서 나를 환영하던 감동적인 장면을 기억하고 있다.

저우 총리는 접대 방면의 예절을 매우 중요하게 생각했다. 중국을 방문할 때마다 비행기를 타든 열차를 타든 그는 모두 친히 공항이나 기차역에 나와 영접했다. 저우 총리 각하처럼 이렇게 편하게 사람들과 가까이 하는 국가 지도자는 많지 않다. 나는 총리 각하의 모든 행동을 세밀하게 관찰하고 그에게 배우려고 노력했으며, 각국 수뇌가 캄보디아를 방문하기만 하면 나는 모두 친히 나가서 맞이했다.

나는 저우 총리를 나의 스승이나 형님으로 생각했다. 그는 나를 지목한 적은 없었으나 그의 행위의 근본은 바로 무형의 역량으로 그는 나의 롤 모델이 되었다.

저우 총리는 동료들과의 관계도 매우 좋았다.

한 번은 난징(南京)을 참관했는데, 당시 총리 각하가 군중들 속에 나타났을 때 학생이나 보통 백성을 막론하고 모두 자신들의 총리를 빽빽하게 둘러싸고 그를 환호하고 껴안았는데 이런 광경은 사람들을 감동시켰다.

캄·중 양국 인민은 나의 중국 방문에 대하여 긍정적이었고, 그것은 우리 양국과 양국 인민의 우의를 증진시켰다고 생각한다.

류샤오치, 천이 원수, 리셴녠(李先念) 부총리도 대표단을 이끌고 캄보디아를 방문한 적이 있었다. 캄·중 양국 지도자들은 서로 자주 방문하고 빈번한 활동을 통하여 더 많이 총리 각하와 접촉할 수 있게 하였다. 그리고 또한 그의 국가를 위한 봉사, 군중과의 밀접한 소통, 국가 수호와 건설이라는 좋은 경험을 배웠다.

론논이 정변을 일으키기 전에 나는 이미 수차례 대표단을 이끌고 위대한 중국으로 국빈방문을 행했었다. 1970년 3월 나는 소련을 정식으로 방문하고 있을 때, 수상 겸 총사령관인 론논 장군 및 그 무리가 프놈펜에서 정변을 일으켜 나를 축출했다.

1970년 론논이 정변을 일으킨 이후에는 지금과 같이 사람들이 빈번하게 찾아와 예를 올리고 나에게 존경과 칭찬을 표하는 그런 국왕은 아니었다. 캄보디아에는 속담이 하나 있는데, '어려울 때 맺은 친구가 진정한 친구이다'라는 말이다. 내가 축출당하고 권력을 잃고 매우 큰 곤경에 처했을 때, 중화인민공화국, 조선민주주의인민공화국, 루마니아, 알제리아, 알바니아, 남슬라브의 티토, 모리타니 등 극히 적은 수의 국가가 나를 지지해주었다. 특히 단호하게 우리를 지지한 것은 위대한 중국뿐이었다.

저우 총리는 중국을 대표하여 각 방면에서 전력으로 우리를 지지하고 원조해 주었다. 이뿐만 아니라 그는 또 폭넓게 아시아와 아프리카 및 세계 기타 국가와 접촉하여 열심히 일을 전개하였다. 중화인민공화국은 다른 국가를 향한 무상원조의 기회를 이용하여 지원국의 일을 하고, 그들이 캄보디아 인민이 시아누크의 지도하에 제국주의의 침략에 반대하는 민족해방의 투쟁을 지지하여 승리를 취할 수 있게 해주기를 희망한다고 했다. 저우 총리가 지원국의 지도자들에게 말했다. "중국은 결코 귀국에게 캄보디아를 경제적으로 원조해달라고 요구하는 것이 아닙니다. 중국은 이미 캄보디아에게 병력에서부터 무기, 탄약, 외교, 재정, 물자 등 방면에 원조를 책임지고 있습니다. 다만 당신들이 정치적으로 연합국 대회에서 캄보디아를 지지하기를 희망하는 것뿐입니다." 저우 총리는 이렇게 우리를 위하여 노력해서 비로소 적지 않은 국가가 저우 총리의 구호에 호응했다.

캄보디아의 대표자격에 대하여 투표로 결정하는 연합국 대회에서 미국을 포함하여 54개 국가가 론논 정변 집단을 지지했고, 중국을 포함하여 52개 국가가 우리를 지지했지만, 그 결과 2표의 차이로 연합국에 가입할 수 없었다. 그러나 1975년 우리는 승리를 했고 나는 대표단을 인솔하여 연합국 회의에 참가하였으며 론논은 이미 연합국에서 쫓겨나 있었다. 이때 과거의 10여 개 국가가 아니라 80여 개 국가의 수뇌 혹은 대표가 뉴욕 국제공항에서 우리를 환영해주었다. 과거 내가 권력을 잃고 가장 곤란한 처지에 있을 때 나의 국가를 인정한 국가는 매우 적었지만, 우리는 지금 승리했고, 그들은 분분히 나를 향하여 존경과 칭찬을 표했다. 하지만 나는 누가 우리의 진정한 친구인지 아니면 누가 일반적인 친구인지를 분명히 알고 있었다. 우리의 진정하고 위대한 친구는 중화인민공화국이고 저우 총리 각하였다. 그는 밤낮으로 전 중국과 전 세계를 위하여 열심히 일했다. 그의 친구인 시아누크를 지지해 주었을 뿐만 아니라 캄보디아 인민을 포함한 제국주의의 능욕을 당한 세계 각국 인민의 정의로운 투쟁을 지지했다.

베이징에 머물렀던 5년 동안, 나는 그 어떤 사유재산도 없었다. 론논 세력의 전복 이후 나는 매우 가난했다. 저우 총리와 그의 부인은 우리에게 매우 큰 관심을 보였으며 친히 나의 관저까지 찾아와 내가 부족한 것이 무엇인지를 확인해 주었다. 중국 정부는 베이징에 나를 위하여 호화로운 관저를 세워 주고, 내부에 수영장, 운동장, 사무실 등의 시설을 만들어 주어 우리에게 좋은 사무 환경과 생활조건을 제공해 주었는데 왕궁과 같았다. 총리 각하 이후 덩샤오핑 각하, 장쩌민 주석이 여전히 마오 주석과 저우 총리처럼 그렇게 대우해 주었다.

이 때문에 지금까지 베이징에는 나의 관저가 있다. 매번 나는 중국에서 치료를 할 때 그곳에 머물렀다. 중국의 기타 유관 부문도 여전히 저우 총리의 방침에 따라 일을 처리해주었고 우리를 위해 각 방면의 원조를 제공해주었다. 중국은 또 우리와 세계 각국과의 관계를 위한 조건을 마련해 주고 우리에게 비행기 두 대를 제공해 주었다. 한 대는 나와 나의 수행인원이 움직일 때 이용하는 비행기이고, 다른 한 대는 국외 방문을 할 때, 각국 지도자들에게 줄 선물을 운반하는 용도로 사용하는 비행기였다. 예를 들면 내가 방문을 할 때 쌀을 증정한 일도 있었다.

　내가 아프리카 세네갈을 방문할 때, 마침 이 나라에는 쌀이 부족했다. 세네갈 대통령이 나에게 쌀을 원조해 줄 것을 희망했다. 캄보디아는 과거 일찍이 이 나라에 쌀을 수출한 적이 있었는데, 당시 캄보디아는 평화로운 섬으로 전쟁이 없어 쌀을 대량 생산하는 국가였다. 그러나 캄보디아에 전쟁이 일어난 후 우리가 먹을 것조차도 없었는데 어떻게 다른 나라에 원조할 수 있었겠는가! 나는 세네갈에서 저우 총리에게 전보를 보내 말했다. "총리 각하, 현재 이곳 사람들이 나에게 쌀을 원조해 줄 것을 요청하고 있습니다. 나는 어떻게 처리해야 할지 모르겠습니다." 저우 총리가 회답하기를 세네갈 대통령에게 다음과 같이 말하라고 했다. "걱정하지 마십시오. 설사 캄보디아가 현재 전란에 처해 있어 어렵다면 우리가 쌀을 구해 당신들에게 드리겠습니다." 저우 총리는 유관 부문에 통지하여 시아누크 국가 원수의 이름으로 5,000톤의 쌀을 세네갈에 보냈다.

　당시 내가 세네갈에 쌀을 원조한 사실을 알고는 인접국인 잠비아 지도자가 나에게 말했다. "시아누크 친왕 만약 당신에게 쌀이 더 있다면 우리에게도 원조를 해주십시오!" 저우 총리가 이 사실을 알고는 또 시아누크의 이름으로 중국에서 2,000톤의 쌀을 잠비아에 원조를 해주었다. 이런 일화는 사람들을 감동시킨다. 이런 진정한 친구는 얻기 어려운 귀중한 것으로 어디에도 찾을 수 없는 것이다. 우리를 버린 국가들조차 있었는데 말이다. 예를 들면 소련과 같은 나라이다. 소련 등의 국가들, 그들은 이전에 우리를 버리지 않겠다고 밝혔었다. 그러나 1970년 3월 8일 론논 무리가 나를 축출한 그날 나는 모스크바를 방문 중이었다. 소련 총리 코시긴이 나에게 말했다. "친왕, 프놈펜에서 이미 당신을 축출했습니다. 그러나 당신은 믿으십시오. 소련은 친왕을 버리지 않을 것입니다."

내가 소련을 떠나 중국에 도착했을 때, 저우 총리는 여전히 내가 캄보디아 국가의 원수임을 인정하고 국가원수로서의 의식으로 나를 환영해주었다. 중국은 각국 중국 주재 사절을 초청하여 베이징 수도공항에서 영접하고 중국 유관부문에 통지하여 열렬하고 성대한 연회를 거행했다. 그럼 소련은 어떠했는가? 내가 이미 쫓겨났고 권한도 없음을 알고 나에게 가망이 없다고 생각하고 나를 포기했다. 당시 소련, 프랑스, 영국 등 수많은 국가 모두가 나를 포기했었다. 그러나 저우 총리는 나를 포기하지 않았을 뿐만 아니라 반대로 각 방면으로 우리를 원조해 주었다. 나로 하여금 순리적으로 계속 나의 국가와 인민을 위해 일할 수 있도록 하였으며, 결국 그들을 이끌고 구국 투쟁을 행하여 마지막에 승리를 거두었다.

1970년 3월부터 1975년까지 중국에서 5년 동안 머무르는 동안, 나는 저우 총리와 그의 부인의 깊은 배려와 보살핌을 받았다. 그가 우리와 관련 있는 좋은 소식을 듣기만 하면 밤에도 찾아와 알려주었다. 내가 저우 총리에게 말했다. "당신은 일이 그렇게 바쁘고 피곤할 텐데도 매일 서너 시간만 주무신다면서요?" 저우 총리는 다섯 시간 이상 잘 수 없었는데 나는 의사가 매일 7시간을 자라고 하였다. 저우 총리는 국내 사무뿐만 아니라 대량의 국제사무도 처리해야 해서 매우 바빴다. 그의 족적은 전 세계에 퍼져 있는데, 그는 국내외에서 숭고한 명성과 명예를 얻었다.

한번은 내가 저우 총리의 사무실에다 제의한 일이 있었는데 그가 동의하지 않았다. 저우 총리는 외교적 예절을 매우 중요하게 생각했기 때문이었다. 그는 나를 축출당한 사람으로 대우하지 않았으며 여전히 나를 캄보디아 국가의 원수로 대우하면서 저우 총리가 나에게 말했다. "나는 총리이고 당신은 국가 원수입니다. 내가 당연히 당신을 방문해야 합니다." 비록 나는 이미 쫓겨났고 힘이 없었지만 그러나 매번 중국 각 지역을 돌아본 후 베이징에 돌아왔을 때 저우 총리가 항상 내가 당시 국가 원수로 있었던 때(1957~1969년)처럼 비행장 혹은 기차역에서 나를 맞이해주었다. 그는 접대의 격식을 바꾼 적이 없었을 뿐만 아니라 오히려 과거보다 더 나를 대우해 주었다. 내가 정권을 잡았을 때 그는 나를 소중히 여기고 존중해 주었으며, 현재 내가 곤란에 처하고 국가가 곤란에 처하고 나의 인민이 곤란에 처하자 저우 총리는 더욱 나에게 관심을 가지고 잘 보살펴 주었다. 저우 총리는 이렇게 고상한 품덕의 소유자로 세계에서 유일한 분이었다. 이 5년 동안 저우 총리와 그의 부인은 나를 존중하고 소중히 여기고 관심을 가져 주었으며 나에게 겸손한 예로써 대해주었다. 나와 나의 부인은 총리 각하 내외의 은정을 잊지 않았으며, 그들은 가장 훌륭한 사람들이기 때문에 그 5년을 추억할 때마다 우리는 매우 감격해 하곤 했다.

저우 총리는 가능하기만 하면 바로 인력, 물자, 재정에서부터 무기, 탄약에 이르기까지 전면적으로 캄보디아의 민족 해방투쟁을 지지, 원조해주었으며 외교방면에서도 크게 지지해 주었다.

1972년 미국 대통령 닉슨, 키신저 박사 등이 중국을 방문했다. 중미 양국 수뇌는 친절하고 우호적인 분위기 속에 회담을 진행했다. 회담이 끝난 후 저우 총리가 매우 진실되게 나에게 회담 중 언급된 캄보디아와 관련된 내용을 말해 주었다. 당시 저우 총리가 닉슨에게 다음과 같이 말했다. "론논 집단을 척결해야 하고 미국이 시아누크 원수의 명예를 회복시켜 친왕이 캄보디아로 돌아가 계속 국가 원수를 맡고 캄보디아 각파 간의 화해를 진행시켜야만 캄보디아의 내전이 완전히 끝나는 것입니다." 그러나 당시 미국 대통령 닉슨과 키신저는 "안 됩니다. 동의할 수 없습니다. 우리는 시아누크를 받아들일 수 없습니다"라고 막무가내였다고 했다. 미국 대통령이 총리 각하의 의견을 받아들이지 않았기 때문에, 본래 1972년에 끝날 수 있었던 전쟁이 1975년까지 계속되었던 것이다.

1973년 3, 4월 나는 위대한 중국을 떠나 캄보디아 해방구역으로 돌아 왔다. 당시 캄보디아 인민과 캄보디아 국가 군이 캄보디아 80%의 국토를 해방시키고 있었다. 나의 동포들이 나를 보기를 희망했던 것이다. 오랫동안 떠나있던 옛 땅에 돌아 갈 수 있어서 나는 매우 감격했다. 저우 총리는 우리 일행이 안전하게 돌아가게 하기 위해 세밀한 준비를 하였다. 나는 캄보디아의 합법적인 국가 원수로서 캄보디아 내지를 시찰하고 나의 인민, 간부, 전사 및 캄보디아 각급의 지도자들과 친절하고 폭넓게 회담을 가졌다. 그때의 시찰은 매우 성공적이었다. 시찰을 끝내고 베이징으로 돌아 왔을 때, 저우 총리가 나를 만나 매우 기뻐했는데, 이는 그가 나를 도와 하나의 세계를 진동시키는 위대한 사명을 완성한 것에 대한 긍지이기도 했던 것이다. 중국 정부가 나의 개선을 경축하기 위하여 인민대회당에서 관련된 전람회를 거행했고, 각국의 중국 주재 사절 및 중국의 유관 부문의 책임자들 등 수백 명을 초청하여 참관케 했다. 동시에 중국정부는 또 성대한 환영 연회를 거행하고 전람회의 성황을 기록하는 영화를 찍었다. 이밖에 나는 또 덩샤오핑 부총리가 저우 총리의 노력 하에 다시 복귀한 것에 대해 매우 기뻐해 했다. 우리는 일찍이 1956년과 1958년에 서로를 알게 되었다. 그는 저우 총리의 장기적인 혁명투쟁의 위대하고 친밀한 전우로서 몸소 많은 전투를 겪은 혁혁한 전공을 세운 위대한 혁명가였다. 연회에서 나와 덩샤오핑 부총리는 포옹을 했다. 저우 총리가 나와 이 장소에 있는 외교사절 등 중국 외의 손님들에게 덩샤오핑 부총리를 소개하였는데, 어떻게 자신의 국가와 인민에게 충성을 했는 지와 그가 장기간 중국혁명전쟁과 해방전쟁 중에 사회주의를 보호하고 건설한 많은 공적을 소개했다. 이어서 저우 총리가 또 덩샤오핑 부총리의 활동 재개 문제에 다하여 다음과 같이 말했다. "덩샤오핑 동지가 내려간 것(하방)은 불공정한 것이다. 그러나 누구나 어떤 때는 불행을 만날 수 있으며, 불공정한 대우를 받을 수 있는 것이다. 현재 샤오핑 동지는 명예를 회복했다." 이에 그 자리에 참석했던 국내외 친구들은 감동을 금치 못했다. 당시 나와 나의 왕비는 주빈석에서 저우 총리, 그의 부인, 덩샤오핑 부총리 및 중국 기타 고급 지도자들 및 그들 부인들과 함께 앉아 있었는데, 이는 기념할 만한 의미가 있는 장면으로써 나의 기억 속에 깊게 남아 있었다.

나와 저우 총리 간의 관계는 형제와 같았다. 저우 총리가 위중했을 때, 나와 나의 아내는 운이 좋게도 문병을 할 수 있었다. 처음 만났을 때부터 저우 총리가 위중하기 전까지 우리는 줄곧 서로 우호적이었고 친밀했고 서로 신임했다. 캄·중 양국 사이의 관계도 서로 가장 우호적으로 지지했다. 나는 나와 저우 총리의 이런 나날이 커지는 형제와 같은 우의에 대하여 매우 자랑스럽게 생각했다.

1975년 4월 캄보디아의 항미 구국투쟁이 승리한 후, 나는 베이징에서 캄보디아로 돌아왔다. 동년 9월 나는 또 중국을 방문했다. 이번은 연합국대회의 출석요청에 응하여 가는 도중에 베이징에 들렀던 것인데, 덩샤오핑 총리가 와병중인 저우 총리를 대신하여 친히 수도공항에서 나를 영접해주었다. 덩샤오핑과 나의 관계는 매우 밀접했다. 연합국회의에서 캄보디아로 돌아오는 길에 베이징에서 짧게 머문 후, 베이징을 떠날 때 덩샤오핑 부총리가 저우 총리를 대신하여 퍼레이드카를 타고 나의 관저에서 출발하여 수도공항까지 수행해주었고 중국 전용기를 동원해 캄보디아로 보내 주었다.

베이징 도서관(현재 국가 도서관)에는 당시 나와 덩샤오핑 각하와 함께 퍼레이드카를 타고 베이징 수백만 군중의 열렬한 환송을 받는 감동적인 장면의 사진이 보존되어 있는데, 이 장면도 나의 기억 속에는 깊이 남아 있다.

1979년 월남이 캄보디아를 침입하기 몇 시간 전에 중국은 비행기를 프놈펜으로 보내 나를 베이징으로 데려와 주었다. 덩샤오핑 부총리는 비행장에 나와 나를 영접했다. 이후 그가 이끄는 중국 정부는 지난날과 다름없이 단호하게 내가 이끄는 월남 침입자에 대해 항거하는 구국투쟁을 지원해주어 우리가 승리를 거두었다. 현재 캄보디아는 이미 새롭게 독립을 얻었다. 우리는 이 역사의 흐름 속에서 중화인민공화국, 저우 총리, 덩샤오핑 부총리 등이 우리에게 보내준 은정은 위대하며, 무엇과도 비교할 수 없다는 것을 영원히 잊지 않을 것이다.

1965년 방문 때에는 저우 총리가 나와 나의 왕비, 그의 가족들을 데리고 여객선을 타고 창장을 유람했다. 옌안의 그 수려한 풍경은 나의 창작 욕망을 불러일으켰는데, 나는 선상에서 바로 한 수의『중국을 회상하다(懷念中國)』라는 가곡을 써서 나의 위대한 중국에 대한 열애와 존경이 농후한 감정을 토로했다.

『중국을 회상하다』의 마지막 가사는 다음과 같다. "중국은 캄보디아와 캄보디아 인민의 영원한 친구이다." 내가 자랑스러워하는 것은 이 노래가 1965년 창작되어 지금까지 그 가사가 어떠한 수정도 없이 여전히 의의와 가치를 지닌 채, 현재에도 이후에도 여전이 예찬 될 것이라는 점에서 중·캄 양국과 양국 인민 간의 우의와 감정은 영원불변할 것이라는 점을 증거해주리라 믿고 있다.

당시 저우 총리는 내가 창작한 이 작품을 군악대에 보내 배경음악을 넣었다. 나를 초대한 모든 연회에서 군악대의 예술가들 모두 자주 우리를 위하여 중·캄 양국의 음악 프로그램을 공연하곤 했다. 나의 이 가곡은 전문적으로 대악단의 공연을 위하여 창작한 것이 아니라, 단지 개인의 독창적인 곡이었지만 저우 총리는 군악대에 요청하여 나를 위해 음악으로 만들었던 것이다.

후에 나와 캄보디아 국경일을 경축하거나 혹은 다른 중대한 기념일을 위하여 성대한 연회가 열리면 항상 군악대의 예술가들이 중·캄 양국의 언어로『중국을 회상하다』를 제일 처음 노래하곤 했다. 그 공연은 매우 성공적이었고 연회에 참석한 각국 중국 주재 사절, 중국의 유관 부문의 책임자들 및 각계 인사들이 열렬하게 환영해 주었다. 공연이 끝난 후, 저우 총리와 나 그리고 내 왕비가 군악대 지휘자와 악수를 하면서 감사를 표시했다. 저우 총리는 『중국을 회상하다』를 노래책으로 만들고 테이프로 만들어서 각 우호국가에 증정하기를 바랐다.

이때부터 중·캄 양국의 경축행사 혹은 내가 거행한 연회에서 예술가들이 항상 이 가곡을 같이 불렀고, 저우 총리는 연회에서 음악을 들으며 박자를 맞추면서 따라 불렀는데, 그는 이 가곡을 매우 좋아했다.

저우 총리 이후, 캄보디아의 중요한 경축일에는 덩샤오핑, 리셴녠, 장쩌민 등 중국 지도자들이 항상 나를 위해 연회를 열었다. 이런 연회에서 항상 정식 군악대가 수많은 공연을 했는데 매번 모두 이 가곡을 공연에 포함시켰다.

1972년 내가 텐진에서 휴가를 보낼 때 한 수의 『중국 나의 제2의 고향』이라는 곡을 창작했다. 저우 총리는 유명한 예술가를 초청해 서둘러 연습을 시켜 공연을 준비했다. 텐진에서 처음으로 나의 두 번째 곡을 공연했을 때, 총리 각하는 친히 중국을 방문한 아프리카 모 국가의 총리를 데리고 텐진을 방문하여 나와 함께 공연을 관람했다.

프놈펜의 금란전을 저우언라이 각하는 두 번 방문한 적이 있었다. 금란전은 캄보디아 역사의 증거로써 내가 가장 존경하고 위대한 친구 저우언라이와 친밀한 우호관계를 쌓은 장소이다.

저우언라이는 위대한
정치가이자 걸출한 인물이다

– 헨리 키신저 (전 미국 국무장관)

저우언라이는 위대한
정치가이자 걸출한 인물이다

– 헨리 키신저 (전 미국 국무장관)

저우 총리는 뛰어난 지혜를 가지고 있는 사람으로 매우 매력적인 인물이며 인류를 매우 잘 이해하는 사람이었다. 저우 총리는 매우 담백하고 매우 성실하게 중국의 고위 지도자는 어떻게 생각하고 있는가를 나에게 설명하였다. 저우언라이는 중국이 만약 어떤 사람, 어떤 국가와 어떤 협의를 달성하고자 한다면 반드시 상호간에 이해하고 성실해야 하고 진실 되게 서로를 대해야 한다고 생각했다. 그래서 그는 우리와 교류하는 과정 중에 자신의 태도를 숨긴 적이 없었다. 만약 나에게 문제가 있으면 나는 그를 찾았는데, 그는 가능한 한 해결해 주었다. 그는 나의 관점에 완전히 동의하지는 않더라도 그는 항상 진지하게 나의 의견을 경청했고 나의 생각을 경청했다. 미중 수교에 있어서도 그는 우리의 존중을 얻어냈으며, 그는 회고할 만한 가치가 있는 사람이었다.

저우언라이는 이야기를 시작하자마자 나에게 말했다. "당신은 중국에 10억의 인구가 있음을 보세요. 이 10억 인구의 중국은 결코 신비한 국가가 아닙니다. 키신저 선생에게도 신비한 국가는 아닙니다."

저우언라이는 중국에 관하여 나에게 많은 사정을 알게 해주었다. 그는 나의 첫 번째 중국관련 업무에 관한 스승이었다. 나는 저우언라이를 매우 인간적인 사람이라고 생각하기 때문에, 나는 중국의 사업과 중국 인민에 대하여 자랑스러운 감정을 느낀다.

그는 먼저 극단적으로 곤란한 시대의 위대한 민족의 총리였다. 그들은 혁명을 진행했다. 그들은 또 다른 일종의 혁명인 생산을 진행한 후에 그들은 문호를 봉쇄하고 타국과 내왕하지 않았다. 이를 타개코자 저우언라이는 또 이 국가를 새롭게 세계로 데리고 나갔다. 중국 인민은 저우언라이를 중국의 수많은 우수하고 훌륭한 것의 대표로 삼았다. 분명하게 말하면, 저우언라이는 오늘날 중국 인민을 위해 매우 훌륭한 기초를 세웠다. 나는 만약 저우언라이가 오늘의 중국을 볼 수 있다면 그는 분명히 매우 기뻐했을 것이라고 생각한다.

나의 아이가 1974년 10월 22일에 저우언라이를 본 적이 있었다. 그때의 저우언라이는 이미 병중에 있었다. 그럼에도 저우언라이는 나의 전 가족을 보고자 했다. 그래서 나는 전 가족을 데리고 그가 입원해 있는 병원으로 데리고 갔다.

나는 닉슨이 저우언라이를 매우 존경했다는 것을 알고 있다.

나는 당신에게 말할 수 있다. 나는 세계의 수많은 지도자를 만나보았지만 저우언라이와 같이 나에게 그렇게 깊은 인상을 준 사람은 없었다. 정치가와 한 사람으로서 그는 모두 나에게 깊은 인상을 심어주었다. 지금까지 내가 이야기한 것은 나의 가장 인상 깊었던 것을

말한 것이다. 나는 마지막으로 "내가 한 말을 기록하여 저우언라이에
대한 우리의 마음을 영원한 기념으로 삼게 한다면, 이는 나의
영광이다"라는 말을 당신들에게 들려주고자 한다. 그것은 당신들에게
나의 마음을 밝히는 것으로, 당신들에게 우선권을 주는 것이라 할 수
있다.

뛰어난 재능과 원대한
계략을 가진 저우언라이

– 로가체프 (주중국 러시아대사)

뛰어난 재능과 원대한
계략을 가진 저우언라이

- 로가체프 (주중국 러시아대사)

저우언라이와 교류한 모든 사람들은 그의 박학다식함과 각국 활동 중에서의 뛰어난 재능과 원대한 계략에 대하여 깊은 인상을 가지고 있을 것이다. 내가 처음으로 저우언라이와 접촉했을 때, 나는 상당히 젊은 외교관이었다. 나는 처음에는 통역관으로서 자주 소련대사 파벨 유진, 다음 소련 임시대사 안토노프, 그 다음 임시대사 엘리자베틴과 함께 일했다. 이 몇몇의 소련대표들과 자주 저우언라이가 머무르는 중난하이(中南海)를 출입하면서 통역으로 회담에 참가했다.

저우언라이는 여러 차례 우리 대사관이 개최한 국가 연회에 참석했다. 연회는 통상적으로 베이징 호텔에서 거행했다. 모두가 잘 알듯이 그때는 현재와 같이 그렇게 높은 시 중심부의 대형 호텔은 아니었다. 우리 소련대사관은 동교민항대가(東交民巷大街)에 위치해 있었다. 그러나 거기에서는 대형 연회를 개최한 적이 없었으며 단지 베이징 호텔의 대연회장을 빌려 사용만 했을 뿐이었다. 당시 우리의 일상적인 관계는 매우 밀접했는데, 매주 저우언라이의 비서와 함께 일했으며, 특히 마리에(馬列)와의 관계가 밀접했다. 50년대 말 양국이 논의하던 문제의 다수가 상호간 경제발전의 촉진과 소련이 중화인민공화국에 원조하여 건설하는 대형 국민경제항목의 문제였다. 저우언라이는 이 방대한 공정에 주도적으로 참가했다.

1959년 8월 동직문대가(東直門大街)에 위치한 웅장한 중국 주재 소련대사관이 완공되었다. 11월 7일 저녁 이 빌딩에서 처음으로 성대한 연회가 거행되었다. 800여 명의 귀빈이 초청되었는데 중국 손님과 외국 사절이 대부분이었다. 중국 측의 주요 손님은 저우언라이였다. 참석한 사람이 매우 많았는데, 옆의 장미홀이라고 불리는 곳을 공개하여 그곳에도 사람들이 붐볐다.

저우언라이 옆에는 소련대사 체르보넨코가 서 있었다. 나는 뒤에서 통역을 했는데, 수시로 대사관의 일들에 대하여 대처했다. 나의 임무는 대사의 연설을 중문으로 통역하는 것이었다. 연설은 매우 길었다. 저우언라이가 답사를 했는데, 문장에 우의가 충만했고, 50년대 우리의 우의와 합작에 대해 언급하였다. 연회는 매우 성대했고 당연히 중국 측의 고위 지도자, 중국 정부의 수뇌인 저우 총리의 출석에 대하여 감사했다.

내가 다시 생각해 보면, 우리 국가의 지도자는 저우언라이를 매우 존경했고 그와 매우 재미있게 담화를 나누었으며, 내용이 풍부한 담판과 회담을 진행하였다는 것이다. 그는 해박하고 국가를 다스리는 데 능력이 있는 사람이었다.

1960년 11월 대사관에서 큰 경축연회를 준비하고 있었는데, 중국

외교부 의전실에서 우리에게 전화를 걸어 저우언라이가 연회에 참석한다고 전했다. 이는 우리에게는 큰 영광이었다. 대략 11월 7일 저우언라이가 왔을 때 대사는 건물 입구 로비에서 그를 맞이하였다. 나는 그의 옆에서 통역을 했다. 저우언라이가 차에서 내린 후 말하기를 10분 후 마오쩌둥 주석도 오실 것이라고 했다. 나는 매우 놀랐고 모두들 매우 기뻐했다. 우리는 모두 마오 주석이 통상적으로 외국대사관을 방문하지 않으며, 또한 어떠한 연회에도 참석하지 않는다는 것을 알고 있었기 때문이다. 정말로 10분 후, 한 대의 검정색 홍치(紅旗) 마크를 단 차가 현관의 홀에 도착했다. 마오쩌둥이 우리를 향해 안부를 물었다. 우리와 저우언라이는 함께 일층에서 대화를 나누고…… 그런 연후에 모두가 계단을 걸어 올라가서 연회가 열리는 홀로 들어갔다. 중국 손님과 외교 사절이 이미 그곳에 모여 있었다. 대사와 마오쩌둥의 담화가 한 시간 동안이나 진행되었다. 그 후에 서로 작별인사를 했다. 우리는 마오쩌둥과 저우언라이를 문 앞까지 배웅했다. 이날의 기억이 아직도 생생하다.

안타까운 것은 1960, 70년대에 이데올로기의 문제로 인해 우리의 관계는 불안정했고, 차가워졌다는 사실이다. 이로 인해 양국 간의 관계는 나빠졌는데, 가장 불안했던 시기는 1969년 3월, 4월이었다. 1969년 후 몇 년 동안 나는 또 대사관 참사관으로 일했고 양국 간 변경에서의 충돌은 더욱 심해졌다.

당시 우리의 관계는 막다른 골목에 진입했던 때라고 할 수 있는데, 소련 측이 양국 총리, 즉 저우언라이 총리와 소련보장회의 주석 코시킨의 회견을 제의했다. 중국 측이 당시 코시킨이 월남에서

호치민의 장례식에 참석하고 귀국하는 도중에 베이징을 방문해 줄 것을 제의했다. 이를 위해 임시대사 옐리자베틴과 대사관 참사관 야코프가 여러 차례 중화인민공화국 외교부를 다녀갔다. 마지막으로 우리는 이 회견의 계획을 확정했다. 회견은 수도공항에서 진행됐다.

이 회견은 1969년 9월에 거행되었다. 코시킨 및 그 수행원들이 탄 비행기가 공항에 내려왔다. 회담은 두 시간 반 혹은 세 시간 동안 진행되었다. 회담은 주로 변경문제의 전체 과정에 초점을 맞추었다. 저우언라이와 코시킨의 이번 회담에서 가장 중요한 것은 가까운 시간 내에 양국 정부 대표단의 회담을 베이징에서 거행하는 것을 상정했다는 것이다.

얼마 지나지 않아, 소련외교부 제1부부장 쿠즈네초프를 수장으로 하는 정부 대표단이 베이징에 도착했다. 저우언라이와 코시킨의 베이징 회담은 우리 쌍방 관계사상 지극히 중요한 획을 긋는 시대적 사건이 될 만한 이유가 명확하고 충분했다. 비록 후에 수년 동안 계속 끊어졌다 이어졌다가 반복되는 어려움이 컸지만, 그것은 하나의 시작이고 당시 막다른 길에 다다른 상황 중의 유일한 출구로써 당연히 변경문제에 있어서의 곤경을 해소하는 일이었다.

나는 위원회에 의해 파견되어 담판에 참가했다. 1970년 여름, 소련 측이 담판에 참가하는 정부 대표단 단장을 교체하였는데, 소련외교부 부부장 페드로비치가 담당하였다. 유리초프가 병중의 쿠즈네초프를 대신하여 대표단을 이끌고 베이징에 도착했다. 매우 빠르게 우리의 대표단 단장 유리초프, 중국 주재 소련대사 톨스티코프와 나는 대사관 참사관과 대표단 고문 및 대표단의 기타 구성원으로서 저우언라이의 초청을 받았다. 이는 내가 마지막으로 매우 가깝게 저우언라이를 만난 날이었다. 회담에서 당시의 상황, 담판의 진행과정 및 관계를 건립하는 등 총체적 형세문제를 폭넓게 언급했다. 관계는 여전히 긴장돼 있었고, 담판은 실제적인 결과를 별로 달성하지 못했다. 그러나 어떻게 담판의 진행과정을 가속화하고 어떻게 담판으로 하여금 더 많은 효과적인 결과를 얻을 수 있는지 등에 대해서는 언급하였다.

마지막으로 다시 생각해 보면, 우리 국가의 지도자는 저우언라이를 매우 존경했고 그와 매우 재미있게 담화를 진행했고, 내용이 풍부한 담판과 회담을 진행하였다는 것이다. 그는 해박하고 국가를 다스리는 데 능력이 있는 사람이었다. 이것이 내가 기억하는 그에 대한 모든 것이다.

처음 그를 보았을 때,
곧바로 그의 안목에 탄복했다.

– 니카이도 스스무(二階堂進 전 일본 관방장관)

처음 그를 보았을 때,
곧바로 그의 안목에 탄복했다.

– 니카이도 스스무(二階堂進 전 일본 관방장관)

다나카 내각이 출범했을 때, 외교문제는 오히라 마사요시(大平正芳)에게 주어졌다. 오히라 외상은 중일 수교 정상화에 대하여 특별한 열정을 보였다. 내각 구성의 마지막에 다나카와 오히라 그들은 미키(三木), 나카소네(中曾根)의 협조 아래, 중일 수교 정상화를 일본외교의 대 방침으로 정했다. 그리고 나는 자주 카야(茅) 선생, 기시 노부스케(岸信介) 선생을 찾았고, 또 다시 사토(佐藤) 수상을 찾아가 설득을 했다. 이 기간에 적극적으로 반대한 사람은 카야 선생과 기시 노부스케 선생이었는데, 이는 장제스와의 관계 때문으로 그들을 설득하기란 매우 어려웠다. 우리 당에서는 당 대회를 개최하고 다나카의 방문을 놓고 토론을 했다. 이 토론은 1개월 동안 계속되었는데, 매번 오히라는 "장제스와의 관계는 어떻게 처리해야 합니까?", "일한(日韓), 일대(日臺) 조약은 어떻게 처리해야 합니까?"라는 질의를 받았다. 그는 거의 매일 국제적인 문제, 일중 양국 간의 문제를 놓고 추궁을 받았다. 나는 가장 완고한 태도를 보이는 카야, 기시 선생 등에게 설득 작업을 진행했다. 그러나 그들은 계속 "시기가 이르다"고 생각했다. 그러나 최종적으로 먼저 정상화의 여부를 고려하지 않고 다나카가 중국을 방문하여 저우 총리와 회담을 가진 후 그 결과를 보고하기로 결정했다. 바꿔 말하면, 모두가 다나카의 중국방문에 동의했고 저우 총리와 중일 국교정상화 담판을 한 후 돌아와 보고를 들은 후 결정하자는 것이었다. 당내의 결정 후 고사카 젠타로(小坂善太郎)를 단장으로 한 반대파가 대표단을 구성하여 상하이를 거쳐 베이징에서 저우 총리와 회담을 했다. 이 기간 동안 오히라가 가장 바쁘게 움직였고, 고사카 젠타로도 임무를 완수했다. 비록 베이징에서 저우 총리와 어떤 담화를 나누었는지는 모르겠지만, 당내 대다수는 동의했다.

오히라가 사전에 만일 중국과 국교 정상화가 이뤄진다면, 즉 일대(日臺)의 조약은 바로 무효가 된다고 분명하게 설명했다. 이와 같았기 때문에 반대는 더욱 격렬했다. 그러나 다나카는 결정을 내리고 베이징으로 가서 저우언라이와 담판을 했다. 다나카 내각, 오히라, 자민당 내의 이러한 결단은 상당한 용기가 필요한 것이었고 또한 쉽지 않은 일이었다.

당연히 야당의 지사들도 노력을 하여, 직접 베이징으로 가서 이 일을 촉진시켰는데 이것도 지워버릴 수 없는 사실이었다. 특히 공명당(公明黨)의 다케리 요시가즈(竹入義勝) 위원장 및 사회당의 사사키(佐佐木)등은 저우언라이의 주변 사람들과 회담을 진행한 것도 사실이었다. 이런 노력이 또한 중일 국교정상화를 말살시킬 수 없는 역량을 촉진시켰다. 그리고 매우 많은 민간단체와 저명인사가 있었고, 무용단 파견, 체육대표단 파견 등 충분한 준비 작업을 했다. 중국 측은 중일 우협의 손핑화(孫平化) 선생, 랴오청즈(廖承志) 선생 및 기타 인원들의 민간 무용, 체육 교류를 통하여 정상화를 촉진시킨 것은 사실이었다. 나도 개인적으로 그것과 비슷한 일을 하였다. 당연히 중국 측도 비공식적인 통로로 일을 추진시켰는데, 특히 중일우협의 손핑화 선생 및 민간 무역 대표 샤오샹첸(肖向前) 선생이 대표적이었다. 그들은 정부 대표로 문예단체, 체육단체, 체육대표단 등을 이끌고 민간 우호운동을 전개했다. 이런 것들을 통해 점점 중일 양국의 접촉이 빨라졌는데 그들 두 사람의 공헌은 매우 컸다.

나는 장기간의 꾸준한 민간 우호활동을 통하여 다나카와 오히라의 방침을 지지했다. 그런 점에서 현실적으로 일중 국교정상화에 대한 그들의 공헌은 매우 크다고 할 수 있었다.

카테리 위원장은 중국에서 돌아올 때나, 혹은 사사키 위원장이 중국에서 돌아올 때나 다나카는 항상 그들을 통해 상황을 이해했다. 그들의 이해를 통하여 저우 총리는 다나카 수상을 만나길 원했는데, 이 소식이 그들로부터 나왔던 것이다. 이런 소식을 통해서 다나카의 구상도 점점 형성되었고 결국 결정을 하게 되었다.

당시 도쿄에 있던 손핑화와 샤오샹첸, 이 두 분은 총리의 지시를 받게 되었다. 그들과 다나카, 오히라 그리고 나는 제국호텔에서 만났다. 제국 호텔에는 백 명이 넘는 기자들이 모여 있었다. 당시 나와 다나카 수상은 같이 있었고 오히라 외상은 그곳에 없었다. 손, 샤오 두 분을 청하여 이야기를 나누었다. 이때 처음으로 저우 총리의 공식 담화를 언급했다. "만약 다나카 수상이 중국을 방문한다면, 나는 기쁘게 당신을 영접할 것입니다." 이는 바로 저우 총리의 말이었다. 저우 총리의 공식 담화는 이번 제국호텔에서 손, 샤오 두 명에 의하여 알게 되었다. 나는 정확한 날짜는 잊어버렸다. 이때 다나카 수상은 매우 기뻐했다. 당연히 나도 매우 기뻤는데 이는 폭탄과 같은 소식이었다. 그렇게 9월 중국 방문이 결정되었다. 이 전에 다나카가 하와이에 간 적이 있었는데 이때 닉슨도 그를 보러 특별히 하와이로 왔다. 나는 가지는 못했지만 다나카 수상이 일중 국교정상화의 구상을 닉슨에게 이야기했을 것이라고는 짐작한다. 당연히 나는 그가 닉슨에게 중국과 국교회복을 분명하게 설명하는 것이 미국을 적대국가로 삼는 것을 의미하지 않고 아시아의 평화를 위하는 것이라고 생각했다. 동시에 안보조약에 대한 중일 국교정상화도 미국의 양해를 얻는 것이라고 생각했다.

당시 나의 심정을 형용할 방법은 없다. 지금 스스로 세계평화를 위해 약간 공헌을 했다는 것만은 기억한다. 이에 비교할 수 없는 기쁨을 느낀다. 다나카 선생은 감정이 매우 풍부한 사람으로 그는 일찍이 나에게 이렇게 말한 적이 있었다. "중국인과 좁은 길에서 서로 만나면 말조차도 꺼낼 수 없었는데 이렇게 해도 정말 괜찮겠습니까? 전쟁이 끝난 지 20여 년이 지났는데도 아직 전쟁상태라는 건 인정할 수 없는 일입니다." 그는 종종 중국인과 좁은 길에서 서로 만나면 말조차도 꺼낼 수 없는 상황을 변화시켜야 하는데 바꿀 수가 없다고 강조했다. 그는 평민의 감정을 매우 중요하게 생각하는 정치가였다. 그는 중국도 중국 인민의 감정을 중요하게 생각하는 국가라고 여겼다. 이미 중국

방문을 결정한 어느 날, 다나카 수상과 오히라 외상 그리고 나는 함께 있을 때 다나카와 오히라가 내가 참가해야 한다고 제의했는데, 이는 매우 중대한 사건으로 많은 기자회견을 갖었다. 이렇게 해서 나는 이 위대한 활동에 참가하게 되었다. 현재 생각해 보면 확실히 얻기 힘든 기회였다. 이렇게 우리는 여러 환송인원들의 환호 속에 베이징을 향해 일본을 떠났다.

우리는 베이징으로 바로 갈 수가 없어서 부득이 하게 상하이 상공을 통하게 되어 적지 않은 시간을 소비했다. 베이징 공항에 도착하니 환영인파를 볼 수 있었고 그 장면은 나를 매우 놀라게 하였다. 질서정연하게 각종 색깔의 의복을 입은 소학생들의 환영인파를 지금까지도 잊기 어렵다. 저우 총리 등 공무원들이 올라와 다나카 수상과 악수를 하며 호의를 보냈다. 오히라 외상도 마찬가지였다. 비록 나는 이런 복을 누릴 수는 없었지만 나는 당시 이때부터 일중 양국은 특히 일본은 과거의 기초 위에서 일중 양국의 영구적 평화 우호관계를 건립했다고 생각하였는데, 지금까지 이 신념은 잃지 않고 있다. 나는 다나카 수상도 같은 마음일 것이라고 생각한다.

저우 총리의 악수 및 젊은 작은 친구들의 환영을 나는 항상 마음속에 지니고 있으며, 지금까지도 분명하게 나의 머릿속에 각인되어 있다. 다나카 수상과 저우 총리는 같이 동승하여 곧바로 영빈관인 댜오위타이(釣魚臺)로 향하였고, 나와 오히라도 각자 차에 올라 댜오위타이로 향했다.

회담이 개시되었다. 회담 초에는 각자의 즐거운 감정을 표현하였다. 구체적인 문제에 대한 의논은 회의 중에 진행되었다. 두 분의 지도자,

다나카 수상과 저우 총리 두 사람 모두 매우 기뻐했고 두 사람 모두 열정이 충만한 연설을 했다. 그러나 이후 벌어질 회담의 어려움을 생각하면 나는 방심할 수가 없었다. 그만큼 문제가 많이 있었기 때문이었다. 그러나 두 사람의 대화하는 표정은 매우 진지했다. 쌍방은 지금까지 과정의 어려움을 이야기하였는데, 특히 다나카는 다음과 같이 말했다. "이번 중국 방문에 대하여 찬반 양측의 격렬한 논쟁이 일본에서 있었습니다. 현재 자민당도 완전히 동의한 것이 아니며, 나의 행동을 지지하는 것도 아닙니다. 나는 중국방문을 결정했을 때, 나의 마음에는 그 어떤 생각도 없었으며, 일단 한번 방문해 보고 다시 생각해 보자는 것이었습니다." 이 말에는 다음과 같은 배경이 있었다. 우리가 중국방문을 결정했을 때 수많은 사람들이, 특히 극우세력들이 다나카에게 전화를 걸어 그를 중국에 가지 말라고 위협했다. 이런 전화를 나도 받았다. 나의 아이들이 전화를 받고 매우 놀랐는데 말인즉, "당신 부친의 생명이 일주일 남았다"는 것이었다. 다나카 수상을 위협한 전화는 더욱 많았다. 다나카 수상도 만약 이번 담판이 실패한다면 우리의 생명은 끝날 것이라고 했다.

첫째 날의 회담은 전반적으로 분위기가 비교적 긴장되었다. 제1차 회담은 영빈관에서 진행했다. 둘째 날은 인민대회당으로 이동하여 시작했다. 이 날 저녁에 환영 연회가 열렸다. 이날 참석한 사람은 천명 이상이었다. 다나카, 오히라와 저우 총리 및 기타 공무원들은 가장 앞에 자리했고, 연회에서 저우 총리가 환영사를 발표하자 다나카가 답사를 발표했다. 이 연회에서 뜻밖의 일이 발생했는데, 연회 도중 다나카 고향의 민요와 오히라 고향의 민요가 공연되었던 것이다. 이 때문에 우리의 마음도 온화해지고 좋아졌다. 이국에서 특히 이런 상황에서 자기 고향의 민가(民歌)를 듣게 될 줄은 정말 생각지 못했기 때문에 더욱 친밀감을 느꼈던 것 같았다. 이런 상황에서 다나카 수상은 참석자들에게 다음과 같은 말을 한 것이 기억난다. "일본은 과거 매우 오랫동안 중국인에게 적지 않은 폐를 끼쳤습니다. 현재 국교정상화를 위해 왔습니다. 만약 이 목표를 달성하지 못하면 저는 암살당할 것입니다. 나는 이렇게 모든 사상적 준비를 하고, 결단을 내리고자 이 자리에 서 있는 것입니다. 오늘 이후 반성이라는 기초 위에서 일본과 중국의 영원한 평화우호관계를 수립하기 위해, 저우 총리와 회담을 하고자 베이징에 왔습니다." 나도 저우 총리와 악수를 했다. 나는 줄곧 저우 총리의 안광이 매우 예리하다는 것을 알고는 그가 아주 머리회전이 빠르고 매력적인 정치가라고 생각하고 있었다. 그는 내 마음속의 정치가였던 것이다.

두 번째 회담에서 내가 기억하기론, 다나카와 저우 총리가 매우 심각한 문제를 이야기 하고 있었는데, 그 내용은 다나카 수상이 과거 일본이 중국 인민에게 측량할 수 없는 폐를 끼쳤다고 한 부분이었다. 이에 대하여 저우 총리가 다음과 같이 지적했다. "선생 당신은 단지 폐를 끼친 일만을 말씀하시는 것입니까?" 그리고는 발생한 사건을 열거하였는데, 여기서 30여만 명이 살해당했고, 여기서 얼마나 많은 사람이 죽었는지, 그가 일일이 숫자를 열거하면서 다나카에게 반문했다. "다나카 선생, 이와 같이 참혹한 사건이 발생했는데, 당신은 단순히 폐를 끼쳤다고 한마디로 말하시면서 지나가시고자 합니까?" 나는 처음으로 이런 외교담판 장에 참가하면서 이런 상황에 부딪치자 마음속으로 어느 정도까지 발전할 수 있을지 매우 우려했다. 어쨌든 저우 총리는 중국 인민을 대표하여 말한 것이기 때문에 사태의 발전상황이 매우 좋지 않다고 느끼게 되자 나의 심장이 매우 빠르게 뛰기 시작했다. 다나카 수상은 깊이 반성하고 자신의 결심을 이야기했는데, 다시는 이런 종류의 사건이 발생하지 않기 위해 양국의 영원한 평화관계의 수립을 위해 생명을 걸고 이곳에서 회담을 하는 것이라고 했다. 그는 담백하게 말했다. "저우 선생의 말이 일리 있습니다. 나는 이러한 일들에 대하여 심각하게 반성합니다.

이후 일본과 중국은 영원한 평화우호관계를 건립해야 하며, 아시아의 평화를 위해 공헌해야 합니다. 만약 이번 담판이 이렇게 끝나면 나는 돌아가 암살당할 것입니다. 나는 이것에 대해 만반의 준비를 해둔 상태에서 생명을 걸고 귀국을 방문한 것입니다. 이번 회담은 실패해서는 안 되며, 실패하게 해서도 안 됩니다." 그리고 그들은 상호 역사관의 차이에 대해 이야기를 나눴다. 나는 이에 대하여 자세하게 말하고 싶지가 않다. 마지막에 저우 총리가 선현의 말씀인 '구대동존소이(求大同存小異)'를 인용하면서 "작은 일을 이야기하면 영원히 대화하기란 어렵다. 역사관의 차이 등에 대한 이야기가 끝나지 않으면 이런 대국, 즉 중일 국교정상화라는 이런 대국은 홀대당할 것이다"라고 했다. 이때 다나카 수상도 말했다. 저우 선생의 말이 이치에 맞는다고 동의하면서 확실히 우리의 대국은 일중 국교정상화로 그것의 실현을 위해 '구대동존소이'해야 하며, 이것을 정신으로 우리의 회담을 진행해야 한다고 했다.

저우 총리가 다나카에게 한 과격한 말에 대해 다나카 수상은 어떻게 회답했을까? 다나카도 체면을 차리지 않고 말했다. "나는 귀국하면 선거가 있습니다. 총재 선거입니다. 만약 선거에 실패하면 퇴진해야만 합니다. 저우언라이 선생 당신들은 국민투표가 있습니까? 참의원선거가 있습니까? 나는 생명을 걸고 중국에 온 것입니다." 나는 당시에 다나카 수상의 표정을 보고 깊이 깨달았는데, 외교는 진지해야 한다는 것이었다. 저우 총리는 12억 인민을 대표하여 말하는 것이었고, 다나카도 1억여 명의 인구를 대표하여 말하는 것으로써 쌍방 모두가 한 국가를 대표하여 말하는 것이었다. 이러한 진지함 속에서 두 사람은 의기투합했던 것이다.

조인식 당일 저녁에 우리는 마오쩌둥과 약속을 하고 그가 있는 곳으로 갔다. 나는 언제인지 기억하지는 못하지만 다나카, 오히라와 내가 함께 식사를 하고 있을 때인데 갑자기 통지가 왔던 것이다. 마오쩌둥이 우리를 만나고 싶다고 오라고 했다는 것이다. 그리하여 우리는 곧바로 그를 찾아갔다. 우리 세 명이 탄 세 대의 차가 마오쩌둥이 살고 있는 중난하이에 도착했다. 나는 어디로 가는지 알지 못했는데, 도착하고 나서야 마오쩌둥의 사택이라는 것을 알았고 바로 그의 서재에서 만났다. 그와 대면했을 때, 일본 측에서는 다나카, 오히라와 내가 있었고 중국 측은 저우 총리, 랴오청즈가 있었다. 그리고 두 명의 여비서가 있었는데 통역이었다. 다나카가 들어섰을 때, 마오쩌둥이 문 앞에서 우리를 영접했다. 상호간 안부를 묻고 다나카가 화장실을 가고 싶다고 하자 마오쩌둥이 직접 다나카에게 안내를 해주었다. 마오쩌둥은 그곳에서 다나카 선생이 나오길 기다렸다. 돌아온 후 함께 그의 방으로 들어갔는데 서재 같은 방이었다. 마오쩌둥이 앉자마자 저우언라이를 가리키며 말했다. "다나카 선생, 우리 집의 그(저우언라이를 가리킨다)와 다 싸웠습니까? 싸우지 않을 수 없었을 겁니다!" 이는 마오쩌둥의 첫마디 말이었다. 그는 세계 공산혁명의 영수이지만 그렇지 않아 보였고, 오히려 일본의 도처에서 볼 수 있는 노인 같았다. 바로 그는 우리가 아직 앉지 않았을 때, "다나카 선생, 우리 집의 그(저우언라이를 가리킨다)와 다 싸웠습니까? 싸우지 않을 수 없을 겁니다!"라고 말했다. 이는 외교 현장에서 본 적이 없는 일이었다. 확실히 회담 중에 다나카와 저우언라이 간에 역사관의 차이 등에 대하여 논쟁을 벌인 적이 있었다. 마오쩌둥의 이 말은 바로 두 사람이 벌인 논쟁이 끝났음을 선포한 것이라고 나는 그렇게 이해했다.

마오쩌둥과 다나카는 정치문제를 언급하지 않았다. 당시 랴오청즈가 그 자리에 있었는데 마오쩌둥이 일본에서 산 적이 있었던 그를 가리키며 농담을 했다. "저 사람을 데리고 일본에 가서 그에게 참의원이 되게 하면 어떻겠습니까?" 그런 식으로 유머스럽게 분위기를 이끌어 갔다. 그러나 정치문제는 언급하지 않고 1시간 동안이나 회견하였다. 작별을 고할 때 그가 말했다. "다나카 선생, 나는 나이가 많습니다. 신경계통에 병이 있어서 곧 천국으로 가야합니다." 나는 이 말을 통역하여 전달하였다. 그러나 담소를 나누는 것을 보아하니 그의 건강은 나쁘지 않아 보였다. 마지막으로 떠날 때 마오쩌둥이 "시를 잘 공부하세요!"라고 말하면서 한 권의 시집을 다나카에게 주었다. 이 책은 아직 다나카의 집에 남아 있을 것이다. 이외에 나에게 깊은 인상을 준 것은 없었다. "싸움이 끝났습니까?" 이 말은 그가 다나카와 저우 총리간의 논쟁을 알고 있었다는 것으로, 그도 '구대동존소이'를 언급한 것이라고 기억한다. 옆의 젊은 통역을 가리키며 말하길 "저렇게 젊은 사람조차도 반대합니다"라고 했는데, 이는 바로 젊은이들도 중일 국교정상화를 반대하고 있다는 것이었다.

　내가 처음 저우 총리를 만났을 때의 인상은 앞에서 말한 바와 같이 안목이 예리하고 기지가 풍부하고 결단력이 있다는 것이었다. 그는 조직 능력이 매우 뛰어난 정치가였다. 그리고 그는 젊었을 때 말 위에서 떨어져 팔이 부러졌었는데 그 영향으로 결국 팔이 구부러져 버렸다. 그는 마오타이주를 좋아했는데 다나카에게 이렇게 말했다. "마오타이주는 독합니다. 다나카 선생이 가장 적게 마셨습니다"라고 하면서 다나카에게 마오타이주를 권했다. 둘째 날 저우 총리와 함께 상하이에 갔을 때, 다나카 선생은 마오타이주를 너무 많이 마셔서 비행기 안에서 잠을 잤다. 나는 저우 총리가 있는 장소에서 다나카 선생이 잠을 자는 것은 실례라고 생각해서 그를 깨우려고 했다. 이때 저우 총리가 말했다. "그를 깨우지 마세요." 그리하여 다나카는 베이징에서 상하이에 도착할 때까지 잠을 잤다. 저우 총리는 흥미진진하게 비행기 밖 아래를 가리키며 말했다. "이곳이 바로 내가 태어난 곳이지요." 그 말은 특히 상냥하고 정겨웠다.

　그는 12억 인민과 일본보다 20배나 큰 국가의 영수였다. 그는 이렇게 큰 국가의 행정을 이와 같이 조리 있고 질서 있게 관리할 능력을 가지고 있었다. 일본은 1.1억 명의 인구를 가지고 있던 큰 나라로 그런 점에서 다나카의 지도능력도 대단한 것이었다. 그들 두 명은 확실히 매력 있는 정치가였다. 나는 자주 다나카를 '컴퓨터' 혹은 '불도저'라고 말한다. 컴퓨터는 그의 머리에 각종 숫자를 담고 있어서 이고, 불도저는 그가 강하게 각항의 사업을 추진하기 때문이다. 오히라, 그는 학자로서 예술, 문화, 정치에 정통하며 열정이 넘치는 사람이었다. 내가 가장 존경하는 정치가는 다나카를 제외하고는 오히라라고 할 수 있었다. 그의 일중 양국 교류에 대한 연구는 국교정상화와 항공협정의 체결 과정에서 가장 큰 역할을 했다. 중국에서 일중 국교정상을 담판하는 기간 동안 그는 차에서도 지펑페이(姬鵬飛) 외교부장과 이야기를 했고, 어떤 때는 밤새도록 의견을 교환했다. 내가 볼 때, 일중 국교정상화의 과정 중에 가장 열심히 노력하고, 가장 공을 들인 사람은 오히라 선생이라고 생각한다. 내가 처음으로 저우 총리의 눈을 보았을 때 그의 안광에 의해 압도당했는데, 이런 종류의 인상은 지금까지도 새롭기만 하다.

부친은 저우언라이를
성인이라고 생각했다

– 오카자키 아키라
   (岡崎彬 전 일본 항공공사 총재 오카자키 가헤이(岡崎嘉平)의 아들)

부친은 저우언라이를 성인이라고 생각했다

- 오카자키 아키라
(岡崎彬 전 일본 항공공사 총재 오카자키 가헤이(岡崎嘉平)의 아들)

1963년 인민대회당에서 저우 총리는 우리를 처음으로 만났다. 나는 무역 중국방문단과 무관하기 때문에 가장 뒤에 있었다. 저우 총리는 내방한 모든 사람과 악수를 한 후 나의 면전에 서서 처음으로 물었다. "중국어를 할 수 있습니까?" 내가 말했다. "못합니다." 두 번째는 프랑스어를 사용하며 물었다. "영어를 할 수 있습니까?" 나는 대답했다. "영어는 조금합니다." 그런 후에 그는 일어를 사용하며 말했다. "나는 일어를 모두 잊어버렸습니다." 그는 또렷한 일어로 나를 놀라게 하였다. 그는 말을 마친 후 소리를 내어 웃었다. 나는 결코 그에게 일어를 할 줄 아는지 묻지 않았는데도 그가 스스로 일어를 사용하여 그렇게 말했던 것이다. 그 후 나는 그에게 광동어를 할 줄 아는지를 묻자 그는 웃으면서 대답하지 않고 랴오청즈 선생을 불렀다. 당연히 그는 광동어를 할 줄 알았던 것이다. 당시 나의 부친은 저우언라이 뒤에 서서 매우 기뻐했는데 왜 그랬는지 후에 말씀하다. 자기가 가장 존경하고 가장 좋아하는 사람이 자신의 아들과 이야기를 나눴다는 사실 때문이라고 했다. 나의 부친은 약간 수줍은 듯한 모습의 천진한 얼굴을 하고 있었는데, 솔직히 말하자면 나는 태어난 이래 처음으로 잠깐 아버지를 본 것뿐이었다. 나는 부친이 나에게 휴가를 내게 하여 같이 베이징에 온 이유를 알았다. 저우 총리가 나에게 말했다. "당신 부친은 자신을 위해서는 아무것도 할 줄 모르면서 우리와 나를 위해서는 많은 일을 했습니다. 우리 중국은 그에 대하여 그렇게 평가하고 있습니다. 그래서 그를 대신해서 내가 말합니다. 나는 당신의 부친에게 매우 의존합니다. 그런 종류의 신임은 자신의 이익을 희생하여 타인을 위하여 전력으로 행동하는 것에서 나타납니다. 당신의 부친은 일본과 중국을 위하여 전심전력으로 자신을 희생했습니다. 그래서 우리는 그를 매우 신임합니다." 당시 나는 30대 후반이었는데, 청년이라고 할 수 있었다. 이미 수많은 지위가 높은 사람들, 외국의 대통령이나 미국의 국무장관 등과 같은 사람들을 만나 봤었다. 그러나 저우 총리는 그런 사람들과는 달랐다. 먼저 그는 사람들을 위협하지 않고 빛나고 생기가 넘치는 눈으로 온유한 시선을 보냈다. 그리고 그는 나와 같은 젊은 사람들에게도 친구처럼 친절하게 말했다. 그는 12억 인구 중에서 뛰어난 인물로 다른 사람들과는 달랐던 것이다.

비록 짧은 시간이었지만 오히려 잊기 어려운 첫 대면이었다. 저녁에 성대한 연회가 열렸는데, 연회에서 저우 총리의 연설을 들었다. 그 연설은 나에게 깊은 영향을 주었는데, 그것은 내가 중국을 이해하는데 도움이 되었기 때문이다. 이 연설을 대략적으로 설명하면 다음과 같다.

"중일 국교의 역사는 기록에 의하면 2천 년이 넘으며 기록되지 않은 것까지 포함하면 더욱 오래되었을 것이다. 그러나 중일의 사이에는 줄곧 양호한 관계를 유지해 왔다. 단지 근대 70여 년 동안 중일전쟁이 시작한 이래 형세가 아주 나쁘게 변했다. 이 몇 십 년과 양호했던 관계의 역사를 서로 비교하면 단지 한순간일 뿐이다. 이 때문에 우리의 임무는 바로 양호한 관계를 회복하는 것이며, 함께 번영의 길로 가는 것이다. 양호한 관계를 보호 유지하는 것은 천리(天理)로써 하늘이 원하는 것이다. 우리가 하는 노력은 단지 천의를 집행하는 것일 따름이다."

나는 어렸을 때부터 일본 문화의 원천은 중국 문화에 있다는 것을 알고 있었다. 저우 총리의 연설을 들은 후, 나도 일중 양 국의 우호관계가 천의라는 것을 인식하고 있는데, 그의 인식도 마찬가지였던 것이다. 이후 이러한 관점은 내가 중국을 바라보는 기초가 되었다. 저우 총리와 접촉하는 가운데 나의 부친은 큰 영향을 받았다. 나는 부친에게서 그와 저우 총리 간의 고사를 들은 적이 있었다. 그중 항상 언급하는 것이 '저우 총리의 성인론(聖人論)'이었다. 이 말은 부친이 나에게만 말했을 것이다. 그는 말했다. "세계에 4대 성인이 있는데, 예수, 석가모니, 공자, 모하메드이다. 그러나 저우 총리를 이들 성인에 넣어야 한다." 이 말 뜻을 부친은 후에 나에게 말했는데, 만약 성인 중에 중국인이 두 명이 있으면 다른 사람들이 이의를 제기할 것이기 때문에, 부득이 하게 공자만을 넣었던 것인데, 이제는 그 지위를 저우 총리에게 넘겨주어야 한다는 것이었다.

부친이 말씀한 바에 의하면 그와 저우 총리는 정식회담을 18차례나 했다. 그러나 비공식 회담은 그 수를 셀 수가 없다고 했다. 어떤 때는 저우 총리의 사무실에서 회견을 하기도 했다고 했다. 정식 회담 시에 저우 총리는 잘 다려진 중산복을 입었지만, 일상적인 사무를 볼 때에는 덧댄 의복을 입고 있었다고 했다. 이 일이 나의 부친에게 미친 영향이 매우 컸는데, 이때부터 나의 부친도 더 이상 새로운 옷을 추가로 구입하지 않았다. 나이가 드신 후 의복이 확실히 헐렁해 졌는데도, 그러나 그는 변함없이 옛날의 옷을 입고 세상을 떠났다. 나는 부친이 이렇게 한 것은 스스로 더 저우 총리와 가까워지려고 했기 때문이라고 생각한다. 나의 모친이 부친의 그런 헐렁한 의복을 보고 그에게 새 옷을 사라고 몇 번을 권유했지만 그는 말을 듣지 않았다. 일상의 사소한 부분에서도 나의 아버지는 저우 총리의 인품을 따르고자 했던 것이다. 아버지는 사람들은 종종 일반적으로 권세를 얻은 후에는 스스로에게 어떻게든 엄격하고자 하지만 무의식중에 오만함이 나오는 것을 피할 수는 없다고 했다. 태도를 표현하는데 있어서 어느 국가의 사람을 막론하고 지위가 높으면 무의식중에 그런 면이 나올 수 있다는 것인데 저우 총리의 몸에서는 조금도 찾아볼 수가 없다고 했다.

저우 총리가 세상을 떠났다는 소식을 들었을 때 부친의 비통함은 형용할 수 없을 정도로 참담해 했다. 나는 심지어 내가 죽고 모친이 죽어도 그는 그처럼 비통해 하지 않을 것이라고 생각했다.

부친은 1989년에 병으로 입원한 후 8시간 만에 세상을 떠나셨다. 그는 준비한 자료를 들고 계단을 내려가다가 헛발을 디뎌 굴러 떨어지는 바람에 돌아가셨다. 당연히 부친의 갑작스러운 죽음은 우리들에게 큰 충격이었다. 장례가 끝난 후 나의 모친을 포함한 우리 형제들이 함께 이야기를 나누었을 때 나의 모친이 말했다. "너희 부친은 92세까지 사셨다. 그리고 저우 총리의 신변에 계실 것이다. 나는 오히려 그가 저우 총리의 신변에 있게 되어서 기쁘다. 그러니 어찌 아버지 죽음을 슬프다 말할 수 있겠니? 이건 기쁜 일이다." 우리 형제들도 그 말이 옳다고 생각했다. 부친의 사후 모습을 보면 고통스런 모습은 찾아볼 수가 없고 오히려 약간의 웃음기를 머금기까지 하고 있는 듯했다.

당시 나는 누가 일깨워 준 것인지는 잊었지만 아무튼 약속이나 한 듯이 저우 총리의 사진을 부친의 유해 위에 놓고 화장을 하였다. 나의 부친이 평상시 항상 저우 총리의 사진을 몸에 지니고 다니셨기 때문이다. 골육이 세상을 떠나서 당연히 슬프긴 하지만, 부친이 저우 총리의 곁으로 가서 아무런 구속이 없이 이야기를 나누고 계시고 있으며, 그들이 천상에서 우리를 보호해 주고 있다고 생각했다. 이렇게 생각하니 마음이 한결 안정되었다. 당시 나의 모친은 나의 부친이 천국에서 저우 총리와 이야기를 나눌 수 있을 것이라고 말하실 때, 나는 갑자기 1963년 처음으로 저우 총리를 만났을 때의 정경을 회상했는데, 저우 총리의 뒤에 서 있던 내가 저우 총리와 이야기를 나눌 때의 부친이 부끄러운 듯한 천진한 표정이 생각났다. 마치 그들이 천국에서 우리를 바라보는 것이 그때의 방문 활동과 같을 것이라고 느껴졌다.

나는 중국 친구로부터 화이안(淮安)에 있는 저우 총리의 고향에 나의 부친이 남긴 필적이 있다고 들었다. 그것은 바로 "저우 총리의 고향을 방문하니 눈물이 멈추지 않는다"라는 내용이었다. 낙관에는 "아우 오카자키 가헤이"라고 쓰여 있었다. 거기는 항상 수많은 중국 친구들이 방문하는 곳이다. 내가 아는 중국 친구들 중에 그곳에 다녀와서는 내게 항상 묻곤 했다. "저우 총리에게 일본에서 온 동생이 있었느냐?"고 말이다. 그러면 나도 전력을 다해 설명을 하곤 했다. 사실 나의 부친은 총리보다 약간 나이가 많았음에도 말이다.

그러나 인격적인 면에서 말하면 그는 자신이 동생이라고 생각했다. 나는 저우 총리 면전에서 나의 부친은 단지 스스로 그와 비교하여 나이가 많이 적은 아우라고 인정했던 것이라고 생각하고 있다. 일생 중에 저런 친구를 만날 수 있다는 것은 대체로 세상을 잘못 산 것이 아니라는 것을 대신해준다.

우리 집에는 저우 총리의 필적은 없다. 당시 오히려 수시로 만날 수 있었기 때문인데, 저우 총리가 그렇게 바쁘게 세상을 떠날 줄은 미처 예상하지 못했던 나의 부친은 이를 매우 후회했다. 저우 총리의 이야기를 할 때마다 나의 부친은 거의 소년이 되었다. 나와 그러했을 뿐만 아니라 그가 사무실 사람들과 저우 총리에 대하여 이야기만 하면 표정이 변했고, 늘 아름다운 기억에 심취해 있곤 했다.

저우 총리와의 만남은 한 폭의 명화와 같아,
영원히 머릿속에 머물러 있다.

– 이케다 다이사쿠(池田大作 일본 소가학회(創價學會) 명예회장)

저우 총리와의 만남은 한 폭의 명화와 같아,
영원히 머릿속에 머물러 있다.

– 이케다 다이사쿠(池田大作 일본 소가학회(創價學會) 명예회장)

　나의 입장에서 말한다면 저우 총리를 만년에 만날 수 있었던 것은 내 일생에서 가장 잊기 어려운 일이다. 당년에 저우 총리와의 만남은 현재에도 한 폭의 명화와 같이 깊게 나의 머릿속에 남아 있다.

　나는 지금도 분명하게 기억하고 있는데, 우리의 만남은 1974년 12월 5일 저녁이었다. 나는 그날 저녁 베이징 호텔에서 내가 주최하는 연회에 참가하고 있었다. 연회 중에 랴오청즈 선생이 갑자기 매우 긴장하여 뛰어와서는 어떤 일을 나와 상의해야 한다고 말한 후에 나를 옆방으로 데리고 갔다. 랴오청즈 선생과 그리고 손핑화 선생이 그 작은 방에서 매우 긴장해서 말하길 "저우 총리가 당신을 기다립니다. 우리 바로 가야 합니다." 당시 나는 그가 나를 데리고 저우 총리를 만나러 가야 한다고 들었을 때, 덩샤오핑 선생에게 이미 저우 총리의 현재 건강상태가 좋지 않다고 들었기 때문에 입원해 있을 것이라고 생각했다. 나는 저우 총리의 건강이 좋지 않을 때 나와 만난다면 그의 건강 면에서 매우 큰 부담이 될 것이라고 생각했기 때문에 나는 당시 바로 거절했다. 나는 저우 총리에게 폐를 끼치고 싶지 않고 그의 건강에 부담을 주고 싶지 않다고 말했다. 그러나 손핑화 선생이 말했다. "이는 저우 총리가 요청한 것으로 우리는 거절할 수 없습니다. 당신은 가야 합니다." 나는 그가 그렇게 말하자 더 이상 거절할 방법이 없었다. 이후 나는 함께 그들을 따라서 출발했다.

그날 저녁은 매우 추웠고 우리는 두 대의 소형차에 나눠 탔는데 나의 기억에는 랴오청즈 선생과 함께 탔다. 그리고 통역인 린리원(林麗韞) 여사는 앞 차에 탔고 손핑화 선생은 뒷 차에 탔다. 날씨가 추웠기 때문에 중국 측은 나와 나의 아내를 위해 파오즈(袍子, 솜을 넣어 만든 외투)를 준비하여 우리에게 주었다. 차를 타고 15~20분 정도 가자 우리는 저우 총리가 입원한 병원에 도착했다. 모두 말이 없었으며 모두 긴장을 하였다.

그곳은 아주 특수하고 소박한 건물이었다. 대문을 열자 나는 꿈에 그리고 항상 만나고 싶었던 저우 총리를 보았는데, 그는 그 대청에서 나를 기다리고 있었다. 저우 총리는 나의 손을 꽉 잡으면서 나에게 말했다. "이번이 두 번째 중국 방문입니까?" 그가 나의 손을 꽉 잡고 손을 놓지 않고 총총한 눈빛으로 나를 주시한 것을 나는 지금까지 모두 기억하고 있다. 그의 눈빛에는 매우 위엄이 있었지만 너무나 온화하고 형용하기 어려운 감동을 주는 그런 눈빛이었다. 이후 나는 그의 몸이 이전보다 약간 마른 것을 알았지만 매우 활력이 있어 보였다. 그는 나를 옆의 휴식실로 청했는데, 그 방은 크지 않고 매우 소박했다.

나는 그때를 지금까지도 잊을 수 없다. 저우 총리가 말했다. "벚꽃이 만개하던 50년 전에 나는 일본을 떠났습니다." 나는 곧바로 그의 말을 끊고 말하길 "총리께서 건강이 빨리 회복되어 벚꽃이 만개했을 때 일본에 다시 오셔서 벚꽃을 감상하시길 희망합니다"라고 말했다. 그러자 저우 총리가 바로 말씀하길 "나도 그러고 싶지만, 아마도 그럴 기회는 없을 것 같습니다."

　나는 저우 총리의 몸을 매우 걱정하고, 그의 건강을 걱정하였다. 그래서 단지 한번 뵙겠다는 생각에 저우 총리에게 말할 그 어떤 특별한 것을 준비하지 않았고, 그가 잘 쉴 수 있게 우리는 빨리 자리를 뜨려고 했다. 그러나 그는 자리에 앉자 우리에게 말하기 시작했다. 그는 현재 중국의 상황이 아직 좋지는 않지만 지금부터 시작하여 이번 세기의 남은 25년은 중국뿐만 아니라 중국에만 그치지 않고 전 세계적으로 가장 중요한 25년이라고 했다. 이 말을 시작으로 그는 나와 국제문제를 이야기하기 시작했다.

　내가 그와 만나고 그가 이야기를 시작하면서 나는 저우 총리의 생각이 매우 넓으며 그의 역사관이 매우 넓다고 생각했다. 그러나 그는 인간의 심리에 대하여 현미경 같이 분명하게 볼 수 있었고 세밀하게 사람들의 사상과 심령을 볼 수 있는 능력의 소유자라고 생각했다.

　이 밖에 그는 내가 이야기한 세계의 동향에 대해 완전히 옳다고 말해주었다. 그것은 이 세계의 마지막 25년은 전 세계적으로 전쟁의 여지가 충분히 있고, 전 세계적으로 가장 중요한 25년의 시간을 경험할 것이라는 저우 총리의 예언과도 같았기 때문이었다. 저우 총리는 마지막 25년은 매우 중요한 의미가 있다고 하면서 이러한 생각은 언제나 자신의 마음속에 담겨 있으며, 이 25년 동안, 그리고 새로운 세기에 들어서기 전에 어떻게 중국 국가 전체와 인민의 생활, 인민의 행복, 인민의 번영을 잘 이뤄야 할지를 생각하고 있었다고 말했다. 저우 총리는 항상 그렇게 생각해 왔다. 그러한 그의 마음으로부터 점염된 것인지는 몰라도 앞으로 남은 25년에 대한 의구심은 우리도 저우 총리의 당시의 그런 심정과 같았다. 우리는 현재 중국의 발전을 보면 저우 총리가 왜 그렇게 남은 25년을 중시했는지를 이해할 수가 있다.

그러는 가운데 매우 중요한 점을 하나 꼽으라면, 저우 총리가 나에게 마지막 25년은 세계 각국이 상호 존중해야 한다고 한 말이었다. 본래 그와 담화를 나누기 전에 나는 가장 중요한 것이 우리 중일 양국 간의 우호라고 생각했었다. 그러나 저우 총리의 이번 이야기는 나의 좁은 생각을 크게 뛰어넘은 것이었다. 그의 눈은 전 세계를 보고 있었고, 그런 위에서 세계의 공존, 공영의 방면을 말하고 있었던 것이었다.

마지막에 그는 매우 중요하고 매우 예리한 말을 한마디 했는데, 그는 되도록 일찍 중일 양국 간의 우호조약이 체결될 수 있어야 한다고 했던 것이다. 그의 이 말에서 그가 우리 양국 간의 이런 관계와 국제적인 관계에 대하여 얼마나 중요하게 생각했는지를 알 수 있었다. 마지막으로 나는 그와 약속을 했는데, 나는 반드시 저우 총리의 이런 견해를 바탕으로 활동하고 실행할 것이며, 반드시 관련이 있는 인사와 부문에 대하여 열심히 일을 해서 그런 일들을 실현하겠다고 약속했다. 본래 나는 총리의 건강을 매우 걱정하여 저우 총리와 5분내지 10분 정도만 이야기를 나누려고 준비했었는데 결국 헛일이 되었다. 그러나 대화를 나누면서 저우 총리가 우리와의 회견을 끝내고 싶어 하지 않는다는 것을 느꼈다. 나는 옆에 앉아 있던 랴오청즈 선생에게 우리가 일찍 일어나야 하는지, 혹은 우리가 일찍 실례했어야 했는지를 물었다. 랴오청즈 선생은 나를 보면서 저우 총리께서 그렇게 재미있어 하시니 그리 조급해 할 필요는 없다고 말해주었다. 그래서 우리와 저우 총리의 회견은 30분 정도로 연장되었다. 다만 속으로 이 30분의 만남으로 인해 저우 총리의 건강에 영향을 미치지나 않을지 매우 걱정했다.

저우 총리와의 만남을 제외하고 나는 저우 총리의 부인인 덩잉차오 여사와도 깊은 교류를 나누고 있었다. 이전에 나는 그들의 정원 안에 한 그루의 벚꽃나무가 있다는 것을 들은 적이 있었다. 덩잉차오 여사는 일찍이 저우 총리 생전에 가장 아쉬워하던 것이 저우 총리와 함께 그 나무 아래서 기념사진을 찍지 못한 것이라고 말한 적이 있었다.

중일 양국의 국교회복 이후 내가 창립한 소가(創價)대학에서는 처음으로 6명의 중국의 국비 유학생을 받아들였다. 이후 저우 총리와 덩잉차오 여사를 기념하기 위해, 그리고 덩 여사의 그런 마음을 위해서 나는 유학생 6명과 함께 소가대학 교정에 여덟 그루의 벚꽃나무를 심어 저우 총리를 기념했다. 이 여덟 그루의 벚꽃 나무는 우리 대학 중심의 문학연못(文學之池)에 심어져 있는데, 바로 연못 옆의 가장 좋은 장소이다. 현재 그 나무들은 이미 자라서 매우 큰데, 그 벚꽃나무 앞에 나는 비석을 세웠고 비석에다 '주앵(周櫻)'이라는 두 글자를 써넣었다. 비문 위에도 우리가 왜 '주앵'이라고 썼는지 그에 대한 뜻을 풀이해 놓았다. 나아가 나는 비석을 중국방향으로 세워 중국과 마주보게 했다. 나는 비석이 저우 총리를 향해 있기를 희망했는데, 이는 내가 특별히 그렇게 배치했던 것이다. 이밖에 저우 총리와 덩 여사 그들 부부간의 은애의 정을 기념하기 위해 '문학의 연못' 아래 일본식 정원을 세우고

평안정원이라고 불렀으며, 또 나는 그 안에 두 그루의 벚꽃나무를
심어 '주부처앵(周夫妻櫻)'이라고 명명했다. 한 그루는 저우 총리를
다른 한 그루는 덩 여사를 나타낸 것이었다. 이 두 그루 역시 현재 잘
자라서 매우 크다. 매년 벚꽃이 만개할 때마다 나는 벚꽃 감상회를
열고 각계 유관인사들을 초청하여 '주앵' 및 '주부처앵'을 감상하고
있다. '문학연못' 이 네 글자는 우리가 중국의 둔황(敦煌) 학자인
창수훙(常書鴻) 선생에게 요청하여 그가 직접 지어준 글자이다.

일본 소가대학 앵화원 내의 '주앵'과 '등앵' 나무와 비석

작년 나는 쿠바를 처음으로 방문하여 카스트로를 만났다. 우리는 많은 이야기를 나누었는데 저우 총리에 대해서도 이야기했다. 내가 저우 총리에 대하여 이야기를 할 때, 그는 만면에 미소를 지으면서 나에게 말하기를 저우 총리는 매우 위대한 지도자라고 했다. 이 일은 나에게는 잊을 수 없는 일이었다.

나에게는 한 명의 오랜 친구가 있는데, 미국의 전 국무장관인 키신저 박사이다. 우리가 만나 저우 총리에 대해 이야기를 나눌 때 그도 칭찬에 칭찬을 거듭했다. 본래 그는 자신에 대하여 매우 자신하는 사람으로 다른 사람을 칭찬한 적이 별로 없는 사람이었다. 그러나 그가 저우 총리에 대하여 이야기 할 때는 그가 만난 모든 사람들 중에 최고의 지식인이고 최고의 정치가이며 가장 뛰어난 지식인이라고 평했다. 그리고 저우 총리가 사람들에게 주는 인상이 얼마나 큰지와 저우 총리의 인격이 얼마나 위대한지를 말했다.

그리고 또 한 가지 일화가 있는데 중국과 소련의 관계가 가장 안 좋았을 시기에 나는 베이징을 방문했었고, 또 같은 해에 소련의 초청으로 소련에 가기도 했다. 그 때 나와 소련의 코시긴이 크레믈린궁 에서 만났는데 여기서 우리는 저우 총리에 대하여 이야기를 나누었다. 그는 나에게 다음과 같이 말했다. "저우 총리는 매우 총명한 사람으로, 만약 저우 총리가 살아 있었다면 나는 양국이 싸우지 않았을 것이라고 생각합니다." 나도 저우 총리가 살아 있었다면 소련이 절대로 함부로 하지 못했을 것이라고 생각했다. 비록 당시 수많은 사람들이 그들을 매우 두려워했지만 그들 두 사람이 살아 있는 한은 중소 간에 절대

싸움이 일어나지 않을 것이라고 예견했다. 그런 나의 생각은 적중했다. 저우 총리와 코시긴 이 두 사람은 모두 영웅이었기에 충분히 상통할 수 있었던 것이다. 그들은 공통의 견해와 공동의 생각을 가지고 있었기 때문에 절대로 그렇게 어리석은 일을 할 수 없었다는 것을 나는 확신할 수 있었다. 나는 아직도 코시긴이 비록 저우 총리가 그에게 있어서 적이기는 했지만, 마음속으로는 존경하고 있었던 것을 기억하고 있다.

저우 총리가 일중국교 회복 전에 이미 소가대학을 중요하게 생각하고 미리 사람을 청하여 우리와 연계하기 시작하였다고 들었다. 우리와의 우호관계를 그는 매우 중요하게 생각했다는 것이다. 바로 누구도 주의하지 못했을 때 그는 이미 대국방면에서 출발하여 소가학회를 이해하고 우리 사이의 우호가 얼마나 중요한지를 인식했던 것이다. 그의 생각은 매우 예리했고 매우 깊이가 있었던 것이다. 그는 매우 정확하게 볼 수 있었고, 인민과 인민 간의 우호의 중요성을 알고 있었다. 이런 점에서 그는 매우 현명한 정치가이자 매우 우수한 사람이었다는 것을 알 수가 있다.

또 매우 불가사의한 일이 있었으니 그것은 바로 사회주의 혹은 공산주의를 싫어하는 일부 사람들도 설령 사회주의 혹은 공산주의를 싫어할지라도 그들은 마음속으로 저우 총리를 존경하고 좋아했다는 점이다.

저우 총리는 매우 교양이 있는 사람이었으며 그의 인격 또한 매우 고상했다. 그는 줄곧 온힘을 다하여 인민을 위해 봉사했고 세계평화를 위해 노력했는데, 이 방면에 대한 그의 태도는 단호했다. 그는 봄바람처럼 사람을 대하였고 상대방을 편하게 해 주어 만나는 모든 사람들이 유쾌해 했다. 그는 모든 사람들에게 자애로우며 자상했다. 그래서 그를 만난 모든 사람들이 자상한 보살이나 부처와 같다고 느꼈다. 그는 이런 자상한 일면도 있었지만, 반대로 적에 대해서는 매우 엄격하고 매우 단호했다. 그의 단호함은 철과 같아서 절대로 어떠한 적에게도 굴복하지 않았다. 그는 위대한 정치가이자 인격이 고상한 사람이었다. 현재 혹은 근대에 이렇게 뛰어난 사람은 다시 찾아보기 힘들다고 나는 생각한다.

나는 또 옥으로 조각한 저우 총리의 반신 흉상을 소가대학의 가장 중요한 곳에 놓았다. 그 이유는 바로 모든 소가 대학의 학생이든, 이곳에 온 모든 사람들이 저우 총리의 이런 위대한 인격을 학습하기를 희망했기 때문이다.

나는 그의 도제(徒弟)이자
학생이었다.

– 기무라 이치조 (木村一三) 전 일총칭제 무역센타 회장

나는 그의 도제(徒弟)이자
학생이었다.

- 기무라 이치조 (木村一三) 전 일총칭제 무역센타 회장

나는 저우 총리의 좋은 친구라고 말하고는 있지만 사실 감당할 수 없는 말이다. 나는 저우 총리의 도제이자 학생이다. 나는 저우 총리에게 단지 존경의 정만을 가지고 있을 뿐이다.

나는 1955년에 저우 총리를 처음으로 만났는데, 만나기 전에 나는 이미 그에 대한 준비를 하고 있었다. 그래서 당시 미 국무장관이 귀국 후에 한 기자회견에서의 연설에 관심을 가졌다. 그는 "저우 총리는 세계에서 손꼽을 정도의 신사이다. 그리고 만약 나와 저우 총리를 비교한다면 나는 야만인이다"라고 했다. 그 정도로 그는 매우 겸손하게 저우 총리에 대한 인상을 담론했다.

나와 저우 총리를 처음 만났을 때의 광경이 지금까지도 선명하게 나의 눈앞에 떠오른다. 처음의 인상은 저우 총리가 준엄하기는 하나 상냥하고 친절한 사람이라는 것이었다. 이 두 가지는 적당하게 융합되어 있어 만나기만 하면 사람들에게 친절함을 느끼게 했다.

그러했기에 그의 면전에서는 저절로 심사를 토로하게 되었고, 이러한 느낌은 매우 강렬했다. 몇 번을 만난 끝에야 겨우 나는 그와 말할 수 있는 기회가 있었는데, 그는 나에게 말하기를 "중국어를 공부해야 합니다. 가장 좋은 것은 통역을 통하지 않고 직접 이야기를 나누는 것입니다"라고 했다. 그래서 나는 "저는 이미 40살이 넘었습니다. 지금 중국어를 공부한다는 것은 쉬운 일이 아닙니다"라고 대답했다. 그러자 저우 총리가 말했다. "아닙니다. 마오 주석을 보십시오. 그는 나보다 영어를 더 잘합니다." 그 말의 의미는 결심을 하기만 하면 중국어도 배울 수 있다는 것으로 생각하기 나름이라는 것이었다.

그와 회견할 때마다 자주 자정을 넘겼는데, 그때마다 나는 매우 걱정스러워 하며 그에게 물었다. "저우 총리님, 언제 휴식을 취하십니까? 몸에 해롭지 않습니까?" 그러나 저우 총리는 이 문제에 대해 직접적인 대답은 하지 않고 "일본 친구와 담화하는 것은 매우 유쾌하기 때문에 몸에 해롭지 않으니 걱정하지 않아도 됩니다"라고 에둘러서 말하곤 했다. 후에 나는 저우 총리가 매일 새벽 세 시까지 일한다는 것을 들었다. 결재해야 할 서류가 모두 처리되어야 부장들이 출근했을 때 일할 수 있기 때문이라는 것이었다. 이는 옌안 시기에 길러진 솔선수범하는 습관이라서 그런 것이라고 하는 말도 들었다.

나는 중국 친구로부터 저우 총리가 공사에 대한 구분이 매우 분명하다는 것을 들었다. 그는 단호하게 특권과 권력의 남용을 반대했다. 그래서 저우 총리 주변의 사람들 중에는 많은 사람들이 승진을 하지 못했다. 그런 사람들 가운데 나는 한 명을 거론할 수 있는데, 곧 중국국제무역촉진회의 부비서장이다. 그는 경제학 방면의 권위자임에도 시종 그 위치에 있었고, 더구나 비교적 젊었을 때 세상을 떠났다. 저우 총리는 그의 죽음을 매우 애석해 하며 추모연설을 했다. 저우 총리 주변의 사람들은 승진을 하지 못하는 것에 불만이 없었으며 그에 대한 어떤 의견도 없었다. 그들은 모두 아주 기분 좋게 일을 했다. 여기서 나는 저우 총리의 풍격이 모든 간부에게 스며들어 있다는 것을 느꼈다. 저우 총리는 스스로 홍치(紅旗) 자동차를 타지 않고 상하이에서 생산 한 보통 차를 탔다. 그는 솔선수범하여 모범이 되었다. 그는 직권을 남용하고 관료주의를 내세우는 것을 가장 싫어했다. 저우 총리는 눈을 사방에 두고 국면 전체를 돌봤던 사람이었다.

그러나 그는 어떤 때는 사소한 개인적 정에 대한 것도 분명하게 기억하고 있었다. 나는 여러 번 그러한 점을 경험하였다. 이것은 그가 군중에 대해 배려가 깊었다는 것을 의미하는 것이다. 바꿔서 말하면 배려심이 깊었기 때문에 대국적으로 문제를 바라볼 수 있었고, 원대하게 문제를 생각할 수 있었다고 말할 수 있는 것이다. 저우 총리의 군중에 대한 배려는 바로 기본이었다. 중국 친구는 저우 총리의 좋은 기억력을 자주 언급했다. 그러나 나는 그렇게만 보지 않고, 그는 기억력이 좋을 뿐만 아니라 정도 깊었다는 것을 말하고 싶다. 정이 깊지 않았으면 그렇게 사소한 일을 기억할 수 없었을 것이다. 이는 나 본인의 일을 예로 들 수 있는데, 그가 나의 출생 년 월일을 기억하고 있었다는 사실이다. 후에 내가 알아보니 내가 출생한 그 해와 저우 총리가 일본으로 유학을 갔던 해가 같았다는 것이었다.

한번은 경축행사에 참가한 적이 있었는데, 우리는 대회에서 부득이하게 연설을 해야 했다. 당시 통역은 저우빈(周斌)이 했다. 연설 전에 우리는 어디까지 통역을 할 것인지를 미리 상의하고 나도 표시를 해 두었다. 그러나 연설시작 후 흥분한 나는 사전에 상의했던 단락을 잊어버려서 일단 중요한 부분만을 말하기 시작했다. 저우빈 군이 한순간 당황하여 통역을 잘하지 못했다. 그러자 저우 총리가 나를 대신하여 기무라 선생의 요구가 너무 커서 저우빈군이 제대로 역량을 발휘하지 못하게 되었다고 위기를 수습해 주었다. 쌍방이 곤란하지 않게 잘 무마시켰던 것이다. 당시 나는 이것이 바로 지도의 기술이고 쉽게 배울 수 없는 리더십이라고 생각했다.

나는 이번 연설에서 일본의 민간 무역단체를 대표하여 국교정상화 실현에 노력을 하신 마오쩌둥, 저우 총리 및 중국 측 간부들에게 감사한다는 마음을 전했다. 이와 동시에 일본 정부의 다나카 가쿠에이 수상과 오히라 외상의 노력에 대해서도 감사를 전했다. 여기까지 말하자, 저우 총리가 혼자 일어나 박수를 치면서 동의를 표시했고 저우 총리의 박수를 시작으로 회장에는 우레와 같은 박수소리가 울려 퍼졌다. 당시 나는 이번 회의에서 일본 정부가 들인 노력을 언급해야 한다고 생각했었기에 저우 총리의 박수에 나는 마음속으로 기뻐했다.

극우 단체는 나의 가족까지 위협을 했는데, 이는 단기적인 것이 아니고 몇 년 동안이나 지속되었다. 후에 그들이 대만의 특수부대까지 고용했다는 것을 알게 되었다. 그들은 나에게 그렇게 하였을 뿐만 아니라 수상, 외상에게까지도 그러했다. 용기가 없으면 그런 결심을 할 수 없었던 것이다.

다음으로 나는 저우 총리가 나를 사소한 것까지 보살펴 준 두 가지 작은 일화를 이야기 하고자 한다.

한 번은 내가 베이징에서 일을 마무리하고 귀국을 준비할 때인데, 베이징 호텔에서 공항까지 차를 타고 갔는데 공항에 도착하여 랴오청즈 선생을 만나게 되었다. 나는 그가 어떤 관원을 영접하러 나온 줄 알았다. 그래서 나는 그에게 물었다. "공항에 누구를 맞이하러 오셨습니까?" 그러자 그가 나를 배웅하러 왔다고 말해 나는 그가 농담을 하는 줄로만 알았다. 그는 이어서 "정말 당신을 배웅하러 온 것입니다. 저우 총리의 명령입니다." 그러자 나는 오히려 깜짝 놀라서 갑자기 긴장하기 시작했다. 그래서 내가 말했다. "나 같은 사람을 배웅할 필요까지는 없습니다." 그러자 랴오청즈가 말했다. "저우 총리는 그런 분입니다. 그는 사람에 대한 배려가 세심하고 주도면밀하답니다."

정치적 입장에서도 미묘한 점이 있었다. 한번은 일본에서 나와 대립하던 대표단이 왔는데 저우 총리가 그들을 만났다. 접견 당일 저우 총리가 나를 불렀기에 나는 인민대회당에 도착했다. 도착하자 자리를 가리키면서 나를 앉게 했는데 바로 저우 총리의 옆이었다. 나를 중국 측에 배치한 것으로 나와 대립하는 상대의 맞은편에 앉게 했던 것이다. 이와 같은 배려에서 저우 총리의 고심을 이해할 수 있었다.

일중 국교정상화를 경축하는 기념 대회에서 나는 연설을 한 후 1,000명이 참가한 경축 연회가 거행되었다. 나는 주빈석에 앉아 있었는데 저우 총리가 테이블 위에 놓여있던 꽃다발에서 꽃 한 송이를 뽑아 나에게 주며 말했다. "가져가서 당신의 딸에게 주십시오." 누가 저우 총리에게 나에게 딸이 있다는 것을 알려주었는지 모르지만,

저우 총리의 배려는 이와 같이 세심하였던 것이다. 그는 또 두 송이를 뽑더니 일서서서 뒤쪽으로 걸어갔는데 거기에는 두 명의 유명한 일본 여배우가 있었다. 한 사람은 스기무라 하루코(杉村春子)였고, 다른 한 사람은 다카미네 미에코(高峰三枝子)였다. 그녀들은 저우 총리의 꽃을 받고는 매우 기뻐했다. 연회장 전체의 눈이 모두 그녀들에게 집중되었다.

사토 내각 시대에 일본과 미국은 오키나와 반환문제에 관하여 공동성명을 발표하고, 성명에서 한국, 월남과 중국 대만은 일본의 생명이라고 언급했다. 이에 대하여 중국정부는 엄중한 비판 성명을 발표했다. 이후 수개월이 지나 저우 총리와 예젠잉(葉劍英)이 우리를 만났다. 그때, "기왕 이렇게 되었으니 우리의 무역은 좋은 친구사이에서만 진행할 뿐입니다." 당시의 형세는 확실히 좋지 않아서 중소기업은 별 문제가 없었지만 몇몇 대기업은 대만과 관계가 밀접했기 때문에 문제가 있었다. 그리하여 마쓰무라 선생을 청하여 금후 이 원칙에 따라 일을 처리할 것임을 알렸다. 이후 저우 총리는 나에게 이 원칙에 따라 일을 하게 했다. 나는 저우 총리의 단호한 원칙과 단호한 정책에 근거하여 더 많은 기업의 일을 시작했다. 나는 일본 대기업의 99%를 관여하게 되었으며 나의 추천에 근거하여 중국정부가 승인해주었다.

그때가 마침 사토내각 말기였는데, 일중 국교정상화의 전야로 당시 연합국에서 미국과 일본이 사방으로 뛰어다니면서 중국의 합법적 지위의 회복을 방해하고 있었던 시기였다. 연합국 회의에서 중국의 합법적 지위를 부정하는 결의가 통과 되었다. 그리고 다음해에 대만의 중국을 대표하는 합법적 지위를 갖는다는 제안이 알바니아 등의 국가에 의해 부결되었다. 대만은 연합국에서 쫓겨났고 중국은 연합국의 합법적 지위를 회복했다. 이는 역사적인 일이었다. 이 때 다나카 내각이 탄생했고, 이 기간에 다나카 선생이 자민당 총재가 되었다. 다나카, 오히라 두 분을 나는 이전부터 접촉하고 있었기 때문에, 그들의 생각을 잘 이해하고 있었다. 나는 자민당 내에서 그들이 사토에게 승리할 것이며, 다나카 내각이 출범할 것이라고 판단했다.

당시 나는 일본의 재단, 관동 그리고 관서의 재단은 바로 이때 용감하게 나서야 하며 국교 정상화 방면에서 응분의 역할을 해야 한다고 생각했다. 일본의 재단은 일본 경제건설에 매우 큰 작용을 했으며, 정부의 국교정상화 실현의 행동에 대해 지지를 보내고 격려해주었다.

나는 독자적으로 베이징을 방문하여 저우 총리를 만나서 나의 견해를 제시했다. 현재 일본 재단 중 손꼽히는 재단이 사토내각의 정책에 불만을 표시하고 있으며 행동으로 그들의 입장을 표명하기 시작했다고 전했다. 나는 중국 측이 일본재단의 중국방문을 환영하기를 희망한다고 했다. 하지만 당시 인선문제에서 네 가지 조건을 관철해야 했다. 나는 저우 총리 면전에서 인선문제에 있어서는 내가 책임질 것이며, 이 네 가지 조건을 지키겠다고 보증했다. 당시 관동과 관서 지역의 재단을 조직하여 대표단을 파견해야 했는데 실현하지를 못하여, 관서 재단을 먼저 파견하기로 결정했다. 도쿄의 재단과 정부의 관계가 매우 밀접해야 했기 때문에, 정부와 비교적 소원한 관서지역의 재단을 중국에 먼저 보내는 것으로써 도쿄의 재단을 움직이고자 했던 것이다. 그리하여 관서지역의 재단회의를 개최하고 1971년 9월 관서

재단을 중국으로 파견하였다. 같은 해 11월 도쿄재단을 파견하고 그 다음 해 미츠비시그룹(三菱集團)을 중국으로 파견하였다. 이렇게 재단은 행동으로 태도를 보였는데, 이 모든 것은 저우 총리가 친히 주도하여 나의 건의를 받아들여 주었기 때문이었으며, 중간에서 랴오청즈 선생이 매우 큰 역할을 하였다. 모든 과정 중에 저우 총리가 강조한 것은 원칙을 지키는 것이며 탄력성이 있는 정책을 실행한 덕분이었다.

이처럼 저우 총리는 국내외를 가리지 않고 솔선수범하여 군중 속으로 깊이 들어가 군중의 추대를 받았다. 이 점은 저우 총리가 세상 을 떠났을 때의 반응을 보면 바로 알 수가 있다. 나는 저우 총리의 조문 행렬에 참석하였다. 저우 총리가 세상을 떠난 지 일주일 후에 나는 베이징호텔에서 여종업원들이 이층의 어느 방에서 크게 우는 것을 보았는데 매우 비통해 했다. 무슨 일이 일어났는지 몰라 조용히 들어가 보았는데 그녀들은 저우 총리를 생각하면서 울고 있었던 것이다. 군중의 마음속에 있는 저우 총리의 위치를 알 수 있었다.

나는 중국의 지도자 중에 저우 총리와 같이 이렇게 인민 군중의 추대를 받은 영수는 많이 볼 수 없을 것이라고 단언할 수 있다.

저우 총리는 군중 속으로 깊이 파고들었으며 군중을 이탈하지 않았다. 예를 들면 '문화대혁명' 중에 호위병이 몰려 왔을 때에도 그는 흐리고 맑음을 가리지 않고 몇 시간을 들여 설득을 하였고, 최후에는 홍위병의 이해를 얻어냈으며, 그들이 기쁘게 고향으로 돌아가게 하였다. 이런 일이 한 번뿐이 아니었다. 중국인뿐만 아니라 매우 많은 일본 청년들도 '문혁' 중에 중국을 방문하여 저우 총리를 만나 '문혁'의 문제에 관하여 논했다. 첫 번째로 이야기를 마친 후 그는 말이 명확하지 못했다고 생각하여 그날 저녁 친히 베이징호텔로 찾아가 일본 청년들을 소집하여 다시 이야기를 했다. 저우 총리의 이와 같은 가슴 가득한 열정을 품고 군중을 배려하고 군중 속으로 깊게 들어갔던 것은 그의 귀중한 풍격에서 나온 것이었다.

저우 총리의 풍격에 관하여 내가 다시 보충하자면 그는 직권을 남용한 적이 없으며 공사가 분명하고 솔선수범하여 일하는 중에 선두에 서서 전심전력으로 군중을 이탈하지 않았다는 것인데, 한마디로 말해서 그것은 곧 옌안(延安)풍격이었던 것이다. 저우 총리는 자신의 행동으로 옌안풍격을 실천하였다. 나는 항상 현재의 중국 친구들이 저우 총리의 이런 풍격을 배울 필요가 있다고 생각한다. 당과 군중의 관계를 물고기와 물의 관계로 만들어야 한다. 그 관건은 바로 옌안 풍격을 관철하는 것으로 저우 총리의 풍격을 관철하는데 가장 중요한 것이라 생각한다.

대일 관계문제의 처리는 저우 총리가 직접 주도하였다. 저우 총리의 한쪽 팔인 랴오청즈 선생이 있었기 때문에 언제든지 찾아가도 그를 만날 수 있었으므로 어떤 문제라도 바로 해결할 수 있었다. 랴오청즈 선생과 이야기를 나누면 어떤 때는 그 자리에서 결정을 내리기도 하고, 어떤 때는 요청서를 저우 총리에게 보내 다음날 만나면 이미 답이 나와 있었다. 일중 관계를 좋게 처리하기 위해 나는 양국 간의 채널을 강화해야 할 필요가 있다고 생각하였다. 그때는 일중 국교정상화 전후에 있던 정재계의 많은 사람들이 이미 모두 세상을 떠났을 때였다. 그래서 나는 이런 힘이 있는 채널을 건립하는 것이 중요하다고 생각하였기에 그렇게 한 것이고, 중국 측도 저우 총리의 직접적인 지도 아래 순조로운 체계를 건립함으로써 양국관계는 잘 소통될 수 있었던 것이다.

한마디로 말해서 저우 총리의 대국관은 형세적인 판단을 관통하고 있었다. 대국관이 있었기 때문에 겸허한 풍격을 잃지 않았으며, 군중을 이탈하지 않았고, 군중에 대하여 매우 깊은 감정을 가지고 있었다. 그는 중국의 미래에 대하여, 중국의 국제적인 작용에 대하여 믿음이 충만해 있었다. 예를 들면 대외정책에서는 원칙을 지키는 동시에 탄력성도 있었다. 또 매우 대범하여 소심하지도 않았다. 예를 들면 당시 일본 자민당에 호리 신이치(堀进一)라는 간사장이 있었는데, 그가 저우 총리를 만나고 돌아온 후 나에게 말하길 "세계의 정치가 중에 그런 위대한 정치가를 만난 적이 없으며 당대에 드문 정치가"라고 하면서 입이 마르도록 칭찬하였다.

저우 총리와의 접촉 중에 명명하기 힘든 어떤 것을 느꼈는데 그것은 바로 일종의 믿음이었다. 믿음이 충분해야 겸허할 수 있고 군중을 사랑할 수가 있어 세계에 수많은 친구를 사귈 수 있었던 것이다. 무릇 저우 총리를 만난 사람들은 모두 그를 좋아했다. 그에게는 이러한 깊고 깊은 감정이 있었기에 민중의 깊은 감정을 움직일 수 있었던 것이다. 그렇다면 스스로를 믿는 것은 어디에서 체현되었던 것인가? 나는 그의 대국관에 있다고 생각하며, 오직 그렇게밖에 말할 수 없다고 생각했다. 이데올로기의 다름을 초월하였으며 오히려 그는 이것에 대하여 그렇게 민감하지 않았으며 단지 웃으면서 이야기할 뿐이었다. 그는 믿음이 있었기 때문에 그는 작은 길로 가지 않고 큰길로 갈 수 있었던 것이다.

그는 대국적으로 멀리 내다보는 탁월한 식견을 가진 믿음 충만한 사람이었다.

어떤 사람은 저우 총리가 기억력이 좋아, 자세한 작은 일까지 분명하게 기억하고 있다고 항상 말하면서 그것을 습관으로 여겼다. 나는 이런 생각에는 동의하지 않는다. 그의 친절은 군중 등 각 방면을 대하는 것에서 나타났다. 그는 매우 선량한 사람으로 다른 사람을 배려하였는데 이것이 바로 진정한 왕자(王者)적인 태도였던 것이다. 믿음이 있기에 여유가 있었으며 그는 모든 사람을 자신의 친구, 자신의 혈육으로 보았다. 그가 작은 일에 주의를 기울일 수 있었던 이유는 그가 사람에 대한 친근감을 가지고 있었기 때문이고, 이런 감정은 대국관에서 온 것이라고 감히 말할 수 있다.

능력이 매우 뛰어나서 비교할
사람이 없는 어른이다

– 다나카 마키코 전 일본 수상 다나카 가쿠에이의 딸, 일본 전 외무대신

능력이 매우 뛰어나서 비교할
사람이 없는 어른이다

- 다나카 마키코 전 일본 수상 다나카 가쿠에이의 딸, 일본 전 외무대신

일중 국교 25주년을 기념하여 나는 먼저 나의 부친이 중국에 갔을 때의 상황을 이야기 하겠다.

내가 중학교에 다닐 때, 대략 14, 15세부터 나의 부친은 국외 방문의 기회가 있기만 하면 매번 나를 데리고 가셨는데, 정치의 실제 상황을 견학시켜 주고자 하신 것으로 이런 상황은 중국과 국교를 회복할 때까지 이어졌다. 그 기간 동안만 혼자 중국에 가시고 나를 데려가지 않으셨다. 그러나 나는 매우 가고 싶어 했다. 당시의 일중 관계는 오늘날에는 상상하기 어려운 것이었다. 당시의 중국은 홍색의 장막으로 차단하고 그 뒤에 있었는데, 그곳에 무슨 일이 일어났는지는 전혀 알 수가 없었다. 비록 신문 등으로 그들의 사회를 알 수 있다고는 하지만 나는 중국의 실제 정황을 하나도 몰랐다.

이외에 일본에서는 대만파의 국회의원이 다수를 점유하고 있어서 거의 모두 중국과의 국교회복을 반대하고 있었다. 다나카 가쿠에이는

소수파였다. 집정당과 야당을 막론하고 그랬었다. 그리하여 우익, 대만파 사람들이 끊임없이 전화를 걸어와 위협했다. 심지어 어떤 사람은 그들을 살해할 것이라며 생명을 위협했다. 게다가 자민당 내에도 비판의 목소리가 있었는데 비판하지 않으면 반시대적 행위로 비쳐졌다. 그런 상황에다 더구나 중국에 대해 하나도 알지 못하는 나라를 가는 것이기 때문에 나를 데려가지 않으셨던 것이다. 그러나 나는 오히려 그러했기 때문에 더욱 가고 싶어 했다. 거기에 간다는 것은 일본인에게 살해당할 가능성이 있으며 기타 예상하지 못하는 일을 당할 가능성도 있었다. 역사적 원인으로 인하여 중국인이 일본인들에게 복수의 한을 품는 것은 자연적인 것이기 때문이었다. 그래도 나의 부친은 생명의 위험을 무릅쓰고 갔던 것이기에 생명을 담보로 해서 갔다고 할 수 있던 상황이었다.

나의 부친이 일본에서 출발할 때의 상황도 매우 긴장된 상황이었다. 비행기가 어느 날, 어느 때 출발하는지 마지막까지 기밀을 유지했다. 한편으로는 국내의 반대 때문이고, 다른 한 편으로는 홍색장막 뒤의 상황에 대하여 전혀 몰랐기 때문이었다. 그곳에는 아직 반일이라는 구름이 끼어 있었기에 안전이 보장되지 않았다. 나는 또 가업을 계승할 유일한 자식이었기 때문에 두 사람이 모두 갔다가 만일 생명을 잃게 되면 다나카의 가문은 끊어질 위엄이 있기도 했다. 그래서 나의 부친이 나에게 말했다. "이번에는 나 혼자 가겠다. 네가 집에서 가족을 돌보 거라. 만일 내가 살해당하거나 목숨을 잃게 된다면 너는 절대로 놀라고 당황하지 말고 침착하게 후사를 처리토록 해야 한다. 나의 이번 방문의 목적은 매우 중대한 것으로 멀지 않은 장래에 중국과 일본의 일반 국민들이 자유롭게 왕래할 수 있게 하기 위해서이다. 나는 이런 시대를 실현하기 위하여 가는 것이고, 나는 나의 정책을 굳게 믿고 가는 것이다."

지금 그러한 시대는 이미 실현되었다. 일본의 가전제품이 중국에서 팔리고 중국인도 엄청나게 많이 일본으로 들어오고 있다. 나는 절실하게 나의 부친의 예언이 마침내 실현되었다고 느끼고 있다. 시대는 완전히 변했고 모두가 이구동성으로 "중국만세! 중국은 좋다" 등을 외치고 있을 정도이다.

나의 부친이 베이징에서 상하이를 경유하여 일본으로 돌아온 후, 내가 들은 첫마디는 "마키코를 데려갔어야 한다"는 것이었다. 나의 부친은 이처럼 감개무량해 했는데 나는 지금까지도 그의 흥분된 모습을 생생하게 기억하고 있다. 나의 부친은 나에게 마오쩌둥은 철학자이자 사상가이며, 저우 총리는 멋진 남자이자 실무가라고 했다. 그러면서 다음과 같이 설명했다.

"저우 총리와 나는 매우 의기투합했다. 저우 총리와 만나 처음 말을 꺼내기 전에 나는 이 사람이면 반드시 일을 잘 성사시킬 수 있겠다는 것을 바로 알았다. 만약 저우 총리가 자신이 구상하고 있는 말에 부합하지 않았다면 일본으로 바로 돌아갈 가능성이 클 것이라고 생각했다. 저우 총리는 전쟁 때 받은 상처로 인해 오른쪽 팔에 장애가 있었다. 나는 저우 총리의 오른 팔 모양을 살피면서 마음속으로 일본과의 싸움으로 생긴 상처라고 생각했다. 결론적으로 말해서 저우 총리와의 교류는 매우 원활했으며 매우 빠르게 일종의 신뢰 관계를 쌓았고 이는 온몸을 다해 겨룬 것이라고 말 할 수 있다.

마오쩌둥도 매우 뛰어난 철학자처럼 보였고, 저우 총리는
실무적이며, 특히 뛰어나고 주도면밀한 사람이었다. 저우 총리는
정치가로서 인간으로서 모두 매우 뛰어난 사람이었다. 나는 마키코가
이런 사람을 만나야한다고 생각했다. 다음에는 너를 반드시 데리고
가겠다." 그러나 결국 저우 총리가 세상을 떠나면서 실현되지는
못했다.

　후에 나의 부친이 병에 걸렸는데 대략 중일 국교회복 이후 7, 8년이
지났을 때로 나와 부친의 의사가 처음으로 베이징에 갔다. 저우
총리가 세상을 떠난 지 2년 정도 지났을 때로 나는 중난하이에서
저우 총리의 미망인인 덩잉차오를 배방할 수 있었다. 덩잉차오가
나를 만나자 곧 나에게 저우 총리의 다나카 선생에 대한 평가를 말해
주었다. 그녀가 말하길 나의 남편, 즉 저우언라이 총리가 일찍이 나에게
말한 적이 있는데, 만약 그 사람과 만나지 않았다면 일이 성사되지
않았을 것이라고 했다는 것이었다. 이는 나의 부친이 당년에 하신
말씀과 완전히 일치하는 것이었다. 저우 총리는 다나카와의 만남을
위해 주도면밀하게 준비를 하였다고 한다. 부친을 만나자마자 저우
총리 자신은 자기가 상상하던 형상과 완전히 부합하여 국교 수립이
신속하게 성사되었다는 것이다. 덩잉차오는 이 점을 반복해서
강조하면서 내가 귀국하면 나의 부친에게 전달해 달라고 했다. 이
일화는 그들 두 사람이 매우 의기투합하였고, 그들의 느낌이 완전히
일치하였음을 설명하는 말이다.

　이밖에 나의 부친은 일찍 일어나는 것을 좋아하는 사람으로
매일 5시에 일어나 일을 시작하신다. 저우 총리는 나의 부친의

이런 생활 습관에 대하여 식습관부터 일상습관까지 모두 분명하게 알고자 특별히 조사를 진행하였다고 한다. 당시 저우 총리의 통역 담당인 왕샤오셴(王效賢)의 기억에 의하면 저우 총리는 장기간 전쟁에 참여했었기 때문에 야간에 일하고 낮에 휴식을 취하는 습관이 길러졌다. 그러나 다나카가 낮에 일하기 때문에 자신이 만약 그의 일과 시간에 적응하지 못한다면 가장 좋은 효과를 얻지 못할 것이라고 생각했다고 했다. 그래서 저우 총리는 2개월 동안 이 습관에 적응하려고 노력했다는 것이다.

나의 부친은 속전속결의 성격을 가진 사람으로 수상에 부임한 후 매우 빠르게 중국을 방문했는데 중국 측이 이미 부친을 맞이하기 위해 만반의 준비를 마치고 기다렸던 것이다. 생활의 세세한 부분까지 모두 주의를 기울였던 것인데, 나의 부친이 더위를 타는 것을 포함하여 먹는 것에 이르기까지 모두 조사하였다고 한다. 저우 총리 자신은 나의 부친과의 조화와 일치를 위해 2개월 전부터 이 방면의 훈련을 시작했다. 오늘날 많은 시간이 지나 이 일화를 들으니 여전히 나를 매우 감동시켰다.

나의 부친은 갑자기 중국을 방문하였기 때문에 아무런 준비도 할 수 없었다. 7월 수상에 부임하고 8월 중국을 방문했으며, 게다가 반대의 목소리를 내는 어떤 사람이 공언하길, 만약 수상이 하늘을 걸어가거나, 아니면 경시청에서 헬기를 타고 공항으로 가지 않는 한 촌보도 움직일 수 없을 것이라고 협박을 하기까지 했다. 나의 부친은 귀국한 후 즉시 황궁으로 가서 천황폐하를 찾아뵙고, 그 후에는 중의원, 참의원 양 원의 회의에 참가하였다. 그 회의에서 그는 네 시간 반 동안이나 공격을 받았고, '매국노'가 되었으며 자민당 내의 의원이 모두 그의 보고를 반대했다. 나의 부친은 막 취임했을 때 가장 힘이 있었으며, 머리도 영활했다. 그는 국민의 기대를 저버리지 않기 위해 가장 중요한 일을 제일 앞에 놓고 처리했다. 그래서 그는 젊음과 정력의 왕성함을 이용하여 방해를 제거하고 이런 대사를 완성했던 것이다.

당시 나의 부친과 동행한 기자가 나에게 말하길 그때 베이징에서 상하이를 가는 도중에 나의 부친이 저우 총리의 앞에서 잠을 잤는데 우리는 옳지 않다고 보았다. 이에 대해 저우 총리는 "그를 깨우지 말고 더 주무시게 두세요"라고 했다고 한다.

베이징에서 단지 이틀을 머물렀고, 두 사람이 처음 만났지만 두 사람의 사이는 매우 조화로웠다는 걸 암시하는 대목이다. 이틀 동안 두 사람은 충분한 이야기를 나누었기 때문에 베이징에서 상하이로 오는 한 시간이 넘는 시간 동안 나의 부친은 이미 부담을 떨쳐버릴 수 있었기에 잠을 잘 수가 있었던 것이다. 이 기자의 경험은 나의 부친과 저우 총리가 대단하다는 것을 알게 했으며, 그들은 매우 정이 있다는 것을 알 수 있었다고 했다.

저우 총리는
내 마음속의 위인이다

– 나카소네 야스히로(中曾根康弘) 전 일본수상

저우 총리는
내 마음속의 위인이다

- 나카소네 야스히로(中曾根康弘) 전 일본수상

1973년 1월 나는 일본 통산대신(通産大臣)으로 일중 국교정상화 후에 첫 번째 대표단을 인솔하여 중국을 방문하였는데, 기억하기론 세 차례에 걸쳐 합쳐서 10시간 동안 저우 총리와 회담을 나눴으며 그때 받은 인상이 매우 깊었다. 저우 총리는 마오쩌둥 주석이 이끄는 중국공산당에 협조하고 중국 정부를 관리하였다. 그는 위대한 전략가로 특히 제2차 세계대전 말기, 국공합작 기간 동안 이미 충칭(重慶)에서 마오쩌둥의 조수 및 중국공산당 대표로 국민당 장제스 대표와 담판을 했다. 당시 담판을 하면서 활약한 저우 총리를 보면 나는 그가 뛰어난 외교가이자 전략가라고 생각했다. 중국이 독립한 후 그는 외교부장을 겸임하여 거대한 외교능력을 발휘하였다. 그는 독립한 중국이 아직 국제적으로 인정받지 못할 때 주도적으로 나서서 중국을 선전하고 처음으로 독립한 중국의 존엄을 표현하였다.

저우 총리가 동남아 및 아프리카를 방문할 때, 수많은 젊은이들 특히 젊은 여성들이 그에게 빨려들어 갔는데, 그는 미남인데다 멋있는 정치가였다. 그가 군중에게 이와 같은 명망을 누리게 된 까닭은 그가 인민 군중 속에서 성장했기 때문이라고 생각한다. 내가 그를 만났을 때 나는 통상대신이었지만 소련과 미국, 일본과 중국 및 아시아에서 어떻게 외교와 전략을 전개해야 하는 가에 대하여 대화를 나누었고, 일본의 방위정책을 이야기하고, 안전보장 정책의 실현은 어디에 둬야 하는가 등을 이야기했다. 그는 이런 문제에 대하여 특별히 관심을 표시했고 질문도 많이 했다. 나는 마오쩌둥의 유격 전략과 유격전에 관하여 논한 책을 읽은 적이 있는데, 당시 중국공산당의 전략사상에 대하여 탄복했었다. 내가 젊었을 때의 경험을 저우 총리도 매우 흥미 있어 하고 이에 대하여 칭찬을 아끼지 않았다. 점심때부터 계속 3시간 동안 이야기를 나누었는데, 그가 더 이야기를 나누자고 해서 저녁에 우리는 또 4시간을 더 이야기했다. 그래도 그는 부족하다고 생각했는지 밤 10시부터 새벽 1시까지 인민대회당에서 계속해서 이야기를 나누었다.

중국의 위대한 총리는 일본의 일개 통신대신과 연거푸 세 차례나 회담을 진행하였는데 이는 전례가 없던 일이었다. 회담이 끝난 후, 그는 나와 같이 이층에서 일층으로 내려와 친히 나에게 외투를 걸쳐주었고, 나를 대문앞 차까지 배웅해 주었고, 그는 계속해서 그 자리에 남아서 나를 배웅했다. 당시 바깥은 매우 추웠는데 나는 이 모든 것에 대하여 매우 감동했다. 저우 총리가 후에 입원을 하여 치료를 받을 때 다가와(田川) 의원과 후루이(古井) 의원이 병원으로 문병을 갔다. 당시 저우 총리는 이미 매우 수척해 있었지만, 그는 일본 의원에게 말하기를 일본과 중국의 관계에 대하여 우려를 표하였고, 우리들이 영원히 화목하고 우호적으로 지내야 한다고 말하였다. 저우 총리는 세상의 마지막까지 일중 양국의 우호와 화목을 염원하였다는 이 모든 것을 들은 나는 매우 감격하지 않을 수 없었다.

　후에 수상이 되어서 중국을 방문하고 저우 총리에게 분향하고 싶다고 하여 저우 총리의 집을 방문하였는데 그의 미망인인 덩잉차오가 환영해 주었다. 나는 저우 총리의 안식을 기원하였다. 내가 갔을 때에는 다른 사람은 없었는데, 나를 위하여 특별히 그렇게 한 것 같았다. 나는 거기서 기원을 하고 생전에 나에게 보인 관심에 대하여 감사를 표하였다. 나는 덩잉차오에게서 당시 저우 총리가 인민대회당에서 돌아와 덩잉차오에게 말하길 막 나카소네를 만났는데 그는 미래의 일본 수상이라고 말했다는 것을 알게 되었다. 나는 이 일화를 듣고 마음을 안정시킬 수 없었다. 마오쩌둥도 위대한 정치가이지만, 그러나 만약 저우 총리의 보좌가 없었다면 아마도 중국혁명의 성공은 상상할 수 없었을 것이다. 저우 총리의 인격, 그의 애국심으로 중국공산당이 단결하여 혁명을 완성했고, 지금의 중국을 건설했다고 해도 과언이 아니다. 그는 등한시해서는 안 되는 건국의 아버지이며, 아시아의 또한 전후의 위대한 정치가임을 나는 전혀 의심하지 않는다.

　나는 저우 총리를 존경하기 때문에 나의 응접실에 내가 저우 총리를 만났을 때의 기념사진을 걸어놓고 있다. 그리고 그 옆에 레이건, 시라크 등 세계 각국의 위인들의 사진을 두고 있다. 이렇듯이 저우 총리는 내 마음속에 있는 위인 중의 위인인 것이다.

그는 나의 일생을 변화시켰다

– 한수인(韓素音) 영국화교 작가

그는 나의 일생을 변화시켰다

— 한수인(韓素音) 영국화교 작가

저우 총리를 언급하면 나는 울고 싶어진다. 그는 1976년 병으로 세상을 떠났다. 여러 해가 지났지만 그를 생각하면 여전히 슬프다. 나는 이 책(『저우언라이와 그의 세기』)을 쓰면서 적지 않은 눈물을 흘렸다. 덩 큰언니도 나에게 매우 잘해주었는데 그래서 이 두 사람을 생각하기만 하면 나는 울고 싶어진다.

나는 중국인들이 그 두 사람에게서 배워야 할 뿐만 아니라, 그 두 사람이 어떤 사람인지도 알아야 하며, 전 세계도 당연히 알아야 한다고 생각한다. 현재 전 세계에서 가장 큰 병은 무엇일까? 그것은 도덕문제라고 할 수 있다. 요즘은 도덕이 없다. 현재의 젊은이들은 모두가 매우 총명하여 돈 모으는데만 집중하고 있다. 그들이 돈은 벌려고 하는 것은 왜일까? 먹을 수도 없는 지폐를 왜 그리 벌려고 하는지 모르겠다! 그 두 사람은 중국인에게는 정신문명이 있어야 한다고 말했다. 나는 저우 총리가 이런 측면에서 정신문명이 풍부한 분이라고 말할 수 있다. 중국은 오래된 역사를 지니고 있을 뿐만 아니라 혁명정신과 도덕성을 가지고 있다고 생각한다. 이러한 도덕성은 매우 중요한 것으로 반드시 도덕성을 지녀야만 하는 것이다. 도덕은 결코 과거의 구도덕을 말하는 것이 아니라, 신도덕을 말하는 것으로 곧 인민을 위해 봉사하고 국가를 위해 애국하며, 인민을 사랑하고, 세계를 사랑해야 하는 도덕을 말한다. 나는 저우 총리가 이런 점에서 중국에만 한하지 않는 위대한 세계적인 대 인물이라고 생각한다.

그래서 나는 이 책을 쓴 것이다. 나는 이 책을 잘 쓴 책이라고 생각 하지 않는데, 그것은 어떤 부분에서 매우 감정적으로 썼기 때문에 외국 출판사가 그러한 묘사를 빼버렸고, 중국의 출판사도 그것을 빼버렸기 때문이다. 그러나 지금은 오히려 다행스럽게 생각한다. 그렇지 않았으면 누군가 이렇게 말했을 것이기 때문이다. "하하하, 저 한수인이 쓴 글 좀 봐라. 조금도 역사가 같지 않게 썼지 뭐냐? 좋은 것만 쓰고 나쁜 것이라곤 조금도 쓰지 않았으니 말이야!" 그러나 나는 이 책을 쓸 때 어떻게 써야 할지를 몰라 한참 고민한 적이 있었다. 나는 오나시스 부인 즉 케네디의 미망인을 잘 알고 지내는 사이로 그녀는 나의 친한 친구였다. 그녀는 종종 나에게 편지를 보내 내가 쓰는 것을 격려해주곤 하였다. 그녀는 "나는 전 세계에서 단지 한 사람만을 숭배하는데 그가 바로 저우언라이입니다"라고 말한 데서 나는 너무 놀라 그녀에게 다시 한 번 물은 적이 있다.

"당신이 저우언라이를 숭배한다고요?" 그러자 그녀가 말했다. "예스! 나는 저우언라이만을 숭배합니다." 그녀는 그녀 자신의 남편을 언급하지는 않았다. 그녀가 말했다. "당신은 그에 대한 글을 써야 합니다. 한수인 당신은 반드시 써야 합니다. 나는 당신이 수많은 시간 동안 저우언라이와 이야기를 나누었음을 알기 때문입니다. 매우 오랫동안 말이지요." 그렇게 그녀는 내가 그에 대해 쓰기를 격려해 주었던 것이다.

내가 원고 쓰기를 마치자마자 오나시스 부인에게 보내서 읽게 했는데, 그녀는 원고를 보고는 잘 썼다고 하면서 만족해 해주었다. 사람들은 오나시스 부인과 같은 사람을 이해하는 일이 매우 어렵다는 것을 알지만, 사실 그녀는 매우 총명한 여성이었다. 나는 그녀가 그저 저우언라이를 숭배하였다고 하는 것으로 그녀를 말할 수 있을 뿐이다.

나는 저우 총리의 병세가 매우 위중하다는 것과 병명만을 알았고 방법이 없다는 것을 알았지만, 나는 여전히 희망을 품고 있었다. 나는 그때 외국에 있었는데 두 통의 편지를 그에게 보냈다. 대개 덩 큰언니가 있는 곳에 보냈기 때문에 당연히 답장은 없었지만, 그것은 그녀가 답장을 할 수가 없었기 때문이었다. 나는 그녀가 저우 총리가 돌아가기 마지막 몇 개월 동안은 아마도 상당히 고통스러웠을 것이라고 생각한다. 그때는 '문화대혁명'으로 상당히 혼란스러운 때였는데 저우 총리가 없다면 더욱 혼란스러웠을 것이라는 것을 나는 알고 있었다. 그래서 우리는 그가 없어서 큰일이 일어나는 것을 두려워했었다.

나는 1956년에 처음으로 중국에 돌아왔다. 나는 어렸을 때 베이징에서 성장했다. 후에 유학을 갔다가 1937년 일본이 중국을 침입하자 1938년에 스촨(四川)성으로 돌아와서 항전에 참가했다. 그때 나는 중국인과 결혼했는데 그 중국인은 장제스 시종실에 근무하던 사람이었다.

1941년 1월 저우 총리가 충칭에서 연설을 하였는데 나는 감히 남편에게 말하지 못하고 몰래 가서 들었다. 연설을 듣고 나는 마음속으로 장래 반드시 그가 말한 것처럼 될 것이라고 느꼈다. 그러나 당시 저우 총리와는 만나지 못했다. 후에 1956년 귀국 후에야 비로소 만나 이야기를 나눌 수 있었다. 그 때 그의 비서가 공펑(龔澎)이었는데 그녀는 나의 옌징(燕京)대학 동창이었다. 나는 공펑에게 편지를 써 주며 저우 총리를 만나고 싶다고 했다. 그러자 그녀가 좋다고 말했다. 이는 처음으로 저우 총리와 담화를 나누게 된 계기가 되었는데, 약 두 시간 동안 이야기를 나누었다.

후에 또 여러 차례 그를 만났다. 내가 매번 귀국할 때마다 저우 총리가 말했다. "한 번 만나면 반드시 한 번은 이야기를 나누도록 합시다." 그는 내가 밖에서 수많은 사람들에게 연설을 요청받는다는 것을 알고는 자신과 대화할 시간이 많지 않다는 걸 알고 있었던 것이다. 그것은 내가 쓴 책이 비교적 유명하게 됐기 때문인데, 당시는 미중 양국의 국교가 아직 수립되지 않았기 때문에 오직 나만이 중국을 갈 수 있었기에 수많은 미국인들은 중국이 도대체 어떠한 나라인지를 나에게서 듣고 싶어 했다.

나는 저우 총리가 나의 일생을 변화시켰고 나의 견해를 변화시켰다고 말할 수 있다. 나는 지금도 그를 언급하기만 하면 울고 싶어진다. 나는 그를 중국 인민의 도덕, 중국 인민의 양심, 중국 인민의 영웅이라고 생각한다. 그만큼 그는 나에게 있어서 위대한 인격자였던 것이다.

저우 총리는 친근감이 넘치는 분이었기에 우리 모두로 하여금 그를 사랑하게 하고 우리 모두는 그가 우리를 이해할 수 있다고 생각한다. 그러한 그를 보면서 나는 내가 어떻게 중국에 공헌해야 할지를 알게 되었다. 그는 용기가 있는 사람으로 무엇도 두려워하지 않았다. 그랬기 때문에 오나시스 부인은 "우리는 그를 매우 존경할 수밖에 없다"라고 말했던 것이다.

나는 저우 총리가 없었으면 중국의 미래도 없었을 것이라고 생각한다. 즉 건설, 경제, 교육에 있어서 저우 총리가 없었으면 그렇게 빠르게 발전하지 못했을 것이기 때문이었다. 그래서 나는 덩샤오핑이 있게 된 것도 수많은 부분에서 저우 총리와 노선이 일치했기 때문이라고 생각한다.

그는 자신을 완전히 잊어버렸고 그는 자신을 어떻게 돌봐야 할지를 몰랐다. 왜 모두가 그를 좋아했겠는가? 그는 사람을 잊지 않았고 모든 일에서 그들을 돌봐주었기 때문이었다.

저우 총리가 병으로 세상을 떠났다는 소식을 듣고 나는 말조차 할 수 없었다. 나는 10일 동안 침상에서 일어나지 못했는데, 이후 나는 나서기를 원하지 않았고 사람 만나기를 싫어하게 되었다. 그렇게 20년이 지났는데도 나는 지금도 그에 대해 말만 꺼내면 나는 울어버리곤 한다. 나의 아버지가 세상을 떠났을 때조차도 나는 그렇게 상심하지 않았는데 말이다.

수많은 미국인과 프랑스인이 그를 존경했으며 전 세계가 존경했다. 그래서 젊은이들이 그를 기억해 주었으면 하는 바람이 있다.

1월의 슬픈 생각(저우 총리의 추도식 모습)

저우언라이를 추도하기 위해 인민영웅기념비에 모여든 사람들이 침통해 하는 모습

덩잉차오가 저우언라이의 시신을 향해서 고별(告別)하고 있는 모습. 그녀가 봉헌한 화권만대(花圈挽帶) 상에는 "언라이 전우를 추도합니다. 샤오 차오가 애도하며 봉헌합니다(悼念恩來戰友, 小超哀獻)"라고 쓰여져 있다.

유엔 안전보장이사회가 저우언라이의 서거를 애도하기 위해 참석자 전원이 기립하여 묵념하는 모습

그는 중국의 미래를
향해 보고 있는 것 같았다.

– 조르지 로디(焦尔乔 · 洛迪) 이탈리아의 유명한 사진작가로
「깊이 생각 중인 저우언라이」라는 제목의 사진을 찍은 사람

그는 중국의 미래를
향해 보고 있는 것 같았다.

– 조르지 로디(焦尔乔 · 洛迪) 이탈리아의 유명한 사진작가로
「깊이 생각 중인 저우언라이」라는 제목의 사진을 찍은 사람

1973년 나는 운 좋게도 저우 총리를 만날 수 있었는데, 그 날은 바로 1973년 1월로 나는 인민대회당에서 그를 만났고 그때가 나에게는 정말 좋은 기회였었다.

이탈리아 외교부 메디치 외무장관이 중국을 방문할 때로 나는 중국의 비자를 받을 수 있었는데, 나는 어렸을 때부터 이 위대한 국가에 가보는 것을 꿈꿔왔다. 인민대회당에 도착한 후 나는 사절들과 함께 줄을 서서 저우 총리를 만나기를 기다렸다. 당시 나는 대열 중간에 있었다. 저우 총리가 사람들을 향해 인사하고 감사를 표시하는 소리를 들었을 때 나는 내 앞에 있던 한 분의 대사를 향해 중국어를 제외하고 저우 총리는 어떤 언어를 하시는지를 물었다. 그는 저우 총리의 프랑스어는 매우 유창하다고 했다. 이것은 나에게 있어서 행운이었다. 그것은 직접적으로 저우 총리를 향해 나의 요구를 할 수 있었기

때문이었다. 나는 이탈리아 주 중국대사에게 거짓말을 했는데 그것은 내가 사진기를 안 가져 왔다고 한 것이었다. 사실 당신들도 알다시피 사진작가라면 사진기를 휴대하지 않을 수 없는 것이다. 언제 기회가 생겨 사진을 찍을 수 있을지 모르기 때문이다.

거짓말을 한 까닭은 나는 기회를 보아 대열의 후미로 가고 싶었기 때문이었다. 내가 생각하기에도 대열 중간에서는 저우 총리에게 단지 1분의 시간을 요구하더라도 나의 요구가 받아들여지지 않을 수 있었기 때문이었다. 나의 뒤에는 아직도 3, 40여 명이 줄을 서 있었기 때문이었다. 그리하여 나는 대열에서 이탈하여 즉시 후미로 달려갔고 이렇게 해서 나는 저우 총리가 마지막으로 인사를 나누는 사람이 되었다.

그의 미소, 그의 고아한 기질, 그의 침착하고 진중하고 숭고하고 위대한 형상은 즉시 나를 감동시키고 나에게 깊은 인상을 남겼다. 그는 매우 교양이 있으며 고상한 사람으로, 그는 확실히 미래를 예지하고 자신의 국가를 예지할 수 있는 사람이었다. 나는 정치가는 아니지만 만약 마오 주석이 국가의 위대한 조타수였다면 저우 총리는 그의 용기에 의지하여 이 국가를 위해 천천히 길을 밝힌 위인이라고 생각한다. 나는 저우 총리와 가까워졌을 때 나는 내가 그 장소에 자리한 이유를 설명하고 싶었다. 그래서 나는 이렇게 말했다.

"총리님, 저는 태어난 이래 처음으로 거짓말을 했습니다. 저는 다른 사람에게 사진기를 가지고 있지 않다고 거짓말을 했습니다. 그러나 저는 가지고 있습니다. 이는 당신의 사진을 찍을 수 있는 유일한 기회이기 때문입니다. 저에게 다시는 오늘과 같은 좋은 기회가 없을 것이라고 생각합니다."

그가 나를 한번 보더니 나에게 말했다.

"백발의 노인도 거짓말을 할 수 있습니까?"

"맞습니다. 총리님. 저는 거짓말을 했습니다. 그러나 만약 가능하시다면 저에게 약간의 시간을 내주셔서 제가 사진을 찍을 수 있도록 배려 해주시길 부탁드립니다."

그는 웃으면서 나에게 말했다.

"백발의 사람이 내 사진을 찍어주기를 바랍니다."

나는 소파로 가서 그를 앉게 했다. 그의 자태는 매우 고귀했다. 당시의 그의 자세는 이러했다. 당신들은 이 사진 상에서 알 수 있듯이 그의 손과 그의 팔꿈치가 완벽하게 제대로 놓여 있어 근본적으로 어떠한 제안도 필요가 없었다. 나는 첫 번째 사진을 찍었으나 그때 그의 눈이 거의 땅을 바라보고 있어서 나는 이 사진이 좋지 않다고 생각했다. 그리하여 저우 총리에게 다가가 말했다.

"총리님 나는 유능한 사진작가가 아닙니다. 저에게 한 번의 기회를 더 주시면 안 되겠습니까?"

그가 동의했다. 나는 다시 나의 촬영위치로 돌아왔다. 당시 나는 어떻게 찍을까하고 배경을 생각하고 있었는데 마침 그의 비서가 멀리서 그를 부르자 그의 눈이 먼 곳으로 옮겨졌다. 마치 중국의 미래를 향해 보고 있는 것 같은 그런 포즈였다. 그렇게 해서 찍은 것이 바로 나의 두 번째 사진이었다. 저우 총리의 이 사진을 찍을 수 있었던 것은 확실히 나에게는 운이었다. 내가 저우 총리를 찍은 이 사진은 내가 능력이 있어서가 아니라 나의 앞에 개성이 있는, 그렇게 중요한,

그렇게 숭고한 인물이 서 있었기 때문이었다. 진정 그는 고귀한 기질을 가지고 있다고 말해야 할 것이다. 그의 얼굴 윤곽 그리고 그의 눈은 일반적이지가 않았다. 만약 이 사진을 찍은 것이 무슨 공적이 있다면 그에게 공을 돌려야 할 것이다. 그는 확실히 흡인력이 있었으며, 나로 하여금 일생 동안 그을 잊을 수 없게 했다.

매우 재미있는 일화가 또 하나 있는데, 어느 날 나는 아라파트를 사진 찍기 위해 튀니지를 방문했다. 아라파트가 나에게 말했다. "친애하는 나의 친구, 우리는 카이로에서 만나고부터 지금까지 오랜 시간 알아 왔습니다. 나는 당신에게 도움을 청합니다. 저우언라이 총리처럼 나를 위해 사진을 찍어 주십시오." 내가 말했다. "오! 주석 선생, 그것은 어려운 일입니다. 당신들은 완전히 다른 사람이기 때문입니다."

저우언라이를 위하여 찍은 이 사진은 먼저 이탈리아『시대』주간지의 중요 페이지에 두 페이지를 할애하여 게재하였다.

그것은 매우 빠르게 세인의 관심을 불러일으켰다. 1974년 이 사진은 미국에서 가장 유명한 사진 상을 영광스럽게 획득했다. 미주리대학 신문학원이 수여하는 '세계를 알리는 상'을 획득했던 것이다.

이밖에 저우언라이 부인과의 회견도 나를 매우 감동시켰다. 그녀는 매우 상냥하고 친절한 여성이었다. 저우 총리가 세상을 떠난 후 나는 재차 중국을 방문하여 그의 미망인 덩잉차오의 친절한 접견을 받았다.

그때 그녀는 나의 두 손을 꼭 잡고 나에게 말했다. "당신이 매우 훌륭한 사진을 찍어 주셔서 감사합니다. 이는 저우언라이 생전에 찍은 자세와 정신이 가장 잘 표현된 사진 중 하나입니다." 나는 감동하여 말을 잇지 못하고 잠시 시간이 지난 뒤에야 비로소 말했다. "아닙니다.

오히려 저우 총리에게 감사해야 합니다."

내가 저우언라이 총리를 위하여 찍은 이 사진은 중국에서 각종 방식으로 발행되어 폭넓게 활용되었다. 나는 1986년까지 이 스찬이 발행량이 이미 9,000여 만 장을 초과했다고 들었다. 나는 내가 받을 수 있는 가장 고귀하고 진실한 감사의 표시를 저우언라이의 부인에게서 들었던 것이다.

저우언라이(周恩來)의
옌안(延安) 사랑

– 투진장(土金璋, 전 옌안 공산당 지방위원회 서기)

저우언라이(周恩來)의
옌안(延安) 사랑

- 투진장(土金璋, 전 옌안 공산당 지방위원회 서기)

내게 가장 인상 깊은 사건은 바로 천여우차이(陳有才)의 일이었다. 천여우차이는 전쟁시절 저우언라이 동지의 경호참모로, 항전 초기에 희생되었다. 천여우차이의 사건은 1937년 4월에 발생했는데, 저우언라이 동지와 장윈이(張雲逸)·콩스취안(孔石泉)은 시안(西安)을 통과해, 시안으로부터 다시 난징(南京), 루산(廬山)에 이르러 국민당과 바루쥔(八路軍)의 개편문제를 협상했다.

옌안(延安)에서 2.5km 나아갔을 때, 라오산(勞山)에서 습격당하는 사건이 발생했다. 국민당·지방 도적떼가 사전에 백 십여 명을 준비해 두었는데, 그들은 기관총을 들고 그곳에서 우리를 가로막았다. 들리는 바에 따르면, 내부의 어떤 사람이 정보를 퍼뜨렸다는 것이다.

이 사건에서, 우리 동지 11명이 희생당했고, 천여우차이 역시 희생되었다. 저우언라이 동지의 경호원인 류지우저우(劉久洲)가 내게 말한 바에 따르면, 당시 저우언라이 동지와 그들은 한 대의 큰 트럭에 타고 있었고, 차에는 경호원들이 앉았으며 콩스취안(孔石泉)과 장윈이(張雲逸)도 트럭 위에 앉아 있었다고 했다. 운전석 안의 운전사 옆에는 천여우차이가, 천여우차이의 옆쪽에는 저우언라이가 있었다. 적들이 운전사를 쓰러뜨렸고, 거듭하여 바로 천여우차이도 쓰러뜨렸다. 저우언라이 동지는 트럭의 오른쪽에 있지 않았기 때문에, 그는 신속하게 트럭에서 내려서 반격을 지휘했다. 결국 11명의 동지가 희생되었다.

이 사건을 저우언라이 동지는 줄곧 마음에 두고 한시도 잊지 않았다. 1970년 6월 1일, 덩잉차오(鄧穎超) 여사가 옌안에 왔을 때, 바오타산(寶塔山)에서 나와 이 일에 관해 말했다. 그녀는 말했다. "금장金璋

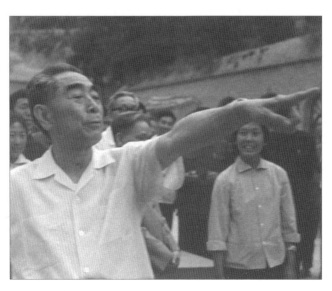

다시 예전 활동하던 지역으로 돌아옴 - 1973년 6월 9일 저우언라이는 옌안으로 돌아왔다.

동지, 나는 이 사건을 당신과 얘기해 보고자 합니다. 내가 이번에 올 때, 총리께서는 천여우차이 동지가 그를 대신해 죽었으니, 당신이 그 무덤을 찾아낼 방법을 강구해 보라고 했습니다." 그녀도 사람들이 칭량산(淸凉山)일 것이라고 말하는 것을 알고는 있었지만, 구체적으로 어떤 곳인지는 분명히 말할 수는 없었던 것 같았다.

바오타산과 칭량산은 멀리 마주하고 있고, 바오타산은 남쪽에 있는데, 그녀는 당시 칭량산을 마주보면서 말했다. 덩(鄧) 여사는 사건의 과정을 내게 설명하면서 눈물을 흘렸다. 설명을 마친 다음에, 내게 오라고 해서 그곳에서 사진을 찍고 기념했다.

이는 저우 총리의 지시를 덩(鄧) 여사가 전달한 것이었다. 우리들은 바로 저우언라이 직속부대의 경호원들을 찾아보고, 자료를 조사하고, 군중들에게서 탐문했다. 우리의 조사 연구를 거쳐, 또한 몇 사람을 조직하여, 천여우차이의 무덤이 칭량산에 있음을 분명히 알았다. 다만 칭량산에 열사의 무덤이 비교적 많아, 대체적인 위치를 모두 남쪽 근방일 것이라고 말하고는 있지만, 도대체 어떤 자리에 있는지는 분명치 않았다.

1973년 6월 9일 저우 총리가 옌안에 왔을 때, 그는·나에게 물었다. "참, 아내에게 당신과 말해보도록 부탁한 그 일 어떻게 처리되었소?" 나는 이것이 천여우차이의 무덤을 찾았는지에 관한 질문임을 알았다. 나는 그에게 자세하게 보고했다. 그는 당시 전투의 경과와 그가 어떻게 위험에서 벗어났는지를 나에게 설명했다. 덩 여사가 한번 말했던 것을, 저우언라이 동지는 친히 나에게 거듭해서 말해주었던 것이다. 총리는 나에게 천여우차이가 자기를 대신해 죽었다고 하였다. 천여우차이는 몸에 저우언라이의 명함을 지니고 있으면서 당시 교류와 연락 업무를 맡고 있었다. 천여우차이가 입은 옷은 비교적 깔끔했고, 검은 옷에 예모를 쓰고 있었으며, 아주 총명해 보였다. 그 때문에 적들은 그들이 죽인 것이 바로 저우언라이라고 여기고, 계속 추격하지 않았던 것이다. 저우언라이 동지는 말했다. "적들은 서쪽에서 그 도랑을 뒤적이고 갔소. 그들은 모두 장총을 지녔고, 우리들은 모두 권총을 가지고 있었기에, 적들이 장총으로 우리를 쏘고 공격했다면, 우리들도 도주할 수가 없었지. 적들이 우리를 추격하고자 했다면, 우리들은 인원도 적고, 무기도 권총뿐이었기에, 위험에서 벗어나기도 어려웠을 것이오. 적들이 천여우차이 몸에서 내 명함을 찾아냈기에 추적하지 않았던 것이라오. 이렇게 천여우차이는 나를 대신해서 죽었던 것이오."

그는 대국(大國)의 총리였음에도 그의 경호 참모 하나가 희생한 것을 이렇게 오래도록 잊지 않고 있었던 것이다. 1973년까지도 그렇게 진정으로 천여우차이의 무덤을 찾게 한 것은 그의 고상한 성품을 설명해주는 것이며, 마음속에 늘 타인을 생각하는 마음이 있다는 것을 사람들에게 보여주는 것이고 이는 아주 깊은 가르침을 주는 것이다.

저우 총리는 생전에 인민에 대한 관심을 상당히 기울였고, 특히 옌안(延安) 인민의 삶과 생업에 관해서 무척 관심을 기울였다. 1970년 각 방면으로부터 옌안의 인민들이 여전히 굶주리고 있다는 것을 알게 되자, 그는 공산당 지방위원회의 책임자와 성省 위원회 책임자들을 베이징으로 소집해 들이고는 회의를 열어 이 문제를 해결하기 위한 연구를 했다. 1973년 6월 9일, 그가 외국 손님을 모시고 옌안에 왔을 때, 덩잉차오(鄧穎超) 여사는 비서인 자오웨이(趙煒)에게 시켜 내게 전화를 하도록 하여, 외국 손님은 옌안의 호텔에 머물게 하고, 저우 총리는 남관(南關)의 초대소(招待所)에 머물도록 하라고 하였다. 남관의 초대소는 산시(陝西)·간수(甘肅甘肅)·닝샤(寧夏) 변경지역 사이의 교류가 종종 이루어지는 곳으로, 그 당시 언제나 외지에서 온 사람을 접대하는 데에 쓰였다. 당시 우리는 그의 의도를 충분히 파악하지는 못했지만, 저우 총리가 이번에 외국 손님을 모시고 옌안에 오면서, 한편으로 옌안 인민이 배불리 먹는 문제를 해결하고자 하는 것이리라고 어느 정도 추측을 해보기도 했다. 이것이 바로 이후 저우 총리가 제기한 "삼변오번(三變五飜)", 즉 3년 안으로 상황을 변화시키고 5년 이내에 양식을 갑절로 늘리는 문제였다.

6월 9일 점심을 먹을 때, 외국 손님들은 호텔에서 식사를 했고, 남관 초대소에는 두 개의 식탁을 준비했다. 당시 성(省)의 동지와 옌안의 몇 명의 주요 책임 동지 및 저우 총리가 한 테이블에 앉았고, 그 밖의 옌안의 서기(書記)와 전원(專員)들이 한 테이블에 앉도록 안배했다. 자리에 앉자마자 저우 총리가 말했다. "오늘 점심에는, 성(省)의 동지 여러분들이 함께 자리하시고, 옌안의 서기와 실무 담당자 및 상무위원 등은 나와 함께 앉도록 합시다." 이렇게 해서, 성(省)의 동지들이 별도의 한 테이블에 자리하고, 우리 모두는 저우 총리와 모여 앉게 되었다. 저우 총리가 늘 옌안에 오는 것은 아니기 때문에, 우리들은 준비한 마오타이주(茅台酒)와 시펑주(西鳳酒)와 같은 훌륭한 술과 백미, 밀가루 빵을 제공했지만, 저우 총리는 아무것도 먹지 않았다. 그는 좁쌀로 만든 밥 한 그릇 만을 먹었다. 그는 옌안의 좁쌀은 향도 좋고 아주 맛있다고 말했다. 그는 또한 "옌안 인민이 굶주리고 있는데, 내가 어떻게 옌안에 와서 여러분의 좋은 음식을 먹을 수 있겠는가?"라고 말했다. 저우 총리는 말했다. "내가 총리로 잘 하지 못하니, 옌안 인민이 굶주리는 것이오." 그는 눈물을 머금으며 이런 말을 했다. 그는 책임을 지고자 했던 것이다. 저우 총리, 그는 정말 전국 인민의 총리였다. 저우 총리가 이렇게 말했을 때, 나는 공산당 지방 위원회 부서기(副書記)·부전원(副專員)이었는데, 그곳에 있었던 우리는 하마터면 울 뻔했다.

　식사하면서 그는 "나는 여러분들과 한 가지 일을 의논하고 싶은데, 옌안에서 3년의 시간을 들여 이 낙후한 상황을 변화시키고, 5년 동안 양식을 기존의 토대에서 두 배로 늘릴 수 있겠소?"라고 제안하기도 하였다. 당시 공산당 지역위원회 서기는 쉬샤오메이(徐小梅)였는데, 그와 나머지 서기·전원들은 이구동성으로 "할 수 있습니다! 삼년 안으로 상황을 변화시키고, 5년 이내에 양식을 갑절로 늘릴 수 있습니다"라고 대답했다. 저우 총리는 말했다. "좋소! 나는 이런 말 듣기를 원했소." 당시 나는 그의 좌측에 앉아 있었고, 서기는 그의 우측에 있었는데, 중간에 한 사람을 사이에 두고 있었다. 저우 총리는 내 이름을 불렀다. "술을 가져오시오!" 종업원이 각각 술 한 잔씩을 따라주었다. 저우 총리는 모두에게 말했다. "옌안의 3년 변화와 5년 증산을 위하여, 건배합시다!" 모두가 일어서서 건배하며 잔을 부딪쳤다. 잔을 부딪치는 소리가 힘차게 울렸다. 건배 이후 저우 총리는 서기와 나에게 악수하고, 각각의 사람들과 악수를 했다. 우리 모두 매우 감격했기에, 악수할 때마다 손아귀에 힘이 들어가 크게 소리를 냈다. 악수할 때, 종업원들은 문 앞에 서 있었고 요리사들이 보고 있었는데 나중에 저우 총리와 옌안의 공산당 지역위원회의 대표 동지들이 옌안의 3년 변화와 5년 증산을 위하여 서로 손바닥을 마주쳤다고 옌안에 알려졌다.

　서로 손바닥을 마주친다는 것은 산시(陝西)·산베이(陝北) 말로는 맹세하고 서약한다는 뜻을 갖고 있다. 나는 나중에야 들었는데, 참 일리 있는 말이라고 생각했다. 군중들이 서로 손바닥을 마주쳤다고 이리저리 말을 전한 것은 당신들의 현지 지도자들이 곡식을 갑절로 늘릴 수 있는지 없는지를 보겠다는 뜻이기도 했다. 저우 총리가 이렇게 우리에게 관심을 기울이며, 저우 총리가 눈물을 흘리며 책임을 지는 모습을 당신들이 지켜보았으니, 당신들 공산당 지방위원회에서 곡식을 갑절로 늘릴 수 있는지를 지켜보겠다고 군중들은 말한 것이다. 우리 지방위원회 책임자들은 저우 총리에게 입장을 밝히고 나서 확실히 결심했다. 저우 총리가 말한 것이 1973년이었고, 1978년에 5년이 되었지만, 그때도 여전히 시작되지는 않았다. 1978년 식량은 1할이 증가했고, 1990년에 이르러서야 원래 생산량에서 두 배로 늘었다. 본래 옌안은 14개의 현, 130여 만 명을 관리하며, 생산량은 평균 250kg에 미치지 못했는데, 이후에 두 배가 되어 500kg에는 좀 못 미치는 450kg이 되었다. 1990년 중앙공산당 11기 중앙위원회 삼중전회(三中全會) 이후, 개혁개방이 이루어지면서 비로소 상황에 중대한 변화가 발생했던 것이다.

군사가로서의 저우언라이

– 장전(張震 전 중앙군위中央軍委 부주석)

군사가로서의 저우언라이

– 장전(張震 전 중앙군위中央軍委 부주석)

저우언라이 동지는 내가 특별히 숭배하고 추앙하는 인물로, 그는 군사적으로도 정치적으로도 훌륭했고, 각 방면에서 모두 전당과 전군의 모범이었다. 때문에 그가 서거했을 때, 우리는 1시간 동안 중국 인민해방군 총병참부의 문 앞에 서서 영구차가 지나가길 기다렸다. 그 감정과 그 우울한 심정은 말로 형언할 수 없는 것이었다.

우리에게 가장 인상 깊었던 점은 저우언라이 동지가 영도했던 난창 치이(南昌起義)로, 국민당 반동파에 무력 저항을 처음으로 성공시켰던 일이다. 주더(朱德) 총사령관은, 난창봉기에 대해, 이를 통해 인민은 자기의 군대를 가지게 되었고, 인민의 군대를 세우게 되었다고 평가했다. 추수봉기(秋收起義)는 난창치이와 다른데, 난창치이는 대 전투여서, 우리가 나중에 훼이창(會昌)에 도착했을 때 파헤쳐진 참호 내부에 탄피와 시체가 쌓여 있는 것을 본 것을 기억한다. 그곳은 난창치이를 이끈 부대와 첸다쥔(錢大鈞)이 결전한 지역이었다. 그 전투는 잘 풀리지 않아, 난창치이 부대는 광저우(廣州)까지 퇴각했다.

만약 그때 장시(江西)의 농민과 결합해 근거지를 손에 넣었더라면, 그 이후 보다 온전히 부대를 유지했을 것이다.

　이후 마오쩌둥 동지는 추수봉기를 이끌면서 난창치이의 교훈을 받아들여, 대도시 공격이 성공하지 못하자, 바로 산 속으로 들어가 "산적두목(山大王)"이 되고는 산악지역에 의존하면서, 자기 역량을 발전시켰다. 무장한 이후, 인민의 군대를 어떻게 창설할 것인지에 대해 당 내부에서는 커다란 논쟁이 있었다. 마오쩌둥 동지는 우리는 인민의 군대를 창설해야만 하며, 이 군대는 정치적 임무를 완성하는 집단으로, 기복을 이루면서 발전하며, 발전 이후에는 근거지를 마련해야만 한다고 하였다. 의견이 다른 사람들은 그러한 부대를 만드는 것은 매우 어렵다고 말했다. 이렇게 논쟁이 오가는 가운데, 홍사군(紅四軍) 7차 대표자 대회에서 마오쩌둥을 군위서기(軍委書記)에서 떨어뜨리고, 천이(陳毅)가 군위서기가 되었다.

　이후 파벌주의 · 농민의식 · 향토관념 등의 착오적인 사상이 부대에 만연하였다. 후난(湖南) 군대는 후난으로 돌아가고 싶어 했고, 상난(湘南) 군대는 상난으로 돌아가고 싶어 했는데, 그 결과 두 차례 패전을 당했고, 홍사군(紅四軍) 8차 대표자 대회가 열렸을 때까지도 결론이 여전히 나지 않자, 천이(陳毅)는 상하이로 가서 저우언라이를 찾았다. 저우언라이 동지는 당시의 전위(前委 전선 지휘 위원회)에 한 가지 지시를 내렸는데, "9월 서신"이라 불리는 것이었다. 서신의 핵심적 요지는 마오쩌둥 동지가 지도하도록 해야 한다는 것이었다. 저우언라이는 그 당시 마오쩌둥이 옳다고 생각했다. 저우언라이는 당시 당 중앙 군사위원회 서기(中央軍委書記)로 모두 그의 지휘를 받고 있었다. 천이가 서신을 가지고 돌아왔으나, 서신을 받고서도 마오쩌둥은 복귀하지 않고, "당신들은 애매한 태도로 나를 끌어내리고, 현재 다시 애매모호한 태도로 나에게 집권하길 요구하는 것이라면 그럴 수 없다. 우리는 명확하게 말해야 한다."고 말했다. 그는 며칠 동안 준비를 마치고, 구톈회의(古田會議)를 개최했다. 이 고전회의에서는 우리의 건군(建軍)에 관한 방침의 문제·노선문제·정책문제를 해결했는데, 현재 우리의 해방군도 이러한 방침에 따라서 만들어진 것이다.

우리가 저우언라이 동지의 위대함을 말하는 이유는 두 가지다. 첫째, 난창치이로 국민당의 반동세력에 대한 무력저항을 시작함으로써 인민이 군대를 가질 수 있게 했다는 것. 둘째, "9월 서신"을 통해 모두의 사상을 통일시키는데 중요한 역할을 했다는 점이었다.

저우언라이 동지가 중앙소비에트 지구에 도착한 이후에도, 우리들은 어떠한 접촉도 없었는데, 나는 여전히 어렸다. 나는 루이진(瑞金)에 가서 저우언라이 동지가 주재하는 중국 공산주의 청년단 위원회 서기들의 모임에 참가했던 것을 기억하고 있다. 나는 한 보병단의 청년단 서기였다. 저우언라이 동지는 장수(江蘇) 출신이어서 이야기를 알아듣지는 못했지만, 며칠 동안 좋은 식사를 했는데, 죽 안에 백설탕을 넣어주는 것은 아주 특별한 대우였고, 놀라운 일이었다.

"포위섬멸"작전에 대한 홍군(紅軍)의 4차 반격은 저우언라이와 주더(朱德)의 통일된 지휘로 이루어졌다. 이 전투는 우리의 이전의 전투와는 달랐다. "포위섬멸"작전에 대한 1·2·3차 반격은 모두 적들을 깊숙이 유인하여 소비에트 지구의 중심에서 공격하는 것이었다. 이 4차 반격의 특징은 소비에트 지구의 최전방에서 공격하는 것으로, 매복전과 대규모 기동전을 채용했고, 분산해 진군을 통해 협공했다. 저우언라이 동지가 지휘하는 중앙 소비에트지구 공격은 최대의 승전으로, 적 52사단과 59사단 대부분을 섬멸하였는데, 52사단 사단장은 부상당한 후, 포로가 되었다가 죽었다. 59사단 사단장 천스지(陳時驥)는 포로가 된 후, 곧바로 산시성 북부로 보내져, 우리에게 지형학을 가르치며 강의를 하게 하였는데, 항전 이후에는 그를 국민당으로 다시 돌려보냈다.

저우언라이 동지는 당시 긴 수염을 지니고 있었다. 상하이 시절 비밀공작을 위한 방편이었던 듯한데, 마치 목사 같은 모습이어서 우리는 이를 보고 매우 기괴하다고 여겼다. 중앙 소비에트지구에 도착한 이후에도 그는 수염을 자르지 않았다. 다른 사람들은 이를 보고 매우 두려워하였는데 무섭고 아주 준엄한 사람이라고 느꼈기 때문이었다.

이후, 중앙에서 광창(廣昌)을 수복할 때는 나도 참가했다.

광창전투 이후에 단순히 방어만 했는데, 적이 1~200미터, 2~300미터 전진해오면서 하나의 보루를 세우는 것을 우리는 몰랐다. 우리는 소총만 가졌을 뿐 화포를 갖고 있지 않았기에 공격할 수가 없었고, 진지에서 벗어나 간헐적 대응공격(短促出擊)만을 행했다. 마오쩌둥은 간헐적 대응공격 전술의 실패를 우리 자신이 자초했다고 말했다. 부대를 이끌고 나아가서 운동 중에 적들을 소탕해야 했다는 것이다. 당시 중앙에서는 마오쩌둥의 의견에 동의하지 않았는데, 그런 전술은 비정규적인 게릴라전을 주장하는 것이므로 배격해야 한다고 생각하였다. "포위섬멸" 작전에 대한 홍군의 5차 반격은 중앙의 노선을 따랐기에 실패했고, 최후까지 몰려 홍군은 전략을 변화시킬 수밖에 없게 되었다. 즉 우리가 이후 "창청(長征)"이라고 일컫는 것이 그것이었다. 당시 중앙군사위원회의 직속부대는 루이진(瑞金) 부근에서 제화공장과 병기공장을 운영하고 있어서, 우리는 막 최전선에서 돌아와 방을 빌려서 살고 있었다. 그때 우리는 홍군이 전략을 변화시켜, 중앙 소비에트 지구를 떠나야만 한다는 것을 알지 못했다. 1주일 후에 우리는 출발했다. 대장정의 대오는 후난(湖南)·광동(廣東)의 변방으로 나가면서, 전투가 있으면 잘 싸웠지만, 이동 중에는 적들도 많지 않았다. 첫 번째 적의 봉쇄선을 지날 때, 중앙은 통일전선 공작을 실행하여, 위한무(余漢謀)에게 길을 내주도록 했다. 그는 우리들이 광저우로 가고, 장제스(蔣介石)의 군대가 광저우로 쫓아오게 되면 그가 제거될 것이라 두려워했기 때문이다. 단 그는 몇 가지 조건을 제기했다. 우리가 길을 열어주면, 너희들은 지나가되, 너희가 장제스의 군대를 우리 쪽으로 데려와서는 안 된다는 것이었다. 우리가 떠난 이후, 장제스도 광동으로 오기 어려웠기 때문에, 우리는 이렇게 제1 봉쇄선을 통과하면서 어떤 전투도 치르지 않았다. 제2, 제3의 봉쇄선을 통과할 무렵에도, 부대는 여전히 비교적 정예를 유지했고 인원은 충분했다. 나는 그때 3군단에 있었는데, 마오쩌둥은 상난에서 몇 차례 전투를 치를 것을 제안했다. 제4봉쇄선에서 상강을 지날 때, 홍군은 격심한 피해를 입었다. 만약 그때 간편한 복장만 하고 물자를 모두 버렸더라면, 손실이 그처럼 크지는 않았을 거라고 나는 생각한다.

8만 명 이상이 상강을 지났는데, 단지 3만여 명이 남았을 뿐이었다. 모두가 그 문제에 대해 생각했지만, 우선 이 문제가 저우언라이 동지에게 놓여 있었다. 전쟁을 대체 어떠한 전략으로 치뤄야 할 것인가? 손실이 이렇게 큰데! 만약 원래의 계획대로 홍군 6군단과의 합류를 고수한다면, 적들은 대규모 포위망을 짜서 우리를 해치려 할 것인데, 적들이 그렇게 많다면, 이 전쟁을 어떻게 치룰 것인가?

그때 중앙의 지도자들 내부에서 논쟁이 이루어졌는데, 초점은 홍군의 전략 행동방침 문제에 있었다. 마오쩌둥(毛澤東) 동지는 그때 병에 걸려 들것에 누워있었다. 왕쟈샹(王稼祥) 동지는 비행기 폭격에 부상을 당해, 역시 뒤편 들것에 앉아 있었다. 그들은 장원톈(張聞天)과 더불어 이야기를 나누었는데, "포위섬멸" 작전에 대한 홍군의 5차 반격 이래의 실패는 군사지도에 있어서의 전략전술의 잘못된 노선으로 인해 조성된 것이라고 생각했다. 그들은 저우언라이에게 건의했다. 홍군 2군단, 6군단과 합류하러 가는 길이란 점을 고려하여, 장제스가 이미 막강한 군대를 주둔시켰다면, 홍군은 상시(湘西) 지역에 도달할 기선을 빼앗긴 것이니, 홍군은 적들의 힘이 취약한 궤이저우(貴州)로 방향을 바꾸어 가야만 한다는 것이었다. 그때 저우언라이는 실권을 지닌 직위에 있었다. 마오쩌둥 주석은 위엄과 명망만 가지고 있었기에 오직 의견을 제안할 뿐이었다. 왕쟈샹 역시 마찬가지였다. 저우언라이는 그들의 의견을 지지했다. 이렇게 해서, 홍군은 방향을 바꾸게 되었고, 궤이저우를 향해 나아갔으며, 아울러 준이회의(遵義會議)를 개최해 홍군의 전략행동 방향에 관한 문제를 해결했다.

저우언라이는 이번에도 마오쩌둥의 이러한 노선을 이해하고, 마오쩌둥을 지지했다. 그래서 준이회의 이후, 마오쩌둥의 제의에 근거하여 중앙에서는 저우언라이 · 마오쩌둥 · 왕쟈샹으로 삼인단(三人團 3인 지도체제)을 조직하기로 결정했고, 군사지휘의 전권에서 저우언라이를 최우선으로 하였다. 하지만 골간을 이룬 것은 여전히 마오쩌둥이었다. 준이회의 이후, 우리들도 준이회의에서의 결정을 전달했는데, 근거지를 건립한다는 결정으로, 천검전(川黔滇) 변계에 근거지가 건립되었다.

사도적수(四渡赤水) 이후 우리는 궤이양(貴陽)을 공격했다. 장제스는 우리가 여전히 창장(長江)을 지나가고자 한다고 여기고, 군대를 창장으로 이동시켰다. 적들은 츠수이허(赤水河)를 따라서 보루를 구축했다. 우리는 그 사이에 주둔했다, 15km의 틈 사이로 수만의 홍군紅軍이 모두가 빠져나갔는데, 마오쩌둥이 수만의 홍군을 지휘했다. 마오쩌둥은 신과 같이 군사를 움직여 단번에 궤이양으로 쳐들어갔다.

장제스는 당황했다. 병력이 없자, 윈난의 군대가 궤이양를 지키도록 요구해 그를 돕게 하였다. 윈난(雲南)이 또한 비게 되고, 윈난의 군대가 궤이양에 제 시간에 도착하지 못하자, 우리는 다시 윈난으로 쇄도해 들어갔다. 저우언라이와 마오쩌둥의 협동은 아주 훌륭했다. 사도적수(四渡赤水)의 실질적인 주요 책임자는 바로 저우언라이였고, 저우언라이 동지는 겸허하게 마오쩌둥 동지의 의견을 받아들었다. 그 당시 군사문제를 해결하기 위해서는 주로 3인의 지도자그룹의 지휘를 따라야 했다. 저우언라이의 지지가 없었다면 힘들었을 일이다.

우리가 산베이(陝北) 지역에 도착한 후, 한 가지 문제는 땅이 좁고 인원은 적으며 식량이 부족한다는 점이었기 때문에, 마오쩌둥은 동정(東征)을 하려면 장제스와 옌시산(閻錫山), 옌시산과 일본의 모순을 이용해야 한다고 말했다. 우리는 산시(山西)에 의존하면서 동쪽으로 나아갔고, 허베이(河北)로 진출하면서도 대도시를 공격하지 않았다. 저우언라이의 그 당시 임무는 막중했는데, 후방에서의 모든 일처리는 그의 책임이었다. 후방을 돌보아야 했을 뿐만 아니라, 전방의 일만여 홍군을 돌보아야 했던 것이다. 이어진 동정(東征)에서도 마찬가지였다.

저우언라이가 장쉐량(張學良)에 대한 통일전선 공작을 잘 처리 했기에, 서정(西征)에서 우리가 마홍빈(馬鴻賓)을 쳐부순 이후, 부대가 특히 동북군과 대치하게 되었을 때에도, 공포탄을 쏘면서도 밤에는 자유롭게 왕래했고, 동북군이 기차를 이용해 우리에게 철을 운송 해주어, 배를 만들어 황하를 건널 준비를 하였다. 몽고를 등지고 있어서 땅이 너무 협소했기 때문이었다.

서정(西征) 이후, 우리는 한 차례의 전투에서 마청빈(馬承賓)을 포로로 잡고, 이어서 그를 돌려보냈는데, 마홍빈(馬鴻賓)과의 통일전선 공작을 잘 처리했기 때문이었다. 마홍빈은 줄곧 우리와의 관계가 비교적 좋았기에, 우리는 그를 공격하지 않았고, 그 역시 자발적으로 우리를 공격하지는 않았다. 이후 홍군(紅軍)이 집결하고 나서, 우리는 한 차례 전투로 후종난(胡宗南)의 제1사단의 1개 여단을 섬멸하고, 공격을 마친 이후, 바로 매복을 준비하여, 논기슭과 산기슭에서 위린(榆林)으로 돌아가는 적군을 섬멸했다.

이 전투를 끝내자마자, 휴식하며 정비하던 중에, 시안사변(西

安事變)이 발생하여, 모두들 크게 기뻐했다. 저우언라이는 마오쩌둥과 중앙에서 정한 시안사변의 평화적 해결방침에 따라, 거듭해서 장쉐량(張學良)에 관한 공작을 행했다. 우리는 소환되어 와서 삼원(三原)지구에 집결하였고, 이어서 장쉐량(張學良)·양후청(楊虎城)과 협상을 하였는데, 협상 과정 중에서 저우언라이가 중요한 역할을 하였다.

당시 군대에는 두 종류의 정서가 있었다. 우리 같은 사람들은 아주 단순해서 장제스를 잡아다 죽여도 그만이라고 생각했는데, 십년간의 내전으로 모두 눈에 핏발이 서 있었던 것이다. "늘상 장제스를 타도해야 한다고 말했는데, 어찌 잡았는데 도리어 풀어준다는 거지? 죽여야 하지 죽여야 해!" 나중에 장제스를 풀어주라는 것이 중앙의 결정이란 말을 듣고, 풀어줄 테면 풀어주라고 말들은 했지만 화를 참고 있었다. 그 뒤에 홍군(紅軍)을 개편해 국민혁명군(國民革命軍) 소속의 바루쥔(八路軍)으로 만들고, 국민당 군대의 군모 표식을 달아 홍군의 오성모(五星帽)를 바꿔야한다고 들었을 때, 많은 사람들이 납득하지 못했다. 그래서 일부가 떠나기도 했는데, 그들은 "그만두겠다. 이 몸이 이토록 여러 해 동안 해온 일이 장제스를 공격하는 일이었는데, 지금 우리에게 이런 옷을 입으라 하니, 그만두고 집으로 돌아가겠다"고 했던 것이다. 이렇게 일부가 뛰쳐나갔지만, 대부분의 사람들은 중앙의 지시를 따랐다.

항전이 시작되었을 때, 우리는 타이위안(太原)에 있었고, 저우언라이 동지 역시 타이위안에 있으면서 타이위안 화베이군분회(華北軍分會)에 머물렀는데, 임무 중 하나가 군대의 전략적 사고를 통일하는 것이었다.

당시 마오쩌둥은 게릴라전을 주장했지만, 전방의 일부 동지들은 일본을 공격하는데 기동전으로 공격할 필요가 있다고 말했다. 그러나 결국 뤄촨회의(洛川會議)에서는 게릴라식 기동전을 펴기로 결정했다. 이길 수 있으면 싸우고, 이길 수 없으면 도망가는 것이었다.

이 사고를 통일하기 위해, 저우언라이가 타이위안에서 회의를 소집하자, 바루쥔(八路軍) 3개 사단의 사단장이 모두 와서 크게 언쟁하였다. 우리는 회의에 참여할 자격이 없었지만, 밖에서 격론을 듣고 있었는데, 이후에 전략이 뜻밖에 통일되었다. 펑더화이(彭德懷)의 명의로 한 권의 소책자가 인쇄되었고, 화베이에서의 게릴라전이 끝까지 유지되었다. 우리는 이 소책자를 옌시산(閻錫山)의 각 부처에 보냈다. 바루쥔이 공개된 이후, 나는 총사령부 참모로, 옌시산의 참모부와 연락하였다.

저우언라이 동지는 타이위안에서 화베이공작을 안배하고, 게릴라 전쟁을 조직하고 전개했으며, 일부 간부를 파견해 보내어 옌시산의 군대와 홍군의 협동 전투를 완수하고, 일부 청년학생들을 산베이(陝北)로 운송해 왔다. 일본 군대가 타이위안(太原)에 다가왔는데도, 저우언라이 동지는 아주 결연했다. 우리의 자동차는 모두 옌시산 일파의 자동차였는데, 운전사는 우리에게 "옌시산 주임께서는 떠났는데, 너희 공산당은 아직도 떠나지 않았냐?"라고 물었다. 매국노와 일본인이 내통하여, 폭탄이 입구에서 터졌다. 우리는 저우언라이 동지와 지하실 방공호에 머물렀다. 촛불이 모두 꺼졌지만 도망치지 않았다.

일본군이 신커우(忻口)를 공격했을 때, 포성이 들리자 주변 사람들이 모두 도망쳤고, 우리 세 사람 즉 나와 저우언라이·펑세펑(彭雪楓)만 남았다. 밤에 성문이 막혀서, 우리는 성을 나갈 수 없었다. 나와 펑세펑은 타이위안을 지키는 푸쮜이(傅作義)를 찾아갔다. 의는 친필 명령서를 내려, 우리에게 문을 열어주었다. 우리는 성벽 위로 하나의 통로를 파고, 허리를 구부리면서 뛰쳐나왔는데, 저우언라이 동지는 나중에서야 이렇게 나왔다.

성을 나온 후, 펀허(汾河)에 놓인 다리에 장갑차 한대가 멈춰있는 것을 보았는데, 다리를 꽉 막고 있어서 밀어도 끄덕하지 않았고 뒤집으려 해도 끄덕하지 않아 지나갈 수가 없었다. 장갑차 안에는 새우가 가득 실려 있었다. 저우언라이 동지는 결단을 내려, 사사로운 물품을 모조리 버리고는 무선통신기만을 지니고 펀허(汾河)를 건넜는데, 무선통신기에서 떨어질 수 없었기 때문이었다. 이어서 나는 사람들을 조직해 강을 건넜는데, 물건들을 모두 버리고, 트렁크도 버리고서야, 건너갔다. 그들이 먼저 건너고 나는 마지막에 건넜는데 내가 건너갔을 때 그들은 이미 가버린 뒤였다. 한 사람도 없었고, 보이지도 않아서 나는 그들을 쫓아갈 수가 없었다. 나는 통신원을 데리고 천천히 가서 펀허 상류에 이르러서야 그들을 따라잡았다. 저우언라이 동지는 거기서 게릴라 전을 계획하고 있었는데, 펑전(彭真)도 거기에 있었다.

나중에 우한(武漢)에서, 나는 저우언라이 동지를 다시 만났다. 나는 "당신께서 타이위안에 있을 때, 우리에게 물건을 버리라고 하셔서 나는 옷조차 없으니 당신께서 내게 한 벌 줘야합니다"라고 말했다. 그는 내게 두 벌의 옷을 주었다. 집을 나와서 돌아갔던 적이 없다고 하자,

그는 또한 내게 20위안의 돈을 주었는데 그 당시로는 꽤 큰 액수였다. 저우언라이는 사람들에 관심을 기울였고, 기억력도 좋았다. 나는 당시 그를 시험해보고, 그가 타이위안에서 우리들에게 물건을 버리라고 한 일을 기억하는지를 살폈다. 그 이후 우리는 떨어져 있었다. 이후 항전 승리에 이를 때까지, 나는 허난(河南)에서 오로지 전보를 통해서, 어떻게 공작을 전개해야하는 지에 관한 그의 지시를 받았다.

해방 후, 나는 베이징의 총참모부 작전부에서 일했는데, 당시 저우언라이는 중국공산당 중앙 군사위원회 부주석으로, 총참모장을 대행했다. 1952년 5월에 이르러서야 그가 대행하지 않았고, 그때 펑더화이(彭德懷)가 조선(朝鮮)에서 비밀리에 돌아와 주재되었다. 당시 또 한 명의 공개적인 총참모장 대행은 네룽전(聶榮臻)이었지만, 실질적으로 일을 주관한 것은 저우언라이였다. 그는 매우 꼼꼼하여 모두들 두려워하였는데 그의 질문이 세밀하고 생각이 치밀하고 기억력이 정확한 점을 두려워했다. 나는 그가 양리산(楊立三)을 찾아 회의를 열어 회계를 하던 것을 기억하는데 2모(毛) 3분(分) 액수의 착오라도 모두 계산해내니 양리산으로서도 방법이 없게 만들었다. 우리 작전부는 군사위원회에 나아가 회의에 모두 참관하였지만, 한 번 회의를 하면 나는 긴장해서 밤새 잠을 잘 수가 없었고, 둘째 날에는 낮부터 다시 일을 해야 해서 피로가 극에 달했다.

저우언라이 동지는 매 주마다 모두 거인당(居仁堂) 작전실로 오도록 하여, 모두를 긴장시켰다. 그는 매 주마다 2~3번 왔는데, 기억력이 특출나서 어떤 군대가 어디에 있는지 어떤 군대의 지휘관이 누구인지 아주 분명히 기억하고 있었다. 대답이 틀리면 불운한 날이 되었다.

그는 가끔씩 우리를 시험했다. 당연히 그는 기억하고 있으면서도 고의로 우리들에게 물었고, 대답하면 그는 말하지 않고 세세한 정황을 물어서 보다 긴장해야 했다. 그는 정말로 매우 바빴지만, 부대의 장비 문제에 대해서 만큼은 신경을 썼다.

저우언라이 동지는 아주 감성적이었다. 양리산이 병사했을 때, 애도사를 저우언라이 동지가 읽었다. 고별의식은 소예당(小禮堂)에서 거행되어, 우리 모두가 갔다. 저우언라이는 각별히 언급하면서, 양리산은 징강산(井岡山)에서 시작해 수 십 년 투쟁해왔고, 우리에 있어 병참보급 업무에서 크나큰 역할을 했다고 하였고, 특히 대장정 가운데 초지(草地)를 지날 때, 자신이 간농양(肝膿瘍)에 걸려 고열이 나자 양리산이 친히 들것을 드는 일을 도와 그를 들고 초지를 지났다고 말했다. 저우언라이는 이 말을 할 때 눈물을 쏟으면서 울기 시작했고, 우리도 깊이 감동을 받았다. 나는 특별히 홍군(紅軍)의 시대를 회상한다. 홍군시절 전쟁에서 전우 한 사람이 전투에서 희생되면 유해를 찾아와야했고, 유해를 찾기 위해 심지어 한 사람의 희생조차 무릅썼다. 부상병은 버리지 않았고 유해를 버려두어서는 안 되었다. 부상병은 찾아 와야 했고, 유해는 찾아와서 묻어줘야 했다. 이는 훌륭한 기풍이었다.

1954년 나는 총참모부에서 나와서 군사학원(軍事學院)에서 공부했다. 군사학원에서 공부할 때, 양파투쟁(兩派鬪爭) 때문에 나는 체포되었다. 저우언라이 동지가 알고서, 쉬스여우(許世友)에게 전화해서, 나를 병원으로 보내도록 하였고, 이렇게 해서 안정을 얻을 수 있었다.

저우언라이 총리를 나는 존중하며 우러러 모신다. 나는 그가 문제를 물을 때마다 두려웠다. 그의 질문은 세밀하고, 두뇌도 비상한데다, 학식은 대단히 깊고도 넓었다. 그와 회의에서 만나 얘기하려면, 준비하는 데 꼬박 하루가 걸렸다. 그가 무엇을 물을지 누구도 몰랐기 때문이다. 그는 우리의 요구에 대해 아주 엄격했다.

저우 총리의 당부를
마음에 새기며

― 뤄칭창(羅靑長, 저우 총리 사무실 부주임, 전 중앙조사부 부장)

저우 총리의 당부를
마음에 새기며

– 뤄칭창(羅靑長, 저우 총리 사무실 부주임, 전 중앙조사부 부장)

나는 1936년에 처음 저우언라이 동지를 알게 되었다. 1946년 난징에서 돌아온 이후 줄곧 저우 총리의 영도 하에 일을 하였다. 산시성 북부 일대에서 여러 전투에 참전하는 것을 시작으로 그의 유골이 강하 대지에 뿌려지기까지 나는 줄곧 그를 따랐다.

해방전쟁시기, 나는 저우언라이 동지를 따라 산시성 북부의 전투에 참여하였는데, 당시 아군과 적군의 대치 형세는 매우 엄중한 상황으로, 우리 병력의 10배나 되는 적군이 우리를 포위하고 있었다. 중앙에서 산시 북부에 남을 것을 결정하고, 중앙전위를 성립하면서 저우언라이 동지는 중앙군위 부주석 겸 총참모장을 맡게 되었다.

저우언라이 동지는 난창기의 이후 줄곧 중요한 군사 영도 임무를 담당했는데, 특히 해방전쟁 중에는 마오쩌둥과 협조하며 한편으로는 군사방면, 즉 육상전쟁을 포함하여 "공중전쟁"을 수행하였고, 다른 한편으로는 국민당 통치 지역에서 제2의 전쟁을 수행하였다.

"공중전쟁"이란 전선을 볼 수 없는 것으로, 쌍방의 통신 투쟁 및 비밀 보안 투쟁, 정찰 정보 작업, 보위 공작을 포함하는 것이었다. 네 번째 항목, 즉 보위공작은 저우언라이 동지가 1928년에 창건하고 영도하기 시작한 것으로, 대부분 잘 알려지지 않은 것들이다.

세계 전쟁사에서 암호 기밀의 누설이 전쟁의 패배를 야기한 경우가 적지 않으므로, 저우언라이 동지는 이 문제를 매우 중요하게 여겼다. 그는 기밀 요원들을 이끌며, 가장 낙후된 기술적 조건하에서도 매우 높은 성공률을 달성하며 통신 비밀을 유지하였다. 그는 산시 북부에서 두 차례 직접 기밀 공작회의를 주재하기도 하였다.

장제스는 미국의 장비와 전문가에 의지하고, 또한 일본의 장비와 전문가를 노획하여 중국공산당의 암호와 통신을 연구하였다. 장제스가 중국공산당의 정황을 이해하는데 가장 중요한 경로는 바로 매일 사무실 탁자 위에 놓인 한 장의 지도를 통해 중국공산당 부대의 행동 방향을 파악하여 정책을 결정하는 것이었다. 저우언라이 동지는 수많은 조치들을 이용하여 암호의 완전을 확보하고, 아울러 장제스의 미신 지향적인 심리를 이용하여 그의 계교를 미리 알아채고 그것을 역이용하였다.

1947년 가을, 우리 군대는 장제스의 76군 랴오양부대(廖昻部隊)를 격파하였다. 저우언라이 동지는 서북 야전군의 무선 통신기를 옌촨(延川) 지역에 집중하도록 하고 수차례 긴급전보를 발송하여 칭젠 (淸澗)현 부근의 군대들에게 칭젠을 거짓 공격하도록 명령하였다. 후종난은 방향탐지기의 보고는 믿었지만 랴오양의 보고는 믿지 않았다(후종난 부장은 당시 재편성된 제29군 제76사단 사단장을 맡고 있었다). 1950년 난징을 해방한 후 노획한 문서에는 국민당 군대가 우리 군대를 정찰, 탐지한 내용의 보고가 있었다. 그 보고서의 결론에는 "보통 암호는 어느 정도 파악하였으나, 공산당의 핵심 기밀은 얻지 못하였다"라고 되어 있었다.

우리 당의 첫 번째 암호는 '하오미(豪密)'로, 바로 저우언라이 동지가 발명한 것이었다. 그의 당내 부호가 '오호(伍豪)'였기 때문이었다. 우리는 저우언라이를 암호 전문가라고 부를 수도 있을 것이다. 우리 당의 첫 번째 암호 번역원은 그의 부인인 덩잉차오였다. 해방전쟁과 항일전쟁 시기 이 방면의 작업은 큰 발전을 이루었으며, 이것이 바로 국민당을 패배시킨 중요 요소 중 하나였다. 장제스는 암호 전선에서도 패배하였던 것이다.

장제스가 패배한 후, 180만의 국민당 군이 기의를 일으키고 투항한 것은 절대 부분 저우언라이 동지가 항일 전쟁 초기 및 해방전쟁 중에 주도면밀하게 진행했던 작업들의 결과였다. 제2함대의 기의, 강방(江防)함대의 기의, 천군(川軍)의 기의, 후난 청취옌(程潛)기의, 윈난의 루한(盧漢)기의, 북평 푸줘이(傅作義) 기의 등등 대부분의 기의가 저우언라이 동지의 영도 하에 진행된 것으로, 동비우(董必武), 예첸잉(葉劍英), 리커농(李克農) 등의 동지들도 모두 수많은 작업을 진행하였다.

류원훼이(劉文輝)는 국민당의 시캉성(西康省)의 주석으로 항전 초기에는 총칭에 있었다. 그는 중국공산당에 대표를 파견하여 도와줄 것을 요청하였다. 저우언라이는 왕소춘을 파견하였다. 그는 장제스가 지방 세력을 어떻게 다루는 지에 대해 우리에게 모두 통보해주었다.

해방전쟁 시기 그의 무선통신기는 옌안 및 산시 북부와 연락을 취하였다. 장제스의 직계인 캉저(康澤)가 전쟁 포로로 잡혔을 때, 그는 저우언라이에게 편지를 써서 "당신은 나의 스승인데 나는 당신의 말을 듣지 않았습니다"라고 하였다. 많은 지방세력들이 중국공산당의 건립에 관계하며 해방전쟁 중에 역할을 수행하였다.

푸젠, 스촨, 쿤밍에는 모두 저우언라이 동지가 영도했던 비밀 문선 전신기가 있었으며, 장제스 왕조를 전복시키는 데에 큰 역할을 하였다.

대도시를 인수하여 관할할 때 정책면에서 저우언라이 동지는 많은 고려를 하였다. 예를 들어 상하이의 파벌 세력에 대해 그는 허베이성 스쟈장의 시바이버에 있으면서 수차례 명령을 내려 두위에성(杜月笙), 황진롱(黃金榮), 양샤오톈(楊嘯天)을 쟁취하였다. 두위에성이 홍콩으로 도망갔을 때 저우언라이 동지는 김산(金山)을 파견하여 회유하도록 하였다. 그는 "신정권에 대해 반대하지만 않는다면 과거의 일은 모두 묻지 않겠다"고 말하였다. 1950년 병원에 있을 때 나는 상하이에 남아있던 황진롱을 만났다.

그는 상하이의 길거리에서 자백서를 붙이고 그의 패거리들에게 신정부의 법률을 준수하도록 하고 있었다. 이것은 당시 사회를 안정시키는 데 큰 역할을 하였다. 양샤오톈은 참가자 대표 자격으로 화이런당(懷仁堂)에서 개최된 정치협상회의에 출석하였다. 또한 사도미당(司徒美堂)의 홍먼회(洪門會)도 있었다. 사회를 안정시키고 도시를 인수하여 관할하는데 이것들은 모두 매우 중요한 역할을 수행하였다.

저우언라이 동지는 인민에게 유익한 일을 하는 사람으로 누차 우리에게 인민을 잊어서는 안 된다고 충고하였다. 1975년 12월 20일 그의 병세가 위중하던 때에 그는 나를 불러 면담하였는데, 타이완(臺灣)에 대한 이야기 외에 또한 이 문제를 언급하였다.

그는 장쉐량에 대해 매우 관심이 많았다. 총칭에 있을 때와 옌안에 있을 때, 제2차 국공회담 중에도 장쉐량에 큰 관심을 보였다. 그는 쪽지를 써서 장쉐량에게 보냈는데, 그 쪽지에는 다음과 같은 16자의 글이 쓰여 있었다. "나라를 위해 스스로를 진중히 여기고 수신하고 양성하기를. 전도가 유망하니 이후에 때가 있을 것이다(爲國珍重, 修身養性, 前途有望, 後會有期)."

많은 사람들이 중간에서 장쉐량과 중국공산당의 관계를 이간질할 때도 그는 사리를 들어 필사적으로 반박하며 저우언라이와는 첫 대면에서부터 옛 친구처럼 친해지게 되었다고 말하였다. 그는 저우언라이가 자신에 대해 큰 관심을 갖고 있다는 사실을 알고 있었다. 조일적의 많은 친척들이 상하이에 살고 있었는데, 그들의 출국에 관련된 일은 모두 내가 가서 처리했다. 장쉬에스(張學思)가 박해를 받을 때는 저우언라이 동지가 크게 화를 내기도 하였다. 장췬(張群)과 송즈원(宋子文)에 대해서도 저우언라이 동지는 많은 일을 하였다. 송즈원이 홍콩에 도착했을 때 저우언라이는 그에게 서신을 전해, "시안사변 당시 장제스의 세 가지 보증은 당신의 남매가 보증한 것이다"라고 하였다. 이에 대해 송즈원은 "첫 번째와 두 번째는 실현되었으나 세 번째는 모두가 아는 그 원인으로 인해 저도 실로 어찌할 방법이 없으니, 저우언라이 선생께서 이해해주시기를 바랍니다."라고 하였다. 그러자 저우언라이는 "송즈원의 말은 외교적인 언사이나, 또한 사실이기도 하다. 장쉐량은 '민족영웅이자 천고의 공신이다"라고 하였다.

1946년 마오 주석이 총칭으로 가 담판할 때 국민당의 사병이 저우언라이의 비서 리샤오스(李少石)를 저격한 사건이 발생하였다.

당시 상황은 매우 긴장된 상태였는데, 저우언라이 동지는 헌병사령 장전(張鎭)을 불러 마오 주석의 안정을 보장하도록 하였다. 그는 가슴을 치며 맹세하였다. "저우 주임님, 이 일은 저에게 맡기십시오. 마오 선생이 돌아가실 때에 제 차로 모실 것이고 저도 함께 타고 있겠습니다." 장전의 보호하려는 마음에 대해 저우언라이는 매우 감격하여 줄곧 이 일을 마음에 새기고 있었다. 저우언라이가 중병을 앓고 있던 시기, 그는 줄곧 우리에게 다음과 같이 당부하였다. "만일 장래에 중국이 통일되면 당신들은 반드시 이 일을 잊어서는 안 되네."

대만에 대한 통일은 저우언라이 일생에 있어 미완의 사업이었다. 1955년 반둥회의 이후 우리가 제출한 대만 문제 해결 방안은 크게 두 가지 방식이었다. 하나는 무력을 사용하는 것이고, 다른 하는 장제스, 천청(陳誠) 등과 담판하여 "애국일가(愛國一家), 애국에는 선후가 없다"는 원칙을 제출하는 것이었다. 그는 상층 민주 인사인 장츠중(張治中), 푸쭤이(傅作義), 장스자오(章士釗), 취우(屈武) 등을 통해 대만 쪽의 일을 진행하였다. 천청은 사망 후 공개 유언을 발표하여 대륙을 반격하는 것에 대해서는 언급한 적이 없다고 하였다.

1964년 정치협상회의 당시 저우언라이는 장츠중, 푸쭤이, 장스자오에게 "우리가 한 일들이 헛된 것이 아니었네"라고 하였다.

문화대혁명 시 그들 중 몇몇이 공격을 받자 저우언라이는 그들을 보호하였다.

장스자오가 홍콩에서 병을 얻어 입원해 있을 때에도 저우언라이는 매우 관심을 갖고 보살펴주었다. 푸쥐이가 임종할 때 저우언라이는 직접 가서 그를 보고 "당신은 베이핑(北平, 베이징)을 평화롭게 해방시키는 데에 큰 공이 있다"라고 말하였다. 푸쥐이는 이미 말을 할 수 없는 상태였으나 얼굴에는 미소를 머금었다.

저우언라이 동지는 우리에게 이 사람들의 이름과 자(字), 적관 등을 모두 확실히 숙지해야 한다고 교육하고 때로 우리를 시험하겠다고 하였다. 대만 문제를 이야기할 때 저우언라이 동지는 반복해서 다음과 같이 말하였다. "우리 스스로에게서 구해야 한다."

저우언라이는 일찍이 5.4운동에 뛰어들어 진보적 학생조직인 쟈오우사(覺悟社)를 발기하여 성립시켰다. 사진은 쟈오우사 성원들이 합동 촬영한 것으로, 뒷줄 우측 첫 번째가 저우언라이이다. 우측 다섯 번째가 마쥔(馬俊), 우측 세 번째가 궈룽전(郭隆眞), 앞줄 우측 두 번째가 류칭양(劉淸揚), 우측 세 번째가 덩잉차오(鄧穎超)이다(1919년).

音容宛在永別难忘

『백년 언라이』를 촬영하기 위해 쟈오우사(覺悟社) 성원 중 생존해 있는 마지막 인사인 100세 노인 관이원(館易文)을 취재하는 모습. 이미 기억을 완전히 잃은 관 노인이지만 저우언라이의 사진을 대면하자 별안간 연속해서 세 번이나 "목소리와 모습이 선하다. 영원한 이별을 잊기 어렵다!"를 고성으로 외쳐댔다. 그는 50일 후에 세상을 떠났다. 사진 위의 글씨는 저우 총리가 서거한 당일 관 노인이 눈물을 흘리며 쓴 것이다. (좌측은 관노인의 부인인 황판(黃范), 오른 쪽은 덩자이쥔이다, 1996년)

1921년 봄 장선푸(張申府)와 류칭양(劉淸揚)의 소개로 저우언라이는 중국 공산당 8인이 발기하여 조직한 파리 공산주의 소조(小組)에 가입하여 당의 창건활동에 종사하였다. 사진은 1996년 『백년 언라이』를 텔레비전 특별 방송 프로그램으로 촬영할 때, 러시아의 중앙당안관에서 발견한 저우언라이가 공산국제에 보낸 이력서로, 여기서 그가 1921년 공산당에 가입한 사실을 명확히 볼 수 있다.

1924년 중국사회주의청년단 유럽지부 성원들과 파리에서 합동 촬영한 것이다. 앞줄 좌측 4번째가 저우언라이, 좌측 여섯 번째가 리푸춘(李富春), 좌측 첫 번째가 녜룽전(聶榮臻), 뒷줄 우측 3번째가 덩샤오핑이다.

1927년 제1차 국공합작이 붕괴되기를 전후하여 중국혁명을 구원하기 위해 저우언라이는 '상하이 공인 제3차 무장봉기'와 '난창봉기'를 영도하였다. 사진은 '상하이 공인 제3차 무장봉기'를 영도할 때의 저우언라이 모습이다.

『백년 언라이』의 촬영기간에 러시아 중앙당안관이 제공한 차이창(蔡暢 다른 이름은 뤄쉬洛莎)가 1938년 7월 공산국제가 쓴 저우언라이에 관한 방증자료이다. 그중에는 "저우언라이 1926년 강저우에서 상하이로 돌아와 상하이의 유명한 3차 무장폭동에 참가하여 영도했으며, 모든 군사적 지휘는 그의 책임이었다", "1927년 7월 말 그는 당 중앙에서 난창으로 파견되어 난창무장봉기를 영도하도록 명받았다." 이 자료의 마지막 쪽에는 그의 친필 서명인 '뤄쉬'가 쓰여 있다.

1911년 12월 저우언라이는 중앙소비에트구에 와서 홍군 총정치원, 중앙혁명군사위원회 부주석 등의 직책을 담임했다. 사진은 1933년 12월 홍군 제1방면군 영도인들과 푸젠(福建)의 젠닝(建寧)에서 합동 촬영한 것이다. 좌로부터 예젠잉, 양상쿤, 펑더화이, 류바이젠(劉伯堅), 장춘칭(張純淸), 리커농(李克農), 저우언라이, 텅다이위안(滕代遠), 위안궈핑(袁國平).

　1937년 마오쩌둥, 보어구(博古)와 합동 촬영한 모습

시안(西安)사변을 평화적으로 해결한 후, 저우언라이는 이 담판에 참여한 국민
당과 항일통일전선을 건립하였다. 사진은 바루쥔(八路軍) 부총사령 펑더화이
(좌2), 귀모뤄(좌3), 예젠잉(좌4)과 합동 촬영한 모습(1938년)

항일전선기간, 저우언라이는 어
깨 부상을 당한 후의 사진을 공산
국제가 제공하였다. 러시아 중앙
당안관이 제공함(1940년)

항일전쟁 승리 후 저우언라이가 중국공산당을 대표하여 마샬, 장츠중 등과 함께 3인 소조(小組)를 조성하여 국민당과 진행한 담판에 참가하였다.(1946년 2월)

마샬(우3), 장츠중(우4)이 함께 수행한 베이핑 군사조처집행부 성원 월트(沃爾特)·S·뤄바이이손(우6), 정제민(鄭介民)(우5), 예젠잉(우1) 등이 장쟈커우(張家口)를 시찰할 때, 진찰기(晉察冀) 군구사령부 문전에서 합동 촬영한 모습.

난징 메이원(梅園) 신춘 17호 주택을 걸어 나와
국민당과 담판하러 가는 모습(1946년),

1946년 11월 저우언라이는 옌안으로
돌아와 마오쩌둥, 주더과 함께 했다.

시바이포(西伯坡)에서 작전명령에 서명하는 모습(1948년)

1949년 10월 1일 저우언라이는 정무원 총리 겸 외교부 부장에 임명되었다.
사진은 중앙인민정부 위원회 제1차 회의 상에서 발언하는 모습.

그는 진정으로 "죽을 때까지
최선을 다하는 경지"를 이루어 냈다.

—퉁샤오펑(童小鵬, 저우 총리 사무실 주임, 중앙통전부 전 부부장)

그는 진정으로 "죽을 때까지
최선을 다하는 경지"를 이루어 냈다.

−통샤오펑(童小鵬, 저우 총리 사무실 주임, 중앙통전부 전 부부장)

1945년 8월 15일 일본이 항복하자 장제스는 마오쩌둥을 총칭으로
초청하였다. 10월 8일 국민당과 공산당이 약정한 후, 10월 10일
쌍방은 "쌍십협정"에 서명하였다. 그날 오후 류야즈(柳亞子)가
정쟈이안(曾家岩)에 오자 저우언라이의 비서인 이샤오스(李少石)는
그가 샤핑바(沙坪壩)로 돌아가는 것을 배웅하였는데, 홍이
안쉐이(紅岩嘴)로 돌아오는 길에 그의 차가 국민당 헌병 한 명과
부딪혀 상해를 입히자 헌병은 총을 발사하였고 그 한 발이 이샤오스를
명중하였다. 기사는 그를 시민 병원으로 옮겨 구조한 후 두려운 나머지
차를 반납하고 바로 도망쳤다. 첸즈광(錢之光)이 저우언라이에게 이
사실을 보고하자 저우언라이는 헌병 사령인 장전(張鎭)을 불러 우선
그가 살해를 계획한 것인지를 물은 후 그에게 직접 가서 조사하도록
하였다. 그리고 다음으로 마오 주석의 안전을 요구한 후 병원으로
가서 리샤오스를 살펴보았다. 저우언라이 동지는 "20년 전에 나는

자네의 장인이 국민당에게 암살당한 것을 보았는데, 20년 후에 자네역시 국민당의 총에 죽게 되리라고는 생각지 못하였네"라고 말하였다. 리샤오스의 장인은 랴오종카이(廖仲愷)였다.

결국 그것은 과실 치사임이 밝혀졌다. 「신화일보」에서는 공고를 게재하여 사건의 진상을 설명하였다. 저우언라이는 위기 앞에서도 두려워하지 않고 기민하고 과단성 있게 이 사건을 처리하였다.

저우언라이의 부관이었던 류페이후(龍飛虎)가 쓴 「저우언라이 부주석을 따른 10년」이라는 책에는 리샤오스의 죽음에 대한 이야기가 실려 있는데, 여전히 소문에 근거해 리샤오스가 특수요원에 의해 암살된 것이라고 적고 있다. 저우언라이 동지는 이러한 내용에 동의하지 않고, 류페이후를 비판하였다. 해방 후 대만 공작에 대해 이야기할 때 저우언라이 동지는 여러 차례 장전에 대해 언급하였으며, 마오 주석이 총칭에 있을 때에 그가 시행했던 두 가지 일에 대해 말하였다. 첫째는 그에게 리샤오스 사건을 조사하도록 한 것으로, 그는 신속하고 분명하게 조사를 수행하였으며 우리의 조사 결과와 일치하였다. 두 번째 사안은 그날 저녁 만찬을 마치고 그에게 마오 주석을 홍안까지 배웅하라고 한 일로 그는 바로 대답하고 시행하였다. 저우언라이 동지는 우리에게 그가 했던 이 훌륭한 일들을 잊지 않도록 하였다.

나는 줄곧 기밀과 과장으로 있었는데, 우리의 무선통신기는 공개된 것이었으며 국민당이 정기적으로 검사하였다. 우리는 국민당 통치구역에서 비서, 기밀, 당안 작업 등을 수행하며 모두 저우언라이 총리의 영도 하에서 간부로 양성되었다. 우리 당의 무선전신국은

1931년 상하이에서 건립되었으며 이후 중앙혁명지에서는 리창(李强)과 정산(曾三)이 담당하였다. 무선전신국의 전보 업무 담당자는 주로 국민당 군대의 포로였던 이들이며, 그 중 왕정(王錚)은 큰 공을 세우기도 하였다. 그는 1930년 장훼이잔(張輝瓚) 부대의 전신국 대장이었다. 처음 우리 군대가 무선통신기와 송수신기를 포획했을 때에는 우리가 그것을 전혀 이해하지 못했기 때문에 모두 파괴해 버리고 한 대의 송수신기만을 남겨 국민당의 정보를 수집하는 데 이용하였다. 왕정은 한번 듣고 바로 적들의 무선전신국이 어느 지방에 있는 것을 알아내고, 이후 적의 암호를 판독해 내었다.

우리의 암호 중 최초의 것은 저우언라이 총리가 발명한 것으로 "하오미(豪密)"라고 불렀다. 우리가 사용한 암호는 중복되는 것이 없었다. 주로 암호 투쟁은 시안 사변 이전 류딩(劉鼎) 동지가 장쉐량의 공관에서 무선통신기를 공개해 놓은 것이었는데, 1939년 이후 국민당이 그것을 제한하고 파괴하기 시작하였다.

우리가 국민당 통치구역에서 공개한 무선통신기는 국민당이 왔을 때 그들에게 보여준 것으로, 모두 가짜였다. 어느 정도는 고의로 그들이 해독하도록 유도하기도 하였다. 진정으로 중요한 암호는 그들이 결국 해독해내지 못하였다. 1943년 국민당은 군정부를 통해 우리의 무선통신기를 폐쇄하였다.

저우언라이 동지는 기밀 요원들에 대해 정치적으로 엄격하게 요구하였다. 그는 "미국과 국민당은 기술적으로 우리보다 강하고 설비도 좋다. 다만 그들은 정치적으로 우리에게 미치지 못하며 우리는 정치에 있어 그들보다 강하다"라고 말하였다. 우리에게는 오직 5와트의 통신기밖에 없었지만 기후가 좋을 때 기회를 틈타 수발신을 하였으며, 중요한 것은 비밀 통신기로 공개된 것은 비밀 통신기를 엄호하기 위한 것이었다.

저우언라이가 친히 암호를 발명하고, 친히 비밀 요원을 양성 하였으며, 하나의 엄밀한 제도와 엄격한 기풍을 수립하였으므로, 단 한 번도 큰 사건이 발생하지 않았다. 우리당의 기밀 공작이 지닌 훌륭한 전통은 저우언라이가 직접 길러낸 것이다.

저우언라이 총리는 우리 국가의 역경에 굴하지 않는 튼튼한 기둥으로 바로 천윈(陳云) 동지가 말한 바와 같다. "만일 저우언라이 동지가 없었다면 문화대혁명의 후과는 감히 상상조차 할 수 없을 것이다." 문화대혁명 중에 위치우리(余秋里)와 구무(谷牧) 동지는 비판을 받는 와중에도 저우언라이 총리의 보호 하에서 매일 작업을 수행하였다. 외지의 리징취안(李井泉) 등이 조반파로 지목되어 베이징에 잡혀 왔을 때, 저우언라이는 그를 중앙 직속의 숙소로 보호해 오도록 지시하고, 사람을 파견해 보초를 서도록 하였으며 혼란스럽게 해서는 안 된다고 하였다. 군대 간부는 징시(京西)호텔에 있도록 하였으며, 사람을 보내 보초를 세우고 보호하도록 하였다. 펑전이 잡혔을 때에도 저우 총리가 사정을 알고 사람을 파견하여 신속하게 데리고 오도록 하였다.

그는 허룽 역시 보호해 주었다. 장스자오(章士釗)는 문혁 초기 공격을 받은 후 마오쩌둥에게 편지를 써서 보호해 줄 것을 요청하였는데, 마오쩌둥은 편지를 저우언라이에게 전달하며 그를 보호해 주라고 지시하였다. 저우언라이는 이 기회를 이용하여 많은 사람들을 보호해 주었다. 홍위병이 천윈의 집에 들어가 서류를 약탈하고 "옛 사상과 문화, 풍속, 습관을 모두 타파해야 한다"고 말하자 저우언라이 동지는 나를 시켜 그것을 제지하도록 하였다.

무수한 부장들이 공격을 받자 저우언라이는 그들을 종난하이(中南海)의 공즈루(工字樓)에 모으고 반성문을 작성하도록 하였는데, 실은 그것을 명분으로 그들을 보호한 것이었다. 민족학원에서 판첸(班禪)라마를 체포하고 비판하자 저우언라이는 "비폭력적인 방법으로 비판하는 것은 허락하되 폭력적으로 비판하는 것은 허락하지 않는다"라고 말하였으며, 폭력적인 비판 대회가 발생하자 사람을 파견해 판첸라마를 보호해 냈다. 그렇기에 저우언라이 총리가 서거한 후 매번 기일이 되면 판첸라마가 모두 천안문 광장에 와서 그에게 헌화하는 것이다.

그는 중국혁명과 신중국 건설사업에 수 십 년 동안 분투하며 진정으로 "죽을 때까지 최선을 다하는 경지"를 이루어 냈던 것이다.

우리당 최초의 암호 발명자

— 다이징위안(戴鏡元, 해방군 총참삼부 전 부장)

우리당 최초의 암호 발명자

- 다이징위안(**戴鏡元**, 해방군 총참삼부 전 부장)

우리당 최초의 암호는 저우언라이 동지가 발명한 것으로, 최초로 이 암호를 사용했던 사람은 런비스(任弼時)였다. 첫 번째 전보는 저우언라이가 상하이에서 중앙혁명근거지중앙국에 보낸 것으로 내용은 런비스가 중앙국에 도착했는지를 묻는 것이었다. 저우언라이는 중요한 일이 없을 때면 덩잉차오에게 전보 암호를 해독하도록 했다. 런비스는 긴급 상황이 없을 때는 천콩잉(陳琮英)이 전보 암호 해독을 책임지도록 했다. 두 번째 전보는 중화소비에트공화국 임시 중앙정부의 인사 안배 문제를 상의하여 결정하는 내용이었다. 이후 '하오미'는 점차 전군과 전당의 연락에 사용되기 시작하였으며, 중요한 내용은 모두 '하오미'를 사용하였다.

1947년 가을, 저우언라이 동지는 산베이 선취안바오(神泉堡)에서 기밀 공작회의를 소집했다. 기밀, 기밀 유지, 암호 통신 공작 등에 대해 연구 토론하는 회의였다. 암호 방침, 기밀 유지 제도, 공작 기율은 모두 전군의 기밀 암호 공작의 절대적 안전을 보장하는 것들이다. 우리군의 기밀 유지공작은 현대 전쟁사에 있어 극히 드문 사례였다.

당시 저우언라이는 우리 국의 공작에 대해 중요한 지시를 내렸다.

첫째, 현재는 통일된 지도, 분산된 경영의 형태로 2년 후 어느 정도 집중될 상황을 준비한다. 이는 과학적 예견이다. 1946년의 전략은 방어였으며 전술은 진공이었다. 현재의 전략은 진공이다. 우리의 방침은 장제스 관할 구역을 공격하고, 해방구를 발전시키는 것이다.

둘째, 우리의 과학 기술 공작과 혁명정신을 서로 결합시키면 우한의 발전 전망이 있을 것이고, 가는 곳마다 승리할 것이다. 우리 당의 기밀 공작은 과학기술공작이 50, 우리의 정치는 정의롭고 우한의 생명력을 지니고 있으므로 역시 50, 둘을 더하면 바로 100이 된다.

적군의 과학 기술은 50이지만, 그들은 정치적으로 부패했고 낙후되었으므로 전도가 없다. 즉 마이너스 50으로 플러스 마이너스할 경우 0과 같아진다. 그러므로 우리는 반드시 승리하고 적군은 반드시 실패하게 되어 있다.

공산당은 기술을 장악하고 있으므로 반드시 반동파가 소유하고 있는 기술을 극복해 낼 것이다. 이것이 바로 가장 정확한 진리이다. 우리의 으뜸가는 승리는 바로 기술과 정치의 결합이다. 우리에게 만약 혁명적인 정치가 없었다면 결코 적에게 승리할 수 없었을 것이다. 저우언라이는 정치를 매우 중시했다.

1948년 3월 12일, 저우언라이 동지는 우리 국의 보고에 다음과 같은 지시를 적기해 두었다. "이 보고서는 매우 잘 작성했다. 내용도 충실하고 분석과 비평, 방침이 모두 담겨 있다. 이는 우리 국의 공작이 한 단계 상승한 것을 적극적으로 보여주는 것이다. 과학으로 과학에 승리하고 여기에 정치를 더해야 한다.

즉 우리가 과학을 장악하면 반드시 적군이 사용하는 과학을 이겨낼 것이다."

'하오미'는 우리 당이 건립한 기밀공작의 가장 훌륭한 것이며, 또한 보안성이 매우 강한 암호였다.

마음에 고이 간직한 옛일

– 숑샹훼이(熊向暉) 저우 총리의 보좌관,
중앙통전부 전 부부장, 중국인민외교학회 전 부회장)

마음에 고이 간직한 옛일

– 송샹훼이(熊向暉) 저우 총리의 보좌관,
중앙통전부 전 부부장, 중국인민외교학회 전 부회장)

정보공작을 수행한 동지들이야 말로 무명의 영웅이다. 몇몇 동지들이 반드시 내가 이 이야기를 해야 한다고 했으므로, 나는 주로 저우언라이 동지가 당의 정보공작을 영도하고 걸출한 공헌을 한 내용에 대해 써보았다.

항일전쟁이 폭발한 이후 저우언라이 동지는 국공합작의 필요에 따라 몇몇 사람을 국민당 군대 내에 배치하여 항일을 돕고 필요한 시점에 우리의 공작을 하도록 하였다. 이러한 상황 하에서 나는 후종난 휘하에 파견되었다.

처음에 나는 별다른 일을 하지 않은 상태로 있다가 후종난이 반공을 개시하자 정보공작을 시작하게 되었다. 이른바 정보공작이란 것은 상황에 대한 이해를 합당한 경로를 통해 중앙에 보고하는 것이었다. 당시 후종난의 주요 임무는 황하의 제방을 지키는 것으로, 통관(潼關)에서 이촨(宜川) 이외 지역까지 즉 섬감녕변구(陝甘寧변구:

산시북부, 간수동부, 닝샤의 부분 지역)을 포위하는 것이었다. 나의 정보공작은 주로 옌안을 보위하는 것이었다.

1943년 5월, 코민테른이 해산하자 장제스는 이 기회를 이용해 섬감 녕변구에 대해 돌발적인 공격을 시행하려고 하였다. 이 사정에 대해 나는 당연히 알고 있었고, 중앙에 보고하였다. 주더를 통해 전보를 보내 장제스의 음모를 공개적으로 폭로하자 당시 각 방면의 압력까지 더해져 영국과 미국, 소련까지도 모두 찬성하지 않았다. 그렇기에 장제스가 바로 후종난에게 병력을 거두도록 지시하게 된 것이었다.

이때 바로 저우언라이가 총칭에서 옌안으로 돌아왔는데 수행한 인원이 백여 명이었다. 7월 9일, 그들은 우선 시안에 도착하였는데 이때 나는 저우언라이를 처음 만났다. 7월 10일 오후, 후종난이 그의 사령부에서 연회를 주최하여 저우언라이를 환영하면서 그에게 억지로 술을 먹여 취하게 만들고자 하였다. 그는 나를 치셴좡(七賢庄) 바루쥔 사무실로 보내 저우언라이를 맞이하도록 하였다. 나는 저우언라이 동지에게 영어를 사용해 이러한 상황을 알렸다. 그는 당연히 매우 경계하게 되었다.

후종난은 사전에 포석을 깔아두었는데, 연회에서 그의 고급 군관 및 그들의 부인들을 여러 무리로 나누어 저우언라이에게 술을 권하게 했던 것이다. 저우언라이 동지는 교묘하게 이들을 거절했다. 마지막에 저우언라이 동지는 후종난에게 다음과 같이 물었다. "내가 저우 총리 사령의 7·24전보를 보니, 당신이 옌안을 공격하고자 한다던데 도대체 어떻게 된 일입니까?" 후종난이 말하기를 "그런 일은 결코 없습니다. 나는 옌안을 공격할 의도가 전혀 없습니다"라고 하였다. 그러자

저우언라이가 은폐전선투쟁에 관해 지시를
내렸다.

저우언라이가 "그렇다면 다행입니다. 내가 건배 제의를 하겠소"라고 하자, 후종난이 그의 정치부 주임을 시켜 건배 제의를 하도록 하였다. 그가 "전국적인 항전을 영도하신 장제스 위원장을 위해 건배!"라고 하니, 저우언라이가 "당신이 전국 항전을 언급하니 아주 마음에 드오. 전국 항전은 국공합작이 기초가 된 것이고, 장 위원장은 국민당의 총재, 마오쩌둥은 공산당은 주석이지요. 나는 공산당원으로서 장위원장의 건강을 위해 건배하고자 하오. 또한 자리에 계신 마오쩌둥 주석의 건강을 위해서도 건배를 제의하겠소!" 국민당 사람들은 모두 멍한 상태로 있었다. 저우언라이는 그들이 제대로 건배하지 않는 것을 보고는 "여러분에게는 모두 난감한 부분들이 있을 것이니 나 역시 억지로 그것을 강요하지는 않겠습니다. 이 잔은 그만 두도록 하지요." 바로 이런 방법을 이용해서 그는 건배를 거절했다.

마지막에 저우언라이는 "우리 건배합시다! 굳건하게 항전을, 진보와 단결을 견지하고 잃어버린 땅을 수복하기 위해 건배합시다!"라고 제의하였다. 그는 원하는 사람은 잔을 비우고 원하지 않는 사람을 억지로 마실 필요 없다고 말하였다. 결과적으로 저우언라이가 한 번에 다 마셔버리자, 후종난 및 그의 고급 장령들 역시 모두 한 번에 다 마셨다. 저우언라이의 탁월한 지혜였다.

그때 후종난의 사령부는 시안 샤오이안탑(小雁塔)이 있는 사원 안에 있었다. 후종난은 사원 안에 사는 것을 좋아하였다. 연회를 마친 후 후종난은 다시 나에게 저우언라이를 치셴쫭까지 배웅하도록 하였다. 차 안에서 저우언라이 동지는 "내가 방금 후 총사령에게 말하였네. 내가 그에게 옌안에서 출판된 잡지 몇 권을 선물하고 싶으니 송 선생이 사무실에 도착해서 몇 분 기다리고 있으면 내가 잡지들을 준비해서 줄테니 그대가 가지고 가도록 하게"라고 말하며 손으로 나를 툭툭 쳤다. 나는 그가 나에게 할 말이 있다는 것을 알아챌 수 있었다. 바루쥔 사무실에 도착한 이후 차를 문 밖에 세워두고, 나는 저우언라이 동지와 함께 안쪽에 있는 방으로 들어갔다. 그는 이 기회를 틈타 내게 말하였다. "우리 15분만 이야기하세." 이 기회를 틈타 그는 후종난의 주요 정황을 나에게 분명하게 물었다. 그리고는 사무실 직원에게 미리 준비되어 있던 잡지들을 우선 차에 실은 후, 포장하지 않은 책 몇 권을 나에게 주었다.

나는 손에 그것을 들고 있었다. 국민당군은 시안역을 통솔하고 있으면서 사람을 파견해 바루쥔 사무실을 감시하고 이 정황을 후종난에게 보고하였다. 보고 내용은 다음과 같다. "한 대의 자동차와 한 사람이 바루쥔 사무실에 도착. 몇 시 몇 분에 마중. 몇 시 몇 분에 배웅. 배웅할 때 몇 시 몇 분에 나옴. 가려고 할 때 큰 짐을 들고 있었고, 손에는 반동 잡지가 들려 있었음." 후종난은 이 보고를 본 후 크게 웃고는 저우언라이가 시안에 도착한 이후 일거수일투족이 모두 그들의 눈 밖을 벗어나지 못하고 있다고 말하였다.

두 번째로 저우언라이를 만난 것은 1967년으로, 당시 후종난은 나를 미국에 유학 보내고자 준비하고 있었다. 나는 칭화대학에서 아직 졸업을 하지 못한 상태였으므로, 만약 미국에 가 대학에 들어간다면 크게 손해를 보는 상황이었다. 당시 나는 이미 스물여섯 살이었다. 따라서 나는 형의 졸업 증서를 사용하고자 하였다. 우리 형은 난징중앙대학을 졸업했으므로, 나는 난징으로 가서 이 졸업 증서를 수령하고자 하였다. 당시 우리는 시안에 무선통신기가 있어서 이것을 통해 옌안으로 보고하고 또한 저우언라이에게 보고하였다. 그는 내가 난징에 도착하면 나를 만나 이야기를 나누겠다고 말하였다. 당시는 내전의 분위기가 이미 짙어진 상황이었다. 나를 찾아 연락을 취한 이가 말하기를 "난징에 도착한 이후 첫 일주일 동안을 밖에 나가지 마시오. 이후 어떤 이가 당신을 찾아갈 것이오. 그가 '후공(胡公)이 자네를 찾네'라고 말하면 그를 따라 가도록 하시오."라고 하였다. '후공'은 저우언라이의 부호였다.

6월 초에 나는 난징에 도착하였다. 6월 10일 오전 어떤 사람이 찾아 왔다. 키는 그다지 크지 않았다. 그는 "후공이 자네를 찾네."라고 말하였다. 나는 그를 따라갔다. 도착한 곳은 매우 구석지고 조용한 곳이었다. 그는 자신이 퉁샤오핑(童小鵬)이라고 소개했다. 차를 타고 메이위안신촌(梅園新村) 30호에 도착했다. 이곳은 당시 중국공산당의 대표적 주둔지였다.

동비우를 만나자, 그는 "저우언라이 동지가 당신과 상의하고픈 일이 있다고 하시네. 곧 오실 걸세"라고 하였다. 얼마 지나지 않아 저우언라이가 왔다. 그는 다음과 같이 말했다. "6월 7일에 나는 마셜의 전용기를 타고 옌안에 도착해서 동북지역의 정전문제에 대해 토론했네. 9일에 여전히 마셜의 전용기를 타고 난징으로 돌아왔고. 옌안에 도착한 이후 계속 회의를 하느라 잠을 못자서 비행기를 탄 이후에는 매우 피곤했다네. 그때 자네를 찾아야했기 때문에 나는 자네가 머무는 곳의 주소를 작은 수첩에 적어두었어. 수첩에 적어놓은 다른 일들은 긴요한 사항이 아니었기 때문에 자네의 주소를 적고 '슝(熊)' 한 글자만을 함께 적어두었지.

나는 이 수첩을 와이셔츠 주머니에 넣어두었는데, 이렇게 하는 것이 안전하다고 생각했기 때문이었네. 결과적으로는 너무 피곤한 나머지 비행기 안에서 잠들었고, 비행기가 난징에 도착하고 나서야 잠에서 깼지. 잠에서 깨서는 분주하게 메이위안신촌으로 돌아오느라 와서 보니 수첩이 보이지 않는 거야. 분명 자는 동안 와이셔츠 주머니에서 떨어져서 마셜의 비행기 안에 있을 것이네. 얼마 있다 마셜이 그의 부관을 파견해서 나에게 비밀문서 한 건을 보냈는데 봉랍으로 봉해져 있더군. 직접 나에게 주었는데 그 안에 바로 이 작은 수첩이 있었어. 그들은 분명 사진을 찍었을 테니 수첩에 있는 내용들도 모두 알고 있을 거야. 현재 문제는 그가 장제스에게 보고했을 것인가의 여부인데, 만약 장제스에게 말했다면 '군통(軍統)' 혹은 '중통(中統)'이 바로 자네를 체포할걸세. 그렇지만 내가 사장이랑 여러 차례 상의해보니 아마도 마셜은 장제스에게 말하지 않았을 것 같더군. 왜냐하면 만약에 말했을 경우 자네를 체포했을 테고, 그렇다면 그가 지닌 이 중재인이라는 상태는 존재하지 않게 될 테니까 말일세. 그렇게 한다면 중립일 수가 없을 테니 말이네. 다만 가장 최악의 경우를 상정한다면 자네는 그래도 대비를 하는 것이 좋을 것 같아. 난징을 떠나 상하이 스난로(思南路)로 가서 왕빙난(王炳南)을 찾도록 하게. 내가 이미 왕빙난에게 다 이야기해 두었네. 자네는 상하이에 도착해서 두 주가 지난 후 시안에 상황을 묻도록 하게나. 나도 시안에 통지해 놓을 터이니. 만약 상하이에 무슨 일이 있거나, 난징에 무슨 동정이 있을 경우 바로 자네에게 통지할 터이니 바로 스난로의 왕빙난을 찾아 가게. 그가 자네를 소북으로 데려다 줄 걸세. 만약 별 일이 없다면 원래대로 시안으로 돌아가도록 하게."

이주 후 별 일이 없었으므로 나는 곧장 다시 시안으로 돌아갔다.

비행기 안에서 작은 수첩을 잃어버린 사건은 오직 그 자신만 아는 일이었지만, 그는 나에게 이야기해주고 이미 중앙에 보고하여 처분을 요청하였다. 이것은 나를 진심으로 감동시켰다. 이런 지도자가 오직 그 자신만 아는 이 일을 나에게 이야기해줬을 뿐만 아니라 중앙에 보고하여 처분을 기다리다니. 이러한 공명정대함은 정말 지금껏 본 적 없는 것이었다.

이 일에 대해 원래 나는 이야기하거나 글로 쓰고 싶지 않았었다. 이후에 몇 명 동지들이 말하길 이 일이야 말로 저우언라이 동지의 위대한 측면을 보여주는 것이라고 하였기에 말하기로 한 것이다. 모두에게 교훈을 주는 이야기일 것이다.

한수인(韓素音)은 저우언라이의 외교 비서인 공평(龔澎)의 동창으로 1956년부터 공평의 소개로 거의 매년 한 차례 혹은 두 차례 중국을 방문하였다. 그녀는 작가이며 사회관계가 매우 넓어 외국에 신 중국을 소개할 수 있는 인물이었다. 1966년 그녀는 중국에 와서 아시아 작가회의에 참석했다. 당시는 문혁이 아직 시작되지 않았던 시기였다. 1967년 그녀가 중국에 올 것을 요청했을 때, 당시는 전보가 모두 "문혁그룹"에 전달되었던 시기이므로 캉성(康生)이 그것을 보고는 한수인 이 사람은 조사해 봐야 할 것 같다고 말하였다.

한수인의 부친은 중국인이고 모친은 벨기에 사람이었다. 한수인은 그녀의 자서전에 모든 상황을 써두었는데, 조금의 거리낌이나 숨김이 없었다. 그녀는 처음 국민당의 한 소장(少將)과 결혼했는데, 그는 영국의 무관에 주둔한 적이 있으며 해방전쟁시기 국민당의 사단장으로 우리에게 죽임을 당하였다. 이후 그녀는 미국인 기자와 연애하였는데, 이 기자 역시 한국 전쟁 중에 사망했다. 이후 그녀의 남편이 된 루원 싱(陸文星)은 인도 공병대 상교(上校)로, 네루의 측근이었다. 이러한 상황을 보고 캉성은 "이것은 분명히 국제 스파이일 것이다. 어찌 대외 우호 협회는 이런 자를 초청하라고 할 수 있겠는가!"라고 하였다. 캉성은 이것을 장칭(姜青)과 저우 총리에게 보냈다. 저우 총리는 동그라미 하나를 표시했을 뿐 아무 말도 하지 않았다.

1969년 한수인이 중국에 왔다. 저우 총리는 마오쩌둥에게 보고 하였다. 내가 영국에서 임시 대리 대사를 하던 시절, 한수인과 알게 되었다. 매번 한수인이 국내에 올 때마다 대외 우호협회에서 통역자를 파견하여 전 일정을 수행하게 했다. 대화는 주로 공평이 하였다.

마지막에 중앙 지도자, 저우 총리 혹은 천이가 그녀를 접견했다. 당시 공평의 몸은 이미 그다지 좋지 못한 상태였으므로, 저우 총리는 나에게 공평과 함께 그녀를 접견하도록 했다. 저우 총리는 공평과 나에게 "문화대혁명이 시작되고 난 이 몇 년 동안 우리 대사관의 대사들이 모두 철수하여 돌아갔기 때문에 외국의 상황에 대해 거의 이해하지 못하고 있네. 문화대혁명 이후 중국은 도대체 어떻게 된 것인지 외국인들도 이해하지 못하고 있고. 따라서 한수인이 온 이후 그녀에게 국제 정세에 대해 많이 묻고, 그녀가 국내에서 누군가를 만나보고 싶다고 하면 만나게 하고 어느 곳에 갈 것인지도 그녀가 정하도록 하게나"라고 말하였다.

이어서 말하기를 "그녀가 오면 베이징에서는 네 사람 정도를 만나도록 안배해 두었네. 첫 번째는 궈모뤄(郭沫若)로, 그에게 한수인을 초대해 한 차례 식사를 함께 하도록 할 것이고, 두 번째는 자네가 량스청(梁思成)을 찾아가도록 해보게나. 량스청에게 그녀를 만나보도록 하지. 그리고 첸웨이창(錢偉長)을 불러 그녀와 대화하도록 하고, 저우페이위안(周培源) 부부에게 집에서 소규모 다과회를 열어 한수인을 초대하도록 하게나. 자네는 참가할 필요가 없네. 그녀가 자유롭게 대화하도록 두게나."

궈모뤄와는 이야기가 잘 되었으나, 량스청은 당시 "반동학술 권위자"로 지정되어 있었으며 병을 얻어 베이징 병원에 입원 중이었다. 나는 베이징병원으로 가서 량스청에게 저우 총리가 당신이 한수인을 만났으면 좋겠다고 한다고 전했다. 그는 이 말을 듣더니 통곡하며 눈물을 흘렸다. 왜냐하면 이 시점에서 저우 총리가 그에게 외빈을 접견하게 한다는 것은 곧 그를 해방시켜준다는 것과 같은 의미였기 때문이었다. 첸웨이창은 당시 칭화대학의 교수로 츠췬(遲群)이 담당하고 있었다. 1969년에는 츠췬이 아직 이후처럼 크게 망가진 상태가 아니었기 때문에 첸웨이창이 그녀를 만나는 것에 대해 동의했다. 다만 사람을 파견해 지켜보도록 한다고 하였다.

나는 저우페이위안 부부를 찾아갔다. 저우페이위안의 부인인 왕디(王蒂)가 본인은 동의하지 않는다며, "에휴, 나는 지금도 국외 관계에 대해서는 이해하지 못하겠는데, 또 국외 관계라니!"라고 말하였다. 이후 저우페이위안이 "향훼이(向暉) 동지가 온 것을 보니 저우 총리께서 우리가 하기를 원하시는 것이네"라고 말하자, 그녀는 "그렇다면 공식 문서가 있나요?"라고 물었다. 나는 "가지고 왔습니다"라고 대답하였다. 그러자 저우페이위안이 "무슨 공문이 더 필요한가!"라고 말하고는 바로 동의했다.

이 일에 대해 나는 깊은 감동을 받았다. 당시 이와 같은 고급 지식 인들이 곤경에 처한 상황에서 첸웨이창 역시 행동의 자유가 없었다. 이 일은 저우언라이 총리가 타인을 아끼고 신뢰하는 것을 보여 주는 예로 이들에게는 억울한 누명을 벗겨주는 것과 같은 것이었다.

저우 총리는 외교방면에 확실히 그만의 독특한 풍격을 지니고 있었다. 그의 말은 다른 사람들을 설득시키기에 충분했다. 당시 대만 문제는 중미관계에서 결정적인 문제였다. 당신이 만약 원칙적으로 "대만은 자고로 중국의 영토이다. 카이로선언에서도 대만은 중국에 귀속시킨다고 되어 있고 포츠담협의에서도 다시금 이 부분을 언급했다. 일본이 항복한 이후 장제스의 국민정부가 이미 대만을 수복했고 미국도 승인한 바이다"라고 말한다면, 사실 말하기는 쉬울지 모르나, 이런 말은 당시와 같은 상황에서 타인의 마음을 움직이기 어려운 것이었다.

그렇다면 저우 총리는 어떻게 말했나? 그는 다음과 같이 말했다. "대만은 자고로 중국의 영토이다. 갑오전쟁 중 청나라 정부가 패하여 억지로 조약에 서명한 후 대만을 일본에게 할양한 것이다. 대만은 중국의 영토인데 일본인은 왜 이 조약을 체결하고자 했던 것인가? 1870년 프로이센과 프랑스가 전쟁하고 프랑스가 패하자 알사스-로렌 지방을 프로이센에게 할양했다. 타이완은 일본에게 50년간 할양했다. 제1차 세계대전이 발발하자 알사스-로렌 지방은 프랑스로 귀속되었다. 이는 당시 미국 대통령 윌슨이 제시했던 평화원칙 14조 중 제8조에 알자스-로렌을 프랑스로 귀속시킨다는 내용이 있기 때문이었다. 알사스-로렌이 프로이센에 점령당한 기간은 대만 보다 2년 적은 48년 동안이었다." 저우 총리는 "알사스-로렌은 내가 20년대에 가보았는데, 당시에는 스트라스부르라고 불렀으며, 그 지역 주민들의 다수는 이미 독일어를 사용하고 있었다. 그러나 대만은 일본에 점령당한 지 50년이지만 대다수, 절대다수의 주민들이 여전히 푸젠화(복건지방 토속어)로 말한다. 대만은 그야말로 중국의 영토인 것이다!"라고 하였다.

이런 식의 말이 바로 상대에게 가장 설득력 있는 말이었다. 왜냐하면 키신저의 부친은 독일인으로 이후 미국으로 이민 온 것이기 때문이었다. 이 알사스-로렌 지방은 역사적으로 많은 사람들이 잘 알고 있는 내용이었다. 이렇게 말하는 것이야말로 예술적 경지이며 매우 적절한 것이었다. 즉 하나는 50년, 다른 하나는 48년, 하나는 카이로 선언, 다른 하나는 윌슨의 평화원칙 14조. 게다가 서로 다른 지역, 즉 알사스-로렌 지방의 사람들은 이미 독일어를 사용하는데, 대만 주민은 여전히 절대 다수가 푸젠화를 쓴다는 것 등을 나열한 것이 그런 예였다.

영국의 몽고메리 원수가 1960년과 61년에 두 차례 중국을 방문했다. 1960년에 그는 비교적 짧은 시간을 머물렀는데, 시간이 매우 제한적이었기 때문에 1961년에 다시 한 번 오기를 요청했던 것이다. 1961년 몽고메리의 중국 방문을 영접하는 작업은 외교부가 제안하고 천이가 비준하여, 리다(李達) 상장이 국방체위(國防體委) 주임 신분으로 팀을 인솔하고, 구체적인 접대 작업은 외교부의 서유럽 부서와 예빈사(禮賓司)에서 담당하기로 하였다. 몽고메리의 두 번째 중국 방문이었으므로 천이가 먼저 그를 접견하고 아울러 환영 만찬을 거행하였다.

몽고메리는 전 세계의 긴장 국면을 완화시킬 세 가지 원칙을 제시하였는데, 그 중 첫 조문이 하나의 중국, 즉 대만은 중국 영토의 일부분이라는 것이었다. 저우 총리는 이것을 보고 바로 나를 불러 몽고메리 이 사람은 정치적 머리가 있는 자라고 말하였다. 그는 이번에 중국에 와서 서방에 개방하지 않은 도시들을 방문하겠다고 요청하였다. 우선 홍콩에서 광저우, 베이징까지, 그 이후 바오터우(包頭), 타이위안, 옌안, 시안, 산먼샤(三門峽), 뤄양(洛陽), 정저우(鄭州)를 거쳐 다시 베이징으로 돌아온 후 마오쩌둥을 접견할 수 있는지 재차 고려해 보겠다고 하였다. 저우 총리가 나에게 접대 업무에 참가하도록 하였으므로, 나는 중도에 참여하게 되었다. 당시는 매우 어려운 시기였다. 저우 총리는 "우리는 건국 이후 업적도 쌓았지만 또한 결점과 잘못도 있다네. 이것은 모두 객관적으로 존재하는 것이니 몽고메리에게 그가 직접 보고 본인의 결론을 도출하도록 하되, 자네는 필요한 순간에 혹은 결정적인 순간에 그가 본질에 있어 중국의 내외정책을 이해할 수 있도록 하게나"라고 말하였다.

몽고메리는 확실히 관찰능력이 있는 사람이었다. 그는 영국 군대의 원수로서 세계 평화방안을 제시하였는데, 이것은 그야말로 간단한 일이 아니었다. 그렇기에 저우 총리가 그를 위해 많은 일을 해준 것이었다. 국내 방문기간에는 IL-14 전용기 한 대를 준비해서 바오터우와, 타이위안, 옌안, 시안까지 비행하도록 했고, 시안에 도착한 이후에는 기차를 타도록 했다.

돌아온 이후 나는 저우 총리 사무실의 외교 비서인 푸서우 창(浦壽昌)에게 저우 총리에게 상황을 보고해야 한다고 말하였다. 푸서우창은 "지금 총리께서는 곧 정치국회의를 개최하셔야 하니 내일 보고하도록 하지. 일단 가서 잠이나 자도록 하게"라고 말하였다. 내가 막 잠이 든 두 시 즈음에 저우 총리는 나를 불러 몽고메리의 정황을 물었다. 나는 몽고메리는 중국에 대해 매우 우호적인 태도를 갖고 있으나, 또한 전략적인 관찰 역시 하고 있다고 말하였다. 저우 총리는 매우 상세하게 물었는데, 특히 정치문제에 대해 구체적으로 물었다.

나는 그 김에 몽고메리의 전략 관찰에 대해 말하였다. 그는 뤄양의 트랙터 공장에 도착해서 트랙터의 시행을 보고 몇 바퀴 운전해 보도록 하였는데, 이에 대해 수석 엔지니어는 그가 전문가라고 말하였다. 그는 한번 운전하는 것을 보고는 바로 이 트랙터라면 탱크도 만들 수 있겠다고 하였다.

이러한 정황에 대해 나는 모두 저우 총리에게 말했는데, 저우 총리는 그가 이 여정에서 어떤 문예 항목들을 보았는지 물었다. 나는 그가 우선 바오터우에 갔을 때 별 다른 문예 항목을 본 것은 없고 영화 '다섯 송이 금화(金花)'를 보았으며, 뤄양에서는 현지에서 준비한 만찬에 참석하지 않고 길거리를 구경하고 싶다고 하여 내가 그를 수행해서 다녔다고 말하였다. 그때 마침 길거리에 불이 켜진 극장이 있었는데 '이쥐(豫劇 허난성의 지방 전통극)' '목계영괘수(穆桂英挂帥)'를 하고 있었다. 극장에 들어가서 통역원이 그에게 '이쥐'에 대해 번역을 해주었는데 그는 매 구절 번역할 필요는 없다고 말하였다. 이후 극장에서 나온 후 그는 "이 극은 좋지 않군. 어떻게 여성이 군의 원수가 된단 말인가?"라고 하였다. 나는 이것은 민간의 전설로 일반 민중의 염원이 담긴 것이라고 설명해주었다. 그러자 그는 "여성이 군의 원수가 되는 극을 좋아하는 남성은 진정한 남성이 아니네. 여성이 군의 원수가 되는 극을 좋아하는 여성도 진정한 여성이 아니지"라고 하였다.

이 말을 들은 후 나는 "현재 중국에는 해방군 여성 소장 리전(李貞)이 있다!"라고 하였다. 그러자 그가 "나는 홍군과 해방군에 대해 매우 탄복하였는데, 여성이 소장을 맡았다는 것을 전혀 몰랐어. 이는 홍군과 해방군의 명성에 손실이군!"이라고 말하였다. 이때 나는 "당신들의 체제에 따르면 영국 여왕이 바로 육해공군의 총사령이고, 당신과 같은 원수 또한 그녀의 명령에 따르는 것 아닙니까?"라고 하자 그는 말이 없었다. 저우 총리는 이 이야기를 들은 후 다음과 같이 말하였다. "자네는 상대가 아무 말도 할 수 없게 만들었군 그래. 그렇지만 자네가 승리한 것이라고 할 수 있겠나? 그는 '세 가지 원칙'을 제출했고 그 중 '하나의 중국'은 모든 외국 군대를 외국이 철수시킨 것이니 정말 좋은 것 아닌가! 자네는 수년 동안 외교 일을 담당했으면서 '다른 의견은 미뤄 두고 의견을 같이하는 부분부터 협력한다'라는 것도 이해하지 못하는가? 자네는 민간 전설만 말하면 충분했어. 무엇하러 영국 여왕을 언급했는가 말이네, 그가 할 말이 없게 만든 것이 승리라고 할 수 있겠나? 루쉰은 '욕하고 협박하는 것은 결코 전투가 아니다'라고 했지. 풍자하고 비꼬는 것은 결코 우리의 외교가 아니야." 그의 이러한 비판은 나에게 많은 것을 깨우치게 해주었으므로 나는 오히려 더 많은 비판을 듣고 싶을 정도였다.

저우 총리는 말을 마친 후 폴더 하나에서 다음날 몽고메리를 초청해 주최할 만찬의 항목들을 꺼내 보고는 이어서 말하였다. "엉망이군 그래. 또 여성이 원수가 되는 내용이야! 경극 '무란총쥔(木蘭從軍)'의 한 대목이군. 다행히 그가 자네에게 물었어. 안 그랬으면 또 여성 원수이야기라 마치 우리가 고의적으로 그를 풍자하는 것 같았을 거야!" 저우 총리가 그가 무엇을 보기 좋아하는지 물었기에 나는 "그는 서커스 보는 것을 좋아합니다. 우리는 타이위안에서 서커스를 보았는데 그가 정말 좋아했습니다"라고 답하였다. 그러자 저우 총리는 바로 외교부 예빈사장(禮賓司長) 위페이원(俞沛文)에게 전화하도록 지시해 내일 만찬 프로그램을 바꾸고, '무란총쥔'은 하지 말고 서커스와 성대모사를 준비하라고 하였다.

그는 몽고메리가 '의자 뺏기'를 보았는지 물었다. 나는 본 적이 없다고 대답했다. 그러자 그는 "베이징 서커스단의 '의자 뺏기'는 정말 훌륭해. '의자 뺏기'도 프로그램에 추가하도록 하지"라고 말하였다. 게다가 어떤 연기자가 연기하는 것이 좋은지도 일일이 지정하였다. 연기자들의 정황도 그는 모두 파악하고 있었다. 몽고메리는 이를 보고 매우 기뻐하였다. 그는 귀국 후 책을 쓸 때 이 만찬 자리의 '의자 뺏기', 성대 모사 등의 내용을 모두 언급하였다.

저우 총리의 세심한 일 처리는 외국인조차도 모두 탄복하는 것이었다.

몽고메리는 제2차 세계대전에서 나치 독일의 저명한 장군을 패배시켰는데, 그는 '사막의 여우' 에르빈 롬멜로 정말 대단한 장군 이었다. 몽고메리는 최후에 영국의 총참모장 및 육군 원수를 역임했다. 다만 신기한 것은 그는 평생 전쟁을 하였지만, 마지막에는 오히려 평화를 요구하고 평화를 위해 힘썼다는 사실이다. 그는 "평화의 관건은 중국에 있다. 중국의 강성은 피할 수 없으며, 중국이 강대해지면 전 세계의 민중이 갈망하는 평화를 얻을 수 있을 것이다"라고 생각하였다. 그는 그만의 전략적인 안목이 있었는데, 모두 저우 총리가 1960년, 1961년에 그와 대담을 나눈 것과 분리해서 생각할 수 없을 것이다.

1955년 중국대표단은 반둥회의에 참가하기 위해 인도항공의 "카슈미르공주"기를 임대하였다. 본래 저우 총리는 홍콩에서 비행기를 탈 예정이었고 사전에 준비도 완료된 상황이었다. 그런데 미얀마 총리 우누가 개최일이 다가왔을 무렵 저우 총리와 함께 인도 총리 네루, 이집트 총리 나세르를 초청해 먼저 양곤에서 예비회의를 열자고 제안하였다.

저우 총리는 우선 쿤밍에 도착했기 때문에(당시 저우 총리는 막 맹장염 수술을 마치고 얼마 안 된 상황이었다), 쿤밍에서 양곤으로 갈 예정이었다.

당시 우리는 이미 장제스의 특수 임무 요원 집단이 "카슈미 르공주"기를 파괴하고 저우 총리를 암살하려 한다는 정보를 입수하고 있었다. 저우 총리는 즉시 조취를 취했다. 지차오주(冀朝鑄) 등은 홍콩에서 배를 타고 갔다. "카슈미르공주"기는 항공편으로 뭄바이에서 출발해 캘커타를 거쳐 방콕에 도착한 후 다시 홍콩에 도착하는 정기 항로를 지니고 있었다. 사전에 상의를 거쳐 원래대로 표를 판매하고, 홍콩에 도착한 후 임시로 전용기로 개편해 한 시간 동안 급유했다. 출발하기 전 뤄칭창(羅青長)은 상관 부서의 동지들을 불러 그들이 분명 폭약을 사용할 것이라고 알려주었다.

당시 저우언라이는 외교부를 통해 영국 임시 대리 대사에게 상황을 분명히 알리고 공항 및 비행기에 접근하는 자들을 주의해서 철저히 안전을 보장해야 한다고 했다. 다만 교섭 담당자가 전보를 제대로 보지 않은 상태로 영국인에게 알려주었는데, 즉 비행기 한 대가 홍콩에서 이륙할 것이고 국민당이 교란을 준비 중이라는 내용이었다.

이에 홍콩영국정부는 계엄 조치는 취했으나, 누구도 비행기에 접근시켜서는 안 된다는 사실을 생각하지는 못하였다. 그렇기에 국민당 특수임무기관은 급유 담당 노동자를 매수하여 연료 탱크에 폭탄을 설치하였다.

사실 반둥회의 기간 저우 총리는 매우 바빴으나, 줄곧 이 일의 처리를 지도했다. 저우 총리는 우리가 단독으로 영국과 교섭하기는 어려우니 인도와 연합하여 교섭해야 한다고 생각했다. 왜냐하면 비행기 자체가 인도 것이고 승무원 8명 중 5명이 사망하고 3명이 생존한 상황이었기 때문이다. 저우 총리는 반둥회의 중 그토록 바쁘면서도 여러 차례 영국 측 사고 조사 인원을 접견하였다. 그는 중국과 인도 쌍방에서도 홍콩으로 대표를 파견하여 교섭하고 홍콩에 상관 정보를 제공해 줄 것을 독촉할 수 있도록 해달라고 영국 측에 요구하였다. 영국 수상 아이딘은 처음에는 동의하지 않았으나 결국 동의하였다. 인도의 네루도 대표를 파견하였으며, 저우 총리는 나를 중국 대표로 파견하였다.

비행기가 폭발한 지역은 모두 상어가 우글거리는 곳이었다. 국제법에 의거했을 때 그곳은 인도네시아의 해역으로 인도네시아가 인양을 책임졌다. 인도 승무원 3명은 작은 섬까지 헤엄쳐서 살아남았으나, 그 외 인양된 이들은 모두 원래 모습을 찾아볼 수 없는 지경이었다. 저우 총리는 주인도대사관 참사관인 선젠(申健)을 싱가포르로 가게 했다. 영국군이 인양해 올라온 물건들을 모두 싱가포르로 운반해 갔기 때문이었다. 명단에 적혀있던 시체들은 중국인이었는데 불에 타서 유골만 남은 상태로 반둥으로 운반해 왔다. 저우 총리는 친히 그것을 가지고 돌아갔다.

저우 총리는 나에게 홍콩으로 가도록 하며 "조금만 소홀히 해도 사람이 죽을 수 있다고 본래 분명히 말하였는데 결국 사람이 죽고 말았군"이라고 말하였다. 그는 매우 속상해 하며 파바오산(八宝山)에 "카슈미르공주"호 희생자 동지를 위한 공동 묘역을 조성하도록 지시하였다. 그는 추모 글을 짓고 추모제에 참석하였다. 인도 쪽

승무원 희생자 5명에 대해 저우 총리는 우리나라 주인도대사관 혹은 총사령관의 동지들에게 지시하여 그들의 유족을 위로하도록 하였다. 저우 총리의 지시에 따라 국내에서는 중산(中山)공원에서 대규모 추도회를 개최하였으며, 마오 주석이 조화를 보냈다.

저우 총리는 반둥에서 여러 차례 영국 대표를 접견한 후 그들에게 베이징에 방문하도록 초청하였으며, 또한 나에게 그들과 함께 홍콩에 가도록 하였다. 3개월 후 영국은 성명을 발표하여 범인이 대만이라는 사실을 승인하였다. 저우 총리의 제안으로 인도 측과 연합하여 이 사건을 조사하도록 한 것은 인도 측과도 한편으로는 연합하고 한편으로는 투쟁하는 과정이었다. 이 투쟁의 예술은 매우 훌륭했다. 이 사안에 대해 대만 역시 승복했지만, 명백히 진상을 언급하지는 않았다.

우리가 홍콩으로 가기 전에 저우 총리는 "이 사건으로 11명이 희생되었네. 무의미한 희생, 다시는 사람을 희생시킬 수 없어"라고 말했다. 그는 당시 외교부 서유럽 부서장 황화(黃華)와 함께 반둥에 도착했고, 돌아온 이후 영국 임시 대리 대사 윌리엄에게 반드시 안전을 보장해야 한다고 강조하였다.

나는 당시 한 명의 기밀 요원과 암호 전보를 지니고 있었다. 저우 총리는 당시 특별히 홍콩 대동전보국을 언급하며 상하이 해저 케이블을 통해 전보를 보내고(몇 년간 불통이었던), 24시간 주야로 당직을 서며 수시로 전보를 왕래하도록 하였다. 저우 총리는 나에게 특별히 당부하며 그곳에 도착하면 상황을 수시로 보고하라고 하였다. 내가 그곳에 도착했을 때 홍콩 당국은 뤄후(羅湖)로 사람을 파견하여 마중했으며, 전면에는 경호차가 있었다. 내가 머물던 곳은 신화사의 홍콩 지사가 있는 산모령(山摩領)으로 몇 개의 초소가 있었는데 그 중에는 믿을 만하지 못해 교체해야만 하는 것들도 보였다. 나는 이러한 조처를 보면서 저우 총리의 타인에 대한 관심과 일을 하는 데 있어 전심전력하고 주도면밀한 점을 깊이 느낄 수 있었다.

주공(周公)이 입안의 음식을 뱉으며
인재를 맞이하자 천하의 민심이 돌아오네

−청스위안(程思遠) 전국인민대표대회상무위원회 전 부위원장,
전 중국화평통일촉진회 전 회장

주공(周公)이 입안의 음식을 뱉으며
인재를 맞이하자 천하의 민심이 돌아오네

-청스위안(程思遠) 전국인민대표대회상무위원회 전 부위원장,
전 중국화평통일촉진회 전 회장

저우언라이 총리는 리종런 선생의 귀국을 실현시키기 위해 심혈을
다해 노력하였다. 제네바 회의와 반둥회의에서 승리한 후 중국의
국제적 지위는 지속적으로 상승했다. 당의 통일전선 정책이 지닌
위대함과 신 중국 성립 이후 경제건설의 위대한 성과를 이해하게 된
리종런 선생은 고국으로 돌아가고자 하는 생각을 갖게 되었다.

리종런은 편지를 써서 리런차오(李任潮濟深)에게 주었는데, 그
안에는 신 중국이 10년간 이룩한 위대한 성취와 높은 국제적 명성
덕분에 화교들이 모두 중국인으로서 자부심을 느끼고 있으며,
100년 동안 중국인의 이미지가 매우 크게 변화했다는 내용이 담겨
있었다. 1959년 내가 귀국하여 국경절 10주년 연회에 참석하였을 때,
저우언라이는 자광각(紫光閣)에서 나를 불러 다음과 같이 말했다.
"리종런이 리런차오에게 서신을 전달하였는데, 귀국하여 정착하고

싶다는 내용이네. 다만 내가 생각하기에 현재 상황이 아직 충분히 무르익지 않은 것 같아. 리종런은 그가 소장하고 있는 문물을 국가에 헌납하겠다고 했네. 이것이야 말로 그가 지닌 애국주의의 표현이지. 정부는 받아들일 준비를 하고 있네. 내 생각에 자네가 유럽으로 가서 리 선생과 상의한 후 그의 귀국 정착계획을 다시 결정했으면 좋겠네."

나는 리 선생을 만난 후 그에게 저우언라이가 나를 불러 이야기한 뜻을 전달했다. 그는 저우언라이의 의견에 동의하고, 그의 부인인 궈더지(郭德洁)를 먼저 홍콩으로 돌아가도록 했다. 1963년 겨울, 리종런 선생이 스위스로 와서 나를 만났다. 나는 출발하기 전에 저우언라이를 만났는데, 저우언라이는 자광각에서 나에게 "4가지 가능한 것"과 "4가지 불가능한 것"에 대한 방침을 리종런에게 전달하도록 했다. 당시에는 받아 적기가 용이하지 않았으므로 그는 나에게 이 내용을 외우도록 했다. 이 방침의 핵심은 리종런 선생 본인의 염원을 존중한다는 것과 귀국 이후 자유롭게 왕래하도록 한다는 것이었다. 내가 막 가려고 할 때 그는 나를 자광곽 계단 아래까지 친히 배웅해 주었다. 나는 매우 감동했다.

리종런은 "네 가지 가능한 것" 중 단 한 가지만 필요하다고 했고, 그것은 조국으로 돌아가 정착하는 것이었다. 그가 마음속에서부터 진심으로 저우언라이에 대해 탄복했기 때문이었다.

리종런의 귀국은 당이 추진한 통일전선 정책의 승리이자 저우언라이가 직접 실행한 것으로 심혈을 기울여 추진한 것이었다. 리종런의 귀국에 대해 취우(屈武)는 내가 매우 훌륭하게 임무를 수행한 것이라고 했는데, 나는 그에게 저우언라이의 지도가 없었다면 이 임무를 완성할 수 없었을 것이라고 대답하였다.

저우언라이의 가장 위대한 점은 최선을 다하고 사심 없이 헌신한다는 것이다. 그는 정말 사사로움이 없었다.

리종런에 대해 "4가지 가능한 것"과 "4가지 불가능한 것"을 제시했을 때에도 그는 자신이 다섯 가지 난관을 지나왔다는 이야기에서부터 시작했다. 개인의 생활, 친속에 대한 보살핌에 있어 그는 조금도 사심이 없었으며, 오로지 당을 위하고 국가와 혁명을 위할 뿐이었다. 그는 세상에 보기 드문 지도자였다.

저우언라이의 위대한 점은 사심 없이 헌신하는 것, 세밀하고 주도면밀하게 일하는 것, 타인을 세심하게 보살핀다는 것이고, 이는 일반인이 해내기 어려운 것들이었다.

리종런이 돌아오고 두 번째 해에 문화대혁명이 폭발하자 저우언라이는 사람을 파견해 보살피면서 "만약 홍위병이 온다면 일단 문을 열고 만나도록 하라"고 말했다. 이후 상황이 좋지 않아 송칭링(宋慶齡), 장스자오(章士釗)가 모두 어려움에 처하게 되었다. 어느 날 밤 그는 국무원 기관사무관리국의 부국장을 파견해 리종런을 301병원까지 호송하고 국세가 비교적 안정된 다음에 돌아오도록 했다. 이후 리종런이 입원했을 때 저우언라이가 최종적으로 그에 대한 치료 방안을 결정했다.

1968년 국경절 전야에 저우언라이는 리종런을 초청해 천안문 성루에서 모습을 드러내 보이고, 그의 건강이 좋지 않았으므로 국가 연회에는 참가하지 않도록 했다. 기관사무관리국의 원래 동지들은 모두 "오칠"간부학교(문화대혁명 기간 간부들을 농촌으로 하방시켜 노동 개조 교육을 시킨 곳)에 갔고, 군 대표는 저우 총리의 지시를 철저하게 관철시키지 않아 첫날 그를 국가 연회에 출석시키고, 둘째 날 또 다시 천안문에 오르게 했다. 결국 그는 앓아눕게 되었고, 두 번째로 병원에 입원했으나 폐렴으로 사망하게 되었다.

리종런이 임종할 때에 친히 구술로 나에게 편지를 쓰게 했다. 마오쩌둥과 저우언라이에게 보내는 것으로, 귀국 후 받은 당과 국가의 세심한 보살핌에 대해 진심으로 감사한다는 내용이었다. 또한 귀국하여 애국주의 길을 걸은 것이 올바른 선택이었음을 절실히 느낀다는 것과 해외에서 유랑하고 있는 이들과 대만의 국민당이 모두 돌아와 조국을 살펴보고 애국주의의 길을 걸으며 조국의 통일 대업을 완성하기를 바란다는 내용이 담겨 있었다. 이후 저우언라이는 이 편지를 매우 높게 평가하며, 이 서신은 곧 역사 문헌이라고 말했다.

"그는 정말 대단하다! 대부분의 사람들이 할 수 없는 것들이다." 이처럼 리종런은 진심으로 저우언라이를 감동시켰다. 항전 전야에 저우언라이는 장윈이(張云逸) 장군을 파견하여 리종런 선생을 만나도록 한 적이 있었다. 1937년 7월 2일 그는 궤이린(桂林)에 도착한 후 직접 대면하여 권유하며 선생에 대한 관심을 표하였다.

항전이 폭발한 후, 장윈이는 신사군에서 참모장을 맡았다. 제4지대가 진푸로(津浦路) 남단에서 제4집단군과 함께 협동작전을 벌였으며 5작전구역에서 문화동원위원회를 성립하여 판창장(范長江)이 지도했는데, 이는 저우언라이가 파견한 것이었다. 5작전구역의 청년군단 성립 역시 저우언라이가 사람을 파견하여 지도하도록 했다.

리종런은 저우언라이를 매우 존경했으며 숭배했다.

1939년 2월 16일 저우언라이가 신사군에 와서 시찰할 때 리종런은 황사오홍(黃紹竑)을 꿰이린으로 불러 그에게 저우언라이를 모시고 저간(浙贛)철로를 살펴보도록 했다. 리종런이 타이얼쫭(台兒庄) 전투에서 일본군에 승리를 거두었던 것 역시 저우언라이의 작전 지도방침을 받아들였기 때문이었다. 즉 진지전, 육지전, 기동전 이 세 개를 긴밀하게 결합시킨 결과였다.

우한으로의 후퇴 시기, 바이총시(白崇禧)가 우창에서 창사로 가는 도중 자동차가 고장 나자, 저우언라이는 그 사실을 알고 "적군과 우창의 거리가 멀지 않으니 내 차를 타고 함께 창사로 갑시다"라고 말했다. 가는 도중 저우언라이는 그가 젊은 시절 일본에서 유학했던 일, 유럽에서 유학했던 일, 소련에서 일한 경험, 중앙 홍군의 강대한 상황과 작전 방침 등에 대해 바이총시에게 간단히 알려주었다. 백숭희는 깊이 감동하여 저우언라이를 걸출한 정치가라고 생각하게 되었다. 이후 우리가 꿰이린에서 순조롭게 작업할 수 있었던 것은 백숭희의 엄호와 떼어놓을 수 없는 일이었다.

광시가 고향인 많은 고급 장령들은 공산당의 피맺힌 원수들이다. 그들은 4.12반혁명정변에 참가했거나, 광시의 당 숙청 작업에 참여했던 이들인데, 리종런은 한 번도 참가한 적이 없었다. 4.12반혁명정변이 발생했을 때 리종런은 우후(蕪湖)에 있었으며, 4.12당 숙청 운동에 그를 참가하도록 했을 때에도 그는 가지 않고, 황사오홍을 가도록 했다. 그는 저우언라이를 숭배했던 것이다.

덩잉차오 역시 그러했다. 저우 총리와 덩잉차오의 품격, 인격, 태도는 몸소 모범을 보이고 덕으로써 타인을 승복시키는 것이었다.

리종런이 막 귀국한 후 베이징호텔 옛 건물 4층에 머물고 있을 때, 그가 상하이 음식 및 양저우(揚州)와 훼이안(匯安)의 음식을 먹는 것을 좋아하자, 저우언라이는 이 두 지방의 음식 요리사를 보내주었다. 궈더지가 시총부(西總布) 후통(胡同) 5호의 집을 좋아하지 않아 집을 옮기고 싶어 했을 때에도 저우언라이는 국문원 기관사무관리국의 인원을 파견하여 궈더지와 함께 여러 곳의 집을 살펴보도록 한 후 현재 거주하는 곳보다 더 좋은 집은 없음을 알게 해주었다. 저우언라이는 인내심이 뛰어났으며, 타인에게 강요하지 않고 타인이 진심으로 승복하게 만들었다.

저우 총리는 일의 대소를 가리지 않고 직접 최선을 다했다. 예를 들어 리종런의 귀국 건에 대해서도 그는 왜 나에게 유럽으로 가서 만나도록 하고 미국에서 만나게 하지 않았을까? 왜냐하면 미국에서 만날 경우 목표를 노출당하기 쉽기 때문이었다. 리종런은 미국에서 감시를 받고 있었으므로 유럽에 도착해서야 미국의 감시를 벗어날 수 있었던 것이다. 저우언라이가 일을 처리하는 방식은 이토록 세심하고 주도면밀했다. 리종런이 귀국할 때 저우언라이는 리종런이 타게 될 비행기를 창고에 며칠간 보관하도록 지시해 적들의 파괴에 대비했다. 또한 딩궈위(丁國鈺 당시 주 파키스탄 대사)가 나서서 행정을 구체적으로 계획하도록 지시했다. 1965년 7월 17일 저녁 우리가 행동을 개시했을 때, 저우 총리는 상하이에서 잠도 자지 않고 7월 18일 새벽까지 줄곧 깨어있었으며, 리종런이 탑승한 비행기가 윈난 변경에 도착한 후 전화를 받고 나서야 휴식을 취했다.

장쉐량은 "내가 탄복하는 인물 중
저우언라이가 으뜸이다." 라고 말했다.

– 뤼정차오(呂正操, 중국인민정치협상회의전국위원회 전 부주석)

장쉐량은 "내가 탄복하는 인물 중 저우언라이가 으뜸이다." 라고 말했다.

- 뤼정차오(呂正操, 중국인민정치협상회의전국위원회 전 부주석)

　내가 저우언라이 동지를 알게 된 것은 1936년 12월 12일 발생한 시안사변 와중이었다. 그 전에 나는 동북군에서 단장을 맡고 있었다. 장쉐량은 장제스를 체포한 후 옌안으로 비행기를 보내 저우언라이를 시안으로 모셔오도록 했다. 당시 저우언라이는 군복을 입고 있었으며 수염은 이미 깎은 상태였다. 그가 도착하자 장쉐량을 바로 그를 보러 갔다. 저우언라이는 "당신들의 이러한 방법을 우리 공산당은 찬성하지 않는다"라고 말했다. 장쉐량이 깜짝 놀라자 저우언라이는 그에게 당의 정책을 설명하며 평화롭게 해결해야 한다고 제안하였다.

　코민테른에서 시안사변의 평화적 해결방안을 제시한 것이라고 이야기하는 경우도 있으나, 이것은 정확하지 않은 것이다. 왜냐하면 코민테른의 12월 17일 전보는 명확하지 않아 번역해낼 수 없었으므로, 그것을 돌려보낸 후 20일이 되어서야 다시 수신했기 때문이다. 장쉐량을 상심하게 만든 것도 코민테른에서 장쉐량이 일본인의 지지를 받고 시안사변을 일으킨 것이라고 말했던 것이었다.

국민당 측에서 먼저 시안에 도착했던 이는 장제스의 오스트레일리아 국적 고문인 터너였다. 당시 허잉친(何應欽)의 구상은 시안 측에서 장제스를 살해해 버리는 것이었다. 송메이링(宋美齡)과 송즈원(宋子文)이 24일에 왔으며, 동행한 이들 중에는 다이리(戴笠)도 있었다. 옌안 측에서는 저우언라이를 시안에 파견하여 장제스를 깜짝 놀라게 하였다. 장제스를 놓아주었을 때 많은 이들이 납득하지 못하였다.

시안사변 당시 나의 임무는 장 공관(公館)을 보위하고 수시로 정보를 파악하는 것이었다. 12월 25일 오후, 장쉐량이 군복을 입고 내가 머무는 곳으로 와서, 그가 직접 장제스를 난징까지 배웅한 후 3일 후에 돌아올 것이라고 말했다. 당시 나는 장제스가 결코 그를 놓아주지 않을 것이라고 판단하고 있었으므로, 그에게 가지 말라고 권유하였으나 그는 고집을 꺾지 않고 가야한다고 하였다.

장쉐량이 장제스를 배웅한 것은 그의 부친인 장쭤린(張作霖)이 지녔던 강호의 의기를 계승한 까닭이었다. 장제스가 위선적인 태도로 그에게 가지 말라고 하였으나 그는 반드시 가야겠다고 했다. 그가 갔다는 소식을 손밍지우(孫銘九)가 저우언라이에게 보고했다. "부총사령이 장제스를 호송하고 갔습니다." 저우언라이는 이 소식을 듣고 매우 서두르면서 "아이고! 어찌 이렇게 일을 처리하는가? 상의도 없이 가다니!"라고 말하고는, 급히 차를 준비시켜 공항으로 갔으나 도착했을 때 비행기는 이미 이륙한 다음이었다. 저우언라이는 매우 화를 내며 "장쉐량은 '롄환타오(連環套)' 같은 옛 극을 보고 중독된

모양이군 그래! 그는 더우얼둔(竇爾敦)처럼 환텐바(黃天覇)를 배웅할 뿐만 아니라, 스스로 형장을 짊어지고 처벌을 요청하는군, 쯧쯧!"라고 말했다.

장쉐량은 홍군과 전쟁을 하고 싶어 하지 않았으나, 이미 한 두 차례 벌어진 것이 아니었다. 동북군의 장비는 장제스 것보다 좋았으나 홍군과 맞붙자 한 번에 무너져버렸다.

장쉐량이 장제스에게 구금당한 후 저우언라이는 나를 장쉐량과의 연락원으로 지명해서 파견했다.

1991년 5월, 내가 미국에 도착해 장쉐량을 만나러 갔을 때 나는 총 3번을 만났다. 그는 나에게 저우언라이에 대해 이야기하며 "처음 만나자마자 오래된 친구와 같았다"라고 말했다. 그는 저우언라이 선생 이 분은 무슨 말을 하든 모든 말이 그를 감동시켰다고 하였다. 저우언라이는 당시 위험에 처해있던 동북군의 미래에 대해 매우 깊이 있게 분석하여 장쉐량에게 큰 도움이 되었다고 했다. 장쉐량은 매우 감동하며 "저우언라이는 공산당에서 가장 위대한 인물이다. 마오쩌둥은 내가 만나보지 못했으니 감히 말할 수 없다"고 하였다. 그는 본인의 회고록 및 공개 석상에서 모두 이와 같이 말하였다. 그가 해외에서 인터뷰에 응했을 때, 그는 "나는 마오쩌둥의 성공은 저우언라이의 성공이라고 생각한다. 내가 탄복하는 중국인 몇몇 인물 중 저우언라이가 으뜸이다. 나는 진심으로 그에게 탄복한다"라고 말하였다.

내가 장쉐량을 만나러 갔던 것은 그의 구순 생일을 축하하기 위한 것으로, 또한 덩잉차오 동지가 나를 지명하여 그를 방문하도록 한 것이었다. 그를 만났을 때 나는 몇 개의 선물을 주었는데, 장쉐량이 좋아하는「중국경극대전」과 새로 채취하여 가공한 후난 비뤄춘차(碧螺春茶), 서예가 치공(啓功)이 손수 쓴 축하 휘장으로 상면에는 그의 좌우명을 써 둔 것이었다. 즉 "죽음을 두려워하지 않고, 재물을 아끼지 않으며, 장부는 결코 타인의 동정을 받지 않고, 하늘을 떠받치고 땅에 우뚝 선 대장부로서 공명정대하게 여생을 보낸다"는 것이었다. 둘째 날 만났을 때 나는 그에게 덩잉차오의 친필 서신을 전달하고, 중국공산당 지도부의 안부를 전했다. 덩잉차오는 덩샤오핑 동지의 부탁을 받아 진심으로 장쉐량이 고향에 돌아오는 것을 환영한다고 하였다. 장쉐량은 한 글자 한 글자 매우 신중하게 서신을 읽은 후 나에게 다음과 같이 말했다. "나 이 사람은 정말로 돌아가고 싶지만 현재는 아직 때가 되지 않았네. 내가 움직일 경우 대륙과 대만 양쪽에 모두 영향을 미치게 될 거야. 나는 내 개인적인 일로 인해 정치적으로 복잡해지는 것을 원하지 않네." 그는 덩잉차오에게 답장을 써서 "대만에 기거할 때 멀리 하늘을 보며 하루도 고향을 그리워하지 않은 적이 없습니다. 인연이 있다면 반드시 고향 땅을 밟게 되겠지요."

　세 번째 만남은 중국 대사관의 별장에서 이루어졌다. 나는 그에게 "하나의 국가 두 개의 체제, 평화통일 정책"을 소개했다. 장쉐량은 남은 생애 조국의 평화통일을 위해 전력을 다하고 싶다고 하였다. 그는 방금 쓴 한 폭의 족자를 꺼냈다.

고립무원의 어리석은 자이나

대의를 품고 강한 오랑캐에 맞서네

위대한 공적은 명나라의 정삭(正朔)을 준수하고
대만을 조국의 판도 안에 확보한 것이라네

〈구십 세 노인 의암(毅庵, 장쉐량의 호)이 쓰다〉

장쉐량은 나에게 "내가 비록 90여 세지만 하늘이 주신 시간 동안 아직 쓸모 있는 부분이 있겠지. 한 명의 중국인으로 중국을 위해 진력하고 싶네"라고 말했다.

10대 건축에 심혈을 기울이다

– 완리(万里, 전국인민대표대회상무위원회 전 위원장)

10대 건축에 심혈을 기울이다

- 완리(万里, 전국인민대표대회상무위원회 전 위원장)

전국이 해방된 후 나는 우선 중국인민해방군 제2야전군을 따라 총칭에 갔다가 후에 베이징으로 차출되어 건축공정부의 부부장을 맡았다. 이때 비로소 나는 저우 총리를 알게 되었다.

베이징에 도착했을 때 마침 국경절 10주년 공정 건설을 기획 준비하게 되었다. 나는 저우 총리에게 천안문 공정 계획을 수립해야 한다고 말하고, 인력을 확보하여 베이징 시 도시 설계도를 제작해야 한다고 건의하였다. 특히 천안문 광장 계획에 대해서는 이후 중앙에 보고하였다. 화이런당에서 저우 총리를 포함한 중국공산당 중앙정치국 상무위원회 위원은 이 계획을 심사하였다.

계획이 확정된 이후 나는 곧바로 설계를 독촉하였다. 천안문광장에서 인민대회당까지 하나하나 구체적인 설계에 대해 저우 총리는 세밀하게 관장하였다. 당시 우리는 거의 한 주에 한 두 차례 이것을 논의하였는데, 저우 총리와 나는 계획과 설계를 검토하며 줄곧 모든 부분의 설계도면을 모두 직접 확인하였다. 우리는 때때로 설계도면을 다 본 후 함께 식사를 하기도 하였는데, 그 횟수가 비교적 많은 편이었다. 저우 총리는 본인이 매우 바쁘기 때문에 그의 사무실 주임인 지옌밍(齊燕銘)을 보내 이 일을 돕도록 하겠다고 말했다. 지옌밍은 최선을 다해 협조하였으며, 나 역시 일이 발생하면 바로 지옌밍을 찾아가 저우 총리에게 보고했다. 인민대회당의 지붕은 저우 총리가 친히 설계한 것이었다. 지붕의 그 붉은 별은 중국공산당이 중국인민을 영도하여 도도한 물결처럼 전진하는 것을 상징하는 것으로, 바로 그가 제안한 것이었다. 설계사들은 바로 이에 의거해 설계하였고, 이 때문에 현재 인민대회당의 지붕이 매우 훌륭하게 완성된 것이다. 이것은 저우 총리의 걸작이며 보기에도 좋고 정치적 의의 또한 매우 크다.

대회당의 연회장에는 개개의 홀과 중앙홀이 있는데, 이것 역시 모두 저우 총리가 지도해서 설계한 것이었다. 우리는 설계를 위해 모형을 만들어 천안문 성루의 위쪽에 배치해 두었는데, 그가 직접 가서 보고는 이 부분은 어떻게 저 부분은 어떻게 하라고 지시하였다. 인민대회당 외벽의 색깔에 대해서도 우리는 몇 가지 방안을 제시한 채 생각을 결정하지 못하고 있었는데, 그가 "자네는 다시 도색 전문가를 찾아 이 벽의 색깔을 잘 처리해 보게나"라고 말하였다. 나는 칭화대학의 몇몇 전문가와 비교적 잘 알고 지내는 편이었으므로, 학교 학생들에게 어느 색깔이 좋은지 투표하도록 하였다. 최후에 이 색깔을 결정하는 과정은 쉽지 않았다. 현재 인민대회당의 색깔을 보면 매우 아름다우며, 모두가 저우 총리가 지혜를 발휘하도록 한 것이었다. 그는 매우 진지하게 전문가의 의견에 귀를 기울였다. 설계에 참여한, 특히 인민대회당을 설계한 몇몇 전문가들의 경우 그가 직접 불러 상의하였으며, 친히 식사를 대접하였다. 10대 건축물 중 기타 건축물, 예를 들어 민족문화궁의 고도 및 기와의 색깔 역시 모두 그가 결정한 것이었다.

당시 우리 두 사람은 가장 빈번하게 접촉하며 친밀한 우정을 맺었다. 저우 총리는 마오 주석에게 "완리가 인민대회당 건설을 저렇게 훌륭히 해낸 것은 정말 쉽지 않은 일이었습니다!"라고 말하였고, 이 말을 들은 마오 주석은 내게 전화를 걸어 한번 보고 싶다고 말하였다. 새벽 두시에 그는 중난하이에서 인민대회당으로 왔고, 나는 그곳에서 지옌밍 등과 기다리고 있었다. 우리는 마오 주석이 몇 시에 올지 모르고 있었다. 마오 주석은 인민대회당을 모두 둘러본 후 2층으로 가 휴식을 취하며 여기에서 담배 한 대를 피워도 되는지 하고 물었다. 나는 "가능합니다."라고 대답했다.

나는 그에게 이 건축물의 명칭은 무엇인지, 현재는 아직 결정되지 않았으나 명칭이 확정되면 좋을 것 같다고 말하였다. 나는 "전국인민대표대회대회당이라는 명칭은 너무 길고, 다른 명칭들도 있으나 모두 적합하지 않습니다. 도대체 뭐라고 부르는 것이 합당할까요?"라고 물었다. 그러자 그는 "공사 현장은 뭐라고 불렀는가?"라고 물었다. 나는 "대회당 공사 현장"이라고 불렀다고 대답했고, 그는 그럼 "'인민'자를 합하여 '인민대회당'이라고 부르지. 인민대회당 역시 자네가 말한 인민대표대회, 전국인민대표회대회당이라는 의미를 담고 있네.

우리의 총노선은 최대한의 노력을 다하고 보다 높은 목표에 도달하기 위해 힘쓰며, 더욱 신속하게 사회주의 총노선을 건설하는 것 아닌가! 이것은 간칭이지. 원래는 '전국의 인민은 중국공산당의 영도 하에 최대한의 노력을 다하고 보다 높은 목표에 도달하기 위해 힘쓰며, 더욱 신속하게 사회주의 총노선을 건설하는 것', 이것이 원래 완전한 명칭이야. 이대로 인민대회당으로 부르면 좋겠군." 이라고 하였다. 그는 매우 기뻐하였다. 다음날 마오 주석은 중앙회의 시간에 나에게 훌륭한 말씀을 해주셨다. 나는 속으로 "만약 전날 내가 좋은 필묵을 준비했으면 마오 주석에게 '인민대회당'이라는 글자를 써달라고 할 수 있었을 텐데"하고 애석해 하였다. 현재 '인민대회당' 명칭은 그가 쓴 것이 아니다. 내가 저우 총리에게 써달라고 요청하였을 때 그는 "쓰지 않겠네. 마오 주석이 쓰지 않으셨으니 나 역시 쓰지 않겠네"라고 대답하였다.

저우 총리가 발병한 중에 진행했던 베이징 호텔의 증축 역시 그가 승인한 것이다. 우리가 실행한 설계 방안을 그는 또한 직접 살펴보았다. 호텔 동쪽이 매우 잘 어울렸는데, 우리가 모든 검사를 마친 후, 리셴녠이 말하길 "이토록 큰 지역에 당신들은 겨우 이렇게 작은 건물을 짓다니 반드시 좀 더 높게 지어야 하네."라고 하였다. 내가 "높게 지으려면 비용이 많이 필요합니다."라고 하자, 그는 "내가 돈을 내지"라고 하였다. 나는 바로 저우 총리에게 보고했으며, 우선 리셴녠 동지의 의견은 건물이 작은 것을 못마땅해 하는 것이고, 십여 층을 더 올릴 경우 시 중심에서 그가 돈을 마련할 것이라고 이야기하였다. 저우 총리는 타인을 매우 존중하는 분이다. 본래 그가 심사한 도면도 매우 훌륭한 것이었으나, 그는 "그의 말에 일리가 있네. 내가 심사한 그 방안은 필요 없네"라고 말하였다.

베이징 호텔의 원래 설계는 이보다 더 높은 것이었다. 중난하이에서 누군가 보고는 저우 총리가 친히 나에게 전화를 하였고, 또한 시공 엘리베이터를 탄 후 현재 이 고도에 도착해서 망원경을 이용해 중난하이를 보니, 중난하이가 매우 분명하게 보였다. 저우 총리는 "이것은 좋지 않네. 멈추고 더 높이지 말도록 하게나. 중난하이가 다 보이면 어떻게 하나?"라고 말하였다. 현재 베이징 호텔을 그곳에 그렇게 높게 지은 것은 아무래도 적합하지 않은 것 같다. 역시 저우 총리의 의견이 옳았다. 저우 총리는 베이징 호텔에서 내려온 후 함께 인민대회당에 가서 마오타이주를 마시자고 하였고, 이것이 우리 두 사람이 마지막으로 함께 마오타이주를 마신 것이었다.

우리가 마지막으로 만난 것은 저우 총리가 305병원에서 입원해 있던 기간이었다. 당시 그를 면회하는 것은 허락되지 않았다. 우리는 베이하이(北海)를 산책하던 중에 우연히 한번 만나게 되었다. 나는 그에게 병세가 어떤지를 물었다. 당시는 "반격우경번안풍운동"이 한창이던 시기이므로 그는 매우 걱정하며, "괜찮을 거야. 덩샤오핑 동지가 있지 않은가. 별 일 없을 거야"라고 말하였다.

'미윈(密云)저수지'는 나와 저우 총리가 만든 걸작이다. 미윈 저수지를 건설한 것은 베이징시민의 음수 문제를 해결하기 위한 것이었다. 나는 저우 총리에게 베이징의 물 부족 문제가 비교적 심각하여 관청(官廳)저수지로는 해결할 수 없으니 미윈 저수지를 건설해야 한다고 말하였다. 그는 "좋네"라고 대답하였다. 하루는 우리 둘이 함께 미윈운에 가서 살펴보았는데, 당시는 아직 고속도로가 없었으므로 우리는 지프차를 타고 그곳에 도착하였다. 미윈 저수지를 건설하는 현장에 도착한 후, 현재 저수지의 중심인 그곳으로 우리는 함께 올라갔다.

그날은 매우 고생스러웠다. 돌아오는 길에 나는 다음과 같이 말하였다. "미윈 저수지는 건설하지 않으면 안 됩니다. 미윈 저수지는 허베이 성의 관할 범위에 들어갑니다. 통현(通縣)에 귀속시켜 관할하도록 하되 수자원은 주로 베이징에서 사용하도록 해야 합니다. 이럴 경우 반드시 통현을 베이징에 속하게 하여 관할하도록 해야 할 것입니다." 나는 쉰톈부(順天府)의 지도를 이용해, 쉰톈부가 줄곧 허베이까지 관할해 왔음을 설명하였다. 저우 총리는 "그거 좋겠네. 자네가 의견을 제시해 보게나. 의견을 들어보고 내가 해결해 보도록 하지"라고 말했다. 이후 그는 직접 비준하여 통현 지구를 베이징으로 귀속시키면서 베이징을 확장시켰다.

화이러우(懷柔)저수지라는 명칭이 담긴 편액은 저우 총리가 쓴 것이다. 미윈 저수지를 건설한 후 그는 본인이 쓰지 않을 것이니 마오 주석이 쓰도록 하라고 하였다. 마오 주석은 "미윈 저수지에 대해서는 내게 알려주지 않아 내가 가본 적이 없다"라고 말하였다. 그래서 미윈 저수지의 편액은 이후에 저우 총리가 쓰게 되었던 것이다.

저우 총리가 최선을 다한 것에 대해
생각하고, 죽을 때까지 책임을
다한 태도를 본받자

-리더성(李德生, 중국공산당 중앙위원회 전 부주석,
중국공산당중앙고문위원회)

저우 총리가 최선을 다한 것에 대해 생각하고, 죽을 때까지 책임을 다한 태도를 본받자

－리더성(李德生, 중국공산당 중앙위원회 전 부주석, 중국공산당중앙고문위원회)

문화대혁명 시기, 국무원의 부장들을 중난하이에 들어오도록 요청한 것, 허룽을 시산(西山)에 보낸 것, 이 모든 것이 저우 총리가 애써 얻어낸 보호 조치였다. 대량의 해방전쟁 시기의 간부들 중 류젠장(劉建章)은 감옥에서 마오 주석에게 서신을 보내 감옥 내의 상황을 진술하였다. 마오 주석은 저우 총리에게 이 사안의 처리를 지시하였다. 저우 총리의 간부들에 대한 조치는 매우 구체적이었다. 우리는 이 작업을 최우선으로 삼아 시행하였으며 지시가 내리면 바로 처리하여 조금도 지체되지 않도록 하였다. 예를 들어 탄푸런(譚甫仁 당시 윈난성위 서기) 문제라든가, 리전(李震 당시 공안부 책임자)이 자살한 것인지 살해당한 것인가의 문제 등은 모두 저우 총리가 친히 묻고 상황을 명확히 처리하였다. 저우 총리의 간부들에 대한 보호는 세심하고 주도면밀했으며, 대소사를 불문하고 모두 큰 관심을 두었다.

예젠잉이 장베이張北로 가서 훈련을 참관하였을 때, 저우 총리는 그가 어떻게 갔는지 물었다. "비행기를 탔는가? 장쟈커우(張家口)에 도착한 이후 무엇을 탔는가? 헬리콥터는 편히 앉아가기 힘들텐데……" 내가 지형을 살피러 비행기를 탈 때에도 그는 친히 베이징 공군의 참모장에게 지시하여 안전에 주의할 것과 어떻게 갈 것인지 등을 친히 확인했다. 간부들에 대해 모든 방면에서 관심을 갖고 아끼고 보호해 주었다.

저우 총리는 자기 자신에 대해 매우 엄격하였다. 그는 외지에서 돌아올 때 아무도 마중 나오지 못하게 했으며, 만약 당신이 마중을 나갔다면 그는 분명 기뻐하지 않았을 것이다.

그는 태도가 겸손하고 온화하여 누구든 쉽게 친해질 수 있었는데, 이는 일반 사람이 도달할 수 있는 경지가 아니다. 저우 총리는 그렇게 바쁘면서도 타인에 대해 구체적인 부분까지 관심을 가졌다. 이것은 정말 쉬운 일이 아니다. 그는 주관하는 일이 매우 많았지만, 정무에 바쁜 것은 결코 과한 것이 아니라고 말하였다. 그는 보통 오후 3시부터 새벽 3시까지 집체활동에 참가하였으며, 귀가한 이후에도 문건을 점검해야 했으므로 새벽 6시나 7시까지 처리해야 할 업무가 매우 많았다. 그럼에도 일사분란하고 조리 있게 처리하였다. 보통 그가 첫 번째 간부 그룹과 업무를 상의할 때 저쪽에서는 이미 두 번째 간부그룹이 그를 기다리고 있었다. 그의 정력은 어떻게 그리 충만될 수 있었을까? 우리는 모두 그에 미치지 못하였다.

1970년 루산회의의 일정에는 린뱌오의 연설이 계획되어 있지 않았으나, 회의가 시작된 후 그가 갑자기 연설을 하였고 이후 회의는 그의 대담을 토론하는 장으로 바뀌어 버렸다.

황용성(黃永勝), 우파셴(吳法憲), 예췬(葉群), 리줘펑(李作鵬), 취훼이줘(邱會作)가 이튿날 회의 석상에서 린뱌오의 연설에 대해 토론하였으며, 국가 주석의 설치 문제에 대해 토론하였다. 마오 주석은 쉬스여우(許世友)의 손을 끌어당기며 다음과 같이 말하였다. "내 손이 차가운지 뜨거운지 한번 보시오. 국가 주석 자리는 내가 담당할 수 없소." 수많은 그룹들이 린뱌오의 연설 내용에 대해 토론하자, 이후 마오 주석은 회의를 바로잡고자 하였다. 마오 주석과 저우 총리는 나와 리셴녠을 베이징으로 돌아가 당직을 서도록 하였으며, 저우잉신(周榮鑫)과 지덩퀘이(紀登奎)가 베이징에서 루산으로 와 회의에 참가하였다. 리셴녠은 지방을 관장하고, 나는 군대를 관장하였다. 내가 비행기를 타고 돌아왔을 때 저우 총리는 식사를 하고 있었다. 그는 나를 불러 당직 문제에 대해 지시한 후, 군대의 변방문제에 대해 특별히 주의하라고 일러주며 문제가 발생하면 바로 그에게 연락하도록 하였다.

"9. 13사건"

1971년 9월 12일 마오 주석이 상하이에서 베이징으로 돌아올 때 차를 펑타이(豊台)에 정차한 후, 나와 지덩퀘이, 우더(吳德), 우종(吳忠) 등 네 사람을 불러 남쪽 순방에 대한 상황을 설명해주었다. 우리는 '인터내셔널 가(歌)' 1절과 '삼대기율 팔항 주의' 1절을 부른 후 우리에게 하는 이야기를 마치자 그는 중난하이로 돌아갔다. 저녁에 저우 총리는 회의를 소집하여 정부정책 토론에 대한 보고를 하였다. 정치국 위원

대다수가 모두 참가하였다. 문건에 대해 토론하던 중 저우 총리는 예췬(葉群)의 전화를 받았다. "수장께서는 움직이셔야 합니다." 저우 총리는 "어떻게 움직이란 말인가?"라고 물었고, 수화기 너머에서 "공중에 계셔야 합니다. 비행기를 타십시오"라고 하였다.

비행기를 대기시켜야 했다. 당시 산하이관에 한 대의 비행기가 있었으나, 저우 총리는 그것을 알지 못했다. 이는 우파셴과 그의 부참모장이 한 일이었다. 저우 총리는 비행기의 상황을 물었고, 이미 산하이관에 있다는 말을 듣고는 문제가 발생했음을 알아차리고 바로 우파셴을 불러 그에게 비행기를 어떻게 움직인 것인지 해명하도록 했다. 우파셴은 그와 그의 부참모장이 한 일이라고 해명하였다. 저우 총리는 바로 조치를 취하여 양더중(楊德中)에게 우파셴을 데리고 시쟈오(西郊)비행장으로 가서 비행장을 통제하도록 하였다. 나는 공군지휘소에 도착하여 지덩퀘이에게 베이콩(北空)지휘소로 가도록 하였다. 모두 저우 총리가 직접 계획하였다. 우선 공군을 통제한 후 비행장을 통제하고 부대에게 일급 전시 대비태세를 갖추게 하였다. 비행장은 육군 일부를 보내 공군과 함께 관리하도록 했다.

공군은 "야랴오(亞療)"에 모여 그곳에서 대기하도록 했다. 이후 린더우더우(林豆豆)가 전화를 걸어 린뱌오가 탄 비행기가 이륙하여 시베이 장쟈커우, 청더(承德) 방향으로 가고 있다고 말하였다. 저우 총리는 나를 공군지휘소에 보내 비행기의 향방을 살피고 수시로 그에게 보고하도록 했다. 비행기는 변경에 도착하고 20분 후에 시야에서 사라졌다. 두 번째 헬기가 샤허(沙河)에서 이륙하자 저우 총리는 돌아올 것을 명령하며 투항하도록 회유하였다.

린뱌오의 비행기에 대해 진로를 차단하여 공격할 것을 주장하는 의견도 있었다. 마오 주석은 공격해서는 안 된다고 주장하며 "하늘에서 비가 내리려 하고, 어머니가 시집가려 하니(막 발생하려는 일을 인위적으로 막을 수는 없는 일이라는 의미), 그를 내버려 두게나!"라고 하였다. 이 결정은 매우 훌륭한 것이었다. 만약 공격을 감행했다면 해명이 쉽지 않았을 것이고, 모스크바까지 갔다면 상황은 복잡해졌을 것이다. 떨어져 죽은 것, 이 결과보다 더 나을 수는 없었다. 이러한 결과는 나쁜 상황이 아니었다.

9.13사건이 발생하고 열흘 동안 우리는 거의 잠을 자지 못하였다. 저우 총리는 대회당에서 업무 전반을 책임지고 있었고, 나는 공군지휘소에 있었다. 그 전에 린뱌오의 아들인 린리궈(林立果)가 공군에 있으면서 공군 전체를 지휘하고 동원할 수 있었던 것은 그야말로 경악할만한 상황이었다. 이는 우파셴이 상무위원에서 진술한 내용이었다. 후에 루민魯珉이 스스로 나를 찾아와 상황을 보고하였다. 그는 당시 소금물을 이용해 안구를 문질러 결막염처럼 붉게 만든 후 병원에 입원해 있었다고 했다. 우리는 왕훼이치우(王輝球)와 장텅쟈오(江騰蛟)를 찾아 대화를 나눈 후 그 내용을 저우 총리에게 보고했다.

비행기를 저지하는 데에는 민병(民兵)과 위수지역이 참가하였으며, 이 역시도 미리 계획한 것이었다. 비행기 상의 문건 중 붉은 연필로 쓴 것은 종이가 갈기갈기 찢어진 상태였는데 저우 총리가 한 조각씩 모아 대강의 내용을 알아볼 수 있도록 만들었다. 저우 총리는 정말 세밀하였다.

당시 취했던 조치 중 하나가 황(黃), 우(吳), 리(李), 치우(邱)를 대회당에 집합시키고 돌아가지 못하도록 한 것이었다. 우리는 '571공정 기요'를 찾아냈고 모든 상황을 분명하게 확인했다.

문화대혁명 중의 지(支)'좌(左), 좌파 군중지지)' 문제.

저우 총리는 비행기를 보내서 우리는 베이징으로 데려오도록 하고, 직접 임무를 지시하여 우리에게 안훼이로 가 무력 충돌문제를 처리하도록 하였다. 그는 희귀할 정도로 기억력이 매우 좋아서 한번 만나고 나면 바로 이름을 부를 정도였다. 그는 우리에게 한쪽에 치우치지 말고 공정하고 공평하게 처리해야 한다고 하였다. 정세는 급속히 시정되고 있었다. 당시 안훼이에서는 양 파의 충돌이 매우 심했다. 우리는 저우 총리의 지시에 따라 화해를 조정하였으며, 무력 충돌은 급속하게 잦아들었다. 처음 허페이(合肥)에 도착했을 때 양 파 모두가 다녀가고 몇몇 작업을 진행하며 급속히 연합하여 함께 시위에 참여하였다. 저우 총리는 통보를 보내 매우 훌륭한 방법이라고 언급하였다. '지좌(支左 좌파 군중지지)' 부대는 무력 충돌에 참가할 수 없었으며 사격을 감행할 수도 없었다.

내가 우후(蕪湖)에 사건을 처리하러 갔을 때, 이는 저우 총리가 직접 전화를 걸어 지시한 것이었다. 어떤 때는 비서가 대신 전달하기도 하고, 어떤 때는 직접 그와 통화하기도 하였다. 그는 우후의 상황과 처리 방법을 물었다. 나는 그의 지시를 직접 받았다.

저우 총리의 사소한 일도 신중히
처리하는 자세(舉輕若重)

– 보이보(薄一波, 국무원 전 부총리, 중국공산당중앙고문위원회 부주임)

저우 총리의 사소한 일도 신중히 처리하는 자세(舉輕若重)

– 보이보(薄一波, 국무원 전 부총리, 중국공산당중앙고문위원회 부주임)

나는 우선 저우 총리의 사소한 일도 신중하게 처리하는 태도에 대해 말하고 싶다.

1950년 제7회 중앙위원회 제3차 전체회의 기간 중 저우 총리는 무슨 생각에 잠긴 듯하다가 문제를 생각해냈다. 그는 나에게 "자네는 산시성, 허베이성, 산둥성, 허난성에서 바이청(伯承), 샤오핑(小平)과 여러 해 동안 함께 일했지? 그들 두 사람의 업무에 대해 자네는 어떻게 생각하는가?"라고 물었다.

나는 "한 명은 사령원으로서, 한 명은 정치위원으로서 각자의 책임을 다했습니다. 저는 그들에게 배운 바가 적지 않습니다. 그들은 업무상 매우 훌륭하게 협력합니다"라고 대답하였다.

저우 총리는 고개를 저으며 "나는 그들이 잘 협력하는 지에 대해 말하는 것이 아니고, 그들의 업무 처리 방법에 대해 자네가 어떻게 생각하는가를 자네에게 묻는 것이네."라고 말했다.

나는 조금의 주저함 없이 바로 그에게 반문했다. "총리님은 원로 간부이십니다. 먼저 총리님의 견해를 듣고 싶습니다."

저우 총리는 "내가 수년간 관찰해 보니 그 두 사람의 업무 처리 방식 은 크게 다르다네. 샤오핑은 '중대한 일을 쉽게 처리하 고(擧重若輕)', 바이청은 '사소한 일도 신중하게 처리 하지(擧 輕若重)'. 자네가 보기에도 그런 것 같지 않나?'라고 되물었다.

나는 "맞는 말씀이십니다. 이 여덟 글자로 정확하게 정리한 것 같습니다."라고 대답하였다.

계속해서 저우 총리는 다시 나에게 물었다. "그렇다면 이 두 가지 업무 처리방식에서 자네는 어느 쪽을 더 선호하는가?" 그는 나의 대답을 기다리지 않고 바로 자신의 생각을 말하였다. "소망하는 바를 말하자면 나는 샤오핑의 '거중약경'을 더 선호하네. 하지만 실제로는 실천하기가 어렵지. 나는 바이청 동지의 방법과 동일하네. 업무를 실행하는 데에 모든 것을 '거경약중'하지."

저우 총리는 제1차 5개년 계획을 제정하고 완성하는 데 매우 큰 공헌을 하였다.

'1.5계획(제1차 5년 계획)'은 1952년 편성에 착수하였으며, 1955년 제1차 전국인민대표대회 제2차 회의에 제출하여 심의를 통과하였다. 전후 꼬박 3년여의 시간이 걸린 것이었다.

1952년 초, 저우 총리의 제안에 의거하여 중앙에서는 저우언라이, 천윈, 보이보, 리푸춘, 네룽전, 송사오원(宋劭文) 6인이 지도 그룹을 형성하고, '1.5계획'의 편성 작업을 집단 지도하도록 결정하였다. 같은 해 8월 '5년 계획 윤곽 초안'이 시범적으로 제출되었으며, 더불어 저우언라이를 단장으로 하고 천원과 리푸춘 동지를 부단장으로 하는 정부 대표단이 소련을 방문하여 소련 정부의 '1.5계획'에 대한 의견을 물었다. 또한 우리나라의 경제건설에 대한 소련정부의 구체적인 원조계획을 상의하였다. 당시 저우 총리는 천원 동지와 함께 소련에 대략 한 달 여를 머물었고, 두 차례 스탈린을 만났다. 이는 소련이 우리를 매우 중시했다는 사실을 보여주는 것이었다.

1955년 3월 당의 전국대표회의를 개최하여 '1.5계획'의 초안을 토론하여 통과시키고, 아울러 정무원에서 전국인민대표대회에 제출하여 반포 실시를 비준하도록 건의하였다. 내 기억에 따르면 천원의 지도하에 계획 초안은 다섯 차례 중대한 수정을 거쳤다. 저우 총리 역시 자주 정무원 회의를 소집하여 계획의 세밀한 부분까지 일일이 검토하였다.

'1.5계획'의 편성은 매우 훌륭했으며 집행 결과 역시 우수해 당 내외 인사의 칭찬을 받았다. 이는 곧 당시 당 내외 인사들이 모두 만족했음을 의미한다.

'반모진(反冒進)'[1] 문제는 매우 중요한데, 우리 모두는 반대했었다.

1957년 가을부터 마오 주석은 '반모진'을 비판하기 시작했으며, 일련의 회의를 진행하면서 동시에 저우언라이 동지 등을 지명하여 비판했다.

---

[1] 대약진운동 전후 과정에서 나타난 사회주의 경제건설에 대한 논쟁으로 발묘 조장식으로 합작사를 건 립하는데 반대한 것.

마오 주석의 비판에 대해 저우 총리는 당의 8대 2차 회의 석상에서 자아비판을 행하였다. "경제 관련 업무 중 몇몇의 중대한 업무 문제를 중앙에 제때 보고하지 않았으며, 더욱이 지속적이고 체계적으로 중앙에 보고하지 않았습니다. 설령 지시를 요청하고 보고했다고 하더라도 가랑비와 같은 사소한 일이 아니며, 장대비와 같이 막중한 사안입니다. 재료 수량이 거대한 경우처럼 중앙에서 문제를 결정해야 할 때에도 세밀하게 분석한 연구를 미처 행하지 못했습니다." 이것이 저우 총리가 반성한 내용이었다. 내 생각에 당시 저우 총리는 이렇게 밖에 답할 수 없었을 것이다. 다시 무엇을 설명할 수 있었겠는가?

'반모진'을 비판하는 것은 합당하지 못한 것이었다. 비판을 했던 것은 이후 '대모진'에 파란불을 켜주기 위한 것이었다. 현실이 증명해주듯 합당하지 못한 과도한 비판은 결점을 들추어 당내 민주주의를 선양하는데 불리할 뿐만 아니라 해가 되었으며, 당의 결정이 지닌 정확성을 보증하는 데에도 해가 되었다. 이 '반모진'에 대한 비판은 반년 정도가 지난 후 그 영향력의 파급으로 인해 당내 생활사에 있어 결코 사소하지 않은 상황이 되었으며, 하나의 표지가 되었다고 말할 수 있다. 그 표지란 신 중국 성립 이후 당내 민주생활이 비교적 정상적인 상태에서 비정상적인 방향으로 발전하여 이후 '일언당(대중의 의견을 무시하는 지도자의 독단적인 태도)'으로 나아간 것을 말한다. 이것은 우리가 모두 마음 속 깊이 절감한 것이었다.

저우 총리는 '거경약중'을 말하였는데, 실제로도 그는 매우 신중한 사람이었으며, 모든 일을 직접 마오 주석과 당중앙에 보고하였다. 우리 같은 사람들과 비교해보면 그가 얼마나 세심했는지 가늠하기 어려울 정도이다. 나는 문혁시기에 '삼반분자(三反分子)'로 공격을 받아 당적이 취소되고 일체의 직무에서 배제되었으며 체포되고 감금당한 후 4년 반을 감호 상태로 지냈다. 나는 다시는 저우 총리를 만나지 못했다. 감호기간 중 나는 국무원 제2숙소에 있었는데, 저우 총리가 서거한 후 그곳에서 추도회가 열리게 되었고 우리들 역시 참가하기를 요청하였다. 누군가 우리에게는 참가할 자격이 없다고 말하였다. 후에 나는 나의 딸에게 다음과 같이 말해주었다. "어떤 억울함이 있었는지 아느냐? 우리도 스스로 추도할 수는 있었으므로 몇 장의 검은 천을 깔고 그곳에서 저우 총리의 역사를 말하고 저우 총리의 사람됨을 이야기하면서 우리의 마음을 다해 추모했었다. 저우 총리에 대한 나의 마음이 결코 깊지 않다고 말할 수 없음에도 불구하고 감호 상태에 처한 이후 다시는 그분을 뵙지 못하였다." 1928년 우리가 산시에서 회의를 개최했을 때, 당시에는 공산당이 노동자 계급의 정당임을 중요시했기 때문에 결과적으로 당시 활약했던 지식인들을 모두 출당시켰다. 이때 저우언라이는 지시를 내려 이러한 조치가 잘못되었으며 지식인의 인도가 없는 것 역시 옳지 못하다고 하였다. 지식인도 이미 노동자 계급을 위해 복무하므로 노동자 계급의 선봉대에 참가하도록 해야 한다고 했다. 당시 나는 이러한 상황을 알지 못하였다.

1938년 저우언라이 동지가 쉬샹첸(徐向前) 등의 바루쥔 장령들을 통솔하고 타이위안에 도착하였다. 이때 나는 옌시산과의 회의에 참가하게 되었는데, 옌시산과 단독으로 접촉하여 상층의 통일전선을 구축하였다. 옌시산은 내가 공산당원임을 알았으며, 진정으로 공산당은 이를 계기로 특수한 형식의 통일전선을 건립하게 되었다.

나는 그를 존중하였으며, 우리가 비록 그보다 낮은 지위였음에도 그 역시 나를 존중하였다. 저우언라이 동지는 타이위안에 도착한 후 내가 어린 시절 공부했던 국민사범학교 강당에서 연설을 하였다. 강당의 규모는 매우 커서 3000여 명을 수용할 수 있었다. 그러나 강연을 들으러 온 사람이 너무 많아서 발 디딜 틈도 없었으며 강당 바깥도 모두 사람으로 가득 찼다. 나는 확성기를 사용하자고 제안하였으나, 저우언라이 동지는 그 확성기를 쳐다보지도 않고 옆에 제쳐두었다. 그토록 큰 강당에서 누구든 저우언라이 동지의 연설을 들을 수 있었다. 이 일은 산서에서 큰 반향을 불러왔다. 옌시산은 "인재들이 모두 공산당으로 간다고 생각했는데 지금 보니 우리가 잘못 본 것이군. 공산당 사람들은 모두가 성실하고 진정으로 활약하는 인재들이군 그래!"라고 말하였다. 옌베이(雁北)의 13현을 함락시킨 후, 전지동원위원회가 성립되었는데, 덩샤오핑이 그곳에서 책임을 맡아 이 전지동원위원회를 건립하고 공산당의 영도 하에 귀속시켰던 것이었다. 내가 막 옌시산이 있는 곳에 도착했을 때 옌시산의 지휘부는 태이허령(太和嶺) 입구 바로 그 지역에 위치하고 있었으므로 그는 바로 이 상황에 대해 이야기하기 시작하였다. "그는 진정한 인재야. 저우언라이는 정말 대단한 인재네. 나는 그에게 작전 계획을 하나 써달라고 청하였는데, 하루도 걸리지 않아 바로 보내왔더군. 우리에게는 이런 인재가 없어! 인재들은 모두 공산당에 있군!"라고 말하였다. 옌시산은 이 작전계획을 본 후 단 한 글자도 바꾸지 않았다. 옌시산은 저우언라이 동지를 매우 칭찬하며 계속해서 말하였다. "인재야 인재! 정말 대단해!"

저우 총리의 공적은 어떻게
헤아려도 과하지 않다

- 구무(谷牧, 국무원 전 부총리)

저우 총리의 공적은 어떻게
헤아려도 과하지 않다

- 구무(谷牧, 국무원 전 부총리)

　　문화대혁명의 대동란 중에 저우 총리는 혼신의 힘을 다해 이 국면을 버텨내고자 하였다. 당시 그의 처지도 매우 곤란하였는데, 그는 한편으로는 마오쩌둥이 발동한 이 문화대혁명을 거역하지 못하면서도 동시에 린뱌오, 장칭 등의 반당 집단과 투쟁하였으며, 모든 방법을 동원하여 혁명간부를 보호하였다. 문화대혁명이라는 소란이 발발하자 우리들 집을 몰수하고자 하였으며 우리를 비판하기 시작하였다. 저우 총리는 결심을 하고 우리들을 국무원으로 옮겨 지내도록 조치하였다. 그는 공개적으로 조반파에게 말하였다. "내게 몇몇의 조수가 없다고는 할 수 없으나, 이토록 큰 국가에서 일이 천만 갈래로 뒤엉켜 있는데 수많은 일들을 내가 직접 처리하는 것은 합리적이지 못하다. 나는 몇몇의 조수가 필요하다." 생산 방면에 있어 그는 주로 소위 '세 개의 팔'이라고 불리던 위치우리와 구무에 의지하였다. 이 때문에 우리가 이후 국무원 시화청 부근에 있는 몇 채의 방으로 이사 가게 되었다.

이러한 상황이 시작될 무렵 사람들은 나에게 비판 대회에 한 차례도 나와서는 안 된다고 하면서, 나오면 군중으로부터 벗어날 수 없을 것이고, 결과가 좋지 못할 것이라고 말하였다. 그러나 나는 한 주에 두 세 차례 나가기로 결심하였고, 나가면 바로 비판 투쟁의 대상이 되었다. 모든 종류의 비판을 다 받았다. 제트기식, 벌세우기, 시가 행진, 한번 나가면 대략 5시간 정도 비판을 받았다. 아침 8시에 나가면 오후 1시쯤까지 계속되었고 최후에 국무원에 도착했을 때에는 인간이 산산이 부서진 것만 같았다. 물조차도 마시고 싶지 않을 지경이었다. 이러한 상황이 어느 정도 지속된 후 결국 리푸춘이 저우 총리에게 건의하였다. "구무가 일주일에 두 세 차례 비판대회에 나가니 업무에도 지장이 생기고 그의 체력도 버텨내지를 못하고 있습니다." 이에 저우 총리는 "두 세 차례라니, 나가지 말도록 하게"라고 말하였다. 이후 우리는 국무원으로 이사해서 지내게 되었다.

당시 좌우 양 파에서 일련의 사안들로 인해 저우 총리를 면담하고자 하였다. 그는 군중을 만나러 갈 때 결국 나를 데리고 갔으며 위치우리 역시 대동하였다. 후에 위치우리는 병을 얻었고 남은 건 나 하나였다. 우리를 데리고 함께 등장한 후 그는 공개적으로 "나는 조수가 없으면 안 됩니다! 그들은 모두 나를 도와 일하는 사람들이에요"라고 말하였다. 군중들은 우리를 보자마자 타도하라고 소리쳤으며, 저우 총리에게 공개적으로 질문을 던졌다. "당신은 왜 저들을 데리고 나왔는가?" 우리는 당시 모두 '주자파'로 몰아붙여져 있었다. 후에는 또한 '반도', '특무'로 몰렸다. 이런 상황이었음에도 그는 관례에 따라 우리를 데리고 나갔던 것이다.

당시 나는 '삼선(三線)건설' 및 항구를 관장하고 있었는데, 베이징에 있으면서 집행할 수 없는 업무들의 경우 간혹 일주일에 한 번 정도 외부에 있는 부장을 중난하이로 오도록 해서 관련 문제를 상의하였다. 한번은 부장급 간부 한 명이 내가 주재하는 회의에 참석할 것을 거절하였다. 그가 했던 말은 정말 듣기 괴로웠다. 그는 "'반도(叛徒)'가 소집하는 회의에 우리가 참석해서 최후에 결정을 내리면 그것을 '주자파'가 집행하게 될 것이다. 이런 국면이라면 우리는 참석하지 않겠다"라고 말하였다. 이 때문에 이후에 회의를 진행하는 것이 매우 곤란해졌다.

이런 상황에서 나는 저우 총리에게 다음과 같이 말한 적이 있다. "저를 하부로 보내 단련시키십시오. 베이징에서는 그 어떤 일도 할 수 없습니다." 저우 총리는 잠시 고민한 후 "좋네! 그렇다면 나가서 살펴보도록 하게나"라고 대답하였다. 우리는 당시 '삼선건설'에 대해 안심하지 못하고 있었다. 문화대혁명이 '삼선건설'까지 혼란스럽게 할 경우 장래에 닥칠 후환은 끝이 없을 것이기 때문이었다. 나는 바로 서남부의 윈난, 궤이저우, 스촨을 돌아본 후 최후에 저우 총리의 비준을 거쳐 후베이의 치안(潛江)에 도착하였다. 치안강은 막 큰 유전 하나가 발견된 곳으로, 후베이군구의 사령원인 한둥산(韓東山)이 주재하고 있었는데, 나를 그곳으로 파견해 1년간 노동 단련을 받도록 했던 것이다. 나는 몸이 버텨내지 못하여 곧 돌아오고 말았다. 돌아온 후 나는 바로 저우 총리를 만나 하방 당해 노동했던 상황을 설명하고, 우리는 모두 마땅히 하방하여 노동 단련을 받아야 한다고 말하였다. 또한 저우 총리에게 지속적으로 보고서를 제출하였다. 나는 휴식을 조금 취한 후 어떤 일을 하게 될 것인지 살펴보겠다고 말하였다.

　며칠간 휴식을 취할 때 저우 총리는 나에게 관심을 보이며 비서를 보내 안부를 묻기도 하였다. 이후 몸이 점차 회복되자 나는 바로 저우 총리를 만나러 가 "이제 다음에는 도대체 어떻게 해야 할까요? 원래의 지역으로 돌아가서 노동 단련을 하는 것이 어떨까요?"라고 물었다. 저우 총리는 "그곳에는 갈 필요 없네. 다만 현재 자네가 건설위원회로 돌아오는 것은 어려울 것 같네. 양 파가 극심하게 대립하며 서로 양보하지 않고 있는 상황이기 때문이네. 내가 자네에게 과제 하나를 내주겠네. 항구 건설에 매진하는 것이 어떻겠나?"라고 하며 "내가 구호를 하나 제안하지. '3년 안에 항구의 면모를 개혁하자'"라고 말하였다. 당시 우리나라의 항구는 매우 낙후되어 있어 만 톤 급이 정박할 수 있는 곳이 51개 항구 뿐이었다. 만 톤 급은 작은 선박으로, 국제적으로 석탄 및 광물을 운송하는 선박은 모두 50만 톤, 60만 톤이었다. 우리만 만 톤 급의 선박에 이런 물건들을 운반할 수는 없는 노릇이었다. 그래서 나는 연해의 항구들 하나하나를 모두 조사하여 대형 선박을 정박할 수 있는 곳이 있는지, 새 항구를 건설할만한 지역이 있는지를 조사했다. 그 결과 르자오(日照), 온저우(溫州), 닝보(寧波) 등에 건설 할 것을 계획하였으며, 윈난, 궤이저우, 스촨에 출해구인 팡성(房城)을 건설할 것을 계획하였다. 저우 총리는 "돈을 써야할 곳에는 써야하네. 자네가 항구를 조속히 건설하려고 하는 것은 신속하게 이윤을 남기려는 것은 아니라는 말이네"라고 말하였다. 나는 이 일을 맡게 되어 매우 기쁘며 기관으로 돌아가고 싶지 않다고 말하였다. 당시 나는 항구 일에 매진하였다. 나는 친황도(秦皇島)에서 연해를 따라 칭다오(青島), 옌타이(煙台), 웨이하이(威海)를 거쳐 광시까지 다녔다. 인상에 가장 남았던 것은 서남 지방에서 업무를 처리하던 중에 팡성이 매우 훌륭한 항구라는 사실을 발견한 것이었다. 윈난, 궤이저우, 스촨의 물자는 창장을 통과하며 크게 한 바퀴를 돈 이후에야 홍콩에 도착해서 국외로 나갈 수 있었다. 나는 이곳에 수십 리의 철로를 세운 후 이 노선을 잘 닦으면 팡성으로부터 나가는 길이 매우 가까워질 것이라고 생각했다. 이 일을 시행한다면 윈난, 궤이저우, 스촨의 대외 개방 및 대외 교통이 매우 편리해질 것이었다.

저우 총리는 당시 생산 관련 업무에 매진하였다. 그 중 하나가 생산을 관리하는 간부들을 보호하는 것이었다. 그는 우리가 모두 정상적으로 업무를 하지 못하는 것을 보고는 결단을 내려 위치우리와 나 우리 두 사람을 국무원에 들어와 거주하도록 하였다. 그는 부장들 역시 시기와 조를 나누어 국무원에 들어와 휴식을 취하도록 한 후 다시 나가도록 하였다.

어느 날 저우 총리가 누군가를 만나 새벽 3시까지 논의하던 중 나는 저우 총리에게 귀엣말로 "제가 할 일이 없다면 가도 될까요?"라고 물었다. 그는 "자네는 갈 수 없네. 잠시 후에 자네와 관련된 일을 상의할 것인데, 또 자네를 부를 수는 없지 않는가!"라고 대답하였다. 결국 새벽 3시가 지나서야 회의는 끝이 났다. 그는 나를 불러 세운 후 "구무, 자네는 어찌 회의 시간에 먼저 가겠다고 말하는가? 현재 나는 그대들에게 의지해 업무를 진행하고 있네"라고 말하였다. 나는 "총리님 내일 아침 9시에 저는 몇몇 부장들을 소집해 문제들을 논의해야 합니다. 저는 몇 시간동안 휴식을 취하고 싶었을 뿐입니다.

그렇지 않으면 내일 어떻게 회의를 진행할 수 있겠습니까?"라고 그에게 대답하였다. 당시 나는 저우 총리에게 무엇이든지 다 말하고 논의하였다. 그는 "구무 자네는 수면제를 먹는가?"라고 물었고, 나는 "먹지 않습니다. 지금까지 먹었던 적이 없습니다"라고 대답하였다. 그는 "그대도 수면제를 먹게나. 마오쩌둥 주석은 일생 동안 먹었고 나 역시 평생을 먹고 있다네. 그래도 괜찮아. 수면제를 먹으면 적어도 두세 시간은 쉴 수 있어"라고 말하였다. 이것이 내가 수면제를 먹게 된 계기였으며, 나는 이때부터 수면제를 먹기 시작하였다.

당시 명명백백하게 그는 잠을 잘 시간도 없었던 것이다! 모든 일이든 모두 그에게 집중되었으며, 천근 무게의 짐이 그의 어깨를 누르고 있었다. 부장들은 모두 정직 상태였으므로 그는 나와 위치우리에게 의지하였다. 그가 어떤 일을 진행하고자 할 때면 우선 우리를 불러 말하였다. "자네들은 우선 나를 대신해 상황을 살펴보게." 그러면 우리는 부장을 만나 상의한 후, 상황이 어떤지, 어떻게 처리해야 하는지 우리가 먼저 건의한 후 그에게 살펴보도록 하였다. 이렇게 하는 것이 그나마 그에게 조금이라도 도움이 되는 방식이었다.

문화대혁명 이전 나는 저우 총리를 모시고 하얼빈에 가 회의에 참석한 적이 있었다. 당시에는 동북협작구(協作區)라고 불렀는데, 대규모 지역을 협작구라고 호칭했기 때문이었다. 우리가 산하이관에 도착했을 때 그는 비서를 통해 비행기가 산하이관에서 저공 비행을 하며 한 바퀴 돌도록 지시하였다. 저우 총리는 나에게 "분명히 보도록 하게나. 아래에 보이는 기차들 한 대 한 대 사이의 거리가 얼마인지, 산하이관의 기차들이 얼마나 혼잡하게 모여 있는지 보게나."라고 말하였다. 나는 열심히 하나하나 수를 센 후 고개를 돌려 그에게 보고하였다. 그는 "보기에는 철로는 증설하는 것은 어려울 것 같아.

여기는 너무 붐비는 것 같군. 자네 생각에 어떻게 해결해야 할 것 같은가?"라고 물었다. 그는 나에게 질문을 하며 망망대해를 바라보았다. "산하이관은 동쪽 바다에 가깝지 않은가?" 나는 그의 의도를 알 수 있었다. 나는 그에게 "총리님의 생각을 충분히 알 것 같습니다. 계속 바다를 보고 계셨지요! 해상을 이용한 방법을 고려하고 계시군요."라고 말하였다. 그는 "맞아! 나 역시 그렇게 생각하고 있네." 이것이 우리가 처음으로 해상 문제를 논의한 것이었다.

저우 총리의 '3년 안에 항구의 면모를 개혁하자'라는 구호 및 이러한 결심이 없었다면, 이후의 개혁 개방은 어려움에 직면했을 것이다.

저우 총리가 병이 중하여 입원해 있을 때 나는 그를 보러 가서 항구의 면모를 혁신하는 이 문제가 해결되었다고 말하며, 현재 정박 위치를 몇 개 증설했는지, 운수량은 얼마나 증가했는지에 대해 보고하였다. 그는 이 보고를 들은 후 매우 기뻐하며 "구무, 자네 공항에 다시 매진해 볼 수 있겠나?"라고 말하였다. 나는 공항을 관장하는 데 곤란을 겪게 되었다. 당시 우리의 민항은 공군이 관할하고 있었는데, 저우 총리가 그들에게는 명령을 내리지 않았으므로 그들과의 논의 과정에서 몇 년을 허비하고 말았던 것이다.

당시 전국의 경제상황은 매우 어려운 지경이었다. 조치를 취하지 않는다면 큰 문제가 발생할 수도 있었다. 나는 저우 총리에게 회의를 열어 경제상황을 파악하고 아무리 상황이 어렵더라도 생산을 지속하지 않으면 안 된다고 보고 드렸다. 저우 총리는 내 주장을 지지해주었다.

내가 제안한 것은 계획공작회의가 시작되는 며칠 간 먼저 이 문제를 토론하는 것이었는데, 저우 총리는 결심을 내린 후 나에게 "자네는 별도로 이 일을 계획하도록 하게나. 계획회의는 평소대로 진행하도록 하겠네. 자네는 별도로 사람을 불러 이 문제를 연구하도록 하게"라고 말하였다. 나는 성위서기들에게 참여하도록 요청하였으나 모두 다 온 것은 아니었다. 8~9명 정도가 참석하였으며, 우리는 어떻게 철로와 항구를 혼란스럽게 하지 않고 생산을 지속할 수 있는지를 논의하였다.

저우 총리의 비준을 얻은 후 나는 일부 성위서기를 소집하여 징시(京西)호텔에서 공업서기회의를 주재하였다. 전국에서 모두 온 것은 아니었고 8~9명 정도가 참석한 것이었는데, 어떻게 하면 혁명과 생산을 모두 잘 해낼 수 있는지, 8시간 노동 원칙이 침범 받지 않으면서도 업무 외 시간에 혁명을 고취시킬 수 있는지를 논의하였다. 당시 저우 총리뿐만 아니라 마오 주석도 우리를 지지해 주었다.

회의가 진행되는 기간 동안 저우 총리는 회의장소로 와서 여러 사람의 의견을 듣고자 하였다. 그가 막 징시호텔의 로비에 들어섰을 때, 부장들이 그가 온 것을 발견하고 누군가 와서 나에게 저우 총리가 막 문에 들어섰다고 알려주었다. 내가 바로 그를 마중하러 가자 이미 여러 부장들이 저우 총리 주변을 둘러싸고 있었다. 이것은 당시에 이미 유명한 이야기가 되어, '다섯 명의 부장이 저우 총리를 포위함'이라는 불렸다. 단쥔이(段君毅), 뤼정차오(呂正操)는 모두 경력이 오래되고 명성과 권위를 갖춘 이들로, 노장들은 저우 총리를 둘러싸고 본인들의 의견을 진술하였는데 사리에 맞는 말들이었다. 그들은 "저희들은 문혁의 비판투쟁과는 아무 관련도 없으며, 도박에도 관심이 없습니다.

다만 생산만은 무너지게 둘 수 없습니다! 저우 총리님, 현재 생산은 이미 엉망이 되기 시작했습니다."라고 말했다. 어떤 이는 저우 총리에게 "건강에 유의하셔야 한다"고 건의하기도 했다.

이런 회의에 오는 경우가 거의 없었기 때문에 성위서기들은 저우 총리를 만나자 쉴 틈 없이 호소하며 "생산이 무너진다면 무슨 혁명을 할 수 있겠습니까!"라고 하였다. 이번에는 그가 다음과 같이 말했다. "현재 이러한 형세는 대세의 흐름이니 그만두고자 해도 할 수가 없네. 오로지 용감하게 나서 운동의 전위에 서서 이 운동을 이끌어야 하네." 이 때 또 어떤 이가 한 마디를 거들자 저우 총리는 "내가 무엇을 두려워하겠는가? 내가 지옥에 가지 않는다면 누가 지옥에 가겠으며, 내가 불바다에 뛰어들지 않는다면 누가 뛰어들겠는가? 내가 호랑이굴에 들어가지 않는다면 누가 호랑이굴로 들어가려 하겠는가."

저우 총리가 회의 자리에 온 것은 우리를 지지하기 위한 것이었다. 이후 린뱌오가 등장하여 공업 및 교통운수업 좌담회의 보고를 들었는데, 이에 대해서는 내가 종합하여 보고하였다. 내가 린뱌오에게 보고한 후, 나는 3일 동안 비판을 받았으며 저우 총리도 3일 동안 배석하였다. 리푸춘, 탄전린, 예솨이 등 중앙의 지도자 동지들도 모두 참가하였다. 보고가 아직 끝나지 않았을 때에 왕리(王力)가 앞장서서 나를 공격하기 시작하였다. 마지막으로 저우 총리가 앞으로 나와 연설하였다. "내가 몇 마디 말을 해야겠습니다.

구무는 오로지 한 가지 사안을 걱정하는 것입니다. 바로 생산이 무너지면 경제 전반이 마비되고, 생산이 무너지면 농업이 망가져 식량이 없게 될 것을 염려하는 것입니다. 밥을 먹지 않고 어떻게 혁명을 한단 말입니까? 경제가 무너지면 경제 전반이 다 마비될 것인데 그런 상황에서 어떻게 혁명이 가능하겠습니까." 그는 "나는 여러 차례 그들을 독려했습니다. 자네들은 결코 두려워 할 필요 없다고. 이 운동의 전위에 서서 이 운동을 이끌어야 한다고. 그는 나를 대신해서 말한 것입니다"라고 이야기하였다.

린뱌오가 나를 비판할 때에 저우 총리는 다시 앞으로 나와 다음과 같이 말하였다. "구무 등 이들의 근심은 오로지 생산이 파괴될까 염려하는 것입니다. 생산이 무너지면 어떻게 혁명이 가능하겠습니까? 나는 현장에서 그들을 여러 차례 보았습니다. 그들도 이러한 관점을 부정할 수 없는 것일 뿐입니다." 그러자 천바이다(陳伯達)가 바로 "이 보고의 요강을 왜 우리에게 보내서 살펴보게 하지 않고 갑자기 기습적으로 이야기하는 것인가"라고 말하였다. 저우 총리는 용감하게 나서서 "이 요강은 내가 구무에게 만들도록 한 것입니다. 어제 밤을 새서 완성하느라 당신들에게 보내 살펴보도록 할 겨를이 없었던 것입니다"라고 말하였다. 그는 나를 대신하여 현장을 원만하게 수습하였다.

당시 저우 총리는 잠을 거의 자지 못했다. 그는 나에게 수면제를 먹도록 권유하였는데, 하루에 3시간을 자고나면 상태가 나쁘지 않았고 정오에 눈을 좀 붙이면 괜찮았다. 한번은 새벽 3시쯤 돌아와서 잠을 자려는데 막 눈을 감은지 얼마 되지 않아 침대의 보안 전화가 울리기 시작했다. 수화기를 들자 저우 총리의 목소리가 들렸다. 그는 나에게 "내가 방금 자네에게 준 문건을 보았는가?"라고 물었다. 나는 보았다고 대답했다. 그는 "어떻게 준비하는 것이 좋겠는가?"라고 물었고,

나는 "제가 내일 아침에 일어나서 이 일을 처리하겠습니다."라고 대답하였다. 이 사안은 방직부의 양 파가 무력 충돌을 일으킨 것으로 어찌할 수 없는 일이었다. 나는 '새벽 3시에 내가 누구를 찾아간단 말인가. 부장들을 부르기도 용이하지 않고, 나 혼자서는 처리할 수 없지 않는가'라고 생각하였다. 결과는, 내가 몇 시간을 자고 아침에 깨어보니 저우 총리가 이 문제의 처리에 대해 지시한 내용이 이미 내 책상 위에 도착해 있었다.

그는 "구무 동지, 나는 자네를 내일 아침까지 기다릴 수 없어서 이미 그들을 만나 이 일을 처리했네. 그리고 첸즈광(錢之光)에게 이 상황을 자네에게 보고하라고 일러두었네"라고 쓰여 있었다. 당시 나는 정말 부끄러웠다. 나는 마땅히 잠을 자지 않고 이 일을 처리했어야 했던 것이다. 그럼에도 나는 다음날 일이 있고 이미 새벽 3시라는 생각만 했다. 나는 줄곧 이 일을 제대로 처리하지 못한 것에 대해 저우 총리께 송구했다. 저우 총리는 그토록 연세가 많으셔도 일을 하는데, 우리가 응당 그의 수고를 분담해야 했다. 결국 나는 잠을 잤고 그는 그날 밤 이 일을 다 처리한 후 관련 자료를 나에게 보내주었다. 이 일만 생각하면 나는 정말 마음이 불편하다. 이 문건의 복사본을 나는 아직 갖고 있다. 그는 진심으로 최선을 다했으며, 인민을 위해 일할 때에는 조금도 쉬지 않았다. 이 일은 진심으로 나에게 깊은 감동을 주었다.

당시 우리는 만약 저우 총리 같은 분이 안 계셨다면 이 세상은 얼마나 혼란스러웠을까, 라고 생각하였다. 그는 한편으로 마오 주석이 결정한 사안을 실행하면서, 한편으로는 일을 집행하는 도중 온갖 우여곡절을 겪으면서 최선을 다해 손해를 피하고 이익을 추구하려고 노력하였다.

최선을 다해 이 사안이 국가와 국민에 미칠 손실을 줄이고자 고심하였다.

저우 총리가 없었다면 문화대혁명의 상황은 상상조차 할 수 없을 정도였을 것이다. 우리 같은 이들은 완전히 얼굴을 내밀지도 못했을 것이다! 나와 위치우리가 중난하이에 머무는 것이 성사되지 않았다면 우리는 회의도 열지 못했을 것이며, 사람을 불러 면담을 할 수도 없었을 것이다. 저우 총리는 우리 둘을 대동하고 나타나 공개적으로 나에게는 조수가 꼭 필요하다고 말하였다. 한번은 군중이 "위치우리를 타도하자!", "구무를 타도하자!"라고 외치며, 저우 총리에게 '위치우리는 허룽의 무엇 무엇이고, 구무는 라오수스(繞漱石)의 무엇 무엇이다'라고 적은 쪽지를 건넸다. 라오수스는 '반당 연합사건'으로 인해 타도되었고, 허룽 역시 비판을 받은 상황이었다. 저우 총리는 정식으로 성명을 내어 "위치우리는 허룽과 업무 관계일 뿐이며, 구무는 라오수스와 거의 접촉한 일이 없다. 그들은 근본적으로 관련이 없다!"라고, 우리를 대신해서 해명해 주었다. 저우 총리가 안 계셨다면 우리가 어떻게 나설 수 있었겠는가! 나서는 즉시 잡혀갔을 것이다. 정말로 이런 상황이었다. 우리는 한번 천바이다에게 사기를 당하였다.

천바이다는 그의 패거리 중 누군가를 시켜 베이징의 한 운동장에서 만인대회를 조직하고 누군가를 비판투쟁의 대상으로 삼으려고 하였다. 군중들은 위치우리와 구무가 등장하는 것이 가장 좋다고 제안하였다. 어떤 의견은, 물론 역시 훌륭한 생각이겠지만, 우리를 이용해 그가 이 국면을 버티도록 하는 것이었고, 어떤 의견은 정말 우리를 끌고 가서 비판하고 싶어 하는 것이었다. 결국 우리 둘은 그곳에 등장했지만 아무 대회도 열리지 않았고, 얼마 지나지 않아 위치우리는 석유부의 조반파에게 끌려갔다. 건공부에는 나를 보호하는 이들도 있었고, 나를 반대하는 이들도 있었는데, 그들은 하마터면 무력충돌을 할 뻔했다. 그들이 나를 끌고 가려고 하자 나를 보호하려는 무리들이 "안 된다! 오늘은 안 돼!"라고 말하고 나를 체육관 밖으로 내보내주었다. 나는 결국 집으로 돌아가지 못했다. 집으로 갈 수가 없었다. 나에게는 자유가 없었다. 나는 저우 총리가 계신 곳으로 가서 위치우리가 그들에게 잡혀갔다고 말하였다. 저우 총리는 누군가를 불러 위치우리를 데려오라고 지시하였다. 당시 막 회의가 시작될 무렵, 리푸춘도 탄전린도 모두 현장에 있었다. 리푸춘이 "내가 가겠네. 내가 가서 군중들과 이야기해보지"라고 하였다. 이 때 회의에는 왕리와 관펑(關鋒), 치번위(戚本禹)도 있었는데, 치번위는 "리푸춘 동지가 갈 경우 여전히 곤란한 일이 있을 것입니다. 제가 가도록 하지요"라고 말하였다. 그리고 그는 위치우리를 데리고 돌아왔다.

수입한 화학 비료설비 세 세트 중 하나는 다칭(大慶) 부근에 두었는데, 이는 원료와 가까운 곳에 두기 위한 것이었다. 한번은 대회당에서 행사가 있었는데 장칭이 내 앞으로 달려와 "누구의 생각인가?

서양설비를 우리의 자력갱생의 기치인 다칭 부근에 둔 것이 도대체 누구인가?"라고 추궁하였다. 나는 그에게 제대로 대답하지 못하고 "장칭 동지, 이 일은 제가 결정한 것이 아닙니다"라고 대답하였다. 그는 "자네가 결정한 것이 아니면 누가 결정한 것인가?"라고 물었고, 나는 "저는 당신과 이 일을 말할 수 없습니다. 설명해야 하는 일이라면 정치국회의에서 제게 말할 수 있도록 해주시고, 그럴 경우에만 이야기하겠습니다"라고 대답하였다. 화궈펑이 와서 "자네들 무슨 일로 다투는가?"라고 물었고 나는 무슨 일인지 설명했다. 화궈펑이 바로 "이는 마오 주석이 결정한 일이네. 구무와 아무 관련이 없어"라고 말했다. 화궈펑이 이렇게 말하자 장칭은 바로 물러났다. 장칭에게는 특징이 있었는데, 만약 마오 주석이 한 것이라고 언급하면 그녀는 대충 알아듣고 소란을 피우지 못한다는 것이었다. 그럴 때 옆에 있던 장젠차오(張春橋)는 "당신들은 뭘 어떻게 할 수 없을 때마다 마오 주석을 끌고 들어와 우리를 겁주는군 그래"라고 말하였다.

이토록 거대한 사안, 즉 30만 톤의 화학 비료 설비 세 세트를 수입한 것은 모두 저우 총리가 결심한 일이었다. 당시 우리는 이 설비가 필요했으나, 우리에 있는 것은 십여 톤의 하찮은 설비뿐이었으므로 해결 방법이 없었다. 당시 다칭 유전에서는 500만 톤의 석유가 나왔는데, 그토록 많은 석유를 어떻게 처리할 수 있었겠는가? 국가는 화학비료를 필요로 한다! 이런 수요를 근거로 저우 총리는 결심을 내린 것이었다. 물론 그는 외교부를 통해 수입상황을 파악하고 세 세트를 수입한 것이었다. 석유를 제련하는 전 과정에서 많은 부산품이 산출된다면 매우 큰 역할을 하게 될 것이기 때문이었다.

나는 저우 총리 면전에서 무엇이든 고민하지 않고 다 말할 수 있었다. 한번은 회의가 매우 늦게 시작되었는데, 그가 "구무, 오늘은 이렇게 하지. 자네 배고픈가?"라고 물었다. 나는 "배고픕니다. 회의를 하다 벌써 날이 밝았습니다"라고 대답하였다. 그는 "그렇다면 자네도 우리 집에 가서 밥을 먹고 오게나. 나도 가서 밥을 좀 먹어야겠군"이라고 말했고, 나는 "좋습니다. 댁에 가서 밥을 먹도록 하겠습니다.

그렇지만 밥만 먹는 것으로는 충분하지 않습니다"라고 대답하였다. 그는 "알겠네. 가서 술도 마시자고"라고 하였고, 나는 "네, 좋은 술을 마셔야겠습니다"라고 대답하였다. 내가 저우 총리 댁에 도착하였을 때 이미 날이 밝아 있었고, 그가 먹을 식사가 준비되어 있었다. 그는 "국가에서 배급한 술 말고 내가 개인적으로 소장하고 있는 술이 있네. 오래된 술이야"라고 말하며, 그는 마오타이 한 병을 꺼냈고, 우리 둘이 거의 다 마셨다.

"내가 지옥에 가지 않으면 누가 갈 것이며, 내가 불구덩이로 뛰어들지 않으면 누가 뛰어들겠는가? 내가 호랑이 굴에 들어가지 않으면 누가 호랑이 굴에 가겠는가?" 저우 총리의 공적은 해와 달처럼 빛난다. 어찌 헤아려도 과하지 않은 것이다. 이것을 경험한 우리들은 영원히 잊을 수 없을 것이다. 후대의 사람들도 이것을 반드시 이해해야 할 것이다.

저우 총리와 우리나라 "원자탄, 수소탄"의 탄생

– 장아이핑(張愛萍, 국무원 전 부총리, 국방부 전 부장)

저우 총리와 우리나라 "원자탄, 수소탄"의 탄생

– 장아이핑(張愛萍, 국무원 전 부총리, 국방부 전 부장)

　　나는 저우언라이 동지와 46년 동안 직접 알고 지냈다. 대혁명 실패 후, 1929년 내가 상하이로 가 지하공작을 수행할 때 그가 중앙 군사부장이라는 것을 알게 되었다. 내가 홍14군에서 부상을 당한 후 지하당은 나를 상하이로 보내 치료를 받도록 하였으며, 완쾌된 후 바로 군사위원회에 가도록 했다. 이 때 나는 그를 만났다. 그는 연락원 한 명을 보내 나와 면담했다. 나는 홍군으로 돌아가겠다는 의사를 밝혔고, 연락원은 돌아가 저우언라이 동지에게 보고해야 한다고 말했다. 이틀 후 그가 다시 와서 저우언라이 동지가 내 손이 이미 절단되었으므로 내가 계속 상하이에 머물며 지하공작을 하는 것이 좋겠다고 말했다고 알려주었다. 나는 그에게 "당신은 저우언라이 동지에게 절단된 것은 나의 왼손이고 지금은 치료도 잘 되었다고 전해주시오. 사격은 주로 오른손으로 하는 것이고, 나의 오른손으로 충분히 사격할 수 있소. 나는 여전히 홍군으로 돌아가고 싶소"라고 말하였다. 연락원은 저우언라이에게 이 내용을 보고한 후 다시 나에게 와서 "저우언라이 동지가 당신이 장시(江西)중앙혁명근거지로 가는 것을 허락하였소"라고 말했다. 당시 나는 매우 감동했다. 그는 당시 중앙정치국 위원이었으며 중앙 공작을 주재하고 있었다. 나는 당시 일개 병사로 유격대에서 대대장을 맡고 있을 뿐인데, 그는 이런 구체적은 요구까지도 받아들이고 동의해준 것이다. 그때부터 솔직히 그는 나에게 깊은 인상을 남기게 되었다.

산베이에 도착한 이후 나는 와야오바오(瓦窯堡)에서 저우언라이 동지와 직접 접촉하게 되었다. 대장정 이후 나는 3군단에서 산베이홍군 류즈단(劉志丹)의 기병단으로 차출되어 대리단장 겸 정위(政委)를 맡게 되었다. 홍군 주력 부대가 동쪽으로 황하를 건널 때 우리는 위린(榆林), 미즈(米脂), 수이더(綏德), 산볜(三邊), 옌츠(鹽池) 일대에서 적군을 유인하였으며, 임무를 완성한 이후 철수하던 도중 적군이 우리 현 정부를 습격하자 우리는 적군을 패퇴시켰다. 곧바로 또 다른 적군이 매복한 상황에 맞닥뜨리자 우리 기병단은 손실을 입게 되었다. 와야오바오로 돌아온 후 저우언라이 동지의 엄중한 비판을 받았다. 그는 "자네가 경솔했어! 경솔해서 패배한거야!"라고 말하였다. 그는 "자네는 중앙홍군에서 산베이홍군으로 파견 온 것이기 때문에 패배에 대해 반드시 엄중한 처분을 받게 될 걸세"라고 하였다. 나는 이로 인해 면직 처분을 받았다. 그는 당시 산베이의 홍군을 보살펴야 했다. 나는 그의 비판이 타당하다고 생각했다. 마오 주석은 나를 불러 이야기하며 역시 이 상황에 대해 비판했다. 나는 이 한 번의 패배에 대한 마오 주석과 저우 총리의 비판이 나에게 매우 중요한 역할을 했다고 생각

1963년 4월 중난하이(中南海)에서 저우언라이와 전문위원회 성원인 허룽(賀龍), 네잉전, 장아이핑과 함께 촬영한 모습

한다. 이후 현재에 이르기까지 나는 한 번도 패배한 적이 없다고 말할 수 있다. 이 일은 그만큼 내게 매우 깊은 영향을 주었던 것이다.

루거우챠오 사건 이후 나는 상하이로 파견되어 장저(江浙) 성위에서 성위서기를 맡게 되었다. 상하이가 함락된 이후 우리는 우한(武漢)의 사무처에 남아 임무를 수행했는데, 주로 국민당에 대해 통일전선을 시행하는 것이었다. 1937년 일본군이 남하하여 난징이 함락되었다. 이때 저우언라이 동지는 예졘잉 동지와 함께 쉬저우(徐州) 오전구(五戰區)의 바이총시(白崇禧)를 찾아가 광시(廣西)군대가

쉬저우 일대에서 전투에 임해줄 것을 원한다고 하였다. 당시 바이총시는 이에 회답하였으나, 약 열흘 이상이 지나도록 소식이 없었다. 도대체 전투를 하겠다는 것인지 하지 않겠다는 것인지 알 수가 없었다. 저우언라이 동지는 나를 쉬저우로 파견하여 리종런을 만나 그들이 어떻게 할 생각인지 물어보도록 했다. 나는 그들이 전투에 임하도록 설득할 방법을 생각하고 있었기에 바로 그곳으로 갔다. 당시 나는 통일전선 임무를 받고 있었으며, 명의상으로는 바루쥔의 고급 참모였다. 리종런은 바루쥔의 고급 참모가 왔다는 소리를 듣고 바로 접견하러 왔다. 나는 저우언라이 동지의 명령에 의거해 그에게 이 상황에 대해 분석해 주었다. 나는 지난(齊南)에서 쉬저우까지 오직 타이얼좡(太兒庄) 부근의 형세만이 우리에게 적합하며, 더욱이 일본군이 당시 얼마나 잔혹한지에 대해 주로 설명하였다.

나는 각 방면의 이익과 폐단, 적전의 상황을 분석해 그에게 알려주었고, 그는 바로 전투에 임하기로 결심하였다. 그는 당시 나에게 돌아가서 저우 부장(당시 저우언라이는 국민당정부 군사위원회 정치부 부장이었다)에게 보고하고 안심하시라는 말을 전하라고 하였다. 바로 이렇게 우리는 타이얼좡 전투를 감행해 승리하였다. 타이얼좡 전투의 승리 역시 저우언라이 동지의 건의에 기인한 것이라고 말할 수 있을 것이다.

리종런이 귀국한 후에 천 사단장(천이)은 스촨호텔에서 리종런 부부를 초대하여 연회를 베풀었다. 리종런은 한 명 한 명과 악수하였는데, 내 손을 잡았을 때 나를 바라보면서 아무래도 낯이 익다고 말하였다. 광시말로 어디선가 만난 적이 있는 것 같다는 뜻이었다. 나는 당시 그와 농담을 하며 "총통 어르신, 원래 지위가 높은 사람은 잘 잊어버린답니다"라고 말하였다. 나는 "쉬저우 타이얼장 전투 전에 있었지요"라고 하자, 그는 "아! 기억나네. 기억나! 자네는 바루췬의 고급 참모였어!"라고 말하였다.

저우 총리는 "양탄(원자탄과 수소탄)"의 연구를 위한 작업조를 구성하였는데, 이것은 매우 중요한 사안이었다. 당시와 같은 어려운 시기에 우리 중앙 내부에서는 이에 대해 두 가지의 서로 다른 견해가 존재하였다. 하나는 "원자탄은 최첨단의 물건으로 공업과 경제기술방면에서 요구하는 조건이 매우 높다. 현재 소련이 우리에게 제공하는 것도 없으니 우리는 몇 년을 더 기다려야만 한다. 경제가 발전하고 과학 기술 수준이 제고될 때까지 기다린 후에 다시 하면 된다"라는 의견이었다. 다른 하나는 몇몇 원수들이 대표적으로 주장한 것인데, 정치국 토론에서 우선 천이가 주장하였다. 그는 책상을 한 번 치고는 "우리 중국인이 어찌 바지를 전당포에 맡길 것을 두려워하겠는가! 우리도 원자탄을 만듭시다!"라고 말하였다. 이렇게 나와 니에(攝) 장군, 예(葉) 장군은 모두 찬성하였고, 곧 쟁론이 벌어지기 시작하였다. 이런 상황에서 류샤오치 동지가 마오 주석에게 건의하였는데, 이 정도의 논의만으로는 확실히 결정할 방법이 없었으므로 우선 이 문제에 대해 분명히 조사한 후 다시 결정하기로 하였다. 마오 주석은 사람을 파견해 조사하도록 했다. 누가 갈 것인가를 정할 때 몇몇 원수들이 나를 지명하였다. 나는 당시 "저는 원자탄에 대해 아무것도 모릅니다. 감자만 겨우 알 뿐입니다"라고 말하였다. 천이가 나를 난처하게 만들며 "자네 잘 알지 못한다고? 모르는 것은 배워야한다는 것도 모르나!"라고 말하였다. 당시 나는 방법이 없었다. 나는 일개 초중학생처럼 도대체 원자탄이 무엇인지 하나도 모르는 상태였다. 나는 그렇다면 이에 대해 잘 알고 수준이 있는 사람을 찾아봐야겠다고 생각했다. 이리저리 생각하다 국가과학기술위원회의 부주임인 류시야오(劉西堯)가 생각났다. 그는 대학생이니 방법이 있을 것이라고 생각했다. 그래서 나는 "한 명을 더 파견하여 저와 함께 가도록 해주시겠습니까?"라고 물었다.

그들은 바로 내가 원하는 사람 누구든지 가능하다고 하였고 나는 류시야오를 지명하였다. 이후 우리는 함께 류제(劉杰)를 따라 전반적인 상황을 둘러보았고, 마지막 조사 분석한 결과로 "만약 당 중앙이 모두 우리가 제출한 요구를 만족시켜준다면 1964년에 원자탄 을 쏘아 올릴 수 있을 것"이라는 결론을 내렸다. 우리는 돌아와서 바로 이런 내용의 보고서를 작성하였다. 이 보고서를 작성할 때 하나 재미난 일화가 있었다. 류제는 마지막으로 보고서를 살펴본 후 나와 류시야오에게 다음과 같이 말했 다. "1965년에 쏜다고 하는 것이 어떻겠는가?" 이 사안은 우리가 사전에 이미 논의한 것인데, 왜 1964년이 아니고 1965년에 쏘는 것으로 고쳐야 하나? 당시 류제는 제2기계공업부의 부장이었고, 그는 여지를 남겨두고 싶어 했다.

그는 "어이! 나에게 여지를 좀 주게나"라고 말했고, 나는 안 된다며 압박을 가해 1964년에 쏘겠다고 말하였다. 결과는 1964년 기한에 맞춰 쏘아 올렸다! 이 보고는 현재에도 아직 존재한다. 당시 총서기 덩샤오핑이 승인한 후 마오 주석에게 전달하여 살펴보도록 하였으며, 살펴본 이후 최후로 결정을 내렸다. 모든 요구 조건을 다 보장해주고

1964년에 쏘아 올릴 것을 준비하라는 것이었다.

우리의 그 보고 중 하나의 조건은 당 중앙의 주요 지도자 중 한 명이 직접 통솔하고 주재해야 한다는 것이었다. 따라서 중앙정치국에서는 전문위원회를 조직하기로 결정하고 저우 총리가 통솔하도록 하였다. 저우 총리가 직접 원자탄의 개발 작업을 주재한 것이다.

당시에는 진정으로 당, 정, 군, 민이 마음을 합하여 필요한 것이면 무엇이든 공급해주었다. 우리가 각 중앙국에 가면 국무원의 각 부문, 성시(城市), 둥베이, 화베이, 시난 등 어느 지방을 막론하고 바로 회의를 열어 상의해 주었으며, 우리에게 필요한 것을 묻고 자신들의 공업부문을 모두 우리에게 제공해주었다. 원래의 계획이 일률적으로 추진될 수 있었던 것은 당과 군이 일치해서 이 작업에 몰두했기 때문이었다.

저우 총리가 직접 관장하고 녜룽전(聶荣臻)이 주재하였으며, 우리는 전문적으로 이 일을 진행하였다. 그러했기에 1964년 원자탄을 쏘아 올릴 수 있었다. 저우 총리의 주재 하에 각종 물질 자원이 동원되어 고비 사막으로 운반되었다. 당신은 상상할 수 있겠는가? 3년의 재난 시기에 우리는 고비사막에서 진화(金華)의 햄을 먹을 수 있었는데, 이것은 저장에서 조달해 온 것이었다.

원자탄을 발사할 때 우리는 이곳에서 카운트다운을 하였다. 5, 4, 3, 2, 1. 저우 총리는 그곳에서 동시에 "발사!"라는 소리를 들었다.

이때 나는 그에게 전화로 "폭발했습니다!"라고 하였고, 저우 총리는 나에게 "원자탄이 폭발한 것인가?"라고 물었다. 나 역시 폭발했으니 폭발음이 들린 것인데, 정말 원자탄이 폭발한 것인지에 대해서는 나 역시 알 수 없었다. 나는 바로 옆에 있던 과학자 왕간창(王淦昌)에게 물었다. "여보게, 이건 원자탄이 폭발한 것인가?" 바로 이 때 원폭 구름이 나타나기 시작했다. 왕간창은 한번 보더니 "응 원폭 구름이 일어나는 것을 보니 원자탄 발사에 성공한 것 같군!"하였다.

우리 지휘소에서는 원폭 구름을 볼 수 있었지만 베이징에서는 보이지 않았다. 내가 전화를 걸어 저우 총리에게 보고하자 그는 매우 기뻐하며 바로 "마오 주석과 당 중앙, 그리고 나를 대표하여 시험장에 있는 모든 과학자들과 업무 요원들에게 축하를 보내네!"라고 말하였다. 이 말을 마치자마자 그는 또 "나는 지금 곧 인민대회당으로 갈 것이네. 마오 주석이 지금 인민대회당에 계신다네"라고 하였다.

당시 마오 주석은 '동팡홍(東方紅)'의 연기자들을 접견하고 있었는데, 저우 총리는 그곳 현장에서 전 세계를 향해 우리나라가 원자탄 발사에 성공했다는 사실을 선포하였다. 그것은 전국 인민의 마음을 흥분시킨 엄청난 일이었다. 이후 수소탄 역시 발사하였는데, 모두 저우 총리가 직접 주관한 것이었다. 우리는 다만 구체적인 작업을 수행했을 뿐, 모든 상황을 우선 그에게 보고하였으며, 그는 체계적이고 분명하게 이 일을 지휘하였다. 현재 국방 과학기술공업과 관련해 유행하는 네 마디 어구는 제1차 원자탄의 조립이 완성되어 내가 저우언라이 총리에게 보고하였을 때 그가 시화청(西花廳)에서 했던 말이었다. 나와 류시야오는 그의 지시에 따라 네 마디로 정리하였다. 즉 "엄숙하게 열심히, 주도면밀하고 세밀하게, 안전하고 확실하게, 만에 하나의 실수도 없게"였다. 최후의 결과는 그가 강조했던 그 목표 "만에 하나의 실수도 없게"를 달성해낸 것이었다. 그러기에 지금까지도 여전히 그의 이 지시를 따르고 있는 것이다. 저우 총리 이 분의 업무 스타일은 일의 대소에 관계없이 끝까지 철저하게 하는 것이었다.

그 외 다른 한 가지는 바로 동지들에 대한 저우 총리의 관심과 애정이다. 문화대혁명 중 나는 매우 심하게 고통을 받았다. 저우 총리는 내가 린뱌오 등의 무리가 말하는 것과 같은 상황이 아님을 알고, 비판 투쟁 대회를 열어 나를 벌줄 때에 나를 보호하고자 나를 그의 연락원으로 임명하였다. 그는 이 명분을 이용하여 나를 보호했던 것이다. 1966년 말 나는 감기에 걸려 병원에 입원했다.

305병원에는 세 사람이 있었는데, 쉬광다(許光達), 샤오커(肖克) 그리고 나는 자주 불려나가 비판 투쟁의 대상이 되었었다. 쉬광다는 한번 불려나간 뒤 돌아오지 못하였다. 샤오커는 처음에는 매일 불려나간 뒤 돌아왔지만 그 이후에는 역시 돌아오지 못하였다. 결국 나 한 사람만 남게 되었다. 결국 나도 끌려 나가서 심한 고통을 받았다. 큰 대회에서든 작은 대회에서든 지속적으로 비판을 받았다. 비판을 받은 후에는 감옥에 수감되었다. 당시 저우 총리가 왜 총리 연락원이라는 자리를 만들어주었겠는가? 그는 이 직무를 이용해 나를 보호하고자 한 것이다. 1975년이 되어 내가 해금되고 다시 일하러 왔을 때, 저우 총리의 병세는 이미 위중하였다. 나는 덩 여사에게 전화를 걸어 그를 뵈러 가고 싶다고 말했다. 덩 여사는 "안 되네. 중앙에서 결정한 바야. 누구도 와서 보는 게 허락되지 않는다네"라고 말하였다. 그녀는 "자네, 절대 보러 와서는 안 되네"라고 말하였다. 결국 나는 그를 뵈러 가지 못하고 말았다. 1976년 1월 8일 국방과기공업 부문 전체에서 8,000인 대회를 열고 나를 비판하고자 하였다.

나는 이미 준비를 마친 상태였으나 비판 대회는 열리지 않았는데, 그러는 가운데 저우 총리가 서거했다는 사실을 나는 전혀 예상하지 못하였다. 나는 현장에서 '만장홍(滿江紅)'이라는 한 편의 시를 써서 그를 추모하였다. 이 과거의 일들은 진정으로 회상할 수 없는 것들이다.

'만장홍(滿江紅) – 저우 총리를 애도하며'

슬픔이 하늘에 미치고, 강과 바다는 슬피 울며 격하게 흐르네. 온 세상이 애통해하며 그의 공적을 추모하고, 마르크스·레닌주의가 뒷걸음질 치는구나. 나라와 인민을 위해 기꺼이 봉사하고, 노고를 마다하지 않은 것은 당대에 비길 자가 없다네. 험난함이 계속될 때에 안위를 책임지고 어떻게 이겨냈던가! 천둥이 치고 천지가 분개하며 삭풍이 몰아치고 눈물이 비처럼 쏟아지는구나. 46년 전 군인의 길을 걷기 시작하였네. 소년에게 주신 두터운 가르침 잊을 수 없고, 출정길에 친히 내리신 지령 항상 기억하려 하네. 정예부대를 뽑아 핵의 독점을 타파하신 공적은 만 길이나 된다네.

저우 총리와 국방과학기술연구의
16자 방침

—주광야(朱光亞 중국인민정치협상회의전국위원회 전 부주석, 저명한 과학자)

저우 총리와 국방과학기술연구의 16자 방침

―주광야(朱光亞 중국인민정치협상회의전국위원회 전 부주석, 저명한 과학자)

나는 국방 과학 기술 전선의 일개 노병으로서, 우리나라의 첫 번째 원자탄 시험 성공에 관한 일들이 아직도 기억에 생생하다. 저우 총리는 첨단 과학기술사업에 큰 관심을 갖고 있었으며, 또한 그의 엄격한 과학적 태도와 업무태도는 영원히 우리가 본받아야 할 모범이었다. 업무 관계로 인해 나는 운이 좋게도 저우 총리의 가르침을 받을 기회가 비교적 많았다. 첫 번째는 1962년 12월 4일 개최된 중앙전위회에서였다. 전위회는 1962년 11월에 성립되었으며, 12월 4일의 회의가 이미 제3차 전위회 회의였다.

회의는 시화청에서 거행되었는데, 저우 총리와 전위회의 지도자 동지들이 함께 둘러앉아 국가 안위에 대한 중대 사안을 논의했다. 당시 우리 제2기계공업부의 지도자 류졔, 첸산창(錢三强) 등의 동지가 전위회에 원자능 공업생산 건설상황 및 원자탄 개발 2개년 계획에 대해 보고하였다. 나는 회의에 참석하여 보충 보고를 진행하였다.

당시 우리나라는 한편으로 핵 대국의 위협을 받고 있었고, 또 다른 한편으로는 국내 경제의 어려움에 직면해 있었다. 상황은 매우 심각했다. 신속하게 우리 스스로의 원자능 공업을 발전시킬 수 있을 것인가의 문제는 이미 하나의 핵심적인 문제가 되었다.

보고를 다 듣고 난 후 저우 총리는 우리에게 다음과 같이 지시했다. "우리는 과학 연구를 진행하며 반드시 '실사구시'를 추구해야 하고, 순차적으로 전진하며, 나태하지 말고 끝까지 견지하면서 교만함과 조급함을 경계해야 한다." 그는 우리 모두에게 매우 큰 격려와 채찍의 말을 해주었다.

그날 회의는 오전부터 오후까지 지속되었는데, 저우 총리가 우리에게 함께 점심을 먹자고 해서, 그와 지도자 동지들 그리고 우리들은 모두 동석하여 식사하였다. 우리가 먹은 것은 큰 대접을 이용해 한꺼번에 담은 고기완자와 삶은 배추 두부였고, 그 외 몇 종류의 장아찌였다. 나는 매우 강렬한 인상을 받았다.

몇 년이 지난 후 위치우리 동지는 우리에게 이 대접에 담긴 음식은 저우 총리가 만든 국무원의 전통음식이라고 말해 주었다. 영양도 풍부하고 무엇보다 매우 간편한 음식이었다. 이 전통음식은 국가 경제가 좋아졌을 때에도 변함없이 지속되었다. 저우 총리의 신변에서 업무를 수행했던 동지 한 명이 우리에게 한 가지 소소한 이야기를 전해주었다. 1963년 한번은 저녁 식사에 역시 같은 요리가 올라온 상태였고, 모두가 자리에 앉았는데 늦게 도착한 허룽 원수가 식당에 들어온 이후 한 눈에 식탁 위에 있는 이 음식을 보고는 재미삼아 저우 총리에게 다음과 같이 말했다고 한다. "총리님 국가 경제는 호전되었는데 당신의 식탁 위는 어떻게 아직도 호전된 상황이 반영되지 않은 것인가요?" 그러자 저우 총리는 "호전된 상황은 모두가 분투해서 얻은 것이니, 장래에 국가가 부강해진다고 해도 근면 검소한 전통을 버릴 수는 없소"라고 대답하였다. 저우 총리의 생활은 검소하고 소박했으며 식탁에서도 우리에게 그 모범을 보여준 것이다.

저우 총리의 직접적인 지도하에 이 전위회의 내용은 이후 전국 인민의 행동이 되었으며, 2년이 되지 않아 우리나라는 첫 번째 원자탄 실험을 성공했다!

우리와 같은 방면에 종사하는 사람들은 하나를 보면 많은 것을 얻고 말하는 것도 합리적이지만, 전체를 보지는 못한다. 총설계사가 각종 의견을 들은 후 균형 있는 분석을 거치고 최후에 총설계사가 결정하는 것이다. 총설계사 역시 한 명이 아니고 하나의 총체적인 설계부가 존재하며, 하나의 큰 그룹이 곧 계통적인 공정의 그룹인 셈이다. 따라서 계통 공정을 운영하는 이들을 각종 요소를 고려하여 가장 훌륭한 방안을 선택해야 한다.

총설계사는 각 방면의 전문가 의견을 경청하고 또한 전체 설계부의 보고를 살핀 후 최후에 결심하고 결정한다. 한번 결정하면 누군가 의견이 있다고 해도 고려하지 않는다. 이것이 바로 저우 총리와 녜(攝) 장군이 우리에게 알려준 규정이었다. 현재 우리들의 총설계사는 모두 이렇게 훈련을 받았다. 총설계사는 품격이 있어야 한다. 첸쉐선(錢學森)이 말한 바로 그 '대장의 품격'이 있어야 하는 것이다.

1962년 11월 중앙전위회가 성립되고 1964년 10월 14일 우리나라의 첫 번째 원자탄 발사 실험이 성공하기 까지 저우 총리는 직접 9차례의 회의를 주재하였으며, 과학 연구 및 건설 중에 발생한 수없이 많은 중대한 문제들을 바로바로 해결해 주었다.

저우 총리가 제5차 전위회 회의를 주재했을 때, 우리의 보고를 듣고 제2 기계공업부의 지난 2년 동안의 성과에 대해 긍정적인 평가를 한 후 다음과 같이 말하였다. "2개년 계획의 완성은 전위회가 큰 책임을 지고 있지만, 중요한 책임은 여전히 그대들 제2 기계공업부의 간부들에게 있소. 제2 기계공업부의 간부들은 위에서 아래까지 모두 고도의 정치사상성과 고도의 계획과학성, 고도의 조직 규율성을 지녀야 하오." 우리는 그때부터 지금까지 이것을 저우 총리가 우리에게 요구한 "세 가지 고도 지침"이라고 부른다. 이것은 우리를 전진하도록 이끈 매우 중요한 사상이다.

저우 총리는 우리 과학기술 전선에 있는 동지들에게 "엄격하고 착실하게, 주도면밀하게, 확실하게, 만에 하나의 실수도 없는(16자 방침)"태도를 요구했다. 특히 대형 임무를 집행하는 과정 중에 그는 우리에게 이런 자세로 임하도록 지시하였다.

그 자신이 더욱이 몸소 실천하는 모범이었다. 매번 실험 전 그는 보고를 듣고, 늘 성공과 실패에 영향을 미칠 핵심 절차에 대해 세세히 물었으며, 또한 우리에게 각종 불리한 지점 혹은 의외의 요소들에 대해 고려할 것을 요구하였다. 예를 들어 다음과 같은 것들이다. 원자탄 실험을 할 때, 원자탄을 이미 비행기에 설치하였는데 만약 기상에 변화가 있으면 어떻게 할 것인가? 우리는 기상 문제와 관련하여 매우 엄격한 요구를 지니고 있었다. 만일 원자탄이 떨어지지 않는다면 또한 어떻게 할 것인가? 비행기가 원자탄을 지니고 다시 공항으로 회항했을 때 원자탄이 예상치 못하게 떨어질 가능성은 없는가? 연결고리가 풀린다면? 바로 이러한 종류의 문제들이었다. 이런 상황 하에서 마땅히 취해야 할 신뢰할만한 안전조치는 무엇인가 등등. 때로 저우 총리는 만족할만한 대답을 얻지 못한 경우 "일단 휴회하도록 합시다. 시간을 줄 터이니 자네들은 가서 더 많은 동지들과 함께 상의하도록 하게나"라고 말하고, 우리가 비교적 안심할만한 답을 얻은 이후에야 회의를 재개하고 결정을 내렸다. 이런 일이 한두 번이 아니었다.

그는 여러 차례 매우 엄숙하게 그가 이전에 제출했던 '16자 방침'을 거듭 천명하였으며, 이 실험이 매우 중대하니 조금도 소홀함이 있어서는 안 된다고 간곡하게 훈계하였다. 우리나라는 여전히 빈곤하였으므로, 무슨 일을 하든지 반드시 세밀하게 고려해야 했다. 만약 실수가 발생한다면 인민의 부담을 가중시키게 될 것이었다. 바로 저우 총리의 엄숙하면서도 친절한 가르침과 모범이 있었기에 국방과학기술 대오의 엄숙하고 세밀한 작풍이 배양되고 단련된 것이다.

이후 매번 중대한 과학 연구실험이 있을 때면 우리는 모두 '16자 방침'을 거듭 표명하였으며, 모두 저우 총리의 지시에 따라 대규모 예방활동을 전개하고, 방안을 제시하며, 조치를 취하였다. 원자탄을 만들 때에도 잠재된 폐해 없이 시험에 성공할 수 있었으며, 위성을 쏘아 올릴 때에도 아무 문제없이 수행하였다. 이를 통해 우리는 상당한 기간 동안 동일한 유형의 첨단 과학 실험을 수행할 경우 세계에서 성공률이 비교적 높은 국가가 될 수 있었다.

저우 총리는 오직 조국의 번영과 부강, 인민의 행복과 평안, 세계의 평화 유지만을 생각하였다. 그는 우리 과학기술 전선의 동지들에게 우리가 원자력을 발전시키는 데 있어 가장 중요한 것은 안전이라는 것을 간곡히 당부하였다. 그는 원자력 발전소의 건설은 응당 "안전, 실용, 경제, 자력갱생" 이 열 글자의 방침을 준수해야 한다고 명확하게 제시하였다. 여기에서도 가장 우선적으로 강조한 것이 바로 안전이었다. 나는 1970년 7월의 일을 기억한다.

당시 나는 이미 국방과위로 옮겨 근무하고 있었는데, 원자력 육상 모식 운전의 준비가 완료된 상황이었으며, 이것은 바로 핵잠수함에서 이용하는 동력의 일종인 원자로였다. 저우 총리는 전용기를 보내 관련 인력을 베이징으로 데려온 후 보고를 받았다. 당시 회의는 7월 15일과 16일 이틀 동안 진행되었으며, 이 모식의 원자로 기동 성공률을 제고할 방법에 대해 논의하였다.

저우 총리는 이 회의에서 기동 운행의 안전을 점검하는 것에 대해 특히 강조하였으며, 매 단계마다 모두 최선을 다해 연구할 것을 요구하였다. 그리고 제2 기계공업부는 본부 이외의 전문가들도 모두 흡수하여 문제점을 파악하라고 지시하였다. 바로 이 핵잠수함 육상 모식 원자로 전위회의에서 저우 총리가 제출한 내용이 곧 원자력의 기점이며 원자력 발전소의 기초를 다지는 것이었다.

1970년 11월 1차 전위 회의에서 저우 총리는 상하이시의 원자력 발전소 개발 문제에 대해 보고받았다. 1974년 3월 말에서 4월 중순까지 저우 총리가 주재한 것은 마지막 전위 회의였다. 당시 전위 회의는 두 차례로 나누어 진행되었는데, 시간이 비교적 느슨해서 모두가 여러 차례 논의할 수 있었다.

이 전위 회의의 첫 번째 의제는 상하이시 작전명 728 공정의 원자력 발전소 건설방안을 검토하는 것이었으며, 또한 현재 이미 건설된 진산 원자력 발전소의 건설방안을 심사하는 것이었다. 당시 우리는 모두 이미 저우 총리가 병환 중에 있다는 사실을 알았지만, 그는 여전히 네 장군과 함께 상하이의 방안을 심사하고 비준했다.

저우 총리는 또한 기초과학 연구를 매우 중시했으며, 우리에게 늘 젊은이를 배양하여 과학 인재의 역할을 발휘할 수 있도록 하는 데 특히 힘써달라고 강조하였다. 1972년 미국 대통령 닉슨과 일본 수상 다나카 가쿠에이가 잇따라 중국을 방문하면서 우리나라의 외교 국면이 개방된 이후, 적지 않은 미국 국적의 중국학자들이 방문하였으며, 파기스탄 총통의 과학 고문도 내방하였다. 이들 방문객들은 우리의 과학연구 방면에 적지 않은 건의를 제시해주었는데, 특히 과학 이론연구를 중시해야 한다는 점과 장기적 과제 및 기초성 이론연구 방면을 적절하게 안배하고, 학술교류를 진전시키며, 젊은이들을 힘써 배양하고 기존의 과학인재들이 충분히 역할을 해낼 수 있도록 주의할 것 등등의 내용을 강조하였다.

저우 총리는 이러한 의견들을 모두 우리들에게 재확인시키고 상관 부문에도 지시해야 하며, 이러한 문제들을 열심히 논의해야 한다고 생각하였다. 그해 10월, 중앙에서는 과학기술 대표단을 미국으로 파견하기로 결정하였다. 대표단은 저명한 과학자인 베이스장(貝時璋), 첸웨이창, 장원위(張文裕) 등으로 구성되었다.

출발 전 저우 총리는 인민대회당에서 대표단을 접견하였는데, 나역시 영광스럽게도 그 자리에 참석하게 되었다. 저우 총리는 모두와 함께 매우 상세하게 몇 가지 문제를 토론하 였으며, 주의할 사항들에 대해 특별히 설명하였다. 이 전에 장원 위와 주홍위안(祝鴻元), 세쟈밍(謝嘉銘) 등 18명의 과학기 술자들은 서신을 작성하여 저우 총리에게 보낸 적이 있었다. 그들은 우리나라 고에너지 물리학의 발전에 대해 의견을 제시하고, 그들이 작업 중에 겪는 어려움들을 보고하였다. 저우 총리는 9월 11일에 친필로 쓴 회신을 보내, 고에너지 물리학 연구와 입자가속기 사전 제작 연구가 마땅히 과학원에서 집중해야 할 주요 항목 중 하나가 되어야 한다는 내용을 지시하였다. 이와 같은 저우 총리의 직접적인 관심 하에 중국과학원의 고에너지 물리학 연구소의 건립은 신속히 결정될 수 있었다.

저우 총리가 늘 생각하는 것은 수많은 인민이었으며, 또한 우리 과학 기술 종사자였다. 내게 깊은 인상을 남긴 한 사건은 문화대혁명 초기에 발생했다. 당시 저우 총리는 1964, 1965, 1966년 세 차례 이루어진 핵실험 상황을 영화로 만들어 상영해야 한다는 의견을 제출하였다. 후에 팔일영화 제작사에서 이 임무를 맡게 되었다.

댜오위타이(釣魚臺) 강당에서 이 영화를 심의할 때에 우리도 갔으며, 저우 총리도 참석했다. 저우 총리는 우리에게 "자네들 요즘 생활은 어떤가? 집안을 몰수당하거나 하지는 않았나?"라고 물으며 우리의 상황에 대해 깊은 관심을 보여주셨다. 그는 이 영화가 괜찮은지, 다른 장면을 골라서 넣으면 우리 인민들이 더 기뻐하지 않을지 등도 물었다. 그는 어떤 장면들은 너무 짧고 너무 적다고 생각해서 보안에 문제가 없다면 최대한 많은 장면을 골라 넣는 것이 어떨지를 물었다.

이 일은 우리에게 많은 가르침을 주었다. 나는 당시 저우 총리에게 앞부분의 두 차례 실험의 경우 발사와 운무 장면을 최대한 많이 고르는 것이 좋겠고, 3차 실험의 경우는 조금 적게 하는 것이 좋겠다고 말하였다.

왜냐하면 3차 실험에서는 새로운 탐사 실험을 진행하여 우리도 아직 확신이 없었기 때문이었다. 이후 이 영상물은 저우 총리가 지시한 바에 따라 최대한 많은 장면을 추가하여 공개 상영되었다.

국가의 모든 일 하나하나가
그의 마음을 부여잡았다

– 위안바오화(袁宝華, 국가계화위원회 전 부주임)

국가의 모든 일 하나하나가
그의 마음을 부여잡았다

– 위안바오화(袁宝華, 국가계화위원회 전 부주임)

1952년 내가 제1차 5개년 계획의 편성에 참여했을 때 처음 저우 총리를 만나게 되었다. 그해 8월, 나는 저우 총리가 영도한 중국정부대표단을 따라 소련을 방문했다. 9월 22일 저우 총리는 귀국하였고, 나는 다음해 5월이 되어서야 돌아왔다.

1953년 3월 8일 저우 총리는 대표단을 이끌고 모스크바에 도착했으며, 9일에 스탈린의 장례식에 참가하였다. 저우 총리가 돌아간 후 우리는 소련의 각 지역을 참관하며 경제 회복 상황을 파악하였다. 저우 총리는 매번 올 때마다 상황을 상세하게 파악하였으며, 그가 가고나면 우리 역시 인원을 파견하여 그에게 보고하도록 했다. 그는 매우 자세히 들으며 우리와 소련의 담판에 대해 큰 관심을 가졌다. 모스크바에서 그는 매우 세밀하게 업무를 처리하여, 계획한 숫자가 일치하지 않은 것을 발견할 경우 그것을 담당한 동지에게 전화를 걸어 비판하였으며, 다음날 식사를 할 때 주도적으로 그 동지와 건배하였다. 담판을 거쳐 결국 소련이 156개의 항목을 지원하는 것으로 결정되었다. 이 항목들은 우리나라 공업건설의 골간을 이루는 것들로 현재까지도 역할을 하고 있다. 저우 총리는 이 일에 심혈을 기울였다.

저우 총리가 업무상 곤란을 겪었던 시기는 '대약진운동' 시기였다. 그는 지시가 실현될 수 있을지에 대해 큰 관심을 갖고 있었다. 그는 우리를 보내며 "자네들은 무슨 일이든 말해야 하네. 진실한 상황을 알려줘야 해"라고 말하였다. 우리가 실제 정황을 보고하자 그의 마음은 매우 무거워졌다. 다만 그는 마음속에 방법을 생각해 두었다며 기뻐하였다. 그는 우리에게 식사를 권했으며, 덩 여사도 함께 했다.

1959년 루산(盧山)회의 때 우리에게 1959년 철강재의 생산 수요 현황을 보고하라는 통지가 내렸다. 우리는 함께 루산으로 갔다. 저우 총리는 그날 저녁 우리를 불러 인사를 한 후, 펑더화이의 상황에 대해 이야기해주고, 우리가 제대로 발언하지 않아 혹시 잘못을 범할까 염려했다. 모두들 대약진에 대해 각자의 의견을 지니고 있었기 때문이다. 그는 진심으로 간부들을 아꼈다.

1960년 10월 10일 중앙에서 회의를 개최하여 1800만 톤의 강철 생산을 완성할 것인가의 여부에 대해 집중적으로 토론하였다. 구무는 매 주 두 번 우리를 양펀재다오(養蜂夾道)로 소집하여 보고하도록 하였는데, 이는 모두 저우 총리가 계획한 것이었다. 그러나 당시는 아직 열기도 가라앉지 않았고, 지시도 내려오지 않은 상황이었다.

1961년 국민경제를 조정하기 위한 '8자 방침'이 정식으로 형성되었고, 저우 총리는 이를 위해 3년 동안의 대약진 보다 더 많은 심혈을 기울였다. 조정 초기 생산 지수는 내려가지 않았다. 저우 총리는 우리에게 직접 가서 조사하고 상황을 파악한 후 생산 지수를 내리는 것과 함께 생산 능력을 유지하도록 하라고 지시했다.

지우취안(酒泉)강철공장에는 먹을 음식조차 없었으므로 생산을 멈춰야 했다. 저우 총리는 양식 문제는 해결할 수 있을 것이라고 했다. 우리는 지우취안으로 가서 지우취안의 강철 생산을 회복하는 문제에 대해 논의했다. 왜냐하면 시베이에서는 이 정도 규모의 기지를 마련하는 것이 쉽지 않았기 때문이었다. 1964년 지우취안의 강철 생산이 회복되기 시작하였으며, 1965년에는 최고의 생산 수준에 도달하게 되었다.

1962년 중국공산당 중앙에서는 확대 중앙 공작 회의를 개최하였으며, 7,000인 대회를 마친 후 다시 정치국 상무위원회 확대회의(西樓會議)를 개최하여 천윈 동지가 경제 상황을 구체적으로 분석하고, 저우 총리가 발언을 통해 동의 의사를 표명하였다. 중앙에서는 대약진운동의 시작 후 얼마 되지 않아 업무를 멈추었던 중앙경제팀을 회복시키기로 결정하고, 천윈에게 팀장을 맡도록 하였다.

중앙경제팀은 화이런당에서 회의를 소집하여 천윈의 보고를 들었는데, 천윈은 "중공업과 기초 건설의 지표가 근본적으로 손상된 것에 대해 대비해야 한다"고 제안하였다. 저우 총리는 천윈의 의견에 완벽히 동의하였다.

1964년 국민 경제가 기본적으로 회복되자 마오 주석은 소계위(小計委)의 건립을 제창하였고, 저우 총리가 이 의견을 지지하였다. 그는 시화청에서 회의를 열어 소계위의 업무에 대해 백방으로 트집을 잡는 일부 동지들을 비판하였다. 나는 저우 총리가 화를 내는 모습을 거의 본 적이 없었는데, 그때 저우 총리는 노트와 연필을 모두 던져버렸다. 저우 총리는 재차 논의하여 소계위를 지지하였으며, 비록 어려움이 있었지만 소계위의 임무는 성과를 거두었다.

1966년 싱타이(邢台)지진이 발생하자, 저우 총리는 직접 재난 지역으로 가서 구조현장을 조직하였으며, 돌아온 이후에도 여러 차례 리스광(李四光)을 불러 지진 예보문제에 대해 논의하였다. 그는 진상을 물어 규칙을 모색하고자 했던 것이다. 저우 총리는 지진 예보의 성립에도 중요한 역할을 하였다.

'문화대혁명'이 시작된 후, 모두들 이 문혁이 얼마나 지속될 것인지에 대해 관심을 갖고 있었지만 누구도 분명히 말하지 못하였다.

1967년 나는 직무 수행이 금지된 상태였는데, 저우 총리는 나를 보호하고자 노동절에 천안문에 오르도록 안배해 주었다. 그러나 조반파(造反派)가 허락하지 않았다. 저우 총리는 리푸춘(李福春)에게 나를 불러 대화하도록 하고 다시 나를 보호하고자 시도하였다. 5월 상품판매박람회를 개최할 때 내가 나갈 수 있도록 해준 것인데, 조반파가 여전히 동의하지 않았다.

각 부의 부장들 중 나의 정직 기간이 1년 반으로 가장 짧았다. 후에 저우 총리는 국무원 회의 석상에서 우리에게 군사관제위원회 주임을 소개해주며, "이 위안(袁) 모는 내가 옌안에 있을 때 알게 된 사람이네. 이 사람의 역사는 비교적 간단한데, 학생 출신으로 혁명에 참가했지. 저 사람 좀 빨리 조사한 후 해방시켜 주게나. 난 일손이 필요하네"라고 말하였다. 이 군사관제위원회의 주임은 꽤 괜찮은 자로, 3개월 만에 나를 정직상태에서 해방시켜 주었다.

1968년에 나는 '해방'되었고, 1969년의 계획 제정에 참여하게 되었으며, 중국공산당 제9차 전국대표대회 이후 국무의 생산 소조로 전되어 부조장을 맡았다.

　중국공산당 제9차 전국대표대회 이후 나는 계획회의에 참석하게 되었다. 저우 총리는 바로 "자네들 물자부에서는 각 지방에 5000톤의 알루미늄을 조달해서 마오 주석 배지를 제작하도록 하였으나, 마오 주석께서 찬성하지 않으니 그것들을 회수해 오도록 하게나"라고 말하였다. 나는 이제야 막 정직 상태에서 풀려난 상황인데 감히 어떻게 그것을 회수할 수 있겠는가! 총리 이 분은 내 곤경을 이해하시고 대담 중에 원 모를 지명해서 말씀하시지 않았던가! 내가 왔다고 말하자, 저우 총리는 "5000톤의 알루미늄을 회수하라고 명령했었는데 자네는 왜 현재까지 미루기만 하고 실행하지 않는가! 회수하지 않으면 자네에게 책임을 묻겠네"라고 말하였다. 나는 마음속으로 이것은 총리께서 나를 도와주시려고 하시는 일임을 확실히 알게 되었다.

　따라서 나는 회의를 마친 후 다음날 아침에 통지문의 초안을 작성하였으며, 각 성시에 일률적으로 회수하도록 통지하였다. 이 5000톤의 알루미늄은 매우 유용했다. 그것이 없었다면 항공기 공장은 모두 멈추고 말았을 것이다. 1970년, 물자부는 난창(南昌)에서 기초 건설회의를 주최하였으며 2만 명이 참가하였다. 저우 총리는 나에게 가서 회의를 해산시키라고 지시하였다. 저우 총리는 나를 파견하여 현지조사를 실시케 하였는데, 철도공정국이 지하에서 채석 작업 중 이미 일척 너비의 균열이 발생하였으므로 신속하게 멈추도록 하였다. 현재까지 그곳에서는 아무 사고도 발생하지 않았다. 국가에서 발생하는 모든 일들이 그의 마음을 부여잡고 있었다.

거저우바(葛洲壩)를 건설할 것인가 말 것인가의 문제는 계속 의견이 갈린 상태였다. 창장유역에서 근무하는 동지들은 건설하지 말자고 주장하였고, 후베이, 우한의 동지들은 건설하자고 주장하였다. 이 문제를 해결하기 위해 저우 총리는 수없이 많은 회의를 소집하여 양쪽의 의견을 경청하였다. 이 사안을 저우 총리가 마지막으로 마오 주석에게 보고하였을 때 마오 주석은 "가자우바의 건설을 찬성한다"고 지시하였다. 저우 총리는 가저우바 기술위원회의 건립을 건의하여 반대의견을 지니고 있던 린이산(林一山) 동지를 주임위원으로 임명하였다. 결국 가저우바 항목은 훌륭하게 진행되었다.

1973년 덩샤오핑 동지의 활동 재개는 마오 주석이 결심한 것이지만, 실제적으로는 저우 총리가 진행한 작업이었다. 덩샤오핑 동지의 출현 이후 국무원의 새로운 간부 그룹이 조성되었으며, 저우 총리는 시다청(西大廳)에서 각 부문의 책임자를 불러 회의를 개최하고, 덩샤오핑을 제1부총리로, 장첸챠오를 제2부총리로, 리셴녠 동지를 제3부총리로 삼는다고 선포하였다. 덩샤오핑 동지는 후에 비판을 받게 되는 상황에 대해 전혀 예상하지 못하였으며, 또한 속수무책이었다.

저우 총리는 업무를 할 때 정말 꼼꼼하고 매우 세밀했으며, 책임감 있고 주도면밀하여 사소한 부분까지도 최선을 다했다. 한번은 우리가 보고를 하러 갔을 때에 그는 수첩을 꺼내 숫자 하나하나를 모두 기록하였다. 우리는 서면 자료로 보충하면 되니 총리께서는 굳이 기록하실 필요 없다고 했으나, 저우 총리는 "장즈종이 나에게 서신을 보내 이미 이룩한 업적을 잘 지키고 삼가며 안정을 유지해야 한다고 말한 적이 있네. 나는 나와 마오 주석은 다르다고 대답하였네. 나는 마오 주석을 보좌하여 업무를 처리할 뿐이니, 이런 상황들을 모두 잘 기록해 두었다가 마오 주석이 물어볼 경우 대답할 수 있어야 한다네"라고 말하였다. 그가 간부들에게 관심을 갖고 보호했던 일들은 말로 다 할 수 없을 정도이다. 리스광이 지질부에서 논쟁을 벌였을 때, 총리는 전국지질업무회의를 개최하여 리스광이 참여하도록 하자고 제안 하였다. 총리는 본인의 연설 전에 리스광에게 먼저 이야기하도록 하였는데, 이는 그에게 공개적으로 의견을 표명할 수 있는 기회를 주어 대립하는 양측이 모두 받아들일 수 있도록 한 것이었다. 캉스언(康世恩)의 복귀에 대해서도 논쟁이 있었는데, 군 대표에게 이견이 있다는 이야기가 있었다. 총리는 발해의 결빙 바람이 해저 보링용 플랫폼을 위태롭게 할 수도 있다는 핑계를 들어 캉스언을 그곳으로 가 처리하도록 지시하였다. 총리는 이처럼 모든 방법을 동원하여 간부들을 보호하였다. 대약진시기 제지 공장의 알칼리가 부족하였는데, 저우 총리는 소학교의 교재가 백색이 아니고 새까만 것을 발견하고는 나를 불러 가서 비판하도록 하고 제지공장에 알칼리를 조달하도록 지시하였다.

그는 "이 종이는 아이들의 시력을 나쁘게 만들 거야. 이런 종이는 우리처럼 나이 많은 사람들에게나 보게 해야지. 우리는 이미 시력이 나쁘지 않은가. 아이들의 시력을 나쁘게 만들어서는 안 되네"라고 말하였다. 경공부(輕工部)의 동지는 "저우 총리가 이렇게까지 말씀하셨는데 우리가 어찌 해결 방법을 고민하지 않겠는가"라고 말하였다.

1950년 2월 14일 저우언라이 총리가 "중소우호동맹상호조약" 등 조약을
협정하는 조인식에서 서명하는 모습

1960년 1월 저우언라이 총리가 베이징시 창안가(長安街) 건설규획 설계
모형을 심사하는 모습

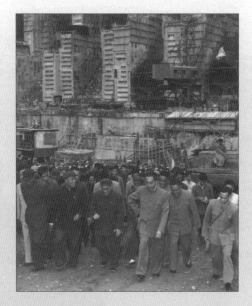

1959년 10월 황허 산먼협
(三門峽) 대제방 공사현장을
시찰하는 모습

1962년 다칭(大慶)에 와 1202 쫜징대(鑽井隊,
유정을 뚫는 팀)의 현장을 시찰하는 모습.

1959년 6월 허베이(河北) 즈현 (磁縣) 린장진(臨漳鎭) 농촌에서 보리 생장상황을 파악하는 모습

'3년 곤란시기'에 침통한 마음으로 농작물의 생장 상황을 조사하는 모습(1960년)

1958년 2월 말 징강(荊江)의 대 제 방을 눈을 맞으며 시찰하는 모습

1973년 9월 상하이 비행장에서 큰 비를 맞으며 손님을 배웅하는 모습

1964년 10월 16일 중국이 최초로 원자탄 시험을 하였다. 사진은 저우언라이가 그 날 매우 흥분된 심정으로 인민대회당에서 사람들을 들뜨게 할 수 있는 소식을 선포하고 있다.

1963년 5월 12일 해상에서 물 밑을 볼 수 있는 촬영기를 보고 있는 모습

1962년 중공 중앙은 확대 중앙공작회의(소위 7천인 대회)를 개최하였다. 저우언라이는 회의 상에서 우줄대는 풍조(浮夸風) 등에 대해 비판하면서 "진실된 말만하고, 실사구시적으로 일을 실천하며, 실질적으로 효과를 거둘 수 있는 일을 할 것"을 강조하고 있다. 사진은 대회 주석단상의 모습.

1963년 시기의 저우언라이

세상 사람들이 주목하고 있는 가운데 제네바회의의 회의장으로 걸어서 들어가는 모습(1954년)

각국 친구들과 함께하고 있는 모습

문화대혁명 중 곤란한 처지에
몰린 저우언라이(1974년)

1966년 12월 저우언라이와 그의 보호를 받은 타오주(陶鑄)(우1), 천이(陳毅), 허룽
(賀龍)이 비판투쟁회의 상에서의 모습

그는 실속 없이 성과를 부풀리는
풍토에 좌우되지 않았다

– 구밍(顧明, 국가계획위원회 전 부주석)

그는 실속 없이 성과를 부풀리는 풍토에 좌우되지 않았다

- 구밍(顧明, 국가계획위원회 전 부주석)

1950년 저우 총리는 마오 주석과 모스크바로 가 스탈린과 회담하여 중소우호동맹상호조약을 체결하였다. 1952년 저우 총리는 두 번째로 모스크바에 가서 경제건설 현황을 소개하고, 소련 정부가 우리의 경제 건설 세 단위, 총 156개 항목을 원조해 줄 것을 요청하였다. 공업화의 기초 골간 항목인 기계 방면에는 자동차, 트랙터, 방직기계, 그리고 경공업 방면에는 아마 공장, 중공업은 철강 공장 군공업으로는 항공기, 대포, 탱크, 기관총, 탄두 등이 그에 해당되었다. 이 항목들은 우리나라 공업의 기초를 다지는 것들이었다. 각 부문의 의견은 국가계획위원회로 전달되어 그에게 보고되었으며, 그는 며칠 밤 계속 심사하여 결정한 후 니콜라이 불가닌에게 전달하였다.

첫 번째 5개년 계획은 소련의 원조를 받아 이루어졌으므로 순조롭게 진행되었다. 공업화의 초보 기초를 다지며 '일오계획(1차 5개년 계획)'은 순조롭게 완성되었으며, 심지어 초과 달성을 이루었다.

계획 목표치가 원래는 좀 높게 산정된 상태였으므로, 후에 18%에서 15 %로 하향 조정하였는데, 최후에 18%를 달성하였다. 저우 총리는 계획사업에 대해서는 최선을 다해 추진하였다. '일오계획'이 완성되자 전국의 인민들은 매우 기뻐하였다. '이오계획(2차 5개년 계획)'은 1955년에 편성을 시작하였는데, 1956년에 개최할 예정인 중국공산당 제8차 전국대표대회를 위해 중요 문건들을 준비하는 작업이었다.

저우 총리는 문건의 기초를 주재 하였는데, 매일 저녁 계획위원회 동지들을 불러 논의하며 자료를 찾고 초고를 작성하였으며, 그가 최후에 확정하였다. 구체적인 수량은 마오 주석이 1958년 6월에 제출하여 8월 베이다이허(北戴河) 회의에서 통과되었으며, 저우 총리가 만든 '국민 경제 발전을 위한 제2차 5개년 계획의 건의에 관한 보고'는 중국공산당 제8차 전국대표대회에서 만장일치로 통과되었다.

저우 총리는 계획을 작성하며 종합 균형에 특히 중점을 두었다. 우호적인 형세 하에서는 경제 작용을 발휘하고, 좋지 못한 시기에는 여지를 남겨두는 것으로, 보수에도 반대하고 또한 '반모진(反冒進)'도 요구하며, 여지를 남기고 실사구시를 추구하는 것이었다. 1956년 합작화의 고조 속에 지식인 회의를 개최하고 인민 내부의 모순을 정확하게 처리하였으며, '3대'개조, 즉 농업과 상공업, 수공업 개조의 완성을 경축하였다. 마오 주석은 원래 과도기 15년을 예상하였지만 결과적으로 3년이 되지 않아 완성되었다는 내용을 연설하려고 하였으나, 저우 총리는 이에 대해 줄곧 반대하며 실사구시의 태도로 말해야 한다고 하였다. 하늘을 찌를 듯한 열기만 볼 것이 아니라 존재하고 있는 수많은 문제들도 함께 살펴야 한다는 것이었다. 국무원에서는 회의를 소집하여 이 문제에 대해 각 부에 모두 설명하였다.

1957년 11월 마오 주석은 모스크바로 가서 각국 공산당 및 노동자당 대표회의에 참석했다. 소련 간부들과 회담 중 후루시초프가 마오 주석에게 "15년 후에 소련은 미국을 능가할 수 있을 것입니다"이라고 말하자, 마오 주석은 이에 대해 "15년 후에 우리는 영국을 따라잡거나 능가할 것입니다"이라고 대답하였다. 마오 주석의 대담 내용이 전달된 후 전국적으로 조급하고 성급하게 돌진하려는 분위기가 등장하였다.

1957년 9월 8차 삼중전회부터 1958년 초에 난닝(南寧)에서 개최된 회의를 거쳐, 그리고 3월 청두(城都)에서 개최된 8대 2차 회의에 이르기까지 마오 주석은 저우 총리가 국민 경제건설 문제에 관해 제출한 '반모진'에 대해 엄중한 비판을 가하였다. 마오 주석의 말은 매우 엄중하고 날카로웠다. 그는 이런 식으로 한다면 인민 군중의 적극성이 사라질 것이며, '반모진'은 비 맑스주의적이고 우파와 매우 가까운 것이라고 말하였다.

'반모진'을 비판하고 '대약진'을 제출한 것이다. '실사구시'와 같은 말들을 사람들은 감히 언급할 수 없었으며, 어떻게 하면 빨리 할 수 있을 것인지만 생각하게 되었다. 마오 주석의 비판에 대해 저우 총리는 책임을 지고 직접 자필로 자아비판을 행하였다. 당시 총리 사무실의 학습 비서가 정리를 도우며 "나는 마오 주석과 역경을 함께 하였으며"라고 쓰자 저우 총리는 이 말을 지우라고 하며 "나는 마오 주석의 학생이네"라고 말하였다.

이후 전국에는 연달아 기쁜 소식이 전해졌다. 높은 목표 수치가 출현한 것이다. 1958년 강철의 생산 목표는 원래 900톤이었으나,

베이다이허 회의 당시 마오 주석의 의견에 따라 1,070톤으로 조정되었다. 전국에서는 신속하게 전 인민의 강철 제련 고조 열풍이 불게 되었다.

재래식 제철방법은 진시황 시대의 방법으로 허난(河南)의 우즈푸(吳芝圃)가 열성분자였다. 저우 총리는 나에게 가서 살펴보도록 했다. 허난 위현(禹縣)에서는 가오양(高揚)이 그것을 살펴본 후 가능하지 않다고 했고, 부성장 역시 보고를 올려 가능하지 않다고 한 후 면직 처분을 당하였다. 결국 아무도 감히 그 문제를 말할 수 없게 되었다. 나는 야금부의 부장 한 명과 함께 가서 봤는데 역시 불가능한 방법이라는 생각이 들었다. 농민들은 근본적으로 제철 방법에 대해 이해를 못하고 있었다. 우리는 그들이 제련한 해면철(海綿鐵)을 가져와 저우 총리께 보여드렸다. 이 철 한 덩어리는 그가 세상을 떠날 때까지 그의 사무실에 놓여 있었다.

각지에서 '위성(衛星)'을 띄우자 우리 역시 부담이 커졌다. 저우 총리는 비록 동의하지 않았지만, 중앙에서는 그에게 이것을 집행해야만 한다고 명령하였다. 그는 매주 한번 철강 보고회를 열었으며 본인 역시 철강 제련에 참여하였다. 그는 일만여 명의 고등학생과 대학생을 선발하여 각지로 보내 철광의 분석을 돕도록 하였는데, 하부에서는 근본적으로 이 지시를 듣지 않았으며 각지에서는 11월에 이르러서도 목표를 달성하지 못하였다. 스촨성위의 서기 천강(陳剛)이 시화청에 와서 "저희는 아직 임무를 완성하지 못했습니다.

수 백 만 명이 아직 산 위에 있는데 어떻게 해야 할까요?"라고 물었고, 저우 총리는 "곧 내려오도록 하라"고 대답하였다. 그는 돌아간 이후 대오를 바로 하산하도록 하였다. 대약진 시기의 대대적인 철강 제련은 대규모 노동력을 사용하였으므로 농업에도 영향을 미쳤다. 그해는 원래 크게 풍년이 든 해였는데, 수많은 지방에서 땅에 있는 양식들을 수확하지 못하였다.

대약진 시기의 '선시안회(神仙會)'는 전문가나 관련 업무 간부를 대동하지 못하도록 규정하였다. 저우 총리는 지금까지 늘 전문가와 실무 관련 업무 간부를 늘 불러 수시로 상황을 이해하고 비교 연구를 행하였다. 그는 두뇌회전이 매우 빨라서 계산기 결과가 나오기 전에 그는 이미 답을 내놓았다.

대약진 이후 어려움이 바로 닥쳤다. 루산회의는 원래 대약진이 '좌'경화 문제를 종결하고 주로 그것을 비판하기 위한 것이었으나, 결국 마오 주석은 그릇되게 펑더화이를 비판하였으며, 최후에 여전히 고도의 목표량을 설정하였다. 마오 주석은 결국 마지막에 본인이 "산에 올라와서는 반 '좌', 산을 내려와서는 반 '우', 한 평생 총명하였으나, 잠시 어리석었다네"라고 종결하였다.

저우 총리는 루산에서도 여전히 열심히 일하였다. 수많은 지방에서 대대적인 강철 제련으로 석탄을 다 써버리는 바람에 허베이에는 난방에 쓸 석탄이 남아있지 않았으며, 일반 가구들까지 모두 연료를 사용해야 했다. 저우 총리는 석탄 생산 전선의 동지들을 불러 회의를 개최하였는데, 회의는 1박 2일 동안 지속되며 모든 부분을 구체적으로 논의하였다. 전국은 확실히 긴장 상태였다. 석탄 운수가 모든 운수를 장악하여 소금과 쌀 등은 운반할 방법이 없을 지경이었다. 우리나라는 오랫동안 남쪽의 식량을 북쪽으로 조달하고, 북쪽의 석탄을 남쪽으로 조달하는 구조였다. 루산회의에서는 펑더화이의를 비판하느라 이런 문제들은 전혀 해결하지 못하였다.

진정한 어려움은 1969년에 발생하였다. 직공이 2,000만으로 증가하면서 도시 인구가 증가하였고, 4대 도시의 양식은 여오닝의 경우 가장 심각하여 3일치의 식량밖에 남지 않은 상황이었다. 양식의 조달 분배 역시 모두 저우 총리가 직접 조사하고 매 지방마다 분배하였다.

1961년 구무의 책임 하에 열 명의 팀을 꾸려 생산문제를 연구하였다. 매일 저녁 회의를 열어 논의한 후 저우 총리에게 보고하였다. 당시의 주요 문제는 양식의 부족이었다. 저우 총리는 광산 노동자에게 매끼 빵 하나씩을 배급하고 매일 한 사람 앞에 술 2량을 주어 모든 역량을 다해 생산 일선의 작업이 성과를 낼 수 있게 보증하도록 결정하였다.

경제적 어려움을 극복하기 위해 1961년 중앙에서는 '조정, 정돈, 공고, 제고'의 방침을 취할 것을 결정하였다. 이 '여덟 자 방침'을 실현시키기 위해 저우 총리는 한단(邯鄲)으로 가 직접 조사를 시행하였으며, 실제 정황을 파악하였다. 우리도 함께 갔다. 구줘신(顧卓新)은 저우 총리에게 보고하였고, 저우 총리는 계획은 반드시 종합적인 균형을 갖추어야 한다는 사실을 제기하며 실제로 '대약진'의 좌경화 오류를 수정하였다. 이때의 가장 중요한 점은 문제를 발견하고 해결하는 모든 일을 저우 총리 측에서 했다는 것이었다. 최대의 정력을 쏟아 부어 대약진이 오류를 수정한 것은 저우 총리 측의 모든 부서들이 해낸 것들이었다.

저우 총리는 수량만을 달성하고 질량을 포기하는 것에 대해 찬성하지 않았다. 방직품을 수출할 때 염색이 품질 기준에 도달하지 못하자 외국에서 서신을 보냈는데, 저우 총리는 이 일에 관심을 두고 특별히 질량에 주의를 기울였다.

　신기술의 도입과 기술혁명은 1960년 이후의 일이었다. 당시 중소 관계는 악화되기 시작하였으며, 소련이 전문가를 철수시키면서 핵 실험 자료들도 모두 회수해 가버렸다. 중앙에서는 전문위원회를 설립하여 저우 총리를 수장으로 하고 "원자탄과 수소탄 및 인공위성"을 연구 개발하였으며, 1974년 4월 최후의 전문위원회를 소집하였다. 저우 총리도 그 자리에 참석하고 나 역시 참석하였는데, 원자력 발전소가 원자능 공업생산 문제를 해결할 수 있을 것인가, 우라늄 235는 충분한가 등의 문제를 논의하였다. 마지막으로 두 가지 일을 언급하려고 한다. 하나는 컬러텔레비전이 도입되었을 때 출현했던 '달팽이 사건'이다. 저우 총리는 나에게 가서 조사해보도록 했다. 당시 우리가 인력을 파견하여 컬러텔레비전 생산 라인을 도입할 때 미국인들은 그들에게 달팽이 공예품을 기념품으로 선물하였다. 장칭은 이 사건에 대해 대대적으로 글을 썼는데, 미국인이 우리를 모욕했다는 내용이었다. 저우 총리는 "그 자가 고발한 자료들이 끊이지 않고 계속 오니 자네가 가서 조사를 해보게나"라고 말하였다. 다른 한 가지 일은 원자력 발전소문제였다. 저우 총리는 새벽 2시 반에 나에게 전화하여 원자력발전소에 파견 보낸 이가 돌아왔는지를 묻고, 용광로 하나에 재료가 얼마나 들어가는지 등을 물었다. 그는 멀리를 내다보며 각 방면의 균형을 고려하는 사람이었다.

　1971년 저우 총리는 소도시 정책을 제출하였는데, 린뱌오는 산을 관통하여 굴을 뚫고 크고 작은 '삼선(三線)건설'을 추진하여 인민폐

2,000억 위안을 지출하였으며, 대포 공장을 굴 안에 두는 바람에 근본적으로 생산이 불가능해졌다. 장칭은 요란하게 필름공장을 만들고자 동굴을 찾아다녔으나 전국에서 2년 동안 찾아도 찾지 못하였다. 나는 저우 총리에게 보고했고, 총리는 장칭과 논의하여 베이 징 난위안(南苑)에 필름 공장을 짓기로 하였다.

문혁기간 중에 무수히 많은 엄중한 일들이 발생했다. 공업이 심각하게 파괴되자 린뱌오는 군수산업을 크게 일으키고 국방건설을 대대적으로 추진하여 군비 초과현상이 심각해졌다. 가장 엄중한 문제는 물자의 부족이었다. 저우 총리는 당시 병중에 있으면서 유관 부문들에 지시하여 이 문제를 주관하였다. 1971년 발루쿠(Beqir Balluku)가 방중하였을 때 저우 총리는 나를 시켜 그에게 경제상황을 소개하도록 하였다. 나는 당시 규정된 총 논지에 의거해 우리나라 경제건설 성취에 대해 언급하였다. 그런데 저우 총리가 도중에 말을 끊으며 "성취뿐만 아니라 문제에 대해 말하도록 하게나"라고 하였다. 나는 그의 뜻을 알아듣고 기본 건설전선이 지나치게 오래 걸렸다고 말하였다. 저우 총리는 "훌륭하네!"라고 말하였고, 발루쿠가 돌아간 후 나에게 함께 식사하자고 말하였다. 나는 대외 원조 및 국방 건설이 규정을 초과하여 전시(戰時)경제가 성립되었다고 말하였다. 총리는 평생을 국가를 위해 당을 위해 주야를 불문하고 자기 자신도 잊은 채 업무에 집중하셨다. 착실하고 신중하게, 실사구시의 태도로 모든 것이 인민의 이익에서 출발하였다. 이렇게 위대한 인격은 우리가 영원히 본받아야 할 것이다.

예부터 지금까지 저우 총리의 이러한
업적에 누가 감히 비견될 수 있겠는가

– 자오푸추(趙朴初)
　중국인민정치협상회의전국위원회 전 부주석, 중국 불교협회 회장)

예부터 지금까지 저우 총리의 이러한
업적에 누가 감히 비견될 수 있겠는가

- 자오푸추(趙朴初)
  중국인민정치협상회의전국위원회 전 부주석, 중국 불교협회 회장)

나는 원래 상하이에서 일했으며, 주로 구제 사업과 불교 방면의 일에 종사하였다. 불교 조직을 구성하기 위해 1952년 저우 총리는 나를 베이징으로 오도록 하였다. 1953년 나는 베이징에 도착하였고, 1954년 온 가족이 다 이사를 왔다. 이후 나는 저우 총리와 여러 차례 면담하였으며, 종교 방면의 업무에 대해 논의하였다. 외빈이 방문할 경우, 그가 불교 관련 인사라면 저우 총리는 나를 불러 참가하도록 하였다. 예를 들어 미얀마의 우누 총리는 불교도인데, 그가 왔을 때 저우 총리는 나를 불러 만나도록 하였다. 때로 외빈을 접견할 때 나는 연설을 하였는데 저우 총리 역시 현장에 머무르면서 나를 격려 해주었다.

내 기억에 한번은 내가 정협에서 연설을 하는데 사용한 언어가 모두 불교 어휘였다. 내가 연설할 때 저우 총리는 연단 아래에서 듣고 있었는데 이것 역시 나에게는 큰 격려가 되었다. 1955년 나는 일본을 방문하였다. 당시는 중일 국교가 아직 정상화되지 않은 상황으로 나는 민간 외교관의 자격으로 방문하였다. 이것이 내가 처음 일본에 갔던 것이다. 우리는 통역까지 총 일곱 명이었는데, 우선 홍콩으로 가서 영국 비행기를 타고 일본으로 갔다. 일본 정부는 당시 비자를 발급하지 않았는데, 이후에 일본에서 지위가 매우 높은 승려가 수상과 관계가 비교적 가까웠으므로 7명 중 1명이 불교도인데 그를 오게 할 수 없느냐고 제안하였다. 하토야마 총리대신이 동의하였고 나에게 비자를 발급해주었다. 우리는 바로 저우 총리에게 보고 했고, 총리는 "아주 잘 되었네! 가도록 하게나!"라고 말하였다. 이후 일본 측 동료가 다시 정부와 교섭하여 총 7명이 모두 함께 가게 되었다.

내가 일본에 갔던 것은 원자탄 수소탄 금지 세계 대회에 참석하기 위한 것이었다. 원자탄이 최초로 투하되었던 곳이 바로 일본이었기 때문에 이러한 대회를 거행했던 것이었다. 이 대회는 히로시마대회라고도 불렸으며, 1955년 8월 6일에 개최되었다.

1957년 나는 다시 일본에 갔으며 이후 연달아 몇 차례 더 방문하였다. 내가 기억하기로 한번은 일본에서 돌아와서 저우 총리를 접견하는데, 단독으로 만나는 자리였으며 장소는 그가 머물고 있던 시화청이었다. 그는 나에게 "자네들은 국제적으로 교류를 할 때 결코 다투어서는 안 되네. 얼굴을 붉혀서도 안 되고, 감화시키는 교육을 해야 하네. 자네 최근에 상영 중인 영화 한 편을 보았는가? 조선 영화인데, 한 명의 부녀가 한 노인을 만났는데, 이 자는 하는 말마다 억지를 부리고 제 멋대로 굴었지. 그래도 그녀는 이 늙은이랑 절대 다투지 않고

자오푸추(趙樸初) 중국불교협회 회장이 텔레비전 예술 프로그램을 위해 쓴
『백년 언라이』의 제사(題詞, 간단하게 쓰는 격려의 글)

행동으로 그를 감화시켰다네"라고 말하였다. 이 영화를 난 전혀 본
적이 없었는데, 이후에 들으니 '홍색선전원(紅色宣傳員)'이라는 제목의
영화라고 했다. 당시 우리는 확실히 외국에서 다른 이들과 얼굴을
붉히며 다투는 경우가 있었다. 그렇기에 저우 총리가 나에게 이런 교육,
가르침을 주었던 것이다.

한번은 저우 총리가 나를 불러 "자네 중국의 불교 명산을 한 편의
영화로 찍어보게나"라고 말하였다. 당시 허룽도 자리에 있었는데,
나에게 아미산이 좋을 것 같다고 말하였다. 다만 저우 총리가 지시한 이
일을 나는 완성하지 못하였다. 총리께 매우 죄송스러운 일이다.

한번은 내가 주동하여 아시아 11개국 및 지역의 불교 대표회의를
베이징에서 개최하였다. 나는 저우 총리께 직접 와서 대표들을

접견하는 것이 좋겠다고 제안했고, 저우 총리는 와서 모두 만나본 후 각 대표가 묻는 질문에 대해 일일이 대답해 주었다. 외국의 불교도들이 방문했을 때 내가 저우 총리께 서신을 보내 접견해줄 것을 요청하면 그는 모두 만나주었고 단 한 번도 거절한 적이 없었다. 캄보디아의 승려 한 명이 방문하였을 때 마오 주석께 서신을 보냈더니 마오 주석 역시 그를 접견하고, 그를 만나기 전에는 나와도 한참 이야기를 나누었다.

나는 시화청에서 몇몇 사람들이 여러 차례 저우 총리께 이 방은 수리가 필요하다고 말하는 것을 들었다.

당시 시화청은 틈이나 얼룩이 있을 정도였으며, 기둥의 칠도 모두 벗겨진 상태였다. 그는 미소를 머금으며 이 방은 시종 수리를 한 적이 없다고 말하였다. 나의 친구 한명은 저우 총리가 업무 중일 때 그를 만난 적이 있는데 토시를 끼고 있더라고 말해주었다. 그는 "나는 지금까지 한 번도 한 나라의 총리가 업무를 수행할 때 토시를 끼고 있는 것을 본 적이 없어. 그분은 이렇게 절약하시는 분이야"라고 말하였다. 저우 총리는 스스로에 대해 매우 엄격하였다. 저우 총리는 도덕적으로 모범이 되는 분이었다. 나는 세 마디로 이것을 표현하고 싶다. '그는 본인에게는 엄격하였으며, 일에 있어서는 최선을 다하였고, 타인에게는 진심을 다하였다.'

나는 덩잉차오 여사의 90세 생신 때, 다음과 같이 이야기하였다. "덩 여사는 저우 총리와 매우 닮으셨다. 이 두 분은 매우 비슷하시다. 모든 부분이 그렇다. 저우 총리는 본인 스스로 매우 절약하셨고, 자신에 대해 매우 엄격하셨다." 진심으로 이야기하니 모두가 알게 되었다. 1975년의 일도 기억하는데, 마오 주석이 고대의 위대한 번역가로 구마라집이라고 불리는 이에 대해 이야기하였다. 그는 신장(新疆)의 쿠처현(庫車縣) 사람으로, 무슨 번역이든 매우 훌륭했으므로 위대한 번역가라 칭할 수 있다고 하였다. 그는 "나의 형태만을 배울 경우 실패할 것이다"라고 말했는데, 마오 주석이 바로 이 말을 인용하였으며, 이 이야기가 저우 총리에게도 전해졌다. 저우 총리는 이 말을 잘 이해하지 못해서 비서를 불러 나에게 물어보도록 하였다. 나는 서면으로 써서 알려드렸다. '불교에 이런 말이 있습니다. 당신이 만약 내 가르침을 배운다면 가장 좋은 약품을 알게 되는 것과 같을 것이다.

만일 배우지 않는다면 독약이 될 것이다.' 이 때 총리의 병은 이미 위중한 상황이었다.

상하이가 해방된 초기 나는 미국이 재중 경제합작총서에서 소유하고 있던 사업을 접수해 왔다. 나는 일찍이 상하이의 경제합작총서는 미국이 장제스의 내전을 지원하기 위해 세운 것으로, 한 국가의 정부가 도와준 것이니 면사, 면화 등의 물품이 매우 많이 있을 것이라는 점을 지적하였다. 당시 우리의 공업 기초는 방직공업으로, 이것들은 공장에서 필요한 물품이었다. 나는 이 경제총서의 물건들을 가져와 구제 사업에 쓰자고 제안하였다. 화동지역의 지도자 동지는 중앙의 지시를 받도록 요청해야 한다고 하였다.

당시 나는 이미 베이징에 도착해 있었는데, 하루는 저녁에 잠이 든 사이 저우 총리가 사람을 보내 나를 오도록 했다. 저우 총리가 있던 곳에 도착하자, 그때가 내가 제일 처음 시화청에 간 것이었는데, 저우 총리는 이 일에 대해 나에게 물었다. 나는 이 일은 가능하며, 우리의 현재 재난 현황은 매우 심각해서 안훼이성 북부와 장수성 북부에 홍수가 난 상태이므로 이러한 종류의 구제 기금이 꼭 필요하며 반드시 그것들을 가져와야 한다고 보고하였다. 저우 총리는 바로 회답하였다.

나는 상하이로 돌아가 화동구(華東區)의 지도자 동지에게 보고하였다. 이런 방식으로 그는 나를 보내 그들과 교섭하도록 했다. 구제총서의 서장은 조이스 루이스로 미국인이었다. 그는 나를 보고는 매우 두려워하였다. 나는 그와 협상하며 "이 물건들을 나에게 주시오. 나는 화동생산구제위원회를 담당하고 있습니다"라고 말하였다. 3일 간의 협상은 결국 결렬되고 말았는데, 당시 군정위원회가 소집되었고, 나는 그들에게 이 상황을 보고하였다. 두 번째 날 군관위회 주임인 천이 동지가 군관회의 명의로 그들이 소유한 창고를 모두 봉쇄하고 접수해 오도록 하였으며, 모든 일은 나에게 일임하였다. 사실 당시의 구제사업에는 나의 자금이 가장 많이 사용되었다. 저우 총리의 그 지시는 매우 중요한 것이었다.

나는 저우 총리에 대해 '재능을 알아보고 중용해준 이에 대한 감사함'을 지니고 있다. 확실히 나에 대한 그의 비판과 격려는 모두 훌륭한 것이었으며, 일생 동안 잊을 수 없는 것들이었다. 저우 총리는 나보다 9살이 많았고, 덩 여사는 나보다 3살이 많았다. 나는 그들을 선배로 모셨고, 그를 나의 좋은 스승으로 여겼다.

문혁 시기, 천바이다 및 왕리 등은 저우 총리에 대해 아무 말이나 지껄이며 대자보를 붙이기도 하였다. 나는 당시 심장병을 앓고 있었는데, 이것은 발작성이었다. 그날 나는 길에서 왕리의 대자 보를 보았다. 그 대자보는 저우 총리를 공격하는 것이었고 나는 돌아오자마자 바로 앓기 시작하였다. 당시 나는 한 편의 시를 썼는데,

'동산(東山)'이라는 제목이었다. '동산'은 고대 〈시경〉에 담긴 시문으로 주공을 기념하는 내용이다. 내가 이 시의 제목을 '동산'이라고 한 것은 현재의 저우공(周公)을 기념하기 위한 것이었다. 시 중에는 다음과 같은 구절이 있다.

은밀히 많은 병을 앓고 있어, 3년 간 동산을 보지 못하였네.
꽃은 비바람에 대비하는데, 벌은 질투하고 꾀꼬리는 참언하는구나.
나는 믿노라 새벽 진주의 하늘이 그를 아름답고 풍성하게 비출 것을.

3년 동안 저우 총리를 뵙지 못한 상태였다. 1967년 길에서 왕리의 대자보를 보다니 어찌 이런 일이 있단 말인가? 저우 총리의 "대비하고 있는 꽃"이란 국가의 상황을 가리키며, 거기에 또한 비가 내린다. 이런 상황 하에서 꽃을 위해 준비하고, 국가를 위해 대비하는 것이다. "벌은 질투하고 꾀꼬리는 참언하는구나"에서 벌도 그를 질투하고 꾀꼬리도 참언을 한다. 바로 이런 자들을 가리키는 것이다. "나는 믿노라 새벽 진주의 하늘이 그를 아름답고 풍성하게 비출 것을" 나는 이 새벽 진주가 태양이라고 생각한다.

나는 하늘의 태양이 그를 돌보고 그가 역할을 해서 아름답고 풍성하게 만들리라고 믿는다. 저 "새벽 진주"에 관해 말하자면, 내가 원래 썼던 것은 그것이 아니었다. 그렇지만 이상은의 시 중 "만약 태양이 빛나고 움직이지 않는다면"이라는 구절이 있기 때문에 이것을 인용하였다. 만약 아침의 태양이 또한 밝게 떠오르고 밝음을 고정시킨다면, 검은 구름에 그 밝음이 가리워지지 못할 것이다.

"만약 태양이 빛나고 움직이지 않는다면, 일생동안 길이 수정 쟁반을 바라보려네." 이것은 당나라 사람이 지은 시로 나는 바로 그것을 인용한 것이었다. "새벽 진주" 는 밝고 고정되어 있는 것이다. 영원한 밝음인 것이다. "새벽 진주"라는 이 글자를 쓴 것은 "밝고 또 고정되어 있어", "그를 아름답고 풍성하게 비출 것을" 바란 것이다. 이것이 내가 총리를 위한 쓴 첫 번째 시로 1967년에 완성하였다.

그리고 한번은 천바이다가 황당무계한 논리를 발표한 적이 있는데, 역시 저우 총리를 공격하는 것이었다. 그래서 나는 바로 저우 총리를 칭송하였다. 이 "감우(感遇)"는 그냥 한번 지어 본 제목인데, 어떤 사건을 대면했을 때 느껴진 바가 있어 생각해낸 것이다.

> "치욕을 참아 가며 중임을 맡고, 힘들게 애를 쓰네. 고개를
> 돌려 언덕과 산을 바라보니 이를 빼버린 어린아이가 있네.
> 풀을 먹으며 우유를 강처럼 흐르게 하는구나. 나라를 위하여
> 조심하며 죽을 때까지 온 힘을 다하네. 원망도 없고 탓하지도
> 않으니 아, 지극하구나!"

"치욕을 참아 가며 중임을 맡고, 힘들게 애를 쓰네." 그토록 힘들고 어려워도 치욕을 참으며 중임을 맡는다. "고개를 돌려 언덕과 산을 바라보니 어린아이를 위해 이를 부러뜨렸네"는 두보의 시 중 "만 마리 소를 끌다 고개 돌리니, 언덕과 산처럼 무거우니"라는 시구가 있는데, 즉 만 마리의 소를 끌다 고개를 돌려 바라보니 그 뒤에 언덕과 산이 있다는, 그렇게 큰 산이 등 뒤에 있다는 뜻이다. "고개를 돌려 언덕과

산을 바라보니"는 두보의 시를 인용한 것이다. "어린아이를 위해 이를 부러뜨렸네"라는 것은 옛날에 한 명의 군주가 있었는데 그의 자식의 치아를 부러뜨려 버렸다. 유자(孺子)는 어린이로, 백성 즉 우리 인민을 위하는 것이다! 그는 자신의 이를 부러뜨렸을 뿐만 아니라, 이 부러진 이를 스스로 삼켰다. 뱉어내버린 것이 아니다.

이러한 사람이란 바로 저우 총리를 가리킨다. "풀을 먹으며 우유를 강처럼 흐르게 하는구나 "라는 구절은 그가 먹은 것은 한 무더기의 풀이지만, 그가 흘려보내는 우유는 강과 같다는 뜻이다. 먹은 것은 풀이나 흘려보내는 것은 우유, 강처럼 흐르는 우유인 것이다. "나라를 위하여 조심하며 죽을 때까지 온 힘을 다하네. 원망도 없고 탓하지도 않으니" 라는 것은 하늘을 원망하지 않고 사람을 탓하지 않는 것이다. "아 지극하구나"는 "훌륭하다! 매우 훌륭하다!"라는 뜻이다.

저우 총리 서거 후 나는 그를 위해 한 편의 만가(挽歌)를 지었다.

큰 별이 중천에 떨어져 사해가 물결치네.

끝내 한 줄기의 희망, 영원한 천년의 아픔이 되었네.

어려움 속에서도 최선을 다하고, 남은 수명을 걱정하고 근심하네.

이 업적과 역사를 누가 만들었나, 그의 진심은 태양이 함께 하기를 허락한 것이네.

사사로움도 없이 자신을 높이지도 않고 위엄을 자랑하지도 않았다네.

대붕은 바람을 이고 날며, 참새는 눈앞의 것만을 따라간다네.

나는 아둔한 말의 자태를 부끄러워하며 납으로 만든 칼도 유용하기를 바라네.

가르침과 은혜를 길이 생각하니 천하를 위해 슬퍼하도다.

비록 나는 일찍부터 저우 총리의 병세가 위중한 것을 알고 있었지만, 그가 하루라도 더 우리 곁에 있기를 희망하였다. 그러나 한 줄기 희망은 꺾이고 말았다. 천년의 아픔을 두고, 방법이 없었다. 만회할 수 없었다. "어려움 속에서도 최선을 다하고, 남은 수명을 걱정하고 근심하네."에서 남은 수명(齡夢)은 옛날 주공을 말하는 것으로, 고대 〈시경〉에 나오는 것이다. 그는 본래 90여 세까지 살 수 있었는데, 다만 근심하고 고생하여 그의 수명이 90여 세라는 것도 결국 좋지 못하게 되었다. "남은 수명을 걱정하고 근심하네"는 그의 수명이 아직 남았다는 것이다.

"이 업적과 역사를 누가 만들었나"는 그는 수상과 동등한 지위로, 그의 업적에 비견될 자가 없다는 것이다. "그의 진심은 태양이 함께 하기를 허락한 것이네"는 그의 진심은 태양이 그와 함께 하기를 허락했다는 것으로, 이 안에도 역시 의미가 있다.

"사사로움도 없이 자신을 높이지도 않고 위엄을 자랑하지도 않았다네." 는 저우 총리가 바로 이러했는데, 그는 사사로움도 없고, 사심도 없으며 오직 그 공업이 자연스럽게 높아졌을 뿐이었다. "위엄을 자랑하지도 않았다네"는 그는 한 번도 자만하지 않았으며, 저우 총리 스스로 자신이 재능 있다고 여기는 것을 본 적이 없다는 뜻이다. 그는 매우 겸허했으며, 상냥했고, 타인과 쉽게 가까워졌으며, 스스로를 자랑하지 않았다. 다만 그의 명망은 나날이 중요해지고 그의 명성은 더욱 높아만 갔다. "대붕은 바람을 이고 날며 참새는 눈앞의 것만을 따라간다네."는 당시 천바이다 · 왕리와 같은 무리를 일컫는 것이다. 저우 총리는 하늘을 나는 대붕과 같았고, 대붕은 구름 속에 있으면서 큰 바람을 타고 바람 속을 날아다녔다.

참새는 눈앞의 것만을 따라갈 뿐이었다. 천바이다 · 왕리 · 장칭과 같은 자들은 그저 자기 시야에만 갇혀 있는 참새일 뿐이었다. 작은 참새는 눈을 뜨고 바라보며 "눈앞의 것만을 따라가는" 것이다. "나는 아둔한 말의 자태를 부끄러워하며"는 내가 스스로 아둔하며 매우 부족한 말인 것을 부끄러워한다는 뜻으로 재주가 미천함을 의미한다. "납으로 만든 칼도 유용하기를 바라네"는 나는 비록 강철로 만든 칼도 아니고, 철로 만든 칼도 아닌, 납으로 만든 칼일 뿐이지만, 이 납으로 만든 칼도 용도가 있기를 바란다는, 나는 이러한 모습이기를 바란다는 뜻이다.

"가르침과 은혜를 길이 생각하니"는 나는 늘상 당신이 내게 가르침을 주셨던 은혜가 생각난다는 뜻으로, 집안에 앉아있을 때 늘 그의 가르침을 져버린 자신을 원망한다는 의미이다. "감히 스스로 사사롭게 우는 것이 아니라"는 스스로 그에 대한 감정 때문에 우는 것만이 아니라, 천하를 위해 비통해 하니, 즉 "천하를 위해 슬퍼하도다"라는 뜻이다. 이것이 내가 저우 총리 서거 후 쓴 만가이다.

저우 총리 서거 후 1주기가 되었을 때 나는 또 한 편의 시를 썼다. 이 시는 후에 상하이곡예사에서 공연하였는데, 상하이작가협회, 즉 중국문학예술계연합회의 7층 건물에서 천을 펼쳐 큰 글자로 쓴 후, 줄곧 거리에 걸어 두었었다. 이것이 저우 총리 서거 1주기를 추모하며 쓴 시로 제목은 "저우 총리 서거 1주기의 감상을 적다(金樓曲)"이다.

눈 깜짝할 사이에 일 년이 지났네. 일 년 전의 상심을 누가 잊을 수 있을까? 영구차가 느릿느릿 거리를 지날 때 수많은 무리가 총리를 부르는데, 눈물이 다하고 나로 그를 대신할 방법이 없네. 사람은 하천의 물처럼 흐르고 꽃은 바다와 같아, 천안문에서 인민의 뜻을 다 보았다네. 근심하는 귀신과 기뻐하는 요괴, 고금에 수상의 업적을 누가 감히 견주겠는가? 인민을 위해 최선을 다하고 죽은 이후에야 마쳤다네. 눈이 경멸하고 서리가 속여도 향은 더욱 강렬해지고 공덕은 천지간에 오래 남았거늘, 육신은 구름처럼 멀리 날아가 버렸네. 눈을 어지럽히던 요망한 기운이 지금은 다 없어졌으니 개미가 큰 나무를 흔들려고 하는 것이 말처럼 그리 쉽겠는가. 해가 떠오르는 것을 반기고 노을이 이는 것을 바라보네.

"눈 깜짝할 사이에 일 년이 지났네"는 일 년이 지났다는 것이고, "일 년 전의 상심을 누가 잊을 수 있을까?"는 일 년 전에 있었던 슬픈 일을 누가 능히 잊을 수 있겠는가라는 뜻이다. "영구차가 느릿느릿 거리를 지날 때 수많은 무리가 총리를 부르며"는 나 역시 무리를 따르며 그곳에 있었는데, 당시 총리의 영구차가 지나갈 때 모두가 통곡하였다. 수많은 무리가 울부짖으며 총리를 부른 것이다.

"눈물이 다하고 나로 그를 대신할 방법이 없네"는 나의 눈물이 모두 흘러버렸고, 나 역시 방법이 없다는 것, 내 몸이 그를 대신할 방법이 없다는 뜻이다. "사람은 하천의 물처럼 흐르고 꽃은 바다와 같아"는 당시 사람들이 엄청 많아서 마치 하천의 물이 흐르는 것 같았고, 만든 작고 하얀 꽃들을 마치 바다처럼 흘려보냈다는 뜻이다. "천안문에서 인민의 뜻을 다 보았다네"는 천안문에서 인민의 뜻이 어떤지를 볼 수 있었다는 것이며, "근심하는 귀신과 기뻐하는 요괴"는 귀신은 그곳에서 근심하고, 요괴와 같은 자들은 기뻐했다는 것이다. "고금에 수상의 업적을 누가 감히 견주겠는가?" 예로부터 지금까지 저우 총리의 업적을 누가 감히 견줄 수 있겠는가라는 의미이다. "인민을 위해 최선을 다하고 죽은 이후에야 마쳤다네. 눈이 경멸하고 서리가 속여도 향은 더욱 강렬해지고"는 눈이 내려 그를 속이고 모욕해도, 서리 또한 내려 그를 모욕해도 그의 향기는 더욱 짙고 강렬해졌다는 의미이다. "공덕은 천지간에 오래 남았거늘"은 그의 공로, 그의 도덕은 천지에 영원히 남는다는 뜻이다. "육신은 구름처럼 멀리 날아가 버렸네."는 저우 총리의 서거 이후 그의 유골이 흩어져 구름처럼 한없이 멀리 날아가 버렸다는 뜻이다. "개미가 큰 나무를 흔들려고 하는 것이 말처럼 그리 쉽겠는가."는 당시는 이미 1977년으로, 4인방이 축출되어 이 극악한 자들의 눈에 담겼던 사악한 기운도 모두 사라졌다는 것이다. 그 개미들이 이 큰 나무를 흔드는 것이 말처럼 그리 쉽지 않다는 뜻이다. "해가 떠오르는 것을 반기고 노을이 이는 것을 바라보네." 태양이 등장했고 밝게 빛난다는 의미로 곧 저우 총리 서거 1주기인 1977년을 의미한다. 총리가 타인을 진실하게 대했던 것은 모두가 다 아는 사실이다. 진실로 타인을 대한다는 것, 아무리 작은 사정이라도 그는 방치하지 않았다.

한 명의 작은 아이, 한 사람의 일반인이라도 그는 모두를 보호하였다.

우리는 그가 한 사람을 아끼고 보호하여 수많은 사람의 마음을 감동시킨 사실을 알고 있다. 어떤 사람은 물을 것이다. 저우 총리는 어떻게 이런 작은 일까지도 관장할 수 있었느냐고.

당신은 아마도 이것의 작용이 얼마나 크고 영향이 얼마나 깊은지 잘 모를 것이다. 저우 총리의 서거 이후 일본인 친구가 와서 덩 여사를 만난 후 함께 통곡하였다. 우리 중국인만 통곡한 것이 아니라 일본인도 애통해했던 것이다. 그날 기억으로, 그 사람은 가면서도 계속 울었고, 나는 덩 여사를 위로하고 싶을 정도였다. 다만 내가 덩 여사를 위로할 때 나 역시 울 거라고는 생각하지 못하였다. 덩 여사는 정말 대단한 분이다. 그녀는 침착하게 감정을 드러내지 않았다. 마음속으로는 당연히 비통했겠지만 그분은 의연했다.당연히 저우 총리의 공적이 위대하다는 것은 모두가 아는 사실일 것이다. 그래서 나는 그의 사람됨, 그의 품덕에 대해 이야기하려 한다. 말을 하려 하니 진심으로 감동스럽다. 한 사람이 세상을 떠나면, 설사 부모라 하더라도 3년이 지나면 애통함이 옅어지기 마련이다. 하지만 그는 그렇지 않다. 인민은 줄곧 여전히 그를 그리워하고 애통해한다. 이런 경우는 거의 없을 것이다. 이런 사람은 정말 아주 소수, 정말 소수일 것이다.나는 최근에야 그가 본인의 조상 묘를 아주 깊이 묻었다는 사실을 알게 되었다. 이것 역시 매우 좋은 일이다. 그러나 그는 일찍이 나에게 "불교에서는 화장을 제창하지 않나?"라고 물었고, 나는 "네, 그렇습니다"라고 대답하였다. 불교는 화장을 권유하며, 유골은 강과 바다로 흘려보낸다. 저우 총리는 "좋군"이라고 말하였다. 그는 자신의 유골을 뿌려달라고 유언을 남겼다.

저우 총리와 홍콩 정책 '8자 방침'

−리허우(**李後**, 국무원 홍콩 − 마카오 사무소 전 주임)

저우 총리와 홍콩 정책 '8자 방침'

－리허우(**李後**, 국무원 홍콩 － 마카오 사무소 전 주임)

저우 총리는 생전에 홍콩과 마카오 문제에 대해 매우 관심이 깊었다. 중화인민공화국이 성립되고 저우 총리와 마오 주석은 공동으로 홍콩과 마카오에 대한 기본방침을 제정했다. 1950년대 중기부터 저우 총리는 여러 차례 중국정부의 홍콩, 마카오에 대한 기본방침을 대외적으로 천명하였다. 다른 방면으로, 즉 내부에서도 여러 차례 우리 간부들에게 홍콩, 마카오 문제에 대한 중요 지시를 내렸다. 중화인민공화국은 10월 1일이 성립되었으며, 이 한 달 동안 우리의 해방군은 광동으로 들어가 광저우와 선전(沈圳)을 해방시켰다.

이때 우리의 수많은 동지들 특히 홍콩에서 일했던 동지들은 모두 해방군이 신속히 선전하를 건너 홍콩을 수복할 것이라고 생각했다. 영국과 홍영정부(홍콩의 영국 당국)도 매우 긴장하여, 수많은 긴급 조치들을 준비하였다. 군대를 파견하고, 군사훈련을 진행하며, 내부 통제를 강화시켰다. 당시 우리 행방군은 선전 등을 해방시킨 이후, 명을 받고 멈춘 상태였다. 당시에는 모두 중앙의 결정을 이해하지 못했다.

1955년부터 저우 총리는 여러 차례 영국과 홍콩의 방문객에게 중국정부의 홍콩, 마카오 정책을 천명하였으며, 동시에 우리 간부들에게도 수차례 지시를 내렸다. 10월, 당시 홍영정부의 총독은 그랜섬이었는데, 그는 베이징 주재 영국 대리 대사인 구녠루(歐念儒)의 초청을 받아 베이징을 방문하였다. 그가 신 중국 성립 이후 방중한 첫 번째 홍콩 총독이었다.

당시 저우 총리는 그를 접견했다. 저우 총리는 홍콩 문제에 대한 우리의 입장을 직접적으로 언급하지는 않았지만, 그에게 마카오 문제에 대한 우리의 입장을 언급하였다. 그는 "포르투갈이 마카오에서 개항 400주년 기념행사를 준비하는 것은 중국 인민에 대한 도발 행위이다. 이 일은 마카오의 중국인들을 자극할 뿐만 아니라, 홍콩에 사는 중국인들의 감정도 자극하는 것이다"라고 말하고, 이어서 "우리가 이미 평화 공존을 주장하였기 때문에, 바로 이 문제의 평화적 해결을 준비한 것이고, 그래서 지금까지 마카오 문제를 언급하지 않았던 것이다. 그러나 이것은 우리가 이 문제를 잊었다는 것과는 다르다"라고 말했다.

내 생각에 저우언라이는 의도적으로 마카오 문제를 영국인이 듣도록 이야기했던 것 같다. 영국인도 모르지 않았을 것이다. 중국 정부의 마카오에 대한 입장은 마카오 문제뿐만 아니라, 홍콩문제에 대한 입장이기도 하다는 사실을 말이다.

그해 12월 홍콩대학의 중국과 외국교수 관광단이 베이징에 오자 저우 총리는 그들을 접견하였다. 이 자리에서 그는 홍콩문제를 언급하며 "홍콩의 중국의 영토이다. 비록 지금은 영국인의 수중에 있지만……"이라고 말하였다. 방문객 중 한 명이 바로 "중국정부는 언제 홍콩을 수복할 계획입니까?"라고 묻자, 그는 "언제 수복할 수 있을 지는 아직 말하기 어렵다. 하지만 진리는 반드시 승리하게 되어있다"라고 답하였다. 그는 현장에 있던 한 젊은이를 가리키며 "자네는 장래에 반드시 보게 될 것이네. 앞으로 충분한 시일이 있네"라고 말하였다.

1956년과 1958년 마오 주석과 저우 총리가 연설을 했을 때, 우리 간부들에 대해 몇몇 지시를 내렸다. 마오 주석은 "홍콩은 아직 일단 수복하지 않는 것이 우리에게 유용할 것이다"라고 하였다. 저우 총리는 우리에게 홍콩의 작용이 무엇인지를 설명할 때 "홍콩은 하나의 관측소이자 기상대이며 교류처이다"라고 말하였다. 이른바 '관측소', '기상대'라는 것은 내가 이해하기에 이 지역을 이용해서 국제정치의 기후를 관찰할 수 있다는 의미라고 생각된다.

이른바 '교제처'란 우리가 홍콩에서 중국인이든 외국인이든 국내에서 접촉하기 어려운 인물들과 교류할 수 있다는 의미이다. 이렇게 할 경우 국내 애국통일전선과 국제 반제통일전선의 촉진에 유리할 것이다. 저우 총리는 또한 "영국이 미국까지 끌고 들어와 함께 홍콩을 방위하게 하느니 홍콩을 영국인의 수중에 두는 것이 낫다. 이것이 매우 중요하다"라고 말하였으며, 그 외에도 "우리 중 홍콩에서 근무하는 간부들은 해방사상을 기다릴 필요 없이 영국인이 지속적으로 홍콩을 통치할 것에 대해 대비해야 하고, 이러한 상황에 의거해 우리의 작업을 안배해야 한다"라고 말하였다.

1963년 3월 8일, 『인민일보』는 한 편의 사론을 발표하였다. 이 사론은 60년대 인도가 포르투갈로부터 고아주(果阿州)를 무력 수복한 사건을 계기로 발표된 것이었다. 국제무대의 몇몇 사람들이 이 사안을 빌미로 중국을 조롱하였던 것이다. 그들은 "너희 중국은 인도만도 못하다. 너희는 매일 반제를 외치지만 인도에 미치지 못한다. 인도인들은 용감히 무력을 사용하여 고아 주를 수복하였는데, 너희 중국은 이러한 용기도 없구나"라고 말하였다. 이 사론은 바로 이 사안을 겨냥하여 발표된 것이었다. 이 사론은 중국정부의 홍콩, 마카오에 대한 기본 입장과 정책을 서술하였다. 주된 내용은 홍콩과 마카오는 제국주의가 중국과 강압적으로 체결했던 불평등조약의 결과라는 것이었다. 이런 식의 문제에 대해 중국정부는 줄곧 시기가 무르익으면 담판을 통해 평화적으로 이 문제를 해결할 것이라고 주장하였으며, 해결되기 전까지는 현 상태를 지속적으로 유지하겠다는 입장을 설명하였다.

이후, 60년대와 70년대 마오 주석과 저우 총리는 지속적으로 수많은 영국 방문객들을 접견하였다. 나는 저우 총리가 당시 영국 외상이었던 흘름과 영국의 보수당 상원 의원인 톰슨을 접견했던 일을 기억한다. 이 두 사람을 만났을 때 그는 홍콩 문제에 대한 중국의 입장을 이야기하였다. 즉 홍콩은 중국의 영토이며, 할거된 영토는 결국 귀환되어야 한다. 다만 중국의 정책은 이 문제의 해결은 서두르지 않는다는 것이었다. 우선은 이 문제의 해결을 서두르지 않고 장래에 조건이 무르익을 때 우리는 담판을 통해 해결할 것이다. 이 문제를 언제 해결할 지에 대해 우리는 당신들과 상의할 것이며 우리는 결코 돌발 행동을 하지 않을 것이라는 내용이었다.

1972년 3월 8일 우리나라 주연합국 대표인 황화 동지가 연합국비 식민화특별위원회 주석에게 서신을 보내 홍콩과 마카오에 대한 우리의 입장을 설명하였다. 왜 그런가? 왜냐하면 당시 만약 홍콩과 마카오를 하나의 식민지로 간주할 경우 독립과 관련된 문제가 발생하기 때문이었다. 우리는 이 성명을 통해 홍콩과 마카오는 제국주의의 강압에 의해 체결된 불평등조약으로 중국의 영토를 점거한 것이지, 일반적인 의미의 식민지는 아니라는 것을 역설하였다. 따라서 홍콩 및 마카오 문제의 해결은 우리 주권 범위 내의 사정이지 식민지문제를 해결하는 방식으로 할 수는 없음을 설명하였다. 또한 이 문제에 대해 우리는 줄곧 시간이 무르익으면 담판을 통해 해결하겠다고 주장했고, 해결되기 전까지는 현 상태를 지속적으로 유지하겠다는 점도 아울러 언급하였다.

1949년부터 70년대 말, 80년대 초까지, 이 30년의 기간 동안 홍콩 문제를 해결할 수 있는 시기가 성숙하지 않았으므로, 우리는 기본적으로 홍콩문제에 대한 중국정부의 입장을 표명한 후 잠시 홍콩을 수복하지 않는 정책을 취하였다. 왜 잠시 수복하지 않는가? 내가 이해 하기로는 두 가지 이유가 있는데, 첫 번째는 당시 국제형세가 우리에게 이것을 허락하지 않아 평화적인 방법으로 해결할 가능성이 없었기 때문이었다. 당시 국제형세는 이른바 양대 진영이 첨예하게 대립하고 있었는데, 즉 사회주의 진영과 자본주의 진영의 대립으로 중국과 미국 사이 역시 날카롭게 대치하고 있었으며, 우리는 미국과 한반도에서 아직 전쟁상태에 있었다.

이러한 조건 아래에서는 평화적인 방법으로 해결할 수 있는 가능성이 없었으며, 무력에 호소하여 해결하는 방법 밖에 없었다. 무력으로 해결할 경우 당연히 영국인은 우리의 적수가 되지 못하였다. 다만 그들은 바로 미국을 끌어들여 공동으로 홍콩을 방위했을 것이고, 이는 당연히 우리가 원하지 않는 상황이었다. 따라서 당시 총리가 "영국인이 미국인을 끌어들여 함께 홍콩을 방위하게 하느니 홍콩을 영국인의 수중에 두는 것이 낫다"고 말한 것이다.

두 번째 원인은 신중국의 성립 초기라 우리와 국교를 맺은 나라가 매우 적었으므로 홍콩을 영국인의 수중에 두는 것이 우리의 대외 경로, 즉 특수한 채널로 활용하며 우리가 다른 통로로는 얻을 수 없는 것들을 얻을 수 있기 때문이었다. 우리는 홍콩을 이용해 수많은 사안을 진행할 수 있었다. 정치에 있어서든 경제에 있어서든 수많은 사안을 말이다.

영국은 중국에 대해 실제로 양면정책을 취하였다. 하나는 일찍부터 중국을 승인한다고 선포했으면서도 대만 국민당과의 관계 역시 포기하지 않고, 장기적으로 절반의 수교 상태에 머무는 것이다. 당시 영국이든 홍콩의 영국 당국이든 그들은 우리 중국의 영향력, 즉 홍콩에서 중국의 영향이 증가하는 것을 원하지 않았으며, 홍콩의 애국 역량이 증가하는 것 역시 원하지 않았다. 그렇기에 일부 우호적이지 않은, 심지어 중국을 적대시하는 행동을 취했던 것이다. 이때 총리는 투쟁을 이끌었을 뿐만 아니라 나서서 중국의 엄정한 입장을 천명하였다.

이와 관련해서 중요한 몇 가지 사건이 있었다. 첫 번째는 우리 중화인민공화국이 성립한지 얼마 되지 않아 홍콩에서 일부 국민당 기구들이 기의를 선포했던 것이다. 그 중 하나가 중국은행이 기의를 선포하고 국민당을 이탈하여 신중국 중앙 인민정부의 영도를 받기 원했던 일이다. 또한 초상국과 "양항" 즉 중국항공사와 중항항공사이 두 개의 항공사가 1949년 11월 기의를 선포하고 국민당 정부를 이탈하여 중화인민공화국 중앙정부의 영도를 받겠다고 선포한 것이다.

12월에 총리는 중화인민공화국 정무원 총리 겸 외교부장으로서 성명을 발표하여 "양항"은 중화인민공화국 중앙정부의 소유이며 국무원 민항국의 직접 관할을 받는다고 선포하였다. 또한 홍콩에 있는 "양항"의 재산은 중화인민공화국 중앙 정부가 위탁한 자만이 사용할 수 있으며, 만약 이 재산 즉 항공기가 손실을 입을 경우 홍콩 영국 정부는 완전한 책임을 져야 한다고 선포하였다. 마지막의 이 사안은 몇 년에 걸쳐 진행된 사안인데, 그 이유는 미국과 영국정부의 계획 하에 결국 "양항"의 70여 대의 항공기가 모두 미국으로 비행한 후 중국으로 돌아오지 않았기 때문이었다.

이 사안은 결국 이렇게 일단락되었다. 중국정부는 이에 상응하는 조치로 상하이의 군관으로 하여금 상하이에 있는 영국 자산, 즉 두 개의 조선소를 징발하도록 하고, 이 두 조선소를 징용하였다. 이 일은 총리가 직접 나서서 성명을 발표한 것이었다.

두 번째는 바로 1955년 10월 국민당의 스파이가 구룡에서 전무후우한 규모의 폭동을 일으킨 것이다. 이 폭동은 어떻게 발생하였나? 이것은 구룡 한 지역에서 국민당의 친 대만 분자들이 현지 주민을 협박하여, "쌍십절(중화민국의 건국일)"에 국민당 국기를 걸도록 한 것이 사단이 되었다. 이 지역의 사무기구는 사전에 유관 당국의 규정이 있었으므로 벽에 무언가를 붙이는 행위를 금지하였으며 이 깃발 역시 찢어버렸다. 국민당의 스파이는 이 기회를 빌미로 흑사회(黑社會)와 결탁하여 대규모 폭동을 일으켰다. 구룡과 취안만(筌灣)에서 대규모 폭동이 발생하였으며, 수많은 상점과 공장, 공회가 파괴되었고 심지어 살인도 발생하였다. 이 사건의 최후 통계를 살펴보면, 대체로 300여 개의 공장, 학교, 기업이 방화 혹은 파괴되었으며 300여 명이 살상을 입었다. 이 사안에 대해 저우 총리는 직접 나서서 베이징 주재 영국 대리 대사 어우녠루를 접견하고 그에게 중국 정부는 이 일에 대해 매우 유감이라는 입장을 표명하였다.

스파이와 같은 자들이 현지 중국 주민들의 재산을 파괴하여 중국 주민의 생명과 재산이 엄청난 손실을 입은 것에 대해 십분 유감을 표시한 것이다. 스파이의 폭거에 대해서는 분노를 표명하고 홍콩 영국 당국에 이 폭동에 대해 강력한 조치를 취할 것을 요구하였다. 이후 홍콩 영국 당국은 긴급 상태를 선포하고 부대를 스룬(石崙)으로 파견하여 결국 당연히 그것을 제압하였다. 다만 홍콩 영국 당국은 이들 스파이와 흑사회의 두목을 국외로 압송하는 것과 관련하여서는 징벌을 시행하지 않았다. 이 몇몇 사건들에 대해 저우 총리는 직접 나서서 우리의 입장을 표명하였다.

우리와 영국 사이의 이러한 투쟁과 관련하여 중앙 및 저우 총리는 여러 차례 우리 간부들에게 설명해주었는데, 즉 우리는 영국과의 투쟁에 있어 여전히 도리와 이익, 절제의 태도를 견지해야 한다는 내용이었다. 왜냐하면 우리의 전체 방침은 잠시 홍콩을 수복하지 않는 것이므로, 우리가 적절한 투쟁을 진행하는 것은 필수적인 것이지만 이 투쟁은 반드시 도리와 이익, 절제를 갖추어야 한다는 것이었다. 그는 또한 여러 차례 우리 중 몇몇 동지들, 특히 홍콩 및 마카오 관련 업무를 행하는 동지들이 지닌 과도한 좌경화 사상을 비판하였다.

홍콩 관련 업무에서 이러한 좌경화 현상은 여러 차례 출현하였다. 그 중 하나는 해방 초기 수많은 동지들이 모두 우리가 신속하게 홍콩을 해방시킬 것이라고 생각하여 표면적으로 기세가 드높아 실제로 영국 측을 자극하고 우리 스스로의 역량을 폭로했던 사건이었다. 이에 대해 저우 총리는 비판을 제기한 바가 있었다. 이후 1958년 대약진 시기 홍콩에서 근무하는 동지들이 국내 정치 분위기의 영향을 받아 몇몇 부적당한 상황을 주도한 일이 있었다.

당시 저우 총리와 천이 모두가 이에 대해 비판을 가하였으며 홍콩에서 근무하는 동지들을 베이징으로 소집하여 당의 홍콩 정책에 대해 학습시켰다. 왜냐하면 1958년은 저우 총리가 중앙을 대표해 '8자 방침'을 제안한 시점이었기 때문이다. 이른바 8자 방침이란 "장기적 계획, 충분한 이용(長期打算, 充分利用)"을 말한다. 장기적 계획의 뜻은 잠시 홍콩의 수복을 서두르지 않는 것으로 저우 총리가 표명했던 바로 그 내용을 의미했다. 즉 영국의 홍콩에 대한 지속적인 통치상황에 따라 우리의 업무를 안배하며, 잠시 홍콩을 수복하지 않고, 일정한 기간 동안 홍콩을 영국인의 수중에 둔다는 의미였다. "충분한 이용"은 정치와 경제 분야에서 홍콩의 유리한 조건과 홍콩의 특수한 환경을 이용하여 우리의 "사화(四化)건설(네 개의 현대화 즉 공업현대화, 농업현대화, 국방현대화, 과학기술현대화)" 및 우리 조국의 통일을 위해 복무하도록 한다는 것이다.

바로 이 8자 방침의 지도하에 우리는 장기적으로 홍콩에 염가의 식품과 일용필수품을 제공하였다. 우리의 3년 고난의 시기에도, 당시 국내 물자도 모두 상당히 부족한 상태였지만, 외교부와 화룬

(華潤)기업에서 보고서를 제출하여 저우 총리에게 제출하였는데, 이 보고서에는 이 어려움을 극복하고 홍콩에 계속해서 공급할 수 있기를 희망한다는 내용이 담겨있었다. 이에 대해 저우 총리는 직접 비준하였다. 이 상황에 대해 나는 잘 알고 있는데, 즉 가장 어려웠던 시기에도 우리는 필요한 상품을 짜내어 홍콩에 제공했던 것이었다. 이는 당연히 우리가 시장이 필요했기 때문에 나온 조치였는데, 이 시장을 잃을 경우 다시 회복하기란 매우 어려운 일이기 때문이었다. 그 외에도 이러한 조치는 홍콩 동포에 대한 배려에서 나온 것이었다.

왜냐하면 우리 중국의 식품과 일용필수품의 경우 가격이 비교적 저렴하였으므로 오랜 기간 염가로 홍콩에 제공해주는 것이 가능하였다. 이것은 홍콩의 이후 발전에 큰 역할을 하였다. 즉 홍콩의 노동 비용을 비교적 낮은 수준으로 유지하도록 하여 기타 부근 지역, 이른바 "작은 용"에 비해 노동 비용이 저렴했으므로 홍콩 상품이 대외 수출 경쟁력을 갖추는 데 유리한 조건을 제공해 주었던 것이다.

두 번째 상황은 다음과 같다. 즉 홍콩에는 담수가 없었기 때문에 60년대부터 홍콩 영국 정부는 우리에게 광동으로부터 홍콩에 담수를 공급해줄 것을 요청하였다. 1차 제안은 1960년에 제출되었으며 이 사안 역시 최후에 저우 총리의 비준을 거쳐 진행되었다.

타오주(陶鑄) 동지가 당시 광동에 있었는데, 저우 총리의 동의를 거쳐 선전의 저수지에서 홍콩에 용수를 공급해 주기로 결정한 것이었다. 1963년이 되자 홍콩에서는 심각한 물 기근 현상이 발생하여 용수 공급을 요구하였는데, 이 사안 역시 저우 총리에게 보고되었으며 저우 총리는 기꺼이 동의해주었다. 홍콩 동포에 대한 배려와 홍콩의 장래 발전, 경제상의 발전에 대한 관심에서 비롯되어 흔쾌히 동의해준 것이었다. 1963년부터 협상을 시작하여 1965년까지, 동강(東江)으로부터 선전의 저수지로 용수를 끌어온 이후, 선전 저수지에서 홍콩에 대한 용수공급을 증가시키기로 결정하였다. 이를 통해 기본적으로 홍콩의 생활용수 및 공업용수 부족 문제가 해결되었다. 이러한 상황은 홍콩에서 엄청난 반향을 불러 일으켰다. 바로 이 두 가지 사안이 홍콩의 이후 발전에 큰 촉진 작용을 했음을 언급해야만 할 것이다.

이 수십 년 간 비록 국내에서는 정치운동이 비교적 빈번하였지만, 홍콩에 대한 정책만큼은 줄곧 안정적이었다. 즉 중앙의 "장기적으로 계획하고, 충분히 이용한다"는 방침이 관철되어 비교적 안정적인 상황이 지속되었으며, 이후 홍콩의 발전에 중요한 조건으로 작용하였다. 비록 주변 지역의 상황은 모두 안정적이지 못했지만, 홍콩은 정치적으로 안정되어 있었고, 우리가 대량으로 제공한 염가의 식품과 일용필수품이 존재했으며, 게다가 용수 부족문제도 해결되었으므로 이 모든 것들이 홍콩의 경제 발전에 큰 역할을 하였다.

70년대 말에서 80년대 초까지, 이 시기는 국제정세에 큰 변화가 있었는데, 우선 영국인들이 홍콩에 대한 중국의 태도를 끊임없이 타진하였으나, 중국은 이 시기에 국제정세가 크게 변화하여 홍콩문제를 평화적으로 해결할만한 조건이 성숙되었다고 판단, 홍콩의 수복을 결정하였다. 물론 우리는 여전히 "일국양제(一國兩制)"의 방침을 취하며 홍콩문제를 해결하였다. 이 방침은 당시 우리의 "장기적 계획, 충분한 이용"방침과 일정한 관계를 맺고 있는 것이었다.

"장기적 계획"이란 당연히 수복하지 않는다는 것이 아니고, 수복해야 하지만 그것의 제도가 오랜 시간 즉 50년 동안 변하지 않았으므로 이 제도를 장기적으로 유지한다는 것 역시 반드시 장기적 계획이 필요한 것이었다. "충분한 이용" 역시 당연히 계속해서 이 방침을 채용하였다.

우리가 홍콩의 반환을 결정한 것, 현재 이미 순조롭게 반환되었는데, 이 사건은 저우 총리를 포함한 우리당의 제1대 지도자들의 소망이었다. 그들은 본래부터 젊은이들이 보게 될 것이라고 말하였고, 현재 우리는 이미 이러한 상황을 목격하고 있다.

이것은 당시 홍콩에 대한 기본 방침 정책을, 신 중국 성립 초기에 마오 주석과 저우 총리 등 제1대 지도자 동지들이 기본적으로 확립해 놓은 것이었음을 의미한다. 당연히 최후에 이 문제를 해결하면서, "일국양제" 방침을 채택하는 것에 덩샤오핑 동지 역시 큰 공헌을 하였다.

저우 총리와 대일외교

– 손핑화(孫平化, 대회우호협회 전 부회장, 중일우호협회 전 회장)

저우 총리와 대일외교

- 손핑화(孫平化, 대회우호협회 전 부회장, 중일우호협회 전 회장)

신중국 성립 이후 우리나라의 외교업무는 점차 발전해나갔다. 대일본 외교업무 역시 하나의 중요한 작업이었다.

나와 저우 총리의 접촉은 1952년에 시작되었다. 당시 일본의 외빈이 왔을 경우 늘 내가 영접하였는데, 직접 관할하던 간부는 랴오청즈(廖承志)였다. 나는 외빈을 대동하고 저우 총리를 접견하였으며 그에게 외빈의 상황을 보고하였다. 개별 상황은 랴오청즈가 저우 총리에게 보고하였으며 나는 외빈을 대동하고 갔다. 당시는 저우 총리가 직접 영도하던 시기로 일본 관련 업무를 주관했던 것은 랴오청즈였고, 우리는 구체적인 업무를 진행하였다. 저우 총리는 일본 외빈을 빈번하게 접견하였다.

메이란팡(梅蘭芳)이 대표단을 이끌고 일본을 방문하였을 때, 일본의 저명한 극단과 상호 방문하였는데, 일본의 이 극단은 가부키 극단으로 중국의 고전극 경극에 상당하는 것이다. 이 극단의 대표는 이치카와 엔노스케(市川猿之助)라는 사람이었다. 이 극단이 중국을 방문한 일을 추진한 이는 아사히신문의 간부 그룹 중 중국과 우호적인 관계를 맺고 있던 문화 인사 시라이시 혼(白石凡)이었다. 당시 중국에서는 아직 가부키를 본 적이 없었다. 저우 총리는 유관 방면의 업무를 진행하며 이 일을 매우 중시해야 한다고 언급하였다. 이 극단은 당시 대외문위(對外文委)에서 주관하였으므로 나는 영접 업무에 참여하지 않았다. 이치카와 엔노스케가 귀국한 후 양방의 문화교류를 강화하기 위해 우리는 극단 하나를 일본으로 파견하였는데, 곧 메이(梅) 극단(劇團)을 파견하면서 중국경극원의 극단 역시 함께 파견하였다. 리샤오춘(李少春), 리허정(李和曾), 위안스하이(袁世海) 및 일부 상관 인원이 파견되었으며, 메이 극단의 단원까지 해서 총 80여 명이었다. 나 역시 그때 함께 파견되었다. 이 대표단의 진용은 매우 대단하여 저우 총리 역시 큰 관심을 두었다. 한 명은 메이란팡 선생, 다른 한 명은 어우양위취안(歐陽予倩)으로, '남쪽의 어우(歐), 북쪽의 메이(梅)'가 함께했던 것이다. 또한 마샤오버(馬少波), 리샤어춘(李少春) 등도 있었다.

이 대표단이 일본에 간 것은 상당한 센세이션을 일으켰다. 일본에 도착한 후 메이란팡이 한 번 무대 오르면, 극장 부근에 고가의 암표를 파는 이들이 있을 정도였다. 일본에서 한 달을 공연한 후 돌아올 때 우리는 홍콩을 통과했는데, 당시 반둥회의에 갔던 "카슈미르공주" 항공기에 사고가 발생했으므로 우리들 중 일부도 재난을 당하였다. 우리가 홍콩에 도착하여 비행기에서 내리자, 홍콩 신화사의 동지들 및 홍콩 영국 당국의 경찰이 자동차를 비행기 계단에 대기해 두었으며, 경찰이 바로 우리를 선전으로 실어 갔다. 이쪽 사람들은 바로 대표단을 영접하였으며, 총리가 전용 열차를 파견했다고 말해주었다. 이 전용 열차는 기차 중 최고급 등급의 객차였다. 열차에 오른 이후 선전과 광저우의 외무부 사람들이 나에게 신속히 전화를 걸어, 저우 총리가 통화하기를 기다린다고 일러주었다. 나는 바로 베이징으로 전화하여 저우 총리에게 보고하며 메이란팡 선생이 안전하게 선전에 도착했다고 설명하였다. 이때에 비소로 저우 총리는 안심하였다.

  기억하기로 저우 총리는 천이가 외교부장을 맡고 있을 당시, 우리의 대일본 업무방침은 민간이 선행하고 민이 관을 재촉하는 것이라고 언급한 적이 있었다. 당시 그는 사회주의 국가의 외교는 반드시 이 두 가지 방면을 모두 포괄해야 한다고 설명하였다. 즉 하나는 정부 간의 외교, 관방 외교이고, 다른 하나는 민간 외교로 저우 총리는 이 양자의 관계는 상부상조하는 것이라고 말하였다. 이것은 둘 중 하나가 주가 되어서는 안 되며, 서로 보완하고 도와서 일을 완성해야 한다는 것이었다. 저우 총리는 관방외교가 발전하면 민간외교 역시 진행이 용이한데, 이는 관방의 지원이 있기 때문이며, 민간외교가 발전하는 것은 관방외교에 공고한 기초를 제공하는 것이라고 설명하였다. 따라서 이 두 가지는 상호 보완해죽고 서로 성장해야 하며 모두 함께 발전해야 한다고 강조하였다.

  중국과 일본이 적대적 상태에 있을 때, 즉 일본 정부가 "두 개의 중국"을 주장할 당시 저우 총리는 대일 관계를 처리하는 방법으로 관방과 민간을 분리하였다. 이에 대해 마오 주석 역시 지시를 내려 일본 정부와 일본인은 분리해야 한다고 이야기하였다. 일본정부는 우리를 적대시하지만 인민은 우리에 대해 우호적이며 우리는 인민과 함께 우호적인 관계를 맺어 나가야 한다는 것이 하나의 사상이었다. 다른 하나는 우리 역시 우리의 일부 태도를 변화시켜야 한다는 것이었다. 즉 과거에 일본 군국주의는 우리를 침략하여 중국인민이 엄청난 손해를 입었지만 이것은 일본 인민의 책임이 아닌 일본 군국주의자의 책임이며, 그들과 일본의 보통 인민은 분리해야 한다는 것이었다.

후에 저우 총리는 중일 사이의 이 일을 언급하며, 어떤 일은 본래 마땅히 정부로 귀속되어야 하지만, 현재 정부가 일종의 적대적 상황에 처해있어 정부 사이에는 해결할 수 없으므로, 민간이 응당 최선을 다해 담당해야 한다고 말하였다.

이후 저우 총리는 또한 양국이 현재 왕래가 불편하여 반드시 홍콩을 경유해서 가야하니, 직항을 개설해야 한다고 제안하였다. 저우 총리는 중일 관계에 있어 이러한 국면을 개창하였으며, 양국이 수교하는 데에 양호한 기초를 다졌다.

후에 랴오청즈의 지도하에 일본팀이 만들어졌으며 일본에 무슨 큰 사건이 발생할 경우 일본팀에서 이 문제를 논의하였다. 저우 총리의 의도에 근거하고 모두의 의견을 구하여 어떻게 대처할 것인지를 논의한 것이다. 당시 랴오청즈는 저우 총리와 특별히 편안하게 연락하였는데, 수화기를 들면 바로 직접 지시를 받을 수 있을 정도였다.

정치계를 포함 일본의 각 부분에서는 모두 저우 총리를 세계에서 가장 위대한 정치가라고 생각한다. 몇 년 전 책 한 권이 출판되었는데 「일본인의 마음속에 있는 저우언라이」라는 제목으로 신화사의 한 기자가 편찬한 것이다. 이 책은 약 50명의 일본인이 저우 총리의 인상에 대해 진술한 내용을 담고 있다.

저우 총리와 덩 여사에 대한 감정이 특히 깊은 일본인들 중, 인상에 가장 남는 이들은 다음과 같다. 한 명은 오카자키 카쿠이 타이(岡崎嘉平太)라는 사람으로, 그는 중일 간의 민간작업을 '반관반민(半官半民)'의 단계로 끌어올린 공신 중 한 명이었다. 그는 중국에 대한 감정, 총리에 대한 마음이 매우 깊은데, 총리의 사진을 본인의 작은 수첩 안에 두고 늘 가지고 다닐 정도였다. 중국에 올 때에도 가지고 오고 일본에 돌아갈 때에도 가지고 갔다. 그는 1990년에 사망하였는데, 사망할 당시 남긴 유물 중 저우 총리의 사진이 있었다. 그는 저우 총리와 만난 시점부터 저우 총리에 탄복하여 사진을 휴대하고 영원히 자신으로부터 떼어놓지 않았다고 했다. 그가 사망한 후 그의 부인이 다음과 같이 말하였는데, 그녀 역시 위안을 받는 것 같았다. "그녀의 남편 오카자키 카쿠이타이는 저우 총리 곁으로 떠난 것이라고, 저우 총리가 함께 있는 것이라고……."

또 다른 한 사람은 사이온지 긴카즈(西園寺公一)인데, 그는 국제 조직인 '아시아 및 태평양 평화회의' 주중 대표였다. 당시는 중일 간의 외교관계가 성립되지 않은 시점이었으므로, 일본의 외교기구나 대사가 없었다. 저우 총리는 매번 일본의 외빈을 만날 때마다 반드시 그를 초청하여 참가하도록 했다. 저우 총리는 "당신이 바로 민간대사이다"라고 말하며, 그에게 '민간대사'라는 칭호를 붙여주었다. 만약 우리의 영접 담당 부서에서 이 일을 홀시하여 사이온지 킨카즈로를 초청하지 않았을 경우(우리는 당시 그를 "시공(西公)"이라고 불렀다. 중국 측에는 "랴오공(廖公)"이, 일본 측에서는 "시공"이 있었던 셈이다), 저우 총리의 비판을 받아야 했다.

후에 중국이 문화대혁명을 시행하면서 시공 역시 공격을 받았다. 그는 버티지 못하고 일본으로 돌아가려고 하였다. 저우 총리는 이 소식을 들은 후, 덩 여사와 함께 그를 시화청으로 초청하여 집으로 부른 후, 사후 업무 처리에 대해 논의하였다. 저우 총리는 "당신은 반드시 돌아가야 합니다."라고 말하며, 상황에 대해 약간의 설명을 더한 후, "이후 몇 년이 지난 후에 중국에 와서 보도록 하십시오."라고 말하였다. 이후 랴오공이 돌아와 대일본 업무를 관장한 후, 1972년에 우리 역시도 돌아왔다. 저우 총리의 이 말에 의거해 우리는 매년 그를 중국으로 초대하였다. 일반적으로 외빈이 중국을 방문하면 모두 스스로 여비를 부담하였지만, 시공 이 사람만큼은 저우 총리의 지시에 따라 우리가 그의 왕복 여비를 부담하였다. 우리는 그가 마지막에 거동이 불편하여 올 수 없을 때까지 매년 방문을 요청하였다. 시공의 팔순 생신 잔치도 우리가 베이징에서 거행하였다. 저우 총리의 서거 이후 그는 시화청으로 와서 덩 여사를 접견하며, 처음부터 끝까지 약 30분이 넘는 접견 시간 동안 줄곧 눈물을 흘리며 울었다.

또 한 사람이 있는데, 그는 원래 고메이도(公明黨)의 위원장으로 다케이리 요시가츠(竹入義勝)이다. 중일 수교가 수립되고, 다나카 가쿠에이 수상이 중국을 내방하기 전에 다케이리 요시가츠는 몇 사람을 인솔하여 베이징으로 와 중국 측과 수교문제를 어떻게 해결할 것인지 논의하였다. 당시 나는 일본에 있었는데, 후에 그가 일본으로 돌아온 후 나를 찾아와서 이야기를 나누었다. 당시 몇 가지 사안을 논의했던 것으로 기억하는데, 중일 수교를 발표하는 연합성명의 골격은 기본적으로 저우 총리와 상의해서 결정하였다. 그가 홍콩에 도착한 후 몇 사람이 기록에 근거해 논의한 내용을 정리했으며, 도쿄로 돌아와 다나카 가쿠에이 수상 및 외상 오히라 마사요시 이 두 사람에게 보고하였다. 이 기록을 "다케이리의 기록"이라고 부르는데, 영문으로는 '메모', 즉 "다케이리의 필기"이며, 저우 총리와의 대화를 담은 필기로 이것은 중일 양국의 수교 건립에 기초가 되었다. 따라서 다케이리 요시가츠는 중일 수교에 특수한 공헌을 이룬 인물이었음을 알 수 있다. 후에 덩 여사는 우리에게 저우 총리는 업무상 관련된 일을 귀가 후에는 그녀에게 언급하지 않았는데, 특히 누구를 만났으며, 그에 대한 평가는 어떻다 등등의 말은 전혀 하지 않았다고 말해주었다.

다만 예외가 있었는데, 다케이리 요시가츠에 대한 그의 평가는 매우 높았으며, 이 일본인 친구의 품행에 대해 특히 높이 평가했으므로, 덩 여사 역시 그에 대해 이러한 인상을 가지고 있다고 말해주었다. 몇몇 보통의 일본 친구들은 비밀을 엄수하도록 하는 것이 매우 어려웠는데, 저우 총리와 다케이리 요시가츠 이 두 사람 사이의 약정의 경우, 한창 수교 문제를 논의 중이었고 아직 최후의 결정이 나지 않은 상황이었기 때문에 말해서 안 되는 것들이 있었는데, 그는 이것을 결코 말하지 않았다. 따라서 저우 총리의 서거 이후 그가 왔을 때, 덩 여사를 만나서는 처음부터 끝까지 눈물을 흘리며 통곡했던 것이다. 그는 연령에 대해 말하며, 저우 총리와 덩 여사는 그의 부친 모친과 같아 특별히 깊은 마음을 지니고 있었다고 언급하였다.

저우 총리는 간부들을 매우 아끼면서도 또한 엄격한 것을 요구하였다. 때로 저우 총리와 일본 관련 사안을 상의할 때면, 그는 랴오공은 물론 일본팀 모두를 부르도록 하였다. 그는 관장하고 있는 사안들이 매우 많았다. 당시 그가 시험을 내서 우리가 대답을 못하면 바로 핀잔을 들어야 했으며, 돌아가서 바로 관련 내용을 조사해야 했다. 이후 우리는 사전에 준비를 하고, 자료를 조사하며 저우 총리가 무슨 일을 상의하고 무엇에 대해 물을지 살폈다. 저우 총리의 질책을 받은 우리들은 질책을 받으면 받을수록 더욱 저우 총리를 존경하게 되었다. 우리 스스로 저우 총리의 엄격한 교육 하에 성장하고 있다는 것을 느낄 수 있었기 때문이었다. 나는 지금까지 계속 대일 관련 업무를 해왔는데, 최후에 회장직에 오를 수 있었던 것은 당시 쌓은 기초와 관련이 깊다고 생각된다.

나는 문화대혁명시기에 아주 오랫동안 나가지 못하였다. 저우 총리는 후에 나를 불러 두 번 심문하였는데, 간부와 군대표의 태도가 점차 변화하기 시작하면서 나 역시 해방될 수 있었다.

내가 평생 잊을 수 없는 한 가지 일이 있다. 중일 수교가 건립되기 전, 내가 간부학교에서 돌아오자, 나에게 상하이 발레단, 즉 문화대혁명 중의 양판단(樣板團)을 이끌고 일본에 방문하도록 하였다.

우리는 기차를 타고 광저우에 도착해서 일본의 다나카 내각이 출현했으며, 사토(佐藤) 내각이 퇴임했다는 소식을 알게 되었다. 형세가 변한 것이었다. 다나카 내각이 탄생한 지 3일째에 우리는 도쿄에 도착하였다. 도쿄는 중일 우호를 다져야 하며, 중일 국교수립을 이루어야 한다는 분위기였다. 바로 이때 중국 농업대표단이 도쿄에 갔는데 단장은 허중스(郝中士)였다. 이어서 외교부 일본사무처의 처장 천캉(陳抗)도 도쿄에 도착하였다. 도쿄에 도착한 후 천캉은 나를 불러 저우 총리의 지시를 전달하였다. 즉 "자네는 모든 역량을 다하여 다나카 수상의 베이징 방문을 추진하도록 하게. 그가 와야만 모든 일이 논의되고 해결될 걸세."라는 내용으로, 내게 주어진 임무였다. 나는 이 기회를 빌려 일본 외상 및 수상과의 접견을 요구하였는데, 저우 총리의 말을 전해야 했기 때문이었다. 나는 일본 친구가 아주 많았는데, 문화대혁명 기간 5년 동안 나온 적이 없으므로, 단장을 맡아 일본에 와서 모습을 드러내자 누구든 다들 나를 만나고 싶어 했다. 나 역시 이 기회에 저우 총리의 지시에 의거하여 바로 그곳에서 활동을 하였다. 다나카 수상을 접견하였으며, 다나카 수상 역시 중국을 방문하고 싶다는 의사를 표시하였다. 우리는 매일의 활동 정황을 모두 상세하게 베이징에 보고하였으며, 베이징에서는 바로 저우 총리에게 보고하였다. 그는 때로 전화를 걸어 우리에게 지시를 내리기도 하였는데, 이처럼 매 단계마다 어떻게 해야 할 지에 대해 저우 총리는 모두 직접 지도하였다.

우리가 적절하게 진행하지 못할 경우 저우 총리는 비판하였으며, 그러면 우리는 바로 저우 총리의 비판 정신에 따라 수정 후 다시 진행하였다. 이 일은 바로 우리에게 일종의 '소참고(小參考)'로서, 즉 나를 바람과 풍랑이 가장 센 곳으로 밀어 넣은 후, 내가 '손 회오리바람'을 가지고 놀았다고 말하곤 하였다.

우리가 베이징에 도착한 후 비행기에서 내리자 전용차가 바로 우리를 인민대회당으로 데려다 주었다. 우리는 저우 총리 한 사람이 로비에 앉아 우리를 기다리고 있는 모습을 보았다. 나는 귀국길에 내내 마음을 놓지 못하고 있었는데, 도쿄에 있을 때 오래된 일본 친구인 후지야마 아이이치로(藤山愛一郎)가 전세기를 타고 귀국하라고 권유하였으나,

내가 필요 없다고 대답한 후, 이 내용을 저우 총리에게 보고하자 비판을 받았기 때문이었다. "뭐가 필요 없단 말인가! 매우 필요한 일인데!" 나는 저우 총리를 만나면 반드시 또 비판을 받게 될 거라고 생각하고 있었다.

도착한 이후 저우 총리의 태도는 예전과 완전히 동일했다. 조금도 화를 내지 않고 내가 하는 말을 들어주었다. 그의 관심은 바로 다나카 수상이 결국 올 것인지에 대한 문제였다. 상황은 변할 것인가 변하지 않을 것인가? 이 일에만 관심을 두는 구나. 나는 당시 매우 깊은 감동을 받았다.

나는 저우 총리와 다나카 수상의 회담을 지켜보았다

- 린리윈(林麗韞)
  전국인민대표대회 전 상임위원, 중국국제문화교류센터 부이사장)

나는 저우 총리와 다나카 수상의
회담을 지켜보았다

- 린리원(林麗韞)
전국인민대표대회 전 상임위원, 중국국제문화교류센터 부이사장)

1972년 9월 25일 점심나절, 이때는 일 년 중 베이징의 날씨가 가장 좋은 때로, 하늘은 높고 구름은 엷고 바람은 잔잔했다. 수도공항에 소년선봉대가 꽃을 높이 들고 노래하고 춤추며 일본 수상 다나카 가쿠에이 일행을 맞이하였다. 나는 저우 총리의 신변에 바싹 붙어 있었다. 고작 39살이던 나에게 이것은 마음에 깊이 남을 만한 날이었다. 다나카 가쿠에이가 사다리를 내려올 때 저우 총리는 "오신 것을 환영하오!"라고 말하였다. 그와 다나카는 손을 굳게 맞잡고 악수를 하였다. 그 시각 중일 양국의 친구들은 모두 기뻐하며, 결국 이 날이 왔음에 감격하였다.

중일 국교 정상화의 과정이, 즉 마오 주석과 저우 총리의 직접 지도하에 20여 년 간의 민간 추진을 통해 조금씩 조금씩 지속적으로 끊이지 않고 오래오래 흘러온 이 과정이 마침내 이 날 성과를 이룬 것이었다. 다나카 자신도 궤도는 백성들이 설치한 것이고, 그는 그 궤도를 따라 중일 국교 회담의 탁자로 나아갔을 뿐이라고 말하였다.

당시 일본의 역대 정치가들은 모두 미국을 바짝 뒤따르며, 미국을 따라 중국을 적대시했으며, 미국의 외교정책이 어떤지에 따라서 바로 그 뒤를 좇아가기만 할 뿐 감히 한 발자국도 앞서나가지 못하였다. 그런 까닭에 중일 양국이 오랜 기간 국교를 회복할 수 없었던 것이다. 닉슨이 중국과 비밀 외교를 진행하자 그의 동맹국들 또한 모두 그것을 보았다. 당시 표현으로 "최후의 마지막 차를 따라잡지 못할 것은 없다"고 하였으며, 일본의 여론도 구체적인 비유를 들어 어떤 수상에 대해서는 "오리가 물가에서 논다"고 표현하였다.

그러나 다나카 총리는 그렇지 않았다. 그의 취임 연설에서도 그가 적극적으로 이 한걸음을 내디딜 것이라는 것을 알아챌 수 있었다. 이 때문에 저우 총리는 바로 손평화(孫平化), 샤오샹쳰(蕭香前)을 선봉대로 삼아 일본으로 파견하여 준비 작업을 수행하도록 하였다. 1972년 7월 다나카 가쿠에이가 선거에서 승리하고, 신임 수상 자리에 오르자, 오히라 마사요시가 외상을 맡았으며, 니카이도(二階堂)가 내각 관방장관에 선임되었다. 첫 내각 회의에서 다나카는 공개적으로 "신속하게 중화인민공화국과 국교 정상화 교섭을 하자"고 선포하였다. 그는 또한 중국정부가 일관되게 주장해온 중국 국교정상화 3원칙을 충분히 이해한다고 표명하였다. 저우 총리는 예민하게 시기를 포착하여 적극적인 반응을 내놓았다. 7월 10일 그는 중일우호협회 부비서장 손평화를 파견해 상하이 발레단을 이끌고 도쿄로 가 우호 방문 공연을 진행하도록 하였으며, 아울러 손평화에게 다나카 수상을 접견하여 그의 초청 의사를 전달하라고 지시하였다. "다나카 수상이 베이징으로 와서 얼굴을 맞대고 협상을 해야만 모두 문제가 다 해결될 것이다." 7월 16일 저우 총리는 일본 사회당 전 위원장인 사사키 코조(佐佐木更三)를 만났을 때에도 "만일 일본 현임 수상이나 외상, 혹은 그 외 대신들이 베이징으로 와 국교회복 문제를 논의하려고 한다면 베이징공항은 그들에게 개방되어 있고, 무엇보다 다나카 수상 본인의 방문을 환영합니다"라고 표명하였다.

일본 측의 반응 역시 신속했다. 7월 22일 오히라 외상은 상례를 깨고 손핑화와 샤오샹첸을 만났으며, 손핑화는 저우 총리의 초청을 전달하였다. 오히라는 즉시 진심어린 감사의 의사를 표시하였다. 그는 "일본 정부 역시 일정한 단계에 이르렀을 때 정부의 수뇌가 방중해야 한다는 점을 고려하고 있습니다. 적당한 시점을 선택할 경우 일본 측은 이를 위해 철저히 준비해서 베이징에 간다면 반드시 풍부한 성과가 있도록 할 것입니다"라고 말하였다. 또한 "저와 다나카 수상은 모두 정치가이며, 이것은 정치생명에 관련된 중대한 문제입니다. 또한 일본의 명운과 연관된 문제임과 동시에 중일 양국에도 모두 지극히 중요한 문제입니다"라고 말하였다. 8월 15일 다나카 수상은 도쿄의 제국 호텔에서 손핑화와 샤오샹첸을 접견하고 저우 총리의 초청에 감사를 표시하였다. 그는 이미 중국을 방문하기로 결정하였으며, 9월 21일 일본정부는 관방장관의 담화를 통해 다나카 수상이 9월 25일부터 29일까지 중국을 방문할 것이라고 정식 선포하였다. 다나카 수상의 방중은 완전히 기정사실화 되었다.

9월 25일 당일, 베이징의 하늘은 특히 청명했으며 날씨도 매우

새로운 시작 - 1972년 9월 30일 저우언라이는 상하이 비행장에서 중국을 방문한 일본 다나카 가쿠에이(좌측에서 두 번째 사람은 린리윈林麗韞) 수상을 환송하러 나온 모습

좋았다. 공항에서의 의례적인 환영 행사 후, 저우 총리는 다나카 총리 일행을 댜오타이 호텔로 수행하였다. 자리에 앉자마자 다나카는 저우 총리에게 "이 댜오타이 호텔은 언제 지어진 것입니까? 정말 훌륭한 호텔이군요"라고 말하였고, 저우 총리는 "이것은 건국 10주년 기념 10대 건축 중의 하나입니다."라고 대답하였다. 이렇듯 손님과 주인이 화제를 꺼내면서 담소를 나누기 시작하였다. 저우 총리와 다나카 총리는 중일 양국의 국교 정상화 문제를 전후 4차례 회담을 통해 논의하였으며, 정식 연합 성명을 체결하였다. 나는 운이 좋게도 이토록

중대한 역사적 의미를 지닌 회의의 전 과정에 통역을 맡았으며, 아울러 양국 정부의 연합 성명 체결 의식에도 참가하였다.

베이징에 도착한 당일 저녁, 다나카 총리는 저우 총리가 거행한 환영만찬회에 참석하였는데, 그때 복잡한 사건 하나가 발생하였다. 그날 나와 탕원성(唐聞生)은 각각 저우 총리의 일어와 영어 통역을 담당하고 있었다. 관례에 따라 지도자의 연설은 본국의 통역원이 통역하였는데, 다나카를 수행하였던 통역원은 타이베이에서 중국어를 배운 사람이었다. 그는 다나카의 답례사 중 한 구절, 즉 일본이 중국을 침략하여 중국인민에게 상해를 입힌 부분에서 대강 "폐를 끼쳤다"고 번역해 버린 것이었다.

이때 연회장은 즉시 의론이 분분해 소란해졌으며, 저우 총리 옆에 있던 탕원성 역시 바로 불만을 표시했다. "어떻게 이리 가볍게 말할 수 있나요?" 저우 총리는 탕원성이 하는 말을 들었다. 나는 이 말의 일본 원문이 사실 번역하기 쉽지 않다는 것을 알고 있었다. 일어 원문의 그 구절을 번역할 때에는 단어의 선택을 더욱 적절하게 해야 하는 것이었다. 원래의 의미에 더 부합할 수 있도록, 단어가 사과의 의미를 충분히 담을 수 있도록 해서 사과의 의사를 충분히 표현할 수 있도록 하는 것은 결코 불가능한 것이 아니었다. 그러나 통역원은 가볍기 이를 데 없는 "폐를 끼쳤다"라는 표현 방식을 선택하였다. 저우 총리는 당시 매우 침착하였으며, 다음날 정식회담 때가 돼서야 이것을 언급하였다. 당일에는 손님을 극진하게 대접하며 예의를 다하였다.

두 번째 날 회담 때에 저우 총리는 엄숙하게 말했다. "당신이 만약 길을 가는 여자아이의 치마에 물을 뿌렸다면 '폐를 끼쳤다'고 말해도 됩니다. 이것이 '폐를 끼쳤다'는 말의 용법입니다. 일본 군국주의자가 중국인민에게 끼친 그 많은 피해를 어떻게 '폐를 끼쳤다'는 한마디로 해결할 수 있겠습니까! 조금의 반성도 담겨있지 않은 말은 결코 받아들일 수 없습니다!"

이후 30여 년의 시간 동안 다나카의 이 말은 내가 매번 일본 기자와 인터뷰할 때마다, 특히 중일 국교정상화 5주년, 10주년 기념일에 모든 기자들에게서 받은 질문이었다. "당시 다나카 수상은 이렇게 말한 것이 아닌가요?", "번역은 어떻게 해야 할까요?", "당시 당신은 어떤 느낌을 받았나요?" 나의 대답은 이런 것이었다. "다나카 수상의 일본 원어 역시 용법이 적합하지 않았으며, 번역도 타당하지 못했습니다. 만일 통역 시에 사과의 뜻을 조금 더 보충했더라면 괜찮았을 것입니다. 원어 역시 본래 비교적 애매했는데, 통역이 더 애매하게 만들어 버린 것이지요. '폐를 끼쳤다'는 말은 너무 가볍게 들리며, 중국인들에게 그 어떤 사과의 뜻도 담기지 않은 것이라고 느끼게 합니다. 결코 받아들일 수 없는 것이지요!"

당시 나는 '통역이란 단지 소리를 전송하는 기계만은 아니구나'라고 생각하게 되었다. 우리가 저우 총리의 신변에서 일을 할 때, 그는 우리의 통역 업무에 대해 매우 엄격하게 요구하였다. 그는 우리가 박학다재해야 하며 열심히 노력하고 공부해서 지식을 넓혀야 한다고 일깨워 주었다. 우리는 업무대상에 대해 완벽하게 이해해야 했다. 그 자신이 더욱 전면에 나섰기 때문이었다. 다나카 수상이 방문하기 전, 저우 총리는 우리에게 다나카 수상이 1972년 6월 수상직을 맡기 전에 썼던 "일본열도 개조론"을 읽으라고 특별히 강조하였다. 이 안에는 그의 정치적 경향과 시정 방침이 담겨있기 때문이었다. 그는 또한 우리에게 특히 회담시의 통역은 더욱 엄격하고 조심스러워야 한다는 점을 당부하였다. 특히 조약서의 역문은 조금도 모호해서는 안 된다고 말하였다. 그는 일본에서 유학한 경험이 있기 때문에 내가 통역할 때 매우 세심하게 들었다. 그는 통역에 대해 매우 잘 이해하고 있었다. 내가 평화공존 5개항을 통역할 때, 제1조도 아직 번역이 완성되지 않았었는데 그는 작은 목소리로 나에게 제2조를 알려주었다. 당시 나는 매우 감동하였다.

저우 총리와 마오 주석은 동일하게 혁명전쟁 시기 양성된 생활습관, 즉 저녁에 일하고 새벽에 쉬며 정오에 일어나는 습관을 지니고 있었다. 이것이 저우 총리의 일관된 생활습관이었는데, 그는 다나카 수상을 위해 이것을 바꿔야 했다. 다나카는 본인 스스로 호화저택을 소유하고 있었으며, 정원을 갖추고 비단 잉어를 키웠다. 그의 습관은 일찍 자고 일찍 일어나는 것으로, 매일 5시에 일어나 자택의 정원에서 활동을 하는 등 생활이 매우 규칙적이었다. 다나카가 베이징에 방문하기로 하자 저우 총리는 사전에 지시를 내렸다. "나는 생활습관을 그와 비교적 근접하게 조정해야 할 것 같네. 그러니 오늘부터는 저녁 10시 이후에 업무보고를 하지 말도록 하게." 사실 이것은 실현되지 못하였다. 비록 저우 총리가 직원들에게 회담기간 중에는 10시 이후 업무 보고를 하지 말도록 지시하였지만, 실제로는 여전히 보고를 하였고, 그 역시 매우 늦은 시간까지 자료를 살폈으며, 어떤 때는 새벽 3시 반에도 자료를 필요로 하였다. 저우 총리는 중일 국교회담 중에 매우 수고하였는데, 다나카의 방한 전에 몇몇 세세한 사항들이 완전히 합의되지 못한 상태였으므로, 회담 중에 결국 논쟁이 오고가게 되었다. 당시 쌍방의 논쟁이 가장 격렬했던 점은 대만문제, 즉 하나의 중국이라는 원칙에 관한 문제였다. 이 문제가 해결되지 않는다면 중일 국교는 정상화될 수 없는 것이었다.

중일 국교의 정상화 전에 일본은 대만과 '외교'관계를 유지하고 있었으며, 일본과 대만 사이에도 이른바 '평화조약'을 체결한 상태였다. 일본이 중국과 국교정상화를 실현할 경우 자연히 대만과는 '단교, 조약 폐기'를 할 수 밖에 없는 상황이었다. 다나카에게 이것은 정치와 생명, 이중의 위험을 무릅쓰는 것이었다. 이 때문에 다나카는 중국이 그가 직면한 현실적 어려움을 이해하고 협력해 줄 것을 요구하였다. 결국 저우 총리가 제안한 "이견은 미뤄 두고 의견을 같이하는 부분부터 협력하는 것", 즉 원칙성과 융통성을 결합하는 원칙에 의거해 양측이 충분히 정치적 지혜를 운용하여 절충적인 해결 방법을 찾아내게 되었다. '중일연합성명'의 서언에는 다음과 같은 내용이 명기되어 있다. "일본 측은 일본이 과거 전쟁으로 인해 중국인민에게 끼쳤던 막대한 손해에 대해 책임을 통감하며 심각한 반성을 표명하는 바이다. 일본 측은 중화인민공화국 정부가 제출한 '복교3원칙'을 충분히 이해하는 입장에서 일중 국교정식화의 실현을 추구한다는 점을 거듭 천명하다." 중국 측은 이에 대해 환영을 표시하였다. '중일연합성명'의 제2조는 "일본은 중화인민공화국이 중국 인민을 대표하는 유일한 합법정부임을 승인하다"이다. 일본과 대만의 협약문제는 양국의 연합성명 체결 이후 오히라 외상이 일본과 대만의 조약을 폐기한다고 대외에 선포함에 따라 대만과는 즉시 단교되었다.

저우 총리의 외교 스타일 중 매우 중요한 한 가지는 "이치로서 설복시킨다"는 것이었다. 원칙을 견지하면서도, 이견은 미뤄 두고 의견을 같이하는 부분부터 협력한다는 방침을 통해 인식의 일치를 쌓아가고 이견을 배제해 나가는 것이었다. 저우 총리는 이 방면에 있어 매우 뛰어났다.

이 회담을 통해 저우 총리에 대한 다나카의 경탄은 말이나 표정 속에 이미 다 드러날 정도였다. 회담 이후 다나카는 일본 기자들에게 저우 총리의 인상에 대한 글을 써서 주었는데, "몸은 버드나무처럼 미풍에도 흔들리는데, 마음은 거대한 암석이 큰 파도를 부수는 것만 같다"고 표현하였다.

'중일연합성명'이 험난한 회담과정을 거쳐, 대만문제와 전쟁 배상문제 등에 대해 기본 적인 합의에 도달한 후, 마오 주석은 다나카 일행을 접견하기로 결정하였다. 당일 마오 주석이 있던 곳에 도착하였을 때, 다나카는 문에 들어서자마자 화장실을 가고 싶어 했다. 마오 주석은 그를 기다리고 있었다. 당시 다나카는 매우 엄숙하였는데, 사실 긴장했다고 말해도 좋을 것이다. 그는 마오 주석을 만난 후 매우 어색한 모습을 보였다. 이러한 분위기를 보고 마오 주석은 환영을 표한 후 매우 유머러스하게 물었다. "말다툼은 다 끝났나요?" 다나카는 바로 "네, 끝났습니다."라고 대답하였다. 마오 주석은 다시 오히라 쪽을 향해 유머러스하게 말하였다. "천하태평이네요!" 모두가 바로 웃기 시작하여, 분위기는 매우 부드러워졌으며, 자리에 앉아 대화를 나누기 시작하였다. 마오 주석이 말한 '말다툼'은 대만 문제 외에도 전승국으로서의 배상금 문제가 존재했다. '중일연합공보' 제7조에는

"중화인민공화국 정부는 중일 양국 인민의 우호관계를 위해 일본에 대한 전쟁배상 요구를 포기할 것을 선포한다"라는 내용이 있었다. 저우 총리는 우리에게 다음과 같이 말하였다.

"이것은 주석께서 결정하신 것이네. 일본에게 배상을 요구하지 않기로 했어. 왜 배상을 요구하지 않는가? 실제로 우리 중국 역시 이 배상의 고통을 겪었기 때문이네. 배상금 역시 모두 백성들의 지갑에서 나오는 것이지. 중국 인민이 그렇게 어려운 환경 속에 있는데도, 예를 들어 경자년(1900)의 배상금은 1억3천37만 냥에 달했지. 경자년의 배상금은 모든 중국인들이 은자 1, 2냥씩을 분담해서 냈다네. 백성들의 고통만 가중된 셈이지. 이런 각도에서 봤을 때, 전후의 일본 역시 전쟁으로 폐허가 된 상태에서 중건한 것이고, 새롭게 경제발전을 이뤄 1972년 중일 수교의 시점에 그들의 경제는 이제 막 호황기에 들어섰네. 다만 배상금은 결국 일본 백성의 호주머니에서 나오는 것이고, 이는 백성들의 세금 부담을 가중시키는 일이네." 당시 저우 총리는 우리 내부에서도 이에 대해 설명하였는데, 실제로 일본이 인도네시아 등의 동남아시아 국가에 지급한 보상금은 모두 물질배상이었다는 내용이었다. 게다가 가장 선진적인 물건으로 보상한 것도 아니라고 하였다. 예를 들어, 철로 역시 새 것이 아니었으며, 모두 옛 물건을 새롭게 닦고 보수한 것이라고 하였다. 그들이 오래된 물건으로 배상한다면, 이 각도에서 봤을 때, 나쁜 물건을 좋은 것으로 속여서 주는 것이니 별 의미도 없는 셈이었다. 이 때문에 마오 주석이 배상금을 요구하지 않기로 결정했던 것이다.

9월 29일 오전 10시 인민대회당에서 중일 양국의 정부가 정식으로 연합성명을 체결하며 중일양국의 국교를 회복하였다. 다음날 저우 총리는 다나카를 수행하고 상하이로 갔다. 비행기 안에서 저우 총리는 다나카에게 몇 글자를 적어 주었는데 즉 "언필신, 행필과(言必信, 行必果)"였다. 당시 저우 총리는 종이 한 장을 가져와 이 글자를 쓰고는 평화롭게 다나카에게 건네주었다. 이것의 의미는 중일 국교가 원만한 결과를 냈지만, 일본 측이 말한 내용에 대해 신의를 지키고 행동으로 보여줘야 한다는 것을 강조한 것이었다. 저우 총리가 이 여섯 글자에 담은 의미는 매우 깊은 것이었다.

상하이의 환영만찬회에서 오히라 외상은 매우 즐거워 보였으며, 주연에서 빈번하게 술을 권하였다. 이때 나는 다나카가 매우 놀라며 한 말을 들었다. "아이고, 오히라 군, 정말 대단하네. 어쩌면 이렇게 술을 잘 마시는가? 오늘 큰일을 완수했으니 매우 기뻐서 실컷 마시고 싶은가 보군. 지금까지 이렇게 많이 마시는 것은 보지 못했는데, 주량이 이렇게 센 줄 나 역시도 오늘 처음 알았네." 나는 저우 총리 곁에서 무슨 말이든지 다 그에게 통역해 주었다. 현장의 상황을 모두 알 수 있도록 해야 했기 때문에 나는 다나카의 말 역시 그에게 통역해 주었다. 다나카의 이 일반적인 말을 저우 총리는 새겨들었다. 얼마 있다가 그는 나에게 "임군, 자네 나와 함께 가세나"라고 말하였다. 그때 나는 아직 어르신의 뜻을 이해하지 못하고 있었다. 그는 술잔을 들고 일어나서 걸어갔다. 그는 걸어가서 오히라를 대동하여 저쪽 테이블의 주인 및 손님들에게 술을 권하였다. 술을 권하며 "중일 우호를 위하여!", "외빈들의 건강을 위해"라고 말하였다. 그 후 저우 총리는 매우 교묘하게 오히라에게 말하였다. "오히라 선생, 우리와 함께 자리로 돌아갑시다." 그는 당시 이미 술을 매우 마셨지만 아직 술에 취해 정신을 잃을 정도는 아니었다. 저우 총리는 매우 자연스럽고 당당하게, 다른 이들은 모두 무슨 일이 벌어졌는지도 모르는 사이에 오히라를 데리고 자리로 돌아와서는 그에게 다시 술을 권하지 않았다. 다른 이들은 모두 다나카의 한 마디에 주의를 기울이지 않았으나, 저우 총리는 주의하고 있었던 것이다.

그의 세심함은 이 정도의 경지였다. 다나카의 "매우 기뻐서 실컷 마시고 싶은가 보군. 지금까지 이렇게 많이 마시는 것은 보지 못했는 데"라는 말을 듣고, 저우 총리는 바로 조치를 취했던 것이다. 흥분 상태에 있던 오히라가 만약 그렇게 술을 마셨을 경우 분명 술에 취해 추태를 부렸을 것이다. 저우 총리는 일국의 외상이 이처럼 대형 환영 만찬에서 추태를 부린다면 결국 국가의 체면이 깎이게 될 것이라는 점을 고려했던 것이었다. 그래서 먼저 그에게 자리로 돌아오도록 청하였다.

저우 총리의 이러한 방법은 정말 교묘하여 조금도 기색을 드러내지 않았다. 그는 다만 특별히 다른 이를 배려하여, 이렇게 큰 현장에서 오히라의 체면을 지켜주었으며 그가 주태를 부리지 않도록 해주었다. 만약 외상이 술에 잔뜩 취했다면 대단한 웃음거리가 되었을 것이었다.

저우 총리는 대회당의 동쪽 대청에서 일본 외빈들을 접견하고 기념사진을 찍었다. 일본 기자들은 여전히 그곳에서 쉴 새 없이 사진을 찍고 있었다. 이때 예빈관이 외빈들을 자리에 앉도록 하였으며, 기자들에게는 현장을 떠나달라고 요청하였다. 결국 저우 총리도 대청 밖으로 나갔는데, 그의 한 걸음은 나의 한 걸음 반에 해당하였다.

나는 거의 뛰다시피 하며 그를 따라갔다. 그는 무엇 때문에 밖으로 나간 걸까? 그는 기자들에게 가서 인사를 건넸다. 그는 "방금까지는 당신들과 악수를 할 여유도, 인사를 건넬 여유도 없었네요"라고 말하였다. 일본 기자들은 모두 매우 기뻐하였다. 그들은 저우 총리가 이런 분인지 전혀 생각지 못했던 것이다. 그가 행한 이런 식의 '사소한 일들', 세심한 배려 하나하나가 모두 일본 손님들의 마음을 감동시켰으며, 바로 이런 소소한 일들이 모여 결국 중일 우호를 촉진하는데 큰 역량이 되었던 것이다.

이처럼 회담기간 내내 저우 총리는 세심하게 다나카 총리의 일상을 안배하였다. 그의 생활의 사소한 부분들까지 사전에 모두 완벽하게 이해하였다. 연회에서의 음악 역시 다나카 총리 고향의 음악을 연주하게 할 정도였다. 다나카는 이를 듣고 매우 놀랐으며 매우 기뻐하였다. 고향의 음악이 연주되는데 즐겁지 않을 수 있겠는가? 마지막으로 저우 총리는 그를 대동하고 우리 군악대가 연주하는 곳으로 가서 답사를 하였다. 다나카를 송별할 때 저우 총리는 다음과 같이 말했다. "우리와 일본의 교류는 2천여 년이 넘는 역사를 자랑한다. 반세기의 대립, 20여 년의 작업을 거쳐 오늘 우리는 이미 시대가 나선식으로 전진하는 것을 목도하고 있다." 저우 총리는 다나카의 판단 능력과 비범한 용기를 매우 마음에 들어 했다. 확실히 다나카 총리가 취임하고 중일국교가 정상화되기 까지 84일이 걸렸을 뿐이다. 이러한 파죽지세의 형세는 일본 국내에서도 너무 빨라서 미처 손쓸 틈이 없을 정도라는 느낌을 주었다.

그 후 저우 총리는 항상 우리들에게 역사적 인물이란 남들이 할 수 없는 일을 용감하게 해내는 사람으로, 후세에 오래도록 명성이 전해지게 된다며, 우리는 영원히 그들을 기억해야 한다고 이야 기하였다. 다나카의 걸출한 역사적 행동 역시 그러한데, 설사 다른 사람이 수상이 되었다고 해도 이런 용기를 내서 미국을 뛰어 넘고 중국과 국교를 수립하는 일을 수행하기는 어려웠을 것이다. 저우 총리는 일본 외빈을 접견할 때 마다 다나카 총리를 높게 평가하며 다음과 같이 말하였다. "다나카 선생은 취임 하자마자 즉시 결단을 내리고 국교를 회복하였습니다. 이것은 정말 대단한 일로 상찬을 받아 마땅합니다. 그는 닉슨보다 용감합니다."

아시아와 아프리카
인민의 이익을 위하여

– 황화(黃華, 전임 국무위원, 외교부 전 부장)

아시아와 아프리카
인민의 이익을 위하여

- 황화(黃華, 전임 국무위원, 외교부 전 부장)

 1963년 말에서 1964년 초까지 저우 총리는 아시아와 아프리카 14개국을 순방하였다. 저우 총리의 가나 방문은 이 14개국의 순방 중 특수한 정황 및 독특한 의의를 지니는 것이다. 저우 총리의 방문 과정 중 가나에서는 하나의 사건이 발생했는데, 바로 은쿠루마 대통령이 대통령 관저에서, 정오에 업무실에 나갔다 돌아와 휴식을 취하는 시간에 대통령 관저의 보초병인 경찰에게 저격당한 사건이었다.

 등 뒤에서 저격하여 명중하지는 않았기에, 은쿠루마는 고개를 돌려 이 경찰을 잡았다. 두 사람이 서로 맞잡고 싸우는 과정 중 그 경찰은 그의 안면을 물었다. 잠시 후 그의 근위병들이 서둘러 도착하여 그 경찰을 요격하고 체포하였다. 이것은 일종의 음모였다.

 개인의 행동이 아니라 배후에 음모가 있었던 것이다. 이후 은쿠루마는 대통령 관저를 떠나 해변가의 한 성에서 거주하였다. 이 성은 과거에 흑인 노예들을 매매하던 곳이 남아있는 것으로, 규모가 매우 크고 견고하며 한쪽은 바다에 면해 있었다. 또한 은쿠루마는 해군 함정 한 대를 성 밖에 주둔시켰다. 당시 국내에서 전보가 와 상황은 어떠하며 저우 총리의 방문계획은 어떻게 되는 것인지 나에게 의견을 제시하도록 하였다. 나는 은쿠르마가 신임하는 가나 군대의 군관을 만나 그들에게 상황에 대한 설명을 들었다. 그들은 군대를 장악하고 있었고 별다른 문제는 없는 상황이었다.

　나는 시장 거리를 바라보았고, 평온하며 모든 것이 일상대로 움직여 별다른 인심의 동요가 없는 것을 확인하였다.

저우언라이가 가나 대통령 엔크루마를 회견하는 모습(1961년)

그러나 은쿠루마 개인에게는 이것이 결코 우연한 사건이 아니었으며, 이 일에 대해 매우 경계하고 있었다.

중국의 최고 총리이자 정부의 수뇌가 아프리카를 방문한 것은 중국의 외교정책을 체현하고, 발전도상국 국가들 사이의 평등하고 상호 이익이 되는 우호 합작관계를 건립하여 국제정세 전체를 평화를 유지하고 발전을 촉진하는 방향으로 진전시키기 위한 것이었다.

가나는 아프리카 국가 중 중요한 지위를 지니는 곳으로, 비교적 부유하였는데, 2차 대전 중 수출을 통해 번 자본이 축적되어 있었기 때문이었다. 기니가 독립할 때에 드골 정부는 대 아프리카 정책을 변화시켜 알제리를 독립시켰다. 다만 기니가 프랑스 연방에 가입할 것인지의 여부는 세쿠 투레가 투표를 거쳐 참가하지 않는 것으로 결정하였다. 아프리카 국가의 독립은 프랑스 식민주의자들의 불만을 야기하여, 그들은 떠날 때 감옥에 있던 문서들까지 모두 가지고 갔으며, 전구조차도 모두 가져갔을 정도였다. 세쿠 투레는 매우 어려운 상황에 있었다. 원래 매우 빈곤한 국가였으므로 은쿠루마는 그들에게 수백만 파운드를 지급하여 그들의 독립을 지지하였다.

은쿠루마 본인은 미국에서 유학하였으며 그의 스승인 두 보이스는 미국의 저명한 아프리카 학자였다. 그는 범아프리카주의를 주장하였으며, 아프리카의 단결을 통해 아프리카 대륙의 해방을 쟁취하자고 주장하였다. 따라서 가나에는 남아프리카공화국의 만델라를 비롯하여 무수히 많은 아프리카 해방, 아프리카 독립 운동을 하는 인사들이 모여 있었다. 은쿠루마는 아프리카 독립 운동에서 선진전인 위치를 차지하는 인물로 그의 정치적 주장은 중도에서

좌편향된 것이었다. 이 때문에 적들이 그를 해치고자 하였던 것이다. 이것은 결코 우연한 사건이 아니었다. 저우 총리는 우리에게 의견을 구하며 원래 계획대로 순방을 진행하는 동시에 의례를 간소화 할 것을 제안하였다. 은쿠루마에게는 공항으로 와 영접할 필요가 없으며, 중요한 활동은 모두 은쿠루마가 거주하고 있는 성 안에서 진행하여, 그가 밖으로 나올 필요 없게 하자고 제안하였다.

우리는 국빈관에 머물기로 하였다. 이렇게 어려운 정치상황 하에서 저우 총리는 은쿠루마를 존중하고, 아프리카 국가들의 독립 유지 노력을 존중하면서, 중국 외교정책의 근본 원칙을 표명함과 동시에 중국의 이런 정신을 체현하였다.

비록 위험한 상황이었지만 그는 그대로 대표단을 이끌고 방문하였다. 예절에 얽매이지 않고 본질로부터 출발하였으며, 아프리카 민족의 독립을 지지하여 가나정부와 인민의 존경을 얻고 즉시 감정적으로 매우 가까운 사이가 되게 만들었다. 진심으로 타인을 감동시킨 것이었다.

우리가 매일 성에서 국빈관으로 돌아올 때에는 이미 매우 늦은 시간으로, 차량이 국빈관에진입할 때 가나 군대의 사병이 완전 무장한 상태로 총을 차에 겨누며 한 대씩 지나가도록 하였다. 나는 의사인 공선생과 한 차에 탑승하고 있었는데, 그는 새까만 사병이 총구를 들이대는 것을 보고는 "이 총을 발사한다면 정말 큰일이겠군"이라고 말하였다.

이렇듯 형세는 아직 매우 불안한 상태였지만, 저우 총리는 결단을 내렸던 것이다. 아시아 및 아프리카 인민의 이익으로부터 출발하여 대세를 수위에 두는 것이 바로 그것이었다.

　수많은 정부의 지도자들이 이러한 상황 하에서 모두 돌아가고 말았지만, 저우 총리는 장대하고 장구한 이익을 고려하여 중국과 아프리카 인민의 우정을 최우선으로 여겼던 것이다.

미얀마에서 외교활동을 한
저우 총리

– 노로돔 시아누크 (캄보디아 전 국왕)

미얀마에서 외교활동을 한
저우 총리

- 야오중밍(**姚仲明** 외교부 전 부부장, 중국 최초의 미얀마 대사)

나는 1950년 1월 외교부에 들어갔다. 출국 이전 신 중국의 외교정책, 마오 주석의 전략사상을 배우고 외교기술을 배웠다. 이것들은 모두 저우 총리의 의견에 따라 준비된 것으로 그가 우리에게 말해주었다. 주요 내용은 1. 신 중국 외교는 새롭게 시작한다. 2. 먼저 방을 깨끗이 청소하고 손님을 맞는 것이니 무릇 우리를 승인하면 국민당과 반드시 단교한다. 3. 한편으로 기운다면 사회주의 진영을 향한다.

저우 총리가 말했다. 너희들이 이 세 가지 문제를 배우지 않으면 나가서도 맹인이 눈먼 말을 탄 것과 같을 것이다. 이후 한국전쟁을 제기하며 입술과 이는 서로 의지하는 것이며 입술이 사라지면 이가 시리다고 하였다. 외교기술, 외교 작품은 마르크스 레닌주의와 마오쩌둥 사상으로 무장한 중국 인민을 대표해야 하며 비굴하지도 거만하지도 말라고 하였다.

어떤 사람이 "소련이 외교를 다루는 경험을 들어서 말하지 않는 것은 금이요, 말하는 것은 은이요, 말은 많이 하는 것은 썩고 낡은 쇠다"라고 하였다. 그러자 저우 총리가 말했다. "나는 그런 말을 들어보지 못했다. 만약 와전된 것이 아니라면 분명 잘못된 것이다. 외교를 하는데 어떻게 말을 하지 않을 수 있는가? 다른 사람이 국가를 모욕하는데 말을 하지 않을 수 있는가? 변증법이 없다는데 틀린 점이 있는 것이다." 저우 총리는 이 일에 매우 화를 내며 말했다. "나 저우언라이는 주장한다. 해야 할 말은 깊이 있고 투명하게 해야 한다. 상대방이 도발하면 반드시 그들에게 우리가 호락호락하지 않다는 것을 알게 하고 존엄하다고 말해야 한다."

저우 총리는 우리들 중 제1차로 출국한 동지의 보고를 듣고 말했다. "이는 누런 소를 끌어다가 말처럼 타는 것이 아닌가?" 여자 동지가 말했다. "우리는 모두 산을 타고 유격을 하였는데 지금은 우리로 하여금 부인이 되어 화장을 하고 꽃병이 되라하니 할 수 없습니다!" 저우 총리는 이러한 사상문제를 해결할 필요가 있다고 말했다.

마오 주석이 루마니아 대사의 국서를 받아야 하는데 저우 총리가 너희들이 어떻게 국서를 전달하는지를 잘 봐두어야 한다고 말했다. 너희들이 출국 이후 가장 먼저 하는 일이 바로 국서의 전달이고 이는 최대의 예의행사라고 하였다.

저우 총리는 스스로 계획하여 우리들은 커튼 뒷면에 배치시켜 국서 전달 의식을 참관하게 하였다. 의식이 끝난 후 그는 마오 주석에게 지시와 강연을 청하였다. 마오 주석이 말했다. 너희들은 내가 다 알고 있다. 모두 나의 옛 동지이며 정치적으로 강인하며 조직원칙 역시 성실하다. 너희들은 나가면 중앙은 안심이다. 먼저 너희들은 기율에 따르라. 외교에서 기율에 따르지 않는 것은 큰 문제이다. 과거 너희들이 총을 들고 오래 전투하였지만 현재 형세가 발전하여 '무의 시대'는 가고 '문의 시대'가 왔다. 공산당원에게 외교는 새로운 일이고 많은 것이 미숙하지만 왜냐고 묻는 자세가 필요하다. 우리는 대국이지만 나가서는 대국으로서의 쇼비니즘은 필요 없다.

한국전쟁 발발 후 저우 총리는 우리가 빨리 나가기를 바랐다. 그는 한국전쟁이 세계의 주의를 끌어서 주재국에서 문제를 제기할 수 있음을 주의하라고 하였다. 나가기 전 모든 출국 인원을 하나하나 만나보았다. 만난 적이 있는 사람이면 그는 바로 기억하였다. 이런 견습을 거쳤기에 우리는 국서의 전달에서 문제를 일으키지 않았다.

1954년 제네바 회의 기간 저우 총리가 동남아를 방문하였는데 먼저 인도를 방문하고 미얀마를 방문하였다. 그는 평화공동 5개 원칙을 가지고 네루가 인도를 발의국으로 해주길 청하고 이후 미얀마에서 우누와 회담을 하였다.

저우 총리가 미얀마에 도착하기 전에 우누가 우리에게 저우 총리의 성격을 물으며 그들이 주인으로서 응당 무엇에 주의해야 하는지 물었다. 미얀마의 관습에 귀빈에게 민족의상을 증정하는데 저우 총리가 받아서 갈아입고는 "시원하다"고 말했다. 내가 말했다. "총리, 만약 입고 싶지 않다면 제가 대사관에 가서 얇은 중산장을 가져오겠습니다." 저우 총리가 말했다. "사람들이 우리를 존중해서 준 것인데 우리 역시 그들을 존중해야 한다."

우누는 대국과의 왕래에 성실하였고 또한 세심하였다. 이후 저우 총리가 미얀마가 평화공동 5개 원칙의 발의국이 돼 주길 청하자 그는 영광으로 생각하는 것 같았으며 백퍼센트 찬성하였다. 그래서 중국 인도 미얀마가 공동으로 평화공동 5개 원칙을 발의한 국가가 되었다. 이 5개 원칙은 20세기 국제법 상 새로운 물건이었다. 국제연합 헌장 서문에 단지 "서로 평화롭게 지낸다"란 말만 있을 뿐, 5개 원칙은 없었다. 말 탄 사람과 말이 공존하고 제국주의와 식민지가 공존할 수 있었다.

우리가 출국하기 전, 저우 총리는 외교부의 법률전문가 저우 경성(周鯁生), 메이루아오(梅汝璈), 사오톈런(邵天任)과 함께 5개 원칙을 연구하고 문장을 다듬었다. 후루시초프의 동남아 방문에서 "평화공존"을 말하였지만 5개 원칙은 이야기하지 않았으며 대국의 쇼비니즘을 표현하여 지휘봉을 휘둘렀다. 저우 총리는 국제법상 세계에 거대한 공헌을 하였고 국제연합의 "평화공존"을 발전시켰다.

우누가 그와 작별할 때 말했다. "당신이 오기 전에 나는 불안하였소. 우리가 소국이기 때문에 신 중국의 총리를 어떻게 영접해야 하는지 고민하였지요. 당신들은 대국이고 당신들은 모두 혁명의 영웅호걸이니 내가 당신을 어떻게 접대해야 할 것인가 하는 고민이었소. 2~3일의 만남이 지난 후 나는 견식을 키우고 학문을 늘렸으며 당신의 언행을 듣고 탄복하였소. 나는 세계 어떤 사람도 당신 저우언라이와 만나면 반드시 변할 것이라 생각하오."

저우 총리가 웃으며 말했다. "당신 너무 홀가분하게 말하는 것이 아닌가요? 내가 이번에 제네바에 가서 덜레스(杜勒斯)가 나를 보고도 말을 하지 않고 악수조차 하지 않은 것을 어떻게 해석하겠소? 우리는 그가 제국주의를 대표하며 그가 우리를 피압박민족이라고 경시하여서 그가 그렇게 오만하고 무리한 태도를 취한다고 여겼지요."

이후 우누가 말했다. "나는 당신들이 모두 혁명가임을 알고 있으니 한 가지만 묻고 싶소이다. 옌안에 있었을 때 고생스럽고 생활이 힘들지 않았나요?"

저우 총리가 말했다. "그때 국민당이 경제적으로 우리를 봉쇄하고 지급해야 할 우리 군대와 섬감녕변구의 급료와 경비를 지급하지 않아 우리를 고의로 힘들게 하였지요. 그러나 우리 마오 주석이 마르크스 레닌주의를 이용하여 형세를 분석하고 실사구시를 이용하여 우리의 혁명대오를 교육하였지요. 우리는 물질생활이 고생스러웠으나 우리의 정신생활은 포만감이 있었고 우리의 정신생활은 더욱 나았습니다."

우누가 말했다. "우리 쪽 사람이 옌안으로 가고자 한 것도 괴이한 일이 아닙니다. 우리 미얀마의 독립 영수 아웅산과 네윈 모두 당신들 옌안으로 가려고 준비했지만, 홍콩에 이르렀을 때 일본이 홍콩을 점령하고 그들을 억류하였고, 일본의 군관학교로 데리고 갔습니다. 우리의 청년이 당신들의 옌안으로 향했을 때 나는 우울했습니다."

우누가 처음으로 중국과 미얀마의 국경문제를 제기하였다. 저우 총리가 말했다. 현재 조건이 성숙하지 않으니 우리 모두 준비를 더 합시다.

상호 양해와 양보, 실사구시가 저우 총리가 세계문제를 해결하기 위해 제출한 창조적인 원칙이었다.

1년이 되지 않아 미얀마와의 국경문제가 해결되었다. 저우 총리는 미얀마의 경험을 준칙으로 삼아 기타 국가와의 국경문제를 해결할 수 있을 것이며, 모두 미얀마와 국경문제 해결방법을 참고하라고 말했다.

1954년 12월 우누가 베이징을 방문하였는데, 그는 의복 준비를 충분히 하지 못했다. 저우 총리는 그에게 의복을 빨리 갖다 주라고 지시하였다. 저우 총리가 나에게 물었다. "그의 사상 태도가 어떠한가?" 나는 "그가 소국 사람이라 여전히 대국을 겁낸다"고 하였다. 국가 연회에서 우누가 말했다. "소국은 비교하자면 양이고 대국은 코끼리와 같습니다. 코끼리가 코를 한 번 휘두르면 양의 생명은 어떻게 될지 모릅니다. 나는 저우 총리를 이해시켰고 내가 아는 그의 성미와 내가 가지고 있는 모든 것을 다 토해 냈습니다."

저우 총리는 소국과 대국의 왕래에 대해 진지해 했고 민감하였으며, 어떻게 해결할 지에 대해 깊이 생각하였다. 그는 시원시원하면서도 솔직하였다.

우누가 말했다. "저우 총리는 나를 양해하고 이해하고 있습니다. 그러나 중국의 많은 영도인이 장정을 거치고 남정북전을 거친 영웅호걸입니다. 어떤 사람이 탁자를 치고 나에게 이야기하면 나는 깜짝 놀랍니다." 그는 이러한 생각을 가지고 있었다.

저우 총리가 말했다. "우누에게 안배된 프로그램은 일반적일 필요가 없다. 그는 불교도이고 경건하니 불교 프로그램을 계획하여 아침에는 부처의 치아에 배례케 하고 고승들을 찾아 대화하게 하며 베이징 고찰 방문을 취소하고 산서 대동에 가거나 상하이의 불교 관련 지역을 가서 볼 수 있게 하도록 배려하게."

우누가 마지막에 나에게 말했다. "나는 미안해서 제안하지 못했는데 당신들의 계획은 모두 내가 가장 필요로 한 것이었습니다."

이후 회담 중에 우누가 우리에게 불교대표단을 파견해 줄 수 있느냐고 제안하였다. 고승들을 미얀마에 파견하는 것이 어떠하냐고 묻자 저우 총리는 가능하다고 대답하였다. 그는 부처의 치아를 미얀마에 보내주어 예배하게 해줄 수 있느냐고 물었다 우리는 자오푸추와 희요가조를 파견하였다. 우리는 대승으로 중생의 너른 구제를 이야기하였고, 미얀마는 소승으로 홀로 잘 되는 것을 이야기하여 교의가 같지 않았다. 부처의 치아는 보내진 후 공항에서부터 환영을 받아 양곤까지 20킬로미터나 되는 길에 사람이 줄지어서 부처를 배알하였고 양곤 공항에는 사람들로 가득 찼다. 부처의 치아가 해외에 나간 것은 큰 영향력을 끼쳤고 이후 동남아 각국에서 요청이 들어왔다.

저우 총리는 미얀마와 동남아 국가에 대해 진일보적으로 상층부나 수도가 아닌 소수민족에 대한 공작을 하였다. 후에 손(孫) 부인이 미얀마 방문을 청하였을 때 아웅산 부인에 대한 공작은 매우 효과적이었다. 미얀마 공작은 더욱 깊고 넓게 발전하였다.

1955년 10월 1일 미얀마에게 중국 미얀마 국경 조약에 서명할 것을 요청하였다. 저우 총리는 "친척을 보낸다"를 제안하여 그들이 부인을 대동하고 중국을 방문하길 청하였다. 마오 주석 접견 시 식사를 청하였다. 진(陳) 라오총(老總)이 시를 썼다. "나는 강(江)의 북에 있고 그대는 강의 꼬리에 사네……."

1956년 1월 4일은 독립기념일이었고 우리는 쌍방이 서명한 조약을 저우 총리에게 보냈고 미얀마에 9개의 대표단을 요청하였다. 저우 총리는 우리가 친척관계이며 친척 위에 친함을 더한다고 말했다. 미얀마의 관원은 저우 총리가 1차 성공에 대해 말했다고 하였다.

저우 총리, 허룽은 미얀마의 총리와 지도자가 윈난 망시(芒市)에서 중국과 미얀마 양국 사람들이 함께 즐기는데 오도록 청하였다. 저우 총리는 윈난 서기, 성장이 윈난 예술단을 데리고 미얀마를 방문하도록 하였다.

네윈이 정권을 잡고 국경문제 해결에 힘을 쏟았으며 합작에 성실하였다(우리는 그들이 李彌의 잔여부대를 공격하는 것을 도와주었고 중앙은 장아이핑(張愛萍)을 파견하였다.)

저우 총리는 미얀마를 이용하여 미수교 국가와의 공작을 발전시켰는데 실론(현 스리랑카)을 우선적으로 하라고 지시하였다. 실론의 공사가 나를 찾아와 반미 연합을 제의하였다. 한국전쟁 기간 동안 미국은 우리를 봉쇄하고 국제시장에서 고무를 덤핑 판매하고 있으므로, 실론은 모든 고무를 중국에 판매하고 중국의 쌀을 사고자 하였다. 우리는 이를 저우 총리에게 보고하였고 그는 곧 전보를 보내 실론 정부대표단이 와서 협약에 서명하는 것을 환영하였다. 우리는 고무를 국제시장보다 높은 가격에 구매하였고 국제시장보다 낮은 가격에 쌀을 판매하여 그들을 감동시키고 협약을 빨리 체결하였다. 인도네시아가 곧 고무를 우리에게 판매하려고 하여 미제의 봉쇄를 타파하였다. 이후 반다라나이케 부인이 집권하자 이에 대해 우리에게 매우 고마워하였다.

미얀마와의 국경조약 체결 시 저우 총리는 물 뿌리기 축제에 참가하였다. 그는 우누가 시샹반나에서 물 뿌리기 축제에 참석할 것을 요청하였다. 저우 총리의 미얀마에서 명성은 대단하였다. 미얀마의 주중국 대사 우민덩의 부인이 말했다. 우리 미얀마에서 저우 총리를 만난 사람, 특히 여인은 모두 저우 총리를 찬양하며 모든 아이들에게 저우 총리의 대범함, 예의범절, 학식을 배우도록 합니다. 저우 총리 서거 후 미얀마에서 통계를 내보니 저우 총리는 미얀마를 10차례나 방문했었음을 알았다.

제1차 아시아 아프리카 회의 이전, 국민당 특무는 "카시미르 공주"호 비행기에 폭탄을 설치하였고 11명의 동지가 희생되었다. 중앙은 저우 총리가 미얀마에 가도록 하고 나에게 전신을 보내 미얀마와 교섭하게 하였다. 저우 총리는 다음날 오후에 양곤에 도착하였다. 이후 네루, 나세르, 팜반동, 아프간 부총리가 모두 도착하였다. 저우 총리는 예비회의 개최를 제안하였다. 그들은 비행기 사건을 들었고, 또한 긴장하고 또한 낙담하여 비관적인 정서가 흘렀다. 저우 총리는 이는 미국과 그들 앞잡이 구가 아시아 아프리카 회의를 파괴하기 위한 행동이라고 생각하고 우리의 태도는 반드시 실망과 비관으로 가지 말고 분투하여 아시아 아프리카 회의의 승리를 쟁취해야 한다고 하였다.

반둥에 도착하여 회의를 개최하고 국가 이름의 자모음 순에 따라 배열하였다. 저우 총리의 발언은 뒤편에 배치되었다. 미국은 배후에서 많은 공작을 하여 중국을 공격하고 반 중국사상을 선동하였다. 저우 총리는 그 자리에서 이러한 발언에 동의하지 않으며 사실을 파악하고 도리를 말하자고 성명을 내었다.

이후 저우 총리는 이른 발언을 요구하였다. 그의 발언의 요지는 다음과 같다. 우리는 말다툼을 하려는 것이 아니다. 우리는 당신들과 함께 서로 같았던 과거 즉 우리가 모두 피압박민족이었던 사실에서 시작하여 제국주의를 반대하고 식민지주의를 반대하기를 바란다.

우리는 독립하여서 다른 이의 기만을 당해서는 안 된다. 의식형태의 문제에서 각국이 스스로 선택하고 서로 다른 사회제도의 국가가 구동존이를 해야 한다. 그가 말하는 중간에 네루가 두 차례 찬동을 표했다. 이처럼 국면이 전환되기 시작하였다.

나는 당시 미얀마에서 미얀마 정부가 외교사절단에 준 아시아 아프리카 회의가 승리를 거두었으며 공항에 나아가 우누, 저우 총리, 네루를 영접하라는 통지를 받았다. 우누가 먼저 비행기에서 내려 말했다. "이 회의는 다행히도 저우 총리가 큰 역할을 했습니다. 이 회의는 저우 총리의 승리입니다."

천이가 저우 총리의 명을 받아 반둥회의의 경과를 보고하였다. 레바논 외교부장이 최후로 발언하였다. "현재 회의가 승리로서 마쳐졌습니다. 우리 중 적지 않은 사람이 틀린 말을 하고 틀린 행동을 했습니다. 반제국주의 반식민지가 놓인 반면 반 중국이 진행되었는데 틀린 말을 하지 않은 것은 저우언라이입니다. 우리의 승리는 저우언라이가 힘쓴 것입니다. 현재의 회의는 비록 끝났지만 나는 저우언라이가 대회에서 한 발언이 여전히 들립니다." 반둥회의는 저우 총리의 이론 강연 투쟁을 거친 후에 모두가 바른 길로 인도되었던 것이다.

1964년 6월 저우 총리, 천라우총이 국내에서 사절단을 이끌고 출국하였다. 방문 준비를 마치고 알제리 수도 알제의 제2차 아시아 아프리카 회의에 출석하였다. 나와 딩궈위(丁國鈺 주파키스탄 대사), 황화(주 가나 대사), 허잉(何英 주 탄자니아 대사)이 파리에서 그들의 소식을 들었다. 파리에 도착하자 황전(黃鎭)이 통지하였다. 벤 벨라가 정변을 당해 부메디엔이 그를 억류했으며 아시아 아프리카 회의의 개최가 불투명하다고 하였다. 이후 국내에서 통지가 와서 저우 총리가 카이로에 있으며 천이, 차옥관화(橋冠華), 장한푸(章漢夫)가 먼저 알제에 가서 부메디엔의 의향을 살피고 있다고 하였다. 천이는 우리에게 알제에 가서 그의 작업을 돕고 신 정부의 태도를 살펴 이미 도착한 대표와 의견을 교환하고 여러 다른 의견들을 이해하라고 하였다. 저우 총리는 카이로에서 이러한 견해들을 듣고 중앙에 보고서를 보냈다. 그는 이런 듬성듬성하고 성과도 적고 위세도 없는 회의를 열어보았자 오히려 제1차 회의의 성취를 희석시키니 열지 않는 것이 좋겠다는 의견을 제시하였다.

중앙은 저우 총리의 보고에 동의하고 그의 보고를 우리 대표단 전체에게 보내어 저우 총리의 의견에 따라 처리하도록 하였다. 이 때 또 소식이 들려왔는데 우리가 제공한 기기가 있던 회의장에 화재가 났다고 하여서 갑자기 기운이 빠지고 모두 낙담하였다. 저우 총리는 나세르, 수카르노는 상의하여 그의 의견을 표명하였고 그들은 완전히 동의하였다.

이렇게 부메디엔은 무거운 책임을 벗고 홀가분해졌다. 제2차 아시아 아프리카 회의는 비록 개최되지 못했으나 저우 총리의 아시아 국가에서의 명망은 더욱 높아졌으며 모두가 저우 총리의 영명함을 알았다.

1961년 나는 인도네시아 갔는데 주로 두 가지 일을 하기 위해서였다. 하나는 저우 총리가 제출한 화교의 이중국적 문제 해결방안을 위한 조약을 체결하려는 것이었다. 한 종류는 인도네시아 국적을 갖고 중국 국적을 버리는 것이었고, 다른 한 종류는 중국 국적을 지니고 현지 법률을 준수하는 것이었다. 귀국을 원하는 이는 우리가 맞아들이기로 하였다. 이렇게 인도네시아의 우려를 감소시키면 제국주의의 도발을 피할 수가 있었다. 이 조약은 다른 국가에도 적용되었다. 두 번째 일은 신흥 역량의 운동회를 준비하는 것이었다.

우리는 수카르노에게 말했다. "저우 총리가 말하길 당신 수카르노 총통은 방법이 있고, 당신은 능히 아시아 아프리카 회의를 개최할 수 있는데 어째서 아시아 아프리카 국가를 초청하고 라틴 아메리카와 세계의 진보 역량을 모아 참신한 운동회를 열지 않습니까? '두 중국'의 문제를 언급하지 않아도 정치적으로 반제국주의, 반식민주의인 아시아 아프리카 회의의 계속이자 확대가 될 것입니다." 이에 수카르노가 말하였다. "저우 총리는 정말 대단합니다. 어째서 이런 방법을 그는 생각해내는데, 나는 생각하지 못했을까요? 탄복하는 바입니다." 그러면서 그는 신흥 역량의 운동회를 준비하였다. 중국은 허룽을 중심으로 많은 인원을 파견하였다. 대만을 제외하고 새로운 운동 영역을 개창하였는데 이는 저우 총리 일생에 거둔 찬란한 성취 중 하나였다.

그의 지도사상은 높이 솟은 건물과 같았다. 사람을 접대하는 것과 언행이 모두 우아하고 지혜가 뛰어났다. 예민한 통찰력과 방대한 지식이 있고 엄격한 작풍이 있으니 이는 모든 사람들이 잘 알고 있는 것이다.

저우언라이, 덩샤오핑
- 20세기 진정한 지기

– 덩푸팡(鄧朴方, 전국정협 전 부주석, 덩샤오핑의 장남)

저우언라이, 덩샤오핑
- 20세기 진정한 지기

- 덩푸팡(鄧朴方, 전국정협 전 부주석, 덩샤오핑의 장남)

저우 총리와 내 부친 덩샤오핑의 반세기 우정과 혁명 임무에 함께
참여하여 공동으로 분투하던 일에 대해 이야기하려 하면, 이야기
하기가 확실히 쉽지는 않다. 저우 총리에 대해 부친은 일찍이 이렇게
말하였다. "우리는 일찍부터 서로를 알았는데, 프랑스에서 일과 학업을
병행할 때 함께 살았다. 나에게 있어 그는 시종 형님과 같았다. 전국의
인민이 모두 그를 존중한다."

부친과 저우 총리는 함께 프랑스에 가서 일과 학업을 병행하였는데,
부친은 1920년 10월에 도착하였고, 저우 총리는 11월에 도착하였다.
부친은 프랑스에 도착한 후 공부를 시작하고 후에 공장에 나아가
일을 하였다. 저우 총리는 프랑스에 도착한 이후 늘 사회활동에
종사하였다. 1921년 파리 공산주의 소조가 성립되었고 1922년 6월에
유럽중국소년공산당이 성립되었다. 저우 총리는 집행위원회에서
선전을 담당하였고 부친은 그 조직에 참여하였다.

1922년 부친은 겨우 18세였고 그들이 거처하는 프랑스에서 막내였다. 1923년 유럽소년공산당은 파리에서 임시대표대회를 열고 중국사회주의 청년단에 가입할 것을 결정하였으며 이름을 유럽 중국공산주의 청년단으로 바꾸고 저우 총리를 서기로 선출하였다. 이 임시대표대회에 부친이 참가하였다. 당시 여러 사람의 기억에 의하면 부친은 그때 이미 지부 공작에 참가하고 있었다.

그 때 지부 공작은 당연히 저우 총리가 주로 담당하였고 부친은 보조적 업무를 하였는데 예를 들면 〈소년〉, 〈적광〉을 인쇄 판매하는 것이 구체적 업무였다. 부친의 말에 의하면, 그는 대략 반 년 동안 저우 총리와 함께 살아서 아침저녁으로 같이 지냈고, 먹는 것조차도 힘들어서 물과 빵을 먹었고, 또 모두가 함께 빽빽하게 모여 살았다고 하였다. 다만 이들 청년들이 지닌 혁명의 힘과 열정은 매우 높았다.

그 시기 프랑스의 사상은 비교적 활기차서 각종 사상조류가 모두 있었고 저우 총리와 부친은 이때 모두 공산주의를 선택하고 다른 사상과 투쟁을 벌였다. 이 시기 역사는 오래되어 당사자들의 회고가 많지 않아서 겨우 우리는 일부만을 알 수 있었다. 다행히 부친께서 이 시기의 역정에 대해 기억하고 있는 바가 있었는데, 예를 들면 그들은 공통적인 습관이 있었는데, 부친은 축구 관람을 즐겼고 저우 총리 역시 그러하였다고 한다. 부친은 크루아상 빵을 좋아하였고 그 역시 즐겨 먹었다. 사실 프랑스에서는 일반적인 식품이었으나 그들에게 있어서는 가장 좋은 음식이었고, 그래서 수십 년이 흐른 뒤에도 그는 여전히 그 때의 생활을 기억하고 있었던 것이다.

그 때 그들과 리푸춘(李富春), 차이창(蔡暢)이 함께 하였다. 차이창의 부인의 기억에 의하면, 저우 총리는 하루 종일 업무를 보았고 부친과 리다장(李大章), 찬종(傅鍾) 등은 낮에는 일을 하고 저녁부터 업무를 시작해서 "반은 일하고 반은 본업에 종사한다"고 불리었다고 하였다. 이러한 시기는 대략 1년이었다. 1924년 9월 저우 총리는 중국으로 귀국하였다.

내 누이는 일찍이 부친에게 프랑스에 있을 때 가장 친밀했던 인물이 누구인지 물은 적이 있었다. 부친은 생각한 후 "총리다. 우리는 함께 지낸 시간이 길었다"고 말하였다. 1927년 말에서 1928년 초, 부친과 저우 총리는 대략 1년 반의 시간 동안 아침저녁을 함께 하였다.

저우언라이와 덩샤오핑이 베이징에서 초대회에 출석하고 있다(1963년)

저우 총리는 중앙의 구체적 사무를 담당하였고 중앙에서는 큰 사안이 있을 때마다 모두 그에게서 지시를 받았다. 부친이 처리한 것은 일상적인 업무였다. 정치국 회의에 부친이 참석할 수 있었고 발언권도 있었지만 회의에서는 저우 총리의 발언이 많았고 부친은 간간히 발언하였다. 그들은 함께 살았고 함께 싸웠다. 그들은 반년여의 시간을 함께 살고 저우 총리와 덩(鄧) 어머니가 위층에 거주하였고, 부친은 그 때 이미 결혼하여서 장스위안(張錫媛) 어머니와 아래층에서 살았다. 해방 이후 차이창 부인이 그 때 늘 아래층에서 흥겨운 소리가 들렸다고 하였다. 후에 내 누이가 부친에게 "그 시기 아버님네들이 즐겁게 웃는 소리가 늘 들렸다 하데요"라고 묻자 부친은 "그 때 우리는 젊지 않았느냐, 당연히 즐거웠다"라고 대답하였다.

부친과 장스위안 어머니는 1928년 4월에 결혼하였다. 혼인식에 저우 총리와 덩 어머니 그리고 몇 명이 참석하였다. 당시는 백색테러의 시절이었고, 국민당의 중공 중앙 파괴를 위해 노력하여서 매우 어려운 시기였다.

부친과 저우 총리의 접촉이 많아진 것은 해방 이후였다. 1952년 부친은 베이징에 가서 부총리를 맡았고 저우 총리의 지도하에 업무를 수행하여 1952년부터 "문화대혁명"까지 부친은 줄곧 부총리로서 저우 총리의 업무에 협조하였다. 어느 때 저우 총리가 출국하자 부친이 총리 대행으로 그의 업무를 보았던 적도 있었다. 이 시기는 대략 10여 년이었다. 부친은 줄곧 저우 총리를 매우 존중하였고 그는 부친을 다시 보게 되었다고 생각된다. 특히 이후 부친이 총서기가 되어 중앙의 일상 업무를 주관하였을 때 저우언라이는 국무원의 일상 업무를 담당하였다. 이 때 중앙의 업무와 국무원의 업무에 대해 두 사람은 서로 믿고 서로 이해하여 문제의 처리에 상호간 묵계가 이뤄져 있었다.

부친의 일 처리 방식은 비교적 과감하여 작은 일은 신경 쓰지 않고 큰 일만 담당하였다. 저우언라이는 외교를 담당하였는데 외교에는 작은 일이라는 게 없어 처리 방식이 매우 치밀하였으니, 양자의 협력은 매우 좋았다. 부친이 저우 총리에 대해 이야기를 할 때 그는 매우 존경하는 마음가짐을 늘 보였다. 어린 시절 아버지는 우리에게 덩 어머니를 고모라고 부르도록 하였다.

그것은 그녀의 성 역시 덩 씨였기에 그런 것이었으나 이후에는 그렇게 부르지 않았다. 어느 때는 저우 총리가 우리 집에 왔었고 더 많은 시간을 부친이 그곳에 갔었다. 나는 지금도 축구 관람을 좋아하는데 그것은 다 그 노인들의 영향을 받은 것으로 그는 그 시절 늘 축구를 보았고 나를 데리고 갔었으며 어느 때는 다른 아이들을 데리고 갔었다. 그 시절 저우 총리 역시 축구를 보러 갔었다. 어느 때 그가 우리에게 물었다. "너희 집에서 누가 돈을 관리하느냐?" 우리는 내 누이 덩난(鄧楠)이 관리한다고 대답하였다. 그가 덩난에게 말했다. "아! 너 역시 총리구나! 너의 관직이 나처럼 크구나!" 그가 우리 집 마오마오(毛毛)에게 말했다. "너는 너희 집의 외교부장이구나!" 또 내 동생 페이페이(飛飛)에게 이름을 물었다. 동생이 "페이페이"라고 하자 그가 말했다. "아! 그렇다면 너는 나와 이름이 같구나!" 우리는 그제야 저우 총리가 일찍이 필명으로 "페이페이"를 사용한 적이 있었다는 사실을 알았다. 우리 아이들의 눈으로 보았을 때, 저우 총리는 상냥하고 친근한 어른이었다.

저우 총리는 부친의 이모저모에 대해 관심이 많았다. 어느 때 저우 총리가 우리 집에 와서 직접 건물 안으로 들어와 문에 경비가 없음을 보고 말했다. "이러면 되겠는가! 문에 경비가 없다니!" 이후 문 앞에 보초를 마련해 주었다.

내 어머니는 나에게 말했다. "나는 이전에 게를 먹을 수가 없었는데, 이후 상하이에 가자 저우 총리가 게 안 먹는 나를 보면서 '어째서 게를 먹지 않습니까?'하고 물어서 어머니는 '나는 살을 바를 줄 모릅니다'라고 하자 저우 총리가 그렇다면 '내가 당신에게 가르쳐 주지요' 하면서 자세히 가르쳐 줬는데 어떻게 뒷 껍데기를 열고, 어떻게 위장을 끄집어내고, 어떻게 살을 바르며, 어떻게 마치 서랍처럼 한 층 한 층 벗겨내는지를 시범으로 보여줬다는 겁니다. 그래서 어머니는 저우 총리의 가르침으로 게 먹는 법을 배웠다고 했지요."

우리가 본 바로는 저우 총리와 부친 사이의 감정과 우의는 모두 자연스러운 것이었지 피상적인 것은 아니었다. 그래서 우리는 저우 총리를 보면 존경의 마음과 사랑스런 감정이 아주 깊었다.

1966년 "문화대혁명"이 시작되자 부친은 타도되었고 많은 옛 간부들이 비판의 대상이 되었다. 저우 총리는 마오 주석을 보필하면서 그들을 보호해주었다. 당시 상황은 매우 험난하였다.

1969년 린뱌오가 "1호 통령"을 작성하여 옛 간부들을 베이징으로 불러서 외지로 보냈는데, 그때 부친은 장시(江西)로 하방(下放)되었다. 그후 장시에서는 그를 간저우(贛州)로 보냈는데, 저우 총리가 알고 난 후 두 차례 장시성 "혁위회" 담당자에게 전화를 하여 덩샤오핑이 이미 65세이고 건강이 좋지 않으니 난창(南昌) 부근에 배치하고 2층 단독주택을 마련하여 위층에는 부친과 모친이 거주하고 아래층에는 업무 인원이 거주하게 하며 산책 정원을 줄 것을 말해주었다.

저우언라이의 적극적인 추진 하에 마오쩌둥을 통해 1973년 3월 덩샤오핑을 부총리 직무로 회복시킬 것을 제의하였고, 12월에 중앙정치국으로 진입케 하였다. 이 사진은 저우언라이가 중병을 앓고 있는 기간에 중공중앙이 덩샤오핑의 중공중앙과 중앙군사위원회 영도자 업무에 참여하는 것에 관해 기초(起草)한 통지문이다.

"9. 13" 사건 발생 후 부친은 전언을 듣고 즉시 중앙에 서신을 보냈다.

1972년 1월 천이(陳毅)백부가 사망하였으나 누구도 마오 주석이 그 추도회에 참석하리라고 상상하지 못했다. "문화대혁명" 중 린뱌오는 이들 노인네들을 타도하려 하였는데, 그 중에는 부친, 류바이청(劉伯承)과 여러 옛 동지들이 포함되었다. 저우 총리는 즉시 천이의 자녀에게 암시하여 이 소식을 전달하게 하였다. 그 후 저우 총리는 신장대표단을 만났을 때 장칭(姜青), 야오원(姚文元)의 면전에서 "린뱌오는 옛 간부를 타도하려고 한다. 마치 덩샤오핑을 타도하듯이"라고 말했다. 마오 주석이 부친의 직위를 회복시키는 결정을 했을 때, 저우 총리로서는 마오 주석의 결정에 의거해 일을 처리하였고, 이러한 사정에 대해 그는 많은 말을 할 수 없었다. 다만 해야 하고 할 수 있는 일은 모두 하였다. 당시 저우 총리의 처지는 매우 곤란하였다. 1972년 6월 그는 한 문건을 결재하여 부친의 임금과 대우를 회복하는 동시에 나를 베이징으로 보내서 치료하는 것을 허가하였다. 8월 부친은 서신을 마오 주석에게 보냈다. 마오 주석이 말했다. 덩샤오핑이 비록 많은 착오를 범했고 착오가 매우 중하나 첫째 그가 반역도가 아니며 둘째 소비에트구 시기 그가 "마오파(毛派)"의 선두였으며 셋째 류바이청과 협조하여 전쟁에서 공로가 컸고, 넷째 해방 이후 좋은 일을 하나도 하지 않은 것은 아니다. 저우 총리는 이 지시를 받고 난 후 즉시 정치국에 전달하고 아울러 문서로 만들어 전파하였다. 10월 부친이 활동을 개시하여 사오산(韶山), 징강산(井岡山)을 차례로 참관하고 훙두(紅都)기계창과 장시 기타 지역을 참관하며 연말까지 지냈다. 저우 총리는 지덩쿼이(紀登奎)와 왕둥싱(汪東興)에게 서신을 보내 먼저 탄전린(譚震林)의 사정을 이야기하여 그가 베이징으로 돌아올 수 있게 하고, 이후 다시 덩샤오핑의 사정을 이야기하며 마오 주석이 여러 차례 언급했음을 알리고 그들에게 방법을 강구해줄 것을 청했다. 12월말 지둥쿼이, 왕둥싱은 정식으로 건의하여 부친의 부총리 업무를 회복해 줄 것을 청하였다.

1973년 2월 부친은 베이징으로 돌아오라는 통지를 들었다. 73년 초, 저우 총리의 병이 재발하여 치료에 전념해야 했으나 그는 73년 2월말부터 3월초까지 계속 회의를 열어 부친의 재기 문제를 토론하였고, 며칠 간 회의를 연속으로 열어서 여러 번 논의하였다. 3월 9일에 이르러 대략 토론이 완결되었고, 그는 정치국에 그의 병을 설명하고 휴가를 청해 치료하고자 하였다. 같은 날 그는 마오 주석에게 회보를 작성하였고, 마오 주석이 비준하여 3월 10일 덩샤오핑 재기의 중앙 문건이 공식으로 발출되었다. 이는 저우 총리가 부친의 재기를 위해 병중에서도 애쓴 정황이었다.

3월 28일 부친과 리셴녠은 함께 저우 총리를 만났다. 경비가 나에게 말한 바로는, 당시 인민대회당에서 저우 총리가 가장 위쪽의 등받이 의자(소파는 아님)에 앉아 있었는데 부친이 들어서자 저우 총리가 즉시 일어나 부친이 있는 곳까지 와서 "샤오핑 동지"라고 소리쳤다. 두 사람이 악수한 후 다시 방안으로 들어가 이야기를 나눴는데, 당시 그와 리셴녠이 함께 부친과 대화하였다. 다음날 부친과 함께 마오 주석이 소집한 회의에 참석하였다. 부친은 3월 29일에 마오 주석을 만났다. 그날 저녁 저우 총리는 정치국 회의를 개회하고 부친의 업무 안배문제를 토론하였다. 이 시기 저우 총리는 병중이었고 또한 치료 중이었다.

부친은 이 시기 막 나오자마자 모친과 함께 옛 친구들의 집을 찾았는데, 당시 많은 옛 동지들을 만났다. 어머니 말에 의하면, 4월 9일 그녀와 부친은 저우 총리를 찾았는데, 저우 총리는 위취 안산 (玉泉山)에서 요양 중이었다. 그 날 그들은 위취안산에 가서 차에서 내리자, 덩 어머니가 문가에서 기다리고 있었다. 부친이 소리쳐 부르자 우리 어머니는 격동하여 울음을 참을 수가 없었고 그녀와 덩 어머니는 얼싸안고 대성통곡하였다고 한다. 그들이 방안으로 들어가자 저우 총리가 안에 있었다. 우리 어머니가 '해방' 후 처음으로 저우 총리를 본 때였다. 이 때 저우 총리는 특별히 한 마디 하였다. "당신들은 보건 의사를 찾아야겠소. 우(吳) 씨를 찾으시오!" 그는 다시 우리 어머니에게 말했다. "쥐린(卓琳), 당신은 이 일을 잊지 마시오!" 나는 그가 부친의 재기에 깊은 기대를 가지고 있었으며 의료와 안전을 모두 살폈다고 생각한다.

4월 12일 부친이 최초로 등장한 것은 시아누크 친왕과의 환영회 자리였다. 관련 자료에 의하면, 저우 총리는 당시 치료가 막 끝난 후 이 연회에 참석한 것이었다. 덩샤오핑이 자신을 드러내고 등장한 것은 많은 사람에게 깊은 인상을 주었다. 저우 총리는 부친이 전면에 나서도록 하고 모두에게 소개하였으며 시아누크 친왕에게도 소개하였다.

저우 총리는 줄곧 부친이 자신을 대신할 것을 희망하였고, 특히 그의 병이 심한 시기에도 그는 부친에 대해 이해하고 있었다. 그로서는 간절한 염원이었다고 생각하며 그가 몇 년간 계속 노력한 사정이었다고 생각한다. 다만 이 과정은 매우 어려웠으며 그의 병이 계속 엄중해진 것과 외부의 압력이 계속 커진 것과 관련 있었다.

그러나 1973년 부친 문제가 점차 해결되는 과정 중에 저우 총리 역시 비판을 받았다. 마오 주석이 그를 비판하였다. "큰 일은 토론하지 않고 작은 일로만 시간을 보낸다." 10대 개회 전인 8월 5일 마오 주석이 다시 유법(儒法)투쟁을 제기하였다. 8월 6일 장칭이 유법투쟁을 10대의 보고 안에 작성해 넣자고 소란을 피웠다. 그러자 저우 총리는 이를 소화하자고 말했다. 당의 10대에서 부친은 주석단의 일원으로서 10대에서 중앙위원에 당선되었다. 부친의 재기가 한 걸음 더 나아갔다.

상황은 갈수록 나아지는 듯 보였으나 마오 주석이 저우 총리에게 다시 비난을 시작하였다. 11월 중하순에서 12월 초까지 줄곧 정치국 확대회의를 열고 저우 총리를 비판하였다. 장칭은 이 "11차 노선투쟁"을 저우 총리가 늦춰선 안 된다고 말하였다. 그러나 회의가 시작되고 주석은 이 회의가 잘 개최되었다고 말하며 장칭이 말한 "11차

노선투쟁"이 잘 못 말하여진 것이라고 비판하였다. 그 후 마오 주석은 그가 주재하는 정치국 회의에서 부친의 정치국 위원 자격과 군위 위원 자격을 회복시키고 군위의 업무에 참가하게 하였다. 그가 특별히 말했다. "샤오핑 동지는 나 개인이 돌아오게 한 것이 아니라 정치국이 돌아오게 한 것이다. 샤오핑 동지가 돌아왔으니 정치국에 비서장 자리를 하나 더 만들어야 한다." 부친이 중앙비서장이었던 시절은 1927년 말이었다. 주석은 특별히 부친이 "솜 속에 바늘을 감추고 있으며, 부드러운 가운데 강함이 도사려 있다(綿里藏針, 柔中寓剛)"고 말했다. 이처럼 부친이 영도자의 직위를 회복하고 주요 영도 업무에 참가하게 된 것은 바로 이 시기에 정식으로 이뤄졌다.

1974년 저우 총리는 대량의 혈변을 보았고 신체가 두드러지게 약해졌다. 그 해 1월 그는 군위 회의를 다시 주재하며 부친을 군위 업무에 참가시키고 군위 5인 소조를 만들었다. 1월 말 "사인방"이 총리를 향해 새로운 공격을 시작하고 "비림비공(〔批林批孔〕린뱌오〔林彪〕와 그가 즐겨 인용한 공자〔孔子〕를 아울러서 비판한 운동)"의 운동원 대회를 개최하였다. 츠천, 사정의는 저우 총리에게 창끝을 겨누고 현대의 대유학자를 비판하고 습격을 진행하였다. 2월 마오 주석이 말했다. "츠천, 사정의의 말에는 결점이 있으니 그 말을 발포하는 것은 온당치 않다." 저우 총리는 이 정신에 근거하여 전달을 진행하고 결의를 작성하였다. 장칭이 소동을 피웠다. 1974년 "사인방"의 저우 총리와 부친에 대한 제1차 공격이었다.

3월 저우 총리의 병세가 더 악화되어서 휴식을 취해야 했지만 그 시기 그는 쉴 수 없었다. 4월 마오 주석이 부친을 연대회의에 참석시키도록 제의하였다. "사인방"은 동의하지 않았고 장칭은 정치국에서 소란을 피웠다. 모든 정치국 위원이 동의하였지만 그녀는 동의하지 않았다. 그러자 정국에서는 그녀에게 "이는 마오 주석의 뜻"이라고 말을 전달했지만 그녀는 응답하지 않았다. 그러자 마오 주석이 직접 그녀에게 서신을 보내 "이는 나의 뜻이다. 당신은 반대하지 않는 것이 좋다"라고 하였다. 이리하여 풍파가 가라앉기 시작하였다.

국제연합회의에 참석하기 위해 부친의 출국이 정해진 후 저우 총리는 부친의 행정을 안배하였는데, 그는 자신의 병을 돌보지 않고 비행기의 항공로에서부터 동쪽 항공로와 서쪽 항공로를 선택할 것인지 민간항공사가 어떻게 시험 비행할 수 있을 지까지 주의를 기울여 주었다. 그는 만약 민간항공사가 비행한 적이 없다면 프랑스 항공사에 도움을 요청하는 것이 좋겠다고 제안하였다. 이 외에 그는 부친의 환송의식에 대해서도 세심하게 계획하고 마오 주석에게 지시를 청해 융숭하게 거행하여 우리에게 정중하게 그를 내보낸다는 사실을 보여 줄 것인가를 물었다. 그는 붉은 양탄자를 깔아 최고의 영예로 국제연합 회의에 참석하는 부친을 환송하려고 하였다. 전체 환송 과정 중 저우 총리는 정신을 차리기 위해 시종 손뼉을 쳤다. 부친이 외국에 있었던 시기 저우 총리는 줄곧 병을 치료하지 않았다.

4월 19일, 부친이 국제연합에서 대승리를 거두고 돌아오자 총리가 공항에서 영접하였다. 4월 20일 저우 총리는 의료조의 구성원들을 불러 만나 그의 병에 대해 말하고 이어서 검사와 치료를 행했다. 5월 30일에 이르러 총리는 입원하였다. 6월 1일 1차 대수술을 시행하였다.

총리는 이렇게 부친의 업부를 지지하였고 부친의 임무 완성을 보증하였다. 그의 이런 안배는 이런 희생을 낳았으나 이는 부친을 위한 것만이 아니라 미래를 위한 것이고 우리 국가를 위한 것이기도 하였다. 그 시기 내가 자료를 본 바에 의하면 19일 저녁 부친을 돌아오게 하였고 20일 새벽 2시에 그는 의료조를 만났으니, 나는 내심 충격을 크게 받았던 것이었다.

저우 총리 입원 후 중앙 정치국에서는 왕훙원이 회의를 개최하였고 6월 중순 "사인방"이 공격을 다시 시작하여 "현대 대유학자" 비판을 조직하고 창끝을 저우 총리에게 향했다. 7월 중순 마오 주석이 다시 이 사안을 제지하였다. 정치국 회의에서 마오 주석은 그녀(장칭)가 자신을 대표하지 않으며 그녀는 다만 그녀 자신을 대표한다고 말했다. 그리고 다시 "총괄해서 말하면, 그녀는 나를 대표하지 않는다"라고 말했다.

8월 의사의 검사를 거쳐 저우 총리에게서 암의 전이가 다시 발생한 것을 확인하였고 8월 10일 2차 수술이 시행되었다.

4회 인대의 안배에 관해서 마오 주석은 10월 4일 저우 총리에게 전화를 하였다. 그의 신변 업무 인원은 특히 저우 총리에게 4회 인대에서 덩샤오핑이 제1 부총리가 되었는데, 이는 마오 주석이 결심한 것이라고 말하였다. 저우 총리의 병이 심해진 시기 마오 주석은 부친이 그의 업무를 대체할 것을 희망하였다.

10월 11일 마오 주석은 다시 안정과 단결이 좋다고 말하였다. 마오 주석의 이 안배는 부친이 후계를 담당하게 하는 것이며 또한 모두가 안정하고 단결하는 일이며 정치 안배의 일종이었다. 10월 17일 장칭이 공격을 개시하였다. 정치국 회의에서 "펑칭룬(風慶輪)" 사건을 빌미로 부친을 힐문하고 태도 표명을 강제하였다. 부친은 한 걸음도 양보하지 않고 사정을 조사하겠다고 답하였다. 장칭은 정치국에서 욕하기 시작하였다. 이로써 부친과 "사인방" 일당의 갈등은 매우 극심하였다.

10월 18일 당시 마오 주석은 창사에 있었다. 그 날 왕훙원이 마오 주석에게 달려가 상황을 고하였지만 마오 주석은 "너는 그들과 함께 행동하지 말라"라는 비평만을 받았다.

10월 19일 저우 총리가 왕하이룽(王海容), 탕원성(唐聞生)을 만나 "풍경륜" 사건에 대해 이야기하고 이 상황이 무슨 문제가 되는 것이며, 샤오핑 동지가 이미 오랫동안 인내하였다고 말했다. 당연히 해야 할 일이었다고 했다.

10월 20일 왕과 탕이 외빈을 따라 마오 주석을 만나고 마오 주석에게 이런 정황을 알리자 주석은 당시 "사인방"을 비판하고 이후 덩샤오핑을 당 중앙 부주석, 군위 부주석, 총참모장, 제1 부총리에 임명하도록 결정하였다. 마오 주석은 "총리는 여전히 총리이다"라고 말하였다. 원래 4회 인대의 인사 안배는 왕훙원 담당이었는데 이 마오 주석의 발언은 4회 인대의 안배가 저우 총리와 왕훙원 두 사람의 담당이라는 것이었다.

이후 저우 총리, 부친과 여러 동지들은 4회 인대를 둘러싸고 긴박한 작업을 하였다. 부친은 항상 저우 총리에게 갔고 예젠잉, 리셴녠 등 동지 역시 항상 저우 총리에게 가서 4회 인대 각 부문 업무의 안배를 상의하였다.

12월 저우 총리의 병이 날이 갈수록 안 좋아졌고, 의사는 저우 총리가 곧 수술 받기를 희망하였다. 4회 인대의 안배가 기본적으로 윤곽이 잡히자 저우 총리가 창사에 가서 마오 주석에게 보고할 것이

요망되었다. 예젠잉 원수가 의료조를 파견하여 저우 총리의 이 번 행정의 안전을 보증하고자 하였다. 의사는 그가 갈 수 없다고 하였다. 그러나 저우 총리는 중임을 맡고 있으니 친히 갈 수 밖에 없다고 하였다.

12월 23일 저우 총리와 왕홍원이 창사로 날아가서 마오 주석과 이틀 간 이야기 하였다. 그 때 마오 주석의 심정이 다소 좋아져서 특별히 저우 총리와 왕홍원에게 부친에 대한 이야기를 하였다. "얻기 힘든 인재이며, 정치사상이 강하다." 4회 인대의 준비작업은 타당하게 안배되었다. 그 후 마오 주석은 저우 총리와 단독으로 하루 종일 회담하였다. 이 시기 총리의 종양이 전면적으로 전이되어서 총리가 모를 리가 없었지만 그는 목숨을 걸고 업무에 응했던 것이었다.

1975년 1월 중순 4회 인대가 개막하였다. 저우 총리는 회의에서 〈정치공작보고〉를 담당하고 4개 현대화를 다시 주장하였다. 이후 부친은 "군대 정돈", "철도 정돈". "강철 정돈", "국방 업무 정돈"을 주장하고 파벌의식을 반대하며 "3개 지시를 요강으로 함"을 제출하고 정돈을 쾌도난마식으로 진행하였다. 집안사람들에게 듣기로 부친은 1년여 시간 동안 아침부터 밤까지 쉬는 법 없이 시종 멈추지 않고 일했으며 이 무사무외의 정신으로 이런 위험한 국면을 구제하기 위해 종일 업무를 진행하였다.

저우 총리는 시종 부친을 지지하였다. 중대한 사정은 부친이 모두 저우 총리와 상의하였다. 나의 기록을 보면 부친은 거의 매주 병원에 가서 그와 단독으로 대화하였고 일에 관해 이야기하였는데, 어떤 때는 반시간이었고 어떤 때는 수십 분이었다. 그러나 이 1년이 평안한 것은 아니었다. 3월 장 차오가 "반경험주의"를 제기하였다. 4월 장칭이 정치국에서 "대반경험주의"를 배포하였다.

부친은 마오 주석을 만나 이 문제를 반영하는데 동의하지 않는다는 점을 제출하였다. 장칭은 부친과 대립하기 시작하였다. 마오 주석은 부친의 생각에 동의하였고 요문원에게 글을 보내 "반경험주의는 타당하지 않고 반수정주의를 마땅히 제기해야 할 것 같다. 반경험주의가 필요하면 반교조주의도 필요하니 반 경험주의와 교조주의를 포괄하라"고 하였다. 이렇게 "사인방"의 공세가 좌절되었다. 마오 주석은 정치국에게 "사인방"을 비평하라고 하였다. 당시 왕홍원이 정치국 회의를 주지하였는데 5월말에서 6월초 부친이 두 차례 "사인방"을 비평하는 회의를 조직하였다.

5월 3일 저우 총리가 마오 주석에게 가서 회의를 열고 주석과 이 문제를 토의하였다. 5월 4일 저우 총리는 다시 마오 주석에게 친히 보고서를 보내 이 문제에 대한 그의 견해와 전체 상황을 이야기하고 주석의 비준을 얻어 최후에는 저우 총리가 철야회의를 개최하였다. 마오 주석 이야기의 필기 기록을 가지고 회의를 열어 연구한 이후 정식의 문건으로 발표하였다. 이때 총리의 병은 더욱 깊어졌다.

9월 7일 저우 총리가 마지막으로 외빈을 접견하면서 말하였다. 마르크스의 청첩장을 나는 이미 받았습니다. 이후의 업무는 샤오핑 동지가 담당할 것이며 샤오핑 동지가 내가 주재하는 국무원의 업무를 대신할 것입니다. 나는 그가 임무를 잘 수행할 것이고 당의 방침 노선을 계속 관철해 나갈 것임을 믿고 있습니다. 샤오핑 동지가 중국공산당의 대내 대외 방침을 완전히 관철할 것임을 믿습니다. 이 때 부친은 그 자리에 있었다. 저우 총리는 이 외빈 접견 때 다리의 종양이 커서 신을 신을 수가 없었다.

9월 20일 저우 총리의 병이 더욱 악화되었고 4차 대수술을 시행하였다. 그를 수술실로 옮기기 전 그는 "샤오핑 동지!" 하고 소리치며 부친을 가까이 오게 하였다. 그의 몸은 매우 허약하였으나 큰 목소리를 내어 "샤오핑 동지, 당신은 이 1년여의 작업으로 당신이 나보다 강하다는 것을 증명하였소." 이는 그가 그 자리에 있던 모든 사람들에게 다 들으라고 한 것이었다. 총리는 곧 세상을 떠나기 앞서 마지막 힘으로 부친의 작업을 지지하려고 그리 한 것이었고, 어떤 이는 이를 최후의 분투라고 하였다. 이는 생명 최후의 목소리였다.

이 때 저우 총리는 목숨은 구했으나 병세는 엄중하여 생명이 경각에 달려있었다. 부친은 저우 총리를 보러 와서 5분을 기다렸다. 이후 모원신이 마오 주석에게 관련 상황을 알려주자 마오 주석이 부친의 업무에 불만을 갖기 시작하고 무산계급 문화대혁명을 부정한다고 여기고 모원신이 부친을 찾아 이야기하도록 하였다. 부친이 말하였다. "나는 어제 주석에게 '이 작업이 어떻습니까?'하고 물어보았다. 주석이 괜찮다고 대답하였다." 모원신이 대립하였다. 대화 이후 부친은 곧 저우 총리에게 가서 잠시 동안 같이 있었다. 이후 정치국에서는 부친에 대한 비평회의를 개최하였다. 어머니가 그에게 물었다. 비평회의 이후 당신은 어찌 할 것입니까? 부친이 대답하였다. 그곳에 가서 개회를 선포한 후 모두에게 비평을 청할 것이오. 그는 차를 한 잔 탔다. 그리고 시간이 되자 산회를 선포하고 그는 엉덩이를 떼고 바로 나갔다. 그는 역시 타협하지 않았다.

정돈 업무는 1년 미만 좀 못되어 정지되었다. 중앙은 회의를 열어 대가를 학습하자고 문건을 발출하며 "우경화 번역 풍조에 대한 반격"을 개시하였다. 이 시기 저우 총리의 생명이 위중하였다.

12월 저우 총리의 심장이 갑자기 멈췄다. 부친, 왕훙원, 장쳰차오, 왕둥싱 등 모두가 왔다. 이번에도 역시 생명을 구하였다. 모두가 저우 총리를 보러 왔고 장쳰차오가 왔을 때 저우 총리가 말했다. "춘챠오 동지, 당신과 훙원이 샤오핑 동지의 업무를 많이 도와주시오." 이는 그가 죽다 살아난 후 다시 힘을 쏟아 벌인 분투였다. 그는 형세가 좋지 않음을 알았지만 이런 형세 하에서 그가 생애 최후의 힘을 다하여 하나의 기점을 만들 것을 희망하였다. 실제 모두가 장쳰차오 등을 설득하는 것은 근본적으로 불가능하다는 것을 알고 있었다. 실제 그가 최후로 사용할 수 있는 유일한 방식은 자신의 태도를 표명하여 그들에게 영향을 주는 것을 희망하는 것이었다. 총리의 마음 씀씀이는 이렇게 간곡했다! 이러한 사정은 정말 사람들이 매우 견디기 어려운 것이며 이러한 사정은 역시 매우 잔혹한 것이었다.

1976년 1월 8일 저우 총리가 서거하였다. 부친은 엄청난 비통함을 참고 저우 총리에게 추도사를 올렸다. 본래 저우 총리가 남긴 유언은 추도회를 열지 않는 것이었으나 부친은 인민들이 허락하지 않았다고 말하였다. 부친의 추도사를 통해 만약 저우 총리가 하늘에서 지켜보았다면 위안을 얻었을 것이고 만약 저우 총리가 선택한다면 부친을 반드시 선택했을 것이라고 생각한다. 부친은 그를 위해 하고자 하였다.

저우 총리와 부친 두 사람의 성격은 같지 않았다. 저우 총리는 매우 총명하고 사람을 잘 모으며 서로 다른 의견을 잘 융합하였고 크고 작은 일에 모두 책무를 다하였다. 부친은 그에 비해 강렬하고 그에 비해 강경하며 일 처리에 있어 큰 것부터 착안하였지만, 다만 타도되기 쉬었다. 저우 총리는 부친의 특징을 잘 알고 부친이 자신의 일을 대신할 수 있으며 그의 업무를 담당할 수 있음을 알았다. 부친은 그에 대해 잘 이해하고 있었으며 형과 같은 마음을 가지고 있었다.

이후 부친은 "문화대혁명" 시기 저우 총리가 본심이 아닌 말을 하였지만 전국의 인민이 그를 용서하였으며 그는 전국 인민의 존중을 받았다고 여러 차례 말하였다. 심지어 "문혁" 시기 중 그는 저우 총리에게 당신이 이 때 어쩔 수 없이 그렇게 행동했지만, 그렇게 행동하지 않았다면 옛 간부들을 보호할 수 없었을 것이라고 말했다. 부친이 말했다. 내 성격은 그와 같지 않으니 나는 몸을 숙여 안전을 구할 수가 없었다. 이 이야기가 어느 때 이야기인지 모르겠으나 그가 모친에게 말한 것이다. 이 이야기를 하면서 저우 총리 역시 그를 깊이 이해하고 있었다. 두 사람의 마음은 서로 잘 알고 있었지만 각자 자신만의 방식이 있었고 당과 국가와 인민을 위해 그들은 자신의 일생을 바쳤던 것이다.

저우 총리 서거 후 부친은 업무의 조건을 상실하였으나 상황은 끝나지 않았다. 청명절 시기인 4월 5일 군중이 우경화된 번안 풍조에 대한 반격에 불만을 품고 저우 총리 추도회에서 강렬한 "4.5"운동을 일으켰다. 이 시기 부친은 다시 타도되었다. 부친의 이번 실각은 저우 총리 기념활동과 관련되어졌다. 이러한 상황에서 중국인이 부친의 일련의 방식와 저우 총리의 방식에 찬성하고 있다는 것이 드러났다.

"문화대혁명" 후 11기 3중전회 때 부친이 복권되어 개혁개방 정국을 개시하여 중국 특색의 사회주의이론을 창조하였다. 이는 1972년에서 1975년, 특히 1974년에서 1975년의 투쟁이며 부친과 저우 총리의 공동 투쟁은 이 시기 역사에서 분리할 수 없는 것이며 부친과 저우 총리 그리고 여러 옛 동지들의 노력과 분리할 수 없는 것이다.

부친과 저우 총리의 관계에 대해 말할 때 중국현대사에서 얼마만큼의 사람들이 그렇게 친밀할 수 있었을까? 그렇게 오랜 시간 동안 교분을 가질 수 있었을까? 그들의 성격, 방식은 모두 같지는 않았다. 다만 마음 속 생각과 감정이 일치하였고 반세기 동안 생사를 함께 하고 풍우 속에 한 배를 탔었다. 모두들 인생에서 지기를 만나기가 어렵다고 하는데 부친과 총리는 진정한 지기였다.

영도자들에 대해 말할 필요도 없이 우리들 일생에 대해 말해보면 얼마나 지기를 가지고 있는가? 지기가 있기는 한 것인가? 그래서 이런 측면에서 말해보면 이러한 그들의 지기는 그들의 행복이었다고 나는 감히 말한다.

저우 총리가 서거에 대해 부친의 비통은 다른 사람이 대신할 수 없는 것이었다. 부친은 매우 침착한 사람이었고 그는 자신의 생사나 기타 어떤 것에 대해서도 매우 열려있었다. 그러나 저우 총리의 서거는 그에게 매우 큰 타격을 주었다. 그는 저우 총리가 조만간 세상을 뜰 것을 알고 있었지만 그가 떠나자 매우 견디기 어려워했다. 부친이 원고를 읽으며 "저우언라이 동지의 심장이 뛰는 것을 멈췄다"고 읽자 그 때 온통 "엉엉"하며 모두 울었다.

저우 총리의 영구가 천안문 앞을 지나 팔보산으로 갈 때 길 위에 모두가 울던 것을 기억한다. 추도회 때 모친은 우리 집 아이를 데리고 모두 추도회에 참가했다.

그 때 나는 병원에 있어서 가지 못했다. 장례식 날 많은 환자들이 찬바람을 무릅쓰고 밖으로 달려 나갔고 301병원 입구 앞 대로에서 장례 행렬을 보았다. 나는 그 때 술 한 병과 안주 한 접시를 마련하여 환우인 왕로광과 술을 비우고 지면에 술을 부었다. 나는 한 편으로 울면서 한 편으로 말하며 진정 괴로워했었다. 통곡하며 눈물을 흘렸다. 나는 하나의 역사가 과거로 흘러갔으니 우리가 새로운 국면을 맞을 것이라고 말했다.

"문화대혁명" 때 총리는 그렇게 바빴지만 나의 치료에 관심을 가졌고 친히 나를 베이징으로 보내러 치료하게 비준하였다. 이 역시 총리가 한 잘한 일이지만, 은혜를 받은 이가 어찌 나 하나였겠는가.

부친과 저우 총리의 우의는 진정 위대하였고 세상에서 찾기 어려운 바였다. 위대한 우의는 세상 사람들이 찾기 어렵도다! 프랑스의 그 어려운 시절뿐 아니라 상하이의 그 위험한 시기에서부터 전쟁 시기를 지나 해방 이후까지, 그 많은 노선 투쟁과 곡절과 특히 "문화대혁명"이라는 두려운 사건들은 모두 상상하기조차 어렵다. 그들의 이러한 관계를 만약 소설로 쓴다면 얼마나 사람을 감동시킬지 상상조차 가지 않는다.

소수의 사람만이
알고 있는 이야기

— 옌밍푸(閻明復, 통전부 전 부장, 염보항의 아들)

소수의 사람만이
알고 있는 이야기

- 옌밍푸(閻明復, 통전부 전 부장, 염보항의 아들)

　내 부친이 저우언라이의 영도 하에 공작한 몇몇 정황을 간단히 소개하겠다.

　부친은 옌바오항鹽宝航으로 1920~30년대 장쉐량의 친한 친구였다. 그와 가오충민(高崇民), 처향천(車向忱), 류란포(劉瀾波) 등은 동북구망총회(東北救亡總會)를 조직하였고 부친이 동북구망총회의 작업을 주재하였다. 이때를 시작으로 부친과 저우언라이의 관계가 매우 밀접해졌다.

　부친은 저우언라이가 입당을 시켜주었다. 20년대 동북 지구 당조직 건립시기 부친이 입당을 준비하였으나 부친은 영국으로 유학을 가서 그 후에 다시 입당하기로 결정하였다. 1928년 부친이 귀국하였지만 동북지하당조직이 파괴되었고 그와 관련된 동지들이 일부는 도주하고 일부는 희생되었다. 1937년 그와 관련된 옛 당원 수즈위안(舒子元)이 난징에 가서 부친을 찾아 그의 입당 문제가 해결되었는지를 물었다.

부친이 말했다. "너희들이 모두 도주하였는데 누구를 찾아가야 하는가?" 수즈의안이 그 사정을 저우언라이에게 보고하였다 저우언라이는 이처럼 20년대부터 공산주의를 신앙하고 동북의 수복과 항일운동에 많은 공작을 한 동지는 마땅히 입당하여야 한다고 결정하였다. 다만 당시 코민테른의 규정에 의하면 국민당 권역 내의 일부 상층인물 혹은 사회명사가 입당을 요청하면 반드시 코민테른에 보고하도록 했고 실제 소비에트 공산당에 보고하였다. 코민테른은 옌바오항은 특무 요원이니 그의 입당을 허가할 수 없다고 하였다.

그가 어떻게 특무 요원이 되었는가? 당시 장제스가 장쉐량을 끌어들이기 위해 장쉐량에게 청년들을 추천하여 그의 주변에 두고 업무를 보게 할 수 있도록 청했는데 장쉐량이 부친을 추천하여 그가 장제스 주변에서 업무를 하였다. 그는 "신생활운동" 동북총회의 비서 겸 간사를 맡았는데 이를 총간사라고도 하였다. 그래서 코민테른에서는 부친의 발전입당을 막았던 것이다.

저우언라이 동지는 옌안에 요청하여 마오 주석의 답을 받았다. "국민당이 우리의 대오 중에서 사람을 뽑아가니 우리 역시 국민당 대오 중에서 사람을 뽑을 수 있다." 이처럼 코민테른의 의견에 개의치 않고 1937년 9월 정식으로 부친에게 당신은 이 시기를 기점으로 한 명의 공산당원이며 직접 저우언라이와 연락할 것을 통보하고 아울러 비밀 암호 "옌정(閻政)"을 부여하였다. 저우언라이의 서신 왕래는 모두 이 "염정" 암호를 사용하였다.

그는 장제스 신변에서 작업하였기 때문에 많은 국민당 상층 인물과 접촉하였는데 정계와 군대의 인물과 특무인 대립과 같은 인물

등이 포함되었다. 그는 많은 정보를 얻을 수 있었고 이런 정보는 저우언라이에게 보내졌고 어떤 것들은 매우 중요한 정보가 되었다.

이때부터 부친은 줄곧 저우언라이의 직접 영도 하에서 공작하였다. 특히 총칭에 도착한 이후 남방국에 동북지부가 있었는데 지부 서기가 바로 저우언라이였다. 부서기 류란포는 저우언라이의 영도 하에 지하공작에 줄곧 종사하였다. 부친은 당시 광범위한 공작을 하였고 동북에서 총칭으로 도망 온 상층인물 이외에 문예계도 담당하였는데, 그 중 후대 저명한 민주당파 영수가 되는 사람도 있었다.

저우언라이는 늘 우리 집에서 회의를 열었는데, 우리 집은 3층 아파트에 있었다. 2층에 사면이 막힌 방이 하나 있었고 내부의 복도 쪽으로 창문이 하나 있었다. 그들은 늘 그 방에 있었고 나는 겨우 부친이 친구들과 방에서 노름을 하는 줄만 알았다. 이후 저우언라이, 동비우가 늘 회의를 했음을 알았다.

의족을 지닌 아저씨 한 명에 대한 기억이 있다. 의족을 한 아저씨가 집에 오면 부친과 함께 마작을 하였고 마작을 하는 동안 아이는 들어갈 수 없었다. 나는 그 때 7~8세였다. 의족을 한 아저씨는 저우언라이의 비서로 완즈무(王子木)라고 불렸다. 그는 상처를 입고 의족을 달았는데 그가 계단을 오를 때면 소리가 났다. 내가 처음 저우언라이를 본 것은 우연한 기회였다. 당시 타오싱즈(陶行知)가 총칭에서 소학교를 열었는데 학교에는 문예대가 있어 진보된 연극을 공연하였다. 예를 들면 소련극 〈표(表)〉나 혹은 〈투투다왕(禿禿大王)〉이었다. 하루는 저녁을 먹고 부친, 모친이 나를 데리고 치리강(七里崗)에 가서 타오 숙부의 아이들이 공연하는 연극 〈투투다왕〉을 보았다. 극장 내는

사람들로 가득 찼다. 막이 오르자마자 헌병들이 들이닥치면서
"영수 모욕으로 상영 금지"란 팻말을 들어올렸다. 그들은 장제스가
대머리인데 〈투투다왕〉이란 바로 장제스를 빗댄 것이며, 그래서
공연이 불가하다고 여겼다. 연극을 볼 수 없게 되자 아버지가 말했다.
"내가 너를 데리고 숙부 한 분을 보려한다." 그는 나를 데리고 총칭의
신화서점(新華書店) 영업부로 갔다. 서점 내 대문은 찻길 왼편에
있었고 한 편에는 작은 문이 있었는데 우리가 도착한 후에는 작은
문으로 들어갔다. 좁은 계단을 지나 2층에 도착하자 중년인 한 명이
있었다. 나는 그가 누군지 몰랐다. 부친은 그와 악수하고 나에게 그를
"저우 숙부"라고 부르게 하였는데 부친이 나이가 많았기 때문이었다.
저우 숙부는 기쁘게 나를 안아 올리며 내게 물었다. "너는 장래 커서
너의 형과 누나처럼 옌안에 가고 싶으냐?" 내 4명의 형과 누나는
1937년과 1938년 옌안으로 갔었다. 내가 말했다. "나는 안 가요." 그가
물었다. "왜 그러지?" 내가 말했다. "너무 힘들어서요." 저우언라이는
웃었고 부친은 내가 변변치 않은 놈이라고 말했다.

부친은 나를 저우언라이에게서 받아서 모친에게 넘겨주었다. 나는
처음으로 내게 "저우 숙부"가 있음을 알았다. 이후 저우언라이가 우리
집을 찾았을 때 나는 그가 누군지를 몰랐다. 저우언라이가 생일을 보낼
때 부친은 그를 우리 집으로 초대하였고 다통(大同)은행 안에 있는
유명한 요리사도 초청하였다. 당시 부친의 공개적 신분은 다통은행의
부사장이었고 저우언라이가 집에 왔을 때 나는 그와 신화서점에서
보았던 "저우 숙부"와는 인상이 달라 전혀 기억하지를 못했다.

부친은 그를 존경했고 그는 부친에게 친절하였다. 방문하는 친구들을

나는 모두 몰랐지만 이후 동북구망회의 동지로 동북구망회의 일을 상의하거나, 포로가 된 동지의 구출을 꾀하거나 당 바깥의 친구들이 국민당의 체포로부터 도망치는 것을 어떻게 도울까를 이야기하는 것을 들었다.

우리 집은 "옌쟈(閻家) 가게"로 불렸고 동북에서 도망 온 사람으로 직업을 구하지 못한 이들이 우리 집에 묵었다. 당과의 연계를 잃은 이들 역시 우리 집에 묵었다. 그 후 부친이 저우언라이와 동비우에게 보고하면 심사를 거쳐 그들의 관계를 회복시켜주었다. 또한 당 바깥의 친구들, 리공푸(李公朴)가 해를 당한 이후의 일처럼 그의 부인과 아이가 우리 집에서 묵었다. 타오싱즈 역시 우리 집에서 묵었다.

이 시기 부친과 저우언라이의 합작은 가장 긴밀하였다. 그들이 알고 싶은 정보의 공작은 이 시기에 발생하였다. 부친이 난징에서 그 시기 국민당 상층부와 많이 접촉하였기 때문에 중요한 소식을 늘 알 수 있었다.

부친은 전문적인 정보공작원이 아니었으나 저우언라이의 영도 하에 일련의 항일구망 공작에 종사하였고 사회 각층과 모두 접촉하였다. 특히 노인, 상층인물로 당시의 손커(孫科), 위여우런(于右任) 등과 같은 인물과 접촉하였고, 그들은 부친을 신임하여 늘 그에게 사정들을 말해주었다. 예를 들면, 히틀러가 소련을 침공한 정보를 들 수 있을 것이다.

뤄칭창(羅青長) 숙부의 기억에 의하면, 1941년 6월 16일 부친은 독일군이 6월 22일 새벽 소련으로 진공한다는 정보를 얻었다고 했다. 히틀러의 독일은 자신의 파시즘 전선을 조직하려고 국민당 정부를 유인하는 정책을 채택하였다. 국민당정부는 독일에 의지해 왔고 그들과의 관계가 밀접하였으며 국민당의 베를린 주재 무관에 대한 독일의 신임도 컸다. 상황이 발생하면 모두 그에게 통보하였고 이 소식은 즉시 국민당 외교원에게 전해졌다. 주독일대사관 무관은 이를 매우 중요한 정보로 생각하고 총칭에 통지하였고 장제스에게 알렸다. 장제스 신변의 사람들과 국민당 원로들은 이 사정을 알았다. 이 일은 부친에게 알려졌고 부친은 곧 이 소식을 저우언라이에게 보고하였고 저우언라이는 총칭에서 옌안으로 통보하였고, 전보는 네즈롱이 직접 수신하였다. 네즈롱은 마오 주석 판공실의 주임이었다. 50년대 중반 나는 중앙 판공청에서 작업하였는데 마오 주석을 위해 번역 업무를 할 때 네즈롱 동지와 매우 친숙하였다. 그는 접수한 전보를 바로 마오 주석에게 전달하였으며 마오 주석이 이 전보는 매우 중요하다고 말했고 소련에 전보를 보냈다고 말했다. 전보를 보낸 시기는 독일에서 소련으로 진공을 시작한 때와 멀지 않은 때라 소련은 믿지 않았으나 마오 주석의 전보에 소련은 다시 고려하기 시작하였다. 전쟁 발발 후 7일째에 스탈린은 우리 당 중앙과 마오 주석에게 감사 서신을 보냈다. "당신들의 시의적절하고 정확한 정보 덕에 우리가 사전에 일급 전쟁준비를 진행할 수 있었다."

하나의 사정이 더 있는데, 이 역시 뤄칭창의 글 속에 있는 것이다. 부친이 국민당정부 국방부를 통해 일본 관동군 전부대의 동북 배치도를 획득하였다. 몇 개의 부대가 있고 요새에는 몇 명의 인원이 있고 공항이 어디 있고 포대가 어디 있고 해군이 어디에 주둔하고 있으며 군함이 어디에 있는지에 대한 정보가 소련에 보내졌고, 소련

홍군은 관동군에 대한 모든 정보를 알 수 있어서 전쟁에서 손해를 크게 줄일 수 있었다.

이 사실들은 내가 이후에 알게 된 것이다. "문혁"이 막 시작되었을 때 부친은 상황이 좋지 않으며 많은 옛 동지들이 박해를 당할 것을 느끼고 나를 찾아와 말했다. "만약 내가 무슨 문제를 일으켜도 너는 나를 믿어야한다. 너의 아버지는 좋은 사람이다." 그는 상술한 두 건의 사정을 말했다.

1961년 어느 날 저녁 중앙 판공청 주임 양상쿤이 나를 찾아 말했다. "너의 부친이 총리에게 서신을 주었는데 저우 총리가 너보고 보라고 하였다." 서신은 두터웠고 나는 상세한 내용을 볼 수 없었지만 저우언라이의 지시는 볼 수 있었다. "바오항 동지가 말한 바는 사실이며 그는 당시 우리 중앙의 건의에 근거하여 정보공작에 종사하였다." 안의 구체내용을 보지는 못했으나 긴 지시, 그 지시는 여전히 존재하며 당안 속에 존재하고 있다.

그렇다면 부친은 왜 저우언라이에게 서신을 보냈는가?

1961년 저우언라이는 인민대회당에서 고급간부회의를 개최하고 중소 간의 이견을 간부들에게 보고하였다. 중소 간의 관계에 대해 언급하다가 소련이 우리를 원조한 것만 말한 것이 아니라 우리 역시 그들을 도와 서로가 상호 지원하였다고 말하며 예를 들어 히틀러의 소련 침공 전에 우리가 소련에 정확한 군사정보를 주었다고 한 것이었다. 이후 스탈린 동지가 전보로 감사를 표했는데, 나는 어떤 동지가 나에게 직접 그 정보를 주었는지 기억하지 못한다고 말하였다. 부친은 이 보고를 듣고 난 후 저우언라이에게 서신을 보내 자신이 저우언라이에게 준 것이라고 말하였다. 그 후 서신에 적힌 모든 정보공작은 저우언라이가 비준하여 양상쿤 동지가 열람한 후 중조부에 말해줬고 그 후 조사부에 존재하다가 현재 안전부에 존재한다. 나는 이렇게 저우언라이의 지시를 읽게 된 것이었다.

모스크바 반파시즘 승리 50주년 경축 활동 시기 쟝저민 동지가 러시아에 가기 전 관련 동지가 나에게 부친의 정황을 말해주었다. 그는 부친의 당안을 조사하고 저우언라이가 부친에게 한 비준을 보았다. 장 총서기가 모스크바에 도착하여 활동에 참가할 때 옐친과 교섭 중에 이 사건을 언급하였다고 하였다. 러시아대사관에서 나를 찾아 옐친 대통령이 살아있는 사람에게만 훈장을 주는 규정을 깨고 옌바오항에게 훈장을 수여하기로 결정하였다고 하며 부친이 세상에는 없지만 그의 공헌은 매우 걸출했다고 하였다.

러시아에서 나에게 물었다. "부친과 함께 일했던 사람이 몇 명이나 있습니까?" 나는 겨우 한 명만을 알았는데, 바로 내 큰 누나 였다. 그녀는 1937년 옌안에 간 후 공작의 필요에 따라 중앙에서 부친에게 통신기를 주었는데 통신기는 암호전보인원이 필요하였다. 저우언라이는 그녀를 옌안에서 충칭으로 돌려보냈다. 그녀는 폐병을 앓고 있었는데 충칭에서 요양을 한 후 전보암호를 배웠다. 통신기에는 몇 명의 인원이 붙어 있었는데, 대장과 부대장이 있었고 누나가 있었다.

이 외에 부친의 신변에는 잠시이기는 했지만 한 명이 더 있었다. 그는 소련에서 돌아온 사람으로 러시아어를 할 수 있어서 부친을 도와 부친이 대사관에 가기 불편할 때 그가 대신 갔었다. 그는 리정원(李政文)이라고 하였다. 그래서 나는 그 이름을 러시아 대사관에 제공하였다.

러시아는 부친에 대한 훈장 수여를 단독으로 거행하기로 결정하였고 큰 형과 나, 나의 부인, 내 동생과 리정원 동지가 훈장 수여식에 참석하였다. 러시아대사관에서 대사 뤄가오슈가 옐친이 서명한 포상명령을 정식으로 선독하고 부친의 훈장을 큰형과 큰형의 장자에게 주었다. 그후 나는 큰 누나의 훈장을 받았다. 나의 큰 누나는 나이가 많아 행사에 참석할 수 없었기 때문이었다. 리정원도 자신의 훈장을 수여받았다.

뤄가오슈 대사는 비록 옌바오항 선생이 세상에는 없지만 그가 제2차 세계대전 중에 행한 공헌은 역사적인 것이며, 영원히 인민의 마음속에 기억될 것이라고 하였다. 《인민일보》는 이 일에 대해 간단한 보도를 하였다.

1950년 초에서 1958년까지 중소관계는 매우 밀접하였고, 중소 양당과 양국의 국가관계는 좋아서 많은 고위층 회담에 번역 인원을 필요로 하였다. 그래서 1957년 1월 중공 중앙 판공청은 번역조를 조직하였다. 나는 번역조에 선발되어 조장이 되었다. 우리 조는 3명이었고 나의 임무는 마오 주석, 류샤오치, 저우언라이, 덩샤오핑이 소련대사 혹은 러시아어를 하는 동구권 국가 대사 혹은 그들 국가의 지도자를 접견할 때 통역을 담당하는 것이었다.

이 시기 중대한 활동을 마오 주석이 많이 주재하거나 참여하였다. 류샤오치, 저우언라이, 덩샤오핑, 펑전 등은 마오 주석의 위임을 받아 여러 활동을 주재하거나 참가하였고 혹은 대표단을 이끌고 소련을 방문하였다.

당과 관련된 문제는 모두 우리 번역조에서 번역 작업을 담당하였는데, 우리는 그 외의 번역에도 참가를 요청받은 사실이 무척 많았다.

1958~1959년, 인도정부에서 잘못된 정책으로 인해 중국 인도 간 국경분쟁이 일어났다. 후루시초프는 인도를 편들어 중국정부를 책망하는 성명을 발표했다. 성명 발표 하루 전에 소련 대사 체르넨코가 마오 주석과의 회견을 요청하였다. 마오 주석은 당시 베이징에 없었고 저우 총리와 천이 부총리에게 그들을 만나라고 위탁하였다.

당시 소련대사가 말하였다. "당신들과 인도의 국경 분쟁에 대해 우리는 중간자적 입장을 취할 수밖에 없습니다." 후르시초프의 뜻을 강조하였다. 그 자리에서 저우 총리와 천이 부총리는 상대의 틀린 주장에 대해 비판을 진행하였고 이후 해산하였다.

다음날 후르시초프의 성명이 발표되었다. 당일 저녁 우리는 집에 갔는데 저우 총리가 전화를 하여 말했다. "빨리 돌아오게나!" 나는 곧장 중난하이로 돌아갔고 저우 총리의 비서 마례(馬列)가 말했다. "오늘 오후 소련 대사의 성명과 대화를 빨리 기억해 내서 러시아어로 작성하시오." 나에게는 기록이 있었고 당시 내가 이를 번역하면 다른 번역 동지가 기록하였다.

다음날 새벽 저우 총리는 소련 대사와 만날 약속을 하였고 소련 대사가 시화청에 도착하였다. 저우언라이가 말했다. "번역하는 우리 동지에게 전날의 대화를 러시아어로 작성하도록 하였는데 읽어보시고 틀린 점이 있는지 살펴보십시오." 번역자가 바로 읽었다.

대사가 듣고 난 후 말했다. "이는 바로 내가 말한 바와 한 글자의 착오도 없소." 말이 끝나자마자 저우 총리와 천이 부총리가 그를 비판했고 천이 동지는 더욱 격앙하여 말했다. "우리가 지하공작을 하던 때 상하이에서의 우리 환경은 매우 열악했고 백색테러가 엄중하였소. 우리는 단지 소련 영사관의 홍기를 바라만 봐도 커다란 고무감을 느끼며 새롭게 전투에 투입하였소. 우리가 그렇게 당신들을 존경했는데 당신들은 이렇게 시비를 가리지 않고 소위 중간 입장을 취한다는 것은 당신들의 국제주의는 대체 어디로 가버렸단 말이오?" 체르넨코는 아무 대답이 없었다.

이런 원칙의 입장에서 저우 총리는 주도면밀해서 그의 말을 기록한 후 그들에게 인정하게 하였다. 그가 인정한 이후 다시 그를 비판하였다. 이후 저우언라이와 후르시초프가 만났을 때 후르시초프가 이 사정을 언급하며 우리 대사가 신인이라 외교경험이 없어 호된 욕을 먹었다고 하였다.

내가 마지막으로 저우언라이를 따라 소련에 간 것은 1964년 10월 중순이었고 이때 후르시초프는 사임하였다. 소련대사는 우리에게 그의 사임 원인으로 연로하고 몸이 약해졌기에 총서기와 부장회의 주석 직무를 사퇴하였다고 하였다. 당시 중앙의 위탁을 받아 소련대사를 회견한 우시우취안(伍修權) 부장에 대해 내가 번역을 담당하였다. 우 부장은 소련대사에게 물었다. "당신이 말한 두 가지 원인 이외에 다른 원인이 또 있습니까?" 대사가 말했다. "드릴 말씀이 없습니다. 나 역시 알지 못합니다."

마오 주석이 중소 관계가 오랫동안 긴장되어 왔으니 힘써 완화해야 하며 그렇지 않으면 반드시 곧 큰 문제가 생길 것이라고 제안하였다. 정치국은 토론 끝에 당정대표단을 소련에 파견하여 그들의 10월 혁명 경축행사에 참석시킬 것을 결정하였다. 이 기회를 이용하여 소련과 의견을 교환하기로 하였다.

저우언라이는 사회주의 국가의 주중국 대사를 접견할 때 그들에게 말하였다. "현재 소련에서 출현한 새로운 영도자가 10월 혁명 기념 행사를 하려하니 우리 중앙에서 거대한 대표단을 파견하여 참석할 것이며 내가 인솔할 것이다. 사회주의 국가 모두 대표단을 파견할 것을 건의한다." 당시 많은 국가 대사들이 우리의 건의에 찬성하였고 그들의 중앙에 보고하였다. 알바니아 대사가 말했다. "우리는 당신들의 건의를 이해하지만 우리나라는 대표단을 파견하지 않을 것이라 생각합니다." 저우언라이가 말했다. "스스로 한 결정을 이해합니다." 당시 소련은 알바니아에 거대한 압력을 행사하여서 관계가 매우 긴장되어 있었다. 이처럼 알바니아를 제외한 기타 국가들이 모두 대표단을 보냈다.

10월 혁명의 기념행사는 붉은 광장에서 거행되었다. 당시 나는 가죽외투를 입고 가죽모자를 썼지만 여전히 추웠고 영하 20도였다. 저우 총리는 홑옷을 입고 있었는데 옅은 회색으로 안에는 얇은 스웨터를 입고 있었으며 가벼운 외투를 입었다. 당시 그가 추울까봐 가죽외투를 가져갔으나 안내자가 그를 끌고 레닌 묘 앞에 가서 서게 했다. 그렇게 3시간을 서 있었다.

저우 총리의 컨디션은 매우 좋았으나 소련의 여러 원수들이 말했다. "저우언라이 동지, 당신은 너무 얇게 입었습니다. 내려가십시오." 그를 끌고 관람대 아래의 휴게실로 내려갔으며, 그곳은 난방이 되어 있었고 그 아래가 레닌 묘였다.

저녁에 소련공산당 중앙과 소련정부의 명의로 크렘린 궁에서 국가연회가 거행되었다. 대청 내에 수십 개의 탁자가 놓이고 각국

대표단이 출석하였다. 나는 저우 총리를 모시고 허룽 원수와 한 탁자에 앉았다. 옆 탁자에는 소련 원수 고급 장성이 있었는데 모두 저우 총리, 허룽과 익숙한 사람들로 과거 교류가 많았던 사람들이었다. 기타 대표단 인원은 다른 곳에 있었다. 연회가 시작되자 저우 총리가 허룽 원수와 장군들에게 건배를 제의하였다. 그는 나에게 말했다. "샤오 옌(小鹽), 허룽을 모시게." 저우언라이 신변에는 다른 통역이 있었다. 우리가 간 후 이야기는 고조되었는데 모두 친숙한 사람들이라 서로 건배를 하였다. 이 때 대청의 한 쪽에서 온 사람이 있었는데 원수복을 입고 있었다.

저우 총리는 그가 친수한 말리노프스키라는 것을 알았다. 허룽이 말했다. "우리 양국 군대의 우의를 위해 건배합시다." 말리노프스키가 말했다. "우리는 후르시초프를 몰아냈습니다. 당신들도 마오쩌둥을 몰아내십시오. 그래야 우리가 다시 우의를 건립할 수 있습니다." 허룽이 크게 노하여 목소리가 커지며 말했다. "헛소리 마시오. 마오 주석은 우리 중국의 인민이고 전 세계의 인민이 인정하는 영수이오. 그를 어떻게 후르시초프와 비교할 수 있으며 우리를 어떻게 도발하여 마오 주석을 타도하라는 말을 할 수 있소이까?" 저우 총리는 이 소란을 목격하고 그의 통역을 보내어 나를 찾았다.

허룽이 보고하자 저우 총리가 크게 노해 브레주네프에게 말했다. "도발하라는 뜻인가!" 소련 측이 말했다. "그가 술에 취한 것 같습니다." 저우 총리가 말했다. "술이야 말로 진실을 말하게 하는 것이오!" 이처럼 분위기가 좋지 않았다.

저우언라이가 모스크바에 도착한 후 일찍이 소련 영도자가 투숙한 곳을 찾아 방문하였다. 저우 총리는 당시 그들에게 마오 주석이 우리를 파견하였고, 우리는 응당 새로운 영도자가 등장한 기회를 이용하여 양국 간의 관계를 개선하길 바란다고 하였다.

말리노프스키 사건이 발생한 후 다음 날 오전 소련공산당의 영도자가 왔다. 저우언라이가 말했다. "이 사건은 당신들 소련의 새로운 영도자인 후르시초프가 없어도 후르시초프의 정책을 계속 집행하는 것을 반영하고 있는 것이오. 그렇다고 한다면 우리가 어떤 태도를 취해야 할지 방도가 없습니다. 말리노프스키가 반드시 사과해야 합니다." 그들이 말했다. "그는 취했었소." 저우언라이는 "술이 진실을 말하게 하는 것이오."라고 하면서 도발이 진행되고 있는 것이라고 생각하였다. 이렇게 쌍방은 대화를 이어나가지 못하였다.

최후에 미코얀이 말했다. "대중국 정책에서 새로운 영도자도 후르시초프 시기의 정책을 조금도 변화하지 않을 것입니다." 그렇다면 중소관계에 무슨 개선점이 있겠소이까? 3차례 회담에서도 모두 성과가 없자 우리는 그만 귀국하였다. 마오 주석이 직접 공항으로 영접하러 나왔다.

저우 총리와 덩 아주머니의 심후한 애정에 대해 나는 작은 예를 들고 싶다.

덩 아주머니는 소련의 초콜릿을 좋아했는데 미스카라고 하는 것으로 포장은 다람쥐였다가 후에는 흑곰이었다. 우리가 매번 소련에 갈 때마다 잡비를 지급받았는데 대개 10여 루블이었다. 우리 공작인원이 10여 루블이었지만 저우언라이 역시 10여 루블이었다. 그는 매번 안내자를 상점에 보내 모든 잡비로 그 초콜릿을 사서 덩 아주머니에게 주었다. 어느 날은 우리에게 초콜릿을 사지 않았느냐고 묻기도 했다. 매번 그처럼 그런 소소한 돈만 준비할 뿐 매번 출국 때 마다 그렇게 검소하였다. 저우 총리가 외빈을 접견할 때는 매번 의복이 같았고 그의 신변에서 내가 통역할 때 그의 무릎 위 천을 보면 모두 닳아서 빛이 났다. 소련에 도착해서 그는 중산장을 입었다.

그 안에 입은 셔츠는 기우고 또 기운 것이어서 소련 종업원에게 세탁하러 보내는 것이 미안하여 손수 세탁하는 것을 안내자 모두가 목도하곤 하였다.

안위를 함께하고 풍우 속에 한 배를 타다
- 언라이와 장총(張忠)이 적에서 친구가 된
  전기적 인생

−장쉬에메이(張雪梅 장종의 딸, 치우칭화 邱淸華 사위)

안위를 함께하고 풍우 속에 한 배를 타다
- 언라이와 장총(張忠)이 적에서 친구가 된 전기적 인생

—장쉬에메이(張雪梅 장종의 딸, 치우칭화 邱淸華 사위)

저우언라이의 일생 동안 그의 친구들이 천하에 두루 있었지만, 그와 나의 부친(장인)의 관계가 가장 전기적 색채가 짙다고 말할 수 있다.

장종은 자가 화이난(淮南)이고 저장성 뤄칭(樂淸) 사람으로 1904년 2월에 태어났다. 1930년 초에 장종은 국민당 "중통(中統)"의 전신인 중앙조직부 당무조사과 총 간사를 맡았으니 특무기구의 두 번째 인물이었다.

1931년 4월 하순, 중공중앙이 반도인 구쉰장(顧順章)을 퇴출시켰는데, 그는 중공중앙기관의 주소와 저우언라이 등 중공 지도자의 활동 방식과 늘 몸을 숨기는 지역까지 제공하였다. 당시 장종은 명을 받들어 즉시 상하이로 체포를 하러 갔고 공산당 중앙을 일망타진 할 준비를 하였다. 다행히 국민당 중통 조사과 주임 쉬언정(敍恩曾)의 기밀비서 첸좡페이(錢壯飛)는 중공의 비밀당원이었고, 그가 이 비밀정보를 획득한 후 한 발 앞서 중공 중앙에 통지하였다.

저우언라이는 이 긴급 정황을 안 후 즉시 천원과 대책을 논의하였다. 녜룽전, 천겅(陳賡), 리커농(李克農), 리창(李强) 등의 협조 하에 신속하고 과단하며 깔끔하고 명료하게 모든 것을 잘 처리하였고, 장종은 헛수고만 하고 아무도 잡질 못했다.

조직상으로는 소멸되지 않았으나 여론상 체면을 구겼다고 할 수 있었다. 이 때 장종은 다른 계획을 내었으니, 1932년 2월 그는 국민당 중앙 조사과 주상하이 조사원 황카이(黃凱)와 모의하여 소위 "우하오(伍豪) 등 243명이 공산당에서 이탈한 사실을 알림"이라는 글을 조작하여 상하이 〈시보(時報)〉, 〈신문보(新聞報)〉, 〈신보(申報)〉, 〈시사신보(時事新報)〉 등의 신문에 계속 실었다. 이는 유언비어를 통해 "도미노 현상"을 일으켜 의지가 견고하지 않은 공산당원의 변절을 유도하기 위함이었다.

사실 저우언라이는 당시 상하이에 있지 않고 2개월여 전에 이미 적의 추포를 피해 기민하게 장시 소비에트구로 피신해 있었다. 중공 상하이 지하당은 즉각 음모를 알아채고 적시에 반격하여 〈신보〉에 신속히 유언비어를 해명하는 조치를 취했고, 장종의 음모는 효과를 거두지 못했다. 중공 중앙은 2월 하순 중화 소비에트 임시중앙정부 주석 마오쩌둥의 명의로 공고를 발포하여 이 사건이 "순전히 국민당의 유언비어"임을 폭로하고 저우언라이가 공개 해명하였다. 다만 이 사건은 이후 "문혁" 중에 장칭 일당이 저우 총리를 무고하는 "대형 포탄"이 되었다.

1935년 11월 장종은 국민당 중앙 집행위원이 되었다. 시안사변 후 장종은 장제스의 중용을 받아 봉천파가 시안에 와서 중공 대표 저우언라이와 담판을 진행할 때 이를 시작으로 저우언라이와의 직접 교왕을 시작하였다.

저우언라이는 일찍이 "나는 화이난 선생을 알게 된 것이 매우 늦어서, 시안사변 후에야 비로소 왕래하였다. 그러나 서로 알게 된 날로부터 임종 4일 전까지 나와 화이난 선생의 왕래가 어찌 2~300차례에 불과할 것인가? 어느 때는 하루에 2~3차례도 만났고, 어느 때는 한 곳에서 같이 기거하기도 했다. 그 말한 바는 외침을 막기 위해 단결하자는 것에 속하였다"고 말하였다. 시안에서 시작하여 항저우, 루산, 난징 등에서 장종과 저우언라이는 5차례 담판을 하였다. 그는 저우언라이와 함께 "모간산(莫干山)에 한 번 오르고 루산에 두 번 이르렀고", 장제스와 만났고, 항일구국의 대계를 위해 분주히 노력하였다. 그와 저우언라이는 비록 정견이 같지는 않았으나 국난에 임해서는 이전의 혐의를 던져버리고 구동존이(救同存異)를 추구하였다.

저우언라이와 장종의 성격은 매우 비슷하여 두 사람은 모두 언사에 능하고 외교에 풍부한 재능을 지녔다. 모두 대국을 보는 안목을 지니고 세세한 부분에 관심을 쏟는 담판의 고수들이었다. 그들은 치밀한 마음 씀씀이와 각종 협력을 통해 담판을 촉성하는데 능하였다. 사람의 성격과 품행, 지혜와 매력은 격렬한 충돌의 시기에 왕왕 가로막히는 바 없이 가장 잘 드러났으며 상대방 역시 그 마음속을 잘 들여다 볼 수 있었다. 장종은 바로 저우언라이와의 격렬한 충돌과 논쟁의 와중에 마침내 상대를 평가하고 상대를 인정하며 상대의 몸에 발현된 것이 자기가 감탄하는 것과 동일한 것임을 알게 되었다. 성실함과 겸손함,

처세에서의 신의, 진충보국(盡忠報國), 재지의 뛰어남 등등이었다. 이로 인해 두 사람은 한 번 보고도 오래 사귄 친구와 같아졌고 만남이 늦은 것을 탄식하며 깊은 우정의 매일 매일 쌓아갔다.

장종은 저우언라이의 신상에서 그의 인간적인 매력을 느꼈다. 그래서 그는 후에 "이전 일본의 침략이 위급했을 때 공산당 역시 애국심이 있었다. 어째서 연합하여 외적에 대항할 수 없었던 것일까?"라고 하였다. 또한 "나는 국공이 합작하여야 흥성하고 합작하지 않으면 망하는 일임을 깊이 깨달았다. 소공 10여 년에 민력과 재력이 소진되어 촌락은 폐허가 되고 인민은 생을 잇지 못한다. 외채는 높이 쌓여있고 국제적 지위는 날로 떨어졌다. 만약 이를 이루지 못하면 일본에게 잠식됨을 면하지 못할까 두렵다. 내가 명령을 받은 이래 밤낮으로 걱정이었는데 공산당이 제출한 양당의 합작 항일의 주장을 받아들여야 함을 알겠다. 총재의 견책을 당할 수도 있지만, 다만 민족이 위험하고 국가가 장래 국가가 아니게 될 것만을 마음에 두고 있다. 만약 이미 닥친 이런 조류를 막을 수 있는 하나의 기회가 있다면 나는 마땅히 스스로 그렇게 하겠다. 개인의 이해득실은 고려하지 않는다"고 말하였다.

담판은 타협의 예술이다. 장종과 저우언라이는 모두 국가 민족의 이익을 중시하고 지혜와 힘을 다해 담판의 조건을 조합하였다. 어떤 때는 상대방의 곤란한 점을 고려하여 선의의 건의를 하고 문제의 해결을 추진하였다. 1937년 3월 1일, 장종은 저우언라이에게 중공이 장징궈(將敬國)의 관계를 이용하여 장제스와 공작을 할 것을 건의하였다. 저우언라이는 좋은 생각이라고 여기고 바로 중앙에

1939년 6월 장충(張沖)과 저우언라이, 덩잉차오가 충칭(重慶) 비행장에서
합동 촬영한 모습(통샤오평童小鵬이 촬영함)

전보를 보내 코민테른과 신속히 상의할 것을 건의하였다. 이후
장징궈의 귀국에 협력하였다. 담판에서 초보적 성과를 얻은 후 쌍방은
공동선언의 발표 방식에서 이견을 드러냈다. 장종은 중앙시찰단을
파견하여 옌안 등 홍군 관할지역에서 조사를 진행하여 이해한 후
이를 통해 경색된 국면을 완화할 것을 제의하였다. 저우언라이는
찬성하였지만, 이 시찰단을 고찰단으로 개칭해서 평등성을 보여야
한다고 여겼다. 협상을 거쳐 그들은 세심하게 조직하였고 1937년 5월
하순 국민당 고찰단이 옌안 등 지역을 방문하도록 하였다. 이는 국공
내전 10년 후 국민당이 최초로 중공과 홍군 관할지역에서 실시한
고찰이었다. 쌍방은 이해 증진과 합작 분위기 조성을 통해 대화를 통한
촉진작용을 불러일으키고 국공 관계사에 아름다운 일화를 남겼다.

시안사변 후 국공 담판의 성공을 통해 양 당은 새로운 연합을 하였고 2차 합작으로 인해 어깨를 나란히 하고 장렬한 항일전쟁에 들어섰으니, 이는 저우언라이와 장종이 이룩한 걸출한 공로였다.

1937년 8월 초, 항전이 전면적으로 발발한 긴급한 형국을 살펴 국제 원조를 요청하게 되었고, 장종은 장제스의 명을 받아 소련과 군사원조에 관 담판을 진행할 임무를 맡았다. 중공과의 담판 후 후속 사무는 캉저(康澤)가 담당하였다.

1941년 11월 9일 충칭의 『신화일보(新華日報)』는 장총을 추도한 저우언라이의 만련(挽聯)을 발표했다.

캉저는 부흥사의 유명한 십삼태보(十三太保) 중 하나로 중공에 적의를 지니고 있었으며 담판 중 항상 트집을 잡아서 장종과 선명한 대비를 이루었다. 그러자 저우언라이는 "젊은 선생이 참가한 뒤 국내가 단결한 것이 겨우 반년에 가까운데, 바뀌어 들어온 사람이 합의를 뒤집으니 최초 합의 후 분규가 계속되고 있는 형국이다"고 분개하였다.

장종은 모스크바 담판 이전 일찍이 예젠잉과 상의하여 중공에서 사람을 파견해 동행해 줄 것을 희망하였다. 이 일이 이뤄지지 않자 다시 예젠잉이 대신 연락하여 시안에서 그가 저우언라이와 만나게 해 줄 것을 부탁하고 저우언라이가 그를 중공 주 코민테른 대표단 단장

왕밍(王明)과 만날 수 있게 소개시켜 줄 것을 부탁하였다.

장종이 시안에 도착한 후 저우언라이의 도움을 얻었다. 저우언라이는 장종에게 명함을 주며 보어구(博古)와 함께 가게 했고 명함에 "장종선생은 국공 합작을 위해 분주하게 일했고 그 공로가 탁월합니다. 부디 동지로서 접대해주십시오."라고 소개 글을 적었다. 장종은 이 명함에 의거하여 후에 모스크바에서 왕밍과 만났고 스탈린과의 직접 회담을 실현시켰다.

당시 국공 관계는 잠깐의 밀월기를 거쳐 국민당의 배신으로 이어졌고 갈등과 충돌이 갈수록 격화되었다. 저우언라이는 총칭에서 국공의 화베이 지역 군사 관련 업무를 담당하였고 몇 차례 장제스와 교섭하였으나 성과가 없었다. 그는 옌안으로 돌아와 중앙과 해결방법을 연구할 준비를 하였다. 1939년 6월 18일 아침, 저우언라이가 비행기를 준비하여 시안으로 가려 하였다. 그의 주변에는 덩잉차오, 예젠잉, 퉁샤오펑(童小鵬) 등이 있었고 총칭 산후(珊瑚)공항에 도착했을 때 저지를 받았다. 검사원이 저우언라이가 출경증명서를 제출해야 출행을 허가한다는 것이었다. 다툼이 일어난 와중에 공교롭게도 장종이 손님을 배웅하기 위해 공항에 도착하여서 사정을 알고 난 후 저우언라이 등에게 잠시 기다리게 하였다. 해결책을 강구하여 장종은 즉시 차를 몰아 장제스 관저로 가서 사정을 설명한 후 출행을 허가하는 친필 명령서를 결국 받아내었다. 다시 공항을 돌아오자 저우언라이와 덩잉차오, 예젠잉 등은 매우 기뻐하였고 연달아 감사 인사를 하였다. 퉁샤오펑은 사진기를 휴대하고 있었는데 몇 장의 단체사진을 찍었다. 그 날의 비행기는 오후에 날아올랐다. 장종은 저우언라이가 비행기에 탑승할 때까지 배웅한 후 헤어졌다.

저우언라이가 옌안에 돌아온 지 얼마 되지 않아 낙마하여 팔이 부러졌다. 옌안에서의 치료는 큰 효과를 보지 못하였고 중공 중앙은 그를 소련에 보내 치료하도록 결정하였다. 옌안을 나가는 교통이 곤란하여서 예젠잉과 천쟈캉(陳家康)은 총칭에서 장종을 찾았고, 국민당에서 비행기를 보내 저우언라이를 옌안에서 난저우로 옮긴 후 다시 소련 비행기로 모스크바에 보내 줄 것을 부탁하였다. 장종은 이를 안배해 주어 이 사건이 해결되도록 도왔다.

이보다 앞서 저우언라이는 2월 상순에 어려운 문제 하나와 마주쳤지만 장종의 협조로 이를 해결하였다. 당시 신4군의 정·부군장 섭정과 샹잉(項英)이 임무 상 갈등과 이견을 노출하였고 예팅(葉挺)이 사직을 요구하여 총칭으로 돌아갔다. 이를 해결하기 위해 중공 중앙은 저우언라이가 완난(晥南)에 가서 조정하도록 결정하였다. 그러나 신분이 국민정부군사위원회 정치부 부부장인 저우언라이가 장제스에게 휴가를 청해 총칭을 떠나는 것은 비준을 받기 어려웠다. 저우언라이는 장종에게 도움을 요청하였다. 장종은 그에게 아이디어를 주어 저우언라이가 저장 샤오싱의 고향집에 제사를 지내러 간다는 이유를 대면 효도를 중시하는 장제스가 휴가 비준을 해줄 것이며 이후 완난을 거쳐서 가면 될 것이라고 하였다. 이 방법은 과연 효과를 거두어 저우언라이는 1939년 봄 항일의 횃불이 가득한 동남으로 행차를 할 수 있었다. 그는 장종을 조문하는 글에서 "민국 28년 봄, 나는 강남으로 갔고 그해 여름 북쪽 옌안으로 돌아갔으니 모두 선생에게 힘입어 이뤄진 일이었다."고 하였다.

1941년 8월 11일, 장종은 불행히도 총칭에서 세상을 떠났으니 겨우 38세였다. 저우언라이는 소식을 듣고 극히 비통해 하였다. 그는 친히 만련을 올렸다. "안위를 누구와 함께 할까? 풍우 속에 한 배 탐을 생각하네!" 짧은 10개 글자와 한 개의 물음표, 한 개의 느낌표가 깊은 뜻과 깊은 정을 포함하고 있다. 저우언라이는 당시 중앙에 전보를 보내 3만 원의 부의금을 장종 추도회에 보내 중공의 태도를 표명할 것을 건의하였다.

이후 마오쩌둥, 주더 등 중공 지도자 모두가 만련을 올려 애도 하였다. 마오쩌둥, 린바이취(林伯渠), 우위장(吳玉章), 동비우, 천샤오위(陳紹禹), 진방셴(秦邦憲), 덩잉차오 7명의 연명으로 올린 만련은 다음과 같다. "큰 계획이 지지를 받음에 안으로 공산당과 연계하고 밖으로는 소련과 연계하였다. 바삐 돌아다녀 수고를 사양하지 않음에 7년의 고생을 하루처럼 여겼다. 그 사람만 홀로 초췌하여 병이 시작되고 병이 이어지니 내색하지 않다가 다시 일어나지 못하였다. 울음소리가 천추에 남도다." 주더, 펑더화이의 만련은 다음과 같다. "국사무쌍의 그 사람은 다시없네. 죽은 이 살아나면 만 리 밖에서 부르리!"

그해 11월 9일, 장종 추도회가 총칭에서 성대히 거행되었다.

장제스는 엄숙하게 제례를 집전하였고 회장 내 그가 친히 쓴 만련이 걸렸다. "의리와 용기를 행하였으며, 절개와 방정함을 지녔다. 그 사람이 오래 살진 못하였으나 간장(干將)은 물에 잠겨도 빛난다." 저우언라이와 동비우, 덩잉차오 등은 중공 저우 총리칭판사처의 인원을 거느리고 나아가 조의를 표하였다. 저우언라이는 눈물을 머금고 추도사를 말하고 깊은 애도를 표했다. 당일의 《신화일보》 초판에는 친히 작성한 〈장 화이난(張淮南)선생 추도〉 글이 사설을 대신하여 발표되었다. 이 글은 2,200여 자의 추도문으로 장종의 "적을 막기 위기 위해 단결하려던 노력"에 대한 역사적 공훈이 충실하게 기술되었고 그를 "국가와 민족의 동량에 부끄럽지 않다"고 칭찬하였다. 그 글 중 "화이난 선생이 비록 죽었어도 그 용기와 근면 그리고 항상심과 방정함이 있는 정신은 후인을 밝게 비출 것이다"고 하였다. 또 "푸른 피와 붉은 마음 및 국가에 보답하는 충성심은 모두 우리 중화민족의 우수한 자녀이며 화이난 선생은 바로 그 중 걸출한 인물이다"라고 하였다. 저우언라이는 이 글에서 그와 장종이 서로를 알아가게 되는 과정에 대해 상세히 기술하였으며, 여기에는 진실한 감정이 깃들어 있다. 저우언라이는 추도회의 추도사 낭독에서 감정이 복받쳐 몇 차례나 울음을 삼켰다. 그는 "선생이 비록 최후의 큰 계획을 결정하지는 않았으나 일을 맡고 보인 용기와 일을 행한 노력은 다른 사람이 감당할 수 없는 것이었다"고 말하였다. 또한 감탄하여 "선생이 이미 떠나 우리들의 연계가 중단된 것과 같다. 매번 풍파를 만날 때마다 선생 없음이 더욱 생각나고 선생에 대한 생각을 할 때마다 누구와 안위를 함께 할까하는 생각이 들 것이다"라고 하였다. "화이난 선생이 비록 죽었어도 그 용기와 근면 그리고 항상심과 방정함이 있는 정신은 후인을 밝게 비춘다. 반드시 많은 후계자들이 나와 그 지위를 잇고 그 직무를 수행할 것이다. 이는 우리가 가장 기도하는 바이며 중국 인민이 가장 열망하는 바이다."

아버지는 저우언라이의 이러한 높은 평가를 받았고 중공 영도자의 후덕한 사랑을 얻었으니, 이는 국민당 인원 중에서 가히 짝을 찾을 수 없는 대단한 일이었다. 이는 후배, 친속인 우리에게 깊은 감동과 교훈을 준다. 또한 후대 사람은 당파를 초월한 우의를 보고 깊은 터득하는 바가 있게 되었다. 우리는 매 번 송독하며 모두 뜨거운 눈물이 가득 참을 참지 못하며 뱃속에서 따뜻한 흐름을 느낄 수 있었다. "무수한 겁난을 겪어도 형제가 있으니, 만나서 한 번 웃으면 은혜와 원한이 소멸된다." 저우언라이와 장종의 이야기는 이 시구가 말하는 바처럼 가장 고전적인 모범이었던 것이다.

부친이 불행히 세상을 떠난 후 멀리 고향 뤄칭에 있던 쉐메이(雪梅)와 형 장옌(張炎)은 급한 전보를 받고 총칭에 와서 장례를 치렀다. 유감스럽게도 쉐메이는 여정에 오르자마자 병으로 쓰러져 도중에 가지 못했다. 장옌은 총칭에 도착한 후 추도회에서 저우언라이를 만났다. 저우언라이는 갓 20세의 장옌에게 깊은 관심을 보이며 그를 위로하며 장종의 자식은 곧 나의 자식이니 이후 곤란한 점이 있으면 자기를 찾으라고 말했다.

50년대 초, 장옌은 직장을 잃고 베이징에 가서 저우 총리를 찾아 도움을 청했다. 저우 총리는 집에서 장옌을 만나고 그를 화베이인 민혁명대학에서 공부할 수 있게 해주었다. "문혁" 중에 장옌이 세상을 뜨고 그의 부인이 1972년 12월에 다시 저우 총리에게 도움을 청하는 서신을 보내자, 저우 총리는 장옌의 사망에 대해 가속들에게 위문하도록 지시하였다. 서신 중 요구에 대해 동의하면서 장옌의 딸이 산시성에 정착하여 직업 활동을 할 수 있게 안배하였다. 우리는 이러한 배려에 대해 깊이 감사하였다. 저우언라이는 "문혁" 시기 매일 많은 국가 대사를 처리하였는데 장종의 후인의 이런 일은 소사에 불과하였으나, 그는 여전히 신경을 써주고 친히 도움을 주었다. 당시 저우 총리 자신도 암을 앓고 있어 건강이 위험하였다. 그가 이런 상황에서도 우리에게 관심을 보였다는 점을 생각해 보면 정말 감격스러워 눈물이 흐른다. 개혁개방 이후 정치 형세의 변화에 따라 장종의 이름이 다시 신문 등 매체 위에 등장하였다. 1991년 아버지의 유해가 충칭에서 발견되어 고향으로 돌아왔고 그의 유언에 따라 고향에 매장하려고 준비되었다. 중공 중앙 통전부는 1992년 11월 25일 뤄칭시 인민정부 명의로 장종의 묘를 수축하고 자금을 지원하기로 발표하였다. 1995년 5월, 아버지는 마침내 혼백이 고향에 돌아와 고향 관터우촌(琯頭村) 옆 사자산(獅子山)에 안장되었다. 묘지는 청산을 등지고 워강(甌江)을 마주하고 있으며 묘비 위에는 저우언라이의 글씨로 "장화이난(張淮南先生)"이 크게 새겨졌다.

저우언라이와 아버지 장종의 간담상조(肝膽相照)한 우의는 두 진영에서 적이 친구로 변한 아름다운 일화였던 것이다.

(주: 장쉐메이와 치우칭화는 항전 초기 혁명에 참가하여 우리 유격대의 지도자였다. 치우칭화는 이후 저장성 정협 부주석이 되었다. 본고는 마위농〔馬雨農〕이 대필하였다.)

저우언라이와의 몇 차례
회담에 대한 기억

— 양전닝(**楊振寧** 저명한 물리학자. 노벨상 수상자)

저우언라이와의 몇 차례
회담에 대한 기억

- 양전닝(**楊振寧** 저명한 물리학자. 노벨상 수상자)

1950년대 초, 나는 국외에서 중문, 영문 신문을 통해 저우언라이 총리의 사람됨에 대해 약간의 이해를 하고 있었다. 직접 저우 총리의 관심을 받은 것은 1957년 여름이었다. 당시 나는 스위스 제네바에서 가서 몇 달간 일해야 했었다. 이 몇 개월 전에 나는 부친 양우즈(楊武之) 교수에게 서신을 보냈는데 그는 푸단(復旦)대학 교수였다. 서신 중에 나는 처와 아들과 함께 제네바에 가며 아버지에게 제네바에 와서 만날 수 있겠냐고 여쭈었다. 이후 그는 나에게 말하기를, 그가 서신을 국무원에 보여주고 비준을 청하였는데, 듣기로 저우 총리가 친히 '가능'이라고 비준해주었다는 것이었다. 이렇게 그는 비행기를 타고 제네바에 와서 우리들과 한 달여를 같이 보냈다.

1960년, 1962년 내 모친이 다시 두 차례 제네바에 와서 나와 만났다. 1964년 말에서 1965년 초, 부모와 나는 당시 상하이의 동생 영전한(楊振)한, 누이 양전위(楊振玉)와 함께 홍콩에서 만나 반개

월간을 함께 지냈다. 이러한 만남을 통해 나는 국내의 상황에 대해 더 많은 이해를 하였고 국내 각 방면의 인사가 저우 총리에 대하여 극히 존경하는 마음을 지니고 있다는 사실을 알고서 그에 대한 깊은 인상을 받았다.

나와 저우 총리의 직접 만남은 1971년으로 마침 중미 간에 "핑퐁외교"가 전개되어 양국 관계가 정상화 되던 시기였다. 그해 봄과 여름 사이 나는 상하이의 부친에게 전보를 보내 중국으로 가서 친지를 방문하겠다고 알렸다. 부친은 베이징에 서신을 보내 저우 총리의 비준을 얻었다. 나는 중국의 주프랑스 대사관에서 비자를 받았다. 그 비자는 나의 미국 여권 위에 발급된 것이 아니라 별도의 종이로 발급되었다. 당시 중미는 외교관계가 수립되지 않아서 중국이 미국의 여권을 인정하지 않았기 때문이었다.

나는 파리에서 비행기로 상하이에 1971년 8월에 도착하였고 내 동생과 누이가 나와 함께 베이징으로 향했다. 베이징에서 장인 두위밍(杜聿明) 선생과 그의 부인을 만났다. 어느 날, 나는 통지 하나를 받았다. 저우 총리가 나와 식사하자고 초대하는 것이었다. 그날 두 선생과 두 부인, 내 동생과 누이는 인민대회당으로 가서 저우 총리와 오랫동안 대화하였으니 대략 6시간 정도의 시간이었다.

그 이후 나는 4차례나 귀국하였고 저우 총리는 매번 나를 식사에 초대하여 대화를 나누었다. 저우 총리와 나의 첫 번째 만남이 시간 상으로 가장 길었다. 나의 인상으로, 그는 해외 교포에 관심이 매우 많았다. 그는 미국의 상황에 대해 잘 이해하고 있었고 나에게 많은 질문을 하였다. 미국 학생운동의 상황에 관해 물었고 학교 내의 기풍과

교사의 대우, 미국의 인종문제, 엄중히 존재하는 미국 사회 내 빈부 불균형에 대해 물었다. 중국 교포의 사회 내 지위와 영향 및 차별을 당하지 않는지를 묻고 내 학술 작업에 대해 물었다. 그는 해외 화교 학술계 인물에 대해 많이 알고 있었으며 내가 그들을 알고 있는 지와 그들의 당시 상황에 대해 물었다.

1971년 내가 귀국하여 친지와 친구를 만나기 전에, 많은 화교, 비화교 친구들이 나와 이야기하며 억류의 위험이 있으니 내가 중국에 가는 것을 반대하였다. 왜냐하면 학술계의 많은 사람들이 모두 알고 있는 것으로, 소련의 유명한 물리학자로 저온실험물리학자인 크피차가 러시아대혁명 이후 영국 케임브리지 대학에서 일하고 있었다. 1920년대 말에서 30년대 초, 그는 늘 휴가를 얻어 소련을 방문하였는데, 모두 좋았다. 다만 30년대 초에 그가 오자, 스탈린은 명령을 내려 그를 붙잡아 두었고 이후 그의 친속을 영국 케임브리지에서 소련으로 오게 하였다. 이로 인해 친구들은 내가 당시 중국에 가는 것에 대해 우려를 표했다. 나는 그들에게 그럴 리 없다고 말하였다. 내개 그런 믿음을 가진 이유는 내 부친, 모친, 동생, 누이의 소개를 통해 나는 중국에 대해 이해한 바가 있었고, 나는 외교 방면의 일은 저우 총리가 주관한다는 것을 이해하고 있었기 때문이었다. 나는 저우 총리가 절대 내가 원하지 않는 상황 하에서 나를 억류할 인물이 아니라는 것을 알고 있었다. 과연 나뿐만 아니라 모든 해외에서 중국에 온 사람들에 대하여 중국의 정책은 매우 명확하였다.

특히 말하고 싶은 바는 1973년 여름 내 처와 함께 네 번째 베이징 방문이었다. 저우 총리는 특별히 우리를 인민대회당으로 초대해 식사하였고 연회에는 장인 장모와 장젠차오가 참석하였다. 저우 총리는 나를 덩샤오핑에게 소개하였다. 이때 덩샤오핑은 막 하방에서 중앙으로 돌아온 상황이었다. 저우 총리는 특별히 나와 덩샤오핑이 만나는 것을 바란 것이었다. 나는 이후 저우 총리가 당시 미리 안배를 하여 덩샤오핑이 각 방면의 업무를 주관하길 바란 것이 아니었을까 추측해보았다. 이것이 내가 처음 덩샤오핑을 만난 때였다.

1976년 초, 나는 신문에서 저우 총리가 세상을 뜬 기사를 보았다. 그 때 뉴욕의 화교단체는 저우 총리 추도회를 조직하였고 1~2천 명의 사람들이 모였다. 저우 총리 추도문은 내가 작성하였다. 추도사는 이후 내가 출판한 책에 수록되었다.

1971년 최초의 중국 방문과 미국으로 돌아온 이후, 많은 사람들이 나에게 저우 총리가 바쁜 와중에 어째서 식사 초대를 하고 그렇게 긴 시간을 썼는지에 대해 물었다. 나는 저우 총리가 그 기회를 틈타 전 중국 인민에게 중국의 정부가 과학기술, 교육계 인사에게 매우 관심을 갖고 있다는 점을 말하고 싶었을 것이라고 대답하였다.

1차 중국 방문 이후 나는 중국과 미국 사이에서 내가 교량역할을 해야 한다는 책임감을 느꼈고 나의 모든 역량을 다해 중국의 과학 발전을 도와야겠다고 결심하였다. 1972년 2차 방문 이후 나는 이러한 건의를 구체적으로 해야겠다고 생각했다. 나는 베이징과 시안에서 만난 일련의 노 과학자들을 기억하고 있다. 그들은 "문혁" 시기 하방 당하여서 아무 의미 없는 직업에 종사하였다. 이는 그들의 시간과 정력의 낭비였다. 그래서 나는 저우 총리에게 기초과학을 무시할 수 없음에 대해 말하였다. 당연히 중국의 응용 방면의 사정이 더욱 중요하고 필요에 따라 움직이는 사정이 중국이 가장 필요로 하는 것이지만, 멀리 보고 말해서 이렇게 큰 국가에 만약 기초과학을 발전시키지 않는다면 장래에 거대한 위험이 닥칠 것이라고 하였다. 이해한 바에 따라 저우 총리는 이러한 이야기를 마오 주석에게 하였고, 그 두 사람은 내 말에 일리가 있다고 여겼다. 저우 총리는 나에게 저우페이위안(周培源) 선생에 대해 이야기해줬고 그는 이런 사정을 잘 알고 있었다. 저우페이위안은 당시 베이징대학 부교장이었다. 저우페이위안 선생은 글을 써서 《인민일보》에 기고하였다. 나는 그 글을 읽었고 내용은 이런 경과를 이야기하고 있었다. 이후 그 글은 장첸차오에게 공격받았다. 이를 볼 때 저우 총리는 당시 과학기술 방면만이 아닌 여러 방면에서 매우 큰 희망과 결심을 갖고 노력했다고 생각된다. 그러나 '사인방'의 간섭으로 인해 그의 처지가 매우 곤란해졌다.

1976년 정월, 나는 뉴욕에서 저우 총리 추도회에 참석하였다. 당시 중미 간은 미수교 상태였고, 나는 회장 내에 대만의 지시를 받은 많은 사람들이 팻말을 들고 고함을 치던 모습을 기억하고 있다. 이로 인해 경찰이 질서 유지 중이어서 당시는 긴장된 상황이었다. 저우 총리는 해외 화교 중에서 명망이 특별히 높고 영향력이 컸다. 추도회는 순조롭게 진행되었다. 나는 저우 총리의 사람됨에 대해 다소 식견이 있었고 그의 영향력에 대해서도 인식이 있었다. 그래서 나는 저우 총리의 유언을 듣고 그의 유해가 중국 대지에 뿌려졌을 때 매우 감동하여 눈물을 한참 흘렸다. 나는 그가 진정 위대한 인물이라고 생각한다.

그 추도회에서 내가 한 말 중 마지막 단락은 총결 성격의 말이며 내용은 다음과 같다.

"저우 총리는 1976년 1월 8일 신중국의 수도에서 세상을 떴습니다. 그는 그의 일생을 바쳤고 사심 없이 인민을 위해 복무하였습니다. 우리는 한 위인의 일생이라는 역사가 바로 신 중국을 잉태한 역사이며, 바로 신 중국 탄생의 역사이며, 바로 신 중국 성장의 역사라고 말할 수 있습니다. 그는 중국 인민의 영웅입니다."

저우 총리의 유촉에 따라 그의 유해는 중국의 산천에 뿌려졌다. 그의 신체는 위대한 국가의 모든 지역에 영원히 흩어졌고, 그의 정신은 위대한 민족의 정신 속에 오래 함께 할 것이며, 그는 이 민족의 영원한 모범이었다.

만약 "문화대혁명"이 없었다면
저우 총리는 현재 살아 있을 것이다.

– 잉가오탕(榮高棠)
(중국공산당중앙고문위원회 비서장, 전 국가체육운동위원회 주임)

만약 "문화대혁명"이 없었다면
저우 총리는 현재 살아 있을 것이다.

- 잉가오탕(榮高棠)
(중국공산당중앙고문위원회 비서장, 전 국가체육운동위원회 주임)

1937년 나는 옌안에서 총칭으로 가서 남방국 청위(靑委) 위원을 담당하였다. 완난(晥南)사변 후 《중국청년》 편집부 3명이 체포되어 나에 대해 진술하였다. 저우 부주석은 내가 노출되었음을 알고 사람을 보내 나를 구조하였으나 찾지 못하였다. 다음날 다시 사람을 파견하여 차를 몰고 나를 접송하였고, 나는 아무 것도 들고 나오지 못한 채 산으로 올라갔다. 나는 촨캉(川康)으로 보내졌다. 반년이 되지 않아 나는 다시 홍위안(紅岩)으로 향했다. 이는 1941년 6월 22일의 일이었다. 1945년 말 나는 군에 징발되어 모처로 보내졌다. 나는 당시 20여 세로 정력이 모두 저우 부주석에 미치지 못했다. 그는 종일 일을 하며 해방구에 의탁한 이들을 조직하여 총칭에서 옌안으로 보내고 있었는데, 내가 보고하러 가는 일은 모두 새벽의 일이었고 배웅하는 사람이 이미 아침에 도착하면 그는 세수를 하고 시내로 들어갔다. 그는 매우 열성적이고 정력이 충만하여 철인과 같았다. 만약 "문화대혁명"이 없었다면 그는 현재 살아있을 것이다. 홍위안에는 뤄(樂)씨 가족이 있었고 내 아들은 3살로 이름은 새로뤄톈(小樂天)이었는데, 이는 저우 부주석과 덩 아주머니가 지어준 것이었다. 나는 2장의 사진을 보관하고 있는데 하나는 저우 부주석이 내 아들 샤오뤄톈을 안고 있으며 그 주변에 예팅 장군의 딸 양메이(揚眉 후에 예팅 장군과 한 비행기를 타고 옌안으로 가던 중 비행기 사고로 희생되었다)가 서 있었다. 다른 한 장은 덩 아주머니가 샤오뤄톈을 안고 있으며 저우 부주석이 사진에 시를 쓴 것이었다. "사이뤄톈(賽樂天)이 쌍락천도(雙樂天圖)라 제목을 짓다"라고 쓴 것이다. 그는 스스로를 사이뤄톈이라고 하였다. 그들은 작업 외 휴식 시간에 늘 아이를 안고 함께 놀았다. 덩 아주머니는 이 아이가 사랑스럽고 좋으니 뤄톈이라고 부르자고 하자 그가 샤오뤄톈이라고 하였다고 말했다. 내가 바로 다뤄톈 (大樂天)이었고 그래서 저우 부주석이 스스로를 사이뤄톈이라고 했던 것이다. 시는 이러했다.

다뤄톈이 샤오뤄톈을 안고 있으니
히히하하 하루가 즐겁다.
하루종일 샤오뤄톈을 보지 못하면
하루종일 다뤄톈이 애를 태우네.

"문혁" 중 나는 연금되어 먼저 베이징 위수구(衛戍區)로 갔고 1975년에는 장시 간부학교에 노동 담당으로 보내졌다. 1972년 샤오뤄톈이 병에 걸려 죽게 되어 나를 보고자 하였다. 그러나 나는 연금 중이어서 볼 수가 없었다. 덩 아주머니가 이를 알고 저우 총리에게 샤오뤄톈이 위독한데 아버지를 보고 싶어 한다고 말하였다. 저우 총리가 장차이첸(張才千) 부총장에게 허가서를 보내 나는 연금에서 벗어나 병원에 가서 아들 얼굴을 보았지만 몇 마디 말도 못하였다. 내가 말했다. "네가 잘 자라면 아버지가 다시 너를 보러 올 것이다.

" 나는 한동안 앉아 있었고, 그는 나를 본 후 숨을 거두었다. 1979년 나는 간부학교에서 돌아와 덩 아주머니를 보러갔다. 덩 아주머니는 우리 뤄 씨 가족에서 사이뤄톈이 가고 샤오뤄톈 역시 떠나 우리만 남았다고 말하였다. 만약 "문화대혁명이"이 없었다면 저우 총리는 현재 살아 있을 것이다. 나는 체육위 근무 시, 저우 총리와 많이 접촉하였다.

한번은 우리가 저우 총리를 배석하고 외국 원수를 공항에서 배웅하였다. 예빈사(禮賓司)의 사장(司長) 위신칭(余心淸)이 비행기가 떠나는 것을 보고 차로 돌아가려고 하였다. 저우 총리가 그를 세우고 말하기를, 가지 말게나. 비행기가 이륙하여 공항 상공을 몇 차례 돌고난 후에야 돌아가게. 비행기보다 우리가 먼저 가면 외교적 예의를 다한 것이 안 된다는 것이었다.

이후부터는 규정을 만들어 저우 총리가 가지 않으면 모두 갈 수 없게 되었다. 1955년 인도 배구단이 중국에서 와서 경기를 했다. 경기는 인도 배구단이 크게 지는 것을 막을 수 없었다. 첫 판은 당연히 중국 국가대표가 크게 이겼다. 두 번째 판도 공안부대가 이겼다.

손님들이 불쾌해 하는 것 같다고 저우 총리에게 말했다. 그러자 그는 "가오탕(高棠)은 청년 기질을 못 벗어났군 그래. 공놀이는 이기지 않아도 되는 것이야." 외국 축구단과 국가대표가 경기를 했을 때 방문팀의 태도가 좋지 않아 군중들이 불만을 갖았다.

방문팀을 에워싸고 공격적으로 나오자 저우 총리가 야간에 전화 3통을 하였다. "가오탕당, 너희들은 지금 무얼 하고 있는 건가?" 우리로 하여금 즉시 가서 해결하게 하였다. 그는 체육에 대단한 지지를 보냈고 아울러 체육 업무를 좋아하였다. 1959년 세계탁구대회에서 국가대표가 1등을 하자 저우 총리가 직접 접견하였다.

제26회 세계탁구대회 기간 중에는 그가 외국을 방문하였다가 원난으로 돌아오자 매일 경기 소식 방송을 들었을 정도였다.

저우 총리가 몇 차례 접견한
마지막 황족의 회고

    – 진즈젠 金志堅(愛新覺羅 · 榲歡) 마지막 황제 푸이(溥儀)의 누이

저우 총리가 몇 차례 접견한
마지막 황족의 회고

— 진즈젠 金志堅(愛新覺羅·梄歡) 마지막 황제 푸이(賻儀)의 누이

저우언라이 총리가 최초로 우리 가족과 만난 것은 1960년 1월 26일의 일이었다. 그 때 푸이는 특사로 돌아온 지 얼마 되지 않았다. 그 후 어떤 이가 와서 우리에게 영도자가 우리 형제자매를 접견하려 한다고 통지하였다. 그 날 우리는 겨울방학을 맞아 대청소를 하는 때였다. 우리 학교 교장이 나에게 말했다. 지역 영도자가 전화하기를 나 먼저 집에 가지 말고 잠시 후에 차가 나를 맞으러 오니 영도자를 접견하라고 하였다. 나는 청소를 하였기에 온몸이 흙 투성이였고 돌아가 옷을 갈아입을 생각을 하였지만 그럴 겨를이 없었다. 차가 온 후 나는 운전사 동지에게 의견을 제시하였지만 어떻게 깨끗한 의복으로 갈아입을 수 있는지는 말하지 못했다. 나는 당시 저우 총리의 접견을 모르고 다만 중앙 영도자 동지의 접견으로만 알았다. 나를 맞은 인물이 "안 된다"고 하였고, 겨우 너를 찾은 것이니 네가 집에 가서 옷을 갈아입을 겨를이 없다고 하였다. 차에 탄 이후 운전사는 나에게 현재 정협 예당으로

가고 있으며 오늘 저우 총리가 너희 가족을 접견할 것이라고 하였다. 당시 나는 매우 긴장하고 놀랐다. 저우 총리를 만나 무슨 말을 할까? 흙이 가득한 옷보다 면대의(棉大衣)를 다시 입고 가고 싶다고 말할까 생각하였다.

저우 총리를 만나던 순간에는 매우 긴장하여서 하고자 하던 말도 모두 잊었다. 저우 총리가 물을 때 나는 한 마디 하였다. "금방 출근하였는데 황급히 왔습니다." 저우 총리가 또 물었다. "휴가를 신청하는 것이냐?" 내가 대답하였다. "이미 신청하였습니다." 그 날 저우 총리는 주로 푸이와 일과 학습개조의 문제에 대해 이야기를 나눴다. 저우 총리가 말했다. "네가 연구소에 가서 한편으로는 학습하고 한편으로는 일 하는데 이런 것이 너의 건강에 대해 좋으니 정치학습에 참가해도 좋다. 너는 신체검사 후에 3년 계획을 세워 자연과학지식을 배우고 본래의 전공을 배워도 좋다. 네가 지은 책(《나의 전반생》을 가리킴)은 기본적으로 구사회의 선전포고와 같은 것으로 이는 쉽지 않은 일이다. 너는 역사상 새로운 예를 창조하였지만 기본적으로 견고하지는 못하다. 사상을 개조하는데 첫째로 객관적 환경이 있어야 하고, 둘째로 주관적 노력이 있어야 한다. 현재 민족이 평등하고 각 민족이 공동으로 발전하였다. 만주족과 한족은 더욱 단결해야 한다. 너는 학습에 노력하고 좋은 성적을 거두거라. 이는 너 개인에게도 좋고 인민에게도 공헌하는 것이며 만주족에게도 좋은 일이다. 너의 배움이 충분하지 못하니 더욱 노력해서 학습하라. 청조의 팔기제도는 후에 부패하였고 실제 자신을 쇠약하게 하였다. 청조는 타도되었지만 만주족은 오히려 부흥하였다. 너희 가족들은 그를 도와라. 하나의 가정에도 좌, 중, 우가 있으며 너의 책은 마지막까지도 완성되지 않았으니 더욱 완성시켜라. 이는 구 사회의 일면을 보여주는 거울이다. 이 책이 더 좋아진 후에야 멈춰라." 이 외에 조국의 크고 좋은 형세에 대한 인식을 이야기하였는데 푸이가 여러 지방을 참관하였기 때문이었다.

대화가 끝난 후 저우 총리는 정협 식당에서 식사를 대접하였다. 저우 총리는 그의 고향음식인 화이양채(淮揚菜)와 작은 대나무통 만두(小籠蒸包子)를 내놓으면서 이는 우리 고향의 것이니 잘 맛보라고 말하였다. 그는 먹지 않고 우리만 먹게 하였다. 또 술도 따라줬다. 그는 사람과 쉽게 가까워지고 담소에 풍격이 있어 나 역시 그렇게 어색하지 않았다. 저우 총리는 푸이와 함께 곤란을 어떻게 대하는지에 대한 문제를 이야기하였다. 그때는 바로 곤란한 시기였다. 그와의 대화는 신 중국에 대한 어떤 인상을 주었다.

저우 총리가 다시 말하였다. 너희는 그 시기 청조에서 특별한 예우를 많이 받았고 커우터우(叩頭 황제 배알시 무릎을 꿇고 다시 머리를 조아리는 인사법)하는 것도 많이 받아보았다. 지금 누가 나에게 커우터우하는 것을 본다면 나는 그것을 나를 욕하는 것으로 느낄 것이다. 그는 예를 하나 들었다. 탄푸잉(譚富英)의 부인이 그런 봉건예절에 반항하여 그녀 남편에게 전통적인 문안 인사를 하지 않았다고 말하며 그녀를 찬양하였다. 나의 다섯째 형부 완쟈시(万家熙)는 완성스(万繩軾) 그의 가문 출신이었다. 저우 총리가 말했다. 나의 어머니 가문이 완(万) 씨이니 우리가 일가일 수 있을 것이다. 이 말에 모두 특별한 친절함을 느꼈다.

1960년 1월 저우언라이는 특사로 풀려난 아이신쥐로·푸이(賻儀 가운데) 및 그의 친족 자이타오(載濤) 등을 접견하였다.

마지막으로 저우 총리가 말했다. "본래 너희들을 시화청 우리 집에서 맞으려고 하였으나 집이 수리 중이어서 오늘 여기서 만났다. 덩 아주머니가 몸이 다소 좋지 않아 집에 갔는데 덩 아주머니는 여전히 너희를 보고 싶어 한다."

1961년 1월 30일 저우 총리가 우리를 시화청에 오라고 통지하고 차를 보내주었다. 우리는 이번에는 별로 긴장하지 않았다. 덩 아주머니가 매우 열렬하게 우리를 환영해 주었다. 그는 우리가 무슨 일을 하는지 물었고 나는 소학교에서 일한다고 하였다. 그녀는 "그럼 우리는 동업자구나!"고 하였다. 그녀는 베이징 실험소학에서 교사생활을 했었던 것이다.

이 때 저우 총리는 우리를 오게 하여 푸제(溥杰)의 일본인 처 사가 히로(嵯峨浩)가 중국에 올 수 있는 지 여부를 상의하려고 하였다. 이 때 사가 히로가 저우 총리에게 서신을 보내 중국에 와서 남편과 함께 살 수 있게 해달라고 요구하였다. 그러나 푸이가 제일 반대하였다. 그는 일본 관동군의 해를 가장 심하게 받아서 그녀가 일본의 특무 혹은 일본의 어떤 세계에서 파견한 사람이라고 의심하였기 때문이었다. 나는 총리가 푸이에게 먼저 묻고 이어서 나에게 물었다고 기억한다. 나이가 가장 많은 이에게 묻고 가장 어린 이에게 물은 것이다. 나는 말했다. "나는 일본여자 역시 한 남편을 좇아 끝까지 함께 해야 한다고 생각합니다. 그녀가 이미 오랫동안 같이 하였으니 별다른 생각 없이 내 둘째 오라버니와 함께 하고 싶다고 생각했을 것입니다." 이에 대해 다른 사람들은 동의하지 않았다. 내 몇몇 제부, 정샤오스(鄭孝胥)의 손자나 완성스의 아들은 각기 자신의 의견을 내었다. 이후 나의 언니와 넷째 오라버니의 부인이 기본적으로 동의하였다.

저우 총리는 먼저 모두의 의견을 듣고 난 후에 말하였다. 우리 중국이 이렇게 큰데 일본 여인 한 명을 포용하지 못하겠는가? 나는 그 뜻이 비록 중국과 일본이 아직 수교하지 않았으나 그녀가 중국에 오는 것이 가능하다고 말하는 것이라고 생각했다. 그는 푸이와 일에 관해 이야기 하였고 이에 대해 저우 총리가 의견을 표명했기 때문에 푸이는 다시 자신의 견해와 의견을 말하지 않았다. 저우 총리는 푸제에게 그의 일본 국적 부인 사가 히로가 중국에 오는 것을 환영한다고 말하였다. 아울러 그가 부인에게 서신을 보내 신 중국의 상황을 그녀에게 알리고 정부가 그녀의 중국 입국을 허가하며 입국 후 익숙해지지 않으면 돌아가도 무방하다고 말하라고 하였다.

중국에는 황족이 없어지고 사회주의국가가 되었으니 현재생활은 모두 같지만 한 사람이 다른 사람의 머리 위에 있는 현상이 없어졌고 그녀가 평민의 입장에서 평민과 같은 평등한 생활을 할 것을 알리라고 하였다.

이 접견 후 저우 총리의 집에서 밥을 먹었다. 이 날은 제석(除夕) 이틀 전이서 곤란한 시기였다. 그러나 저우 총리는 집안 연회라고 말했고 덩 아주머니 역시 이는 집안 연회라고 하였다. 그들은 집안의 물건을 다 가지고 나왔다. 덩 아주머니가 말했다. 오늘 너는 저우 총리 집안 사정을 모두 다 보게 되는구나. 저우 총리 고향의 자색 찹쌀죽이 끓여져서 우리 앞에 한 그릇 씩 놓였다. 총리가 보관한 약간의 설탕이 나왔다. 교자를 빚고 요리를 만들었다. 저우 총리는 우리에게 술을 따랐는데, 마오타이주였다. 우리는 매우 감동하였고 술을 따르자마자 바로 마셨다. 저우 총리와 덩 아주머니는 먹지 않고 우리보고 다 먹으라고만 하였다. 우리는 잠시 동안 한 상의 교자와 요리를 모두 먹었다. 덩 아주머니가 보고는 "안 되겠네"라고 말하고는 다시 주방에 가서 몇 판의 만두를 내왔다. 그 날 저우 총리는 한 해를 마무리하는 제석 전야를 보내는 것으로 여겼다. 저우 총리는 이 기회를 빌어 모두 함께 모이게 한 것이라고 말했다. 이 때 저우 총리 역시 곤란한 점이 많았으나 우리에 대한 관심은 세심하였다.

1961년 6월 10일 저우 총리는 시화청 집에서 우리를 만났다. 이전에 사가 히로가 이미 저우 총리의 정식 요청을 받고 중국에 그녀의 모친과 그녀의 누이, 누이의 딸과 함께 왔다. 저우 총리는 그들이 베이징에 도착하자 여러 곳을 참관하도록 하였다.

나의 언니와 제부가 그들을 이화원, 북해공원으로 안내하며 베이징의 명승고적을 보여주었다.

이 때는 사람들이 특히 많았다. 나의 일곱째 숙부 자이타오(載濤), 나의 몇몇 제부 등이 모두 왔다. 지난번과 마찬가지로 시화청 문 앞에서 사진을 찍었다. 저우 총리는 너희가 만주족이기에 너희를 위해 초대한 손님도 모두 만주족이라고 말했다. 자리에 앉은 후 저우 총리가 현재의 형세와 중일관계 및 일본의 중국 침략에 대해 말하였다. 통역이 때때로 그의 말을 모두 번역하지는 않았다. 그가 갑자기 말했다. "너는 내가 한 말을 모두 번역하라"고 저우 총리가 지시했다. 저우 총리는 중국공산당의 태도가 "평등하게 사람을 대하고 서로 통하는 것이며, 땅은 남북을 구분하지 않고 사람은 피부색을 구분하지 않으니 사해 안이 모두 형제이다." 하였다. "우리 공산당의 목적은 바로 세계가 아름다워지고 모두가 잘 사는 것이다"고 하였다. 일본 문제에 관해서는 일본 군국주의가 1894년부터 1945년까지 중국 인민에게 끼친 손해를 언급하였다.

다만 이미 지난 일이고 중일 양국은 거의 2천 년의 왕래가 있었으니 우리는 마땅히 앞을 보고 나아가 중일 양국의 우호관계를 힘써 촉진하고 국교를 회복하며 경제문화교류를 발전시켜야 한다고 하였다. 민족문제를 언급하며 만주족이 가져야 할 지위를 회복하고 그들이 차별해서는 안 되며 민족 동화는 장래 자연히 발생한 필연적 결과이지 강제할 수 있는 것은 아니라고 하였다. 사가 히로의 중국인이 되려는 소원에 대해서는 중일 양국의 우호와 국교 회복을 촉진하기 위한 결심이라고 하며 환영과 격려를 표시하였다.

저우 총리는 접견 중에 우리가 마음속에 품고 있는 말을 다하라고 하였다. 저우 총리는 푸제에게 큰딸 훼이성(慧生) 이야기를 하였다. 그녀는 일본인과 결혼했다가 최후에는 자살하였다. 저우 총리가 말했다. 그 여자아이는 푸쉰 (撫順)에 있었을 때 나에게 서신을 보내 푸제와 연락할 수 있기를 요구하였다. 그 여자아이는 무척 용감하였다. 이후 네가 나에게 그녀의 사진을 보내주길 바란다. 기념으로 간직하겠다.

그들은 또 둘째딸 핑성(娉生) 이야기를 하였다. 그녀가 중국에 남길 원했으나 그녀는 일본에 가길 원하였고 저우 총리의 의견을 물었다. 저우 총리는 푸이와 푸제에게 말했다. "너는 중국인으로 일본인과 결혼할 수 있고 일본인 역시 중국인과 결혼할 수 있다." 통역이 이 말을 번역한 이후 핑성은 특히 저우 총리에게 감사를 표했고 바로 일어나 저우 총리에게 절을 하며 마음속 "깊이 탄복합니다" 라고 말했다. 이후 저우 총리가 말했다. "이후 핑성은 자유롭게 오고 갈 수 있으며 내가 특별히 그녀에게 허가해 준다." 다시 사가 히로에게 말했다.

"중국에 오고 난 이후 너는 일본으로 돌아가고 싶다면 내가 특별히 허가하겠다"고 했다. 핑성은 한 권의 책에 글을 적었는데 좀 부정확했다. 저우 총리는 이를 지적해 주었고, 그녀는 저우 총리의 말을 듣고 돌아가 반드시 그대로 고치겠다고 말하였다.

당시 곤란한 시기에 저우 총리는 그들에게 특별한 증명서를 주어 우의상점에 가서 물건을 살 수 있게 하였다. 기름과 설탕을 구매할 수 있었으며 그들은 모두 마음속으로 저우 총리에게 깊이 감사하였다. 이 시기 우리는 모두 곤란하였으나 이로 인해 그들은 모두 곤란하지 않게 되었다. 저우 총리는 푸제가 우의상점에 가서 물건을 사서 일본인을 돌보아야 한다는 점을 인정해 주었던 것이다. 그러나 푸제는 이를 기회로 우리를 데리고 우위상점에 가서 물건을 사도록 하게 하지 않았다. 이 점은 푸제가 잘 한 일이라고 생각했다.

1961년 6월 중순, 저우 총리는 베트남 총리 범문동과 회견하였는데 푸이를 배석시켰고 우리도 참가시켰다. 푸이는 당과 국가의 정책에 감화를 받아 가짜 황제에서 중국 공민으로 변신하였으니, 전 세계에 이러한 정황은 없었던 것이다. 그의 현재생활은 매우 좋고 저우 총리는 이런 정황을 소개하여 범문동에게 이 일을 알리고자 하였다.

저우 총리는 우리를 접견하면서 매번 각각의 생활 중에 어떤 곤란이 없는 지를 묻고 비서에게 기록하게 하였다. 나의 몇몇 제부는 당시 직업이 없었으나 이후 그들의 구체적 상황에 따라 일을 배정토록 안배해 주었다. 후에 저우 총리가 특별히 바쁜 시기 시중신(習仲勳) 부총리, 서빙 부장, 랴오청즈와 그 부인 징푸춘(經普椿)으로 하여금 우리를 초대하게 하였다. 이런 상황은 "문화대혁명" 때까지 이어졌다.

"문화대혁명" 중 우리 가족은 모두 감히 왕래할 수 없었고 모두 누구에게 일이 일어나지 않을까 두려워하며 특히 긴장하였다.

"문화대혁명" 후기에야 우리 형제자매는 얼굴을 볼 수 있었고 어떠한 타격도 받지 않았음을 알았다. 푸제의 말을 들으니, 우리가 다행스럽게 존속할 수 있고 어떤 일도 일어나지 않은 건 저우 총리가 관심을 둔 덕분이라는 알았다.

우리와 관련된 점으로 말해보면, 저우 총리는 바로 우리 온 가족의 대은인이다. 나는 마음속으로 저우 총리에게 감사한다. 비록 저우 총리가 세상을 떠났지만 매년 방송하는 저우 총리의 다큐멘터리를 보며, 온 가족이 모두 보면서 한편으로 그날들을 괴로워하곤 한다. 이후 왕톄청(王鐵成)이 연기한 저우 총리를 보며 연기가 매우 좋다고 여기고 감동을 받곤 했다. 나는 왕톄청이 쓴 《내가 연기한 저우언라이》라는 책을 구매하였다. 책을 보고난 후 한숨도 못 잤다. 나는 책을 읽고 저우 총리를 생각하였으며 한편으로는 견디기 어려운 감정을 느꼈다. 나는 기회가 생긴다면 마음속의 저우 총리에 대한 존경과 숭모, 회고를 충분히 말해보고 싶다고 생각했다.

사원과 밭에서 친절하게 담화하고 있는 모습

농민의 집 안에서

광동성 신훼이현(新會縣) 퀘이창(葵藝廠)을 시찰할 때, 부채를 손에 든
청년공이 부채질을 하는 모습

신장(新疆) 허톈(和田) 방직공장을
시찰하고 있는 모습

싱타이(邢台) 지진 후 닝푸(寧普) 동왕촌(東汪村) 공사에서 마을 간부들을 바라보고 있는 모습

우수한 운동선수들과 함께한 모습

물건을 파는 점원과 대담하는 모습(우측은 덩샤오핑)

1960년 저우언라이는 꿰이저우(貴州) '둥치안링(同黔靈)소학교' 교사와 담화하는 모습

중난하이에서 허원(和文)예술계인사들과 함께한 모습. 뒷줄 좌로부터 양한 성(陽翰笙), 저우언라이, 바이양(白楊), 덩잉차오, 수시우원(舒綉文), 앞줄 좌로부터 아잉(阿英), 장레이팡(張瑞芳), 송웨스(孫維世), 진산(金山).

전선활극단 연출원들을 회견하는 모습

전국과학규획회의 대표자들과 함께하는 모습:가운데 줄 좌로부터 송런총(宋任窮), 녜잉전(榮臻), 리푸춘(李富春), 귀모뤄(郭沫若)

베이징 광지사(廣濟寺)를
참관하는 모습

우루무치에서 위그루족 청년으로부터 꽃을 받는 모습: 좌측은 천이(陳毅)

다이족(傣族) 군중과 함께 물뿌리기 축제(潑水節)를 즐기고 있는 모습

해군의 남해 함대를 시찰하는 모습

소년 선대원(先隊員)들과 함께 하는 모습

안개 속 충칭(重慶)의 문예 투쟁
- 저우언라이 동지를 회억하며

－장잉(張潁, 전국 희극가협회 서기처 전 서기, 외교부 신문사 전 부사장)

안개 속 총칭(重慶)의 문예 투쟁
─ 저우언라이 동지를 회억하며

─장잉(張穎, 전국 희극가협회 서기처 전 서기, 외교부 신문사 전 부사장)

1937년 7월, 일본 제국주의는 중국을 향해 전면적인 침략 전쟁을 개시하였고, 항일전쟁의 횃불은 온 중국을 뒤덮고 있었다. 나는 당시의 수많은 학생들과 마찬가지로 가슴 가득 열정을 품고 조국의 최남단에서 혁명 성지인 옌안으로 찾아가 몸을 의탁하였다. 그때의 나는 겨우 10세 남짓의 소녀였다. 1939년 여름, 지도자 동지께서 갑작스레 내게 소식을 알려왔다. 나에게 새로운 임무를 배정하였으니, 지금 당장 양쟈령(楊家嶺)으로 가서 집합을 하라는 것이었다. 나는 단숨에 집합 장소까지 달려갔다. 그곳은 산 아래 위치한 단층집이었는데, 이미 적지 않은 수의 남녀 동지들이 그곳에 모여 열띤 토론을 벌이고 있었다.

오래지 않아 한 분의 지도자 동지께서 시원시원한 웃음소리와 함께 안으로 들어왔고, 동지들은 그를 향해 몰려들었다. 나는 그가 저우언라이 부주석인 줄은 미처 알지 못하였다. 이윽고 그는 내게 다가와 웃으며 물었다. "자네가 샤오광동(小廣東 광동에서 온 아이)이지? 자네를 장계석이 관할하는 지역으로 보내 임무를 맡기려하는데, 어떤가?" 그때 나는 마음이 정말 괴로웠고, 설움에 북받쳐 눈물이 나올 것만 같았다. "저는 국민당 지역에서 왔어요, 전방으로 가서 싸우며 항일을 하고 싶어요." 나의 이 말은 "하하"하는 저우언라이 동지의 큰 웃음을 자아냈다. 그는 "어디에든 임무가 있고, 또 어디를 가든 모두가 항일을 하는 것이라네. 아마 자네도 머지않아 곧 깨닫게 될 것이네." 이리하여 1939년 7월, 나는 총칭의 제18집단군(바루쥔과 신사군의 각 부대를 포함) 사무소로 발령을 받게 되었다.

1940년 8월 말, 저우언라이 동지께서 소련으로 건너가 팔의 부상을 치료한 후 옌안을 거쳐 총칭으로 돌아왔다. 홍이안(紅岩)의 바루쥔 사무소에서 근무하던 동지들은 하나같이 매우 기뻐했다. 그가 홍이안으로 돌아온 후 전체 분위기가 확연히 달라졌기 때문이다. 각자의 생활도 모두 활기를 띠기 시작했던 것 같다. 모든 동지들은 그를 매우 존경하고 아꼈다. 저우언라이 동지 본인도 모두에게 매우 친절했으며, 최고 지도자로서의 허세 같은 것은 조금도 없었다.

어느 날, 내가 긴급 전보의 초록을 마쳤을 때, 마침 통샤오펑이 부재중이었다. 나는 한 묶음의 전보를 들고 저우언라이 동지를 찾아갔다. 그는 빠르게 집중하여 전보를 다 읽은 후, 고개를 들어 나를 바라보았다. 그리고 조금은 놀란 듯 말하였다. "자네는 샤오광동이 아닌가?"

나는 고개를 끄덕였다.

그가 물었다. "자네, 기밀부서에서 일하는가?"

나는 고개를 끄덕였다.

그가 다시 물었다. "자네, 옌안에서 어느 학교를 다녔지?"

나는 "루쉰 예술학원입니다"라고 답하였다.

그는 다시 내가 무엇을 공부하였는지를 물었고, 나는 희극학과라고 답하면서 이렇게 한 마디를 덧붙였다. "저는 연기하는 것을 좋아하지는 않아요. 저는 문학을 좋아하지만, 당시에는 문학학과가 없었어요."

그가 다시 물었다. "자네, 연기를 해본 적이 있는가?"

나는 『농촌곡(農村曲)』과 『군민진행곡(軍民進行曲)』을 연기한 적이 있으며, 모두 가극이라고 답하였다. 내가 하는 말이 광동 지역의 발음을 띠고 있었던 터라, 단지 노래만 부를 수 있었기 때문이다.

그는 갑자기 무언가 생각이 났는지, 하하 크게 웃기 시작하였다. "자네가 바로 『농촌곡』 중의 춘구(春姑)였던 게지?"

나는 다시 고개를 끄덕였다.

"그럼 자네는 옌안에서 여전히 유명한 배우가 아닌가!" 그는 다시 웃기 시작하였다.

나는 상당히 멋쩍어 전보를 다시 들고는 몸을 돌려 그대로 달려 나왔다.

오래 지나지 않아 나는 정재옌(曾家岩)의 50호 남방국 문화위원회로 발령을 받았다. 저우언라이 동지의 지도 아래서 문화계의 통일전선 업무를 담당하였던 것이다.

내가 문화위원회에서 일을 한지 반년이 채 되지 않았던 때의 일로 기억한다. 저우언라이 동지는 어느 날 나와 이야기를 나누게 되었다.

나에게 총칭의 문화예술계에서 아는 친우가 있느냐고 물었고, 나는 한 사람도 알지 못한다고 대답했다. 다만 내가 옌안에서 나왔을 때, 은사이신 천황메이(陳荒煤) 선생께서 내게 서신을 한 통 건네주었는데, 선생께서는 이 서신을 예이췬(葉以群)에게 전해달라고 하면서, 예이췬은 그의 좋은 친우이니 필요할 경우 나를 도와줄 수 있을 것이라고 말하였다. 나는 저우언라이 동지께 이 서신은 줄곧 제가 보관하고 있었으며, 홍이안촌에 있었을 때는 외출을 할 수가 없었던 터라 지금까지 그를 만나지도, 이 편지를 전해주지도 못하였다고 말하였다.

저우언라이 동지께서는 문득 웃으시며 "자네도 참 고지식하구먼 그래. 통샤오핑에게 보고를 했어야지. 어째서 서신을 1년씩이나 묵히고 있는가." 그는 즉시 예이췬의 전화번호를 내게 알려주며 내가 직접 연락을 취해 서신을 전하러 가도록 하였다. 아울러 이렇게 말씀하셨다. "자네가 문화위원회에서 일하게 된 이상, 가능한 한 문화계의 인사들을 알아두어야 할 것이야."

예이췬은 대단히 열정적인 사람이었다. 나는 그와 통화를 하였고, 그는 내가 옌안에서 왔으며 또한 천황메이 선생님의 서신을 가져왔다는 사실을 알게 되었다. 그는 매우 기뻐하면서 즉시 나를 총칭성 내에 있는 광저우 대삼원주가(大三元酒家)로 초대하여 함께 차를 마실 것을 권하였다. 나는 그 약속에 응하여 분명하게 주소를 묻은 후, 약속된 시간에 맞추어 대삼원주가를 찾아내었다.

이후 예이췬은 나의 업무에 상당한 도움을 주었다. 나는 이미 일정 정도의 대외업무를 보기 시작하였기 때문에 『신화일보』의 기자라는 것과 편집을 명분으로 문화예술계의 각종 활동에 참가하였으며, 문화예술계의 인사들을 취재할 수 있었다. 그때부터 나는 전국 문예가협회의 관련 토론회에 참가하게 되었고, 예이췬의 소개를 통해 라오서(老舍) 선생을 알게 되었다. 그리고 장쟈(張家)화원 내에 거주하던 장커쟈(臧克家), 메이린(梅林), 스통산(史東山), 정쥔리(鄭君里) 등 많은 친우들을 사귀게 되었으며, 이후 바진(巴金)과 빙신(冰心)이 총칭에 도착하였을 때, 나 역시 그들을 환영하는 다과회 석상에서 저명한 이 두 작가를 알게 되었다.

내가 문화위원회에서 일한지 몇 달이 지난 후 열심히 노력한 결과, 저우언라이 동지와 쉬빙 동지는 모두 나를 매우 배려해주고 신임해주었다. 저우언라이 동지는 항상 나를 격려하며 이렇게 말하였다. 우리가 하는 일은 모름지기 많은 친우를 널리 만나되 우호적으로 사귀려는 것이고, 교류하는 중에 영향을 미치고 또 친우를 사귀는 중에 당의 방침과 노선을 선전하는 것이다. 이는 항전, 단결, 민주, 진보의 사상이 꾸준히 인민대중에 의해 받아들여지도록 하며, 진보의 대오가 더욱 확대되도록 하기 위한 것이다. 또 그는 항상 우리를 교육하여 이렇게 말씀하셨다. "국민당 통치구역에서 우리는 명령을 내릴 수도 시행을 할 수도 없다. 또한 우리는 그곳에서 어떠한 사람도 지휘할 수가 없다. 다만 정확한 지도사상에 의거하여, 각각의 공산당원을 본보기로 삼아 역할을 수행할 수 있을 뿐이다."

내가 남방국 문화위원회에서 일했던 기간 중에 비교적 중요한 사건이 발생했다. 그것은 바로 1941년의 "완난사변"이었다. 국민당의 완고파는 공산당의 신사군을 소멸시키고자 제3차 반공물결을 일으켰다. 총칭의 정치 분위기는 이로 인해 매우 긴장되게 되었고, 국공이 연합하여 일제에 항거하던 형세는 모진 시련에 직면하게 되었다. 총칭 국민당의 특수요원이 권력을 횡행하여 공산당원 및 진보인사를 잡아들였다. 문화예술계의 수많은 유명 인사들도 특수요원의 살생부 명단에 이름을 올렸다.

일순간에 먹구름이 짙게 드리워져 도시 전체를 뒤덮었다. 우리 훙이안 바루쥔 사무소와 정쟈옌 저우 공관 및 『신화일보』 등의 공개기관은 모두 어느 때고 검열을 통해 활동을 금지당할 가능 성이 있었다. 옌안의 당 중앙은 수차례 전보를 보내어 저우언라이 동지가 체포되지 않도록 옌안으로 돌아올 것을 재촉하였다. 그러나 저우언라이 동지는 대국적 견지에서 신중히 고려한 후 다음과 같이 결정하였다. 남방국은 철수할 수 없으며, 더욱이 자신이 총칭을 떠나지 않고 자리를 지킴으로써 시국의 위기를 타개해야만 한다. 더군다나 당시 수많은 진보인사들과 민주당파 인사, 그리고 교육계와 문화계 인사들이 총칭에서 위험에 직면해 있었는데, 만약 그가 떠난다면 분명 공황 상태를 야기할 것이며, 이는 공산당원의 품덕에도 부합하지 않는다. 그는 친우들을 위험한 처지로부터 벗어나게 해야만 했다.

당시 총칭의 공개기관에 있던 인원들을 대량으로 대피시키고자 하였다. 바루쥔 사무소 등 기존 수백 명의 사무인원들 중 4분의 3 가량은 총칭을 떠나야만 했는데, 대다수의 인원은 옌안으로 철수하였고, 신분이 폭로되지 않은 일부 인원만이 비밀리에 활동할 수 있었다. 쩡가얀 주공관의 경우 사람이 많을 때는 대략 3~40명이었지만, 당시에는 10여 명만이 남았다. 게다가 우리는 항상 준비하고 있어야만 했다. 국공이 분열하면 우리들은 분명 죄수가 될 것이고, 상황은 매우 긴박한데다 총칭에서는 또한 각 방면의 진보인사들을 대피시켜 위험한 처지로부터 벗어나게 해야만 했다. 내가 문화예술계 인사들의 대피와 관련한 상황을 직접 겪었던 바, 저우언라이 동지와 남방국은 여기에 상당한 정신과 체력을 쏟아 부었다. 당시 수십 수백의 사람들을 대피시키고자 하였는데, 여기에는 몇 가지 방법이 있었다. 첫째는 옌안으로 가는 것이었다(사무소 인원 혹은 그 가족으로서 군차에 탑승을 해야 하는데, 이는 위험한 일이었다). 둘째는 적의 점령 지역(일본 점령 지역)을 거쳐 강북의 근거지로 향하는 것이었고, 셋째는 홍콩으로 가는 것이었으며, 이 밖에 몇몇 친우들은 쿤밍을 경유하여 미얀마로 들어가 새로운 진지를 개척하는 것이었다.

저우언라이 동지는 남방국 문화위원회 회의를 소집하여, 매 인원마다 달리 처한 상황과 조건을 전적으로 연구하고, 그들을 어디로 보내는 것이 비교적 적합한 것인지를 제안하였다.

이러한 회의는 항상 야간에 시작하여 새벽까지 진행되었으며, 몇날며칠을 이와 같은 방법으로 지속하였다. 인원의 배치가 결정된 이후 대부분 저우언라이 동지 혹은 쉬빙이 그들과 이야기를 나누었다. 상황을 분명히 얘기하고, 여전히 그들의 의견을 구하였다. 당시의 그 일은 매우 급박하면서도 분주하였고, 나의 임무 역시 매우 긴박하였다. 이를테면 그들이 행방을 결정한 직후 나는 그들과 연락하여 여정을 구체적으로 실현시킨 셈이었다.

이때의 대규모 대피는 매우 성공적이었다. 이렇게 많은 유명 인사들을 총칭에서 철수시키는데 단 한 사람도 재난을 당하지 않았다.

총칭은 겨울철의 안개가 매우 짙은데, 저녁이 특히 그러했다. 그래서 일본 비행기의 폭격은 성공할 수가 없었다. 1941년 겨울, 남방국 문화위원회는 저우언라이 동지의 제안과 지도 아래 "완난사변" 이후 총칭의 어둡고 적막한 국면을 바꿔보고자 하였다. 당시 총칭에 남아있던 인사들 중에는 희극가들이 비교적 많았다. 만약 연극을 공연할 수 있다면 수많은 인민과 군중들에게 접근할 수 있고, 또 비교적 쉽게 정치적 효과를 얻을 수 있었다. 그리하여 연극 공연활동을 전개하기로 결정하게 되었다. 가장 중요한 공연활동은 바로 궈모뤄의 신편 역사극이었다.

　저우언라이 동지와 궈모뤄는 잘 아는 사이였다. 일찍이 항전 초기에 장제스는 저우언라이를 군사위원회 정치부 부부장으로 임명하였는데, 이는 표면적인 직함이었을 뿐 실권은 없었다. 그러나 저우언라이 동지는 적어도 이 직함을 이용하여 의미 있는 일을 할 수 있으리라 생각하셨다. 정치부 내의 제3청은 문화선전을 전담하였는데, 이는 중요한 진지였다. 당시에는 전국 군민을 향해 항일을 선전하고 민중의 애국 열정과 신념을 환기시키는 것이 매우 중요한 일이었기 때문이었다. 이 직무는 각 방면의 인사들로부터 존중 받는 동시에 호소력이 있었고, 또한 재능을 갖춘 인사를 필요로 하였으며, 그래야만 비로소 감당을 할 수가 있었다.

　저우언라이 동지는 즉시 궈모뤄을 생각해 내었다. 저우언라이 동지는 궈모뤄을 찾아가 3청의 일을 상의하였을 때, 궈모뤄가 거절하며 다음과 같이 말하리라 어찌 짐작이나 할 수 있었겠는가. "국민당의 관원으로 일할 생각은 없습니다. 설령 한다고 약속을 받는다 할지라도 실질적인 일은 할 수가 없습니다." 저우언라이 동지는 재삼 설득하여도 소용이 없자, 부득이 이 오랜 전우를 향해 흉금을 터놓고 의미심장한 말 몇 마디를 하였다. "당신이 3청 청장을 맡지 않는다면, 내가 이 부부장을 맡은 것도 아무런 의미가 없소. 우리 둘의 지위를 맞바꾸어 내가 청장을 할 테니, 그럼 어떻겠소?" 몇 번의 곡절을 겪은 끝에 궈모뤄는 마침내 군사위원회 정치부 3청 청장직을 수락하였다. 저우언라이 동지는 이를 계기로 그의 능력과 포부에 궈모뤄의 인망까지 더한 후 당시에 이미 우한에 한데 모인 문화 영걸들을 가능한 한 3청 내로 청하였고, 이들과 함께 민족의 존망과 침략에 대한 저항을 위하여 온 힘을 기울였다.

이번에 총칭에서 궈(郭) 선생은 가장 먼저 그가 20년대에 집필한 희극 작품인 『탕이즈화(棠棣之花)』를 수정하였다. 당시 총칭에 머물던 문화예술계 친우들은 모두 연극 공연이 직접적으로 관중과 사상 및 감정을 교류하면서 인민과 군중들에게 더욱 커다란 영향력을 행사할 수 있을 것이라고 여겼다. 그리고 역사극은 표면상 그다지 정치와 밀접한 관계에 있지 않아서, 국민당의 압박 역시 그렇게 무거운 편은 아니었다. 궈 선생이 상당히 열정적으로 『탕이즈화』를 수정하던 과중 중에 저우언라이 동지는 수차례 궈 선생의 집을 방문하여 그를 격려하는 한편, 할 수 있는 한 모든 구체적인 지지를 다하였다. 또한 수많은 진보 친우들에게 궈 선생의 연극은 성공만이 있을 뿐 실패는 없다고 단언하였다. 『탕이즈화』는 관인옌항건당(觀音岩抗建堂) 극장에서 공연되었고, 뜻밖에도 전례 없는 대성황을 이루었다.

『타이즈화』가 두 번째로 공연되던 때, 궈 선생은 이미 『굴원』의 극본을 집필하기 시작하였다. 궈 선생이 『굴원』을 집필할 때는 떠가는 구름처럼 흐르는 물처럼 단숨에 문장이 완성되었다. 저우언라이 동지는 매우 빠른 시간 안에 극본을 받아보게 되었고, 이를 매우 칭찬하였다.

저우언라이 동지는 또한 몇 차례나 극장을 찾아 『굴원』의 시연을 참관하였고, 그중에서도 특히 장편 독백인 『레이뎬송(雷電頌)』을 마음에 들어 하였다. 그는 한 동지에게 웃으며 이렇게 말했다. "굴원은 결코 이런 시가를 쓴 적이 없었고, 또 쓸 수도 없었을 거야. 이는 궈 선생이 굴원의 입을 빌려 본인 심중의 원한을 언급한 것이고, 장개석이 관할하는 지역의 광대한 인민들의 울분을 표현한 것이기도 하지. 이는 국민당이 인민을 압박하는 데 대한 성토이니, 얼마나 훌륭한가!" 오래지 않아 저우언라이 동지는 다시 나에게 굴원을 연기한 진산(金山)을 사무소로 불러오게 하여 극본을 연구하게 하였고, 진산에게는 모두를 위해 『레이뎬송』을 낭송하게 하였다. 진산의 낭송은 매우 격동적이었다.

열과 성을 다한 낭송은 엄청난 호소력을 지니고 있었고, 사람들은 저마다 숨을 죽였다. 진산이 낭송을 마치자 자리에 함께한 사람들은 모두 열렬한 박수로 그에게 보답하였다. 저우언라이 동지도 앞으로 나아가 축하를 건네면서 그가 진실로 궈 선생의 격분한 심정을 잘 표현해 주었다고 말하였다.

『굴원』의 공연은 다시 한 번 엄청난 성공을 거두었다. 이후 궈 선생은 다시 『호부虎符』와 『공작단(孔雀膽)』 등의 극작을 세상에 남겼다. 그 밖에 양헌성(陽翰笙)의 『천국춘추(天國春秋)』, 샤옌(夏衍)의 『파시스트세균(法西斯細菌)』, 차오위(曹禺)의

『베이징인』, 우주광(吳祖光)의 『풍설야귀인(風雪夜歸人)』 등도 매우 성공적인 공연을 이루어냈다. 저우언라이 동지와 남방국 문화예술 조직의 지도 아래 총칭의 진보적인 문예활동은 왕성하게 전개되었다. 매섭게 추웠던 그 시절 겨울로 기억한다. 어느 날 점심을 먹고 있을 때, 저우언라이 동지는 내게 말하였다. 문화예술계와 희극계의 친우들을 정쟈암의 50호로 초청하여 함께 만찬을 즐기고 싶다는 것이었다. 그는 대략 몇 명이나 초청하는 것이 좋을지 내게 물었다. 나는 대략 수십 명 정도일 것이라고 신중히 대답하였다. 그런데 이 소식은 예상과 달리 금세 널리 퍼져나갔다. 초청에 응하고 싶다는 인사들이 백 명을 넘어섰다. 저우언라이 동지는 참여하고자 하는 인사들을 막지 말라는 의견을 표하였다. 그러고는 특별히 본인이 직접 주방에서 그의 고향 음식인 "스즈터우(獅子頭)"를 요리하겠다고 제안하였다.

당일에는 수많은 친우들이 찾아와 정쟈암의 50호를 발 디딜 틈 없이 가득 메웠다. 저우언라이 동지는 모두에게 술과 음식을 권하였다. 모인 사람들은 저우언라이 동지는 "스즈터우"를 직접 요리하였다는 이야기를 듣고는 쉴 새 없이 젓가락을 움직여 접시를 깨끗이 비웠다.

이날의 만찬은 몹시 흥겨웠으며 저마다 고무되었다. 몇 년 동안 나는 줄곧 이 일을 떠올렸다. 나는 이 일이야 말로 몇 년 동안 우리가 일해 온 데 대한 성과였다고 생각한다. 이는 국민당 통치 구역의 진보적 문화예술 대오에 대한 첫 번째 검열이었을 것이다.

내가 번거로움을 마다하지 않고 이와 같은 일들을 서술하는 까닭은 오직 이러한 구체적 사실들만이 비로소 남방국 문화예술 조직이 국민당 통치구역의 문화예술 사업을 선도하였음을 설명해 낼 수 있으며, 이는 의심의 여지가 없기 때문이다.

이 진보적 문화예술 대오는 저우언라이 동지의 고생스러우면서도 꾸준한 노력을 거쳐 조금씩 응집되기 시작한 것이며, 이는 당의 정확한 지도방향을 따라 앞으로 나아갔던 것이었다.

부친이 생전에 가장 좋아했던 한 마디
— 총리께서는 위인이시다.

— 수이(舒乙, 중국 현대문학관 전 관장, 라오서(老舍) 선생의 장자)

부친이 생전에 가장 좋아했던 한 마디
- 총리께서는 위인이시다.

- 수이(舒乙, 중국 현대문학관 전 관장, 라오서(老舍) 선생의 장자)

나는 부친 라오서와 저우언라이가 동년배였던 것으로 기억한다. 많은 사람들이 저우언라이가 더 연세가 많았냐고 묻곤 하는데, 저우언라이는 일반적으로 이렇게 답변한다. "나와 라오서, 왕통자오(王統照), 정전둬(鄭振鐸)는 동갑이다."

저우언라이는 문화예술계의 인사들과 교우 관계 맺기를 좋아하였고, 그 가운데 수많은 사람들이 생사를 같이 한 벗이었다. 부친이 저우언라이를 알게 된 곳은 우연이었다. 그때는 항전이 막 시작된 터라 문화예술계에서도 항전조직을 구성하고자 하였다. 지금 이해할 수 있는 것은 저우언라이는 펑위샹(馮玉祥)을 찾아가 전국 통일전선의 문예가 조직을 누가 이끄는 것이 적합할지에 대해 상의하였다. 저우언라이는 궈모뤄로 하여금 대립적으로 나서지 말것을 제의하였다. 다른 사람을 찾는 편이 가장 좋았다. 그 사람은 당파적 배경이 비교적 약할지라도 나라를 사랑해야 하고 문학적으로도 깊은 조예를 갖추고 있어야 했다. 펑 선생은 특히나 열정적인 사람이었다. 이에 우리 부친을 추천하며 이렇게 말하였다. "그 사람은 작은 상자를 하나 들고 막 지난(濟南)에서 빠져나와 항전에 참여하고 있지만, 그의 처와 자식은 아직 지난에 머물고 있다. 그를 청하여 이 임무를 맡길 수 있겠는가?" 저우언라이는 흔쾌히 동의하였다. 1938년 3월, 우한에서 중화 문화예술계 항적(抗敵)협회가 성립되었다. 지금의 중국문학예술계연합회와 중국작가협회의 전신이다.

모두가 일치하여 우리 부친을 총책임자로 추천하였다. 당시에는 주석 직을 두지 않았고 총무부를 설립하였는데, 주로 국민당 당국에서 사람을 보내 그 자리를 강점할 것을 염려한 것이었다. 총무부는 대외적으로 중국문학예술계연합회를 대표하였고, 대내적으로는 모든 업무를 관할하였는데, 모든 사람들이 그를 선출하였던 것이다. 그때부터 그가 이 직무를 연임하였고, 항전이 끝날 때까지 지속되었다.

성립 대회는 우한의 공상연합회가 개최하였다. 저우언라이는 이 자리에 출석하여 강연을 하였고, 그 강연은 매우 생동감 있게 진행되었다. 부친은 이 성립 대회와 관련하여 남긴 기록이 있다. 저우언라이는 강연 당시, 돌연 조속히 자리에서 물러나겠다는 제안을 하였다. 자신의 부친께서 시골에서 나와 현재 우한에 도착하였기 때문에 그가 직접 가서 부친을 영접해야 한다는 것이었다. 이 일은 전국의 백성들이 모두 일본에게 침략을 당하였고, 전국이 모두 모진 고통 속에 처해 있음을 설명하는 것이었다. 내가 아는 바에 따르면, 이는 우리 부친은 자신의 글 속에 처음으로 저우언라이를 언급한 것이었다.

그때부터 우리 부친은 저우언라이를 대단히 숭배하였다. 해방 이후까지 줄곧 그를 가장 숭배한 사람이자 가장 좋아했던 사람, 그를 언급한 횟수 역시 가장 많았던 한 사람이었다. 그중 비교적 영향력이 있었던 사건은 저우언라이가 미국에 있었던 우리 부친을 소환하여 귀국하게 한 일이었다. 부친은 1946년 미국 국무원의 초청에 응하여 차오위 선생과 함께 미국으로 강의 차 떠나을 때, 저우언라이는 충칭에 머물고 있었다. 부친은 저우언라이를 찾아가 작별 인사를 건네는 동시에 그에게 어떤 지시를 내려줄 것을 청하였다. "우리가 떠나는 것이 옳은 일일까요? 떠난다면 무엇을 주의해야 하겠습니까?" 저우언라이는 작은 환송회를 열고 많은 사람들을 초대하여 두 사람을 전송하면서 많은 이야기를 나누었다.

부친이 떠난 이후, 국내에서는 해방 전쟁이 진행되었다. 1949년 6월에는 해방구와 국민당 통치구역의 두 갈래 문화예술 대군이 베이핑(北平)에서 회합한 후 제1차 문학예술가 대표 대회를 개최 하였다. 제1차 문학예술가 대표 대회의 주요 영도자를 선출할 때, 저우언라이는 이렇게 말하였다. "현재 한 사람이 빠져있는데, 이는 라오서 선생이다. 그는 뉴욕에 머물고 있다. 우리는 방법을 강구하여 그가 돌아오도록 요청해야 한다."

저우언라이의 의도 표명 하에 당시 2~30명가량의 저명한 문화예술가들은 모두 우리 부친의 좋은 친우였다. 이들은 공동 명의로 한 통의 서신을 작성한 후 부친이 귀국할 것을 청하였다. 이 서신은 지하당의 관계망을 통해 뉴욕으로 보내졌고, 우리 부친의 수중까지 전달되었다.

부친은 이 요청을 받자마자 즉시 귀국하였다. 당시 부친은 중한 좌골 신경통을 앓고 있었고, 이제 막 수술을 받고난 후였다. 부친은 통증을 참고 비밀리에 귀국하였지만, 건국 기념행사에는 참석하지 못하였다.

부친은 1949년 말에 베이징으로 돌아왔다. 1950년 초에는 베이징반점에서 송구영신의 작가회의가 열렸고, 저우 총리가 이 모임에 참석하였다. 이 모임은 우리 부친의 귀국을 환영하기 위한 것이었다. 당시 부친은 베이징반점에 머물고 있었다. 저우 총리는 층계를 올라 부친의 방을 직접 찾았다. 이렇게 만난 두 사람은 회포를 풀며 상당히 기뻐하였다. 저우 총리는 이렇게 말하였다. "당신은 지금 재능을 마음껏 펼칠 공간을 가지고 있다. 게다가 당신은 베이징 사람이지 않은가."

우리 부친은 가난한 집안에서 태어났기 때문에 이 새로운 정권을 매우 반겼다. 그지없이 기쁜 감정을 가지고 있었기 때문에 부친은 즉각 신정권을 찬양하는 문예창작에 돌입하였다. 1950년에 부친은 집필한 첫 번째 극본 『방진주(方珍珠)』는 중국청년예술제에서 공연되었다. 이어서 같은 해에 부친은 다시 『용수구(龍須溝)』를 창작하였다. 『용수구』는 사실상 저우 총리가 일러준 소재였다. 그는 인민 예술극원의 리바이자오(李伯釗)에게 이렇게 말하였다. "자네도 똑똑히 기억할 것이네. 라오서가 집필한 이 극본은 매우 생동감이 넘친다네. 가난한 사람들이 무엇 때문에 이 새로운 정권을 반기는지를……. 이 이야기를 통해 모두에게 간단하고 이해하기 쉬운 이치로써 알리고 있다네."

부친은 기꺼이 이 임무를 받아들였고, 매우 빠른 시간 안에 책으로 엮어 내었다. 집필이 끝난 후, 저우 총리는 매우 기뻐하였음은 물론 이 책을 아주 마음에 들어 하였다. 이에 쟈오쥐인(焦菊隱)을 초빙하여 연출을 맡기고, 한 무리의 젊은 연기자들로 하여금 공연을 하게 하였다. 이 연기자들은 현재 모두 유명한 배우들이다. 공연의 효과는 대단히 좋았다.

전국에서 이 연극을 공연하기 시작한 이후, 저우 총리는 마오 주석에게 이 공연을 관람하도록 추천하였다. 마오 주석은 일반적으로 평지(評劇), 징지(京劇), 방즈지(梆子劇)를 즐겨 보았고, 연극을 관람하는 경우는 그리 많지 않았다. 다만 저우 총리는 여전히 마오 주석에게 추천을 하면서 이 연극은 주석께서 꼭 보셔야 한다, 극 자체가 매우 훌륭하다고 강조하였다. 이에 따라 중난하이에서 마오 주석과 주라오총(朱老總) 등 중앙 지도자들을 위해 특별히 한 차례의 공연이 이루어졌다. 공연이 시작되기 전에 저우 총리는 특별히 우리 부친을 마오 주석에게 소개시켜 주었고, 이 연극의 극본을 부친이 집필한 것이라고 설명하였다. 사실 부친은 옌안에서 마오 주석과 만난 적이 있었다. 이 연극은 결국 우리 부친이 "인민예술가"라는 영예로운 칭호를 얻을 수 있게 하였다.

저우 총리는 있는 힘을 다해 이 공연을 지지하였다. 그는 저우 양(周揚)에게 우리 부친을 표창하는 글을 한편 써달라고 제의하였다. 글의 제목이 매우 재미있는데, 바로 『라오서 동지께 배운다(向老舍同志學習)』였다. 이후 전국의 대문예가들이 모두 라오서 선생에게 배움을 청하였다. 어째서이겠는가? 바로 라오서 선생의 문예가 사회주의적 생활에 접근하였고, 백성들에게 접근하였기 때문이었다.

이 공연은 목표로 삼았던 바를 모두 달성하였다. 백성들에게 중국

공산당이 어떻게 이처럼 빠른 시간 안에 정권을 장악할 수 있었는지, 또 장악뿐만이 아니라 어떻게 그것을 견고히 해 나갈 수 있었는지, 결국 그것은 백성들을 대신하여 한 일이었음을 알렸다. 저우 총리는 이러한 가치를 발견하고는 대대적으로 부친을 표창한 것이었다.

이후 저우 총리는 항상 부친에게 문제를 부여하였다. "당신은 어떤 내용을 집필할 생각이오?" 이는 우리 부친의 입버릇이 되었다. 부친은 이렇게 되뇌이었다. "저우 총리가 다시 내게 주제를 일러 주셨다. 내게 무엇 무엇을 쓰도록 하셨다." 부친은 1년 남짓한 시간 동안 두세 편의 글을 썼고, 그대로 자신의 왕성한 창작 시기로 돌입하였다.

"삼반(三反)", "오반(五反)" 시기에 저우 총리는 부친에게 하나의 주제를 일러주며, 이렇게 말하였다. "당신은 '삼반', '오반' 운동에 보조를 맞추어 극본 한 편을 써야한다. 현재 이 연극을 매우 필요로 한다." 이 주제는 상당히 까다로웠다. 일반적으로 말하자면, 집필 시기와 집필 대상은 일정한 거리를 두고 있어야 하지만, 이 "삼반", "오반" 운동은 이제 막 시작되었다. 그런데도 저우 총리는 부친에게 이 주제를 일러준 것이었다. 그러므로 부친의 집필 과정은 매우 고단하였고, 대체로 새로 고쳐 쓰기를 열 차례나 반복하였다. 이 작업은 10개의 극본을 집필하는 것과 다름없었다. 전체 극본의 친필 원고는 대략 두 묶음의 두께였고, 현재 『춘화추실』의 친필 원고를 포개면 특히나 두터운데, 실로 10개의 책자를 쓴 것에 갈음하는 것이었고, 여기에 10개월을 소비하였으니 상당한 노력을 기울인 것이었다.

10개월이 지나 "삼반", "오반" 운동은 끝이 났다. 저우 총리는 부친을 불러 이렇게 말하였다. "내가 당신에게 우리 당의 정책을 상세하게 이야기해 줄 터이니, 다시 한 번 문장을 다듬어 주시오. 우리 당은 이미 완전한 일련의 빈틈없는 정책을 형성하였는데, 이와 같은 내용을 당신은 아직 잘 이해하지 못하고 있는 것 같소."

저우 총리는 상당히 꼼꼼하였다. 그는 우선 극원에 들러 이 연극을 다시 한 번 관람하였다. 관람을 마친 후 연출자, 주요 연기자, 그 밖의 연기자들을 차례로 불러 개별적으로 대화를 진행하였다. 그는 자본가를 연기한 배우에게 이렇게 물었다. "자네가 이 극을 연기하고 있는데, 스스로 느끼기에 어떠한가? 어색했는가, 어색하지 않았는가?" 그 배우는 "조금 어색했습니다."라고 답하였다. 그는 이와 같은 반응들을 한데 모아 이렇게 말했다. "이 인물은 잘못되었고, 저 인물도 잘못되었고, 저 인물은 어떻게 바꿔야 하고, 우리의 정책은 어떻게 된 것인가? 수많은 세부사항을 포함하여 어떤 복장을 입고, 어떤 도구를 사용하며, 거기에 음향까지, 그런 것들은 모두 문제가 없다."

한 번은 부친이 인민예술극원에 『여점원(女店員)』이라는 극본을 써주었다. "대약진" 중에 가정 내의 부녀자가 부엌을 떠나 집 밖으로 나온 후 사회에 복무하기 위해 판매원이 되는, 그 무척이나 새로운 기상을 찬양한 것이었다. 공연이 되던 당일은 마침 3월 8일 부녀절이었다. 저우 총리는 재정부장 리셴녠을 대동하여 이 희극을 보러가서는 이렇게 말하였다. "이 이야기는 자네 재정부와 관련한 일일세." 관람을 마친 후에는 몹시 만족하여 오늘은 사진을 촬영해야겠다고 말하였다. 무대에 올라 사진을 촬영하던 당시, 그는 중간에 앉지 않고 이렇게 말하였다. "오늘은 3월 8일 부녀절이니, 극 중의 부인들께서 중간으로 와서 앉으시지요." 그는 리셴녠, 연출자,

극작가와 함께 가장자리에 앉은 후 사진을 촬영하였다.

『차관(茶館)』은 매우 의미 있는 희극 작품이었다. 당시에는 자못 논쟁이 있었지만 다행히도 저우 총리가 나서서 이 작품을 보증해 주었다. 당시에는 이미 '좌'적 사상이 나와 있는 상태였기 때문에 이 작품이 성에 찰리가 없었다. 그러하기에 "이 작품은 회고적이야! 붉은 노선이 없어! 혁명성이 없어!"라고 하며 마음에 들어 하지 않았다. 그러나 연기자들은 이 작품을 매우 좋아했고, 관중들도 이를 매우 사랑했으며, 문화예술계의 예술가들은 이 작품을 아끼는 마음에 저우 총리를 초청하여 관람하게 하였던 것이다. 저우 총리는 이 작품을 매우 좋은 연극이라며 칭찬하였고, 특히 제1막을 이 작품의 정수(精髓)라고 하였다. 이 작품의 가치는 젊은 세대들에게 구사회가 얼마나 두려운 것이었는지를 알려 주는 데 있었다. 이는 마치 양질의 수업과도 같았던 데다 그 서술은 매우 생동감이 넘쳤으므로 특별히 우수하였다.

이 작품을 두 번째로 공연하였을 때, 국내의 형세는 이미 매우 가혹하였다. 역시 저우 총리가 나서서 말을 하였다. "고치고 다듬으면 계속해서 공연할 수 있다."

'문화대혁명' 시기에 이 작품은 전면적으로 부정되었다. '문화대혁명' 초기에 부친은 가혹한 핍박을 받았고, 1966년 8월 23일에 물로 뛰어 들어 자진하였다. 이 일은 너무도 갑작스럽게 찾아왔다. 고작 하루 동안에 벌어진 일이었다.

내 기억에 따르면, 우리는 그날 이른 아침에 부친이 실종되었다는 소식을 들었다. 이 소식을 접한 직후, 나는 첫째 여동생과 함께 저우 총리에게 한 통의 편지를 썼다. 나는 옷 속에 부친의 피 묻은 옷을 껴입었다. 나는 저우 총리에게 부친이 너무나 가혹한 박해를 받고 있고, 현재 그 사정이 매우 급박함을 알리고자 하였다. 나는 곧장 접대소로 가서 이 소식을 전하였다. 나는 저우 총리에게 가능한 한 빨리 우리 집안에 발생한 이 큰일을 알게 되기를 바랐다. 접대를 책임지는 사람이 나에게 이렇게 말했다. "자네 너무 걱정하지 말게나. 우리가 당장 이 편지를 저우 총리께 전해드리마. 너는 우선 돌아가 우리의 소식을 기다리도록 해라." 내가 미처 집에 도착하기도 전에 어머니께서 한 통의 전화를 받으셨다. "편지는 잘 받았습니다. 저우 총리께서 이 일에 대해 지대한 관심을 보이고 계십니다. 너무 조급해 하지 마십시오. 우리가 부군을 찾을 방도를 강구하고 있습니다." 당시 나는 막 집으로 돌아오던 중이었다. 집에 도착하였을 때, 부친은 이미 이 세상 사람이 아니었다.

대략 한 달 이상이 지난 무렵의 일이었다. 저우 총리는 당시 비서장이었던 저우룽신(周榮鑫)에게 말했다. "자네, 방법을 마련해서라도 와서 부인 댁을 한번 방문하게. 가서 집안 사정이 어떠한지 알아보게. 어떤 곤란한 상황이 있거나 내 도움이 필요한 것은 없는지를 말일세. 자네는 반드시 나를 대표해서 그녀에게 위로의 뜻을 표하도록 하게."

당시의 형세는 매우 심각하였다. 기본적으로 우리 부친을 적으로 몰아붙였고, 집안은 구석구석 뒤집어엎어 그야말로 풍비박산이 되었다. 그러나 저우룽신은 감히 올 수가 없었다. 저우 총리는 10월 1일에 톈안문의 성루에서 왕쿤룬(王崑崙) 부시장을 찾아내었다. 왕쿤룬은 저우 총리와 매우 친하였다. 우리 부친과도 좋은 벗이었고,

모두 그 시절 충칭에서의 오래된 친우들이었다. 저우 총리가 그에게 물었다. "라오서 선생께서 돌아가셨네. 자네는 이 일을 아는가?" 왕쿤룬은 마침 마지막으로 살아남은 베이징시의 지도자였다. 그는 당시 민주인사로 분류되었고, 그 밖의 사람들은 전부 타도되었다. 그가 말하였다. "나도 알고 있다네. 나도 들은 바가 조금은 있다네." 저우 총리가 그에게 말하였다. "좋소. 자네는 저녁에 우리 집으로 오게. 반드시 와야 하네. 내 자네와 자세히 이야기를 나누어야 겠네." 밤중에 왕쿤룬은 우리 모친과 마주쳤고, 이 상황을 상세하게 말하였다. "당신, 당신은 라오서가 죽게 된 경위를 알고 있는 바대로 상세하게 있는 그대로 나에게 알려주시오. 내 지금 이 일을 조사하고 있는 중이오. 내 아직 명확하게 조사해 내지는 못하였는데, 당신이 상황을 진실하게 말해주기를 바라오."

왕쿤룬은 일찍이 공묘(孔廟)에 들렀다가 문예가에 대한 잔혹한 투쟁 상황을 목도한 적이 있었다. 그러나 그는 감히 얼굴조차 드러내지 못하였을 뿐만 아니라, 당시의 이러한 장면을 저지할 능력도 없었다. 그는 그저 먼발치서 바라보며 매우 초조해하였다. 당시 상처가 가장 심했던 것은 우리 부친이었다. 왕쿤룬은 그가 직접 목도했던 상황과 그 후에 일어난 상황들을 모두 저우 총리에게 말하였는데, 이것이 저우 총리에게 매우 깊은 인상을 남겼던 것 같았다. 그때부터 우리 집은 조금씩 천천히 하나의 거대한 손을 의식하게 되었다. 그 손은 뒤에서 이처럼 풍비박산된 우리 가정을 지탱해주었다. 관련 인원들의 대우, 재산과 예금, 그리고 우리 모친 자신의 상황까지 모두 포함하여, 사실상 저우 총리는 조금씩 천천히 우리를 보호하고 있었던 것이다.

그러나 부친의 죽음은 저우 총리의 마음속에 매우 커다란 그림자를 남겼다. 그는 제때에 부친을 보호하지 못한 데 대해 매우 유감스럽게 생각하였다. 이 때문에 부친이 세상을 떠난 첫 주에 매우 중요한 논평이 나왔는데, 그것은 『글로써 투쟁을 하되, 폭력으로 싸워서는 안 된다』는 것이었다.

부친의 죽음과 관련한 이 일은 항상 저우 총리의 마음속에 무의식적으로 표출되었다. 그가 만년에 중병을 얻었을 때, 즉 1975년에 그는 북해 305의원에서 요양을 하다가 8월 23일 당일에 북해변으로 갔는데, 호수를 마주하고 한참을 묵묵히 생각하던 그는 갑작스레 주변의 간호 요원에게 물었다. "자네는 오늘이 어떤 날인 줄 아는가?" 간호 요원은 생각해 보았으나 그저 8월 23일일뿐, 어떤 특별한 날은 아니었기에 "총리님, 저는 오늘이 어떤 날인지를 모르겠습니다." 저우 총리가 말하였다. 내가 알려주겠네. "오늘은 라오서 선생의 기일이라네, 자네는 그가 어떻게 죽었는지 아는가?" "들은 바가 있기는 합니다만, 그다지 잘 알지 못합니다." "나는 매우 분명히 알고 있다네. 내가 자네에게 알려주지." 그는 부친이 죽음을 맞게 된 경위를 매우 상세하게 이야기하였다.

이와 같은 경위는 분명 그가 조사를 통해서 알아낸 내용일 것이다. 이를 통해서도 알 수 있듯이, 부친은 그의 마음속에서 매우 중요한 위치를 점하고 있었던 것이다. 몇 년이 지난 후 저우 총리가 돌아가셨고, '문화대혁명'도 끝이 났다. 덩샤오핑 동지의 승인을 거쳐 부친은 핍박을 당한 문예가 중에서도 매우 조속히 복권되었다. 덩샤오핑 동지가 다음과 같이 말하였기 때문이다. "라오서처럼 영향력 있고 대표성 있는 사람은 마땅히 귀히 여겨야 한다. 통일전선부나 베이징시위원회가 결론을 내리면 그것으로 가능하다. 시간을 지연해서는 안 될 것이다."

1978년 6월, 매우 성대하게 치러진 라오서 선생의 유골 안장식에서 덩잉차오가 가장 먼저 도착하였는데, 그녀는 30분을 미리 앞서 자리에 참석하였다. 도착한 후 모친과 우리 남매들을 한데 불러 이야기를 나누었다. 그녀가 말했다. "나는 오늘 일부러 30분을 앞당겨 도착했습니다. 왜인 줄 아시나요? 저우언라이 동지가 생전에 수차례나 라오서 선생의 성함을 언급하였고, 라오서 선생의 죽음에 대해서도 참으로 비통한 심정을 표명하곤 했어요. 그는 이 일을 마음에 두고 한 시도 잊지 않았어요. 그래서 나는 오늘 저우언라이 동지를 대신하여 이곳에 왔어요. 만약 그가 살아 있었다면, 분명히 미리 앞서 참석하여 이 일에 대한 자신의 비통한 마음을 표명하였을 것입니다." 그녀가 말하였다. "그는 라오서 선생을 매우 존중하였어요. 이 두 사람 사이의 우정은 대단히 두터웠지요. 그러니 라오서 선생의 죽음은 엄청난 손실이었어요. 그는 라오서 선생의 죽음이 문학계의 중대한 손실이라고 여겼어요. 또한 그는 라오서 선생을 잘 보호하지 못하였다고 생각하였고, 본인 스스로도 엄청난 자책을 느꼈습니다."

두 분 사이의 이와 같은 두터운 우정은 부친 생전에 그와 내가 나눈 수차례의 대화 속에서도 충분히 느낄 수가 있었다. 부친께서 매우 좋아했던 한 마디는 "총리께서는 위인이시다"였다. 부친은 저우 총리와 얘기를 나누고 난 후면, 언제나 온 가족을 한 자리에 불러 모아 저우 총리께서 어떤 말씀을 하셨고, 부친께 어떤 지시를 내렸는지를 다시

한 번 되뇌었으며, 그가 어떤 일을 하고자 하면 매우 격동하곤 했다. 매번을 모두 이러했으니, 부친이 진심으로 저우 총리를 존중하였음은 충분히 알아차릴 수 있었다.

나는 궈모뤄과 메이란팡 등의 입당이 우리 부친에게 상당히 큰 영향을 미쳤던 것으로 기억한다. 부친 역시 강렬한 바람을 피력하였고, 중국공산당에 가입할 것을 요구하였다. 저우 총리는 우리집을 방문하여 부친과 오랜 시간 이야기를 나누었다. 대화는 오후 내내 이어졌는데 그 내용은 밖으로 새어나오지 않았던 것 같다. 그러나 그때부터 부친은 입당과 관련한 일을 다시는 언급하지 않았다.

이 때문에 나는 저우 총리와 부친 사이의 우정이 일반적인 것은 아니라고 생각하였다. 이는 분명 저우 총리가 다른 사람에게 얘기한 것과 같았다. "나와 노사는 나이가 같다. 우리는 모두 개띠이다." 그는 이러한 비유를 들어 그와 문화예술계의 관계를 설명하곤 하였다.

부친의 직무는 매우 많았다. 그중 한 직무는 중국과 조선우호협회의 부회장이었다. 항미원조 당시 부친은 허 사령관과 함께 조선으로 건너가 지원군과 조선인민군을 위문한 바가 있다. 허 사령관은 단장이었고, 부친은 부단장이었다. 그곳에 도착했을 때 부친은 지원군에 감동하여 허 사령관에게 이렇게 말하였다. "저는 이곳에 머물며 지원군에 관한 소설을 한 편 쓰고 싶은데, 사령관께서는 어떻게 생각하십니까?" 허 사령관이 말하였다. "그렇게 하시지요. 내가 지원군 사령부에 연락하여 그들이 당신을 돕도록 하겠소." 부친은 그 즉시 실제로 한 편의 소설을 쓰겠다고 결심하였다. 상감령(上甘嶺)의 일화를 기술한 이 소설은 『무명고지(無名高地)』라고 한다.

그때 조선에는 커런(喥人)들이 매우 많았는데, 이들은 대부분 술을 즐겨 마셨다. 한 번은 부친이 술에 취해 매우 늦게 돌아온 적이 있었다. 저우 총리는 이 일을 알게 되었고, 그 다음날 저우 총리는 부친을 나무랐다. 부친은 돌아온 후, 종전의 일을 모친에게 이야기하였다. "오늘 한바탕 꾸지람을 들었소. 총리께서 나를 꾸짖으셨소. 어제 저녁에 술에 취했다고 총리께서 나를 꾸짖으셨소." 그때부터 부친은 외교 활동 중에 술을 마실 경우 상당히 주의하였다. 잘못이 있을 경우 저우 총리는 즉시 부친을 나무랐으니, 그의 부친에 대한 관심은 그야말로 주도면밀한 것이었다.

어느 날, 부친이 감기 기운이 있자 모친은 약을 지었다. 훗날 저우 총리는 이 일을 알게 되었다. 저우 총리는 모친을 만나서는 엄격하게 그녀를 타일렀다. "당신은 어째서 함부로 직접 약을 쓰시는 겁니까? 그는 국가의 보배에요. 그가 병에 걸렸다면 당신은 그를 병원으로 데려가야지, 당신이 직접 약을 써서는 안 됩니다." 당시 모친은 매우 섭섭해 하였다. 그러나 저우 총리는 다시 이렇게 말하였다. "이렇게 하는 것은 안 됩니다. 당신은 제일 먼저 나에게 보고를 해야 하고, 그 다음에는 그를 병원으로 데려가야 해요. 우리 모두가 착실하게 그를 보호하고 그를 아껴야만 하는 것입니다."

내가 느끼기에 부친은 '문화대혁명' 기간 중에는 몹시 침울하였다. 한 번은 부친이 토혈을 하였다. 우리가 병원으로 모신 후에 부친은 저우 총리를 몹시 만나고 싶어 하였다. 하지만 부친께은 저우 총리가 매우 바쁘다는 점과 상황이 또한 매우 복잡하다는 점을 고려하고는 어떤 말도 하지 않았다. 부친이 돌아가신 후, 우리는 그의 베개 옆에서 소학생용 작은 책자 하나를 발견하였다. 그 위에 이렇게 적혀 있었다. "총리, 당신은 나를 만나러 오지 마십시오." 부친은 실제로 저우 총리를 이곳으로 불러, 두 분이서 허심탄회한 이야기를 다시 한 번 나눌 수 있기를 매우 바랐다. 부친은 절대적으로 저우 총리를 가장 마음이 잘 맞는 사람으로 여겼던 것이다.

부친의 경우 어떤 중요한 일, 가장 큰 일, 가장 처리하기 어려운 일이 발생하였을 때, 그가 믿고 의지할 만한 사람은 언제나 저우 총리였다. 물론 부친은 그의 마지막 소식은 전하지 않았고, 저우 총리도 이를 알지 못한 채 부친은 갑작스레 세상을 떠나셨다. 부친의 죽음은 커다란 비극이었다. 부친과 저우 총리 사이의 우정은 느닷없이 끊어져 버렸다. 저우 총리의 입장에서 보면 이는 중대한 비극이었다. 아니나 다를까 이 비극은 살아 있는 저우 총리를 짓눌렀고, 그가 중병에 걸렸을 때 그의 생각과 정서가 어렵지 않게 부친에게 되돌아오는 결과를 가져왔다.

나는 부친과 저우 총리가 생사를 같이 하는 벗이었으며, 이는 오래도록 전해질만한 가치가 있다고 생각한다. 저우 총리는 역사의 거인이자 부친의 가장 큰 지기였으며, 우리 일가의 은인이었다.

저우 총리에 관해서라면
나는 어떤 말이든 할 수 있다.

– 장루이팡(張瑞芳, 유명한 영화예술가)

저우 총리에 관해서라면
나는 어떤 말이든 할 수 있다.

- 장루이팡(張瑞芳, 유명한 영화예술가)

내가 생각하기에 내 일생 중 가장 행복했던 일은 바로 어렸을 때 저우언라이 총리를 만났던 것이다. 이는 나의 일생과 나의 길을 결정 하였다. 나의 모든 행동에는 모두 그의 그림자가 있었다. 나는 그가 우리의 모범이자 시대의 귀감이라 생각한다. 저우 총리가 돌아가신 후 2주년이 되던 해에 나는 『저우 총리께서는 어떻게 말씀하실까?』 라는 제목의 글을 한 편 쓴 적이 있다. 일종의 습관 같은 것이었다. 어떤 일을 할 때, 나는 항상 보류한 채로 저우 총리를 만나 뵙기를 기다렸다가 종합하여 보고 드리곤 하였다. 보시기에 대관절 이것이 옳은지 그른지, 이에 대해 저우 총리는 어떻게 말을 하실지 나는 듣고 싶어 하였다. 이것이 바로 내가 일을 하고 행동하는 하나의 준칙이었다. 나는 그가 매우 성숙한 직업혁명가였다고 생각한다. 하지만 어떨 때는 실로 예술가 같기도 하였다. 나도 한 편의 단문을 쓴 적이 있다. 내가 말을 하면 저우 총리는 항상 경청하고 있었다. 그는 그렇게 많은 사람들을 만나도 결코 잊어버리는 법이 없었다. 많은 시간이 지난 뒤에 어떤 대화를 나누었는지, 그 사람의 이름이 무엇인지, 그는 모두 기억하였다. 어째서일까? 왜냐하면 그는 대화하는 대상들과 성심성의껏 교류를 하고 있었기 때문이다. 대화를 나눌 때 그는 매우 집중한다. 결코 말을 자르는 법이 없으며 언제나 상대방을 매우 자상하게 돌본다. 사람들로 하여금 그를 만나면 마음속의 이야기들을 모두 꺼내 놓게 만든다.

 1941년부터 나의 조직생활은 단조롭게 연결되었다. 나는 온종일 대중 앞에 나서는 연기자이다. 저우 총리는 일정한 간격을 두고 나에게 방문할 시간을 알려 주었다. 한 번 만나게 되면, 나는 내가 보고 들은 바를 모두 종합하여 그에게 이야기한다. 무엇을 말해야 하고, 또 무엇을 말 하지 말아야 할지도 잘 몰랐다. 그는 매우 집중해서 이야기를 들었다. 마지막에는 생각을 정리한 후 이렇게 지적하였다. 네가 이번에 어떤 방면에서 이전에 비해 인식이 향상되었는지, 혹은 어떤 방면에서 옳았고 또는 좋았는지, 혹은 이것은 하지 말았어야 한다든지. 나는 나도 모르는 사이에 갑자기 한 단계 올라선 것만 같았고, 생각은 매우 또렷해졌다. 또 다른 만남에 대한 기억도 있다. 당시에는 당원들이 당사를 학습하도록 안배하였는데, 나는 이론서를 읽을 수가 없다고 말하였다. 앞부분을 보면 뒷부분을 잊어버리니 다시 처음부터 봐야 했다. 그리고 처음부터 다시 읽으니, 언제나 첫머리였다. 그는 하하 웃으며 물었다. "너는 무엇을 읽고 싶으냐?" 나는 "문예 작품을 보고 싶습니다. 수많은 작품들을 아직까지 많이 읽어보지는 못 하였습니다"라고 답하였다. 그가 말하였다. "그럼 그것을 보거라. 네가 보고 싶다면 보거라. 네가 무엇을 보기를 원하면 모두 보거라." 나는 뛸

듯이 기뻐하며 말하였다. "해방되었다."

1960년대, 우리는 『홍색선전원』 이라는 연극을 공연하였다. 저우 총리는 전화로 이렇게 이야기 하였다. "너희들이 생활하고 일할 때 정치를 배우기 바란다. 너는 살아 있는 정치를 배워야 한다." 나는 "네, 알겠습니다"라고 답하였다. 우리 공산당원은 무엇 때문에 군중의 의견을 귀담아 듣는가, 군중 노선을 가는 것은 우리에게 가장 중요한 일이다. 저우 총리는 항상 이야기 하였다. "너는 왜인 줄 아느냐?" 그는 이렇게 해석하였다. "군중은 자신이 가장 익숙해 하는 관점에서 문제를 제기하는 데 가장 능하다. 그들이 가장 익숙해 하는 것은 그들의 관점이다. 그들은 너와 대화를 나눌 때 으레 자신의 직업 이야기를 꺼내기 마련이다. 예를 들어 내가 총리와 대화할 때 연극 얘기를 하는 것과 같다." 저우 총리 말하였다. "지도자로서는 그 정도까지 깊이 이해할 수는 없다." 그렇기 때문에 그가 군중의 의견을 경청하는 이유를 군중은 자신들이 가장 익숙해 하는 관점에서 문제를 제기하기 때문이라고 말하였던 것이다. 저우 총리는 경청할 때, 당신의 눈을 그렇게 집중하여 상대방을 바라본다. 비록 상대가 뒤죽박죽 이야기할지라도 혹은 그다지 조리 있는 화법이 아닐지라도 그는 상대가 무엇을 말하고 있는지 매우 분명히 알고 있었다.

사실 물질생활 면에서 이야기를 하자면, 내가 가장 힘들었던 시간은 총칭에 있었을 때였다. 다만 현재 내가 가장 마음에 두고 한 시도 잊지 못하는 곳 역시 총칭이다. 당시에는 저우 총리가 있었고, 저우 총리의 커다란 영향 아래 하나로 단결하였던 문화예술계 선배들과 명가들, 그리고 선생님들이 있었다. 이들은 모두 하나로 단결하여 수많은 연극을 공연하였고, 그중 대부분은 모두 저우 총리가 직접 극본을 검토한 것이었다. 이 역할은 누가 잘하고, 저 역할은 누가 잘하는지 직접 우리와 역할에 대해 토론하면서 우세한 인력을 집중하였다. 수많았던 그 공연들은 내 생애 잊지 못할 기억들이다.

1963년과 1964년에는 연극 시연을 하였다. 우리는 『홍색선전원』을 시연하였는데, 이는 저우 총리가 직접 관리하였다. 그가 정쥔리(鄭君里)에게 물었다. "장칭 동지의 의견은 어떠한가?" 정쥔리가 말하였다. "장칭 동지는 '당신이 다시 이런 식으로 한다면……', 단지 이 한 마디만 하였을 뿐 다른 말은 하지 않았습니다"라고 하였다. 정쥔리의 표정은 매우 고통스러워 보였고, 말이 끝나고 난 뒤에도 말을 하지 않은 채 미간만 찌푸렸다. 2년 남짓 공연한 끝에 우리는 모두 헤어졌다. 거처로 돌아왔을 때, 저우 총리는 내게 전화를 주었다. "정쥔리는 요즘 어떻게 지내는가?" 나는 그의 앞에서 우스운 얘기를 꺼내는 것을 좋아하였다. 내가 말하였다. "정쥔리요? 양쪽에 모두 병이 났어요." "뭐라고?" 내가 말하였다. "한 편으로는 아마 심장병이 도져서 머리가 어떻게 된 것 같고요, 다른 한편으로는 치질까지 걸려서 많이 아픈 것 같아요." 저우 총리는 하하 웃으시며 말하였다. "양쪽에 병이 났다니, 네가 그에게 내일 차 한 대가 그를 데리러 갈 거라고 전해주렴. 나도 이 몹쓸 병이 있다. 나도 치질이 있다고. 베이징 의원에 아주 훌륭한 의사가 있는데 수술할 필요 없이 약만 넣으면 된다고 전해." 그가 계속 말하였다. "네가 그에게 내일 차가 그를 데리러 간다고 전해주게. 병원으로 보내서 진찰하도록 하게." 사실 나는 당시 그저 그를 웃기려던 참이었다. 양쪽에 병이 있다는 것은 한편으로는 병이 났다는 뜻이고,

다른 한편으로는 마음이 좋지 않다는 뜻이었다. 저우 총리는 상대방의 입장에서 그 사정을 굉장히 잘 이해하였으므로 그에게 말 못할 사정이 있음을 알고 있었던 것이다. 1962년에 샤옌(夏衍)이 다음과 같이 의견을 제기하였다. 우리의 작품들은 생활경험이 아직 충분치 못하였고 그 수준도 그다지 높지 않았으니, 몇몇 유명한 저서들을 영화로 각색하는 것도 나쁘지 않을 것이며, 이 또한 가치 있는 일이 될 것이다. 이렇게 해서 베이징에 각색 훈련반이 성립되었다. 나는 『리쌍쌍(李雙雙)』의 촬영을 모두 마치고 일본에서 돌아온 후, 저우 총리가 부를 때를 기다리다가 아예 이곳에 거주하게 되었다. 온종일 영화를 보았다. 소련 영화, 미국 영화, 영국 영화를 보았는데, 모두 명저를 각색한 것이었다.

당시의 상영 기계는 매우 낡은 것이었다. 틀자마자 흔들거리거나 어떨 때는 그런대로 괜찮지만 이내 애꾸눈이 되어버렸다. 방영이 끝나면 필름을 꿀렁꿀렁하게 다시 걸고 영상을 틀었다. 나는 저우 총리를 방문하였다. 그가 물었다. "너는 요즘 무엇을 하며 지내느냐?" 내가 답하였다. "각색 훈련반에 참석합니다. 또 영화를 보는데 너무 힘들어요. 소리도 쾅쾅쾅 좋지 않고, 화면도 계속 떨려서 왔다갔다해서 애꾸눈이 되었습니다." 저우 총리는 줄곧 우스워 하다가 곧 말하였다. "우리 상영 기계는 아직 쓸 만한데 나는 요즘 잘 보지를 않는다. 나는 눈이 좋지가 않은데 화면이 작아서 피로하구나. 나는 지금 차라리 연극을 보고 싶구나, 시야도 더 넓고 말이야" 그가 말하였다. "너희가 있는 곳으로 가져가려무나. 너희들이 사용하는 편이 낫겠지." 결국 정말로 사람을 통해 상영 기계를 보내주었다. 그런데 모두가 나를 탓하며 말하였다. "이것 봐, 이걸 우리 보라고 주시면 그는 영화를 보실 수 없잖아." 며칠이 지나 그는 다시 사람을 보내 상영기계를 어떻게 사용하고 있는지 검사하였다. 이는 저우 총리도 우리가 명저를 각색하여 영화를 만드는 데 동의하였으며, 이것이 꽤 괜찮은 방법이라고 생각했다는 점을 의미했다. 다만 명저를 각색하여 만든 수많은 필름들은 '문화대혁명' 기간에 모두 비난을 받았다.

그 당시 저우 총리는 매우 난처한 입장이었다. 그의 머릿속에는 이른바 '좌'라는 것이 없었다. 그는 항상 모든 것을 두루 함양해야 한다고 생각하였다. 그의 관념은 다음과 같았다. 일체의 유용한 것은 우리 모두가 받아들여 우리를 위해 쓰는 것이지, 단 한 집안만을 말하는 것은 아니다. '문화대혁명' 전날 밤, 그는 여전히 몇 가지 명저를 각색하여 물건을 만드는 데 동의하였다.

한 번은 그가 전화를 걸어 『노신전』을 찍는 일에 대해 내게 물었다. 나는 이렇게 말하였다. "이미 진행을 멈추었다"고 말하였다. 그는 『노신전』을 어떻게 할 것인지를 물었다. 나는 『노신전』의 연출자는 병이 났고 아직까지 어떤 얘기도 없으며, 촬영 제작팀은 해산하였다고 말하였다. 그가 말하였다. "그렇게 큰 공력을 들였는데, 완전히 포기하지는 말거라." 그는 몇 가지 연극에 대해서도 어떻게 되었는지 물었다. "자오단(趙丹) 측 사람들은 어떤가? 듣기에 그들 심기가 별로 좋지 않다고 하는데 무슨 일로 언짢아 하는 거지?" 내가 말하였다. "대체로 창작 방면의 문제입니다. 이전부터 준비한 내용이 모두 『노신전』과 관련한 것인데, 지금 갑자기 다른 것을 찍으라고 하니까 그들 수중에 무슨 재료가 있는 것도 아니고, 아마 매우 조급하겠죠. 조단은 지금 막 푸젠에 도착해서 『낙호(落戶)의 희열』을 찍으러 갔습니다." 저우 총리가 말하였다. "완전히 포기하지는 말게나." 나는 그가 우리 문화예술계에 미친 영향이 실로 상당하다고 생각한다. 우리는 모두 그가 말과 행동으로 보여준 가르침 아래, 특히 그가 몸소 모범을 보인 그 영향 아래서 성장하였다.

한 번은 희극에 대한 관점을 두고 대화를 나누었다. 이야기의 주제는 『다지(達吉)와 그녀의 부친』이었다. 이 사람이 울어야 하는지 울지 말아야 하는지에 대해 이야기하였다. 총리는 울어야 한다고 말하였다. 자오단이 "저는 동의하지 않습니다"라고 하자, 총리는 "나 역시 하나의 견해에 지나지 않네"라고 말하였다. 모두가 이러한 정도까지 도달하였으니, 실로 그처럼 대등하였다. 어쨌든 총리와 우리가 대화를 나누는 데는 조금의 거리낌도 없었다. 실수도 두려워하지 않았고, 실수를 범하지 않고도 사실대로 말할 수 있었다. 때문에 그의 앞에서 조금도 주저하는 바가 없었고, 친근감은 더욱 두터웠다. 그는 우리들을 자신의 가족이나 친구처럼 대하였다. 이러한 태도는 그 누구도 억지로 해낼 수 있는 것이 아니었다.

저우 총리와의 교류하면서 그가 말과 행동으로 보여준 가르침은 각 방면에서 모두 찾을 수가 있었다. 위아래 구분이 없음을 말하려는 것이 아니라, 실로 진짜 가족처럼 느껴져 무슨 말이든 모두 말하고 싶었고 떠오르는 온갖 생각을 모두 그에게 말할 수 있었다. 나는 그와 대화를 나누는 것을 일종의 영혼 정화라고 말할 수 있다고 생각한다. 내가 느끼기에 그와 대화를 나눈 후에는 언제나 얻는 바가 있었다. 왜냐하면 그 또한 마음 내키는 대로 결론을 내리는 것이 아니었기 때문이다.

그는 때때로 우리의 약점을 용서하기도 하였고, 우리가 어떻게 자신의 약점을 다루는지를 지켜보았다. 우리가 스스로 자신을 바로잡는 모습을 목도하면, 그는 우리를 더욱 특별히 격려해 주었다. 자오단은 이렇게 말한 적이 있었다. "늘 운동을 하시기 때문에 마지막까지 언제나 간부복을 입으시고 헝겊신을 신으신다." 저우 총리는 말하였다. "너희는 우리 간부들처럼 하지 말거라. 너희는 예술을 하지 않느냐. 너희는 아름다워야지!" 그는 특히나 실사구시적으로 일을 처리하였다. 이는 정치를 배울 당시, 때때로 우리에게도 반영되었다. 토요일이 되면, 촬영이 때가 되도록 끝나지는 않았지만 우리는 정치 이론을 배우러 갔고, 수업이 끝난 후에 다시 이어서 촬영을 하였으니, 누가 지속해 나갈 것이겠는가? 카메라를 움직이고 절반이 가버린다면 이를 어떻게 해야 할까? 이런 것은 적합하지 않고 아무래도 안 될 것이다. 훗날 저우 총리는 이렇게 말하였다. "이런 식으로 하지 말거라. 실제로 너희는 예술을 하는 사람들이다. 정치를 전업으로 하는 사람이 되려고 하지 말거라. 이해하기만 하면 그걸로 족하다. 사실상 하나의 단계 내에서 지도자가 나서서 전체의 중요한 마디마디를 여러 사람들에게 이야기해 주면 그걸로 족하다. 너희는 마땅히 더욱 많은 시간을 업무를 익히는 데 쓰도록 해라. 정치 공부는 때때로 그에 대한 일정하고 총체적인 소개만 있으면 그것으로도 충분하다."

저우 총리는 우리 민족의, 우리 혁명의 전통과 우리 혁명 중의 창조성을 대표하였다. 그의 수많은 가르침은 모두 우리가 오늘날 새롭게 잘 배울만한 가치가 충분한 것이다.

영원한 이별은 없다.
영원한 그리움만이 있을 뿐이다.

— 친이(秦怡, 유명한 영화예술가)

영원한 이별은 없다.
영원한 그리움만이 있을 뿐이다.

– 친이(**秦怡**, 유명한 영화예술가)

내가 저우 총리를 알게 된 시간은 꽤나 오래되었다. 그때 나는 매우 어렸다. 대략 19세였던 해에 처음 만났던 것 같다. 그 당시 나는 거의 아무것도 모르는 아이였고, 한 친구의 집에서 밥을 먹게 되었는데, 같이 식탁에 앉아 있었으면서도 그들은 아마 내가 분명히 그가 어떤 분인지 알고 있었다고 생각했기 때문에 아예 소개조차 하지 않았던 것 같았다. 식탁에는 그와 주인 부부 내외, 나, 그리고 친구를 합해 총 5명이 앉아 있었다. 식사를 마친 후 나는 비로소 그가 저우언라이였다는 사실을 알게 되었다. 나는 그때 저우 총리가 가슴을 활짝 열고 크게 웃으며, 말도 아주 시원시원하게 하였던 것으로 기억한다. 다 같이 식사를 하던 그때 그가 내게 물었다.

"자네는 어디에서 일하는가? 아직 학교에 다니는가?"

내가 대답했다.

"저는 일을 하고 있습니다."

그가 말했다.

"아니, 이리 어린데도 일을 하는가?"

내가 대답했다.

"그렇습니다."

그가 물었다.

"그럼 무슨 일을 하지?"

내가 대답했다.

"저는 노래를 부르고 있고, 실습 연기자입니다. 때로는 합창단 내에서 노래를 부르기도 합니다. 별 다른 흥미는 없고, 저는 그곳에서 그럭저럭 지내고 있습니다."

그가 바로 물었다.

"그래, 자네는 어떤 노래를 부르는가?"

내가 대답했다.

"제가 부르는 것은 당연히 항전 가곡입니다."

나는 여전히 떳떳하게 곧바로 대답했다.

그가 바로 물었다.

"아니 그런데도 흥미가 없다고 말하는가? 그건 정말 의미 있는 일이지 않은가! 이 노래들이 어떻게 의미가 없을 수 있다고 하지? 자네 생각을 좀 해보게, 이 노래를 듣는 사람이 얼마나 되는지. 수천수만의 사람들이 모두 자네들의 노래를 들으면서 분발하여 전선으로 나아가고 있는데, 자네는 어찌해서 흥미가 없다고 말하는 건가? 이 어린 아가씨야, 이게 어떻게 된 일인가 말이야?"

나는 마음속으로 생각하였다. "이 사람은 도대체 누구야?" 그러면서 나는 말했다.

"그래요, 부르는 노래는 의미가 있어요, 그러나 저는 흥미가 없어요. 저는 본래 대학에 가서 공부를 하고 싶었어요. 게다가 유학을 가서 더욱 깊이 있는 연구를 하고 싶었어요."

그가 바로 말하였다.

"그래, 깊이 연구를 하고 싶다니, 그거 아주 좋지. 당연히 기회가 있다면 자네도 유학을 갈 수 있을 거야. 하지만 자네가 하는 현재의 일은 매우 의미 있는 일이지."

나는 집으로 돌아온 후에도 생각하면 할수록 이상했다. 그가 어떻게 이렇게 나하고 대화를 나눌 수가 있지? 그는 나이가 조금 있는 것처럼 보였다. 나는 19세였기에 당연히 나이가 더 많을 것이라 여겼다. 나는 생각했다. 이 사람은 도대체 누굴까? 나는 며칠 후 나를 초대하여 식사를 했던 동료에게 전화를 걸었다. 그가 말했다.

"너 진짜 누군지 몰라?"

내가 말했다.

"난 진짜 모르겠어. 그날 나에게 말을 걸었던 사람이 누구야?"

"아이고, 너 어떻게 모를 수가 있니? 그 분은 저우 선생이시잖아. 너는 저우언라이 선생도 모르니?"

"아!"

나는 깜짝 놀라서 말했다.

"그 분을 알지, 책 속 어딘가에서 본적이 있어. 그분은 어쩜 그렇게 거드름이나 허세를 조금도 부리지 않으시니, 그분 지도자 아니셨어?"

이것이 내가 처음으로 저우 총리를 만나게 된 경위이다. 그것은 1939

년 설날 아니면, 1940년 설날이었다.

당시 나는 이렇게 생각하였다. 그분은 공산당의 지도자인데, 어째서 그렇게 거만함이나 허세 같은 것이 조금도 없는 것일까? 훗날 우리는 다시 매우 많은 이야기를 나누었다. 처음으로 저우언라이를 만났을 때, 나는 유달리 그가 친한 사람처럼 느껴졌다. 마치 우리와 같은 20대 무렵의 사람들인 것처럼 말이다.

나는 일찍 결혼을 하였기 때문에 그만큼 일찍 아이를 낳았다. 돈도 없었고 일은 바쁠 대로 바빴다. 온종일 공연을 해야 했고, 아이는 유모 집에 둔 채로 키워야 했다. 유모는 결코 좋은 사람이 아니었다. 그녀는 젖이 나오지도 않았으나 돈을 요구하려고 아이를 데리고 가서 키웠다. 아이에게는 줄곧 자질구레한 것들만 쌓아두고 먹여왔다. 아이의 위는 완전히 망가져버려서 음식을 먹으면 곧바로 토해냈다. 끼니때마다 토했고, 밤에는 잠을 자다가도 토했다. 우리는 매일 공연을 해야 했다. 공연하는 시기에는 온종일 매우 바빴고, 종종 밤늦게까지 공연을 해야 했다. 어느 날 이 유모가 손스이(孫師毅) 동지가 사는 집 입구에 앉아서 우리 아이를 안고 있었다. 아이는 마지막 숨을 모으고 있었고, 목에는 한 겹의 피부만 남아 있었다. 그때 저우 총리가 한 친구와 함께 손스이 동지의 집 입구에까지 이르렀다. 그 친구는 나와 매우 친하였다. 그가 저우 총리에게 말하기를,

"후공(胡公), 이 아이는 친이의 아이로 페이페이(斐斐)라고 부릅니다."

저우 총리는 바로 말하였다.

"그런가, 그런데 어찌 몰골이 이러한가?"

그 친구는 사정을 그에게 들려주었다.

"먹일 젖이 없어서지요. 폭탄이 투하되었을 때 태어났는데, 작아도 너무 작습니다. 게다가 유모는 정성을 다하지 않고 있지요. …… 그래서 몸 상태가 대단히 좋지 않습니다. 음식을 먹으면 항상 토하는데, 무엇을 먹든 다 토해내 버립니다. 위가 다 상한 것 같아요."

얼마 지나지 않아 이 친구가 내게로 와서 이렇게 알렸다.

"야, 너에게 해줄 말이 있어. 네가 들으면 분명히 매우 기뻐할 거야. 저우 선생께서 네게 신경을 많이 쓰고 계셔. 선생께서 이렇게 말씀하셨어. 이 아이는 어째서 몰골이 이러한가? 친이는 이미 영향력 있는 연기자가 되었는데, 어찌 아이를 이 지경이 되도록 두었단 말인가! 너희들이 마땅히 그녀에게 관심을 기울여야 해!"

1957년 9월, "아시아 영화 주간"에서 마침 『여람(女籃) 5호』를 공연하였다. 나는 중국 영화 대표 집단의 일원으로 참가하였는데, 연회 석상에서 마침 저우 총리의 옆 자리에 앉게 되었다. 저우 총리는 생각할 겨를도 없이 물었다. "천이, 자네 아이는 어떤가? 페이페이는 지금도 잘 토하는가? 위장이 좋아졌나?" 나는 당시 어리둥절했다. '총리께서 어떻게 페이페이를 아시지?' 그렇게 오랜 시간이 흘렀고, 그저 한 명의 보통 연기자의 일인데도 그는 이토록 정확하게 기억하고 있었다. 나는 당시 정말로 눈물이 나올 뻔하였다.

나는 옛날의 격언 한 구절을 기억한다. 네가 다른 사람이 너를 어떻게 대하는지 알고 싶다면, 네가 다른 사람을 어떻게 대하는지 알아야 한다. 나는 저우 총리의 심리도 내가 친이이기 때문이거나 연기자이기 때문이 아니고, 그가 모든 사람, 혹은 접촉했던 사람들에 대해 모두 관심을 두기 때문일 것이라고 생각하였다. 나는 당시에 이렇게 말하였다.

"와! 총리님, 잊어버릴 법한 일인데 아직 기억하시네요. 지금은 토하지는 않지만, 위는 여전히 안 좋습니다. 총리께서는 어떻게 아직도 이 일을 기억하십니까?"

그러자 그가 말하였다.

"저런, 그 아이가 어렸을 적에 내가 손스이의 집에 갔었지. 그때 그 애를 보면서 너무나도 가련하게 느껴졌다네. 내가 자네 아이의 모습을 보니 피골이 상접하였더라고. 내 생각에 자네가 매일 극장에서 공연을 하니, 반드시 마음속으로 매우 조급해 했겠구나 싶었다네."

당시 나는 어떤 감격의 말을 해야 좋을지를 몰랐다.

1942년 여름, 우리가 거뤄산(歌樂山) 부근의 베이베이(北碚)에서 공연을 할 때, 나는 줄곧 갑상선에 문제가 있었다. 목이 거칠어졌고 종양이 자라났다. 한 친구의 소개로 나는 거뤄산 병원에 입원하였다. 나는 저우 총리가 병으로 이 병원에 입원하고 있었다는 것을 몰랐다. 어느 날, 덩잉차오 언니가 갑자기 나를 찾아왔다, "아!" 나는 이상하다고 생각했다. 내가 이 병원에 입원하고 있다는 것을 아는 사람은 아무도 없었다. 여러 가지 원인들로 인해 나는 수술을 준비한 이후, 잠시 몸을 숨기고 싶었기 때문이었다. 내가 물었다.

"덩잉차오 언니, 어떻게 아셨어요?"

그녀가 말했다.

"저우언라이 총리께서 너보다 앞서 입원해 계시잖니! 그가 나보고 너를 찾아가 보라고 하셔서 네가 이 병원이 있는 것을 알았지."

병원 내의 사람이 내가 이 병원에 입원해 있다고 그에게 알린 것이었다. 이렇게 나처럼 별로 중시할 것이 못되는 사람까지도 신경을 쓰는 총리를 생각하며 당시 말로는 표현이 되지 않는 그런 기분을 느꼈다. 그녀가 말하였다.

"좀 어때? 조급해 하지 마. 늘 나와서 공연하려고 조급해 하지 않아도 돼. 눈앞의 일만 봐서는 안 돼. 저우언라이 그이가 직접 오려고 했지만 올 수가 없다고 하더구나. 그는 지금 병상에 계시잖니. 그래서 나를 보내 네게 말해 달라고 하셨어. 연기자 한 사람의 목숨이 얼마나 중요한지 아니? 너는 이런 때는 공연을 염두에 두지 말아야 한다. 공연만 생각하면 수술을 하고 싶지 않을 거야. 자세히 잘 살펴보고, 잘 따져보면서 건강이 회복되기를 기다리도록 해. 너는 앞으로도 많은 공연을 해야 하지 않니?"

내가 말하였다.

"반드시 그렇게 할 거야. 두려워하지 않을 거야. 반드시 이 병을 잘 이겨낼 거야. 그저 눈앞의 일만 돌볼 수는 없지."

연기자는 눈앞에 몇몇의 좋은 작품이 있다면 이러한 창작 욕망에 휩싸여 곧장 나아가 연기를 하고 싶어 하지, 병원에 누워서 기다리려 하지 않는다는 것을 나는 잘 알고 있었다. 저우 총리는 덩잉차오 언니를 보내 나를 살피게 하면서 나에게 이러한 당부를 한 것이다. 친절하기 그지없던 총리였던 것이다. 이런 정신적인 약이야 말로 그 무엇으로도 대체할 수 없는 보약이었다.

어느 저녁 무렵, 저우 총리는 덩잉차오 언니와 함께 후원의 돌 판으로 만든 좁은 길 위에서 산책을 하며 대화를 나누고 있었다. 나는 항상 한 편에 비켜서서 바라보았다. 저 두 사람을 바라보고 있으면, 가슴

속에 어떤 말할 수 없는 감정이 북받쳐 올랐다. 그들의 그림자를 보고 있노라면, 나는 마치 밝은 미래가 우리를 기다리고 있는 것처럼 생각되었다. 이처럼 좋은 사람이 있기 때문에 그들이 지금 이렇게 큰일을 하고 있고, 이와 같은 일을 하고 있는 것이라는 것을 나는 잘 알고 있었던 것이다. 우리가 만약 이와 같은 사람들과 함께 나아갈 수 있다면, 장래는 분명 말할 수 없이 훌륭할 것이다. 그래서 나는 당시 마음속으로 생각하였다. '나는 반드시 좋아져야 한다. 나는 두렵지 않다. 수술을 한다고 해도 나는 두렵지 않다. 만약 수술을 받지 않아도 된다면 더 잘 된 일이지만 말이다. 낫기만 하면 곧장 나가서 열심히 일할 것이다.' 당시에는 정말로 매우 신기했다. 내가 이러한 정신적 약을 생각하기만 하면, 나도 모르게 빠르게 몸 상태가 좋아졌고, 종양도 크게 자라지 않았다. 입원할 당시에 비하면 많이 좋아졌다. 당분간 수술을 하지 않아도 되었다. 저우 총리와 덩잉차오 언니는 다시 한 번 나를 찾아왔고, 나는 곧 퇴원을 하였다. 이 또한 내 평생 잊지 못하는 하나의 사건이었다.

저우 총리는 상하이로 왔다. 만약 시간이 허락한다면 언제나 우리를 보러 와서 우리의 상황들을 이해해 주었다. 그것이 개인적인 상황이건 일과 관련된 상황이건 모두 개의치 않았다. 그 밖에 우리는 영화제작소의 영상을 촬영하였다. 매년 많은 양을 촬영하였고, 각 공연의 심사용 영상이었다. 거의 모두를 시간만 있다면 그는 반드시 볼 것이다. 이것은 실로 쉽지 만은 않은 일이었다. 마음속에 이처럼 풍부한 관심과 사랑을 담아놓지 않았다면, 어떻게 이러한 일들을 해낼 수가 있었겠는가?

505

나는 1963년에 『북국강남(北國江南)』의 촬영을 마쳤는데, 1964년부터 양한성(陽翰笙)에 대한 비판이 시작되었다. 그 뒤는 바로 '문화대혁명'이었고, 내가 『부국강남』에서 연기한 인화(銀花)를 비판하였다. 나는 그런대로 괜찮았지만, 멍청해졌다. 왜냐하면 당시에 한창 『파도는 굽이쳐 흐른다』를 찍고 있었고, 내가 연기한 인물은 수리공사장의 당위서기 종예핑(鍾葉平)이었기 때문이었다. 『파도는 굽이쳐 흐른다』의 촬영을 막 마쳤을 무렵, 저우 총리는 역시 베이징 영화제작소를 찾아와 전체 심사용 영상을 보았다. 총리는 영화를 매우 자세히 관람하였고, 내가 그 수리공정국의 국장과 함께하는, 즉 부부 내외가 함께하는 장면을 보게 되었다. 나는 당위서기를 연기하였고, 그 국장과 말다툼을 벌이던 때, 총리는 이렇게 말하였다. "훌륭하다!" 관람을 마친 후 그가 고개를 돌려 말하였다.

"친이, 자네는 그와 싸운 것인가, 싸우지 않은 것인가? 자네 정말로 그와 싸운 게지?"

내가 말하였다.

"진짜입니다. 영화 안에서는 정말로 싸웠어요."

"자네가 직접 그와 싸운 적은 없고?"

내가 말하였다.

"제가 직접 그와 싸운 적은 없어요. 영화 안에서만 싸운 겁니다."

"아!"

그가 말하였다.

"정말 진짜 같구나! 너희가 싸운 것이 정말 진짜 같아. 이것은 너희 둘이 이러한 사상 면에서 이렇게 대립한 것을 설명하는 것이야."

그러고 나서 그는 내게로 와 시험하였다.

"너희 수리공사장은 높이가 얼마나 되는가? 발전을 위주로 하는가 아니면 관개를 위주로 하는가? 진흙이나 모래 문제, 채석장 같은 이런 문제는 어떻게 해결한 거야? 가장 곤란했던 문제는 어떤 것이었나?"

그는 줄줄이 이어지는 문제들을 물었다. 다 묻고 나서 그는 다시 웃으며 말하였다.

"응, 훌륭해, 자네 이 서기는 그럴 듯 해."

나는 생각하였다. 그가 이렇게 기울이는 관심은 우리가 과연 부부생활에 깊이 감정이 녹아들어갔는지를 보기 위한 것이었다.

물론 이 영화는 훗날 그를 화나게 하였다. 수리부가 그중의 일부분에 대해 의견을 제시하였지만 그것을 고치기에는 이미 겨를이 없었기 때문이었다. 그 당시 저우 총리는 이렇게 말하였다.

"멀쩡한 영화를…… 너희들은 이에 대해 제시된 의견이 있는데, 너희들이 그대로 방치해 두었다가 만일 훗날 내어 놓지 못하게 되어 버리면 이는 낭비가 아니겠는가? 게다가 이렇게 많은 사람들이 노동한 것인데 말이야!"

관람을 마치고 나온 그는 내게 물었다.

"어떤가, 친이. 자네 긴장했는가? 신문에 현재 매일 같이 한 편 한 편(비평문장)이 실리는데."

나 역시 중요한 사실을 말하였다.

"그렇긴 하죠. 그렇지만 괜찮습니다. 저는 지금 이 일을 하면서 오히려 괜찮은 것 같습니다. 매일 매일 일이 있으니까요."

그가 말하였다.

"그래, 늘 비판만 받는 형세가 되어서는 안 되네. 내일 그들을 국무원으로 불러 표 한 장을 가져가도록 할 테니, 자네는 『동팡홍(東方紅)』을 보고 오도록 하게. 보고난 후에 자네가 그저 그렇다고 생각한다면 자네는 매일 같이 비판을 쏟아내게. 비평은 좋은 일이잖은가? 비평을 할 때 나부터 비평하는 것은 매우 좋을 걸세. 비평만 받을 필요 없이 비평도 하라는 말이네. 나는 자네의 이 영화를 보았기에 나는 알고 있네, 이것은 자네의 일이 아니라는 말이네."

그는 당시 그 계단의 입구에 서서 나에게 이렇게 이야기하였다.

1964년 그 무렵, 우리는 멍청하였고 왜 비판을 받는지도 몰랐다. 어떻게 된 일인지도 몰랐고, 또 앞으로 어떻게 해야 할지, 하나같이 전부다 알지를 못하였다. 하지만 당연히 그는 모든 것을 알고 있었고, 이미 엄청난 일이 닥쳐오고 있었지만, 그럼에도 그는 여전히 이곳으로 와서 우리의 심사용 필름을 보았고, 여전히 우리가 원만하게 생활 속으로 깊이 파고 들어갔는지에 대해 관심을 두었다. 그리고 어떻게 해야 그것을 잘 바꿀 수 있는 지에 대해 이야기 하였다. 그는 이 영화가 여전히 나쁘지 않으며, 마땅히 가지고 나갈 수 있다고 생각하였다. 훗날 그는 다시 『리산즈(李善子)』의 심사용 필름을 보았고, 저우 총리는 마찬가지로 상영을 허락하지 않았다. 각 항목마다의 작업을 모두 상당히 중시하였고, 한 사람 한 사람에 대해서도 특별히 관심을 기울였다.

그가 무엇 때문에 나로 하여금 『동방홍』의 대가무를 보게 하였겠는가? 그가 보기에 하루하루가 "인화, 인화"여서 나는 반드시 참고 또 참고, 또 말할 수도 없고, 또 어찌할 수도 없는 상태라고 생각하였기 때문이다. 이와 같은 상황 하에서 그는 와서 구체적으로 나를 도와주었던 것이다. 나로 하여금 진심으로 이러한 도움에 그러한 역량이 있고, 이러한 사랑에 그러한 역량이 있음을 깨닫게 하였다. 이는 부모형제가 해낼 수 있는 어떤 것과는 완전히 다른 것이었고, 근본적으로 해낼 수 없는 것이었다.

『동방홍』을 보고 난 후에 확실히 가슴이 넓어짐을 느꼈다. 갑자기 눈앞이 환해졌다. 왜 그럴까? 나는 1942년에 진보단체에 참가하였고, 50년대에 입당하였다. 자신의 눈앞에서 그 수많은 혁명동지들은 당과 인민을 위하여 일하였고, 앞사람이 쓰러지면 뒷사람이 이어가듯 스스로의 생명을 바쳤다. 그러니 스스로 비판 좀 받는 것이 뭐 그리 대단한 일이겠는가? 금세 가슴이 확 트이는 것 같았다.

왜 그렇게 사람들은 그를 우러러 섬길까? 나는 일찍이 이렇게 말한 적이 있다. "영원한 이별은 없다. 다만 영원한 그리움만이 있을 뿐이다." 확실히 이와 같았다. 마치 가족이 죽은 것처럼 나 또한 지금 껏 이런 일을 겪어 본 적이 없다. 하지만 지금도 저우 총리에 대해 이야기할 것 같으면 언제나 마음속의 격한 감정이 강하게 끓어오른다. 나는 항상 스스로에게 묻는다. 이 세상에서 여전히 이런 사람을 만날 수 있겠는가? 여전히 이런 사랑을 받을 수 있겠는가? 여전히 이렇게 많은 도움을 얻을 수 있겠는가? 수시로 이런 생각이 들곤 하니, 실로 영원히 잊을 수 없는 것이다.

1961년 국가는 경제적 위기에 상황에 직면하였고, 우리는 늘 밖에서 노동을 하였다. 사람들은 모두 검고 야위었다. 너무나 검고 야위었다. 그 해에 나는 미얀마를 방문하는 대표단에 참가하였다. 베이징에서 집합하였는데, 저우 총리는 우리에게 이렇게 말했다.

"어떻게 된 거야? 어떻게 된 거냐니까? 상하이에서 너희들에게 먹을 밥을 주지 않던가?"

우리가 말하였다.

"아닙니다, 아닙니다. 저희 모두 아주 잘 먹고 있습니다."

저우 총리는 다시 말하였다.

"왜 이렇게 하나같이 그을리고 말랐어!"

저우 총리는 한 사람 한 사람에 대해, 모든 단위 부서의 동지들에 대해 모두 이와 같은 모습이었고 모두 이렇게 관심을 두었다.

1961년에 나는 베이징 향산에서 회의에 참가하였다. 식사를 할 때 저우 총리는 마침 왕잉(王瑩), 나, 자오단과 함께 한 식탁에 앉게 되었다. 그가 말하였다.

"친이, 입당했는가? 언제 입당할 거야?"

내가 말하였다.

"가입했습니다, 가입했어요."

그가 말하였다.

"가입하였다니 잘하였네! 이 사람 어떻게 그렇게 줄곧 입당을 안 했어?"

내가 말하였다.

"입당했습니다, 입당했다니까요."

그는 매우 기뻐하였다.

나는 이전에 『예메이궤이(野玫瑰)』라는 작품에 출연한 적이 있었다. 이 작품의 연기는 정치적으로 부족했다. 그때의 나는 분명 완전히 이해하지 못하고 있었다. 훗날 연기자들이 동맹파업에 돌입했을 때 나 역시 그들과 함께 파업했다.

1961년에 츠광각(紫光閣)에서 춤을 추었을 때, 저우 총리는 이렇게 말하였다.

"좋은 연기구나, 버리지 말게나. 이것 보게, 자네가 『예메이궤이』에 출연했을 때 그 연기가 정말 훌륭했네."

나는 이 말을 듣고 깜짝 놀라 말하였다.

"한 번 발을 잘못 내디디면 천고의 한이 된다고 하는데, 훌륭했다니 이 진창은 영원히 씻어낼 수 없겠네요. 나쁜 일은 시정할 수밖에 없지만, 씻는 것은 씻어낼 수가 없어요."

그가 말하였다.

"후! 자네 말 한 번 참 잘하였네. 그러나 내가 자네에게 한 마디 알려 주지. 그 연기는 정치적으로는 부족해. 그것은 그 극본이 부족했기 때문이야. 그래도 자네의 연기는 여전이 매우 훌륭했다네. 자네도 알잖나. 자네가 이 연기를 한 후, 자네의 연기가 일 보는 상승한 것 같으니 이 연기를 버려서는 안 되네. 현재 자네의 좋은 연기는 좋은 작품 위에 두게. 그러면 자네에게도 매우 좋은 일 아니겠는가?"

나는 돌아와서 마음속으로 생각하였다. '총리께서 정말로 큰일 나셨구나!' 지금껏 그러한 극'좌'나 극'우'의 모습을 못 보았기 때문이었다. 이야기를 들은 후 어떻게 해야 좋을지를 몰랐다.

그는 위대한 사람이다. 나는 문장 중에도 쓴 적이 있다. 나는 내가 우러러 섬길 사람을 알았고, 가장 공경하고 받들 사람을 알았으며, 내가 영원히 잊지 못할 사람을 알았다는 사실을 말이다.

사람에게 만약 고난을 겪은 역경이 없었다면, 이처럼 드넓은 관심과 사랑을 만들어내기는 어려울 것이다. 저우 총리는 중국 인민의 수천 년에 걸친 고난의 역경을 그의 가슴속에 담아두었다. 그리하여 그는 마침내 모든 친우들과 모든 동지들에 대해 이처럼 크고 넓은 관심과 사랑을 품으실 수 있었던 것이다.

영원히 잊혀지지 않을
저우 총리의 가르침

— 궈난잉(郭蘭英, 유명한 가수)

영원히 잊혀지지 않을
저우 총리의 가르침

- 궈난잉(**郭蘭英**, 유명한 가수)

내가 처음으로 저우 총리를 만나게 된 것은 1949년 8월의 일로 기억한다. 우리는 부다페스트로 가서 세계 청년과 학생 연환 대회의 문예종목 경연에 참가하기 위해 준비하고 있었다. 이것은 세계적인 행사였다. 내가 담당하였던 것은 독창으로 『부녀자유가』를 불러 훗날 3등상을 받았다.

이번의 해외경연에서 나는 독창을 배정받았다. 나는 가극을 공연하는 배우였고 독창은 할 줄 몰랐다. 독창은 아마추어였다. 그러나 사람들은 내가 부를 수 있을 것이며, 부르지 않으면 안 된다고 말하였다. 나는 어떻게 불러야 하는지도 모르고, 무엇을 불러야 할지도 모른다고 말하였다. 내가 이전에 불렀던 것은 대부분 『황하대합창』, 『해방군진행곡』, 『의용군진행곡』이었고, 그 밖의 상당수 역시 합창하는 노래였다. 갑작스럽게 나에게 독창을 하라고 하니, 우선 긴장이 되었고, 그보다 더 중요한 것은 무엇을 불러야 할지를 몰랐다.

사람들은 나에게 우리 산시(山西) 지역의 민가(民歌)를 부를 수 있는지 없는지를 물었다. 나는 이렇게 말하였다. "산시지역의 민가라면 오히려 부를 수 있겠지만 어떤 곡을 불러야 할지는 모르겠다"고 하였다. 그래서 나는 네 곡의 산시 민가를 연이어 함께 불러야겠다고 생각하였다. 당시 이 종목의 대표를 뽑는 심사에는 마오 주석 이하 당 중앙의 모든 지도자들이 참가하였다.

내가 노래를 다 부르고 난 후에 마오 주석은 이렇게 말하였다. "민가는 민간에서 나온 것이니, 인민의 생활 중에서 형성된 것이다. 그것에 새로운 가사를 덧붙였으니 한 수의 아주 좋은 곡이라 할만하다." 저우 총리도 매우 기뻐하며 말하였다. "새로운 가사를 넣으려면 서둘러 준비를 해야 한다." 그는 밤늦게 까지 작사가 동지를 안배하여 가사를 쓰게 하였다. 내가 이 곡을 손에 넣었을 때, 나는 악보를 읽는 능력이 매우 형편없었기 때문에 상당히 긴장하였다. 나는 혹여나 이 임무를 완수하지 못하게 될까봐 걱정스럽다고 하였다. 그렇게 큰 지역으로 가면, 세계 각국의 우수한 연기자들이 모두 그곳에 모일 것이기 때문이었다. 그런데 나의 나이는 겨우 19세에 불과하였으니 매우 두려운 마음에 저우 총리를 찾아 나섰다. 저우 총리는 나를 보고는 이렇게 말하였다. "이 녀석, 이래서 임무를 완성할 수 있겠나?" 내가 말하였다. "저는 조금 무섭습니다. 저 스스로 임무를 잘 완성할 수 있을지 자신이 없습니다." 그가 말하였다. "너는 무엇이 두려운 게냐! 네가 앞에 나서서 노래를 부르면, 너에게는 4억 5천만 인민이 너를 위해 등 뒤의 방패가 되어줄 터인데, 그러니 겁먹을 필요 없어." 당시 우리나라에는 확실히 4억 5천만의 인민들이 있었다. 그가 이렇게 말하니, 스스로 마음속으로 당시에 이렇게 말하였다. "와! 총리께서 말씀하신대로라면…… 그렇다면 나는 반드시 임무를 완수해야겠다." 우리는 이튿날 기차를 타고 갔는데, 나는 기차 안에서 노래를 외웠다.

경연 당시 나는 저우 총리의 그 말을 떠올렸다. "이렇게 친절하시고, 나를 배려해 주시고, 도와주시다니. 게다가 내게 지적해 주신 바가 있으니……." 그것은 바로 노래를 부르는 중에 긴장을 하지 말라는 것이었다. 훗날 내가 학생들에게 수업을 할 때, 나는 이 일화를 예로 들어 학생들을 격려하였다.

경연에서 돌아온 후 우리는 공연한 내용을 종합하여 보고를 했고, 저우 총리도 매우 기뻐하였다. 이 기간에는 저우 총리 및 덩잉차오 큰언니와 접촉할 기회가 비교적 많았다. 때문에 나 자신이 가장 행복하다고 느꼈으며, 스스로를 가장 자랑스럽게 생각하였다. 훗날 일종의 오만함이 습관이 되어 매번 기고만장할 때마다 저우 총리는 나를 그의 집으로 불러 한바탕 꾸짖곤 하였다.

한 번은 인민대회당에서 궈모뤄 동지가 다가와 나의 목을 안으며 이렇게 말하였다.

"란잉(蘭英)아, 란잉아, 내 수양딸아!"

나는 단숨에 그를 뿌리치며 이렇게 말하였다.

"누가 당신 딸이에요!"

그가 말하였다.

"내 성이 곽이고, 네 성도 곽이니까 당연히 나의 수양딸이지!"

내가 말하였다.

"당신은 민주인사이거늘, 내 어찌 당신과 한 자리에 설 수 있겠어요?

내가 어찌 당신의 수양딸 노릇을 할 수가 있단 말이에요?"

이렇게 곽 어르신의 마음을 상하게 하였다. 나는 당시 곽 어르신을 만났을 때 상당히 불쾌하였다. 나는 그때 하룻강아지 범 무서운 줄 몰랐기 때문에 그처럼 버릇없이 굴게 되었고, 이처럼 잘못을 범하게 되었던 것이다. 마침 저우 총리가 뒤쪽에 있다가 이 소리를 들었다. 그가 말하였다.

"란잉아, 너 뭐라고 그랬니?"

내가 말하였다.

"그는 민주인사인데, 그가 어떻게 저보고 수양딸을 하라고 할 수가 있어요?"

그가 말하였다.

"그게 뭐가 어때서!"

저우 총리가 그렇게 이야기하니, 나는 감히 어떤 말도 꺼내지 못하였다. 저우 총리는 다시 무언가를 말하지 않고 안쪽으로 들어갔다. 곽 어르신도 뭐라 말하지 않고 따라서 들어갔다. 내가 보기에 곽 어르신도 불쾌한 것 같았다. 당시에는 스스로 여전히 잘한 일이라고 생각하였으니, 나는 정말로 유치하기 짝이 없었던 것이다!

훗날 연회 도중에 저우 총리가 나를 첫 번째 테이블로 불렀다. 내가 생각하기에 이것은 별로 좋은 일이 아니었다. 저우 총리가 말하였다.

"난잉아, 이리 와서 네 양아버지께 술 한 잔 올리거라."

'아이고!' 나는 속으로 생각했다. '총리 당신도 이 이야기를 하는 거야!' 나는 불쾌하였다.

"이봐, 너는 술 한 잔 올려야 해, 사과를 해야지! 그리고 노래도 불러

드려라!"

나는 "에이"하면서 마지못해 술잔을 받쳐 들고 술은 따랐지만, 노래를 하고픈 마음이 내키지는 않았다. 그러자 저우 총리가 말하였다.

"불러라!"

그러나 나는 부르지 않았고, 그러한 나에게 어떤 말을 하여도 부르지를 않았다. 그러자 곽 어르신이 "하하"하고 한 번 웃으면서 이 일은 일단락되었다.

나는 저우 총리 곁에서 적지 않은 교육을 받았지만, 스스로의 이해능력이 부족하여 수준이 낮았던 것이다. 그래서 몇몇 사정들은 여전히 이해가 되지 않았던 것이다.

예컨대, 1954년 화이런당에서 제1차 전국인민대표대회가 개최되었는데, 회의 중간의 휴식 시간에 저우 총리가 내게 말하였다. "란잉아, 너는 지금 연기를 할 수 있고 노래를 할 수 있지만, 장래에 노래를 부를 수 없고 연기를 할 수 없게 되면, 너는 어떻게 할 생각이냐?"

당시 나는 대답을 하지 못하였다. 저우 총리가 돌아가신 후인 1982년에 내가 무대와 작별을 고하고 나서야 나는 비로소 깨닫게 되었다. 당시 저우 총리의 뜻은 이러한 것이었다. "나이가 들고 난 후 너는 학생들을 가르쳐야 한다."

저우 총리와 함께 하면, 즐겁고 기뻤다. 그리고 걱정스러울 때도, 꾸중을 들을 때도, 불쾌할 때도, 눈물을 떨굴 때도 있었다.

나는 과거에 상당히 많은 저우 총리의 사진을 가지고 있었다. 각 방면에 걸쳐 모두 가지고 있었다. 그런데 '문화대혁명' 기간에 전부 훼손되어 버렸다. 몇몇 사진들은 매우 진귀한 것들이었고, 저우 총리와 함께 있는 사진, 덩잉차오 큰언니와 함께 찍은 사진도 있었다. 어떤 때는 저우 총리 집에서 밥을 먹은 적이 있었는데, 저우 총리가 만두를 집어 내 그릇에 놓아 주기도 하다. 또 어떤 때는 저우 총리가 너무 늦은 시간에 가시는 바람에 우리는 총리가 가신 후에야 면을 먹곤 하였다. 그리고 저우 총리는 책을 들고 이치를 설명하기도 하였다. 어떻게 해야 사람다운 것인지, 세계관은 어떻게 바뀌어야 하는지 등에 대한 내용이 그것이었다. 나는 그 당시에는 아직 당원이 아니었다. 저우 총리가 말하기를, 너는 훗날 반드시 당원이 되어야 한다. 나는 너를 믿는다. 능히 훌륭한 당원이 될 수 있으리라 믿는다고 하였다. 덩잉차오 큰언니는 우리에게 차를 대접해 주기도 하였다. 그녀는 매우 친절하고 또 친절하였다. 그들은 나를 가족 중의 한 명처럼 그렇게 대해주었다. 어떤 때는 며칠 간격을 두고 저우 총리가 보이지 않을 때도 있었다. 나는 바로 전화를 걸어 "총리님, 무슨 일 있으세요? 몸이 안 좋으신가요?"하고 물으면 그는 "요즘 바쁘단다. 네가 이리 오너라." 그렇게 나를 불렀다.

훗날 듣자하니, 저우 총리가 병이 나 병원에 있다하여 나는 직접 찾아가고자 하였다. 그러나 병원에는 아예 들어갈 수가 없었고, 수차례 시도를 해보았지만 이루어지지 않았다. 실로 방법이 없었다. 나는 저우 총리가 이전에 듣기 좋아하던 노래를 녹음한 후 간단하게 한 마디를 적었다. "총리님, 큰언니. 나는 당신들이 그리워요. 나는 당신들이 많이 보고 싶어요. 총리께서는 지금 도대체 어떻게 되신 건가요? 저도 많은 말을 하지는 않겠습니다. 어르신께서 많이 피곤하실 테니 시간을 많이 빼앗지 않을게요. 만약 총리님의 건강이 허락되는 상황이라면,

총리님께서 가르치신 란잉의 목소리를 들어주세요. 총리님께서 조속히 건강을 회복하기를 기원하고, 큰언니께서도 별 탈 없으시기를 기원합니다." 이렇게 몇 마디를 적었다. 훗날 어떤 간호사 한 사람이 나와서 이렇게 말하였다. "알겠어요, 알겠어요! 이리 주세요!" 그녀는 물건을 가지고 가버렸다. 이 테이프를 저우 총리가 들었는지 못 들었는지는 나도 잘 알지 못한다.

저우 총리가 돌아가셨을 때, 나는 마치 하늘이 무너지는 것 같은 느낌이 들었다. 나는 반드시 저우 총리가 생전에 지시한 대로 일을 처리하겠다고 결심했다. 나이가 많이 들었고, 연기를 할 수도 노래를 부를 수도 없어 마땅히 무대를 떠난 후 젊은이들이 오를 수 있도록 양보하였다. 나 자신은 마땅히 젊은 세대를 배양해야 하고 학생을 가르쳐야 하며, 그들이 우리의 민족음악을 계승하도록 해야 했다.

『시우진볜(綉金匾)』이라는 곡은 본래 민가 중 하나이다. 산시성 북부 지역의 민가로써 본래부터 『시우진볜』이라 불렀다. 제5단의 가사는 본래 "삼수해방군이 굳건히 적을 물리치네. 반동파를 소멸시키면 전국이 안녕을 누린다네"였었다. 1976년 1월 8일에 저우 총리가 돌아가신 후 내 감정은 매우 좋지 않았다. 수많은 친구들이 나를 만나러 와서는 모두 저우 총리를 추념하였다. 게다가 매번 모두가 같이 『시우진볜』을 불렀다. 당초에는 이 가사가 아니었다. 어느 날 갑자기 수도체육관에서 저녁 공연을 하게 되었는데, 낮에 시연을 하였을 때 내가 불렀던 것이 바로 『시우진볜』이었다. 내가 "삼수해방군이 굳건히 적을 물리치네"라는 이 구절을 부르려고 할 때, 갑작스레 무대 위에서 머릿속 정신이 혼미해져 버렸다. 속으로 이런 생각이 들었다.

"일수는 마오 주석, 이수는 총사령, 삼수는 마땅히 저우 총리야!" 한 순간에 머릿속에서 마땅히 수총리라는 생각이 들었다. 돌아가는 길에 나는 차를 탄 채로 이 가사를 생각하고 있었다. 오후에 나는 이 가사를 생각해 내었다. 바로 지금의 가사인 "산시우(三綉) 저우 총리, 인민의 좋은 총리, 공손하고 신중하며 온힘을 다하는 것은 혁명을 위한 것이니, 우리는 열렬히 당신을 사랑합니다." 사실은 매우 간단한 구어체였지만, 이는 우리 모두의 가슴속에 있는 말이었다. 저녁에 공연을 하였을 때, 나는 이 노래를 불렀다. 그러면서 나는 울음을 멈출 수가 없었다. 나도 내가 그렇게 울 수 있으리라고는 전혀 예상하지 못하였다. 나의 "산시우 저우 총리"가 한 차례 불리어 지는 순간 나의 목소리는 이미 말을 듣지 않았다. 첫 번째는 울면서 불렀으니 노래를 부른다고 할 것이 못되었다. 훗날 매번 그 부분을 부를 때면 모두 이러하였다. 매번 세 분의 위인을 부를 때마다 나는 내 자신을 주체할 수가 없었다. 과거에 희곡을 연기할 때처럼 하였던 것이 아니었다. 나는 한다고 하는데 할 수가 없었다. 매번 모두 눈물이 떨어져 제대로 되지를 않았다. 때가 되었을 때는 내 스스로 이미 제어할 수가 없음을 느꼈다. 물론 이렇게 하면 평소에 부르는 것보다 더 힘들었지만, 오히려 자신의 감정을 쏟아 낼 수 있었다.

　다른 한 곡은 바로 『저우 총리를 기억하며 실을 짠다』 였다. 이 곡은 본래 두 명의 공인이 지은 것으로 내게 준 보내 준 것이었다. 물론 대단히 좋은 곡이었다. 하지만 나는 항상 두 단락의 가사가 여전히 감정을 완전히 표출해 내지 못한다고 생각하여, 훗날 직접 한 단락을 덧붙였다. 세 단락 가사의 선율이 나 자신의 상상에 따라, 나 자신의 감정에 따라 처리되었다. 전체적인 선율은 두 사람의 그것과 달라졌다. 이 두 동지에게 나는 매우 오랜 시간 동안 연락을 하지 못하였다. 무척 미안하게 생각한다. 하지만 나는 이 두 사람에게 내가 당시에 느꼈던 이와 같은 감정을 충분히 이해해 줄 거라고 믿는다.

두 번째 단락의 가사는 내가 보탠 것이다. 왜냐하면 나는 매번 중난하이에 갔었는데, 한 곳은 저우 총리의 집이었고, 다른 한 곳은 저우 총리의 사무실이었다. 그러므로 두 번째 단락에서 나는 "국무원 내 한 잔의 등불, 금빛을 번쩍이며 자오원(棗園)을 비추네. 저우 총리는 밤낮으로 천하의 갖은 일을 위해 수고를 마다하지 않으시네"로 고쳤다. 어떤 날은 저우 총리가 펜 하나를 쥐고 의자에 앉은 채로 잠이 들기도 하였다. 나는 이와 같은 장면을 보았지만 내가 들어가면 갑자기 놀라서 깰 것 같아 속으로 미안한 마음을 느껴, 이런 경우에는 마땅히 들어가지 않아야만 했다. 내가 노래를 불러 이 구절에 다다를 때면, 나는 그의 등잔(盞燈)을 떠올린다. 이 곡을 부르면 나의 이러한 정서가 정확히 들어맞았던 것이다.

저우 총리는 내가 영원히
인민을 위해 노래하도록 교육하였다

－ 왕쿤(王昆 저명한 성악가, 동방가무단의 전 단장)

저우 총리는 내가 영원히
인민을 위해 노래하도록 교육하였다

- 왕쿤(王昆 저명한 성악가, 동방가무단의 전 단장)

나는 19세 때에 옌안에서 저우 총리를 만났다. 나의 삼촌 왕 허수(王鶴壽) 동지가 옌안에 있었으며, 나의 여섯 째 삼촌 왕웨 이정(王維錚) 역시 당시 뤄푸(洛甫) 즉 장원톈의 비서로 옌안에 있었기 때문이다. 또한 나의 고모 역시 일찍이 옌안으로 왔기 때문에 나는 양쟈령에서 늘 저우 총리를 볼 수 있었다. 당시 나는 멀찍이서 바라본 것이었는데, 사람들이 저우언라이라고 말하였기 때문에 알게 되었다.

내가 처음으로 그와 직접 접촉했던 것은 옌안 당교 3부 펑전(彭眞) 동지의 토굴집에서였다. 하루는 내가 햇볕을 쬐고 있는데 덩 여사가 먼저 나와서 나에게 말을 걸었고, 나는 그녀와 아는 사이가 되었다. 그녀는 당교에서 공부하고 있다고 말하였고, 나는 무엇을 공부하느냐고 물었다. 그녀는 무엇 무엇을 공부한다고 일러주었다. 나는 "당신들처럼 다 큰 사람들도 아직 공부를 하다니 도대체 무엇을 공부하는 것인가요?"라고 물었다. 나는 전혀 이해하지 못하였다.

그녀는 노선을 공부한다고 대답했다. 나는 "노선이 공부하기 어려운 건가요? 전방에 길 안내자를 두면 이 일대의 노선은 다 알게 되는 것 아닌가요?"라고 물었고 그녀는 소리를 내어 웃었다. 그녀는 내가 누구인지 물었고 나는 그녀에게 알려주었다. 후에 저우언라이가 왔고, 그녀는 "언라이, 당신 이리 와 봐요. 이 꼬마 아이가 허수의 조카래요. 많이 닮았죠!"라고 말하였다.

당연히 나에게 인상이 가장 깊었던 것은 '백모녀(白毛女)'를 연기한 이후, 즉 중국공산당 제7차 대표자대회가 열린 후였다. 대회의 강당은 우리의 분장실로 매우 누추했다. 저우 총리는 덩 여사와 함께 무대 뒤로 와서 우리를 만났다. 그 외 뤄레이칭(羅瑞卿), 류란버(劉瀾波), 류란타오(劉瀾濤) 등 여러 동지들이 있었다. 나는 기억이 생생한데, 저우 총리와 그들은 모두 우리 연기자들 뒤에 있었다. 우리는 매우 예의가 없는 편이었는데 모두 거기서 발을 씻을 정도였다. 그는 우리들과 이야기를 나누었다. 그는 "이 아이는 장레이팡(張瑞芳)을 닮았네."라고 말하였고, 그때 나는 비로소 장레이팡이라는 사람이 있다는 것을 알게 되었다. 후에 장레이팡은 저우 총리와 관계가 매우 밀접한, 유명한 배우라는 사실을 알게 되었다.

한번은 저우 총리가 차를 타고 노신예술학원에 와서 보고를 들었다. 나는 그에게 나의 셋째 삼촌까지도 당교에 갔다며 나 역시 가겠다고 말하였다. 그는 "좋아, 차를 타거라"라고 하였고 우리는 이동하면서 대화를 나누었다. 그는 나의 생활환경과 '바이마오뉘(白毛女)'를 연기하는 것에 대해 물었다. 내게 인상이 깊은 한 마디는 "아이고, 너희들 고생이 정말 많구나!"라는 말이었다. 당시 '바이마오뉘'는 총

6막, 이십 여 장면으로 구성되어 있었다. 그는 나에게 "너희들 영양제는 있느냐?" 라고 물었다. 그 무렵 우리는 수수나 호박을 먹는 것이 다였다. 나는 "연기를 할 때에는 계란 두 개를 먹을 수는 있어요. 목을 보호하기 위해서요." 라고 대답하였다. 그는 "아 그래? 다른 사람들도 먹느냐?" 라고 물었고, 나는 "아니요. 저도 이 극을 연기할 때가 아니면 먹지 못해요." 라고 대답하였다. 나는 그가 당시 매우 미안해하고, 무척 속상해 했던 것을 기억한다.

그는 "현재 우리는 아직 어려운 상황이니 이해하거라"라고 하였고, 이어서 "너희는 지금 '옌안 문예좌담회에서의 연설'을 배우고 있지?"라고 물었다. 나는 배웠다고 대답하였다. 그는 "이 '옌안 문예좌담회에서의 연설'의 핵심은 문예가 바로 인민을 위해 복무해야 한다는 것이란다. 네가 노래를 하는 것 역시 영원히 인민을 위해 노래를 하는 거야"라고 말하였다. 나는 이 말을 늘 기억하였다. 그렇기에 이 말을 지금까지 기억하고 있으며, 내 일생의 유일한 목표로 삼고 있는 것이다. 이것은 저우 총리가 나에게 준 매우 중요한 지침이었다.

도시로 진입한 이후 저우 총리와 대면할 기회가 더 많아졌다. 인상에 가장 남는 것은 저우 총리가 업무를 처리할 때 매우 단호하고 신속하게 하며, 중요한 문제를 포착하면 절대 놓치지 않는다는 점이었다. 동방가무단 성립 이후, '채색 나비가 날아오른다'라는 영화를 찍은 적이 있는데, 이 영화에는 아이투라(阿依吐拉), 취메이산(崔美善), 머드거마(莫德格瑪) 등이 출연하였으며, 그 중에는 캄보디아의 '백화원(百花園)의 공주'도 있었다. 그 영화의 세트는 톈위(田雨) 동지에 따르면 그다지 좋지 못하였고 비교적 통속적인 느낌이었다.

하루는 베이징호텔에서 연회를 거행하는데 그가 저우 총리에게 다음과 같이 말하였다. "저는 베이징영화제작소에서 그 캄보디아의 무용에 관한 영화를 찍는 것에 대해 반대합니다. 분명 캄보디아도 만족하지 않을 것입니다. 왜냐하면 그들은 매우 아름답고 정말 훌륭한데, 우리는 약간의 조화를 만들어 그것을 대체하고 있기 때문입니다." 이 말을 들은 저우 총리는 "아 그렇군. 텐위 자네는 가서 말하기가 좀 그럴 터이니, 왕쿤 자네 이리 와보게나"라고 말하였다. 그는 그의 비서와 나에게 다음과 같이 말하였다. "자네는 그녀에게 차 한 대를 제공해주게. 자네는 바로 왕양(汪洋)을 찾아가서 이 영화의 공개를 조금 늦추라고 말하게나(왜냐하면 이 영화는 곧 공개될 예정이었다). 내가 생각을 좀 해야겠네. 먼저 영화를 보고 다시 이야기하세. 자네는 가서 내가 자네를 시킨 것이라고 꼭 말하도록 하게나." 당시 나는 일종의 숭고한 사명감을 느꼈다. 또한 한편으로는 이 임무를 완성하지 못할까봐 걱정이 되기도 하였다. 왕양은 당시 장막 안에 있었다. 나는 이 말을 그에게 전달하였다. 저우 총리는 업무 처리가 과감하고 신속하면서도 또한 독단적이지 않았다. 이 부분이 나에게는 매우 깊은 인상을 남겼다.

나의 심중에는 저우 총리가 매우 중요한 위치를 차지하고 있었다. 문화대혁명 당시 저우웨이즈(周巍峙)는 프랑스 '스파이'가 되었고, 나는 홍콩의 '스파이'가 되었다. 원인은 바로 장칭이 나를 '스파이'라고 말했기 때문이었다. 문화대혁명 시기 내 마음에서 가장 염려되면서도 희망을 걸었던 이는 바로 저우 총리였다. 그는 그토록 어려운 상황 하에서도 여러 차례 우리를 떠올리고는 "왕쿤은 별 일 없겠지"라며 물어보곤 했다. 조반파는 직접 장칭에게 다음과 같은 내용의 서신을 보냈다. "현재 우리의 면전에 놓인 것은 두 개의 지시입니다. 하나는 당신께서 말씀하신 그녀가 '스파이'라는 것이고, 다른 하나는 저우 총리의 지시로 그녀에게는 아무 문제가 없다는 것입니다. 그녀는 옌안에서 '바이마오뉘'를 연기하였으며, 어릴 때 옌안에 가서 혁명에 공헌한 바가 있습니다.

우리는 당신의 지시에 따라 일을 처리하겠습니다." 문화대혁명 10년 동안 나는 혁명에 대한 희망을 잃지 않았다. 왜냐하면 내 생각에 우리에게는 이렇게 좋은 저우 총리가 있기 때문이었다. 그는 내가 역경 중에서도 희망을 발견할 수 있도록 해주었으며, 그가 국가에 대해, 우리 민중에 대해 시종 무거운 책임을 지고 있으면서도, 오히려 그곳에서 스스로 치욕을 참아 가며 중임을 맡고 있는 모습을 목도할 수 있게 해주었기 때문이었다.

한번은 저우웨이즈가 나에게 "내가 어제 밤에 꿈을 꾸었는데, 꿈에서 저우 총리를 만났어."라고 말하였고, 나도 "나 역시 꿈에서 저우 총리를 만났어"라고 대답하였다. 우리는 자주 같은 날 밤 꿈에서 저우 총리를 만났다. 꿈속에서는, 바진(巴金) 동지가 이야기한 것처럼, 그가 마치 우리의 면전에 서 있는 것만 같았다.

1950년대에 저우 총리는 자주 내가 노래하는 것을 들었다. 나는 공연할 때에 스스로 여러 부족한 점이 있음을 깨달았고 더 배우고 싶었다. 다만 나 역시 민요 창법의 학습은 매우 신중해야한다는 것을 알고 있었다. 나쁜 것을 배울 경우 곧 그것과 비슷해지고, 제대로 배우지 않을 경우 다시는 노래를 부를 수 없게 될 수 있기 때문이었다.

소련에서 온 나지로바는 나에게 배울 필요가 없다고 하였다. 저우 총리는 이것을 알고 나에게 다음과 같이 조언해 주었다. "자네 배우는 것도 괜찮아. 가게나. 다만 자네가 배우고 돌아온 후에도 반드시 여전히 '왕쿤'이어야 하네. 그러니까 공부하고 돌아온 이후 우리가 라디오를 듣는데, 어 이거 누구지? 누구인지 모르겠는걸. 다시 한 번 들어보세. 그러자 누군가가 그것은 왕쿤입니다. 그러자 사람들은 전혀 알아보지 못하겠네. 이렇게 되면 안 된다는 걸세." 이 때문에 나는 음악학원에서 공부할 때에 저우 총리가 와서 살펴보며 여전히 나에게 어떠냐고 물어보면, 그때는 확실히 유치하고 매우 어렸기 때문에, "뭐 어떻다고 말씀드릴 것도 없습니다"라고 대답하였다.

소련의 전문가들은 나보고 영웅이라고 하였다. 내가 이 러시아 창법을 배운 것을 보고는 매우 대단하며 정말 영웅이라고 말했던 것이다. 하지만 나 스스로는 노래를 부를 수 없을 것만 같았다. 원래의 '바이마오뉘'를 못 부를 뿐만 아니라 수만은 민가 역시 부를 수 없을 것만 같았다. 나는 매우 고민했으며, 그랬기에 학업을 시작한지 2년 만에 바로 돌아와 버렸다.

돌아온 후 나는 저우 총리에게 보고를 드렸다. 정치협상회의 강당에서 11명의 여성 소프라노가 저우 총리와 함께 친목을 맺는 자리였다. 나는 내가 배우고 돌아온 그 창법으로 '해방된 시대'와 '보배' 등을 불렀다. 저우 총리는 그날 확실히 기분이 좋지 않았다. 평소에는 매번 내가 노래를 마치면 악수를 하였고, 국가 연회에서도 역시 그랬다. 매번 노래가 끝나면 지도자 동지들이 모두 와서 나와 악수하며 술을 권하였다.

저우 총리는 늘 그 자리를 같이 하며 매번 "고맙네, 아주 잘 불렀어"라고 말해 주었다. 하지만 그날 그는 아무런 말도 하지 않았다. 다른 이들과는 대화를 나눴지만 나와는 말 한 마디 하지 않았다. 나는 마음이 몹시 힘들었다. 노래를 잘하고 못하고는 본인이 아는 것이기 때문이었다. 후에 내가 염치불구하고 저우 총리 앞으로 갔을 때 그는 나를 매우 아껴주면서 "아까 한 것들은 자네 노래가 아니야. 자네 도대체 무슨 노래를 부르고 있는 건가. '보배'는 류수팡(劉淑芳)의 것이야. 자네는 자네의 민가(民歌)를 불러야 해!"라고 말하였다. 나는 "네!"라고 대답하였고, 그는 "그렇다면 자네 이전의 그 창법을 아직 할 수 있는가?"라고 물었다. 나는 "할 수 있습니다. 바로 부를 수 있어요"라고 말하였다.

얼마 후 동방가무단이 베이잔(北展)극장에서 연회를 거행하였을 때, 나는 편지 한 통을 써서 저우 총리와 덩 여사에게 보냈다. 두 사람에게 이틀간 동방가무단에서 공연하는데 나는 무슨 무슨 노래를 부를 것이니, 와주셨으면 좋겠다고 말하였다. 두 번째 날 저우 총리의 사무실에서 회답이 왔다. 두 번째 공연에 와서 본다는 것이었다. 그는 공연을 본 후 매우 기뻐하며 나와 악수하였다. 당시에는 반드시 최고 지도자에게 요청하여 사진을 찍어야 한다는 규정이 없었기 때문에, 사진이 남아있지 않다.

그 후 총리는 직접 무대 뒤로 와서 나를 찾아와 매우 기뻐하며 "우와! 왕쿤, 자네 오늘 정말 훌륭하게 노래했어!"라고 말하였다. 덩 여사 역시 "오늘 자네가 부르는 노래를 들으니 마치 우리가 옌안으로 돌아간 것 같네"라고 말하였다. 이런 칭찬을 받는 것은 당연히 매우 높은 영예였다. 그들은 옌안에 대해 어떤 그리움을 품고 있었기 때문이었다.

나의 예술 생애에 대해 저우 총리가 말한 것은 이론과 실제의 결합이었다. 이론만 얘기했던 것이 아니었다. 예를 들어 그는 다음과 같이 말하였다. "자네 공부하고 싶다면 그렇게 하게. 다만 좋은 걸 배워야지 좋지 않은 것을 배워서는 안 되네. 공부를 마치고도 여전히 자네 자신이어야 하네. 이전보다 좋아져야지, 다른 모습으로 변해서는 안 되네. 자네가 다른 사람처럼 변한다면, 심지어 다른 사람보다 못한 사람이 될 거야. 이런 것은 결코 안 되네."

동방가무단은 저우 총리가 직접 길러 낸 단체이다. 동방가무단이 존재한 이 몇 년 동안, 특히 우리가 수많은 아프리카 국가와 국교를 체결할 때 동방가무단은 일정한 역할을 수행하였다. 천이 부총리의 말을 빌리자면, 바로 "자네들은 대사라는 직함이 없는 대사라네. 우리 외교관들이 할 수 없는 일들을 자네들이 해내니까 말이네"와 같은 것이었다. 저우 총리는 동방가무단에게 다음과 같은 지시를 내렸다. "다음과 같은 것을 공부해야 하네. 첫 번째로 우리 중국을 잘 배워야 하네. 중국의 민족 민간 가무 예술을 배워야 하고, 동시에 아시아, 아프리카, 라틴 아메리카의 가무 예술도 공부해서 우리의 인민 외교를 발전시켜 나가야 하네."

내가 동방가무단에 있던 4년 동안 저우 총리는 아마도 동방가무단과 가장 많이 접촉한 지도자였을 것이다. 문화대혁명이 시작되기 이전 동방가무단은 이미 공격을 받고 있었다. 저우 총리와 천이 부총리는 여러 차례 가무단에 와서 동방가무단을 위한 이야기들을 해주었다. 지금 기억이 났는데, 그들은 당연히 매우 전략적이었다. 예를 들어,

나는 천이 부총리에게 "지금은 골반을 흔들 수도, 허리를 돌릴 수도
없습니다. 우리가 배운 아프리카의 무용은 골반을 돌리고 허리를
돌리는 것인데, 이러한 동작이 없다면 그것은 아프리카 무용이
아닙니다"라고 말하였다. 당시에는 배를 흔들도록 했다. 천이
부총리는 "나는 믿을 수 없네. 이렇게 광대한 중국에서 말이야! 배
흔드는 것을 비틀어 없애 버리게!"라고 말하였다. 성격이 매우 분명한
사람이었다. 저우 총리는 그렇지 않았다. 그는 조금 더 완곡하게
말했는데, 그 역시도 누가 동방가무단을 힐문하는지 알고 있었다. 그는
다음과 같이 말하였다. "자네들 일단은 그렇게 하게나. 우리들 인민이
받아들일 수 있을 정도로 최선을 다하게나. 충분히 아름답게 말이야.
자네들 스스로 이 문제를 해결하도록 하게. 내 뜻은 자네들은 여전히
잘 배워야 하고 제대로 된 것을 배워야 한다는 걸세. 어떤 것들은 잠시
보관해 두게나." 천이 부총리는 "모두 보관해 두게. 절대 버려서는 안
되네. '차이차우(采茶舞)', '허화우(荷花舞)' (당시에는 크게 환영받지
못하던 것들이다.) 등은 역시 잘 보존해 둬야 하네. 모두 잘 보존해
두게나. 앞으로 모두 쓸모가 있을 거야"라고 말하였다.

한 번은 배우 한 명이 '사쟈빈(沙家濱)' 공연 상황을 보고하였다. 저우
총리는 한 번 보고 동방가무단 사람임을 알아보고는 매우 열정적으로
가서 동방가무단의 상황이 어떤지를 알아보라고 했다. 그러면서
"동방가무단 이 명칭은 매우 영광스러운 것이라네. 자네들은 반드시
동방가무단의 영광을 보존해야 해"라고 당부하는 말도 전하라고 했다.
이것이 저우 총리가 우리에게 준 마지막 당부 말이었다.

4인방을 타도한 이후, 역시 역사적 원인으로 인해 내가 동방가무단의

단장 지위에 올라 10년 간 동방가무단의 일을 주관하게 되었다. 나는 일을 하면서 어려운 시기든 순통한 시기든 늘상 저우 총리가 우리 동방가무단에게 해준 이야기를 되새겼다. 가장 중요한 것은 저우 총리의 부탁을 결코 욕 되게 해서는 안 된다는 것이었다. 동방가무단은 모두의 노력 하에서, 인민에게 있어서도, 또한 우리 예술 전선에 있어서도 하나의 영광스러운 단체가 되도록 해야 했다.

저우 총리는 '광부들은 술이 없어서는
안 된다'라고 지시하였다.

– 덩위화(鄧玉華, 유명가수)

저우 총리는 '광부들은 술이 없어서는 안 된다'라고 지시하였다.

- 덩위화(鄧玉華, 유명가수)

1965년 가을 베이징호텔의 어느 저녁 연회에서 나와 우리 팀의 동료들이 거기서 공연한 것이 기억났다. 당시 존경하는 저우 총리와 또 일부 선생님들이 우리의 공연을 보러 왔다. 그때 전국은 레이펑(雷鋒) 정신을 배우는 열기가 뜨겁게 일어나고 있었다. 레이펑 정신을 배운 후 또 많은 영웅들이 생겨났다. 그중 한 영웅의 이름이 왕제(王杰)였다. 나는 왕제를 칭송하는 노래 〈혁명용광로의 불이 제일 뜨겁다(革命熔爐火最紅)〉를 불렀다. 노래를 다 부른 후 저우 총리는 우리 팀의 동료에게 나를 그의 곁으로 부르더니 "샤오덩(小鄧), 자네가 방금 부른 노래 제목이 뭐지요?"라고 물었다. 나는 "〈혁명용광로의 불이 제일 뜨겁다〉입니다"라고 대답했다. "아. 그래요." 그는 "이 노래는 매우 듣기가 좋군요. 또한 여기 몇 구절의 가사들도 매우 좋습니다"라고 말하였다. 그는 또 "나에게 이 노래 좀 가르쳐줄 수 있겠소?"라고 물었다. 나는 "어떡하지? 이 노래는 부르기 어려운데…

….”라고 생각했다. 왜냐하면 많은 곳에 지방 전통 극을 참고하여 박력 있고 빠른 부분이 있으며, 느리다가 빨라지므로 배우기가 매우 어렵기 때문이었다. 잠시 동안 나는 “저우 총리께서는 엄청 바쁘신데 배울 시간이 어디 있을까?”하고 생각하게 됐다. 하지만 저우 총리의 눈을 보니 그는 매우 간절하게 정말 나에게 배우고 싶어 하였다. 그래서 나는 “총리님은 배울 시간이 있으십니까?” 라고 물었다. 그는 “있어요. 지금 바로 배우지요, 뭐!”라고 말하였다. 그리고 저우 총리는 당장에 여러 번 이 노래를 배웠다. 당시 배우면서 그는 “인민을 위하여 봉사하며 영원히 녹슬지 않는 나사못이 되겠다”고 하는 가사가 좋다고 하였다. “혁명을 위하여 그는 태산보다 중요하다” 등의 또 다른 가사도 모두 좋다고 하였다. 저우 총리가 그해에 비록 나에게 노래를 배운 것은 사실이지만, 사실상 나에게 어떻게 살아야 함을 가르쳐주었다는 것을 느꼈다. 저우 총리는 자신이 우리에게 빛나는 모범이 되었고 지금까지도 여전히 내가 더욱 힘써 광부들을 위하여 봉사하며 인민을 위하여 봉사하도록 격려하였다.

“어떻게 노래를 배웁니까?”하는 점에서도 저우 총리는 나에게 많은 가르침을 주었다. 그는 여러 번 나에게 “당신은 왕퀀, 궈란잉에게 잘 배워 우리의 민족노래를 잘 불러야 합니다”라고 말하였다. 또한 당신은 과학적인 창법을 배워야 한다고도 하였다. 당시 성악계에서는 언제나 서양창법, 민족창법의 논쟁이 있었기 때문이었다. 후에 나에게 당신은 서양창법을 배워야 하고 민요를 잘 불러야 한다고 하였다. 그리고 또 나에게 창법을 배운 후 중국노래를 부를 줄 모르면 안 되며 중국노래를 반드시 잘 불러야 한다고 하였다.

어느 때인가 한 번 우리가 국무원에 가서 공연을 할 때 저우 총리는 우리에게 당신들은 요즘 어느 곳에 갔었느냐고 물었다. 우리는 어느 곳에 가서 어떤 공연을 했다고 모두 말하였다. 그러자 그는 우리가 갔던 광산지역과 그곳의 연 생산량이 얼마고 어떤 석탄을 생산하며 어느 곳으로 운송하는 지를 모두 말해 주었다. 그는 모든 것을 알고 있었다. 우리 배우들은 그냥 일반 광산도 그가 이렇게 상세하게 알고 있었음에 모두 탄복하였다.

저우 총리는 또 우리를 통하여 광부들의 생활을 알아보았다. 때로 그는 당신들은 대 식당에 가서 밥을 먹었냐고 물었다. 예전에 우리가 처음 갔을 때는 우리 스스로 취사를 하였기에 대 식당에 가서 밥을 먹을 기회가 매우 적었다. 그래서 당시 그가 광산의 상황을 물어보면 우리는 모두 대답을 못했다. 그 후에 단장은 특별히 주의하여 매번 공연을 갈 때 마다 우리에게 대 식당에 가서 먹으라고 하였다. 그는 또 물었다. 광부들이 갱도에서 나온 후에 샤워할 따뜻한 물이 있느냐? 또 물었다. 그리고 "광부들이 퇴근 후 그들은 어떤 문화 활동을 하는가? 볼 책은 있는가? 영화를 볼 수 있는가?"를 또 물었다. 후에야 우리는 광부들에게는 어떤 영화를 보여주는가 등을 통하여 이 지역의 문화생활이 낙후한가, 어느 수준인가를 그가 알 수 있었음을 깨달았다.

후에 광산 문화선전단을 해체한다는 얘기를 들었다. 당시 우리 문화선전단의 사람들은 모두 해체하기를 원하지 않았다. 어느 날 갑자기 좋은 소식이 들려왔다. 저우 총리가 광산 문화선전단을 해체하지 않는다고 말하였다는 것이었다. 후에 그는 우리단의 가무공연을 보았다. 우리가 연출한 무용극 〈바오렌덩(宝蓮燈)〉,

연극 〈빙린청샤(兵臨城下)〉를 보았다. 연극은 동스(東四)에 있는 노동자극장에서 공연하였다. 그 골목은 매우 좁았지만 그는 언제나 왔다. 공연을 본 후 그는 우리 단원들에게 "모두 잘했소. 그리고 광부들은 매우 고생하기 때문에 그들을 위해 이렇게 봉사 할 문화 선전단이 있어야 합니다. 비록 우리나라에 예술단체는 매우 많지만, 그들은 광부들만을 위하여 공연 할 시간과 겨를이 없지요"라고 말하였다. 그래서 저우 총리의 관심아래 우리 이 팀은 남겨지게 되었던 것이다.

언젠가 또 한 번 매우 인상 깊은 일이 있었다. 그때는 고난의 시기였다. 우리 광산 문화선전단은 중난하이 국무원으로 가서 공연 하였다. 당시에는 공연이 끝난 후 한 가지 습관이 있었다. 가끔 저우 총리는 배우들과 함께 식사를 하였던 것이다. 그때 그는 우리를 보면서 곁에 있는 사람들에게 "에그머니나! 이 애들 얼굴색이 왜 이렇게 안 좋지?"라고 말하였다. 그러면서 우리들에게 "자네들 밥은 잘 먹는가? 먹으면 배부르게는 먹는가?"라고 물었다. 당시는 모두가 잘 알듯이 주식은 모두 정량이며 부식도 없어 밥을 잘 먹지 못할 때였다. 하지만 우리는 저우 총리에게 사실을 말할 수가 없어 그저 웃기만 하였다.

그는 사람들을 잘 이해하였다. 바로 비서를 곁으로 불러 빨리 사람들을 시켜 남해에 가서 물고기를 잡아 저녁에 요리를 해 먹게 하라고 하였다. 그는 "또 저네들이 볼 때 광부들의 생활은 어떠한가? 그들은 밥을 배불리 먹는가?"하고 물었다. 우리는 광부들은 술을 특별히 좋아하는데 그들은 술이 끊길 까봐 걱정한다고 말하였다. 현재 어떤 광산들은 이미 술을 사서 마실 수 없을 지경이었다.

갱도에 내려가면 습기가 엄청나게 많아 술을 마셔야만 몸과 관절을 조금이라도 따뜻하게 할 수 있었던 것이다. 광부들은 모두 관절염을 앓고 있었기 때문이었다. 그는 이 말을 들은 후 미간을 찌푸리며 생각하더니 곁에 있는 간부를 불러 "빨리 그들에게 술을 줄 수 있도록 하라"고 명했다. 그 자리에 있던 사람들은 모두 눈물을 흘렸다. 그 자신도 매우 격동된 듯했다. 그날 밤 그는 우리와 함께 밥을 먹었는데 정말 남해의 물고기를 가져와 요리를 했다. 그는 "당신들은 배불리 먹어야 합니다! 당신들은 배불리 먹어야 해요! 우리 여기도 좋은 음식은 별로 없지만 오늘만이라도 당신들은 배불리 먹어야 합니다"라고 말하였다.

내가 마지막으로 저우 총리를 만난 것은 1967년 '문화대혁명' 중이었다. 그때 어떤 베트남대표단이 중국에 와서 공연하였다. 내가 전에 베트남에서 공연을 몇 개월 한 적이 있어서 나를 불러 그들에게 중국노래를 가르치라고 하였다. 그때 생각지도 않게 공연할 때 저우 총리를 만났다. 그는 나를 보더니 "샤오 덩, 오랫동안 당신 노래를 듣지 못했소. 오늘 노래를 한번 들어봅시다!"라고 했다. 이번의 만남은 오랫동안 잊을 수 없는 추억이 되었다.

탁구를 얘기하면 저우 총리는
매우 신나하였다.

- 취우종훼이(邱鍾惠)
  탁구선수, 우리나라 첫 번째 여자단식 세계 금메달)

탁구를 얘기하면 저우 총리는
매우 신나하였다.

- 취우종훼이(邱鍾惠)
  탁구선수, 우리나라 첫 번째 여자단식 세계 금메달)

저우 총리가 살아있을 때 나는 그를 23번 만났다. 그의 말과 몸소 가르침은 나의 일생에 소중한 자산이었다.

탁구팀이 제일 처음 저우 총리를 만난 것은 1955년이었다. 그는 우리의 경기를 보러 왔다. 우리는 설레이기도 하고 긴장되기도 하였으며 촬영조명이 나의 눈을 비추어 잘 보이지 않았다. 저우 총리는 "그 조명을 끄세요. 선수의 시선에 영향을 줍니다"라고 말하였다. 그는 정말 세심하게 관찰하였다.

1959년 룽궈탄(容國團)이 세계남자단식 금메달을 따서 저우 총리는 우리를 접견하고 또한 선수들과 춤을 추었다. 첫 번째 나와 추면서 많은 것들을 물었고 기자들은 사진을 찍었다. 그는 바로 내부에서만 가능하고 발표하지 말라고 지시하였다.

1961년 세계탁구대회에서 저우 총리는 많은 지시를 하였다.

선수들에게 특별제공을 하고 조직업무를 세심하게 했으며, 외교사무도 매우 잘 준비하였다. 그리하여 세계탁구계의 많은 인사들이 중국에서 세계탁구대회를 개최하자고 제의하게 되었으며, 제26차 세계탁구대회는 아주 잘 진행되었다고 말했다. 그것은 모두 저우 총리가 직접 지도한 것이었다.

26차 세계탁구대회 때 저우 총리는 베이징에 있지 않았다. 돌아온 후 그는 우리를 그의 집으로 초청하여 우리의 공을 치하하였다. 덩 큰언니는 저우 총리의 탁구 치는 사진을 꺼내며 "우리 탁구 팬이 탁구 치는 사진 좀 보세요"라고 말하였다. 조금 지나 저우 총리가 와서 우리와 일일이 악수하며 담소를 나눴다. 그리고 "몇 게임 하고 나서 밥을 먹읍시다"라고 말하였다.

식사를 할 때 나는 메인테이블에 앉았다. 저우 총리는 "샤오 치우, 당신은 당신과 가오지안(캐나다인)이 경기한 점수를 아시오?"라고 말하였다. 나는 "계산해 보지 않았습니다"라고 대답했다. 그는 "내가 계산했지요. 내가 그때 당시 윈난에 있었기에 매일 비서보고 전화를 해서 당신들의 경기상황을 물어보라고 하였소. 당신의 점수는 96점이고, 가오지안의 점수는 98점이였소. 당신의 점수는 그보다 조금 적었소. 하지만 총 세트 스코어에서 당신이 이겼지요"라고 말하였다. 그리고 그는 더 이상 이야기하지 않았다. 나는 아주 긴장되었다. 나는 그가 절대로 단지 흥미를 가져서 이 점수를 계산한 거라고는 생각하지 않았다. 그는 이 방법을 통하여 나에게 교만하지 말고 성급하지 말라고 가르친 것이었다.

밥을 먹을 때 저우 총리는 "당신들은 모두 운동선수들이오. 술을

권하면 안 되니 내가 당신들에게 요리를 권하겠소"라고 말하면서, 큰
완자를 여러 개로 잘라서 우리에게 나누어주었다.

덩 큰언니는 또 우리에게 그들의 '연애사'를 이야기해 주었다. 덩
큰언니는 "저는 당시 제가 먼저 그이를 선택한 것이 아니었어요. 많은
고려, 선택, 시련을 통하여 마지막에 그이를 선택한 것이지요", 또
"결혼하는 날이 돼서야 저는 그이가 '술단지'라는 것을 알았어요. 저는
그이가 그렇게 술을 잘 마시는지를 몰랐어요. 결혼하는 그날 당신이
그렇게 술을 많이 마셔서 저는 놀랐지요. 그이는 본래 '술단지'였던
거였어요"라고 말하였다.

1961년 세계탁구대회 이후 저우 총리께서는 일본탁구팀을 초청하여
여자 선수 마쓰자키(松崎一直)에게 부모님의 직업이 무엇이냐고
물었다. 마쓰자키는 아버지가 술집을 한다고 말했다. 저우 총리는 "아
그래요, 아버지께서는 중국의 마오타이를 마셔본 적이 있나요?"라고
물었다. 마쓰자키는 "아버지는 중국에 오신 적이 없어요"라고
말했다. 저우 총리는 "마오타이 두 병을 아버지에게 갖다드리면서
중국에서 제일 좋은 술이니 마셔보라고 하세요"라고 말하였다.
남자선수 가쿠무라(獲村一智郎)는 "저도 중국의 마오타이를 매우
좋아합니다"라고 말했다. 저우 총리는 "좋지요! 당신에게도 두 병을
드리지요"라고 말하였다. 마쓰자키는 저우 총리가 선물한 마오타이를
지금까지 보관하고 있다고 한다.

1961년에 온 국가탁구팀은 지금도 저우 총리를 얘기하면 모두
엄지를 들고 "저우 총리님은 참 대단한 분이지요"라고 말하곤 한다.

저우 총리의 기억력은 대단하였다. 어떤 일은 수년 전에 그에게 한번

이야기를 했는데 수년 후 그는 아직도 기억하고 있었다. 어떤 사람은 수년 전 그가 이름을 알았는데 수년 후 그는 그때까지도 그 이름을 알고 있었다고 했다.

우리가 오페라극장과 함께 친목 행사를 했던 일이 있었다. 어느 배우의 이름이 저우은메이(周恩美)였다. 저우 총리는 그에게 "당신 혹시 해방 이후에 이름을 지은 것 아니오?"라고 물었다. 그는 "아니요. 제가 처음 태어 날 때부터 집에서 지어주었습니다."라고 말했다. 2년이 지나서 나를 만났을 때 그는 "그 저우언메이는 어떠냐?"하고 근황을 물으셨다.

저우 총리는 우리나라의 보기 드문 정치가, 외교가로서 사람을 대하는 품격, 반응, 의사결정 등 모든 면에서 뛰어났다.

1975년 6월 9일 다나카가 중국을 방문했을 때 어떤 여배우가 저우 총리에게 술을 올리자 저우 총리는 테이블에서 장미 한 송이를 이 여배우에게 선물하였다. 이 배우는 너무나 감동하여 밤새도록 보고 또 보았으며, 다른 배우들은 이를 모두 엄청 부러워했었다.

저우 총리는 운동선수들의 성장에 관심을 기울였으며 늘 훈련일지를 보았다. 어느 날 그는 "당신 운동선수들이 쓴 '와와문(娃娃文)'을 봤어요. 장리(張莉) 당신 틀린 글자가 너무 많아요. 어떤 것은 내가 수정해줬소. 어떤 것은 수정할 시간이 없어 동그라미를 쳐놨소"라고 말하였다.

1969년 9월 6일 허 총사령관의 유골안장의식에 저우 총리가 왔다. 그는 연설 중 "제가 허룽 동지를 잘 보호하지 못했습니다"라고 말하였다. 그는 더 이상 말하지 못하고 눈물을 흘렸다. 모두들 울었다. 그가 갈 때 우리는 모두 그와 악수를 하고 싶어 했다. 하지만 할 수가 없었다. 그의 안색이 매우 좋지 않은 것이 보였기 때문이었다.

1970년 년 말 중국팀이 제31차 세계탁구대회에 참가하느냐 하는 문제에 대하여 팀에서는 두 가지 의견이 있어 쟁론이 커졌다. 한 가지는 '제국주의, 수정주의, 반혁명주의'와 교제할 수 없다는 것이었고, 다른 한 가지는 우리는 개방하고 친구를 널리 사귀어야 한다는 것이었다. 후에 저우 총리가 지시를 전달하였다. "당신들에게 시험을 내겠소. 당신들은 정식으로 토론하여 여러 의견들을 충분히 발표하고 마지막에 당신들의 시험이 합격인지 불합격인지 보겠소."라고 하였다. 거의 이틀 동안 토론을 거쳐 대다수 사람들이 가야 한다고 했다. 마지막에 저우 총리에게 보고하였고 그는 우리의 시험이 합격이라고 하였다. 후에 또 마오 주석의 지시를 전달하였다. "우리 팀은 가야 한다"는 것이었다. 그때는 우리들의 영향력도 컸고 성적도 좋았다.

1971년 미국탁구대표팀이 중국을 방문하였다. 이 사건은 세계를 놀라게 하였다. 저우 총리의 전략적인 안목과 담대함을 보여줬다.

중국을 방문한 5개 탁구팀을 접견할 때 저우 총리는 한 팀 한 팀 접견하고 한 나라씩 이야기를 나누었다. 또 특별히 미국 탁구선수 코언(상세내용 본 책 213페이지 참조-편집자 주석)을 물었다. 코언은 저우 총리에게 "미국 히피족에 대하여 어떻게 보십니까?"라고 물었다. 그는 "모든 나라의 청년들은 모두 그들 각자의 이상과 목표를 추구합니다. 히피 그것은 미국청년이 추구하는 이상형 아닙니까?"라고 말하였다. 각 나라 탁구팀이 제기한 많은 문제들에 대하여 그는 모두 대답을 해주었다.

미국 선수 Girton button은 그때 5개 탁구팀 접견에 참가하여 저우 총리의 얼굴이 들어간 기념배지를 받았다. 매번 외국에 나가 경기할 때마다 그는 항상 지니고 다니면서 다른 사람들에게 "이분이 저우언라이입니다. 위대한 분이지요!"라며 선전하고 다니곤 했다. 마쓰자키는 매번 저우 총리를 만날 때마다 매우 흥분하였다. 저우 총리는 그들 부부의 불임증을 치료해주도록 지시하였고, 이 과정을 내가 모두 함께 동행하였으며, 후에 완치되었다. 매년 그들 부부를 초청하여 중국에 올 때마다 대우가 엄청 좋았다. 그는 "저에게는 정말 과분합니다. 저는 중국에 아무것도 한 것이 없습니다." 라고 말했다. 그들 부부가 체육용품가게를 오픈한 것도 바로 중국에 올 수 있기 때문이었다. 우리는 그들을 볼 때마다 저우 총리를 이야기하였다.

1971년 저우 총리는 인민대회당에서 탁구팀을 접견하였다. 그는 여자코치가 있는지 여의사가 있는지를 물었다. 후에 여우이(友誼)병원의 의사 한명을 보내왔다.

1974년 나는 또 인민대회당에서 저우 총리를 만났다. 그는 많이 늙었고 말랐다. 그는 우리의 국가와 인민을 위하여 거기서 힘들게 버티고 있었다. 하지만 그의 목소리는 여전히 우렁찼다. 저우 총리가 돌아가시자 모두들 울기 시작하였고 매우 괴로워하였다. 체육계와 감정이 제일 깊은 분은 저우 총리였다. 그는 영원히 우리의 마음속에 살아있다.

우리는 늘 저우 총리가 "탁구를 얘기하면 나는 매우 신이 난다. 내가 근무하는 곳에도 탁구다이가 있다"고 이야기 한 것이 생각난다. 우리는 그때서야 그가 탁구를 자주 친다는 것을 알았다.

'작은 공으로 지구를
움직이게 한다'는 저우 총리

– 쫭저동(庄則棟, 탁구선수)

'작은 공으로 지구를
움직이게 한다'는 저우 총리

— 좡저동(庄則棟, 탁구선수)

우리 탁구팀이 매번 외국에 나가 경기를 하기 전에 저우 총리는 모두 정치국의 일부 사람들과 함께 탁구팀을 위하여 배웅하거나 송별연을 하였다. 1963년 3월 우리는 체코슬로바키아 프라하에 가서 그곳에서 개최하는 제27회 세계탁구선수권대회에 참가하였다. 출발 전에 저우 총리는 중난하이의 무성전에서 우리를 위하여 송별연을 베풀어주었다. 천이, 허룽 부총리도 연회에 참가하였다. 저우 총리는 또 특별히 체코주재중국대사 종시동(仲曦東)을 초청하여 우리 탁구팀에게 소개하였다. 그는 "이 종 대사는 앞으로 당신들을 많이 돌봐줄 분이오. 뒤에서의 일은 이분이 전적으로 책임질 것이오. 만약 외국의 밥이 맞지 않으면 대사관의 요리사가 중국요리를 만들어서 줄 것이오. 요리사가 부족하면 국내에서 더 파견할 수도 있소"라고 말하였다.

종대사는 열정적으로 "있어요! 있습니다! 우리는 전력을 다할 것입니다. 이번 탁구경기 때 사용하는 탁구다이를 우리도 몇 개

구매해서 대사관에 놓았지요. 그곳이 바로 당신들의 훈련기지가 될 겁니다"라고 말하였다. 저우 총리는 또 "이번에 체코에 갈 때 의사 선생님을 데리고 갑니까?"라고 물었다. 천센동지가 "예, 데리고 갑니다"라고 대답하였다. 그는 또 "선수들이 경기할 때 고생이 매우 많습니다. 상처가 나거나 병이 나거나 하면 제때에 치료를 받아야 하는 데, 이러한 시스템이 앞으로는 제도화 되어야 합니다"라고 말하였다. 저우 총리는 유머러스하게 "오늘 나는 국가에서 내빈을 초대하는 표준인 4가지 요리와 탕 하나로 여러분들을 접대하겠소. 우리나라는 아직 매우 어려워요. 비록 경제상황이 조금 나아지고는 있지만 우리는 그래도 절약해야 합니다. 오늘의 접대는 저의 급여에서 공제하겠습니다. 하지만 식량배급표는 당신들이 내시오! 괜찮은 거죠! 우리가 밥을 먹는 곳은 우청전(武成殿)입니다.

옛날에 장군들이 출정할 때 안딩문(安定門)으로 가야 했고 승전을 했을 때는 더성문(德勝門)으로 들어왔지요. 패전을 했을 때는 더성문으로 들어올 수가 없었소. 전쟁에서 이긴 후 황제가 연회를 열어 치하를 해야 할 때만 무성전에서 밥을 먹을 수 있소. 당신들이 곧 출정하는데 제가 여기서 당신들을 초대하여 밥을 먹는 것은 당신들의 승리에 대하여 미리 축하하는 것이오!" 라고 말하였다. 그는 잠시 멈춘 후 계속하여 "당신들이 경기에 임하는데 있어서 4가지 요구를 하겠소. 첫째는 우정이 경기보다 중요하다는 겁니다. 둘째는 전략적인 것은 무시하고 전술적인 것을 중시해야 한다는 것입니다. 셋째는 승리해도 교만하지 말고 패하여도 낙심하지 말아야 합니다. 넷째, 이번 출정은 반드시 승리할 것이고 반드시 성공할 것이라는 겁니다." 라고 말하였다. 말을 마친 후 저우 총리는 그의 반짝이는 눈빛으로 모두를 둘러보았다. 연회장은 순식간에 쥐 죽은 듯이 조용하였다. 이때 덩 큰언니가 팀 안에서 담배를 피우는 사람이 있는 것을 보고 웃으면서 "당신들 선수 중에 담배를 피우는 사람이 있나요? 저는 담배 피는 것을 반대해요! 담배는 건강에 해롭습니다."라고 했다. 그는 선수들의 건강에 관심을 두면서 솔직하게 말하였다.

그러자 저우 총리는 웃으면서 반박하였다. "이 분들을 접대하면서 담배 피우는 것에 반대하지 마세요!"

덩 큰언니는 "이 문제에 대해서 저와 총리는 생각이 달라요. 우리 둘은 행동으론 모두 담배를 피우지 않기 때문에 일치하지만, 사상으론 달라요"라고 말하였다. 저우 총리는 "담배와 술에 부과되는 세금이 많아요. 건강에 안 좋으니 많이 피우지 말고 조금씩 피우는 것은 국가에 이익이 되지요"라고 말하였다.

덩 큰언니는 "젊었을 때 저는 총리와 6년간 사귀며 줄곧 그를 관찰했어요. 다른 것은 다 좋은데 그가 원래 '술단지'라는 것을 발견하지 못했지 뭐예요"라고 말하였다. 그러자 모두들 웃었다.

저우 총리도 웃으면서 "선수들 중에 술을 마시는 사람이 있나요?"하고 물었다. 모두들 "없어요. 세계대회에서 우승한 후 축하할 때 조금 마실 겁니다. 평소에는 모두 마시지 않습니다."라고 대답하였다.

그러자 덩 큰언니는 "안 마시는 게 좋아요. 승리한 후 축하하기 위하여 조금 마시는 것은 괜찮지만 말이에요." 그러면서 저우 총리를 가르키더니 모두에게 "이분처럼 '술단지'가 되지 마세요"라고 말하였다. 모두들 크게 웃었다.

1971년 4월 일본에서 잊을 수 없는 역사적 사건이 발생하였다. 제31차 세계탁구선수권대회기간에 우리 중국대표팀은 일본에서 특별히 준비한 가즈히사(藤久)관광호텔에 묵었다. 또한 우리를 위하여 두 대의 버스를 제공하였다. 어느 날 우리는 호텔에서 차를 타고 체육관에 경기하러 가고 있었다. 그런데 어느 미국선수가 우리의 차에 잘못 탔는데 차는 출발하고 말았다. 그는 문가에 서서 어찌할 바를 몰라 했다. 나는 원래 차 뒷자리에 앉는 습관이 있었는데, 일본에 오기 전에 저우 총리가 재삼 "우의가 제일이고, 경기는 두 번째"라는 방침을 행할 것을 강조하며, "다른 나라사람에게 우호적인 것은 중국의 전통문화이며, 특히 적대국가의 국민에 대한 태도에서 비로소 진정으로 '우의 제일'의 방침을 나타낼 수 있다"고 이야기 한 것을 생각하고는 가방에서 항저우에 있는 시후(西湖)스카프 한 장을 꺼내 통역에게 다가가 그에게 나를 도와 미국선수에게 말을 할 수 있게 도와달라고했다. 후에 그의 이름이 코언이라는 것을 알게 되었다.

이튿날 일본의 『아사히신문』, 『요미우리신문』, 『마이니 치신문』 등 신문에서 모두 메인 페이지에다 나와 코언이 악수하고 이야기하는 사진을 실었다. 어떤 신문은 또한 머리기사로 "중미접근"이라는 말을 다루기도 했다. 이는 일본 전체를 놀라게 하였다. 이것이 바로 '탁구외교'의 시작이었다.

1971년 7월 중순 저우언라이 총리는 인민대회당에서 정세보고를 하였다. 체육계의 대표는 제일 뒷자리에 앉았다. 저우 총리는 제31차 세계탁구선수권대회 이후 미국탁구팀을 초청하여 중국을 방문하는 것을 이야기할 때 갑자기 "좌저동 동지 왔나요?"라고 물었다. 장소가

장소이니만큼 나는 감히 대답할 수가 없었다. 그 때 체육계 동료들이
"왔어요. 왔습니다!"라고 외쳤다. 저우 총리는 그 소리를 들은 후 뒤로
오더니 "앞자리로 오세요! 탁구팀 동지들은 모두 앞자리로 오세요!
여러분 우리는 박수로 이들을 열렬히 환영합시다!"라고 말했다. 나와
탁구팀 동지들은 사람들 박수소리와 함께 제일 뒷자리에서 앞자리로
걸어갔다. 우리는 제일 앞자리가 비어있는 것을 보고 모두 앉았다.
가슴이 쿵쿵 뛰었다. 우리는 저우 총리가 중앙지도자 동지들과 함께
주석단에 앉아있는 것을 매우 가까이 볼 수 있었다.

저우 총리는 나에게 "이번에 미국탁구팀이 처음으로 중국을 방문하
오. 샤오촹, 당신과 탁구팀 동지들에게 미국을 방문하라고 하면
당신들은 갈수 있겠소?"하고 물었다.

나와 동지들은 모두 "갈 수 있습니다"라고 대답했다.

저우 총리는 웃으면서 "좋아요! 좋아. 마땅히 오고가고 해야 하는
것이지요"라고 말했다.

인민대회당에서 돌아온 후 나와 동지들은 흥분과 행복에 잠겨
있었다. 왜냐하면 머지않은 장래에 우리가 우리와 22년간 적대시했던
미국을 방문할 기회가 있을 것이라고 여겼기 때문이었다.

얼마 지나지 않아 저우 총리는 인민대회당에서 일중우호방문단을
접견하였다. 자오정홍(趙正洪), 송중(宋中)과 내가 회견에 참가했다.
외빈들이 돌아간 후 저우 총리는 자오정홍 동지에게 "제31차
세계탁구선수권대회에 참가한 대표팀의 총결보고서와 좡저동과
쉬엔성이 작성한 보고서를 보았소. 좡저둥이 쓴 '우의 제일, 경기는
다음'이라는 결론은 아주 좋았소. 수준이 매우 높은 보고서였습니다.

우리는 이 문장을 추천하려고 생각하고 있소"라고 말했다.

그때부터 사람들은 이를 '탁구(핑퐁)외교'라고 불렀다. 10월 하순쯤 체육위원회 간부들이 나에게 베이징 체육학원 외빈접대실에 가서 우리나라를 비밀리에 방문한 미국대통령국가안전사무비서 키신저 박사와 베이징체육학원을 참관하라는 통보가 왔다. 중쓰퉁(鍾師統) 원장이 나를 키신저 박사에게 소개하자 키신저 박사는 열정적으로 나와 악수하면서 "당신의 미중 양국 인민의 우정을 위한 공헌에 감사드립니다"라고 말했다. 그는 또 유머러스하게 "당신의 제31차 세계탁구선수권대회에서의 노력이 없었다면 나도 이렇게 빨리 당신 나라에 올 수 없었을 것이요"라고 말했다. 후에야 나는 키신저 박사의 중국방문과 이후의 여러 차례 중국방문이 1972년 2월 미국대통령 닉슨의 중국방문을 위한 사전 준비를 하기 위한 것이었음을 알았다.

1971년 12월 28일 저우 총리는 인민대회당에서 미국우호방문단을 접견할 때 나와 체육계의 간부들도 초청을 받아 자리에 함께 했다. 손님들이 오기 전에 저우 총리는 단도직입적으로 친절하게 나에게 "샤오좡, 내년 4월에 중국탁구대표팀이 미국의 초청을 받아 처음으로 미국을 방문할 것인데, 이 대표팀의 단장을 당신이 하시오"라고 말했다. 나는 듣고 나서 엄청나게 긴장되어 연속해서 머리를 흔들면서 "총리님 저는 수준이 낮아서 단장 임무를 맡을 수 없습니다"라고 말했다.

저우 총리는 웃으시면서 "젊은 사람들이 나가서 단련을 해야 하오. 실수를 좀 하더라도 괜찮소. 내가 보기에 당신은 할 수 있을 것 같으오. 단장은 당신이 하세요. 당신에게 능력 있는 부단장 두 명을 붙여주겠소. 당신들이 출국하기 전의 준비와 구체적인 사항은 리더성 동지가 책임질 것이요"라고 말했다.

나는 저우 총리가 나를 이렇게 믿으며 단호하고 빈틈없이 고려한 것을 보고는 감탄과 감동을 하였다. 나는 내심 불안하였지만 기쁘게 머리를 끄덕이며 동의를 표했다.

얼마 지나지 않아 저우 총리는 또 인민대회당에서 미국방문대표팀의 간부와 관련된 인사들과 회의를 열었다. 자리에 함께 한 사람 중에는 리더성, 왕멍(王猛), 외교부의 첸다용(錢大鏞)이 있었고, 또 얼마 전에 체육위원회간부학교에서 돌아온 리멍화(李夢華)와 나 등이 있었다. 회의에서 저우 총리는 "오늘, 미국방문대표팀의 간부들이 정식으로 구성되었소. 샤오 쫭이 단장을 하고 리멍화, 첸다용이 부단장을 담당하시오. 리멍화는 대표팀의 당조직 서기를 담당하고, 샤오쫭, 첸다용은 부서기를 담당하오. 대표팀이 구성된 후 각 방면과의 관계 협조 및 각 방면의 준비업무는 리더성 동지가 책임지세요. 앞으로 대표팀을 배웅, 영접하는 일은 모두 리더성 동지가 하세요" 라고 말했다.

이번 회의 후 미국을 방문하는 탁구대표팀은 매우 빠른 시기에 구성되었다. 리더성 동지의 따뜻한 관심아래 준비업무는 순리롭게 진행되었다. 수개월 동안 나는 미국의 역사, 정치, 경제, 문화 등 방면의 자료를 보았다. 이는 나에게 아주 좋은 공부할 수 있는 기회였다.

1972년 2월 미국대통령 닉슨이 처음으로 중국을 방문하였다. 나도 공항에 가서 영접하였다. 나는 닉슨 대통령 부부가 비행기에서 내리자마자 먼저 손을 내밀어 영접하러 온 저우 총리의 손을 잡을 때

뜨거운 피가 끓어오르고 마음이 설레었다. 이는 중미관계의 개선뿐만 아니라 새로운 시대의 시작을 상징하는 일이었던 것이다.

그날 밤, 저우 총리는 인민대회당에서 성대한 연회를 열어 닉슨대통령 및 그 일행을 환영하였다. 닉슨대통령과 저우 총리가 연회장에 걸어 들어올 때 박수소리가 울렸다. 저우 총리의 안내 하에 외교부 의전실 실장 한쉬(韓敍)가 일일이 연회에 참가한 중국 측 사람들을 닉슨 대통령에게 소개시켰다. 닉슨대통령이 내 앞에 왔을 때 한쉬 동지가 그에게 간단한 소개를 해주었다. 저우 총리는 곁에서 "그가 바로 곧 귀국을 방문할 탁구대표팀 단장입니다"라고 보충해 주었다.

닉슨대통령은 기뻐하면서 나의 손을 잡고는 "워싱턴에 오면 내가 백악관에서 당신들을 만날 것이요"라고 말했다.

"감사합니다"라고 나는 대답하였다.

어떤 사람이 나에게 "샤오좡, 당신은 정말 대단합니다. 이번에 미국까지 가서 탁구를 치게 되었으니 말이오"라고 말했다.

나는 진지하게 "저는 탁구밖에 칠 줄 몰라요. 가끔 네트 밖이나 경계선 밖으로 치기도 하구요. 지구 이쪽 편에서 지구 저쪽 편으로 치는 분은 마오 주석, 저우 총리, 닉슨 대통령입니다"라고 말했다.

1973년 11월 베이징에서 아시아, 아프리카, 라틴 아메리카 간 탁구경기를 개최하기 전에 저우 총리는 나에게 "샤오좡, 당신은 상황을 파악하고 캄보디아와 베트남과 상대하지 마세요. 이란과 이라크와도 상대하지 마세요. 중국과 시합을 하게 되면 그들은 기권할 것이오. 그 영향이 좋지 않을 겁니다"라고 말했다. 나는 "단체전에서 우리는 기술적으로 정치상의 문제를 피할 수 있습니다. 하지만 단식은 한 나라에서 9명 씩 출전하고 있는데 첫 번째 경기에서 만나지 않는다고 해도 두 번째, 세 번째…… 결국 부딪치고 말텐데 어떡하지요? 단식에서 만나지 않는다고 해도 복식에서는 또 어떡하지요?" 라고 대답하였다. 저우 총리는 "자네는 매일마다 경기상황을 두 페이지 안 되게 보고서를 작성해서 나에게 주시오.

내가 당신과 함께 지켜 보겠소"라고 말했다. 나는 저우 총리가 매일 매일 엄청나게 바쁜 것을 알기에 매일 매일의 경기상황을 한 페이지로 압축해서 보고 하였다. 네 번째 제출했을 때 저우 총리는 "힘으로 승리하지 말고 양보하는 것이 덕이다"라는 지시를 내렸다. 그러나 충분한 준비를 하고 있었기에 경기 전에 걱정했던 문제들은 발생하지 않았다. 1973년 전후에 저우 총리는 장징궈(蔣經國)선생에게 한 폭의 서예작품을 선물하였다. "순리에 따르고 거스르지 말자"라는 내용이었다.

이 두 작품의 내용 또한 저우 총리의 빛나는 묘사였다.

중국탁구팀은 승리에서 끊임없이 승리로 나아갔다. 진정한 조타수는 우리의 존경하는 저우언라이 총리였다

만년의 저우 총리 병을
치료할 때 직접 겪은 경험

－우제핑 (吳階平 전국인민대표상무위원회 전 부위원장, 유명 비뇨기과 전문가)

만년의 저우 총리 병을
치료할 때 직접 겪은 경험

-우제핑 (吳階平 전국인민대표상무위원회 전 부위원장, 유명 비뇨기과 전문가)

내가 존경하는 저우 총리와 접촉한 시간은 매우 길었다. 접촉할 시간이 길수록 더욱 더 그와 접촉하는 것은 바로 교육을 받는 것이라고 느꼈다. 내가 저우 총리에게 받은 교육은 매우 깊었다. 나는 먼저 병을 치료하는 문제부터 얘기하고자 한다.

저우 총리가 방광종양을 앓고 있는 것은 정기검사에서 발견한 것으로 그가 무슨 증상이 있어서 검사한 것은 아니었다. 이어서 우리는 서둘러 검사를 진행하였고 비교적 빨리 사실을 입증하였다. 후에 중앙의 비준을 얻어 그에게 이 사실을 이야기하였다. 나는 저우 총리는 과학을 믿고 우리를 믿는다는 것을 알고 있었기에 그가 치료를 받는 데 큰 어려움이 없을 거라 생각하였다. 하지만 나는 그가 또 무슨 말을 할지 몰랐다. 실제로 내가 그에게 검사결과를 이야기 했을 때 그는 전혀 놀라지 않았다. 그는 "나는 당신들에게 협조할 것이오"라고 말했다. 이 말은 내가 예상한 대로였다. 하지만 그의 이 말 뒤에 또 한마디 한 것은

"당신들도 나에게 협조해야 하오"라는 말은 나의 예상 밖이었다.

나는 그가 의료와 일 두 가지를 다 놓치고 싶지 않으며 의료업무가 그의 업무에 영향을 주지 않기를 바란다는 것을 그의 말을 듣고 이해할 수 있었다. 그는 언제나 일을 우선순위에 놓고 있었다. 나는 바로 "우리는 꼭 그렇게 하겠습니다"라고 대답하였다. 하지만 나는 한 가지 생각이 있었다. 비록 방광종양이 제일 나쁜 종양은 아니지만 그래도 비교적 심각하여 실제로 마지막에는 일에 영향을 반드시 줄 것이며, 다시 말해서 일을 할 수 없을 지경에 이를 수 있다는 것이었다. 나는 그런 날이 오는 것을 원하지는 않았다. 그리하여 여기까지만 얘기하였다.

후에 우리는 치료를 안배할 때 대부분 그의 시간에 맞추었고, 그는 근무시간에 짬을 내어 치료를 받으러 왔다. 예를 들어 1973년 3월 9일 날은 내가 그의 치료를 하였다. 왜냐하면 그는 3월 8일 중련부, 외교부에서 개최한 3.8부녀절을 축하하는 연회에 참가하였다가 병원에 돌아왔기 때문에, 3월 9일 치료를 받았다. 그는 1974년 6월 1일 또 병원에 와서 치료를 받기 시작하였다. 왜냐하면 그는 5월 31일 말레시아총리 라자커와 양국 수교문제에 대한 협정을 체결하였기 때문이었다. 한 번도 근무시간에 틈을 내어 치료를 받지 않은 적이 없다고 볼 수 없다. 1974년에는 이미 그가 장종양이 있다는 것을 알고 치료하기로 결정하였다. 하지만 그때 당시 마오 주석은 후난에 있었고 제4차 인민대표대회의 준비를 앞두어 치료를 미룰 수밖에 없었고 왕흥원과 함께 창사에 가서 마오 주석을 만나야 했다. 병원에 돌아온 후에도 계속 일을 하였다. 문서를 보고 문서를 결재하며 외빈들도 만나야 했다. 내가 기억하기로 그가 입원한 후인 1974년부터 1975년 9월까지 사이에서 제일 마지막으로 만난 사람은 루마니아의 외빈이었다. 그간에 그는 60여 차례나 외빈을 만났다. 내빈들은 말할 나위도 없었다. 그는 치료를 받을 때나 우리를 떠날 때나 일이 우선순위였다.

그는 일을 처리할 때 매우 진지하였다. 모든 것이 혁명의 이익에서 출발하고 국가의 이익에서 출발하였으며, 진지함이 상상을 초월할 정도였다. 예를 들어 우리가 저우 총리에게 다른 사람들의 병세를 보고하였다. 위에 국가지도자, 각 방면의 고급간부로부터 공인 · 농민에 이르기까지 그는 모두에게 매우 관심을 가졌다. 그는 우리를 보내 왕진시(王進喜)를 진료케 하였다. 왕진시는 암에 걸려 병원에 입원하였다. 우리는 돌아와 그에게 보고하였다. 우리는 저우 총리에게 업무보고를 할 때, 일반적인 보고방식은 안 된다는 것을 알고 있었다. 그는 완전히 경청자로서의 태도로써 진지하게 들었고 우리가 생각하는 것보다 더 세심하게 생각하였으며 주도면밀하게 생각하였다.

그는 우리에게 당신은 왜 내게 이 병이라고 얘기하는지 그 근거를 물었고 세심하게 물어 정확히 알고 싶어 하였다. 빈 손으로 가서 보고하면 안 되었다. 우리는 가서 보고할 때 가져가는 자료가 많았다. 도감, 표본, 엑스레이사진, 현미경 등 모두를 가져갔다. 왜냐하면 우리가 어디까지 말하면 그는 우리에게 증거를 가져오라고 하기 때문이었다. 모형으로 충분한지 비례가 맞는지 그는 항상 생각을 많이 하였고 바로 문제점을 찾았다. 갈 때 충분한 준비를 하고 꼭 실사구시적으로 보고를 해야 했다. 우리는 이 병이 어느 정도 가능성이 있고, 어떤 검사를 해야 하며, 어떻게 치료를 해야 하고, 치료가능성이 얼마인지를 보고했다. 그는 일일이 물었다. 나중에는 저우 총리가 의학전문가처럼 느껴졌다. 예를 들어 이 병은 무슨 병이며 어떻게 치료해야 하는지. 그는 "누구누구도 이 병이 아니오? 당신들은 왜 그렇게 치료해야 한다고 하십니까?"라고 물었다. 그는 "왜 이 두 사람은 치료방법이 다르오?" 라고도 물었다.

근본적인 것은 그가 사람에 대한 관심, 국가사업에 대한 관심, 국가미래에 대한 관심이었다. 그리하여 그는 조금도 빈틈이 없었고 매우 진지하였으며 사려가 깊었다. 그러면 그의 질문에 말문이 막힐 때는 없었는가? 당연히 못할 때도 있었다. 그렇지만 말문이 막혀도 괜찮았다. 그는 그것으로써 질책하지를 않았기 때문이었다. 우리는 저우 총리의 질문에 말문이 막히지 않을 수 없다는 것은 거의 불가능하다는 것을 잘 알고 있었다. 그가 우리의 말문을 막히게 하는 것은 억지로 생트집을 잡는 것이 아니었다. 그는 우리보다 생각이 많이 깊었다. 예를 들어 한번은 우리를 파견하여 이웃나라에 가서 어느 지도자 한 명을 치료하러 보내면서 돌아와서 보고해야 한다고 하였다. 당시 환자는 이미 더 이상 치료할 수 없는 상황이었고, 수시로 문제가 발생할 수 있었으며 생명을 구할 수가 없는 상황이었다. 거기를 가려면 전용기로 24시간이 걸리고 돌아와서는 바로 보고해야 했다. 처음에는 구두로 보고하라고 했는데, 비행기 안에서 서면보고하라는 통지를 받았다. 나는 가서 상황을 파악하고 돌아와야 했다. 나는 짧은 시간 안에 어떻게 자료를 다 수집할 것인지를 미리 생각해야 했다. 그리하여 나는 사전에 현지 대사관에 연락하여 현지 의료팀에게 자료를 전부 가지고 그곳에서 나를 기다리라고 통보하였다. 현지에 도착 후 대사관에 바로 가서 간단히 얘기하고 바로 몇 명의 의사가 자료를 정리한 후 내가 보기로 결정하였다. 돌아온 후 나는 저우 총리에게 보고하였다. 나는 병세보고에서 "기적이 발생하지 않는 한 수시로 문제가 발생할 수 있습니다"라고 썼다. 그는 다 본 후에는 나에게 구두로 보고하라고 했다. "당신 말대로라면 방법이 없다는 것이오?"라고 물었다. 나는 "수시로 문제가 발생할 수 있습니다"라고 말했다. 그는 "그의 어느 부위 병이 제일 심각하오?" 라고 물었다. 물론 그는 폐라는 것을 알고 있었다. 그는 가져온 폐부의 엑스레이사진을 보면서 "어떤 변화가 있소?"하고 물었다. 나는 "어떠어떠한 변화가 있다"고 말했다. 동시에 "그 사진은 잘 찍지를 못한 사진입니다"라고 말했다. 내가 확실히 봤기 때문이었다. 그는 "왜 잘 찍지 못했지요?" 라고 물었다. 이 한마디에 만약 내가 답을 못해도 이치에 어긋나는 것은 아니었다. 하지만 나는 제대로 답변할 수가 없었다. 그것은 잘못하면 정치성을 띠는 말이 될 수도 있었기 때문이었다. 그래서 나는 "사진을 잘 찍는 기술자들은 정치조건이 부족하였고, 사진을 찍은 기술자는 정치적 조건은 좋았지만 기술이 부족하였다"고 대답하였다. 그는 "아, 그랬군요"라고 짧게 말했다. 그는 또 "무슨 기기로 찍었습니까?"라고 물었다. 이 한마디는 완전히 나의 예상 밖이었다. 나는 "저는 모릅니다"라고 말했다. 나는 말문이 막혔다. 그는 또 "당신은 그 기기를 봤소?"라고 물었다. 나는 "못 봤습니다"라고 말했다. 나는 또 말문이 막혔다. 그는 나를 탓하지는 않았다. 그는 "좋아요. 당신은 이제 가서 쉬세요"라고 말했다.

몇 시간 후 그는 나를 또 불렀다. 그는 "당신은 의료팀을 데리고 다시 갔다 오세요"라고 말했다. 나는 공항에서 내가 잘 아는 방사선 기술원을 만났다. 방사선 기술원을 보자 저우 총리가 왜 그 말을 물었는지를 알 수 있었다. 내가 그곳의 기술원이 정치적 조건은 좋으나 기술이 부족하다고 얘기하자 정치적 조건도 좋고 기술도 좋은 사람을 보냈던 것이다. 만약 이 기술원이 그 설비를 알고 무슨 모델의 기기인지 알고 어떤 조건이 필요한지 안다면 더욱 충분히 준비할 수 있었기 때문이었다. 그리하여 그는 당시 나에게 어떤 기기냐고 물었던 것이었다. 일부러 나를 말문 막히게 하려고 한 게 아니라 이 기기를 아는 기술원을 보내고자 했던 것이다. 정말 그는 생각이 매우 깊었던 것이다.

이런 일은 늘 있었다고 말할 수 있다. 예를 들어 우리는 늘 요구에 따라 환자의 병세를 파악하고 보고서를 작성하면, 저우 총리는 이를 보고난 후 동의하거나 열람하라는 등의 지시를 내렸다. 그는 매번 병세보고서를 볼 때도 사람들을 매우 감동시켰다. 저우 총리에게 주는 병세보고서는 프린트한 것이 아니고 대부분 손으로 쓴 것이었다. 그러면 그는 빨간색으로 글자 기호까지도 모두 보면서 틀린데 있으면 수정해주었다. 한번은 내가 보고서에 "환자 금일 체온 37.8도"라고 썼다. 나는 보고서를 쓰는데 그래도 단련되었다고 말할 수 있었다. 저우 총리는 보고서 곁에 괄호를 치고 "어제 37.2도"라는 한마디를 추가해 썼다. 이 한마디가 나에 대한 교육적 의미는 매우 컸다. 왜냐하면 37.8도라고 하는 것은 당시의 상황이어서 병세가 좋아졌는지 나빠졌는지를 알 수 없었기 때문이었다. 그가 '어제 37.2도'를 추가하여 오늘 올랐다는 것을 설명하였던 것이다. 따라서 나는 이 보고서를 잘 쓰지 못했다는 것을 느꼈다. 나는 응당 '어제 37.2도, 오늘 37.8도'라고 썼어야 했다. 모든 일은 모두 세심하게 생각하고 고려해야 하며 그냥 스쳐 읽어서는 안 된다. 이는 저우 총리의 일관된 주장이었다.

그의 연구조사는 매우 깊었다. 누구와도 비교할 수 없다고 말할 수 있다. 예를 들어 저우 총리가 업무회의를 열 때 우리도 가끔 곁에 있었다. 한번은 이런 상황이 있었다. 그는 도착하자마자 회의장을 둘러보면서 회의에 참가하는 누구누구는 왜 도착하지 않았는지를 물었다. 어떤 사람은 일이 있어서 늦게 왔고 어떤 사람은 비서가 그 사람을 불러야 하는지 미처 생각지 못한 것이었다. 그는 "그들이 안 오면 안 되오. 그들에게 지금 빨리 오라고 하시오. 꼭 와야 하오"라고 말했다. 그는 정말 세심하였다. 이때 그는 회의를 서두르지 않았다. 그는 매우 바쁜 사람이기 때문에 그는 그곳에서 먼저 다른 일을 하였다. 문서를 이것저것 결재하였다. 다른 사람들은 모두 기다려야 했다. 반시간 넘게 기다려 이들이 온 후에야 회의를 열었다. 어떤 문제에 대한 결정을 하기 전에 그는 반드시 중요한 문제에 대해서는 그에 대해 잘 알고 있는 사람들에게, 또는 전문가에게 물었다. 그는 그들을 보면서 "당신의 의견을 얘기해 보세요"라고 말했다. 그 사람이 그의 의견을 말하면 우리는 그 사람이 확실히 중요한 인물인지를 알았다. 그는 연구조사 할 때 자신이 직접 연구조사 하는 것이 아니라 사람을 불러 조사했다. 그는 누가 제일 잘 아는 사람인지를 알고 있었다. 만약 그 사람이 안 오면 그는 끝까지 기다렸던 것이다.

그는 병중에도 항상 대중들의 일에 관심을 기울였다. 예를 들어 그는 윈난지역에 폐암에 걸리는 사람이 비교적 많다는 것을 듣고는 바로 우리 종양병원의 원장 리빙(李冰) 동지를 불러서 "당신들은 무슨 상황인지 알고 있으니 어서 가서 조사연구를 하세요"라고 말했다. 그는 한시도 멈추지 않고 바로 관여하였던 것이다. 그는 어떨 때는 수술실에 들어가기 전에 어떤 일이 생각나면 바로 먼저 그 일을 정확히 물어보고 말하였다. 그때 국가에서는 종양지역분포에 대한 조사를 하여 종양지역분포도를 그렸다. 이 분포도 또한 세계에서도 창의적인 일이어서 국제적으로도 매우 중시하였다. 왜냐하면 우리나라가 크기 때문에 서로 다른 지역에 서로 다른 질병이 있기 때문이었다. 예를 들어 북방에는 식도암 환자가 비교적 많았고, 남방이나 광저우, 광시 등 지역에는 후두암 환자가 비교적 많다는 것이 분포도에 잘 나타나 있는 것이다. 이 작업은 800여 만 명을 조사하여 얻은 결과였고, 이 작업에 간접적으로 또는 직접적으로 참여한 의료진들은 근 200만 명으로 규모가 크고 시간이 긴 사업이었다. 저우 총리는 이 일을 매우 칭찬하면서 그들에게 모래로 지형을 만들어 그의 병실에 놓게 하였다. 모래지형을 통해 어떤 지역에 어떤 질병이 있는지를 한눈에 알아볼 수 있었다. 이 일에 대한 그의 관심은 극진하였다.

저우 총리가 병에 걸린 후 우리 간부들은 301병원에서 이 병에 대하여 신속히 연구를 하였다. 당시 우리 의료팀의 동지들이 정기 적으로 그를 보러 갔다. 저우 총리는 잘 알고 있었다. 그는 나에게 "당신은 가지 마시오"라고 말했다. 왜냐하면 내가 가면 바로 비밀이 누설되기 때문이었다. 다른 사람들은 왜 당신이 방광종양에 대한 연구를 보러 왔느냐고 물어볼 수가 있었던 것이다. 그가 매우 세심하게 생각하는 것을 우리는 모두 생각지 못했던 것이었다. 그는 전체적인 모든 일은 정치적인 방면에서 문제를 고려했던 것이다.

수개월이 지난 후 병원에서 좋은 방법을 발견했다고 말했다. 항암약인 서(椐)나무(사리나무 계열)의 알칼리를 사용하자고 하였다. 중국에 항암약이 있는데 이는 서나무에서 채취한 것이다. 하지만 이 약은 사용 후 백혈구가 하락하고, 혈뇨 등 많은 부작용이 있다. 저우 총리도 이 약을 알고 있었다. 1970년대 초 그는 우리에게 한 환자를 치료하게 했는데 식도암이었다. 이 약을 사용 후 부작용이 너무 컸기 때문에 그는 사용하고 싶어 해 하지 않았다. 우리도 사용해도 좋은 점이 보이지 않아 사용하고 싶은 마음이 없었던 것도 사실이지만, 그래도 사용하지 않으면 방법이 없었던 것이다. 그러나 저우 총리가 사용하기 싫다고 하여서 우리도 동의하였다. 후에 예(葉) 장군은 나에게 한약을 믿지 못하겠다고 불만을 얘기하기까지 했다. 사실 그것은 한약이 아니었다. 후에 어느 날 저우 총리가 나를 부른 후 내 앞에서 예 장군에게 "우제핑이 동의를 안 한 게 아니오. 우제핑은 동의를 했는데 내가 동의를 안했소"라고 말했다. 이는 이러한 일로 인해 나의 생각과 짐을 덜어주려고 한 말이었다.

그의 사람에 대한 관심은 이루 말할 수 없었다. 내가 저우 총리에게 받은 가르침은 매우 많다. 어떤 것은 저우 총리가 나에게 준 특별한 교육이라고 말할 수 있다. 예를 들어 1956년 1월 14일 저우 총리는 회이런당에서 〈지식인에 관한 문제에 대한 보고〉를 하는데 보고시간이 매우 길었다. 보고에서는 지식인의 사상에 대한 개조는 3가지 경로가 있다는 것이었다. "첫째 경로는 사회실천이고, 둘째는 업무실천이며,

셋째는 이론학습이다"라고 말했다.

나는 1948년 12월 미국에서 돌아왔다. 돌아온 후 바로 학습반에 참가하여 〈실천론〉, 〈모순론〉을 배우고 사회발전의 역사를 배워 사상면에서 나는 큰 변화를 가져오게 되었다. 나는 저우 총리에게 "당신이 말하는 사회실천에 대해 저는 경험이 있고, 또한 당신이 말하는 이론학습에도 저는 경험이 있습니다. 하지만 업무학습은 없습니다"라고 말했다. 그는 바로 "그러면 당신의 업무실천이란 어떤 건지 얘기 좀 해 보세요"라고 말했다. 나는 나의 의료 업무를 조금 이야기했다. 내가 미국에서 돌아온 후 당시 국내에서 나에 대한 제일 중요한 평가는 바로 신장결핵에 대한 연구라고 말했다. 신장결핵은 국내에서 당시에는 흔한 질병이었다. 나는 이러이러해서 어떤 문제를 발견했다고 이야기했다. 저우 총리는 나의 이야기를 듣고 나서는 "허허"하고 웃으면서 "당신은 왜 신장결핵을 연구하오?"라고 물었다. 나는 그것이 흔한 병이기에 환자가 많기 때문이라고 말했다. 그는 "당신들은 전에 연구를 이렇게 하셨습니까?"라고 말했다. 나는 "전에는 문헌상에서 어떤 연구를 하면 우리는 따라서 했습니다. 서양인들의 뒤꿈치만을 따라갔습니다.

그리하여 늘 문헌에서 문헌으로, 문헌에서 무엇을 읽으면 우리도 조금 하거나 또는 보충을 조금 하거나 또는 중복을 하였습니다. 자신과는 전혀 관계가 없었습니다. 연구를 위한 연구를 할뿐 구체적인 문제를 해결하기 위한 것이 아니었습니다"라고 말했다. 그는 "그러면 당신은 기존에 하던 연구와 다르지 않소?" 라고 말했다. 그러면서 "당신은 현실에서 출발하고, 국가의 수요에서 출발하며, 환자의 이익에서 출발해보세요. 그러면 당신은 뭔가 얻지를 않았소? 그러면 당신의 사상에 변화가 왔다고 할 수 있지요." 이 말은 진정으로 나를 깨우치게 해주었다. 그는 "당신은 이미 얻었소. 그저 당신이 느끼지 못했을 뿐이오." 라고 말했다.

저우 총리는 1976년 1월 8일 돌아가셨다. 1월 7일 밤 11시 임종할 즈음 그는 머리를 들어 나를 보며 "오 의사, 나는 괜찮소. 당신을 필요로 하는 사람들이 매우 많으니 가보세요."라고 말했다. 이것이 그의 마지막 말이었다. 이때도 그는 오로지 남을 위한 생각만을 했던 것이다.

저우 총리는 항상 남을 생각하고 관심을 기울였다. 베이징호텔에 주(朱) 사부(師傅)라는 사람이 있었는데 줄곧 저우 총리의 이발을 했다. 저우 총리가 아픈 걸 알고 계속 저우 총리의 이발을 하고 면도를 하겠다고 하자 저우 총리는 그에게 오지 말라고 했다. 그는 주 사부에게 나의 이런 모습을 보이고 싶지 않다는 것이었다. 그것은 "그가 괴로워할 것이오."라는 이유에서였다. 저우 총리가 아프지 않을 때 아마도 1960년대 초였을 것이다. 베이징호텔 옛 건물에서 한번은 저우 총리가 이발을 하러 갔는데 주 사부가 실수하여 상처를 냈던 것이다. 주 사부는 매우 두려워하여 안절부절 못하고 있었다. 그러자 그는 주 사부에게 "당신 문제가 아니오. 내가 기침을 해서 그러니 나의 문제요."라며 긴장하지 말라고 했다. 그러자 주 사부는 저우 총리 뒤에서 면도를 하면서 눈물 콧물을 흘리며 울었다.

저우 총리의 하루의 생활은 특히 인민대회당에 가서 일을 하면 새벽 2시가 넘어서야 시화청으로 돌아왔다. 집에 돌아와서는 침대 위에 선반이 있었는데, 침대에 누워서는 선반 위에 있는 문서를 보다가 4시쯤이 되어서야 잠을 잤다. 그리고 10시나 11시쯤 일어나서 화장실에 가서도 일을 하기 시작하고 거기서 일을 처리하기도 하였다.

방광암의 특징은 바로 쉽게 재발하는 것이었다. 1974년 5월 저우 총리의 출혈이 매우 심하여 수혈을 해야 했다. 그러나 그는 절대 동의하지 않았다. 그는 마오 주석이 외빈을 접견할 때 참가해야 한다고 하면서 먼저 오늘 무슨 치료가 필요한지만 얘기하고 시간을 조정해야 한다고 하였다. 한번은 수혈을 하고 있는데 마오 주석이 외빈을 접견하였다. 저우 총리는 우리에게 수혈을 하고 있다는 얘기를 하지 못하게 하고 바늘을 뽑아버리고 가서 참가했다. 그는 자기의 건강문제는 완전히 두 번째이고 업무가 우선순위였다.

저우 총리의 병은 계속 재발되었다. 반복된 재발로 우리는 매우 걱정되었다. 반복적인 재발은 장기적인 암의 추세가 있다는 것을 설명했다. 1975년 여름 그는 갑자기 대상포진에 걸렸다. 속된 말로 허리를 감싼 용이라고 일반적으로 한쪽만 나면 신경성이었다. 그는 머리에도 신경성 대상포진에 걸렸다. 이는 매우 고통스러운 것이었다. 예전에는 대상포진을 평생면역이라 하여 한번 걸리면 다시는 안 걸린다고 알고 있었는데 사실 이는 틀린 것이었다. 한번 걸렸어도 또 걸릴 수 있으며 체력이 약해지면 이런 병에 걸리고 건강 상황을 더욱 악화시켰다. 그가 돌아가신 후 수년간의 오랜 연구결과 이런 병에 걸린 후 암에 대한 발전은 심각함을 알았다. 그래서 1975년 여름 이후 그의 상황은 좋지 않았다. 9월에 비뇨기과의 수술 이후 세포가 변하여 주로 방사선치료를 했고, 수술을 더 이상 할 수 없었다. 그의 신체는 전체적으로 무너졌으며 저항력이 조금도 없었다. 신체저항력이 하나도 없는 것은 그의 장기적인 업무과중과 정신적인 스트레스와 더욱이 '4인방'의 괴롭힘을 받은 것과 모두 관련이 있었다.

저우 총리는 늘 "나를 이 역사무대에 세웠으니 나는 온 힘을 다하여 일을 잘 해야 하오."라고 말했다. 그래서 평생 이 주도사상을 관철하고 한 번도 자신을 생각해본 적이 없었던 것이다. 저우 총리가 돌아가신 후 당시 유엔 사무총장이었던 오스트리아인 발트하임은 반기를 게양하여 그의 죽음을 애도하는 뜻을 표할 것을 제안했다.

어떤 나라는 이에 대해 의견을 표출했다. "예전에 우리나라 지도자들이 돌아갔을 때 당신들은 반기를 게양하지 않았잖소? 그리고 이후에 우리나라 지도자도 돌아가면 당신은 반기를 게양토록 할 것이오?"라고 반대했다. 그러자 발트하임은 "당신들이 나에게 알려주시오. 예전이나 이후나 그에게 돈이 한 푼도 없다고 말이오. 거기에다 국가를 위해 모든 것을 희생한 분이 당신 나라에 있다면 나는 기꺼이 당신들을 위해 반기를 게양토록 제안 하겠소."라고 반박했던 것이다. 그러자 그의 말에 이의를 다는 사람들은 하나도 없었다고 한다.

중병 중에 있던 저우 총리가
한밤중에 나에게 건 전화 한 통

-첸쟈둥(錢嘉東, 저우언라이 총리의 비서, 유엔제네바주재중국대표단 대사)

중병 중에 있던 저우 총리가
한밤중에 나에게 건 전화 한 통

―첸쟈동(錢嘉東, 저우언라이 총리의 비서, 유엔제네바주재중국대표단 대사)

저우 총리의 일생은 당을 위하여 혁명을 위하여 국가를 위하여 인민을 위하여 자신을 잊고 일하고 분투한 일생이었다. 그의 신체가 건강할 때 이로운 점은 누구다 다 덕을 보았다. 그가 중병에 걸리고 병원에 입원해 있을 때도 조건만 허락되면 그는 일을 하였다. 중병과 수차례 대수술의 상황에서 이치대로라면 이미 다시 일을 할 조건이 안 되었지만, 국가이익, 인민이익에 관련된 일을 그는 발견하기만 하면 그는 마찬가지로 관심을 가지고 묻곤 했다.

예를 하나 들면, 1974년 10월 어느 날 나는 마침 당직이 아니어서 외교부 숙소에 있었다. 당시 그는 병원에 입원한지 이미 4개월이나 되던 시점이었다. 그 기간 동안에 그는 두 번의 대 수술을 받았다. 그날 밤 2시쯤 나는 이미 잠이 들었다. 갑자기 경비실의 리(李) 아저씨가 뛰어와서 전화가 왔다고 나의 문을 두드렸다. 나는 급하게 뛰어나갔다. 전화를 받으니 저우 총리가 걸어온 것이었다. 나는 재빨리

리 아저씨에게 메모지 한 장을 달라고 하였다. 그는 나에게 볼펜을 하나 주었다. 나는 저우 총리가 이 시간에 전화를 한 것은 필히 무슨 중요한 일을 얘기하려고 한다는 것을 알고 있었다. 약한 등불아래서 나는 한편으로는 전화를 받으면서 한편으로는 글자 몇 개를 간단히 적어 그의 뜻을 적었다. 그는 무슨 일을 얘기 했을까? 바로 그것은 그가 『참고소식』에서 본 한편의 문장이었다. 문장에서는 세계의 식량문제를 얘기했다. 일부 서방사람들은 현재 세계의 식량문제는 심각한 위기를 직면하고 있으며 세계의 공급 가능한 식량 재고량은 겨우 26일간의 수요를 만족할 수 있다고 말했다. 보도 중간에 중국도 얘기했으며 또한 그 당시의 소련도 언급하였다.

중국과 소련이 두 차례나 국제시장에서 대량으로 식량을 구입하여 식량가격을 올렸다고 얘기하면서 우리가 마치 식량문제에 대하여 책임을 지지 않고 단순히 세계시장에 의지하여 식량문제를 해결하는 것처럼 질책하였다. 그는 이를 본 후 이 상황을 나에게 알려주었다. 그는 "이 상황은 사실이 아닌 것 같다. 우리는 응당 자세히 파악하여 예기치 못한 일에 대비해야 한다."고 말했다. 그는 나에게 리셴넨 동지에게 가서 보고하라고 지시하였다. 그에게 관련 부서에 지시하여 상황파악을 하라고 하였다. 그는 구체적으로 "1972년, 1973년, 1974년 이 3년 동안 우리는 식량을 모두 얼마나 수입하였는지, 또한 구분하여 그중에 직접 수입한 것은 얼마나 되는지? 중계수입은 얼마나 하였는지? 가격은 어떠했는지?" 등을 이야기하였다.

그는 또 우리가 수출한 상황도 마찬가지로 구분하여 통계를 내도록 요구하였다. 그는 그의 기억으로는 우리도 쌀을 수출하였으며 주로 제3세계 나라로 수출하였고 그중 제일 많이 한 나라는 베트남이라고 했다. 우리는 응당 적당한 장소를 통해 반박을 해야 한다고 하였다. 그는 나에게 자료를 수집하면 리센녠 동지에게 보고하고 동시에 그에게도 보고할 준비를 하라고 리센녠 동지에게 전달하라고 하였다.

리 아저씨는 한 번도 이런 상황을 겪은 적이 없기에 그는 줄곧 경비실 안에 앉아서 어안이 벙벙하여 나만 쳐다봤다. 그는 이런 한밤중에 일국의 총리가 그의 비서에게 전화해 일을 지시한다는 것을 도저히 믿을 수가 없었던 것이다. 이튿날 나는 리센녠 동지에게 보고하고 자료들도 모두 수집해왔다. 저우 총리의 지시대로 리센녠 동지는 관련부서를 배치하여 발표문을 썼다.

마침 얼마 후에 유엔에서 세계식량회의를 개최하였다. 우리의 대표는 이 회의에서 중국식량수출입상황을 소개하고 지난 3년 안에 우리는 얼마 수입하였으며 주로 밀을 수입했다고 설명하였다. 동시에 우리도 얼마를 수출했는데, 주로 쌀이었다고 했다. 이 쌀은 주로 제3세계국가에 공급하였다. 국제시장에서 쌀은 제일 수요가 많은 식량이기에 우리가 오히려 세계 식량시장에 제때에 제공하였다고 했다. 동시에 중국은 책임을 지는 나라이며, 우리는 절대로 세계의 식량에 의지하여 우리의 식량문제를 해결하지 않음을 설명하였다. 이 연설은 세계에서 매우 중요한 작용을 하였다.

여기서 볼 수 있듯이 저우 총리는 당시에 이 문제를 파악한 것은 확실히 요점을 잘 파악한 것이었다. 이 문제는 지금까지도 줄곧 지속되어 진행 중에 있다. 우리의 식량입장에서의 투쟁은 저우 총리의 그때부터 시작되었다고 할 수 있다. 사람들은 저우 총리는 온 마음을 다하여 인민을 위하여 봉사하고 나라를 위하여 충성을 다하며 죽을 때까지 싸웠다고 생각한다. 이 한밤중의 전화는 다시 한 번 저우 총리가 우리의 빛나는 모델이라는 것을 표명해 주었다.

예를 또 하나 들면, 1975년 4월 저우 총리의 병세는 더욱 심각해 졌다. 이 기간에도 그는 외빈의 접견요구를 거의 다 들어줬다. 비록 모두들 그때 그가 이미 많이 허약해지고 신체도 현저하게 예전보다 못하다는 것을 보았지만, 그래도 가능만 하다면 그는 외빈을 접견하였다. 통계에 따르면 그가 병원에서의 1년여 기간에 모두 60여 팀의 외빈을 접견하였다. 1975년 4월 또 한명의 외빈이 중국을 방문하였다. 바로 튀니지 총리였다.

하지만 공교롭게도 저우 총리는 이때 마침 수술을 한지 며칠이 되지 않아 침대에서 일어날 수가 없었다. 하지만 또 단도직입적으로 이 상황을 얘기할 수도 없어 외교부를 통하여 튀니지 총리에게 상황을 반복 설명하고 양해를 구했다. 하지만 튀니지 총리도 매우 난감해했다. 왜냐하면 다른 외빈들은 중국에 오면 모두 저우 총리의 접견을 받았는데 유독 그만 저우 총리의 접견을 받지 못하고 돌아가면 국내에 설명하기 어렵기 때문이었다.

어떤 동지가 나에게 튀니지 대사가 외교부에 여러 번 요구를 제기 할 때 거의 무릎을 꿇다 시피 접견을 할 수 있게 해달라고 했다고 알려줬다. 이 상황을 후에 저우 총리에게 알리자 그는 튀니지 총리를 만나기로 결정했다. 튀니지 총리는 병원에 가서 저우 총리의 병실을 들어가 총리가 아직도 침대에 누워있는 것을 보았고 수술 후 몸에 남아있는 기기들이 아직도 원래의 자리에 있는 것을 보았다. 즉 그의 몸에는 아직도 많은 관이 꽂혀있었던 것이다. 그는 이를 보면서 어찌할 바를 몰라 했다. 말을 더 이상 하지 않고 급하게 만나고 돌아갔다. 후에 그는 재삼 사과를 하였고 고마운 마음을 말로 표현 못했다. 저우 총리가 이 기간에 만난 모든 외빈은 모두 신문에 실었고 또한 사진도 첨부했다. 유독 이번 외빈접견만은 신문에 싣지 않았고 사진도 없었다. 이 사건은 세계에서도 유일무이하다고 말할 수 있었다. 하지만 저우 총리는 국가에 유리하고 인민에게 유리하면 그는 몸을 사리지 않고 뛰어들었다. 이는 저우 총리의 고상한 품성과 위대한 인격을 충분히 반영한 것이었다.

'문화대혁명' 중 저우 총리의 보호를 받은 사람은 적지 않다. 이는 모두들 아는 얘기다. 내가 얘기하려는 것은 보호간부의 명단이다. 이 일에 장스자오(章士釗)가 연관되었다. 그는 전에 베이징대학의 교수를 했었고 후에 북양정부기간에 사법총장과 교육총장을 역임했었다. 국공담판 때도 그는 참가했었다. 신 중국이 설립된 후 그는 우리 정부의 상무위원이었다. 그는 마오 주석과 예전부터 알고 있었다. 해방 후 그들 두 사람은 편지가 오가고 했으며 마오 주석은 그를 초청하여 식사도 했었다. 1966년 6월 29일 저녁 베이징대학의 홍위병 한무리가 장스자오의 집으로 들이닥쳐 그의 물건들을 뒤집어 엎고 책도 일부 가져갔다. 장사자오는 마오 주석에게 편지를 써서 돌려달라고 요청했다. 마오 주석은 즉시 "총리에게 적당히 처리하고 응당 보호해야 한다"고 지시하였다.

저우 총리는 이 편지를 받은 후 곧바로 사람을 보내 관련된 자들을 찾아 그들의 행동을 심하게 비평하였고 그들에게 가져간 물건들을 원상태로 장스자오에게 돌려주라고 했다. 그는 이래도 마음이 놓이지 않아 또 305병원에 연락하여 그들에게 장스자오를 병원에 모시고 가서 있으라고 했다. 첫째는 휴식이고 두 번째는 보호였다. 그는 또 사람을 보내 장스자오의 거처를 경호하게 하였다. 그는 장스자오의 처지가 다른 기타 고급민주인사들에게도 발생할 수 있음을 생각했다. 그래서 보호간부의 명단을 작성하고 13명의 고급민주인사를 열거했다.

그중 첫 번째는 숭칭링(松慶齡), 그 아래로 장스자오, 궈모뤄(郭沫若), 청첸(程潛), 허샹닝(何香凝), 푸쭤이(傅作義), 장즈중(張治中), 자오리즈(邵力子), 사첸리(沙千里), 장시뤄(張奚若), 리종런(李宗仁)…… 이 명단 아래에다 그는 또 다른 이름을 썼다. 국가의 부주석, 인민대표대회 부위원장, 정치협상회의 부주석, 국무원부총리, 그리고 고등법원 원장, 검찰원 검찰총장, 또 각 부서의 일부 책임자들을 포함하여 모두 행동을 취하여 보호해야 한다고 명확히 썼다. 그는 이 명단을 작성 후 또 각종 경로와 각종 방법을 취하여 관철될 수 있도록 실시하였다. 그가 직접 홍위병과 얘기를 나누는 것도 포함했다. 지금도 기억나는 것은 그가 홍위병들과 숭칭링의 상황을 얘기한 것이었다. 그때 숭칭링은 때로는 상하이에 있었고 때로는 베이징에 있었다. 두 곳에서 홍위병들에 의한 충격적인 행동이 나타나자 그는 극구 그들을 제지하며 그들에게 숭칭링이 어떤 인물이라는 것을 소개했다.

우리가 총리사무실에서 근무할 때 그는 규율에 대한 요구는 매우 엄격했다. 저우 총리의 그곳에서 모든 중앙지도자들 간의 문서는 비서들이 모두 건드리지 않고 저우 총리가 직접 뜯어보았다. 그가 기타 중앙지도자들에게 쓴 문서도 자기가 봉인하고 비서들에게 시키지 않았다. 가끔 우리는 받은 문서, 편지들이 너무 많아 자세히 읽지 못하고 가위로 자르고 나서야 친히 뜯어보아야 하는 문서라는 것을 발견하곤 하였다. 그럴 때마다 "이를 어떡하지?" 하고 걱정하면서 재빨리 저우 총리에게 설명을 하면 저우 총리도 우리를 탓하지 않고 다만 우리에게 이후에는 주의하라고만 했다.

1967년 저우 총리는 우한으로 '7.20'사건을 처리하러 갔다. 누가 따라갔는지는 기억이 나지 않는다. 처음에 나도 저우 총리가 어디에 갔는지를 몰랐다. 천이 총사령관이 일이 있어 저우 총리를 찾으려고 나에게 물었다. 나는 "총리께서는 안 계십니다"라고 했다. 천이 총사령관은 "어디에 갔소?"라고 물었다. 나는 또 모른다고 대답했다. 천이 총사령관은 이상하게 생각했다. 당신은 저우 총리 곁에 있는 사람인데 어디에 갔는지를 모른단 말이오. 사실 나는 정말 몰랐다. 천이 총사령관은 더 이상 묻지 않고 한마디 중얼거리고 돌아갔다.

우리는 총리가 정무에 매우 바쁘고 침식을 잊는다고 늘 말하는데 하나도 과장되지 않았다. 저우 총리의 하루의 업무시간은 보통 대략 18시간이었다. 나머지 6시간도 휴식한다고는 하지만 잘 쉬는 지는 얘기하기 어려웠다.

그가 일하는 곳이 사무실만이 아니라 어느 곳이든 틈만 나면 일을 하였다. 침실, 식당, 화장실, 자동차에서도 수시로 일을 하였다. 어떨 때에는 이발할 때도 일을 하였다. 만약 특수상황에 부딪치면 더 말할 필요도 없었다. 일반적인 상황에서 저우 총리께서는 새벽이 되어야 잠을 잤다. 어떨 때에는 아침 8시, 어떨 때에는 9시까지 일을 했다. 저우 총리는 그의 사무실에 24시간 사람이 없어서는 안 된다고 했다.

그래서 그가 휴식을 취할 때도 전화가 끊임없이 오고 문서도 끊임없이 왔다. 그는 일어나자마자 침실이든 화장실이든 면도를 하든 첫 번째 일은 비서를 불러 그가 휴식을 취할 때 어떤 중대한 일이 발생했는지를 확인하는 것이었다. 상황보고를 다 들은 후 그날의 활동스케줄을 안배하고 그에게 무슨 일을 하고 어떤 사람을 만나며 무슨 회의를 하고 어떤 통지를 하며 어떤 기업이 참가하고 무슨 자료를 준비할 것인가를 모두 상세하게 지시했다. 모든 지시를 마친 후 그는 세수를 끝내고 사무실에 왔다.

여러분이 사진과 영화에서 본 기다란 책상이 바로 그의 사무실이다. 긴 책상 위에는 각종 문서들로 가득했다. 특히 '문화대혁명'기간에 문서들이 책상 끝까지 놓여져 그의 자리 앞부분만 겨우 남아 있을 정도였다. 그는 이렇게 작은 공간에서 일하고 이렇게 작은 공간에서 아침을 먹었다. 아침 식사를 할 때 저우 총리는 비서를 불러 당일의 참고 주요 뉴스를 읽게 해 식사를 하면서 들었다.

저우 총리의 저녁은 그에게 점심이며 두 번째 식사며 늘 집에서 먹지 않았다. 어떨 때는 국무원에서 회의가 끝나지 않으면 그는 다른 사람들과 함께 식사했다. 저녁이 되면 보통 중앙에서 회의를 하거나 대중들을 접견했다. 집에 돌아오면 왕왕 이미 조용한 한밤중이었다. 1968년 이후 외사활동이 더욱 빈번해졌다. 저우 총리는 공항에 와서 외빈을 마중하거나 또는 대회당에서 회담하거나 또는 연회에 참가할 때 늘 외사(外事) 담당 비서를 데리고 함께 갔다.

그는 차를 타고 가는 시간도 놓치지 않고 이것저것 묻거나 또는 그에게 상황을 보고하라고 했다. 그는 비서에게 두 가지를 지시했다.

첫째 만약 국내와 국제에서 큰 일이 발생했을 때 그가 자든 안자든 모두 바로 보고해야 하고, 만약 자고 있으면 깨워야 한다.

둘째, 만약 마오 주석이 찾으면 언제든 바로 깨워야 한다. 마오 주석의 생활은 저우 총리와 다르고 규칙적이지도 않았다. 그는 주석을 언제나 보살폈으며 어떨 때 마오 주석을 만나러 갈 때는 먼저 마오 주석이 잠을 자는지 몇 시간 잤는지 언제쯤 일어나는지를 물어봤다. 어떨 때에는 마오 주석이 잠을 자지 않고 저우 총리를 찾으면 그는 수면제를 먹었을 지라도 바로 만나러 갔다.

문서를 결재할 때 그가 수정한 것은 돌려줄 때 꼭 다시 한 번 봤다. 어떨 때에는 보냈어도 다시 찾아와 수정했다. 책상 앞에 앉으면 몇 시간이 금방 지나갔다. 책상에서 일어날 때 그는 한 가지 습관이 있었다. 책상에 물건들이 가득 놓여있으면 비서에게 정리하라고 하는 게 아니라 자기가 친히 이미 처리한 것과 아직 처리하지 않은 것을 구분하여 정한 자리에 정리해 놓았다. 그는 책상 위에 어떤 물건들이 있는지 항상 마음속에 다 알고 있었다.

자기 전에 그는 또 한가득의 자료를 가져다 침대에서 봤다. 어떨 때에는 무슨 생각이 나면 바로 비서를 불러 지시를 했다. 그의 침실은 제일 안쪽에 있어 비서는 그가 많이 기다릴 까봐 종종걸음으로 정원을 지나 뛰어갔다. 병원에 입원해 있을 때 그는 마찬가지로 문서를 열람하고 결재했다. 1975년 그는 큰 수술을 받게 되었다. 그는 지둥(紀東)과 나를 불러 우리에게 병원에 있는 책상 위의 서류를 정리하라고 했다.

우리는 그에게 문서내용을 보고했다. 그는 한 건 한 건 지시했다.

떠날 때 우리는 그의 수술이 잘 되기를 바랐다. 그는 우리의 손을 잡고 담대하게 "확실하지는 않소만 두 가지 가능성은 있소"라고 말했다. 일에 책임을 끝까지 다하고 자기의 생사를 개의치 않는 이것이 바로 그의 평생의 일관된 혁명정신이었다.

그의 마음에는 오직 인민만 있고
유독 자기만 없었다.

– 청위안공 (成元功 저우언라이총리 근위병)

그의 마음에는 오직 인민만 있고
유독 자기만 없었다.

- 청위안공 (成元功 저우언라이총리 근위병)

나는 저우 총리 곁에서 20여 년간 근무하면서 그의 사심 없이 오직 당과 인민을 위하여 일하는 혁명정신을 깊게 느꼈으며, 시화청(西花廳)의 꺼지지 않는 등불을 직접 내 눈으로 보았다.

1955년 아시아아프리카 회의의 성공은 당연히 저우 총리의 위대한 외교재능에 공로를 돌려야 한다. 하지만 반둥에서의 일주일간의 회의시간에 총리는 13시간밖에 쉬지 못하고 매일의 수면시간은 2시간도 되지 않았다는 것을 아는 사람은 거의 없을 것이다. 이것은 내가 1분 1초를 계산한 것에 의한 통계이다. 그가 회의에서 한 대세를 전환한 세계적으로 유명한 말 "우리는 단결을 위하여 왔습니다. 싸우러 온 것이 아닙니다.", "이견은 미뤄 두고 의견을 같이하는 부분부터 협력하도록 합시다."라고 한 보충발언은 바로 점심 휴식시간을 이용하여 직접 임시 초안한 것이었다. 매 한 장을 완성할 때마다 통역사에게 넘겨줘 외국어로 번역하라고 했다. 그렇게 복잡한 국면에서 그렇게 긴박한 시간에 초인간적인 지혜가 없으면 불가능한 것이었다.

총리의 일생은 항상 타인의 일생에 관심을 기울이는 일생이었다. 그는 동료들을 아끼고 부하 직원들을 아끼며 곁에 있는 모든 일반 직원들을 아꼈다. 시시각각 인민대중을 더욱 생각했고 유독 자기만은 생각지를 않았다.

시화청에서 보초를 서는 경위병은 총리가 출입할 때 모두 차렷 자세로 경례를 해야 했다. 그러나 총리는 이러한 모습을 보고 시 화청에서 근무할 때는 경례를 할 필요가 없다고 지시했다. 그는 "여기서는 모두가 가족이요. 수장은 없소이다"라고 했다.

베이다이허에 있을 때 어느 날 한밤중에 갑자기 비가 내리기 시작했다. 총리는 덩 큰언니에게 비옷을 찾아 밖에서 보초를 서고 있는 경위병에게 갖다 줘서 입게 했다. 만약 그가 언제나 마음에 타인을 두고 있지 않았다면 어찌 이런 사소한 일까지 생각할 수 있었겠는가!

사람들은 총리가 걸음걸이가 매우 빠르다는 것을 다 안다. 하지만 그는 가끔 밤 늦게 돌아올 때는 당직 서는 직원들이 졸거나 자고 있으면 바로 발걸음을 천천히 가볍게 하고 문을 닫을 때도 조심스레 소리가 나지 않게 했다. 총리는 늦은 밤에 일을 하고 항상 밤을 지새웠다. 우리 당직자들은 새벽 3, 4시면 도저히 참지 못하고 졸 때가 있었다. 한번은 저녁에 내가 당직을 서고 있었는데 총리에게 차를 갖다 주고는 일이 없어 소파에 앉아 있다가 나도 모르게 잠이 들었다. 마침 총리가 화장실에 가다가 나를 보았다. 그는 문 곁의 옷걸이에서 그의 외투를 가져와 조용히 나에게 덮어줬다.

우리 시화청의 직원들은 상조회를 설립하였다. 1인당 매월 1위안을 기금으로 내고 누구 집에 어려움이 있으면 이 돈으로 급한 불을 끌 수 있게 하였다. 만약 누가 떠나거나 전근하게 되면 낸 돈을 모두 돌려줬다. 이 일을 총리가 알고는 12위안을 내고 참가했다. 그 외에 경위병 집에 홍수가 났거나 기타 어려움이 있으면 그와 덩 큰언니는 따로 자기들의 급여를 꺼내 도와줬다.

총리는 산시, 윈난과 광둥 등 일부 온천을 다녀온 적이 있었다. 매번마다 현지 간부들에게 "현지 주민들은 온천을 사용할 수 있는가? 목욕할 곳은 있는가?"를 물어봤다. 쿤밍인지 어딘지는 정확히 기억나지 않지만 그곳의 온천은 간부요양원이 차지하여 대중들은 목욕할 곳이 없다는 것을 안 총리는 매우 화를 냈다. 그는 엄중한 목소리로 "모두 온천을 하면 좋다는 것은 압니다. 병을 치료할 수도 있지요. 하지만 인민들은 대대로 이곳에서 생활해 왔는데 온천을 사용할 수 없다면 그들은 우리를 어떻게 생각하겠소?"라고 꾸짖었다. 후에 광둥의 총화(從化)에서 또 이런 상황을 만났다. 현지 간부들은 그에게 경비가 부족하여 건설하지 못했다고 설명했다. 총리는 숙소에 돌아온 후 비서에게 200위안을 보내면서 꼭 대중을 위해 목욕하는 곳을 건립할 것이며, 이 돈은 그와 덩 큰언니의 마음이라고 전달하라고 했다. 관리국의 동지들은 받지를 못하고 다시 돌려보냈다. 총리는 다시 사람을 보내 그들에게 다음에 와서 건설했는지 안했는지를 검사할 것이라고 전달하라고 했다.

총리는 국무활동이 바쁘고 또 자주 외국방문을 했다. 외국방문은 규정에 따라 외교부에서 의상비용을 지급했다. 하지만 급여제도를 실행한 후부터 총리는 모두 받지 않았고 공금으로 의상을 만들지 못하게 하였다. 그가 입은 중산복은 보기에 반듯하지만 모두 깁고 또 꿰맨 것이었다. 다만 기울 때 우리는 수선 집에 가서 반듯하게 기워 티가 나지 않게 했을 뿐이었다. 예를 들어 단추 구멍이 헤지면 다른 옷깃에서 한 조각 뜯어내어 바꾸곤 했다.

3년의 고난시기에 저우 총리의 세수수건은 헤질 때까지 쓰다가 가위로 반을 잘라서 다시 양끝을 맞추어 꿰매어 계속 사용하였다.

1963년 아시아·아프리카의 14개국을 방문할 때 카이로에 도착했다. 총리의 속옷이 비교적 낡아 호텔에 맡겨 세탁하기가 불편했다. 우리 수행인원들도 너무 바빠서 빨래를 할 수가 없어 어쩔 수 없이 우리나라 이집트주재 대사관 직원들에게 부탁을 했다. 그러면서 헤질까봐 너무 힘껏 비비지 말아달라고 부탁했다. 대사관 직원은 총리의 옷이 너무 낡고 꿰맨 자리까지 있는 것을 보고는 우리를 찾아와 "우리 6, 7억 인구를 갖고 있는 대국의 총리가 이런 옷을 입게 하다니 너무 하오!" 라고 꾸짖었다. 우리는 어쩔 수 없이 그에게 "총리께서는 새 옷을 준비하지 못하게 했소"라고 설명하였다. 말리를 방문할 때 대사 라이야리(賴亞力)의 부인은 총리가 이렇게 낡은 옷을 입은 것을 보고 빨래를 하면서 눈물을 흘리기도 했다.

총리가 여름에 신었던 가죽샌들은 지금 역사박물관에 있는 그 샌들로 1954년도에 제작한 것이었다. 총리는 제네바회의에 참가하고 돌아오는 기간에 인도를 방문하고 광저우로 돌아왔는데 제일 덥던 때였다. 7월 달 광저우에서 무도회를 열었는데 총리는 매번 한 곡을 출 때마다 온몸에 땀을 흘렸다. 그래서 허젠(何謙) 비서는 자기가 구매한

홍콩셔츠를 총리에게 입혀주었다. 그는 매우 좋아 했다. 하지만 발에
신은 검정 가죽신발이 어울리지 않았다. 우리는 그에게 가죽샌들을
신으라고 권했다. 이번에는 총리가 따라주었다. 집에 돌아온 후에는
반팔셔츠 두 개와 가죽샌들을 마련했다. 날씨가 너무 더우면 이를 신고
일을 했다. 이것이 바로 사람들이 익숙한 총리의 여름모습이었다.
하지만 총리가 가지고 있는 샌들은 이것밖에 없었으며 돌아가실
때까지 20여 년을 신었고, 중간에 구두창만 바꾸고 새것을 사지 않으려
했다는 것을 아는 사람은 매우 적다.

총리는 사적인 일로 외출할 때 차를 타면 모두 직접 비용을 지불
했다. 예를 들어 베이징호텔에 이발하러 갈 때면 언제나 직접 돈을
냈다. 가끔은 업무 차 베이징호텔에 갔다가 이발을 해도 이 구간의
차비를 지불했다. 연극을 볼 때도 그랬다. 관련된 부서에서 연극심사를
위해 초청한 것을 제외하고 자기가 가서 보는 것은 모두 우리에게
가서 표를 사오라고 했다. 또한 특별히 줄을 서서 표를 사고 소문내지
말아야 하며 아무 자리나 사라고 분부했다. 대중들이 연극을 보는 것을
방해하지 않기 위하여 늘 한 사람만 데리고 갔으며 등이 어두워질 때
조용히 자리에 앉았다.

총리께서는 자주 각 부서에서 연설을 하거나 보고를 했다. 그리고
여러 차례 신문에 발표했다. 하지만 총리는 한 번도 원고료를 받지
못하게 하였다. 딱 한 번 어느 문예좌담회에서 연설을 한 후에 신문
사에서 일부 원고료를 보내왔는데, 이를 어떤 직원이 받아 은행에
저금했다. 몇 년이 지난 후에 그 직원이 돈을 총리에게 갖다주었다.
그럼에도 총리는 원고료를 모두 돌려주라고 지시했다. 하지만 이미

몇 년이 지났고 부서가 변동이 생겨 돌려줄 데가 없었기에 모두들 난감해했다. 이때 사무실 주임 퉁샤오펑(童小鵬)이 한 가지 방법을 얘기했다. "이렇게 합시다. 우리 사무실의 문체활동경비로 활용해서 문화용품과 체육용품을 사서 함께 사용합시다"라고 했다.

3년의 고난시기에 공급 상황이 좋은 곳은 항저우였다. 고기, 야채, 과일을 모두 살 수가 있었다. 한번은 항저우에 가서 중앙회의를 참가했다. 떠나기 전날 항저우시 외교판사처의 직원들이 야채 한 광주리를 우리에게 가져가라고 했다. 우리는 "이건 안 됩니다. 총리께서 엄격한 규정이 있어 받을 수 없습니다"라고 말했다. 그들은 "이건 저우 총리가 당신들을 위해 산겁니다. 영수증이 있어요. 당신들이 총리에게 돈을 주면 되잖아요"라고 말했다. 우리는 그래도 "안 됩니다. 총리께서 동의하지 않을 거예요"라고 말했다. 이튿날 비행기를 타보니 기내에 야채 두 광주리가 놓여 있었다. 그래서 외교판사처의 직원들을 찾아가 어떻게 된 영문인지를 물었다. 그들은 "이것은 총리께 드리는 것이 아닙니다. 당신들이 베이징에 가져가서 중앙지도자 동지들에게 드리려는 겁니다.

영수증이 있으니 그때 돈을 주세요" 라고 했다. 그래서 야채 두 광주리를 베이징에 가져가서 공급처에 갖다 줬다. 공급처는 모든 지도자 동지들에게 조금씩 나눠주고 모두 돈을 받았다. 우리도 가져와서 요리해 먹었다. 총리는 식사를 할 때 이를 보고는 매우 화를 내면서 식사를 하지 않았다. 그러면서 "청위안공(成元功)을 불러오시오"라고 말했다. 총리는 나에게 "이 야채는 어디서 가져온 것이냐? 항저우에서 가져온 것이냐?"고 물었다. 나는 사실대로 말했다. 총리는 "내가 당신들에게 물건을 가져오지 말라고 몇 번이나 말했소. 왜 듣지를 않소?" 라고 말했다. 나는 "이것은 우리 것만 가져온 것이 아닙니다. 중앙지도자들에게 갖다드린 것이고 공급처에서 돈을 지불했습니다. 거기서 우리도 조금 가져왔는데 돈을 지불했습니다"라고 대답했다. 총리는 이 말을 듣고는 더욱 화를 냈다. "돈을 지불했어도 안 되오. 당신에게 묻겠소. 베이징의 백성들이 이런 야채를 먹을 수 있소 없소?"라고 말했다. 나는 "당연히 못 먹습니다"라고 대답했다. "나는 먹을 수 있는데 대중들이 먹지 못한다면 그들은 우리를 뭐라고 말하겠소? 이후부터 당신들은 어떤 일을 처리할 때 모두 나와 직접 연락하시오. 모두 나의 직무와 결부시키고 모두 정치적 영향이 있는지 없는지 하는 문제와 결부시키세요. 우리가 제정한 규정을 우리는 안 지키고 아랫사람들만 지키게 하고, 다른 사람들에게 지키라고 하면 안 되오. 그러면 '관리들만 등을 켜고 백성들은 등을 켜면 안 되오'라는 것과 같지 않소? 이것은 국민당과 무엇이 다르다는 말이오?" 총리의 이번 비평은 매우 엄격하여 나는 평생토록 잊을 수가 없었다.

1958년 7월 중순 그때는 좋은 일만 보고하고 나쁜 일은 보고하지 않는 '대약진운동' 시대였다. 총리는 이 때문에 상하이에 가서 상세한 조사를 했다. 상하이 철강 1공장과 3공장에서 그는 작업복을 입고 안전모를 쓰고 무더위를 무릅쓰고 용광로 곁에서 노동자들과 장시간 얘기를 나누었다. 그는 또 기중기에 올라가서 여 기사에게 상세하게 물었다. 총리는 언제나 친히 현장의 상황을 파악했다. 그는 노동자들에게 "오늘은 당신이 사부입니다. 나는 당신에게 배우러 왔소"라고 말했다. 그는 또 공장의 유치원, 식당에 찾아가서 선생님과 요리사와 아이들의 안부를 물었다. 돌아온 후 친히 상세하게 기록을 하였다. 공장에서 총리를 위하여 풍성한 저녁을 준비했다. 총리는 식당에 가서 그릇과 수저를 달라고 한 후 줄을 서서 밥을 샀다. 노동자들이 그에게 먼저 사라고 했지만 그는 웃으시면서 거절하였다. 그의 차례가 되자 그는 5전으로 배추요리를 사고 2전으로 만두를 샀으며 1전으로 국을 한 그릇 사서 노동자들과 함께 먹으면서 매우 기뻐하였다.

또 이 해에 총리는 광둥에 시찰을 갔었다. 날씨가 매우 더워 온 몸에 땀띠가 났다. 총리는 신훼이(新會)에 있는 부채공장에서 노동자들이 전기용접인두로 부채에 산수화를 찍는 것이랑 자투리로 이쑤시개를 만드는 것을 관심 있게 보면서 그들이 종합적으로 이용을 잘 한다고 칭찬했다. 노동자들이 무더운 날씨에 고생하는 것을 보고 총리는 마음이 편치 않았던지 노동자들에게 부채를 부쳐줬다. 그가 임종하기 전까지 신훼이에서 생산한 부채를 사용했다.

총리는 병이 악화될 때 그가 안타까워했던 두 가지 일을 잊을 수가 없다.

1954년 가을 우한(武漢)에 가서 양자강 대교를 답사할 때 총리와 각 부서 간부들이 함께 갔다. 전용열차를 이용하려고 했는데 총리는 동의하지 않았다. 도착 후 첫날 전문가의 보고를 들었고, 둘째 날에는 현장을 답사했고 나룻배를 타고 강 건너편에 가서 총리는 하류에 구름다리가 있는데 다리 위에 큰 대나무 바구니가 걸려있는 것을 보았다. 총리는 저것은 뭐하는데 사용하는 것이며 안전하냐고 물었다.

그도 바구니에 타고 직접 검사하겠다고 했다. 우리는 당황해서 안 된다고 만류했다. 총리는 "직원은 탈 수 있는데 나는 왜 탈 수 없나요? 당신들이 오늘 나를 못 타게 하면 이후에 또 기회가 있겠소?"라고 말했다. 하지만 모두들 못 타게 하면서 논쟁이 끝나지 않자 후에 어떤 전문가가 "안전에는 문제가 없습니다. 하지만 만약 고장이 나면 직원은 고칠 수가 있지만 총리께서는 고치실 수가 없습니다"라고 말했다. 바구니는 한 사람만 탈 수 있었던 것이다. 총리는 나중에 "당신들은 나를 못 타게 하려고 하는 것을 압니다"라고 말했다. 그는 병이 중할 때도 이 일을 잊지 못하면서 이것은 그의 평생 유감이라고 했다.

티베트자치구가 성립할 때 총리는 많은 일을 하고 직접 가겠다고 하였다. 9월 9일 이날은 그가 정한 날이었다. 이날은 선두부대가 들어간 날이었다. 총리는 "좋은 날에 좋은 날씨여야 대중들이 경축 활동에 참가하기가 편하다"고 했다. 우리는 선발대로 갔다. 처음 이틀간은 고원의 산소 부족으로 고통이 심했다. 어떤 동지들은 병원에 입원했다. 각종 원인으로 총리는 후에 가지 못했다. 이것도 그가 생각하는 일생에서 유감스러운 일이 되었다.

단풍 해당화
- 총리와 큰언니의 깊은 사랑

-자오웨이(趙煒 저우언라이, 덩잉차오의 비서, 전국 정치협상회 전 부비서장)

단풍 해당화
- 총리와 큰언니의 깊은 사랑

-자오웨이(趙煒 저우언라이, 덩잉차오의 비서, 전국 정치협상회 전 부비서장)

덩 큰언니는 우리에게 그와 총리는 중학교 시절 모두 톈진에서 지냈지만 서로 알지는 못했다고 했다. 덩 큰언니는 여자사범학교에 다녔고 저우 총리는 난카이 대학을 다녀 서로 같은 학교가 아니었기 때문이었다. 그때는 남녀가 학교를 따로 다니고 봉건적이었기 때문에 만날 기회가 없었던 것이다. 하지만 저우 총리는 학생들 사이에서 인기가 많아 그의 이름은 이미 익히 알고 있었다고 했다. 그러다가 5.4애국운동에 참가하면서 그들은 같은 길을 가게 됐고, 만나게 됐으며 결국 알게 되었던 것이다.

저우 총리는 1919년 4월 일본에서 톈진으로 돌아와 5.4운동의 물결에 뛰어들었다. 후에 함께 회의하고 간행물을 만들고 쟈오우사(覺悟社)를 조직하며 두 사람의 접촉은 점차 많아졌고 서로 호감을 갖게 되었다. 하지만 이런 호감은 두 사람의 마음속에만 있었지 누구도 표현하지는 않았다. 신 중국 성립 후 수 십 년이 지나 한번은 옛날 일을 얘기하다가 홍분한 저우 총리가 자기도 모르게 덩 큰언니에 대한 첫 인상을 말했다. "한번은 텐진에서 집회를 하는데 제일 먼저 나와 연설을 하는 사람은 동그란 큰 눈을 지닌 여자애였는데, 그의 연설은 사람들의 주의를 끌었다." 이 말 속에서 그는 이 두 눈을 가진 여자애에게 지울 수 없는 인상을 갖게 되었음을 알 수 있었다.

5.4운동이 일어나던 그 해에 저우 총리는 21세, 덩 큰언니는 겨우 15세로 샤오우사에서 제일 어린 회원이어서 모두들 그를 동생으로 여기고 어떨 때에는 '샤오 차오'라고 불렀다. 하지만 이렇게 부르는 사람이 많지는 않았다. 많은 사람들이 나에게 덩 큰언니를 '샤오 차오'라고 부른 게 언제부터였는지 물었다. 나도 덩 큰언니에게 물은 적이 있었다. 그는 상하이에서 지하공작을 할 때 모두들 그를 '샤오 차오'라고 불렀고, 항일전쟁이 끝난 후 비로소 점차적으로 그를 '큰언니'라고 불렀으며 후에 줄곧 그렇게 불렀다고 했다. 저우 총리는 '샤오 차오', '큰언니' 두 가지 모두 불렀다.

저우 총리는 1920년 11월 프랑스로 유학을 떠났다. 그는 유학기간에 가끔 덩 큰언니와 편지를 주고받았다. 덩 큰언니는 1923년에 보낸 편지에서 저우 총리가 처음으로 그에게 사랑의 감정을 표현했다고 기억했다. 아마도 표현이 비교적 완곡하여 덩 큰언니는 이것이 애정을 표현한 것인지 깨닫지 못했다. 그 외에 덩 큰언니도 저우 총리가 프랑스에 매우 괜찮은 여자 친구가 있는 것을 알고 있었기에 이 편지를 받고서도 그렇게 생각하지는 않았다고 했다. 후에 저우 총리가 계속 편지를 하여 그에게 대답을 해달라고 했다. 덩 큰언니는 외동딸이어서 이런 큰일은 어머니와 상의해야 했는데, 어머니는 "너무 급해 하지 말거라, 그가 돌아온 후 다시 얘기해보는 게 좋겠구나. 너희 둘은 지금 한 명은 외국에 있고 한 명은 국내에 있는데 뭐가 그리 급하니?"라고 말했다. 그래서 두 달을 미루었다. 이 기간에 저우 총리는 계속 편지를 해서 간절히 물었다. 덩 큰언니는 끝내 긍정적인 대답을 해줬다. 이렇게 서신을 통해 쌍방의 애정관계는 1923년에 확정되었다. 덩 큰언니는 리웨이한(李維漢) 동지도 저우 총리의 연애편지를 전달한 적이 있었다고 기억했다. 그때 그들은 편지를 통하여 국가, 민족의 운명, 인민대중의 고통 등을 자주 나누고 '중화의 큰 뜻'을 이루는 길을 토론하기도 했다.

1924년 저우 총리는 귀국하여 광저우에서 당의 지도업무를 맡았다. 그는 덩 큰언니와 이미 5년간 만나지 못했다. 덩 큰언니는 텐진에 있었는데 정세 때문에 텐진에 남아 일을 할 수 없었으므로 당 조직에서는 그를 광저우로 보냈다. 그들은 결혼할 때 매우 간단했다. 어떠한 의식도 거행하지 않았고 모든 옛 풍속을 버렸다. 결혼 후 두 사람은 같은 곳에서 근무하지 않기로 약속하였다. 이 원칙을 그들은 줄곧 지켜왔고 이것은 매우 현명하다는 것을 사실이 증명했다. 부부가 함께 일하면 일처리가 어렵고 잘 처리하기가 어렵기 때문이었다. 그때부터 반세기가 넘는 혁명생애에서 그들은 시종일관 전우애와 부부애를 유지했다.

저우 총리와 덩 큰언니는 정치면에서 서로를 보살피고 서로에게 엄격하였다. 중국공산당 제9차 대회 후 장칭, 예췬은 모두 정치국에 들어갔다. 경력으로나 능력으로나 공헌으로나 인망으로나 덩 큰언니가 그들보다는 훨씬 나았기에 사람들은 덩 큰언니에게도 적당한 안배를 해야 한다고 했다. 1974년 제4차 인민대표대회를 열게 되었다.

마오 주석은 덩 큰언니가 전국인민대표대회 부위원장을 맡는 것을 비준하였다. 하지만 이 지시는 저우 총리에 의해 보류되었다. 이는 덩 큰언니에 대한 보호이며 당풍에 대한 보호였다. 덩 큰언니는 한 번도 권세를 탐내지 않았고 저우 총리의 이름을 빌어 일을 처리하지 않았다. 그는 저우 총리에게 불편을 끼치지 않기 위하여 항상 신중하였다. 저우 총리가 돌아가신 후 1976년 11월 전국인민대표대회에서 덩 큰언니가 부위원장을 맡는 것을 통과시켰을 때, 그는 비로소 마오 주석이 이미 벌써부터 지시가 있었다는 것을 알았다. 그는 저우 총리의 이런 행동에 대하여 이해하고 지지하였다.

그들 사이에 정치상 서로 보살피고 엄격히 요구했던 것은 또 당의 규율과 조직원칙을 지키고 당과 국가의 기밀을 보호하는 데서도 나타났다. 저우 총리는 평소에 각종 공적인 업무를 처리할 때 덩 큰언니와 얘기하지 않았고 덩 큰언니도 간섭하지 않았다. 그는 비서사무실에 들어가지 않았고 저우 총리의 사무실에도 잘 들어가지 않았다. 부부는 평소에 국가대사, 주변상황 또는 책이나 연극에 대해서는 얘기했지만, 당과 국가의 기밀에 대해서는 언급하지 않았다. 저우 총리가 돌아가신 후 어떤 사람들이 덩 큰언니를 찾아와 이것저것 물어보면 그는 모른다고 했다. 모두들 의아해했다. "아니 덩 큰언니가 왜 모르지?"하였다. 사실 덩 큰언니는 정말 몰랐다. 저우 총리는 많은 일을 관련된 비서와는 얘기했지만 덩 큰언니에게는 얘기하지 않았던 것이다.

생활면에서 그들은 서로 관심을 두고 서로 자상하게 보살피고 서로를 돌봐줬다. 덩 큰언니는 매우 긴 시간동안 몸이 좋지 않았지만 여전히 총리의 가족생활을 최대한 돌보고 저우 총리의 친인척을 보살피는 일을 감당했다. 저우 총리와 덩 큰언니는 신 중국 성립 후부터 그들 급여의 일부를 아껴 총리의 친인척을 돌봐주기 시작하였다. 저우 총리가 돌아가신 후에도 수년간 덩 큰언니는 줄곧 그들을 보살폈다. 돈을 보내는 것 외에 그는 또 베이징에 와서 병을 치료하는 총리의 친척을 돌아갈 때까지 도와줬다. 덩 큰언니는 총리의 친척을 도와주는 문제에서 저우 총리가 걱정하지 않도록 언제나 선뜻 도와줬다. 덩 큰언니는 이것은 국가의 부담을 덜어주는 것이오, 만약 그들의 생활을 잘 보살피지 않으면 저우 총리의 명예에 좋지 않은 영향을 끼칠 것이며, 덩 큰언니가 총리 친척들의 생활을 잘 보살펴주면 저우 총리의 걱정도 해결된다고 말했다. 그래서 저우 총리와 덩 큰언니는 별다른 저축이 없었다. 저우 총리의 손님은 얘기를 나누러 오는 사람, 회의하러 오는 사람들로 매우 많았다.

저우 총리는 자주 손님들에게 식사를 접대했다. 이때 그는 "가지 마시오. 함께 식사를 해요. 내가 오늘 접대하겠소"라고 말하곤 했다. 한번은 덩 큰언니가 "왜 맨날 당신이 접대한다고 하세요? 당신은 한 달에 얼마나 벌어오나요? 그들은 당신 것이 아니라 내 것을 먹고 있어요. 아니면 우리 나누어서 계산해 볼까요?"라고 농담을 할 정도였다. 그래서 한 달 장부를 계산해보니 저우 총리의 급여에서 집세, 전기세, 수도세와 각종 지출을 공제하고 나면 정말 얼마 남지 않았다. 모두 덩 큰언니가 지불했다. 그 후부터 저우 총리는 식사는 여전히 접대했지만 손님들에게 "오늘은 큰언니가 당신들을 접대하오"라고 하는 말을 잊지 않고 했다.

1962년 덩 큰언니는 자궁종양에 걸려서 병원에 입원하여 수술을 했다. 저우 총리는 매일 짬을 내어 병원에 가거나 아니면 전화를 걸어 상황을 물어봤다. 덩 큰언니가 퇴원하는 날 저우 총리는 우리 당직실에 와서 입구에 높은 문턱 때문에 덩 큰언니가 수술 후 몸을 구부리고 지나다니면 수술 자리에 좋지 않을 것이라 걱정하여 우리에게 덩 큰언니를 들어주면 안 되겠냐고 물었다. 우리는 바로 대나무 의자를 하나 준비하여 덩 큰언니가 차에서 내리자 대나무 의자에 그를 앉혀 문턱을 넘었다.

평소에 저우 총리와 덩 큰언니의 서로에 대한 감정이 매우 깊었다. 이에 대한 예를 들면 다음과 같다. 저우 총리가 외국을 방문하러 나갈 때 덩 큰언니는 한 번도 동반하지 않았다. 타지에 갈 때도 덩 큰언니는 거의 동반하지 않았다. 저우 총리가 돌아올 때 그는 거실 입구에서 저우 총리를 기다렸다. 어떨 때는 덩 큰언니가 마치 어떤 귀한 손님을 맞이할 때처럼 옷을 가다듬고 거기에 서서 마중하는 것을 보았다. 저우 총리를 만나면 비록 오랜 부부지만 한번은 포옹까지 하였다. 그때 그들이 포옹을 하는 것을 보고 우리는 웃었다. 그만큼 그들의 감정은 매우 깊었다.

저우 총리가 외출하거나 외국방문을 가면 덩 큰언니는 매일 걱정을 많이 하였다. 특히 외국에 갈 때 그는 저우 총리의 정치업무가 매우 무겁다는 것을 알기 때문에 절대로 방해하지 않고 총리에게 항상 따뜻함과 편안함을 주었다. 저우 총리가 제네바에서 회의를 할 때 그는 온갖 방법을 다해 저우 총리가 좋아하는 시화청 문 앞에 피어

601

있는 해당화를 보내 그에 대한 그리움을 전달했다. 반대로 저우 총리는 비서나 경호실장에게 부탁하여 제네바의 꽃을 덩 큰언니에게 갖다주었다. 사실 이것은 서로의 사랑을 전달하는 것이었다. 시화청에 있는 덩 큰언니의 사무실에는 액자가 하나 걸려있는데 여기에 서로에게 보냈던 꽃잎을 잘 보관했다. 어디를 가든 그들의 사랑은 항상 함께 했던 것이다.

일상생활에서 부부간의 다툼은 매우 흔한 일이다. 그래서 어떤 사람이 나에게 물었다. "저우 총리와 덩 큰언니도 다툰 적이 있나요?" 나는 그들 곁에 온 시간이 수십 년이 지났는데 딱 한번 저우 총리와 덩 큰언니 두 분이 서로 기분이 언짢아 한 적을 보았다. 왜 그랬는지는 나는 잘 알지 못했다. 당시 내가 마침 들어가는데 저우 총리가 나오는 걸 봤는데 매우 화난 모습이었다. 저우 총리는 나에게 "'자오웨이, 당신이 큰언니와 함께 좀 있어주오"라고 말했다. 나는 이 상황을 보고 부부사이에 다툼이 있었다는 것을 짐작했다.

저우 총리는 당시 급하게 회의를 하러 가던 중이었다. 나는 들어가서 덩 큰언니가 식탁 앞에서 화난 모습으로 서있는 것을 보고 덩 큰언니와 얘기를 나누었다. 그날 밤 나는 "큰언니, 나는 오래 전부터 당신의 어머니에 대해 얘기를 듣고 싶었어요. 저는 큰언니 어머니가 큰언니에게 주신 가르침을 알고 싶습니다"라고 말했다. 그녀는 "좋아요. 당신에게 얘기해드리지요"라고 말했다. 얘기하는 중에 덩 큰언니는 화가 풀렸다. 그들은 우리처럼 다투면 어색해하고 그러지는 않았다. 단지 서로 사랑하는 부부가 서로 다른 의견이 약간 있을 뿐이었다.

1975년 11월 초, 저우 총리가 사람을 시켜 전화를 했다. 나를 지명하여 이후에 덩 큰언니를 데리고 병원에 다니라고 했다. 아마도 그는 덩 큰언니가 언제나 혼자서 다니는 것을 보고 걱정이 되었던 것 같았다. 이것도 덩 큰언니에 대한 관심과 보살핌이었다. 하지만 이튿날 덩 큰언니는 또 혼자서 병원에 갔다. 내가 따라오지 못하게 하였다. 저우 총리는 자오웨이와 왜 함께 오지 않았냐고 물었다. 또 전화해서 이후에는 나에게 동행하라고 부탁했다.

저우 총리가 병이 악화되어 병원에 입원한 후 처음 덩 큰언니를 데리고 병원에 갔을 때 나는 가는 도중에 계속 고민을 했다. 1개월 정도 저우 총리를 못 만난 것 같은데 이번에 만나면 제일 먼저 무슨 말을 하면 좋을까? 총리라고 부를까? 그러나 그가 듣기를 원하지 않을 수도 있었다. 그는 전에 "내가 아플 때는 일을 하지 않으니 총리라고 부르면 안 되오"라고 한 적이 있었다. 그래서 "안녕하세요?"라고 할까하고 생각했다가도 그가 "아픈데 뭐가 안녕입니까?"라고 되물을까 두려웠다. 그러나 아무리 생각해도 좋은 말이 떠오르지를 않았다. 차에서 내릴 때가 되자 나는 고민거리를 덩 큰언니에게 얘기했다. 덩 큰언니는 "그냥 총리라고만 부르면 되요. 하지만 절대 울면 안 돼요" 라고 했다. 그는 이미 내가 저우 총리의 악화된 병세를 보고 비통한 마음을 통제하지 못할 까봐 짐작해서 이렇게 부탁했던 것이었다. 사실 나는 당시에 저우 총리를 또 만나게 돼서 마음에 위안이 되었지만, 또 그가 오랫동안 아파 누워서 일어나지 못하는 모습을 보는 것이 두려웠다. 마음이 너무 괴로웠다.

저우 총리의 병실에 들어가서 나는 총리라고 불렀다. 그는 나를 향해 손을 내밀었다. 당시에 나는 비록 손을 이미 씻었지만 손이 차가워서 환자에게 영향을 끼칠 까봐 악수를 할 생각은 없었다. 그래서 "방금 밖에서 왔으니 악수를 하지 말아요"라고 했다. 저우 총리는 "그래도 악수해요"라고 했다. 그는 이불속에서 손을 내밀고 나의 손을 잡고는 "자오웨이, 당신이 큰언니를 잘 보살펴 드려야 해요"라고 말했다. 나는 머리를 끄덕이면서 눈물을 흘렸다. 저우 총리는 이렇게 아픈 데도 마음속에는 항상 다른 사람을 걱정하고 덩 큰언니를 걱정했다. 나는 하마터면 울음소리를 낼 뻔했다. 덩 큰언니는 나의 이런 모습을 보고 급히 나의 옷깃을 잡아당겼다. 나는 억지로 참고 복도로 뛰어나와서야 통곡하기 시작했다. 나는 내가 전에 생각하기 싫고 감히 생각할 수 없었던 일이 곧 발생할 것이라는 것을 알았다.

저우 총리가 돌아가실 때 덩 큰언니는 매일 생화를 보냈다. 당시 베이징에는 생화가 없어 광저우에서 가져왔다. 덩 큰언니는 직접 자기가 돈을 냈다. 광저우에서는 돈을 안 받겠다고 했지만 덩 큰언니는 "내가 돈을 꼭 내야 해요"라고 말하면서 지불했다. 이것도 덩 큰언니의 저우 총리에 대한 일편단심을 설명한 것이었다. 덩 큰언니는 "이것은 나의 급여로 마지막으로 언라이 동지에게 사용하는 것이에요. 나는 마땅히 이렇게 해야 해요. 공금으로는 할 수 없어요"라고 말했다. 이 두 분의 사랑이 얼마나 깊은지 이러한 일화를 통해 알 수 있는 것이다.

모든 생명을 세계에 돌려주다

― 가오전푸(高振普 저언라이 총리 근위병, 중앙경위국 전 부국장)

모든 생명을 세계에 돌려주다

– 가오전푸(高振普 저언라이 총리 근위병, 중앙경위국 전 부국장)

저우 총리가 1976년 1월 8일 돌아가신 후 우리는 그와 덩 큰언니 두 사람의 급여내역과 지출장부를 정리하였다. 수입은 오직 급여와 급여잔액을 은행에 저금하여 나온 이자뿐이고 다른 수입은 없었다. 하지만 지출부분의 항목은 아래와 같았다. 식비, 당비, 전기수도세, 신문 구독비, 잡비(생활용품 구매), 특별지출금(친인척 보조금과 직원구제금) 등이었다.

기록이 된 1958년부터 1976년까지 두 사람의 수입은 총 161,442.00위안이었으며 친인척보조금은 36,645.51위안, 직원과 친구 보조금이 10,218.67위안, 총 46,864.18위안으로 두 사람 수입의 1/3을 차지했다.

이는 두 사람의 어려운 친인척과 주변 직원들에 대한 관심과 보살핌을 설명해준다. 나는 예를 들어 이점을 설명할 수 있다.

저우 총리의 운전기사로 다년간 근무한 종부원(鍾步云) 동지가 카슈미르프린세스호 비행기 사고로 사망했다. 다년간 저우 총리와 덩 큰언니는 그의 가족에게 관심을 기울였고 그의 딸이 결혼한다는 것을 알고 덩 큰언니는 우리에게 부탁하여 300위안의 축의금과 축하 서한을 전달했다. 60년대에 300위안은 작은 돈이 아니었다.

다른 또 하나의 예를 들면, 총리사무실에 공무원 한 명이 있었는데 자녀들이 많고 아내가 아파 빚이 170위안이나 있었다. 당지부에서는 이 상황을 알고 그에 대한 지원을 고민했다. 그때 한 번에 공금으로 부조하기에는 금액이 너무 많아 일 년에 두 번 으로 나누어 지원하려고 당원들이 회의를 하고 있는데 덩 큰언니가 문을 열고 들어오면서 무슨 회의를 하냐고 물었다. 당지부 서기와 우리들은 덩 큰언니가 들어올 줄은 생각도 않아서 모두가 그녀의 물음에 대답을 못하고 멍해 있었다. 그러자 덩 큰언니는 "당신들은 아직도 나에게 비밀이 있나요?"라고 말했다. 덩 큰언니는 지원에 대해 토론하고 있다는 얘기를 듣고는 "여러분들은 더 이상 이 일로 토론하지 마세요. 나와 언라이 돈으로 한 번에 그에게 지원하여 이 분이 부담을 갖지 않도록 하고 공금도 절약하도록 하세요"라고 말했다.

저우 총리의 급여는 매월 404.80위안이고 덩 큰언니의 급여는 월 342.70위안으로 합계 747.50위안이었다. 매월 잔액이 조금씩 있어 우리가 은행에 저금했다가 5,000위안이 되면 덩 큰언니는 우리에게 그 돈을 당비로 내게 했다. 총 3차례 납부했고 마지막에는 5,000위안이 안 되고 3,000위안밖에 안 됐지만 덩 큰언니는 납부하게 했다. 마지막에 총리와 큰언니의 수입은 잔액과 국채를 구매한 것까지 총 5,100위안 정도였다.

저우 총리와 덩 큰언니는 이렇게 일관되게 생명의 마지막까지 다른 사람을 위하여 인민을 위하여 국가를 위하여 생각했던 것이다.

저우 총리의 유골함을 선택하는 일을 얘기해 보자.

저우 총리가 돌아가신 후 장례사무실의 직원들은 덩 큰언니에게 저우 총리의 유골함을 선택하라고 했다. 덩 큰언니는 나와 장수잉 동지(총리 근위병장)를 파견하여 그가 대표해 고르게 했다. 우리 두 사람은 장례사무실의 직원들과 함께 바빠오산(八宝山)에 갔다. 바바오산의 책임자가 두 가지 샘플을 가져왔다. 우리는 그중에 꽃무늬가 비교적 좋고 가격이 제일 비싸지 않은 것으로 선택했다. 자세히 검사해보니 곽의 표면에 떨어진 곳이 있어 똑같은 걸로 바꾸었지만 뚜껑이 잘 열리지 않아 또 바꿔달라고 했다. 그들은 같은 것이 두 개뿐이라고 하여 우리는 두 번째 것을 사용하기로 했다. 돌아와서 덩 큰언니에게 보고했다. 그는 "당신들이 결정했으면 됐어요"라고 했다. "나는 보지 않겠어요. 사람이 죽어 유골을 넣는 것인데 그렇게 따지지 않아도 되요" 라고 했다.

저우 총리가 사용했던 이 유골함을 덩 큰언니가 달라고 해서 집(시화청)에 보관했다. 16년 동안 매년 청명절과 상쾌한 날씨에 우리 직원들은 이 유골함을 꺼내 말리고 닦고 한 후에 다시 잘 포장해서 유리장 안에 넣었다.

1992년 7월 11일 덩 큰언니가 돌아가셨다. 이튿날 우리는 유골함을 꺼냈다. 유골함은 새것처럼 잘 보관되어 있었다. 우리는 이 함 안에 덩 큰언니의 유골을 담아 사람들이 조문하게 했다. 7월 17일 저녁에 우리는 덩 큰언니의 유골이 담긴 유골함을 조문식장에서 가져와 덩 큰언니의 침실에 놓고 그가 집에서 하룻밤을 더 머무르게 하였다.

이튿날 7월 18일 발인하고 텐진으로 갈 때 덩 큰언니의 유언에 따라 그의 유골을 화이허(淮河)에 뿌렸다. 텐진시 당·정·군·민에서 성대한 의식을 거행하여 덩 큰언니에 대해 깊은 애도를 표하였는데 이는 또 저우 총리에 대한 추모이기도 했다. 1976년 내가 저우 총리의 유골을 뿌릴 때 이런 장면은 없었다. 당시의 정치적 분위기가 오늘날과 달랐기 때문이었다. '4인방'은 저우 총리에 대한 장례활동을 억압하여 전국인민은 저우 총리에 대한 감정을 마음속으로 숨겨야 했다. 오늘날 사람들은 아무런 압력을 받지 않고 마음껏 두 사람에 대해 깊은 감정을 표현할 수 있었다.

덩 큰언니의 유골은 바로 기존의 유골함에 담아 배를 탔다. 유골을 뿌릴 때 함에서 꺼내 손으로 조금씩 화이허에 뿌렸다. 나는 덩 큰언니의 유골을 뿌리면서 왕년에 저우 총리의 유골을 뿌렸던 상황을 생각했다. 나와 장수잉 두 사람, 그리고 장기간 저우 총리의 사무실 부주임으로 있었던 뤄창칭 동지와 중앙조직부장을 맡았던 궈위펑은 농약을 뿌리는 비행기를 타고 아무도 귀찮게 하지 않고 조용히 총리의 유골을 뿌렸었다.

1976년 1월 15일 나는 저우 총리의 유골을 직접 뿌렸다. 16년 후의 1992년 7월 18일 나와 자오우이 동지는 또 덩 큰언니의 유골을 직접 뿌렸다. 나에게 이것은 평생의 영광이었다. 평범하지 않은 이 두 사람을 위하여 마지막 일을 할 수 있었던 것은 두 사람의 생전에 인정을 받았기 때문이었다.

덩 큰언니는 저우 총리가 돌아가신 후 16년 동안 여러 차례 나와 자오우이에게 자신이 죽으면 총리의 유골함을 사용하고 새 것을 사지 말 것이며 국가를 위해 돈을 아끼라고 얘기했다. 그리고 그가 쓰고 난 후에 다른 사람도 쓸 수 있으며, 당신 두 사람도 쓸 수 있다고 했다. 우리 두 사람은 그때 "당신 것을 쓰고 나면 이 유골함은 바로 보관할 겁니다. 저희가 그것을 사용할 자격이 있나요?"라고 말했다. 그러자 덩 큰언니는 "그것이 뭐 어때서요. 나라의 돈을 절약하는 일인데요. 사람은 죽으면 아무것도 몰라요. 모두 산 사람들에게 보여주는 거예요. 장례식은 간소하게 하고 개혁을 해야 하며 옛 풍속을 버려야 해요. 고별의식 때의 음악도 항상 그렇게 슬프지 않게 좀 바꿔야 해요"라고 말했었다.

오늘 두 위인의 유골함은 톈진시 저우언라이, 덩잉차오 기념관에 보관되어 있다.

중책을 짊어지고 자기에게 엄격하다.

– 지동(紀東 저우언라이 총리의 비서, 전 무장경찰지휘학원 부원장)

중책을 짊어지고 자기에게 엄격하다.

– 지동(紀東 저우언라이 총리의 비서, 전 무장경찰지휘학원 부원장)

1971년 9.13사건 이후 지덩쿼이(紀登奎) 동지가 나에게 두 번이나 "샤오 지, 총리께서는 린뱌오가 도망간 후 국무원의 몇 명 간부들에게 '중앙의 문제가 아직 해결되지 않았소. 어렵소!'라고 말했소. 총리께서 이 말씀을 할 때 눈가에 눈물이 고였소. 당신은 이 문제를 어떻게 이해하시오?'라고 물은 적이 있었다.

나는 "아직 몇 명이 남아있어요"라고 말했다.

그는 "아직 누구라는 말인가요?"라고 물었다.

나는 대답하지 않고 웃기만 했다. 그도 웃으면서 "총리께서는 쉽지 않은 일 같소"라고 말했다. 사실 나는 그가 듣고 싶은 것이 무엇인지를 알고 있었다. 그도 내가 알고 있다는 걸 알고 있었다. 하지만 그때 누구도 명확히 얘기하지는 않았다.

저우 총리는 기나긴 혁명 생애 중 당과 인민의 이익을 위하여 하나도 남김없이 모두 바쳤다. 백색공포 때 죽음을 넘나들었지만 총탄이 빗발치는 가운데서도 확신에 찬 지휘를 하였고, 국공통일

때는 호랑이굴에 깊이 침투해 들어갔으며, 나라를 건설하고 민족을 부흥시킬 때는 천하를 다스렸고, 땅이 꺼지고 강이 갈라질 때는 물불을 가리지 않았다. 그리고 국제교류 때 종횡무진으로 활동하였다. 그 분은 언제나 죽음을 두려워하지 않았고, 언제나 어렵다고 말하지 않았다. 하지만 '문화혁명' 특수시기에는 '어렵다'는 말을 했다. 사실 '어렵다'는 한마디로 표현할 수 있는 문제는 아니었다.

저우 총리의 곁에서 근무했던 사람들은 그의 일과 정치생활에서의 몸과 정신적인 '고'와 '난'에 대한 모두 경험이 있었다. 이런 '고'와 '난'은 4가지 방면으로 귀결할 수 있다. 즉 "첫째는 힘들다, 둘째는 화난다, 셋째는 걱정된다, 넷째는 분하다" 이다.

그의 '힘들다'는 중앙의 일상적인 구체적인 업무를 마오 주석은 평소에 거의 관여하지 않았고, 린뱌오는 절대 간섭하지 않았기에 대부분의 일을 총리 혼자 감당하였기 때문이다. 매주 여는 수차례의 정치국회의도 그가 진행하고 회의 끝난 후 마오 주석과 린뱌오에게 보고서를 제출했다. 린뱌오가 도망간 후 마오 주석은 중앙의 일상 업무를 저우 총리가 주관하고, 군사위원회 업무는 예(葉) 장군이 맡고, 중대한 문제는 총리에게 보고하며, 국무원의 업무는 리셴녠 부총리가 맡도록 명확히 지시했다. 하지만 실제로 총리의 업무는 하나도 줄어들지 않고 오히려 더욱 바쁘고 더욱 힘들었다. 몸은 장기간 과부하에 걸려 그의 병세는 갈수록 심해졌다. 게다가 제때에 치료를 받지 못하여 계속 혈변을 하였기에 몸은 갈수록 허약해졌다. 어떨 때에는 한밤중에 회의를 마치고 돌아올 때 두 다리가 무거워 겨우 내딛곤 했다. 1975년 12월 31일 그가 돌아가시기 7일 전인 정오 12시에 그는 병상에 누워 미약한 소리로 우리에게 "나 힘드오"라는 한마디를 진심으로 말하였다. 그가 힘든 것은 신체적인 것만이 아니라 더욱 많은 것은 정신적인 것이었다. 여러 방면에서 오는 마음의 힘든 것이 바로 제일 힘든 것이었다. 일반인은 견디기 힘든 상상하기조차 힘든 것이었다.

그의 '화나다'는 주로 린뱌오와 '4인방' 두 집단 사람들이 힘들게 하고 방해하고 꼬투리를 잡으며 모함하는 것 때문이었다. 린뱌오는 정치국의 일상 업무회의에 거의 참가하지 않았다. 에췬은 대부분 회의가 끝나지 않았을 때 나갔다. 회의가 끝나면 이미 한밤중이었는데, 그는 총리사무실에 전화를 걸어 이것저것을 물어보았다. 한번 전화하면 오랫동안 하여 총리가 화장실에 갈 시간도 없게 했다. 린뱌오가 도망간 후 '4인방'은 더욱 거만하여 권력을 빼앗으려는 발걸음에 더욱 속도를 냈고, 총리를 백방으로 못살게 굴었으며 고의적으로 총리와 삐딱하게 나갔다. 장칭 등은 그들에게 불리한 일은 미룰 수 있으면 미루었고, 시간을 끌 수 있으면 끌었다. 문자개혁은 원래 장춘챠오가 주관하는 일이었는데 그는 모른다고 억지로 문서를 총리에게 되돌려주었다. 장칭이 만나고 싶은 외빈들을 중앙에서 그에게 안배하지 않으면 그는 필히 만나겠다고 하고, 그에게 안배한 사람은 아프다고 핑계대고 만나지 않았다. 그들은 정신적으로 괴롭히고 업무상에서 압박을 가하며 총리를 사지로 몰아넣으려고 꾀하였다.

그의 '걱정'은 국가의 미래를 위하여 걱정하고 당의 단결을 위하여 염려하는 것이며, 국민경제가 붕괴에 이르는데 대한 걱정이고, 노

간부들을 보호하기 위하여 고민하는 것이었다. 그는 아직 타도되지 않은 노 간부들이 타도 받지 않게 보호할 뿐만 아니라, 또 그들에게 어떻게 위험을 피해야 하는지를 알려줘야 했으며 어떨 때에는 직접 현장에 가서 보호했다. 또 이미 타도 받은 동지들을 위하여 기회를 찾고 조건을 만들어 그들을 해방시켜 주어야 했다. 그때 총리도 '문화대혁명'의 광풍이 언제 끝날지에 대하여 짐작을 할 수가 없었고, 나라가 언제 조용해질지도 예측하기 어려워 일을 어떻게 해야 할지를 몰라 했다. 어떨 때에는 그냥 머리만 흔들고 한숨만 쉬었다.

그의 '분노'는 린뱌오, 장칭 일당이 진행한 다양한 형식의 투쟁 중에 나타났다. 그는 천바이다(陳伯達)의 무조직 무규율을 꾸짖었고, 장칭이 간호사가 자기를 해하려고 한다고 모함한 것은 억지라고 지적하였으며, 극'좌'를 비판하는 자료를 분노하여 땅에 던졌고, 린뱌오가 비행기를 타고 국경을 넘으며 죽기까지 돌아오지 않았을 때 그는 수화기를 힘껏 내려놓으며 그를 배신자라고 말했던 것에서 나타났다.

바로 이런 고난의 상황에서 신체의 쇠약, 정신의 고통은 동시에 그를 괴롭혔다. 하지만 그는 여전히 열심히 일하고 완강하게 버텨냈다. 심지어 매우 불공정한 비판을 받을 때에도 관련부서에 편지를 써서 그들이 나라에 발생한 어떤 사건에 대하여 대응방안을 재빨리 제출하라고 '건의'하기를 바랐다. 총리로서 이것은 원래 그의 직권범위 내의 일이지만, 그가 잘못된 비판을 받고 있는 상황이기에 그의 권력은 잠시 박탈당했었다. 하지만 그는 또 이런 일들을 보고 관여하지 않을 수가 없었다. 당시에 저우 총리는 마오 주석에게 올리는 보고를 왕홍원과 함께 서명하여 올려야 했다. 이렇게 그는 여전히 꾸준하게 노력하였으며 인민이 그에게 준 권력을 포기하지 않았다. 일을 포기하고 권력을 포기하는 것은 '4인방'이 원하는 일이었기 때문이었다.

당시에 중련부(中聯部) 부장 경뱌오(耿飈)는 이런 일을 회상한 적이 있다. 1974년 '비림비공'(린뱌오를 비판하고 공자를 비판하는 것)을 위한 동원 대회를 개최한 후인 어느 날 저녁 그는 중난하이 시화청에 있는 저우 총리의 사무실에 와서 저우 총리에게 중련부운동의 상황을 얘기하였다. 그는 일부 사람들이 없는 사실을 날조하고 주제를 비러 자신의 의견을 발휘한다고 여겼다. 장칭은 이 대회에서 그의 이름을 지명하였고, 그는 사직하고 싶어 했다. 저우 총리는 듣고 난 후 "경뱌오 동지, 내가 당신에게 세 마디 말만 할게요. 첫째, 사람들이 당신을 어떻게 타도하려고 하던 당신은 혼자 넘어지지 마시오. 둘째, 사람들이 당신을 어떻게 쫓아내려고 해도 당신은 저절로 가지 마시오. 셋째, 사람들이 당신을 어떻게 혼내려고 해도 당신은 혼자 죽지 마시오." 이 몇 마디는 경뱌오의 마음을 탁 트이게 했다. 사실 이것은 저우 총리 자신의 마음속에 있는 표현이었던 것이다.

나라의 총리, 정치국상무위원과 10차 대회 후 부주석으로서 그가 처한 특수위치는 당정군의 일상 업무가 한 몸에 집중되게 됐다는 것이다. 당시 상황에서 그는 반드시 위에 복종하고 여러 역량에 대하여 반드시 균형을 이루어야 했다. 서로 다른 시기에 그는 어떨 때에는 어쩔 수 없이 자신을 낮추고 투쟁해야 했다. 투쟁 중에 무너지지 않기 위하여 어떨 때에는 참아야 하고 그러한 인내 중에 기회를 찾아야 했다. 린뱌오가 도망간 후 '4인방'은 더욱 날뛰며 공개적으로 저우 총리를 어렵게 했다. 이 가운데 당내 일부 다른 마음을 품고 있는 사람들, 예를 들어 캉성(康生) 등은 겉과 속이 달라 그들의 교활함과 비겁함은 더욱 당하기 어려웠다. 당과 인민의 이익과 연관되고 투쟁과 대세의 필요에 따라 그는 교묘하고 책략적으로 움직일 수밖에 없었다. 어떨 때에는 고통스럽지만 본심에 어긋나는 선택을 할 때도 있었다. 이것이 바로 총리가 말할 수 없는 '괴로움(苦)'과 '어려움(難)'이었다.

어떤 사람이 나에게 마오 주석과 저우 총리 그리고 기타 지도자들은 평소에 왕래가 매우 잦으며 매우 편하게 옆집 드나들 듯, 친척집에 가듯 하느냐고 물은 적이 있다. 나는 저우 총리 곁에서 근무하기 시작한 후 마오 주석과 저우 총리 간의 연락과 소통은 대체적으로 아래 몇 가지 방식이 있는 것 같았다. 첫째는 편지였다. 편지가 오가는 것이 제일 주요한 방식이었다. 둘째는 연락원을 통하여 말을 전달하는 것이었다. 이런 방식을 통하는 것도 적지 않았다. 셋째는 저우 총리가 마오 주석에게 먼저 예약하고 전화를 하는 것이다(또는 편지를 통해서). 넷째는 마오 주석을 동반하여 외빈을 접견하는 기회에 일부 업무들을 보고하는 것이다.

다섯째는 마오 주석이 회의를 소집하거나 약속을 먼저 해올 경우이다. 상황을 아는 직원들의 말에 따르면 예전에 마오 주석이 회의를 소집하면 저우 총리는 언제나 미리 도착하고 후에 정치국 위원들이 점차적으로 다 도착하면 총리는 그들과 함께 들어갔다. 이렇게 지도자들 간에는 전쟁시기처럼 아무 때나 교류를 할 수가 없었다. 물론 도시에 들어온 후 업무환경, 업무분담과 업무방식, 업무시간, 생활습관 등에서 모두 변화가 발생한 것과 관련이 있다고 볼 수 있다. 거기에 후에 몇 년간 마오 주석의 건강도 좋지 않아서 총리는 주석을 만나는 것도 일반사람들이 상상한 것처럼 그렇게 쉬운 것은 아니었다. 1974년 말 중병중인 총리가 비행기를 타고 창사(長沙)에 가서 마오 주석에게 4기 인민대표대회에 대한 인사보고를 하러 갔다. 두 사람은 밤늦게까지 얘기를 나누었는데 이는 극히 드문 일이고 쉽지 않은 것이었다. 우리는 듣고 나서 매우 놀라고 흥분했다. 두 노인이 이렇게 무릎을 맞대고 오랜 시간 얘기를 나누니 너무 좋았다. 당시에 우리는 정말 한시름 놓았었다.

우리는 저우 총리도 어떨 때에는 마오 주석의 비평에 대하여 원인을 모를 때가 있음을 느꼈다. 마오 주석은 사전에 총리와 얘기하지도 않았다. "큰 일에 대해서는 토론하지도 않고 작은 일은 매일 보냈다", "정치국에서 정치를 논의하지 않고 군사위원회에서 군사를 논의하지 않았다"하는 것 등은 총리도 처음에는 얼떨떨해 했을 정도였다. 나는 총리도 어떨 때는 어쩔 도리가 없어 어떻게 해야 좋을지 몰라 하는 것을 여러 차례 보았다. 한번은 저우 총리가 주석에게 편지를 한 통 썼다. 편지에 국가원수를 접대할 때 준비를 제대로 못한 일이 있으니 앞으로 주의하자는 등등 종이 한 장에 그냥 몇 마디 한 것으로 완전히 업무절차상의 문제였다. 마오 주석은 위에 빨간 색연필로 "이것은 기술문제요. 정치를 주의 하세요"라고 썼다. 나는 총리가 이것을 보고 영문을 알 수 없어함을 느꼈다. 저우 총리의 이런 '괴로움(苦)'과 '여려움(難)'의 처지는 고위층 간부들이 모두 느끼는 것이었다. 다만 누구도 얘기하고 싶지 않고 얘기하기가 불편하여 얘기할 수 없을 뿐이었다. 총리도 당연히 더욱 얘기하지 않았고, 얘기할 데도 없었으며 아무리 어렵고 힘들어도 그는 참을 수밖에 없어 혼자서 감당할 수밖에 없었다. 그런 진퇴양난과 위기상황을 어렵게 버티는 나날들을 직접보고 겪지 않았다면 총리도 정신적으로 육체적으로 얼마나 큰 대가를 치렀는지를, 정치적으로

저우언라이가 쓴 "불공정과 불간섭(不公與不干)"

얼마나 큰 위험을 무릅쓰고 있는지를 상상할 수 없을 것이다. 당을 위해 인내하고 나라를 위해 인내하는 '인(忍)'자의 의미는 무겁고 내포된 뜻이 깊었다. 나는 저우 총리가 마음속의 고민과 어려운 감정을 해소하려는 측면을 우연히 본적이 있었다. 그것은 1970년 여름 루산회의 전인 어느 날 오후 저우 총리는 쉬고 있었고 나는 그의 사무실에서 문서들을 정리하고 있다가 무심결에 책상 위에 종이 한 장에 저우 총리가 연필로 쓴 몇 줄의 시를 보았다.

불공(不公)과 불간(不干)(서상기西廂記)

하늘 노릇하기가 어렵다지만 2월 하늘만 하랴
누에는 따뜻함을, 삼은 추운 것을 원하니
야채 심는 오빠는 비를 바라고
뽕을 따는 여사는 맑은 하늘을 원하네

619

그것을 읽다보니 나의 눈은 참지 못하고 눈물에 젖었다. 그때 홀로 저우 총리의 사무실에 서 있는 심정을 지금도 뚜렷하게 기억한다. 나에게 그것은 마음에 깊이 새겨진 사건이었다.

사실 '문화대혁명'의 특수상황에서 저우 총리는 여러 가지 길을 선택할 수 있었다. 첫째는 무조건 복종하는 것이었다. 완전히 마오 주석의 '문화대혁명'의 지시에 따라 철저히 집행하여 '문혁'을 밀고 나가는 것이다. 둘째는 공개적으로 마오 주석의 지시에 대항하고 저지하여 '문혁'의 발생과 발전과 착오를 막는 것이다. 셋째는 추세에 따라 린뱌오, 장칭 등 두 반혁명집단과 한 패거리가 되는 것이다. 넷째는 소극적인 근무태도로 일을 적게 하여 정신과 육체의 부담을 줄이는 것이다. 다섯째는 멀리 피하여 요양하고 병을 치료하며 만년을 즐기는 것이다. 여섯째는 나를 잊고 이 나라를 큰 재앙에서 건지는 것이다. 앞에 5가지 길 중에 어떤 길을 선택해도 모두 그 자신의 건강, 지위와 명예를 잘 유지할 수 있었지만 가져오는 것은 더욱 많은 사람들의 악운, 당과 국가의 더욱 심각해질 재난이었다.

수십 년간 당내투쟁의 훈련과 자아에 대한 엄격한 수양으로 형성된 숭고한 인격과 강건한 당성은 총리가 조금도 망설임 없이 뒤도 돌아보지 않고 제일 어려운 길을 택하게 하였다. 저우 총리는 "내가 지옥에 가지 않으면 누가 갈 것인가? 내가 고해에 들어가지 않으면 누가 들어갈 것인가?"라는 말을 했었다. '문혁'기간에 그는 '지옥'과 '고해' 중에서 살얼음을 걷고 구렁텅이에 빠지며 비할 수 없는 시련을 겪었다. 이것을 위하여 그는 온갖 고난을 겪고 지혜를 다 바치고 마음과 힘을 모두 소진하였고 건강도 무너졌다. 불공평한 비난을 받을 때도 마오 주석의 연속 비평과 정치국회의에서의 엄숙한 비판에도 '4인방'의 미친 듯한 공격을 받아야 하는 어려운 시기에도 그는 피하지 않고 뒤로 물러서지 않으며 오히려 치욕을 참아가며 중임을 맡아 투쟁을 했다. 나는 어떤 사람들이 말하는 "'문혁'중에 다행히 저우 총리가 마오 주석 곁에서 공화국의 역사를 버텨준 것은 중국인민의 행운이다"라고 말하는 것에 동의한다.

저우 총리는 자신에게 엄격하고 자아비평을 하였고, 또한 착오를 시정하는 사람이었다. 그의 자아비평 정신은 그의 당의 사업에 대한 충성에서 온 것이고 인민이익에 대한 높은 책임정신에서 온 것이며, 그의 현실적이고 구체적인 자아수양에서 온 것이다.

나는 저우 총리 곁에서 근무하는 기간에 저우 총리의 자아비판정신의 많은 특징을 우리가 배워야 할 가치가 있다고 느꼈다.

첫째는 국가의 이익을 위하여 친히 사과를 하였다.

1973년 3월 8일 저우 총리가 중련부, 외교부에서 주관한 국제3.8부녀절 행사에 참가해 회의에 참석한 각 나라 전문가와 그 가족에게 연설을 하였다. '문화대혁명'이래 극'좌'사상이 범람하여 외국인 전문가는 일을 하는데 많은 방해를 받았고 어떤 전문가와 가족은 불공평한 예의에 어긋나는 뜻이 다른 사람의 대우를 받았다. 저우 총리는 연설 중에 이런 상황에 대하여 예를 들어 설명했다. "이 책임을 우리는 져야 합니다. 정부의 책임자로서 나는 더욱 많은 책임을 질 것입니다"라고 말했다. 그는 그 자리에서 전문가들에게 사과를 했다. 이미 귀국한 전문가들에 대하여 저우 총리는 "만약 그들이 돌아오길 원하면 중국정부는 진심으로 환영하여 예전에 우리가 그들을 잘 보살피지 못한 과실을 메우겠다"고 하였다. 향후 외국전문가의 업무에 대하여 저우 총리는 "마오 주석께서 최근 비평한 외국인과 감히 교제하지 못하는 잘못된 경향에 따라 관련부서들은 보수, 배타적 관념을 극복하고 외국인 친구와 우호교류를 증가토록 하시오"라고 말했다.

큰 대국의 총리가 자기의 지위와 권력을 개의치 않고 많은 사람들 앞에서 사과하자, 자리에 있던 각 나라 전문가들은 모두 깊은 감동을 받았고 이 진심어린 말은 많은 상처받은 사람들의 마음을 따뜻하게 했으며, 따라서 극'좌'사상이 국가에 가져온 안 좋은 영향을 만회할 수 있었다.

둘째는 엄숙한 정치문제 앞에서 과감하게 책임을 지고 구체적인 일을 하는 동지들의 정신적인 부담을 덜어주었다.

1971년 9.13사건 이후 저우 총리는 기회를 잡아 각 영역, 각 전선에서 린뱌오의 극'좌'사상을 비판하는 투쟁을 전개하고 현저한 성과를 얻었다. 그 기간에 우리도 그의 마음과 기분이 유쾌했다는 것을 느꼈다. 하지만 좋은 시절은 오래 가지 못했다. 린뱌오 집단의 극'좌'사상을 비판하는 것이 실질적으로 장칭 반혁명집단을 비판한 것이며, 최종적으로는 마오 주석의 '문화대혁명' 이론과 실천의 부정을 초래하게 되었다. 그래서 저우 총리의 극'좌'사상을 비판하는 행동은 장칭 집단이 극히 반대했을 뿐만 아니라, 마오 주석도 용납하지 않았다. 1972년 말 마오 주석은 "린뱌오노선의 본질은 극우이며, 린뱌오의 극좌사상을 조금만 비판하라"고 명확히 의견을 표했다. 그 후부터 총리의 악운은 잇달아 왔다.

1973년 6월 16일에서 25일까지 소련공산당중앙총서기 브레즈네프가 미국을 방문하여 미국대통령 닉슨과 회담을 진행하고 쌍방은 많은 협의를 체결했다.

저우 총리는 줄곧 이번 회담을 지켜보았다. 회담이 아직 끝나지 않았을 때 저우 총리는 외교부장 지펑페이에게 이 사건을 잘 연구해 보라고 했다. 지 외교부장의 지시 하에 외교부 미국대사는 〈닉슨-브레즈네프회담에 대한 초보적인 견해〉라는 문장을 써서 6월 25일 출판한 외교부신문사의 내부간행물 제153기 『뉴 상황』에 실었다.

문장에서는 미소회담은 사기성이 크다고 하며 "미소 두 나라는 세계인민을 기만할 수 없으며 세계를 지배하려고 해도 할 수 없다"라고 지적했다.

저우 총리는 이 문장을 보시고 매우 칭찬했다. 외교부에게 "『뉴 상황』 153기의 문장을 잘 썼소"라고 전달했다. 외교부 동지들은 기뻐서 "총리의 이런 칭찬을 받는 일이 많지 않습니다"라고 말했다. 하지만 사태의 발전은 급하게 바뀌었다. 마오 주석은 『뉴 상황』 153기를 본 후 매우 화가 나서 이 문장 속에 있는 "미소회담은 사기성이 크다", "미소가 세계를 지배하려는 분위기가 농후하다"는 관점을 엄하게 비평했다.

마오 주석의 이러한 비평을 한 원인에 대하여 저우 총리는 마음 속으로 잘 알고 있었다. 하지만 그는 여전히 전반적인 국면을 고려하여 참고 양보하며 당을 위해 인내하는 정신에 따라 마오 주석의 의견에 따라 반성을 하고 스스로 이에 대한 책임을 지었다.

7월 3일 저우 총리는 마오 주석의 엄한 비평을 들은 후 외교부에다 "이 잘못의 주요 책임은 나에게 있습니다. 이 관점은 내가 동의한 것입니다. 내가 당신들에게 쓰라고 한 것입니다. 내가 문장을 봤고 내가 동의했습니다. 이 일은 당신들에게 책임이 없습니다. 만약 틀렸다면 이 책임은 내가 감당할 것입니다"라고 편지를 썼다. 이 편지에서는 또 진심으로 "당신들은 이것을 계기로 해서 연구하고 토론하는 적극성을 발양하기를 바랍니다. 어떨 때는 나에게 작은 회의를 소집해 의견교환을 할 것을 요구해도 괜찮습니다. 내가 바쁜 것을 걱정하지 말고 큰일을 위하여 작은 일을 버리는 주석의 업무방식을 배워야 합니다"라고 썼다.

뒤이어 저우 총리는 외교부의 책임자들을 소집하여 "『뉴 상황』 153호의 잘못은 어디 있을까?"라는 문장을 연구하고 초안을 작성하여 마오 주석과 일부 정치국위원들에게 열람하게 하였다. 또한 "착오에 대한 반성은 제가 별도로 보고를 하겠습니다"라고 첨부했다. 마오 주석은 읽고 "반성문은 쓸 필요가 없소"라고 지시했다.

마오 주석의 요구에 따라 저우 총리는 또 "『뉴 상황』 153호의 잘못은 어디에 있을까?"라는 문장을 각 주중대사관, 중앙과 각 성, 시 , 자치구 당정군기관 등 단위에 보냈다. 이래서 이번 사건은 겨우 막을 내렸다.

그 시기에 마오 주석과 관점이 상반대면 결과는 얘기하지 않아도 알 수 있었다. 오직 저우 총리만이 주동적으로 책임을 지고 반성을 하여 외교부 동지들의 큰 정신적 부담과 무거운 사상적 부담을 줄여 주었다.

셋째는 누가 비준을 했든 틀리면 고쳐야 했다.

저우 총리는 자기가 얘기했던 의견, 견해, 지시에 대하여 완벽하지 않고, 정확하지 않으면 어떠한 상황에서 내린 결정이든 모두 바로 시정했다. 1970년 국방과학위원회에서 총리에게 보고를 한 부 썼다. 어떤 시험생산 프로젝트가 있었는데 국제상의 관련규정과 외계의 반응에 근거하여 멈추려고 했다. 어떤 핵실험을 연구하는 전문회의에서 국방과학위원회의 동지가 총리에게 상황을 보고했다. 저우 총리는 전에 누군가 이미 프로젝트를 비준했던 것을 고려해 그 자리에서 직선적으로 생산을 멈춰야 한다고 말할 수가 없어 이리저리 둘러대다 몇 분이 지나도 명확한 의견을 얘기하지 못했다. 당시에 나는 회의장에 있었다. 처음에 시험생산을 요청하는 그 보고도 내가 저우 총리에게 가져다 준 것이었다. 나는 국방과학위원회의 책임자들의 모순되는 심리를 알아내고 저우 총리 곁에 다가가 귀에 대고 "총리님, 시험생산 이 프로젝트는 총리께서 비준 동의한 것입니다"라고 얘기했다. 총리는 듣자마자 바로 국방과학위원회 동지의 의견을 알았다. 그는 엄숙하면서도 친절하게 또한 정중하게 "내 앞에서 당신들이 얘기하고 있는데 계면쩍어 할 필요는 없소이다. 누가 비준을 했든 잘못 됐으면 고쳐야 합니다. 내가 비준했던 것도 틀리면 고쳐야지요!"라고 말했다.

저우 총리는 위대한 사람이며 또한 평범한 사람이다. "그는 위대함과 평범함을 완벽하게 결합한 사람이다." 사람들은 그의 위대함을 자랑스럽게 여기고 또 그의 평범함을 알고는 감동했다. 사람들은 그의 천지를 뒤흔드는 위대한 공적을 기억할 것이며 그가 백성들에 대한 관심과 사랑을 기억할 것이다.

그는 대중들과 함께 버스를 타며 생활을 체험했고, 그는 지진 피해지역에서 친히 차량을 지휘하여 교통을 소통시켰으며, 그는 황허강가에서 사공들과 함께 선부의 외침소리에 맞춰 앞으로 갔다. 그는 항상 자기의 〈수양규칙〉 중, "영원히 대중을 떠나지 않으며 대중들에게 배우며 그들을 도와준다!"는 약속을 실천하였다.

물 한 방울은 태양의 빛을 비출 수 있다. 여기에서 얘기한 것은 내가 직접 겪은 몇 가지 작은 일들뿐이다.

저우 총리는 여러 차례 국무원기관의 동지들에게 관아의 기풍이 있으면 안 되며 대중들의 목소리를 잘 듣고 대중들의 고충에 관심을 기울여야 한다고 타일렀다. 또한 "봉건왕조의 관아에도 북이 하나 걸려있어 백성들이 북을 쳐서 억울함을 호소하는데 하물며 우리는 인민의 공무원이요!"라고 말했다. 그는 곁에 있는 직원에게 아래 직원들에게 태도는 자애로워야 하며 거만하게 굴어서는 안 된다고 이야기했다. 그는 전에 봤던 예를 들어 우리를 교육했다. 한번은 내가 스좌좡 지역에 가서 업무를 시찰하고 있었는데 어느 지역의 벽에 "서기가 순시를 하면 땅이 움직이고 산이 흔들린다"라고 쓰여 있는 것을 보았다. 저우 총리는 얘기하면서 글자의 크기를 손짓하며 "만약 우리 간부의 기풍이 모두 이렇다면 어찌할 것이오!"라고 말했다. 나는 저우 총리의 얘기를 듣고 나서 웃으면서 "이런 논리에 따르면 저우 총리가 순시할 때마다 천지가 흔들리겠어요"라고 말했다. 나는 그냥 저우 총리의 마음을 가볍게 하려고 편하게 농담을 한 것이었다. 하지만 저우 총리는 웃지 않았다. 그는 잠깐 생각에 잠기더니 "간부가 문을 나서면 앞뒤로 호위하니 어떻게 대중들로부터 멀리 가지 않을 수 있겠소?", "이렇게 되면 주인과 공복이 뒤바뀌겠는 걸"하고 걱정하듯 말했다.

저우 총리는 이렇게 우리를 교육시키고 자신은 더욱 이렇게 했다.

저우 총리 책상 곁에 있는 탁자에 직접 걸 수 있는 외선전화기가 있었는데, 늘 이름도 모르는 사람들이 번호를 잘못 눌러 전화 올 때가 있었다. 저우 총리는 매번 이런 전화를 받을 때 언제나 매우 자애롭고 인내심 있게 상대방에게 "당신이 전화번호를 잘못 누른 것 아니요?, 혹은 선이 잘못 되었을 것이오. 다시 한 번 해 보시오"라고 알려주고 조용히 수화기를 내려놓고 다시 업무에 집중했다.

우리 비서 당직실에도 외부 직통전화기가 하나 있었다. '문혁' 중에 이 전화는 줄곧 외부로 연락하여 번호가 공개되어 많은 사람들이 이 전화번호를 알고 있었으며 자주 전화를 걸어와 우리에게 저우 총리에게 상황을 말씀드리고 문제를 해결해 달라고 요청했다. 방해를 줄이기 위하여 우리는 번호를 바꾸려고 했다. 저우 총리는 이 사실을 알고 나서는 이렇게 하는 걸 동의하지 않았다. 그러면서 "번호를 바꾸면 대중들이 또 무슨 일이 있을 때 어떻게 나를 찾겠소?"라고 했다. 그래서 이 전화번호는 계속 남기고 번호를 바꾸지 않았다

대중들의 교통을 편리하게 하고 행인들의 안전을 보장하기 위하여 1969년 12월 28일 저우 총리는 베이징시의 교통관할 기관에 지시를 내렸다. "동서장안거리, 시내순환도로와 주요거리 및 우커송(五棵松)에서 북쪽으로 서쪽 교외공항 교차로까지 모두 차도 표시를 굵게 선명하게 표시하여 눈에 띄게 하시오. 그 외에 횡단보도도 반드시 선명하게 해야 하며 장안거리 중간의 '안전도'도 회복시켜야 합니다." 평소에 관심이 없고 주의 깊게 보지 않았으면 누가 일반 행인들의 편리와 안전을 위하여 이렇게 상세하고 구체적으로 의견을

제기할 수 있을까!

저우 총리의 대중교통안전에 대한 관심은 자신이 차를 탈 때의 구체적인 요구에서도 나타났다. 한번은 내가 저우 총리를 따라 대회당에서 회의를 마치고 중난하이로 돌아가는데 그날 마침 비가 오고 있었다. 그는 기사 양진밍(楊金明)에게 "차를 너무 빨리 운전하지 말게. 행인들이 보면 긴장할 것 아니오. 어떤 도로 구간에는 물이 고여 있으니 자전거를 타는 사람들에게 물이 튀겨 옷을 젖게 해서는 안 되오"라고 했다.

베이징 서쪽 교외 위췐로(玉泉路) 입구 주변에 다섯 그루의 소나무를 심어 유명해진 버스역이 있는데 '우커송(다서 소나무)'이라고 했다. 어느 날 내가 저우 총리를 따라 서산에서 시화청으로 가는데 위췐루를 지나갈 때 차 속도가 좀 느렸다. 저우 총리는 밖에 소나무를 가리키면서 "저기 보게나. 다섯 그루가 왜 세 그루만 남았소?"라고 물었다.

나는 머리를 흔들면서 "모릅니다"라고 말했다.

저우 총리는 "예전에 여기에 소나무가 다섯 그루 있었소. 두 그루를 보충해야 하오. 여기에 버스역이 있는데 외지 사람들이 베이징에 왔을 때 세 그루만 있는걸 보면 영문을 모를 것이니 두 그루를 더 심어야 이름에 맞아요. 외지 사람들이 보면 여기가 '우커송' 버스역이라는 걸 알 수 있겠소?"라고 했다. 후에 관련부서에서는 두 그루를 더 심었다. 이때부터 사람들은 또 다시 쭉 뻗은 푸른 소나무 다섯 그루가 위췐루 입구에 우뚝 서 있는 것을 볼 수 있었다.

1974년 6월 어느 날 저우 총리는 수술을 금방 마치고 바로 일어나 우리가 그에게 골라준 문건자료들을 보고 있었다. 이 자료에서 저우 총리는 어떤 사람이 보낸 편지 한 통을 보았다. 이 편지에는 산시성 한 산간지역의 소금이 도시보다 1전 비싸다고 했다. "산간지역 농민들의 생활은 원래 매우 어려운데 소금이 도시보다 비싸면 어찌하오?" 저우 총리는 이 1전이 산간지역농민에게 있어서의 무게와 또한 도시물가정책에도 관련이 있음을 잘 알고 있었다. 그는 침대에서 바로 리셴녠 부총리에게 "무슨 방법을 써서라도 이 문제를 해결해야 하오. 산간지역의 대중들이 꼭 소금을 먹을 수 있게 해야 하오"라고 전화했다.

이 몇 가지 사건은 모두 매우 평범하고 사소한 일들이지만 모두 백성들의 이익과 긴밀하게 연관되어 있다. 하지만 바로 이런 평범한 작은 일들이 위대한 저우 총리, 위대함이 평범함 속에 내포된 저우 총리를 빛냈다. 마치 그가 말한 "나를 대중들과 갈라놓을 수는 없소", "나는 당신들 중의 한 사람이오"와 같은 것이었다. 이처럼 그는 온 마음의 사랑과 진심을 구체적으로 인민들에게 주었고, 그도 인민들의 마음속에서 우러나는 진심어린 사랑을 받았던 것이다.

저우 총리의 경호를 하던 나날들

– 한푸위(**韓福裕** 저우언라이 총리의 경호원)

저우 총리의 경호를 하던 나날들

– 한푸위(韓福裕 저우언라이 총리의 경호원)

1949년 여름 정치협상회의 준비회의를 하고 있을 때 나는 당시 중앙 207사에 있었다. 중앙기관이 우리부대에 와서 저우언라이 총리의 경호원 두 명을 뽑았는데 나는 그 두 사람 중 한 명이었다. 나는 당시 부대에서 소대장이었는데 이후 저우 총리의 곁에 가서 경호원이 되었다. 처음에는 남해(南海) 펑저원(豊澤園)에서 살았다. 지금의 마오 주석 생가 남쪽 방이었는데 숭서우자이(松壽齋)라고 불렀다. 1949년 11월에 시화청으로 이사했다.

당시 경호원 중에서 경호실장이 있었는데 바로 청웬궁 동지였고, 또 한 명은 장수잉 동지였다. 한 명의 경호실장, 두 명의 경호원이 24시 간씩 교대하였다. 물론 다른 경호원들도 있었다.

처음에 저우 총리의 곁에 왔을 때 일반적으로 모두 긴장한다고 하는데 나는 긴장하지 않았다. 나는 부대에 있을 때 신문이랑 책을 즐겨봐서 그러한 저우 총리에 대하여 매우 존경했기 때문이었다. 단지 걱정이라면 임무를 완성하지 못하는 것이 아닐까 하는 것이었다. 당시 나는 목숨을 다해 그의 안전과 건강을 보호 하겠다고 결심했다.

그의 곁에서 근무하는 동안 나는 열심히 임무를 다했다. 하지만 매우 안타깝게도 시간은 그리 길지를 않았다. 두 가지 일이 발생했기 때문이었다. 첫 번째 일은 반혁명운동을 진압하기 시작할 때인데, 이때 공교롭게도 갑자기 "매부가 반혁명을 꾀해 체포되었다"는 누님의 편지를 받았던 것이다. 나는 내심 매우 놀랐다. 모두 알다시피 우리는 총을 들고 지도자들 곁에서 저우 총리뿐만 아니라 다른 지도자들을 위해 활동하고 있었다. 내가 생각하기에 처음 우리를 뽑을 때 모두 출신과 성분이 좋고 사회관계가 명확하며 개인사도 깨끗해야 했다. 하지만 이런 일이 발생하자 나는 마음에 준비를 하였다. "전근해야 한다." 나는 이 편지를 받은 후 곧 바로 허첸동지에게 전달했다. 그는 경호비서였다. 나는 상황이 이러하고 더 많은 상황은 알지 못한다고 했다.

어느 날 저우 총리는 저녁 식사를 마친 후 마당에서 산책을 하면서 나에게 "한푸위, 당신의 친척은 어떤 상황이오?" 라고 물었다. 나는 간단하게 그에게 이야기 했다. "매부는 1949년 칭다오가 해방된 이후 소개를 통해 누님을 알게 되어 결혼하였고 당시 그는 철도국의 간부였으며, 또 공산당원이었는데 지금 와서 반혁명분자라고 합니다." 그리고 나는 이 정도밖에는 모른다고 했다. 후에 저우 총리는 "부담을 갖지 말고 마음 편히 근무하시오"라고 했다.

후에 나는 전출되지 않았다. 저우 총리는 그들에게 이렇게 말했다고 했다. "한푸위 동지가 여기서 근무하는데 그 매부가 그에게 영향을 좀 끼치겠지만, 그는 우리당의 간부입니다. 우리당 조직에서 그에 대해 교육할 것이니 우리는 우리의 동지를 믿고 우리당의 영향을 믿어야 합니다." 이렇게 해서 나는 계속 그곳에서 경호원을 했다. 이 일은 나에게 큰 감동을 주었다. 이는 정치적으로 제일 큰 믿음이었다. 계속 지도자 곁에 있을 수 있으니 나는 더욱 온 마음을 다해 노력했다. 중국에는 "선비는 자기를 알아주는 사람을 위해 죽는다"는 말이 있다. 나는 사람은 신임을 얻은 후에 더욱 배로 노력한다는 것을 확실하게 느꼈다.

다른 한 가지 사건은 1951년 저우 총리가 너무 바빠서 20세 전후의 우리 젊은 두 명이 그의 곁에서 열심히 도와도 일손이 부족했다. 우리는 24시간 일하고 자러 갈 수가 있지만 저우 총리는 그럴 수조차 없었다. 그때 그는 통상 4, 5시간 또는 5, 6시간 정도만 휴식을 취하고 깨어있었다. 그의 일, 그의 식사, 잠 이라는 이름은 완전히 깨져 있었다. 어느 날 마침 그와 함께 회의장으로 갔다. 그가 회의를 하고 있는데 나는 갑자기 배가 아파서 허리를 펼 수가 없었다. 허첸 동지가 바로 나를 병원에 데려주었다. 검사해보니 장 폐색증이었다. 뭐가 생긴 것 같아 바로 수술을 해야 했다. 이렇게 복부수술을 하고 장 매듭 부분을 푼 후 다시 봉합했다. 그때는 젊어서 열흘정도 지나서 퇴원했다.

돌아온 후 저우 총리와 덩 큰언니는 나에게 관심을 기울이며 나에게 그들 식당에서 밥을 먹으라고 했다. 우리는 당시에 모두 대식당이어서 일주일에 두 번 정도만 쌀밥을 먹을 수 있었으며 그 외에는 모두 옥수수, 수수 등 잡곡이었다. 위장병은 죽 같이 걸쭉한 것을 먹어야 했다. 덩 큰언니는 자기의 우유를 나에게 주었다. 나는 15일정도 먹고 나니 좋아진 것 같아서 대식당으로 가서 다시 먹었다.

하지만 3, 4개월이 지난 후 장이 또 막혔다. 이번에는 장협
착이었는데 수술 후유증이었다. 수술 후 의사선생님은 이후에 또
도질 수 있으며 이후에 또 막히면 보수적인 치료를 해야 한다고 했다.
이렇게 나는 내가 괜히 자리만 차지하고 있으면서 근무를 제대로
못서는 것 같다고 생각했다. 저우 총리는 자신에 대한 요구가 엄격하여
그의 곁에 있는 직원 수는 제한되어 있었기 때문이었다. 그래서 나는
허첸 동지에게 나를 경비실에서 전근시켜 내가 할 수 있는 일을 하게
해달하고 요구했다. 저우 총리와 이렇게 가다가는 제대로 보살피지
못할 것 같다고 했다. 허첸 동지는 동의하고 저우 총리에게 보고했다.
그가 돌아와서 한 얘기에 의하면 저우 총리는 그를 꾸짖었다고 했다.
"자네는 어떻게 이런 식으로 문제를 생각하나? 한푸위 동지는 여기서
근무하다가 얻은 병인데, 그가 여기서 일을 못하면 다른 곳에 가서도
일을 못하는 것 아니오? 그리고 그가 여기서 병을 얻은 것을 당신들도
다 알지 않소. 그가 불편하여 좀 쉬면 모두들 이해하고 돌봐줄 수
있지만 새로운 곳으로 가면 그 사람들은 모두 상황을 모르지 않나?
환자를 다른 데로 전근시키다니 자네는 어떻게 이런 식으로 문제를
생각하는 건가?"라고 말했다는 것이다. 그리하여 1953년 이후 즉 '3반'
이후 나는 한동안 저우 총리의 주방 일을 맡았다.

저우 총리는 여전히 나의 병세를 걱정했다. 한 번은 저우 총리가
군사위원회 위생부의 푸렌장(傅連暲) 부장과 업무를 얘기하다가
갑자기 "내 곁에 있는 어떤 젊은이가 장협착증에 걸렸는데 치료할 좋은
방법이 있소?" 라고 물었다. 푸렌장은 "베이징병원에 소련외과전문의가
와 있습니다"라고 했다. 소련전문의는 나를 검사한 후 별다른

방법이 없다고 하면서 흙 찜질 할 것을 건의했다. 동북 안산(鞍山) 탕강즈(湯崗子) 요양원에서 흙 찜질을 할 수 있다는 것을 듣고 저우 총리는 내가 거기서 2개월 정도 요양하고 병세가 호전되면 계속 곁에서 근무하도록 지시했다.

1954년 총리가 제네바에 회의하러 가고 덩 큰언니는 남방에 요양하러 가서 나는 완전히 할 일이 없었다. 그래서 나는 경호실의 간부에게 나를 경호실로 보내 일을 좀 하게 할 수 없느냐고 제의했다. 간부들이 동의하여 나는 경호실로 다시 돌아왔다. 그래서 내가 총리 곁에서 근무를 한 것은 겨우 5년이었다.

나는 경호실로 가서 시화문(西花門)에서 당직을 섰고 3명이 교대로 근무하였다. 근무를 하자마자 병이 또 다시 도져 병원 응급실로 갔다. 이번에는 수술을 하지 않고 전통 치료를 하여 위와 장을 세척하였다. 후에 또 나를 생각해서 가족 초대소에 가서 근무하게 하였다. 나는 젊었기에 가족을 접대하는 일을 하기 싫어서 또 전근시켜달라고 했다. 1957년 중앙기관에서 인원감축을 하였다. 이때 간부가 나를 불러 얘기를 나누었다. 내가 전근을 요구하였기에 나에게 두 곳을 선택하라고 했다. 한곳은 서북의 란저우(蘭州)이고, 한곳은 동북의 지린(吉林)이었다. 나는 동북으로 가겠다고 했다. 왜냐하면 나는 동북에서 참군한 적이 있기 때문에 동북이 춥지는 하지만 두렵지 않았기 때문이었다. 이렇게 해서 그곳으로 가기로 결정했다. 가기 전에 물론 저우 총리와 덩 큰언니에게 인사를 해야 했다. 저우 총리는 별 말을 하지 않았다. 하지만 얼마 후에 경호실에 있던 나를 불러 얘기를 나누었다. "한푸위, 자네 이 병은 현재 완쾌하기 힘든 것이네. 자네가 동북으로 가면 거기 의료조건은 베이징보다 못하다네. 만약 병이 도져 제때에 치료를 못하면 생명에 위험이 있을 수도 있는 것이네. 수리건설부문에 가서 당의 일을 하는 게 어떠하오?"라고 했다. 집에 가서 상의하자 집에서는 모두 조직에서 세심하게 배려해 준 것이라고 하면서 동의했다. 후에 나에게 중난하이 수리건설처의 당서기를 하라고 했다. 후에야 나는 저우 총리가 그들에게 얘기를 했다는 것을 알았다. 나는 총리가 사람들에게 관심을 기울이고 사람들을 사랑하는 것이 정말 세심하다고 느꼈다. 그의 곁에서 근무하는 것은 매우 행복한 일이었다.

나는 저우 총리를 떠났지만 중난하이를 떠나지 않고 줄곧 중난하이 수리건설처에서 총서기를 맡았다. 비록 저우 총리를 자주 가서 만나는 못했지만 명절 때면 그들을 찾아볼 수가 있어 친척보다 더 가깝게 느껴졌다.

저우 총리 곁에서 근무하면 그의 가르침을 자주 들을 수 있었다. 두 개의 작은 예를 들겠다. 하나는 시화청의 처마 기슭에 원래 그렸던 것은 불교의 만(卍) 자였다. 불교의 만자는 시계 반대방향으로 돌고 히틀러 나치당의 당의 휘장은 시계방향으로 돌았다. 일반 사람들은 주의하지 않았고 우리는 예전에 이런 지식도 없었다. 저우 총리는 그곳에 갔을 때 이를 보고는 "이것은 우리 불교의 만자인데, 여기 시화청에서는 자주 외빈을 접대합니다. 어떤 나라들은 히틀러 나치에 대하여 매우 증오하니 그들이 가끔 오해할 수 있다"고 말했다. 그래서 그는 수리건설부서에 얘기하여 그들에게 지금의 꽃잎모양으로 바꾸게 하였다. 또한 그들이 여기저기 다 고칠까 걱정되어 이곳만 바꾸고 다른 곳은 바꾸지 말라고 특별히 분부했다. 이곳만이 오해받기 쉽기 때문이었던 것이다.

저우 총리의 정면 거실은 외빈을 접대하는 곳이고 후면 거실은 내빈, 친척을 접대하는 곳이었다. 1955년 경에 캐나다의 우호 인사인 원여우장(文幼章)이 방문했다. 그는 총칭에 있을 때 저우 총리와 매우 잘 아는 사이였다. 저우 총리는 친근함을 표하기 위해 오랜 친구이므로 후면거실에서 그를 접대하기로 결정하였다. 정면거실에서 외빈을 접대할 때는 모두 국무원 초대실의 직원들이 찻잔 도구를 완벽하게 가지고 와서 접대했다. 후면거실에서 접대할 때는 우리가 책임졌다. 이때 초대실에 전화해서 찻잔 세트를 가지고 오라고 해서 탁자에 올렸다. 저우 총리는 사무실에서 화장실로 갈 때 잠깐이지만 나는 따라갔다. 저우 총리는 갑자기 멈춰서더니 "아이고, 왜 일본 다기를 사용했는가?" 그 찻잔은 뒤덮여져 있었고 찻잔의 바닥의 영문은 일본제조라고 쓰여 있었다. 우리는 영문을 몰라 확인이 안 되었는데 그는 바로 발견하였던 것이다. 그는 "과장을 불러오시오. 당신들은 중화인민공화국의 총리 집에서 외빈을 접대하는데 일본 다기를 사용하는 걸 부끄럽게 생각하지 않소? 이것이 어떤 영향을 끼치겠소? 중국은 차 생산대국이며 또 다기, 도자기 생산대국이오. 징더전(景德鎮)을 도자기 도시라고 부르고, 또한 중국을 영문으로 CHINA라고 하오. 바로 도자기를 음역한 말이오"라고 말했다. 우리는 바로 우리나라 징더전에서 생산한 다기로 바꾸었다.

그 외에 저우 총리는 보초병이 경호하는 일을 잘하는데도 매우 관심을 기울였다. 한번은 그가 한밤중에 나와 산책을 했다. 보초병은 마당에서 보초를 서며 가로등 아래에 서 있었다. 저우 총리는 그에게 "'내가 돌아온 후에는 이 등을 끄시오. 당신은 어두운 곳에 서있어야 하오. 당신들은 경호를 할 때 나쁜 사람들이 밖에서 들어올 때 당신이 밝은 곳인 등 아래에 서있으면 그들은 당신을 발견하고 당신을 피할 수 있소. 당신이 만약 어두운 곳에 서있으면, 그들이 담을 넘어올 때 발견할 수 있는 것 아니오?"라고 알려줬다. 그리고 그들의 소대장에게 알려주어 이후부터는 주의하라고 했다. 저우 총리는 매우 세심하고 매우 예리했다. 일반 사람들이 습관이 되어 예사로운 일이 되거나 본체만체하는 일을 그는 모두 문제를 발견하고 제때에 시정했다.

한번은 펑저원에서 저우 총리가 들어오면서 보초병이 검정색 완장 띠를 한 것을 보고 누가 돌아가셨냐고 물었다. 보초병은 아버지가 돌아가셨다고 했다. 저우 총리는 "아 그래! 노인께서 돌아가셨군요. 너무 괴로워하지 마시오. 하지만 당신이 근무 자리에 있을 때는 검정 띠를 하지 마시오. 돌아가서 하시오. 당신이 근무할 때 이를 하면 오해를 살 수도 있기 때문이오. 당신은 돌아가서 이 상황을 당신들 소대장에게 보고하시오"라고 했다. 이처럼 작은 일까지에 저우 총리는 예리한 관찰력과 고도의 지혜를 반영했다.

저우 총리와 덩 큰언니는 모범부부로 전 당에서 모두 인정했다. 그때 덩 큰언니는 전국부녀연합회 부주석을 맡고 있었다. 어떤 간부들은 도시에 들어온 후 조강지처를 버려 많은 사람들이 저우 총리와 덩 큰언니에게 편지를 써서 고발하거나 하소연하기도 하였다. 그러면 그들은 매우 구체적으로 관심을 기울여 주었다. 저우 총리는 남자들과도 얘기를 나누고 여자들과도 얘기를 나눠 이 문제를 해결하려 했다. 이런 한 부부가 있었다. 그들은 모두 노 간부였고 저우 총리와 덩 큰언니도 그들과 잘 아는 사이였다. 이 여자 분은 좀 보수적이어서 짧은 머리에 헝겊 신발을 신고 레닌복을 입었으며 단장도 하지 않고 꾸미지도 않았다. 그는 남편에게 불만이 있었다. 저우 총리는 이를 아시고 사상적으로 개조시키는 일을 하였다. '3반', '5반' 중에 이 여자 분은 그의 남편을 고발할 때 자기가 머리를 기르고 구두를 신은 것은 남편 때문이 아니고, 저우 총리가 남편의 체면을 생각해 달라고 했기 때문이라고 했다. 나는 이 말을 듣고 나서 저우 총리가 이렇게 세심하게 얘기를 나눈 것은 그들 부부를 위해서이고 그녀에게 단장을 좀 하고 서로 돌봐주도록 하게 한 것이었다.

또 하나의 예가 있다. 저우 총리의 요리사 중에 왕스치우(王世秋)라는 스촨성 광위안(廣元) 사람이 있었는데 홍군이었고 장정 이후에 가족과 연락이 끊겼다. 1950년 중앙에서 해방구 위문단을 조직하였는데 시화청사무실에서는 한 명이 참가할 수 있게 했다. 저우 총리는 왕스치우를 추천했다.

왕스치우는 먼저 현으로 갔다. 현에서 그의 아내는 이미 다른 남편을 얻고 자녀들을 키우고 있었다. 그는 아들하나, 딸 하나 있었는데 그가 집을 나온 지 오래도록 연락이 되지 않자 혼자 키울 수가 없어서 다른 남자를 집에 불러 같이 살았다는 것이다. 그래서 그에게 집에 가지 말라고 하고 그의 아내와 아들, 딸을 초대소에 불러서 만나게 했다. 아내는 "당신이 돌아올 수 있으면 현재 남편과 헤어지겠어요. 아니면 내가 당신을 따라 베이징에 가겠어요"라고 했다. 왕씨는 "모두 다 안 되오. 나도 돌아올 수 없고 당신도 베이징으로 갈 수 없소. 나는 당신이 그 사람과 헤어지는 것에 동의하지 않소. 그리고 3명의 애들에게 아빠 엄마가 없게 할 수는 없소. 나는 그 사람에게 매우 고맙고 당신에게도 고맙소"라고 말했다. 베이징에 돌아온 후 왕 씨는 매우 주눅이 들어 있었다. 저우 총리는 나의 아내 휘잉화(霍英華)에게 "왕 씨는 좀 어떠하오?"라고 묻고는 또 "당신들이 그를 도와 배우자를 골라주시오. 그는 나가서 사람들을 만나지도 않으니 당신들이 도와주시오"라고 했다. 1953년 우리는 그를 도와 가정도우미 한 명을 골라서 결혼토록 했다. 저우 총리는 허첸(何謙)에게 "왕 씨가 결혼하려고 하오. 왕 씨의 애인은 가정주부이고 친척이 좀 있으니 당신은 큰 식당주방에 가서 상 두 개를 차리라고 알려주시오"라고 했다. 시화청의 주방은 불편하고 외부사람들이 들어올 수 없기 때문에 큰 식당주방에서 상 두 개를 차려 접대하려고 했던 것이다. 결국 왕 씨의 결혼은 큰 식당에서 치렀다. 저우 총리의 관심은 매우 세심하고 구체적이었다.

저우 총리가 돌아가실 때 나는 쉰의(順義)에 있었다. 아침에 일어나 라디오로 뉴스를 듣는데 장송곡이 흘러나오면서 '저우언라이'라는 다섯 글자를 듣자 나의 마음은 전기에 접전된 듯 눈물을 멈출 수가 없었다. 나는 공작대의 공사 서기에게 급한 일이 있어 베이징에 일주일 정도 다녀오겠다고 휴가를 냈다. 나는 40분 정도 자전거를 타고 바람을 맞으며 순의에서 동즈문(東直門)의 집까지 왔다. 돌아온 후 나는 급하게 목욕을 하고 이발하였다. 저우 총리는 깔끔하고 위생적인 것을 좋아하고 지저분한 것을 싫어하였다. 그리고 나는 저녁에 고별인사를 하러 갔다.

저우 총리가 거기에 누워 있는 것을 보니 도저히 참을 수가 없었다.

저우 총리의 베개수건이 아직도 예전 것임을 보고 나는 또다시 가서 깨우고 싶어졌다. 예전에 우리는 그를 깨울 때마나 언제나 베개를 가볍게 흔들고 그를 부르지 않았기 때문이다. '총리님, 총리님' 그가 깨어난 후 나는 그에게 지금 몇 시며 일어날 시간이라고 알려드렸다. 나는 나 자신에게 참아야 하며 여기서 못 볼꼴을 보여주면 안 된다고 생각했다. 그래서 끊임없이 절만 하였다. 나는 나온 후 진산(金山)과 손신스(孫新世)가 줄을 서 있는 것을 보았다.

진산이 병이 있어 나는 진산을 부축이고 또 한 번 돌면서 다시 한 번 저우 총리와 고별인사를 했다. 이튿날 나는 직원들에게 중난하이 시화청의 직원들이 매우 적으니 무슨 일이 있거나 밖에서 내가 필요한 일이 있으면 나에게 전화를 해서 알려달라고 했다. 그들은 나에게 당신은 잉화와 함께 가족접대를 책임지라고 얘기했다. 타지에 있는 저우 총리의 조카 저우얼후 일행이 와서 시안문의 가족 초대소에 묵고 있었는데 나에게 그들을 책임지라고 했다. 1월 12일 노동인민문화궁에서 조문을 거행했다. 나는 잉화와 함께 그들의 가족들을 동반하여 차를 타고 갔다. 그리고 우리는 저우 총리의 유골함에 천천히 세 번을 절했다. 나는 나와서 경호실의 둥팡(東方)을 만났다. 나는 "잉화, 당신이 가족들을 책임지고 모셔다 드리게나. 나는 다시 돌아가서 저우 총리의 영전을 좀 더 지키고 싶네"라고 했다. 허첸도 나도 다시 돌아가고 싶다고 했다. 나는 경호실의 직원에게 가서 둥팡을 불러달라고 했다. 그가 나왔다.

그는 경호실의 참모장이고 우리는 아는 사이였다. 나는 우리가 영전을 좀 더 지키고 싶다고 했다. 그는 근무카드를 우리에게 주었고 우리는 다시 들어갔다. 1월 12일, 13일, 14일 3일 동안 우리는 거기서 물도 마시지 않고 움직이지도 않고 계속 서 있었다. 청웬궁은 당시 돌아오지 못하고 1월 13일 이후에 장시에서 돌아왔다. 후에 청웬궁도 함께 했다.

1월 14일 오후 5시쯤 덩 큰언니가 오셨다. 장수잉은 저우 총리의 유골함을 가져와 덩 큰언니에게 드렸다. 덩 큰언니는 유골함을 안고 "내가 품에 안은 것은 저우언라이 동지의 유골이에요. 모든 분들께 감사를 드립니다"라고 말하였다. 모두들 통곡하며 울었다. 후에 덩 큰언니는 유골함을 안고 노동인민문화궁 종묘 계단을 내려와 차를 탔다. 차는 인민대회당으로 갔다. 그는 또 유골함을 안고 계단으로 올라가 대만팅(臺灣廳)에 놓았다. 대만청에 저우 총리 유골함을 놓은 곳에는 수선화 화분이 4개 있었다. 나는 당시에 수선화의 푸른 잎, 쭉 뻗은 줄기, 하얀 꽃잎에 노란 꽃술, 그리고 우아한 향기가 나는 것이 저우 총리의 인격과 너무 비슷하다는 느낌이 들었다.

이후부터 나도 수선화을 사서 길렀다. 저우 총리가 돌아가신지 20여 년 동안 나는 정성들여 수선화를 길렀다. 가족들도 물을 주면서 우리의 저우 총리에 대한 그리움과 존경심을 표하였다.

석유노동자의 마음의 소리

– 마더런(馬德仁 다칭 석유관리국 전 부국장)

석유노동자의 마음의 소리

– 마더런(馬德仁 다칭 석유관리국 전 부국장)

저우 총리는 다칭에 3번 왔었고 나는 3번 만났는데 이는 나의 일생 중에 제일 큰 행복과 영광이었다.

내가 감회가 제일 깊었던 것은 총리가 다칭에 오면 먼저 노동자들을 만났다는 점이다. 총리가 처음으로 다칭에 온 것은 1962년 6월이었다. 당시는 한창 석유전쟁을 하고 있어 다칭 사람들은 간부든 대중이든 막론하고 모두 죽을힘을 다하고 있었다. 지낼 곳이 없으면 외양간에 담을 쌓고 지냈다. 먹는 것이 매우 적고 매일 5냥의 식량만이 지급되어 나물을 캐서 배를 불려야 했다. 총리는 21일 오전에 다칭에 왔고 오후에 우리 '1202시추작업팀' 현장에 왔다. 차에서 내린 후 총리는 일일이 우리와 악수하며 안부를 물었다. 당시 나는 '1202팀' 대장이었다. 총리는 나에게 이것저것 자세히 물었다. "팀에 간부가 몇 명이 있느냐? 노동자가 몇 명이냐? 제일 나이 많은 사람과 나이 적은 사람은 몇 살이냐? 일 년에 유정을 몇 개 정도 작업하느냐?" 그는 우리가 모두 41명이고 매년 41개의 유정을 목표로 한다는 것을 듣고는 또 "당신들 팀은 유정의 틀을 멈출 수도 없고 노동자가 집에 가면 어떡하오?"라고 물었다. 나는 "다칭 유전에 집이 있는 사람들은 유정 한 개를 작업 마치면 하루씩 돌아가면서 집에 갑니다. 집이 여기에 없는 사람들은 겨울에 유정시추작업을 할 수 없을 때 한 달 반 정도 휴가를 주어 집에 갑니다"라고 보고했다. 총리는 또 "나라가 현재 매우 어렵고 식량이 부족한데 당신들은 정말 배불리 먹고 있소?"라고 물었다. 나는 "배불리 먹습니다. 우리 시추 작업팀은 다칭의 간부들이 우리를 특별히 보살펴 배분하는 식량이 좀 많습니다. 노동자 한 명당 한 달에 28근의 식량이 배급 됩니다"라고 말했다. 총리는 "28근의 식량으로 배불리 먹을 수 있소?"라고 재차 물었다. 나는 "괜찮습니다. 모자라면 우리는 들나물을 캐서 먹습니다. 여기는 원추리도 있고 개자리나물도 있습니다. 우리가 들에 나가 원추리나물을 좀 캐오면 됩니다"라고 말했다. 우리의 보고를 들은 총리는 그 자리에 동행한 간부들에게 석유 시추작업팀의 노동자들에게 야채, 양배추를 보내주라고 분부했다.

총리는 시추작업대에도 올라갔다. 작업 중인 노동자들의 손은 모두 기름과 흙투성이였다. 총리가 자기들과 악수를 하려고 하자 다급히 옷에 닦고 또 닦았다. 총리는 이런 것을 상관하지 않고 앞으로 다가가 노동자의 손을 잡고 "괜찮아요, 괜찮아. 나도 노동자일 때가 있었소"라고 하면서 친절하게 주변에 둘러싼 노동자들과 얘기를 나누었다. 그들에게 "몇 살이오?", "시추작업노동자가 된지 몇 년이나 되었소?", "고향은 어디요?", "겨울에 밖에서 작업할 때 춥지는 않소?", "작업복은 따뜻하오?", "배우자는 데리고 왔소?" 등을 물었다. 그는 전혀 격식을 차리지 않았으며 마치 우리랑 다시 만난 옛 친구 같았다.

한편으로는 물어보고 한편으로는 진지하게 우리의 의견을 들으면서 가끔 만족스럽게 머리를 끄덕이기도 하고 밝은 웃음소리를 내기도 하였다. 국산 시추기 기능이 괜찮다는 얘기를 들었을 때 그는 매우 기뻐했다. 우리에게 더욱 분발하여 유정을 많이 뚫고 잘 뚫으라고 격려했다. 총리는 우리와 얘기를 나눌 때 디젤차 기사 한 사람이 근무자리를 지키느라 오지 못한 것을 발견하고 작업대의 좁은 틈을 비집고 나가서 기름과 굳은살이 가득한 운전기사의 손을 꼭 잡았다. 나는 총리의 이 악수는 어떤 말보다 대단하며 한 대국의 총리의 보통 노동자에 대한 마음에서 우러나는 관심과 존중을 정확히 반영했다고 생각했다.

우리 작업팀을 떠나 총리는 '1203 시추작업팀', '북2 펌프장' 등 기층조직을 방문하였다. 동행한 직원들이 총리에게 시간이 얼마 남지 않았다고 귀띔을 하였다. 총리는 "한번 오기 쉽지 않으니 많이 봐야 기쁘오"라고 했다. 그리하여 총리는 부근에 있는 직원숙소와 식당도 보았다. 식당에서 총리는 솥뚜껑을 들고 주걱으로 솥 안에 있는 수수죽을 저어보고 또 친히 다른 솥에 있는 원추리국도 맛을 보았다. 총리는 요리사 천위전(陳玉珍)에게 "당신들 수고가 많소"라고 말했다. 천위전이 "괜찮습니다"하고 대답하자 총리는 "어렵다는 건 사실이오. 괜찮다고 하는 건 거짓말이오. 사람들이 우리의 목을 조이면서 빚을 갚으라고 하니 지금은 확실히 어려움이 존재하오. 하지만 우리가 끊임없이 노력하고 자력갱생하면 장래에 꼭 좋아질 것이오"라고 말했다.

다칭 사람들의 주택은 매우 초라했다. 그냥 큰 흙구덩이를 파고

위에다 아무 것이고 덮으면 한 가족이 사는 '지하방'이 되었다. 그때 총리는 식당에서 나오다가 부근에 어떤 가족이 '지하방'에서 나와 쓰레기를 버리는 것을 보고 다가갔다. 모두들 총리에게 '지하방'에 들어가지 말라고 말렸다. 양더췬(楊德群)이라는 가족도 총리에게 안이 어둡고 깜깜하니 들어가지 말라고 했다. 총리는 "당신들이 살 수 있으면 나도 들어갈 수 있소"라고 말했다. 저우 총리는 허리를 굽혀 '지하방'에 들어가 방구들에 누워있는 어린 아이를 보고 감정이 북받쳐 "여러분들은 현재 정말 어려운 생활을 하고 있소. 하지만 장래에는 꼭 좋아질 것이오"라고 말하며 위로 했다.

이번 시찰 중에 총리는 다칭의 간고분투하며 자력갱생하는 창업 정신을 충분히 인정하고 다칭의 과학을 중시하는 태도를 인정하였다. 그는 다칭과 같은 광산지역에서 대도시처럼 집중하지 말고, 주민의 임시주거지를 분산 건설하고, 가족 단위로 농촌의 부업생산에 참가하며, 노동자농민의 결합, 도시농촌의 결합을 하게 하여 생산과 생활에 모두 도움이 되도록 하라고 했다. 후에 총리는 또 그것을 "노동자농민 결합, 도시농촌 결합, 생산에 유리, 생활에 편리"라고 개괄하여 다칭 광산지역 건설의 지도방침이 되도록 했다.

다칭 사람들은 총리의 기대를 저버리지 않고 열심히 일하여 1963년 다칭 원유생산량은 430여 만 톤에 달하여 우리나라가 석유 자급을 하는데 공헌하였다. 총리는 두 번째로 다칭에 왔다. 이번은 총리가 우리의 시추작업팀에 오지는 않았지만 나는 운이 좋게 통지를 받고 많은 동지들과 같이 총리와 함께 사진을 찍을 수 있게 되어 비할 바 없이 소중한 사진을 남기게 되었다.

이번에 '1203 시추작업팀'의 노동자인 리칭밍(李淸明)은 제일 흥분하였다. 왜냐하면 총리가 지난번에 왔을 때 그는 총리를 만났었는데 그가 생각지 못한 것은 총리가 이번에 차를 내리자마자 그를 알아보고 성큼성큼 걸어와서 그와 악수를 한데다 심지어 그의 성을 말했기 때문이었다. "당신은 리…… 뭐더라" 리칭밍은 곧바로 "저는 리칭밍이라고 합니다"라고 대답했다. 총리는 웃으시면서 크게 "리칭밍 동지, 안녕하시오"라고 말했다. 현장에 있던 사람들은 모두 감동했다. 모두들 감동한 원인은 물론 총리가 비상한 기억력이 있었기 때문이 아니었다. 총리는 가벼운 발걸음으로 작업대에 올라가 작업하는 모든 노동자에게 따뜻한 손을 내밀었다. 작업하던 디젤차 운전기사는 무언가를 찾아 손을 닦으려고 하자 총리는 "닦을 필요 없소. 당신들 고생이 너무 많소. 그러나 매일 기름과 흙과 싸우니 이는 당신들의 영광이오"라고 했다.

총리는 가는 곳마다 노동자들과 오랜만에 만나는 옛 친구처럼 친절하게 담소를 나누고 그들의 각종 상황을 물어보았다. 특히 직원들의 생활을 제일 많이 자세히 물어보았다. 이번 시찰 후 얼마 안 되어 많은 문화예술계의 유명 인사들이 총리의 격려를 받고 잇달아 다칭에 와서 생활 속으로 깊게 들어가 창작을 하였다. 유명한 감독 순웨이스(孫維世) 등 동지들은 다칭에서 가족정신의 면모를 반영하는 '방금 올라온 태양(初升的太陽)'이라는 연극을 창작했다. 이는 1965년 겨울 국무원 작은 강당에서 공연을 하였다. 총리는 연극을 보고 무대 위로 올라가 축하를 해주었으며, 또 친히 모든 관객들을 지휘하여 〈다칭가족이 혁명을 하다(大慶家族鬧革命)〉 등의 노래를 하였다.

1966년 5월 3일 총리 세 번째 다칭에 올 때는 헬기를 타고 왔다. 총리는 누추한 사무실에서 묵고 수수강낭콩밥, 옥수수죽과 다칭에서 나는 무, 감자 그리고 배추에 당면을 넣은 잡탕으로 식사를 했다. 모두들 총리가 이렇게 간단한 식사를 하는데 불만이 있었다. 간부들은 총리가 미리 "식사마다 잡곡이 있어야 하고 술은 올리지 말며 야채는 다칭에서 나는 걸로 해야 한다"고 말하였다고 설명했다.

　　이번에 총리는 또 우리 '1202 시추작업팀'을 보러 왔다. 유전 간부들은 총리에게 우리 1202팀과 1205팀이 매년 5만 미터의 작업을 하여 소련의 공훈팀을 초월하기로 결심했다는 보고했다. 총리는 매우 기뻐하며 우리 두 팀의 상황을 자세히 물었다. "그 두 팀이 만약 매년 5만 미터를 작업하면 국무원에서 그들을 장려할 것이오"라고 말했다. 그리고 총리는 작업대에 올라가서 작업 상황을 자세히 물어보았다. 왕진시(王進喜) 동지는 핸드브레이크를 쥐고 총리에게 작업하는 것을 보여주었다. 작업대에서 내려와 총리는 다시 한 번 유전간부들에게 정중하게 "금년에 이 두 팀이 5만 미터를 작업하면 국무원에서 장려할 것이라고 노동자들에게 얘기하시오"라고 말했다. 현장을 떠날 때 총리는 또 다시 왕진시와 장윈칭(張云淸) 등 두 작업대 대장의 손을 잡고 "당신 두 팀이 만약 금년에 5만 미터를 작업하면 나에게 알려주시오"라고 했다. 총리의 관심은 매우 강대한 동력이 되어 이 두 팀은 그해에 정말 5만 미터를 초과하여 두 팀이 도합 10만 미터를 작업하는 기록을 세웠다. 이는 전국기록을 깨는 대기록이었다. 이 두 팀은 왕진시 대장이 베이징에 가서 총리에게 보고를 하고 천안문 성루에 올라가서 국경절 의식에 참가했다.

믿기 어려운 것은 총리는 일을 할 때 우리보다 더 죽을힘을 다했다는 것이다. 그는 세 번째 다칭에 왔을 때 28시간 머무르면서 겨우 두 시간만 잠을 잤다. 이것은 내가 말한 것이 아니고 당시에 모든 일정을 동행했던 유전간부가 세심하게 일정표를 정리하고 총리의 당시 실제 근무상황을 기록했었던 것이다. 그날 총리는 12시 30분에 다칭에 도착한 후 지친 모습임에도 줄곧 바쁘게 움직였다. 우리 작업팀을 떠난 후 저녁 7시 30분에 저녁식사를 하고 조금 쉬었다가 저녁 9시 30분부터 11시 20분까지 석유부 부부장 겸 다칭 당서기와 지휘자인 스첸청(時全程) 동지가 다칭의 전반업무에 대한 보고를 듣고 좌담회를 열었다. 밤 12시가 되었는데도 하루 종일 수고한 총리는 쉬지 않고 또 캉스언(康世恩) 동지를 불러 이야기를 나누었다. 새벽 1시 30분까지 이야기를 나누고도 총리는 쉬지 않고 캉스언, 스첸청의 안내 하에 유전지휘부회의실로 가서 생산모형, 기술혁신 제품과 유전건설도를 보고 유전건설규획보고를 들었다. 새벽 2시 10분이 돼서야 총리는 회의실을 떠났다.

새벽 3시에 총리의 방은 불이 꺼졌다. 그런데 겨우 두 시간이 지난 아침 5시에 총리는 또 일어나서 베이징에서 온 전보, 문서들을 보았다. 그 후에 다칭을 떠날 때까지 식사 시간 외에는 줄곧 일을 하였다. 총리의 근무시간표를 보고 당시 나는 눈물을 흘렸다.

우리의 존경하는 저우 총리는 다칭에 모두 3번 와서 29개 기층 부서를 시찰하고 수만 명의 노동자, 간부와 가족들을 만나고 많은 사람들과 친절하게 악수를 하고 이야기를 나누었다. 총리가 세 번째 다칭에 왔을 때는 이튿날 16시 30분에 떠났다. 그 후에 다칭은 줄곧 기다리고 또 기다리고 1976년까지 기다렸지만 존경하는 저우 총리는 더 이상 다칭에 오지 못했다.

아마도 총리는 처음 다칭에 온 후 우리들의 마음은 한 번도 그를 떠나지 않았을 것이라 확신한다. 다칭 사람들의 마음속에 총리는 영원히 우리와 함께 하고 총리는 영원히 우리의 마음속에 살아계신다는 것을 나는 알기 때문이다.

저우 총리와 싱타이(邢台) 지진

– 쉬신(徐信 중국인민해방국 전 부총참모장)

저우 총리와 싱타이(邢台) 지진

- 쉬신(徐信 중국인민해방국 전 부총참모장)

1966년 3월 8일 허베이 싱타이지역에서 6.8급의 강렬한 지진이 발생했다. 이것은 신 중국 성립 후 처음으로 인구밀집지역에서 발생한 강진이어서 손실이 매우 막대했다.

나는 당시 63군 부 군장 겸 참모장이었다. 그날 아침 5시쯤 침대가 마구 흔들려 나는 놀라 깨어났고 지진이라는 것을 알았다. 지진 후 1시간이 안 되어 우리 군은 구호지휘부를 조직하고 또한 무선통신기로 상급기관과 연락을 취했다. 당시 지진중심이 어디인지는 확실하지 않았다. 나는 군부의 일부 전우들과 함께 지프차와 트럭을 타고 스자좡에서 출발하여 가면서 정찰했다. 후에야 지진중심이 싱타이지역의 룽요우현(隆堯縣)이라는 것을 알았다. 상황을 파악한 후 부대는 지진구조를 시작했다.

이튿날 군장은 나에게 전화해 총리가 스자좡에 와서 재해지역현장을 보겠다고 한다고 말했다. 나는 "총리께서는 가급적이면 현장에 오시지 않는 게 좋겠소. 여진이 빈번하고 집들은 모두 무너졌으며, 총리께서 오시면 안전상 보장이 없소"라고 했다.

그러나 총리는 그렇게 생각하지 않았다. 그는 스쟈좡에 온 후 지방 당위원회와 부대의 보고를 듣고 나니 벌써 저녁 8시였다. 총리는 밤길로 지진중심 룽요우에 가겠다고 하였다. 모두들 총리에게 스쟈좡에서 하룻밤 쉬고 내일 출발하기를 권했다. 총리는 "나는 비행기를 타고 왔소. 차를 타고 가면 되오. 뛰어갈 필요도 없는데 힘들지 않소"라고 했다. 엔다카이(閻達開) 동지가 "여진이 끊이지 않아 안전하지 않아요"라고 했다. 총리는 "그렇게 많은 대중들이 모두 안전하지 않은 것을 두려워하지 않는데 우리가 안전하지 않은 것을 두려워 할 수 있소? 지진은 대단할 게 없소. 오늘밤 꼭 가야 하오"라고 말했다. 장솽잉(張雙英) 동지가 "총리께서 너무 힘드실 까봐 걱정됩니다"라고 말했다. 총리는 "나는 아직 괜찮소. 당신이 어떻게 내가 힘든 줄 아시오? 우리 이렇게 하도록 합시다"라고 말하고는 저녁 8시 반에 기차에 올랐다.

그날 저녁 나와 몇 명의 간부들이 함께 펑춘(馮村) 기차역에 가서 총리를 마중했다. 우리는 지프차 6대로 갔다. 보슬비가 내리는데 총리는 차에서 내린 후 바로 룽요우현에 설치한 구조지휘부로 갔다. 당시 이미 전기가 끊겨 어떤 분이 램프를 들고 와 총리를 안내했다. 구조지휘부의 건물은 지진 후 이미 위험하여 우리는 총리에게 들어가지 말라고 권했다. 이미 텐트를 쳤으니 텐트 안에서 보고할 수 있다고 했다. 총리는 "당신들은 어디서 일합니까?"라고 물었다. 나는 "저희는 바로 이 건물 안에서 일 합니다"라고 말했다. 그러자 총리는 "당신들이 두렵지 않은데 내가 두렵겠소?"라고 말했다.

총리는 씩씩하게 지휘부에 들어가서 낡은 소파에 앉은 후 바로 물었다. "재해면적이 어느 정도나 됩니까? 재해인구는 얼마입니까? 사상자는 얼마나 되죠? 무너진 건물은 몇 채인가요? 지금 어떤 조치를 취하고 있습니까? 구조활동은 어떻게 진행되고 있나요?" 나와 차이창위안(蔡長元), 류스(劉侍), 펑스잉(馮世英), 장뱌오(張彪) 등 동지들이 모두 일일이 대답하였다. 보고 중 또 여진이 와서 건물이 흔들리고 문과 창문에서 소리 났다. 건물은 이미 견고하지 않아 한번 흔들리자 벽에 횟가루가 마구 떨어져 온통 먼지투성이고 총리와 우리의 몸에도 모두 흙이 날렸다. 모두들 일어나 총리에게 빨리 나가서 피하라고 했다. 총리는 거기에 앉아서 움직이지 않고 침착하게 "괜찮소. 모두들 진정하시오. 이 건물은 새로 지은 것인데, 만약 무너지면 대중들의 작은 건물들은 모두 납작해지지 않겠소? 계속 얘기합시다"라고 말하였다. 총리가 침착한 것을 보고 모두들 긴장했던 것이 금방 없어졌다.

이날 밤 총리와 우리는 함께 재해 상황을 분석하고 지진구조업무에 대하여 전면적인 조치를 취하였다. 총리는 "지진재해는 이미 기정사실이니 우리의 다음 업무는 주로 어떻게 대중들을 이끌고 재해를 극복할 것인가 하는 문제입니다. 향후 업무방침을 이렇게 하는 것이 어떻겠소?" 그러면서 총리는 "자력갱생, 분발향상, 고향재건, 생산발전"을 제시하였다. 모두들 찬성을 표했고 이 구호는 지진구조의 행동강령이 되었다.

총리는 민첩하고 과감하게 지휘했다. 그 자리에서 구체적인 지시를 몇 개 하였다. 첫째, 일주일 내에 질서를 회복하고 대중들을

도와 사망자를 매장하고 부상자를 안치하며 대중들을 도와 장막을
설치하고 기본적인 생활을 할 수 있게 기반시설을 회복시켜 신속히
정상적인 생산구조업무에 들어설 수 있도록 한다. 둘째, 재해마을의
지도를 강화하라고 요구했다. 재해가 심각한 마을의 기층간부가
사망이나 부상자가 많은 데는 주변의 재해가 경한 곳에서 간부들을
뽑아 충당하고 직무를 대리하고 업무를 도우며 교대로 교육을 받게
했다. 지방간부의 적극성을 발휘하여 지오위루, 왕제 등을 배워 업무를
잘하도록 제창했다. 셋째, 그는 군대와 지방이 통일된 구조지휘부를
조직하여 구조에 참가한 당정군, 각 부문의 인원과 의료위생업무는
모두 구조지휘부에서 통일적으로 지휘하라고 지시했다. 구조지휘부는
스쟈좡에 주둔하는 군기관에 설치하고 36군 군장이 통솔하며 지방
당정기관에서 관련 간부들을 파견하여 참가하게 했다. 전방 지휘부는
룽요우에 설치하고 나는 전방지휘부 지휘관이 되었다.

총리는 우리에게 "경각심을 높여 지진이 다시 올 때 더욱 큰 손실을
방지하라"고 했다. 그는 "현지를 조사해보니 여기는 1200년 전에 이미
큰 지진이 있었고, 우리의 선조들은 우리에게 기록만 남기고 경험을
남기지 않았소. 이번 지진은 매우 큰 대가를 치렀고 이런 대가를 헛되이
할 수 없소이다. 그러므로 우리는 기록만 남겨서는 안 될 것이오. 정말
그래서는 안 되오! 반드시 경험을 얻어내야 하고, 또한 과학 작업팀에
전달하여 지진이 발생하는 규칙을 연구해 내도록 해야 하오"라고 했다.

회의는 밤 11시가 되서야 끝났다. 총리는 이튿날 현장에 가보겠다고
하였다. 나와 여러 사람들은 갈 필요가 없다고 권했다. 나는 "룽요우
이곳이 이미 현장입니다"라고 하면서 갈 필요가 없다고 했다. 총리는

"나는 가야 하오. 마을 모두를 봐야 하오"라고 말했다. 지휘부를 떠날 때 총리는 우리에게 "오늘 밤부터 내일 오후 전까지 재해 상황, 사상인원, 건물피해와 대중들이 무엇이 필요한지 통계를 내라"고 요구했다. 그는 "내일 오후에 나는 또 올 것이오. 그때 나에게 보고해야 하오"라고 말했다.

이튿날 오후 총리는 헬기를 타고 재해가 제일 심각한 지진중심인 바이쟈자이(白家寨)에 왔다. 바이쟈자이 마을 어귀에서 총리는 2000여 명의 대중들 앞에서 나무상자 위에 올라가 말을 하였다.

모두들 단결하여 천재를 이기자고 격려했다. 이야기가 끝날 때 총리는 앞장서서 구호를 외쳤다. "분발향상, 자력갱생, 고향재건, 생산발전!" 총리가 한마디 외치면 대중들은 따라서 외쳤다. 2000여 명의 대중들은 눈물을 머금고 총리를 바라보았다. 그 장면은 평생 잊을 수가 없었다. 총리는 바이쟈자이에서 재해를 입은 7가정을 방문하였다. 그는 오후 2시쯤 왔는데 점심식사도 못하고 바이쟈자이 시찰을 마친 후 텐트 안에서 잠깐 쉬었다. 어떤 사람이 검정색 큰 그릇을 가져와 물통에서 물을 한 그릇 담아 총리에게 주었다. 총리는 받아서 한숨에 다 마셨다.

4월 1일 저우 총리는 세 번째 싱타이 지진재해지역에 시찰방문을 왔다. 하루 동안 잠시도 멈추지 않고 5개 마을을 돌았다. 첫 번째 마을은 허자이(何寨)였다. 그때는 바람이 매우 강하고 매우 추웠다. 3월 달에 또 눈이 와서 바람이 뼈를 파고들었다. 의전을 담당하는 직원이 총리의 건강을 보호하기 위하여 총리가 바람을 등지고 연설을 하게 했다. 총리는 현장에 도착 후 미간을 찌푸리며 "왜 이렇게 하셨소?"라고 물었다. 어떤 사람이 "총리께서 바람에 맞서서 연설을 하시면 매우 힘드실 것 같아서 그리 했습니다"라고 말했다. 나도 곁에서 "대중들이 바람을 맞으면서 들으면 정확히 들을 수 있어요"라고 했다. 총리는 "'안되오. 어서 돌리시오. 대중들이 이렇게 많은데 그들에게 바람을 맞으라고 하면 어떻게 하오? 나 한 사람만 바람을 맞으면서 얘기하는 건 괜찮소"라고 말했다. 결국 총리의 요구대로 대중들의 위치를 돌리고 총리는 트럭에 올라가서 바람을 맞으면서 연설하였다.

이날 총리는 다른 곳에서 7번 연설하여서 목이 다 쉬었다. 목이 쉬었지만 계속 연설을 하였다. 연설 외에 총리는 또 마을에 가서 건물이 도대체 어느 정도 무너졌는지, 대중들의 이후의 생활은 어떻게 할 수 있는지, 향후 생산은 어떻게 할지를 확인했다. 총리는 연속 5개 마을을 시찰하고 나서 날이 저물자 헬기를 타고 우리 사단의 주둔지에 와서 시찰하고 당정군 각 방면의 보고를 들었다. 보고를 두세 시간 동안 진행하고 나니 총리의 책상위에 놓인 물은 이미 식어 있었다. 공무원이 또 총리에게 따뜻한 물 한 그릇을 부어주었다. 총리는 "물이 한 그릇 있는데 왜 또 부었소? 낭비예요"라고 말했다. 엔퉁마오(閻同茂) 사단장이 총리에게 여기서 저녁을 드시라고 청했다. 총리는 "좋소, 하지만 따로 하지 마시고 병사들이 뭘 먹든 나도 그들과 마찬가지로 먹겠소. 만두 두 개, 반찬 하나면 되오. 간단할수록 좋소"라고 했다. 엔 사단장이 취사병에게 닭 한 마리를 잡아 총리에게 드시게 하라고 지시했다. 총리는 이를 알고 당장 그를 꾸짖었다. 총리의 군사비서 저우쟈딩(周家鼎)은 엔 사단장에게 "총리께서는 생활이 검소하시고 식사도 간단하게 하십니다. 국수에 전병, 대파면 되오. 만약 시금치,

두부를 더하면 총리께서 기뻐할 것입니다"라고 말했다. 이날 밤 10시가 돼서야 총리는 겨우 저녁을 마쳤는데 먹은 것은 시금치, 두부와 국수였다. 식사 때 부대 직원들이 총리에게 국수를 담아주려 하자 총리는 그릇을 받아 "주시오. 나 스스로 하겠소"라고 했다. 총리의 이러한 몸소 실천은 우리 모두를 더욱 감동시켰다.

저우 총리는 시찰 중에 우리 부대에 지시했다. "당신들은 그 사이 지진구조업무를 잘했소. 이 기간이 끝나도 부대는 베이징으로 돌아오지 마시오. 다른 사단은 돌아갈 수 있어도 싱타이의 이 사단은 선전대를 조직하여 싱타이지역의 모든 현, 모든 마을, 모든 집에 가서 마을마다 집집마다 가서 선전을 하시오. 무엇을 선전 하느냐 하면 바로 어떻게 이번 지진을 대해야 하는지를 선전하시오. 중국인은 중국인의 기개가 있어야 하오. 재해를 입어도 두려워하지 말고, 우리는 허리를 펴고 우리들의 고향을 재건해야만 하는 것이오!"

시찰 중 총리는 또 조국의 미래 지진업무를 위하여 전략적 조치를 하였다. 총리는 "이번 지진은 대가가 매우 큽니다. 반드시 규칙을 찾고 경험을 종합해야 합니다"라고 말했다. "우리나라 역사상 많은 지진기록이 있지만 지진현상에 대한 관찰과 그에 대한 연구경험이 없소. 이번 지진에 우리가 지불한 대가는 매우 무겁고 손실이 매우 크오. 여전히 기록만 하고 경험이 없는 단계에 머물러서는 안 되오. 비록 지진현상의 규칙문제는 국제적으로도 해결하지 못한 문제이기는 하지만, 우리는 응당 독창정신을 발휘하여 과학적인 어려운 점을 돌파할 수 있도록 노력해야 할 것이오. 이번 지진은 우리에게 지진을 관찰할 수 있는 조건을 많이 주었소. 이 조건을 잘 이용해야 하오."

총리의 지시는 지진업무를 위하여 노력할 방향을 명시한 것이었다. 그의 관심아래 많은 과학자들이 지진현장에 뛰어들어 실천 중 단련을 하고 경험을 쌓으며 지진대오에서 끊임없이 강하게 성장했다. 오늘 전국 각지에 분포된 지진관측망은 바로 그때 저우 총리가 제정한 전략방침이 맺은 큰 열매였다.

싱타이지진 28년 후 어떤 기자가 싱타이지진에 관련된 책을 편집하려고 나에게 격려의 글을 써달라고 했다. 나는 "싱타이 대지진은 산처럼 무겁지만 인민에 대한 총리의 관심은 하늘보다 높고 군민의 정은 깊었기에 단결하여 난관을 이겼다"라고 몇 마디 썼다. 이는 내가 그 해에 직접 느낀 것이었다. 앞의 두 마디는 재해 상황을 쓴 것이고 뒤에 두 마디는 지진구조와 재건은 저우 총리의 영명한 결정과 진정어린 관심의 결과라고 쓴 것이었다. 오늘 싱타이지진은 이미 30여 년이 지났지만 매번 그때 당시의 여러 밤낮을 생각하면 나는 저우 총리의 친절한 웃는 모습과 목소리를 잊을 수가 없다.

존경하는 저우 총리님! 싱타이지역의 천백만 백성들은 당신을 기억하고 있고, 푸양(滏陽)의 강물은 당신을 기억하고 있으며, 화베이(華北)의 대지는 당신을 기억하고 있습니다. 지진은 인류의 재앙입니다. "당신 같은 좋은 총리가 있었던 것은 중화의 아들딸에게는 큰 복이었습니다!

저우 총리의 가르침은
중국민항 업무의 영혼이다

– 예즈샹(閻志祥 저우 총리전용기 조종사, 전 중국국제항공 총재)

저우 총리의 가르침은
중국민항 업무의 영혼이다

– 예즈샹(閻志祥 저우 총리전용기 조종사, 전 중국국제항공 총재)

1957년 10월 5일 저우 총리는 중국민항국의 어떤 보고에서 세 마디를 지시했다. "안전제일을 보장하고, 서비스 업무를 개선하며, 정상적인 비행에 힘써라." 이것은 중국민항이 설립 후 지금까지의 지도방침과 업무영혼이라고 말할 수 있다. 지금까지 비록 총리가 우리를 떠난 지 이미 오래 되었지만 우리는 지금도 여전히 그의 이 가르침을 생각하고 있으며, 마치 총리가 아직도 바로 우리 민항의 최고 국장인 것 같다.

총리의 이 세 마디는 매우 현실적이고 매우 과학적이고 정확했다. 안전제일은 영원한 민항의 주제이고 주된 선율이다. 총리는 바로 오직 안전을 제일로 강조하였다. 민항은 서비스 업종이다. 서비스를 개선하는 업무는 바로 어떤 태도로 승객을 대해야 하고 대중을 대해야 하는 일을 말한다. 정상적인 비행에 힘쓰는 것은 과학적이고 현실적이어야 하는 것이다. 왜냐하면 우리는 비행 시 날씨가 안 좋은 상황을 자주 만나기 때문이다. 만약 안전표준보다 낮으면 우리는

절대로 마지못해 비행하지 않고
있다. 그래서 총리가 우리에게
훈계하는 것은 정상적인 비행에
노력을 아끼지 말라는 것이었다.
어떤 사람이 이 세 마디에 동의하지
않는다고 한 적이 있었다. 우리는
총리에게 보고했다. 총리는
"내가 말한 안전제일은 전제가
있는 것이오. 서비스와 정상적인
비행과 비교했을 때 안전이 항상
우선순위요"라고 하였다. 수십
년간의 실천이 증명하듯이 총리의

저우언라이가 비준한 민항 업무에 관한 서류

지시는 완전히 정확했다. 우리 중국민항은 언제나 승객의 생명과
안전을 우선순위에 놓아야 하고, 동시에 천방백계로 서비스 품질을
향상하며 정상적인 비행에 힘써야 했다. 총리의 이 세 마디는 오늘도
여전히 우리 민항총국의 지도사상 강령이다. 우리는 이 강령을 "세
마디, 18개 글자, 엄격하고 철저하게"라고 부르고 있다.

1964년 이전에 우리는 외국을 방문할 때 모두 외국의 항공기를
임대해서 사용했다. 총리는 당시에 "언제쯤 내가 우리 민항의 항공기를
타고 출국할 수 있을까?" 라고 묻곤 했다. 그는 우리에게 "중국민항은
나아갈 준비를 해야 한다"고 명확히 지시했다. 총리의 지지와
격려와 민항의 모든 간부와 직원들의 공동 노력 하에 1965년 총리가
아프리카를 방문할 때 처음으로 민항전용기를 탔다. 총리는 매우

기뻐하였다. 당시 사용한 항공기는 '이얼(伊爾) 18'로 9000m까지만 오를 수 있어 기류가 불안정할 때는 흔들림이 매우 심했다. 총리는 계속 항공기 승무원들을 격려하고 위로했다. 하르툼 수단 상공을 지날 때 비행기는 아래위로 흔들리면서 위험한 상황이 발생했다. 총리는 사람들에게 이야기를 들려주면서 그들의 정서를 안정시켰다. 방문이 끝나고 돌아온 후 총리는 항공기 승무원에게 "이번 임무를 잘 완수했소, 우리도 잘 날 수 있지 않소!" 라고 말했다. 우리 민항이 조금의 발전이라도 있으면 그는 우리에게 그렇게 많은 격려를 해주었다.

총리는 또 끊임없이 우리의 '날아가자'를 위하여 조건을 창조해주었다. 1973년 8월 2일 그는 또 다시 "날아서 나가야 국면을 타파할 수 있다"고 지시했다. 우리에게 직원훈련, 규정제도, 공항조건개선, 통신유도, 공중관제, 항공기수리, 외사교섭, 서비스시설, 치안유지 등 12개 방면에서 준비하고, 또한 부총리 위치우리(余秋里)에게 각 유관부서 인원을 모집하여 회의하고 연구하며 분공하여 기한 내에 완성하고 일일이 상급에 보고하여 심사를 받도록 책임지고 완성하라고 반복하여 분부하였다. 저우 총리의 구체적이고 명확한 지시와 강력한 지지아래 중국민항은 마침내 1974년 10월 잇따라 유럽, 서아시아와 일본의 4개 국제항선을 개통하였다. 우리는 끝내 날아서 나갈 수 있었다! 우리는 항공기체에 저우 총리가 친히 쓴 '중국민항' 4개 글자와 오성홍기 표시를 한 항공기가 높은 하늘로 올라 다른 나라로 날아가는 것을 볼 때 모두들 만감이 교차했고 흥분된 마음은 말로 표현할 수 없었다.

저우 총리는 우리의 수도공항이 중국민항발전의 요구에 적합하지 못할 거라 예견하고 친히 수도공항 확장을 제의하고 비준하였으며 또한 국가의 중점건설항목으로 정했다. 공항대기실 설계를 심할 때 그는 "경제, 적합, 소박, 명랑"이라는 구체적인 요구를 제기했다. 그는 중병 중에도 친히 무구 동지에게 이 업무를 책임지라고 지시했다. 저우 총리의 관심과 지도 아래 수도공항의 확장공사는 설계부터 시공의 진도, 공정의 질량 모두가 좋았다.

저우 총리는 또 우리에게 '날아서 나가자'는 국제항공활동에 들어선 후에는 반드시 새로운 기풍을 수립하고 모든 일에 더욱 착실하게 책임지며, 조금도 빈틈이 없게 해야 한다고 요구했다. 1973년 9월 9일 밤 외국 민항기 한 대가 수도공항에서 이륙한지 얼마 안 되어 엔진 한 개가 고장 나서 회항을 요청했다. 그러나 윗선의 지시를 듣느라 항공기는 상공에서 33분간이나 지연되었다. 바로 이일로 저우 총리는 9월 10일 새벽 1시에서 4시 30분까지 친히 관련된 자들을 불러 회의를 소집했다. 그는 매우 엄숙하게 모든 절차와 모든 책임자, 모든 직원과 대화를 통해 물었다. 그렇게 그 자리에서 일일이 조사하고 내외적으로 13단계나 되는 지휘부에 대한 지시를 기다리느라 제때에 처리가 안 되었다는 것을 발견하였다. 그는 "그야말로 이는 관료주의다! 책임을 지지 않는 관료주의다! 이것은 비행안전의 중대한 문제일 뿐만 아니라 국제적 영향에도 관계되는 중대한 문제요! 33분 지연이 아니라 어떨 때는 33초 지연이 되도 상상할 수 없는 심각한 결과를 초래할 수가 있소!"라고 호되게 꾸짖었다. 회의는 3시간 반 동안 열렸다. 모두들 심히 부끄러워하며 저우 총리의 비평을 들었고 평생 잊지 못할 뜻 깊은 교육을 받았다. 저우 총리의 이런 책임감과 조금도 빈틈없는 정신은 모든 사람들을 강하게 감화시켰다. 이때부터 모두들 모든 국제항선,

모든 국제비행에 대하여 더욱 중시하고 엄격하게 관리할 것을
요구하게 되었다.

키신저가 비밀리에 중국을 방문할 때 파키스탄의 항공기를 탔다.
파키스탄 대통령 에하이야(葉海亞)·한(汗)은 우리에게 3명의
파일럿을 파견해달라고 요청했고, 총리는 그의 의견을 들어주었다.
총리는 우리 몇 사람을 인민대회당에 초청하여 친히 임무를
하달했다. 절대로 비밀을 유지하고, 안전을 보장할 것을 요구했다.
또한 '이얼18'전용기로 우리를 보냈다. 이튿날 시험비행하고 저녁에
총리가 우리를 초청하여 식사를 했다. 내가 저우 총리 전용기의
조종사라고 소개하자 에하이야·한은 매우 기뻐했다. 그는 저우
총리를 매우 존경했다. 그는 "우리 파키스탄 인민은 저우 총리를 매우
그리워합니다. 이후에 저우 총리께서 만약 당신이 조종하는 항공기를
타고 유럽을 방문하고 아프리카를 방문할 때 파키스탄을 경유하게
되면 당신은 반드시 저우 총리에게 말해 라왈핀디에 착륙해야
한다고 말해주세요"라고 말했다. 이 말들은 우리에게 깊은 교육이
되었다. 이튿날 총리의 안전비서가 먼저 항공기에 오르고 국무비서가
키신저를 안내해 기내에 올랐다. 우리는 처음 만나 조금 어색했지만
키신저가 먼저 분위기를 깨고 농담을 하였다. 그가 숙소를 떠나는 것은
경호원조차도 몰랐고 모두들 그가 이번 역사적인 임무를 수행하고자
이미 중국으로 떠난 줄을 생각조차 못했다는 것이었다. 키신저도 우리
파일럿을 보고 매우 기뻐했다. 공식보도가 나고서야 모두들 무슨
일인지를 알았다.

닉슨이 중국을 방문할 때 헤겔을 파견하여 먼저 베이징에 와서

준비업무를 하게 했다. 그는 닉슨이 우리나라 국내를 방문할 때 미국항공기를 타겠다고 제의했다. 총리는 그 자리에서 완곡하게 거절했다. "내가 닉슨대통령을 모시고 중국 항공기를 타고 그의 전용기가 뒤따르라고 하시오." 우리는 원칙적인 문제에서 저우 총리는 절대 타협하지 않는다는 것을 경험했다. 후에 우리의 비행기술과 서비스는 모두 닉슨대통령을 매우 만족하게 했다. 그는 이번 비행에서 아주 좋은 추억을 남겼고 총리에 대해서도 더욱 존경하게 되었다고 했다.

총리는 사람이나 사물을 대할 때 매우 겸손했고, 다른 나라에게도 특히 작은 나라들에게 항상 우호적으로 대했다. 1977년 3월 15일 우리는 총리를 태우고 베트남에 갔는데 아침에 안개가 많아 38분간이나 지연되었다. 비행 도중 총리는 우리를 불러 "베트남 지도자들이 공항에서 기다리니 우리 항공기가 좀 앞당겨 도착할 수 없는가?" 하고 말했다. 총리는 상대방을 매우 존중했고, 동시에 또 우리 기술자들을 매우 이해해 상의하는 태도를 취했다. 그는 또 베트남 대사에게 미안함을 표했다. 승무원이 물을 가져다 줄 때 첫잔을 총리 앞에 놓자 총리는 바로 컵을 베트남대사 앞에 놓았다. 대사가 간 후 총리는 인내심 있게 기내 승무원들에게 세부사항에 주의해야 하고, 먼저 귀빈을 돌봐야 한다고 교육시켰다.

1961년 루산(廬山)회의가 끝나고 난창으로 갈 때, 우리는 총리가 땅콩을 좋아하는걸 알고 교류처에 한 근 달라고 했다. 이 일로 그는 우리를 엄하게 꾸짖었다.

3년 고난시기에 총리는 일이 있어 먼저 공항에 도착해 아침 식사를 하고 경호원에게 돈과 식량표를 놔두라고 했다. 기내에서 그는 차한 잔만 달라고 하고서 다 마신 후 버리지 못하게 하고 물을 더 부어마셨다. 식사하고 남은 갓과 풋콩을 경호원이 가져온 것을 보고 그는 돈을 보내왔다. 또 한 번은 매실을 총리에게 좀 가져갔는데 덩 큰언니는 그대로 승무원들에게 가져가라고 하면서 "기내의 물건은 기내에서만 먹을 수 있어요"라고 했다.

총리가 타지에 임무집행을 하러 갈 때 우리 승무원들만 총리를 따르게 하였다. 총리가 어느 곳에 잠을 청하게 되면 우리도 어느 곳에 있었다. 매번 비행 때마다 총리는 조종실에 와서 우리에게 잘 지내고 있냐고 물었고, 매번 헤어질 때는 우리보고 잘 쉬라고 분부하면서 수행인원들에게 승무원들을 잘 돌봐주라고 부탁했다. 매번 만날 때마다 그는 승무원들의 이름을 기억했다. 그는 기내에서 승무원들에게 예전에 덩 큰언니와의 연애이야기도 하면서 우리에게 25세 이후에 배우자를 찾고 2년간 사상과 인품을 관찰하라고 했다. 그는 또 우리 승무원 팀을 홍색여군으로 건설하라고 말했었다.

1970년 총리가 광저우에 가는데 기내에 오른 후 바로 문서함을 펴고 한밤중까지 일했다. 경호원 가오전푸가 그에게 오늘이 총리의 72세 생일이라고 하면서 일찍 쉬시라고 했다. 총리는 듣지 않았다. 곁에 앉아있던 덩 큰언니는 나이가 많아 당을 위해 일할 수 있는 시간이 얼마 없으니 더욱 시간을 내서 당을 위해 일해야 한다고 했다.

그는 응당 영원히 살아있는 것이다

– 겅시우전(耿秀貞, 전 인민대회당 관리국 처장)

그는 응당 영원히 살아있는 것이다

- 겅시우전(耿秀貞, 전 인민대회당 관리국 처장)

대회당 푸젠청(福建廳)은 저우언라이 총리가 자주 회의를 하고 일하고 외빈을 접대하는 곳이었다. 총리의 탄생 100주년 전날 밤 나와 대회당의 몇몇 오래된 동지들은 다시 푸젠정에 모여 우리의 존경하는 총리를 추모했다. 세월은 덧없이 흘러 총리는 이미 우리를 떠나갔지만, 모두의 마음에는 총리의 웃는 모습과 목소리가 여전히 눈에 선하고 직접 겪은 옛날 일들도 모두들 손바닥 보듯 환히 꿰뚫고 있었다.

총리는 높은 자리에 있었지만 친근하고 사람들에게 관심을 기울이고 사랑했다. 그의 이런 위대한 인품은 우리와 접촉 중에서의 말 한 마디, 행동 하나에서 자연스럽게 흘러나오고 모든 그의 곁에서 근무한 직원들은 매우 절실하게 느꼈다.

한번은 총리가 사무실에 금방 들어갔는데 신발 끈이 풀렸다. 직원 허우구이전은 재빨리 다가가 허리를 굽히고 "총리님, 신발 끈이 풀렸어요. 제가 도와 드리겠습니다"라고 하자 총리는 사양하고 그를 부축하여 일으켜 세웠다. 그는 끝까지 "총리님, 제가 응당 해드려야 합니다"라고 하자 총리는 "아니오. 내가 혼자 해야 하오"라고 했다. 총리는 또 "나도 심부름꾼이요. 우리는 다만 하는 일이 다를 뿐이오. 당신은 종업원, 나는 총리, 우리는 모두 인민을 위해 봉사하는 것이요. 그러니 내가 혼자 하겠소"라고 했다.

총리는 의치가 하나 있었는데 한번은 식사를 다하고 의치를 꺼내 입을 헹구는 물 컵에 넣었다. 왕잉이 그것을 보고 다가가 총리의 의치를 씻어주려고 했다. 총리는 바로 그를 제지하고 "아니요. 아니요. 내가 하겠소"라고 했다. 그렇게 나이가 많았지만 결국 혼자 컵을 들고 가서 씻었다.

췌이서우차이(崔守財)는 '913'사건 후 발생한 한 사건을 회억했다. 당시 총리는 대회당에서 이미 50여 시간 잠을 자지 못했다. 종업원들도 매우 지쳤지만 교대할 사람이 부족하여 어쩔 수 없이 계속 근무했다. 그날 동쪽 회의장에서 회의를 마치자 추이서우차이는 회의장을 정리하고 소파에 누워서 잠깐 쉬었다. 그런데 너무 힘들어서 눕자마자 곯아 떨어졌다. 갑자기 누가 "빨리 일어나, 총리께서 오신다"라고 말하는 소리가 들리자마자, 또 총리의 목소리가 들렸다. "그를 부르지 마시오. 깨우지 마시오. 그에게 좀 더 쉬라고 해요." 추이서우차이는 꿈을 꾸는 것 같기도 하고 현실인 것 같기도 해서 순간적으로 놀라 깨어났다. 둘러보니 4, 5명이 왔고 총리는 잠옷을 입고 있었다. 총리는 그에게 "괜찮소. 쉬시오. 우리는 회의를 잠깐만 하고 갈 것이요"라고 말했다. 그는 마음이 따뜻해지며 더 이상 잘 수가 없자 재빨리 총리에게 차를 따르고 수건을 준비했다. 바로 이때 총리의 잠옷을 볼 수 있었는데, 추이서우차이는 그의 옷깃이 낡아 기워진 것을 보았고,

그것도 깁는 기술이 안 좋다는 것을 보았다.

　총리가 평등하게 사람을 대하는 태도도 국제교류에서 나타났다. 한번은 어떤 아프리카국가가 외국의 침략을 받았다. 총리는 새벽에 그들의 주중판사처 대표를 접견했다. 그는 친히 품질이 좋은 팬더 담배를 준비하라고 했다. 총리는 "당신들은 당연히 제일 좋은 것으로 그들을 접대해야 하오. 왜냐하면 그들은 지금 전쟁을 하고 침략을 받고 있기 때문이오"라고 했다. 평소에 각 나라 외빈을 접대할 때 소파의 자리배치에서 총리는 우리에게 "대국, 소국, 빈국, 부국 모두 똑같이 대해야 하고 그들을 가운데 앉게 하라"고 요구했다. 총리는 여러 번 우리에게 손님을 똑같이 접대하고, 간부에게만 잘하려는 주의가 있어서는 안 되며, 대중적 관점을 지녀야 한다고 가르쳤다. 설령 통역이라 할지라도 총리는 매우 존중했다. 그는 "당신들은 통역을 다르게 보면 안 되오. 그들은 매우 고생하는 사람들이니 평등하게 그들을 대해야 하오"라고 했다. 그래서 우리는 차든 간식이든 무엇이든 통역과 주요내빈들의 대우를 똑같이 했다. 총리의 가르침 아래 우리는 서비스를 할 때 줄곧 그의 가르침에 따라 누구나 차별 없이 대했다.

　허우구이전은 또 총리가 마지막으로 대회당에 왔던 장면을 기억하고 있었다. 1975년 8월 임신 중이던 허우구이전은 총리가 병마에 시달려 매우 마른 것을 보고는 울음을 참지 못했다. 총리께서는 "울지 마시오. 당신이 울면 복중에 있는 아기에게 좋지 않소. 야채와 과일을 많이 먹고 주식을 적게 드세요. 아니면 애기가 커서 낳기 힘들어요"라고 했다. 그는 괴로워하면서 "총리님, 왜 이렇게 되셨어요?"라고 물었다. 총리는 "나는 괜찮소. 잘 있어요. 보시오. 나는 건강하잖소!"라고 말했다.

그는 더욱 속상해서 눈물만 흘렸다. 총리는 "울지 마시오. 애기를 생각해야지요"라고 말했다. 허우구이전은 아이가 철이 든 후 아이에게 "비록 네가 태어나기 전이었지만 총리께서는 너를 알고 관심을 주셨단다. 너는 저우 총리님을 열심히 배워야 한다"고 말했다.

총리의 사람들에 대한 관심과 사랑은 정치에서 뿐만 아니라 우리에게 인민을 위하여 봉사하는 기술을 많이 배우라고 가르쳤다.

예를 들어 우리에게 외국어를 배워 외빈을 접대할 때 외국어를 사용하라고 했다. '안녕하세요', '수건을 쓰세요', '차를 드세요' 등 이런 말들은 꼭 배우라고 했고, 배우면 그는 매우 기뻐했다. 그는 또 우리에게 요리를 배우고 영화를 방영하는 것을 배우며, 운전을 배우고 봉제하는 것 등을 배우라고 했다. 어쨌든 모두의 미래를 위하여 생각했던 것이다. 사회적 지위에서 볼 때 총리와 우리는 천지차이지만 그는 우리에게 자애로운 아버지와 같은 사랑을 느끼도록 해주었고, 우리의 마음에 깊이 남아 영원히 지울 수 없게 해주었다.

대회당에서는 자주 외빈을 접대하고 회의를 하는 등 활동이 많아 전기소모량도 컸다. 총리는 언제나 우리에게 근검절약하라고 요구했다. 어떨 때에 회의실에 등을 좀 많이 켜면 총리는 그렇게 많이 켜지 말라고 했다. 그렇게 많이 필요하지 않으니 낭비하지 말라는 일깨움이었다. 왕잉(王穎)은 수건에 관한 일을 기억했다. 그때는 어느 여름이었다. 복숭아가 금방 시장에 나와 그들은 총리에게 복숭아를 올렸다. 총리가 복숭아를 다 드시자 왕잉은 수건을 가져와 총리의 손을 닦아주려고 했다. 하지만 총리는 수건을 보고 뜻밖의 얘기를 했다. 총리는 "안 되오. 복숭아 즙을 수건에 닦으면 지워지지 않아요. 나는 화장실에 가서 손을 씻고 나서 수건에 닦을 것이오"라고 말했다.

3년의 고난시기에 총리와 전국인민은 함께 난관을 이겨냈다. 총리는 내빈회의를 할 때 이전의 4가지 반찬과 한 개의 국을 먹으면 안 되고, 야채볶음에 고기를 넣지 말고 당면, 배추, 두부를 넣어 테이블마다 야채요리 한 개만 놓게 했다. 우리는 총리의 개인 식사도 매우 검소하다는 걸 알고 있었다. 일반적으로 고기요리 하나 야채요리 하나이며 야식도 항상 좁쌀죽을 끓여 먹었다. 식사할 때 가끔 반찬을 하나 추가하면 그는 젓가락도 대지 않고 종업원에게 가져가라고 하면서 다음 끼에 드신다고 했다. 총리가 물고기를 드시는 것도 우리에게 깊은 인상을 남겼다. 총리는 식사량이 많지 않았다. 붕어 한 마리를 요리하면 그는 한 끼에 다 먹지 못한다고 생각하면 한쪽 면만 드시고 저녁에 다른 한 면을 드셨다. 어떨 때는 저녁식사 때 물고기를 드시다가 못다 드시면 이튿날 계속해서 드셨다.

총리는 마음이 넓어 너그럽게 사람을 대하고 자기에게는 요즘 사람들이 상상하기 힘들 정도로 엄격하게 요구했다. 그는 나라를 위해 자주 야근을 했지만 그의 야식은 언제나 자기가 돈을 내어 사드셨다. 손님을 접대하고 차를 한 잔 마시는 것도 자신이 지불하려고 했다. 예를 들어 한번은 미국친구 스노우를 초청하여 차를 마시는데 총리가 직접 돈을 냈다. 비서에게 "대회당에 가서 돈을 내시오!"라는 분부를 우리 모두는 자주 듣는 말이었다. 한동안 월말이 되면 나는 계산서를 총리의 경호비서에게 보냈다. 당시 가격으로 평균 매달 백여 위안을 지불해야 했다. 나는 당시 다른 지도자들도 소비한 차, 담배와 과일을 자기들이 돈을 내는 것을 잘 알고 있었지만, 총리는 면도하는 것까지 모든 것을 자기가 직접 지불했다. 총리는 면도를 한 번 할 때 80전을 내야 했다. 어떨 때에는 우리의 사진을 현상시켜줄 때도 총리는 비서에게 "내가 돈을 낼 것이오"라고 말했다.

궈청창(郭成倉)은 대회당 주방장으로 여러 차례 총리가 직원식당에 가서 줄을 서서 식사를 하는 것을 보았다. 모두들 총리가 온 것을 보고 재빨리 자리를 비키며 총리에게 먼저 사게 했다. 하지만 총리는 아니라고 하면서 여러분과 함께 줄을 서야 한다고 했다. 직원들은 식사할 때 노트 하나를 만들어 식사할 때마다 주방장이 노트에 기록을 해줬다. 총리도 하나를 만들어 노트를 손에 들고 창구에 가서 밥을 사고는 기록하라고 하여 얼마를 썼는지 월말에 이 노트에 적혀 있는 대로 정산했다. 이 모든 것은 총리에 관한 사소한 일이지만 매번 이런 것을 기억할 때마다 나의 마음 속에는 "한 나라의 총리로서 이렇게 엄격하게 자기에게 요구하는 것은 어떤 마음에서 일까?"라고 생각할 때마다 감정이 물결을 쳤다.

나는 1965년에 처음으로 대회당에서 총리를 보았다. 그 후 십여 년간 줄곧 총리를 위해 봉사했다. 앞의 일들과 비교했을 때 내가 제일 깊이 느낀 것은 바로 총리의 헌신적인 근무정신이었다. 총리는 일이 많을 뿐만 아니라 또한 일을 할 때는 엄청 집중하여 먹고 자는 것을 잊어버렸으며, 어떨 때에는 심지어 화장실 가는 것조차 일깨워줘야 했다. 진정으로 나라를 위하여 죽을 때까지 온힘을 다하여 바쳤던 것이다.

총리의 업무일정은 매우 빡빡하게 연속되어 있어 이번 건도 끝나지 않았는데 벌써 다음 차례에 접견할 외빈이 이미 도착해 있었다. 어떨 때는 식사 때가 되어 "어떻게 할까요?"하고 여쭈면, 총리는 "외빈을 먼저 만나고 밥을 먹지요"라고 했다. 외빈을 만나는 시간을 제한할 수도 없고 어떤 처리하기 힘든 문제들은 오랫동안 얘기를 나누어야 해서 경호원, 비서 등은 모두 조급해했다. "총리께서 오랜 시간 끼니를 굶으셨는데 어떡하죠?" 후에는 한 가지 방법을 상의했다. 바로 총리에게 차를 올릴 때 옥수수죽으로 바꾸어 외빈들은 차를 마시고 총리는 옥수수죽을 드시게 하여 배고픔을 달래게 하는 것이었다. 어떨 때는 총리가 대회당의 활동이 끝나고 다른 곳으로 가야 할 때 우리는 주방에 가서 만두 몇 개를 천에 싸서 경호원에게 주며 총리가 차에서 드시게 했다. 또 어떨 때에는 우리가 그에게 식판에 밥을 담아 주었지만, 너무 바빠서 드시는 것을 잊어버리는 바람에 반찬이 식어 우리는 다시 데우곤 했다. 하지만 반찬을 여러 번 데워 맛이 없었기에 우리는 바꾸자고 했지만 총리는 "안 되어, 이는 '낭비'요"라고 하면서 그냥 드셨다. 그 외에 총리는 문서를 보는 시간이 매우 길었다. 통상 한번 앉으면 7, 8시간이어서, 우리는 도저히 그냥 보고만 있을 수가 없어 그에게 일어나 산책을 좀 하라고 말하곤 했다. 그는 어떨 때에는 우리의 건의를 받아들여 일어나서 소파 주변에서 몇 번을 오가며 피로를 풀었다. 70세가 넘은 노인이 나라와 인민을 위하여 오랜 세월 이렇게 강도 높게 일하는 것은 우리를 탄복하게 했고 또 속상해 했다.

대회당이 건설된 후 총리는 일 년 중 2/3의 시간은 대회당에서 일했다. 총리는 중병을 앓던 기간에도 대회당에서 근무하는 동지들을 매우 그리워했다. 어느 날 비서가 우리에게 총리가 3일간의 시간을 이용해 인민대회당에 와서 그가 다녀갔던 곳을 가보고 그를 위해 봉사했던 동지들을 보고 싶어 한다는 통지가 왔다. 우리는 모두 감동을 받았다. 총리가 중병기간에도 우리 대회당의 근무자들에게 관심을 둘 줄은 생각지도 못했기 때문이었다.

첫째 날 그는 서쪽 회의장에 와서 거기서 근무하는 동지들을 보고 장수회의장, 서회의실, 안후이회의장, 접대실, 베이징회의장, 상하이회의장, 마지막으로는 시장회의장을 들렀다. 그는 관련 책임자들에게 "여기 동지들은 나를 평생 따르며 나를 위해 봉사했소. 오늘 저녁 당신들이 저녁을 간단히 준비해주세요. 내가 식사를 접대하여 감사하다고 해야겠소"라고 말했다. 우리는 곧바로 시장회의장에서 매우 간단한 식사를 준비했다. 총리는 주변의 직원들과 함께 마지막 식사를 하였다. 당시 우리의 마음은 매우 흥분도 되었지만 한편으론 매우 괴로웠다.

우리가 괴로워한 것은 총리가 매우 허약해져서 길을 걸을 때도 흔들리는 모습을 보았기 때문이었다. 발이 부어서 천으로 된 신발을 신고 왔다. 총리는 평소에 언제나 구두를 신었지만, 지금은 발이 부어서 신을 수가 없었기에 헝겊으로 된 신발을 신은 것이었다. 그럼에도 불구하고 총리는 우리가 그가 중병에 걸렸다는 것을 되도록 보이지 않게 하려고 하였다. 사실 당시에 우리는 총리가 암에 걸린 줄을 아무도 몰랐다. 이 암은 총리가 돌아가신 후 신문에 보도를 보고서야 알게 되었다. 그렇지만 총리는 언제나 씩씩하게 보여 우리에게 심리적인 부담을 주지 않으려고 하였다.

총리는 중병 중인데 이번에 대회당으로 돌아와 대회당의 모든 곳을 다 보고 모든 근무자들을 다 봤으며, 자리에 없는 동지들은 다른 사람에게 무슨 상황이냐고 자세하게 물었다. 우리는 이번이 총리가 대회당에 다녀가시는 마지막이 될 줄을 몰랐고, 우리도 마지막으로 생전의 총리를 만나보는 것이 될 줄 몰랐다.

총리는 돌아가시기 3일 전에 그의 기사가 추이서우차이 등 4명의 동지들을 305병원으로 데리고 갔다. 그들은 병실에서 총리를 보았을 때 총리는 이미 말도 하지 못하고 베개에 기대어 산소호흡기에 의존하고 있었다. 그들은 모두 마음이 비통하여 다가가 총리와 말을 하고 싶었지만 기회가 없었다. 모두들 떠나지 않으려고 해서 결국 경호원이 그들을 끌어냈다. 3일 후인 1월 8일 정치국회의를 연다고 해서 우리는 급하게 회의준비를 하면서 총리가 퇴원하고 회의에 참가할 수 있을까 하고 생각했다. 결국 몇 사람이 왔는데 분위기가 심상치 않았다. 경호원들과 비서들의 마음이 모두 무거워 보였다. 우리는 그제 서야 저우 총리가 이미 돌아가셨고 이곳에 장례위원회를 설립하여 총리의 후사를 준비한다는 통지를 받았다.

이 소식은 청천벽력 같았고 우리는 전혀 생각지 못한 것이었다. 우리의 마음에 저우 총리 같은 이런 위인은 응당 영원히 살아있어야 했다. 우리는 이 사실을 받아들이기 힘들었다.

하지만 사실은 이렇게 잔혹했다. 후에 상급 기관의 지시에 따라 우리는 총리의 유골을 타이완회의장에 모셨다. 타이완회의장에서 우리는 눈물로 얼굴을 씻으며 총리를 위하여 마지막 봉사를 했다.

존경하는 저우 총리시여 우리는 당신을 영원히 그리워할 것입니다!

무정(無情)이 유정(有情)을
이기는 것과 같다.

— 저우얼쥔(周尒均, 저우언라이의 조카, 국방대학원 정치부 주임)

무정(無情)이 유정(有情)을 이기는 것과 같다.

- 저우얼쥔(周尓均, 저우언라이의 조카, 국방대학원 정치부 주임)

내가 처음으로 백부님과 백모님를 뵌 곳은 상하이였는데, 1946년 여름이었다. 그때 장수가오여우초중(江蘇高郵初中)을 졸업하고 계속 공부할 돈이 없었던 나와 형은 일곱 번째 백부이신 저우언라이 백부님이 난징과 상하이에서 국민당과 담판을 한다는 소식을 듣고 그를 찾아갔었다. 우리는 상하이 마스난루(馬思南路) 107호 '저우공관(周公館)'에서 그를 만났는데, 마스난루는 현재 스난루(思南路)로 바뀌었다. 입구에는 간판이 걸려있었는데 그때의 간판이 지금도 그대로 걸려 있다. 영어로는 "저우언라이 장군공관"이라고 되어 있는데, 사실은 중공 대표단의 상하이 사무실이었다. 이 이름을 사용한 것은 대외 활동을 더욱 편리하게 하기 위해서였다. 그곳에 도착하자 천쟈캉(陳家康) 동지가 우리들을 맞이하면서 우리가 온 사정을 묻고는 백부님 내외에게 통지하자마자 그분들이 서둘러 내려와서 우리를 맞이해 주었다. 그들은 우리를 보고는 매우 기뻐하면서 상세하게 우리의 상황을 물어보았다. 특히 우리가 경제적 어려움으로 인해 수베이(蘇北)로부터 걸어서 왔고, 배를 타고 오면서 못 먹어서 얼굴에 부스럼이 난 것을 보고, 백모님은 인자하게 "너희들 정말 고생 많이 했구나!"라면서 안타까워하였다. 그리고는 고약을 꺼내 친히 발라주었는데 이틀도 지나지 않아서 다 나았다.

백모님이 세상을 떠나기 몇 년 전이었다. 한 번은 백모님을 찾아가서 나와 나의 아내 덩자이쥔(鄧在軍)은 그때의 상황을 이야기한 적이 있었다. 그러자 백모님은 "그 약은 '여의고'라고 하는데 효과가 매우 좋은 수입한 약이었지. 지금은 없단다. 보아하니 이런 약은 수입해야 하는데 말이다"라고 이야기 했다. 50년 전의 일을 그녀는 아주 분명하게 기억하고 있었던 것이다.

그런 후에 백부님 내외는 우리를 그들의 침실로 데리고 가서 우리가 무엇을 했는지 이후 어떤 계획을 갖고 있는지를 물었다. 우리는 계속 학교에 올라가 공부하고 싶기도 하고, 백부님을 따라 혁명을 위해 옌안(延安)에 가고 싶기도 하다고 말씀드렸다. 우리의 의견을 들으신 두 분은 "이런 일은 잘 상의를 하고 생각해서 정해야 한다"고 인자하게 말씀해주셨다.

당시 우리는 임시로 외삼촌댁에 머물렀다. 외삼촌댁은 스가 오타로(施高塔路)에 있었는데, 현재는 산인로(山陰路)라고 부른다. 훙커우구(虹口區)에 있다. 다음날, 그 다음날도 그들은 특별히 외삼촌댁으로 우리를 보러 오셨다. 나는 그때 그들을 매우 젊게 보았는데, 백부님은 서양 옷을 입으셨고, 백모님도 옷차림이 매우 아름다웠으며,

상의에 한 송이 꽃을 달고 있었다. 내가 그들을 보면서 "백부님, 백모님! 두 분 모두 매우 활기차 보이고 매우 아름 답습니다"라고 말하자, 백모님이 말씀하셨다. "너희들이 이해를 못하는 것이 있단다. 우리는 여기에서 이렇게 입어야만 해. 그래야 적들의 심장부에서 활동하기 편리하기 때문이지. 적들의 주의를 받지 않을 수 있으니 말이다. 너희 외숙을 힘들지 않게 하기 위해서다. 옌안에 있는 우리 집은 토굴이고, 거기서는 무명옷을 입는데, 이곳과는 상황이 완전히 다르단다."

우리와 오랫동안 함께 이야기를 나눈 뒤에야 백부, 백모님은 가셨다. 후에 그들은 또 우리를 불러 저우 공관에서 특별히 우리들의 바람에 대하여 이야기를 나눴다. 백모님이 말씀하셨다.

"내가 너희들 백부와 상의해 보았는데, 너희들은 학교에 들어가 공부하는 것이 아직은 더 좋을 것 같다고 의견을 같이 했다. 국민당과의 담판 형세가 매우 낙관적이지 못하여 내전이 수시로 일어날 것도 같으니 너희들을 옌안으로 데려가는 것은 아마도 어려울 것 같다. 너희들은 계속 여기에 남아서 공부를 열심히 하고 지식을 쌓은 후에 기회가 되면 혁명에 참가하는 것이 좋겠다."

그러자 백부님이 거들었다.

"어둠은 반드시 일시적인 것이라는 것을 믿어야 한다. 너희들은 미래가 밝단다." 그들은 우리에게 돈을 주고 당신의 옷도 한 벌씩 주었다. 그들은 우리에게 당부하기를 "이 주변은 적지 않은 국민당의 특무(特務, 정보원)들이 감시를 하고 있기 때문에 너희들은 아직 어리지만 경계를 게을리 해서는 안 된다"고 하였다. 특히 특무의 시야에서 벗어나는 방법을 알려 주었다. 우리는 곧 두 분의 생각에

덩잉차오가 저우얼쥔이 입당할 때 그에게 준 서신(1954년 1월)

따라 상하이에서 공부를 했고, 학교를 졸업한 후인 1949년 6월 이야부대(二野部隊)에 입대했다.

나는 당시 만약 백부님 내외분과 함께 옌안에 가서 3년 일찍 혁명에 참가 했다면 스스로의 성장에 더욱 유리했을 것이라고 생각했었다. 그러나 현재 그때를 회상하여 보면 역시 백부님 내외분의 이 일에 대한 고려는 매우 주도면밀했고 먼 미래를 보는 안목을 지니고 있었다고 생각한다.

1950년대 나는 외지를 돌다가 베이징에서 일하게 되었는데, 자주 자이쥔과 함께 시화청(西花廳)에서 백부님 내외를 만나곤 했다. 그리고 때때로 그들의 의녀(義女) 손웨이스(孫維世)와 그의 남편 진산(金山)을 만나 이야기를 나누곤 했다. 어느 날 웨이스가 매우 난처한 얼굴을 하고 있어 물어보았더니 백모님께서 식사를 같이 하자고 하는데 준비할만한 음식이 없어서 그런다고 했다. 그러나 이런 사정을 잘 아는 백모님은 오늘은 집에서 먹지 말고 자이췬과 얼췬의 웃어른으로서 내가 살 것이니 웨이스와 진산도 시단(西單)의 한 스촨 식당에서 함께 식사하자고 하였다. 그때는 먹을 것이 없었던 곤란한 시기였기에, 우리들의 생활 형편을 고려한 백모님께서 미리 문제를 해결해 준 것이었다.

이때 우리는 식사를 하면서 각자 당시의 생활, 일에 대하여 이야기도 하고 노래도 불렀다. 중간에 웨이스가 매우 감개무량해 하며 말했다. "너희들이 이전에 상하이에서 백부님 내외분을 만났을 때, 너희들을 옌안으로 데리고 가지를 못하셨다지? 그러나 백부님께서는 일부 열사의 자녀들을 소련으로 보내 공부를 시켜주셨지. 나도 그 중에 한 명이었단다."

이렇듯 당신들 자신의 친속들에 대해서는 진정으로 엄격했던 것이다. 사실 이런 상황을 우리 집안사람들은 모두 알고 있었다. 우리 형제자매들은 백부 내외의 특별한 대우를 받은 적이 없었다. 우리에게 저우얼휘(周尓輝)라는 동생이 있는데, 베이징강철학원을 졸업하여 일하고 있었다. 조직에서 후에 고향 화이안(淮安)에서 일하던 그의 부인을 베이징으로 전근시키는 것에 동의했는데, 백부님인 이 소식을 듣고는 말씀하셨다. "현재 도시인구를 줄이고 있는 중인데 왜 모두 여자 쪽이 남자 쪽으로 옮겨와야 하냐? 자네는 당연히 앞장서서 부인이 있는 곳으로 전근을 가야겠다고 신청해야만 한다." 얼휘도 이 말에 수긍을 하고는 자진하여 신청하여 조직의 동의를 얻은 후, 베이징강철학원에서 화이안으로 전근을 갔다. 우리 조카들에 대하여 백부님 내외는 이처럼 모두 똑같이 엄격했으며, 또한 우리가 총리와의 친속관계를 과시하는 것을 허락하지 않았다.

이전에도 백부, 백모님의 친속에 대한 요구가 얼마나 엄격했는지에 대하여 생각한 적이 있었다. 사실 무정(無情)이 유정(有情)을 이겼다고나 할까? 바로 이 말처럼, 그들은 우리 후손들에게 비록 엄격하게 대해 주었지만, 이것은 일종의 진정한 사랑이었으며, 마음속에서 우러나오는 사랑이었던 것이다. 백부님 내외분은 만청(滿淸)의 팔기자제들이 각종 특권을 누리고 생활이 풍족하여 일하지 않고 빈둥거렸기 때문에 모두 몰락했고, 결국 만청왕조의 멸망을 초래하게 되었다고 믿고 있었다. 그들은 이 역사적 교훈을 매우 중요하게 생각했기 때문에 열사의 자녀들에 대해서는 매우 세심하게 보살펴 주었고, 다른 한편으로는 매우 엄격하게 대해주었던 것이다. 당연히 우리 친속에 대해서는 더욱 엄격했다. 동시에 정치적으로는 모두 똑같이 관심을 갖고 소중이 대해주었다. 내가 군대에 들어간 이후 그들에게 편지를 써서 "저는 서남쪽으로 진군하는 도중에 입당신청을 했다"는 내용의 편지를 보냈었다. 그들은 이 소식을 듣고는 매우 기뻐하면서 바로 답장을 보내 열심히 노력하라고 신신당부하면서 빨리 공산당원이 되기를 바란다고 하였다. 이후에도 끊임없이 안부를 물었고 계속해서 격려의 말을 해주었다. 내가 입당하기 전후로 해서 3통의 편지를 썼는데, 당 조직을 포함하여 나의 부친과 가정상황에 대해서 증명해 주었다.

나는 1953년 12월 입당을 허락받자 그날 그들에게 편지로 말씀을 드렸고, 매우 빠르게 그들의 정이 담뿍 담긴 절절한 답장을 받았다.

백모님은 편지에서 다음과 같이 말씀하셨다. "네가 이미 공산당에 입당했음을 알고 있고 나는 매우 기쁘단다!"하면서 동시에 간곡하게 가르침도 주셨다. "이후 너는 반드시 당성을 단련하는 일을 강화해야 하며, 비 무산계급의 사상을 극복해야 하고, 끊임없이 당원의 8조 표준을 위하여 노력해야 한다. 그리고 영광스런 공산당원의 칭호를 저버려서는 안 되며, 기한 내에 정식 당원이 되도록 노력해야 한다. 너는 반드시 친밀하게 군중과 연계하고, 군중에 대해 관심을 가지고, 군중에 대해 공부해야 한다. 그렇게 함으로써 너는 더욱 인민을 위해 봉사할 수가 있게 된단다. 네 스스로 교만하지 말고 용기를 잃지 말아야 하며, 반드시 사상적으로, 행동적으로 끊임없이 실천을 해야 한다." 백모님은 서신에서 공산당원의 '세 가지 필요'에 대해 언급하였다. 그 글을 지금 읽어도 우리 모두에게는 여전히 현실적으로 중요한 의의가 있음을 알고 늘 마음에 새기고 있다.

그 후 베이징에 도착하였는데, 우리는 당연히 그분들로부터 직접 관심과 가르침을 받았다. 특히 자이췬이 중앙방송국에서 감독 일을 하고 있을 때, 종종 격려를 해주고 가르침도 주었다. 생활하는 데서도 또한 그러했다. 나는 1988년 301병원에서 수술을 받았는데, 그때 자이췬이 시화청(西花廳)으로 가서 수술상황을 말씀드리자 백모님께서 특별히 사용하시던 자명종을 자이췬에게 주면서 "이 자명종은 평상시 사용할 때 매우 정확하고 간편해서 좋으니 얼췬이 입원하여 정시에 약을 먹을 때 착오가 없도록 하거라"라고 하였다고 했다. 여기서 그들은 정치와 생활을 떠나서 우리를 진정으로 세심하게 보살펴 주었다는 것을 알 수가 있었다. 그래서 나는 그분들의 후손과 친속에 대한 사랑은 깊고 풍부하며 멀리 내다보는 사랑이라고 생각하고 있다. 그래서 우리는 친속으로서 당연히 그들의 교육에 따라 그분들의 기대를 저버리지 않으려고 열심히 일해야 한다고 생각하곤 했다. 이후에도 계속해서 끊임없이 노력해야 하며 진정으로 당원에게 필요한 '세 가지'를 실천하고, 그것을 한평생 인간이 해야 할 기준으로 삼아야 한다고 생각했던 것이다.

시화청을 언급하니 수많은 어려웠던 일화들이 생각난다.

그 한 가지 일화가 시화청의 수리에 관한 것이다. 처음으로 우리가 시화청에 갔을 때, 1950년대부터 1960년대까지 백부님이 살고 있던 이곳은 매우 낡았는데 이는 일반적인 낡음이 아니었다. 바닥에 깔린 돌은 부서져서 축축했으며, 문과 창문은 갈라져서 바람이 들어왔다. 백부님은 관절이 안 좋았고 백모님은 건강이 항상 좋지 않았다. 이런 환경은 그분들의 건강에 특히 좋지 않았다. 그래서 후에 백부님이 외지로 출타하였을 때를 틈 타 비서 허첸(何謙)이 주도하여 방을 수리했다. 수리라고는 했지만 매우 일반적인 수리에 불과했다. 그러나 백부님은 돌아와서 보고는 매우 화를 내면서 집으로 들어가지 않았다. 임시로 댜오위타이(釣魚臺)에서 머물렀다. 천 사령관이 돌아가시라고 권해도 듣지를 않았다. 후에 우리들은 댜오위타이로 가서 백부님을 만나 그분의 화를 가라앉히기 위해 말씀을 드렸다. "백부님은 평상시 저희에게 국가재산을 아껴야 한다고 교육하셨는데, 시화청은 사실 상당히 낡았습니다. 그곳은 역사적 문물이기 때문에 보호해야 하는 것이며, 이는 곧 국가재산을 보호하는 것입니다. 그런 의미에서 이번에 수리한 것은 큰 잘못이 없습니다. 백부님께서 화를 내셔시는 안 됩니다."

이 말을 들으신 백부님은 기분이 좋아져 나의 말에 고개를 끄덕이면서 엄숙하게 말했다. "너의 말에도 어느 정도 일리는 있다. 나는 결코 간단한 수리를 반대하는 것은 아니다. 문제는 현재 수리한 정도가 지나치다는 것이다. 너는 내가 이 국가의 총리라는 것을 알아야 한다. 만약 이렇게 하는 것에 앞장선다면 아래 사람들도 이를 따라 할 것이다. 부총리, 부장 그리고 하나하나 아래로 내려가면서 어떤 나쁜 결과가 조성될지 모르는 일이다. 시화청은 내가 볼 때 아직은 괜찮다! 현재 우리나라는 아직 가난하지 않으냐? 그리고 수많은 사람들이 아직 방이 없다는 것을 너도 알지 않으냐?"

백부님이 나에게 물었다. "너는 두보의 시 「가을바람에 부서진 집을 노래하다(茅屋爲秋風所破歌)」를 들어본 적이 있느냐?" 내가 본 적이 있다고 하자 다시 "그 내용을 기억하냐?"고 물어 나는 잠시 생각을 한 뒤에 마지막 두 구를 강조했다. "어떻게 천개 만개의 집을 지어(安得廣廈千萬間), 천하의 가난한 선비들을 기쁘게 할 수 있을까?(大庇天下寒士俱歡顏)" 백부님께서 말씀하셨다. "맞다! 너는 이 두보의 시를 잘 생각해 봐라. 그러면 곧 내가 왜 이렇게 화를 냈는지 분명히 알 수 있을 것이다."

후에 비서 허첸이 새로 수리된 부분을 복구했는데, 커텐을 없애고, 샹들리에를 없앴으며, 침대도 원래대로 바꾸고 나서야 백부님이 시화청으로 돌아가는 것에 동의하였다. 이 일은 수십 년이 지난 지금 생각해 봐도 어제 일처럼 느껴진다.

두 번째 일화는 1959년에 나와 자이췬이 시화청에서 그분들을 만났을 때였다. 백부님이 나에게 물었다. "듣자하니 네가 베이징에 와서 일한다고 들었는데 어느 단위에서 일하느냐?" 나는 "총후근부위생부(總後勤部衛生部)에서 일합니다"라고 말하였다. 그러자 백부님이 또 "너희들의 부장이 누구냐?"고 물었다. 나는 라오정시(饒正錫)라고 대답했다. 그러자 백부님이 "오 그래! 그는 신장에서 온 사람이지, 내가 잘 알지." 마침 내가 전근한 후에 라오정시 동지의 간단한 상황을 숙지할 수 있었기에 나는 말했다.

"그는 신장 디화(迪化)시 시위 서기를 맡은 적이 있습니다." 그러자 백부님이 말씀하셨다. "아이고! 너는 아직도 디화라고 하느냐?" 나는 백부님이 왜 그런 말씀을 하시는지 곧 알아챘다. '디화시'는 이미 '우르무치'로 이름을 바꿨기 때문이었다. 나는 '디화'가 현재 이미 '우르무치'로 불린다는 것을 알고 있었지만, 그가 예전에 디화시 시위의 서기였기 때문에 그렇게 말씀드린 것이라고 했다. 내 설명을 들은 백부님은 "그러냐"고 하였다. 그런 연후에 나에게 물었다. "너 '디화'라는 이 두 글자가 무슨 의미인지 알고 있느냐?" " 디화의 '화'는 당연히 동화의 화를 의미합니다"라고 대답했다. 디화는 신장에 있기 때문에 나는 즉시 신장은 소수 민족의 자치구라는 것을 생각해 낼 수 있었다. 그러나 '디(迪)'자에 대해서는 당시 내가 깊게 생각할 여유가 없었다. 그러나 백부님은 내 말을 듣고는 매우 기뻐하면서 나를 격려해주었다. "음, 너의 대답이 틀린 것은 아니다." 백부님은 '디화'의 '디'는 바로 '계발(啓發)'의 의미라고 하였다.

이는 과거 우리 소수민족에 대한 일종의 존중하지 않는 말로써 신장에 대하여 '계발', '동화'해야 한다는 의미였다고 말해주셨다. 백부님은 이어서 이러한 지명이 얼마나 되는지, 즉 소수민족에 대한 차별과 모욕적 성격을 가진 비슷한 예를 들 수 있는지를 물었다. 나와 자이췬은 생각하면서 대답을 했는데, 백부님은 이런 우리들을 일깨우기라도 하실 양으로 다른 예를 들어주었다. 즉 '수이위안(綏遠)'에는 원래 '수이위안성'이 있었고, 또 '전난관(鎭南關)'은 당시 이미 '무난관(睦南關)'으로 바뀌었으며, 또 '안둥(安東)'은 '단둥(丹東)'으로, '푸쉰(撫順)', '안사이(安塞)' 등의 경우도 있다고 하였다. 당시 우리는 함께 이런 비슷한 지명을 적지 않게 언급했다. 백부님은 "우리는 과거에 소수민족들을 차별대우 했다. 우리는 현재 이미 그들과 하나의 국가를 이루고 있다. 우리는 항상 각 민족이 모두 일률적으로 평등하다는 것과 각 국가 간에도 모두 일률적으로 평등하다는 것을 잊어서는 안 된다"고 말씀해주셨다.

평상시 우리는 백부님 내외와 함께 터놓고 이야기를 나누곤 했다. 그분들은 모두 이런 평등한 태도로써 우리 후손들을 대하였는데, 늘 현실적 문제에 초점을 맞추어 심오한 내용을 알기 쉽게 풀어 우리들을 교육하시고 일깨워 주었다.

다른 일화를 하나 더 든다면, 백부님은 높은 원칙성을 가지고 있었는데 어떠한 일을 대하고 처리하는데 있어서 그 기준이 매우 분명하였다는 점이다. 백부님과 이야기를 나눌 때 그는 큰일과 작은 일, 공적인 일과 사적인 일을 나누는 것이 매우 분명했다. 그는 우리의 업무에 대해 보고를 들을 때마다 가벼운 태도를 보인 적이 없었다. 특히 우리의 말을 듣고 하는 말, 즉 그의 의견을 다른 곳에 전달하는 것은 절대 허락하지 않았다. 그것은 원칙이었다. 이 도리를 우리는 분명히 알고 있었기 때문에 백부님의 이야기를 한 번도 전한 적이 없었으며 이는 우리들 대화의 기율이었다. 그러나 예외가 한 번 있었다.

1955년 내가 아직 충칭(重慶)에서 일할 때였다. 한번은 베이징에 도착하여 숙청 반혁명운동의 상황과 관련된 보고를 할 때였다. 당시 숙반(肅反)운동의 전개는 필요한 것이었지만 그것이 미치는 타격의 범위가 넓다는 것이 문제였다. 이 점을 나는 후에 깨닫게 되었다. 그때 베이징에서 보고하는 중간에 시화청에 가서 백부님 내외분을 만났는데, 그때 백부님은 나의 '숙반' 상황에 대한 보고를 듣고는 갑자기 매우 집중하면서 나에게 물었다. "네가 조사하는 단위에서의 운동은 어떠하냐? 어떤 문제점이 있는지를 발견했느냐?" 나는 일부러 이 사정을 총후근부에 보고하러 왔기 때문에 매우 분명하게 대답했다.

"저희가 조사한 단위에는 많은 반혁명분자들이 있고, 많은 사람들에게 심각한 정치적 문제가 있다는 것 등을 알아냈습니다." 그러자 백부님은 이를 듣고는 즉시 여기에는 문제가 있다고 말씀하셨다. 그가 우리들에게 어떤 단위냐고 묻자, 나는 군급 단위(軍級單位)라고 대답했다. 백부님이 말씀하셨다. "일개 군급단위가 그러한데 하물며 전 부대는 어떠하겠느냐? 이렇게 많은 반혁명 분자들이 있을 수는 없는 일이며, 이렇게 많은 엄중한 정치적 역사적 문제가 있을 수는 없다. 이는 수많은 사람들의 정치 생명과 관련이 있는 큰 문제이다."라고 하면서 그는 계속해서 말했다. "너는 나의 말을 네가 소속되어 있는 지도자 동지에게 전달하여 '이는 나의 의견'이라고 말해주거라."

나는 충칭으로 돌아가서 즉시 본 단위의 당위 서기와 정치 위원에게 보고했다. 그 지도자 동지의 이름은 루난차오(盧南樵)로 후에 제2포병부 정치위원을 맡은 적이 있었다. 당시 나는 그에게 저우 총리의 다음과 같은 지시를 전달했다. "총리께서는 우리가 조사해낸 많은 반혁명 분자와 많은 엄중한 정치적 역사적 문제가 있다는 보고를 들으시고는, '그렇게 많을 수는 없다. 타격을 받아야 할 범위가 너무 넓다'고 하셨습니다." 루난차오 동지는 이를 매우 중요하게 생각하여 즉시 당위원회를 열고 저우 총리의 지시를 전달하고 연구하여, 즉시 조치를 취하여 철저하게 그 말을 실현시키고 사실대로 오차를 조정하여 수많은 사람을 보호하도록 하였다.

이 일화는 백부님이 항상 모든 사람에게 관심을 가지고 사랑했음을 설명해 주는 예이다. 마치 우리는 후에 불리운 노래 중에 나오는 "모든 사랑을 그의 마음속에 담는다"는 뜻과 같았다. 후에 일어난 '문화대혁명' 중에서는 더욱 그러했다. 그분은 중대한 원칙문제에 있어서는 절대로 소홀히 하지 않았던 것이다.

사사로운 정에 치우치지 않는 것은
오직 공(公)을 위해서이다

– 저우빙더(周秉德 저우언라이의 질녀, 전 중국신문사 부사장)

사사로운 정에 치우치지 않는 것은
오직 공(公)을 위해서이다

- 저우빙더(周秉德 저우언라이의 질녀, 전 중국신문사 부사장)

나의 부친 저우언시우(周恩壽)는 호가 통위(同宇)이며 백부 저우언라이의 친동생이다. 어렸을 때, 일찍이 형을 따라 황포 군관학교에 들어갔었는데, 제4학기 학생으로 1926년 북벌전쟁에 참전하였고, 1927년 북벌전쟁 중에 부상을 당하여 부상을 돌보느라 혁명 대열에서 벗어났다. 이후 줄곧 하얼빈과 톈진에서 넷째 백부와 함께 일하면서 상업에 종사했다.

1949년 초에 그는 톈진을 떠나 베이징으로 백부를 찾아가 일을 달라고 부탁했다고 한다. 그러자 백부가 말하길 "너는 오랫동안 혁명하느라 현실 업계를 떠나 있었기 때문에, 너는 아무것도 이해할 수가 없을 것이다. 그러니 어떻게 즉시 일할 수 있겠느냐? 너는 그저 처음부터 다시 배워야 한다." 그러면서 그를 화베이대학(華北)으로 보내 공부를 시켰다. 학습을 마친 후 조직에서는 그를 당시의 강철공업국에 배치했고, 이후 또 내무부로 옮기게 했다. 그곳에서 그는 계속해서 일반적인 일만을 했다.

내무부에 있을 때, 나의 백부는 특별히 당시의 내무부장인 정산(曾山)에게 당부하였다. "저우 통위의 일은 당신이 배치한 것보다 낮아야 하고 봉급도 적어야 합니다. 그는 나의 동생이기 때문입니다." 그래서 그는 매우 일반적인 일에만 배치되었던 것이다. 후에 나의 부친은 건강이 안 좋아졌는데, 심한 위궤양이었다. 자주 쉬어야 했고 휴가를 내야 했으며 때때로 정상적인 출근을 할 수 없었다. 50세가 넘었을 때, 나의 백부는 그가 정상적인 출근을 할 수 없기 때문에 봉급의 전부를 받아서는 안 된다고 여겨 그로 하여금 조기퇴직을 하게 했다.

정산 부장은 백부가 그냥 하는 말이라고 여겨 그 일을 진지하게 생각하지 않았다. 후에 시간이 어느 정도 지난 뒤 백부님이 그에게 당신은 왜 아직도 그 일을 처리하지 않았냐고 하면서 다시 처리하지 않는다면 나는 당신을 처리할 것이라고 했다. 그렇게 해서야 정산 부장이 그 일을 처리했고, 아버지는 조기 퇴직하게 되었다. 퇴직 이후 나의 부친의 봉급은 확실히 감소했다. 그러나 우리 집에는 아이들이 많았는데 모두 6명이나 돼서 부담이 컸다. 그럼에도 백부님은 절대로 그에게 조직에 보조금을 신청하지 못하도록 했다. 그리고는 백부가 자신의 봉급에서 얼마를 빼서 우리 가족을 도와 주었다. 거의 1950년부터 1968년까지 나의 형제자매가 모두 일을 할 때까지 지원해 주었다.

매달 나는 그의 경호 대장에게 가서 사인을 하고 돈을 받아서 어머니에게 드렸다. 후에 경호원이 회고하기를 저우 총리가 한번은 사무실에서 일하고 있는데 홀연히 고개를 들어 "통위네 이번 달

생활비를 당신들은 잊지 말고 보내게"라고 지시를 내렸다고 한다. 우리 6남매는 어려서부터 어른이 될 때까지 모두 그의 보살핌을 받고 자랐다.

경제적인 것뿐만이 아니라 특히 정신적으로 우리는 그의 은혜를 많이 받았다. 우리는 그때 성숙하지 못했으며 백부의 상황을 이해하지 못했다. 후에 우리는 나이가 들어서야 비로소 백부가 얼마나 검소한지를 알게 되었다. 우리는 그대서야 정말로 그의 그렇게 많은 원조를 받아서는 안 되며 백부의 돈을 그렇게 많이 사용해서는 안 된다고 생각했다. 백부는 당시 자신이 조금 곤란할지언정 어떻게든 자신의 봉급으로 친속들을 도와주려 했다. 그의 원조는 우리 집 뿐만이 아니라 우리의 작은 어머니(二娘), 후이안의 얼훼이(介輝) 집 등 많은 친속 그리고 그의 부하직원, 그의 친구인 누군가가 병이 들거나 곤란하거나 할 때는 누구를 가리지 않고 아낌없이 모두를 도와주었다.

그 자신은 매우 검소했고, 친속들을 한 번도 특별하게 대하지 않았으며, 그와의 관계를 이용하여 좋은 자리를 얻을 수도 없었으며, 무엇이든 특수화 할 수가 없었다. 그들은 자신의 조건에 따라 노력해야 했으며, 자신의 길은 자신이 가야 했지 그에게 의지할 수는 없었다. 이 점은 우리들에 대한 교육 중 가장 큰 것이었다. 나는 우리들이 정신적으로도 얻은 것이 매우 크다고 생각했으며 이러한 교육을 한평생 받았다고 생각한다.

나의 부친의 봉급, 수입, 직위가 모두 낮은데다 집도 매우 좁았기 때문에, 우리 6남매 중 큰 3명인 나와 남동생 빙쥔(秉鈞), 여동생 빙이(秉宜)는 시화청에서 살면서 일요일에 부모님을 만나러 갔으며 그 후에 학교로 돌아갔다. 그때 우리는 모두 월요일부터 토요일까지 학교에서 살았다. 다른 집은 모두 차가 있어 데려가곤 했는데, 우리는 그렇지 못해서 매우 서운했다. 그때는 어려서 서운한 나머지 백부, 백모님에게 왜 우리를 차로 데려가지 않느냐고 투덜거리면 백부님은 매우 분명하게 말씀하셨다. "자동차는 내가 인민을 위해 일할 때와 내가 공무적으로 필요할 때만 사용하는 것이다. 너희들은 학생이므로 사용할 수가 없느니라. 너희들은 버스를 타거나 걸어 다니거나 혹은 자전거를 타고 다녀야 한다. 국가가 나를 위해 배치한 차는 사사로이 사용해서는 안 된단다." 이렇게 우리는 어렸을 때부터 가장이 누리는 대우를 누릴 수 없다는 것을 알았다.

백부는 어렸을 때부터 항상 우리에게 매우 엄격했다. 그는 항상 친한 사람에게는 엄했고 친하지 않은 사람에게는 너그러웠다. 동시에 관심을 크게 기울였고, 혈육의 정도 있었다. 예를 들어 내가 성장하여 일하게 된 이후, 자전거를 사고 싶어 백부에게 말하자, 백부님께서 말씀하기를 "좋다, 네가 자전거를 사는 것은 좋은 일이다!"라고 찬성해 주었다. 그래서 나는 그가 당연히 돈을 줄 것이라고 생각하여 "돈을 주셔야지요"하고 말씀드리자 백부님은 말씀하셨다.

"그래 나는 너에게 반 만 주겠다. 반은 네가 스스로 책임 지거라." 나는 곧 그렇게 했다. 후에 나는 또 스케이트를 타고 싶어 스케이트 화를 사려고 했다. 그때는 스케이트 화를 사려면 큰돈이 필요했다. 백부님은 여전히 내가 반을 내겠으니 네가 반을 내야 한다고 하였다. 당시 나는 철이 없어서 몰랐지만, 후에 나는 그가 왜 그런 말씀을 하였는지를 이해할 수 있었다. 나는 이 절반의 돈을 받으면서 귀중한 것은 쉽게 오는 것이 아니라 소중하다는 것을 알지 못하면 쉽게 얻어지는 것이 아니라는 것을 알게 되었다.

나는 취직을 한지 얼마 안 돼서 시화청의 인원이 많아지자, 나의 백모님은 중난하이(中南海)의 간부 숙소 안에 작은 방은 마련해 주고 나와 여동생을 거기서 기거하게 하였다. 백모님이 나에게 말씀하셨다. "빙더, 너는 이미 취직을 했지. 이 방의 월세를 나는 내줄 수가 없구나! 그러니 네가 스스로 월세를 부담해야 한다. 이렇게 하는 것은 네가 가족에 의존하는 습관을 들이지 못하게 하기 위해서이다." 나는 옳다고 생각하여 매월 제 때에 방세를 냈다. 이는 나에게 어떤 사정이라도 모두 스스로 처리해야 한다는 것을 알게 해주었다. 이는 당연히 스스로 부담해야 하는 것이고, 나는 그렇게 할 책임이 있었던 것이다. 나는 어려서부터 그렇게 배우면서 성장했다.

경제적으로 백부님 내외는 당연히 우리들에게 지원해 줘야 할 것에 대해서는 분명하게 지원해 주었다. 예를 들면, 여섯째 저우 빙젠(周秉建)이 15살이 되던 1968년에 막 초등학교 2학년에 올라갔을 때, 마오 주석이 제창한 '상산하향(上山下鄉)'의 구호에 따라, 그녀는 적극적으로 향촌에 내려가길 희망했는데, 내몽고 대초원의 목장에 내려가 목민들과 생활하기를 희망했다.

백부님 내외는 곧 그녀의 뜻을 지지해주면서 그녀가 마오 주석의 구호인 상산하향에 호응한 것에 대하여 칭찬했다. 그녀가 떠날 때가 되자 밥을 사주고 교육을 시켜주었다. 후에 그녀가 대초원 목장에 있으면서 신문을 잘 보지 못한다는 것을 백모님이 알게 되자, 백모님은 나를 불러 말씀하시기를 "너는 그 애에게 좋은 라디오를 하나 사서 보내

주거라! 내가 돈을 주마"라고 하였다. 내가 말했다. "저도 일한 지 이미 반년이 넘었습니다. 제가 사주겠습니다." 그러자 백모님이 말했다. "안 된다, 이는 우리가 그 애를 지지한다는 뜻으로 주는 것이다. 빙첸이 패기가 있고 일을 잘해서 우리가 그녀를 지지해주고 격려해 주어야 한다는 말이다. 이 돈은 반드시 내가 지불할 것이다." 그래서 나는 당시 가장 좋은 7개의 관이 있는 판다표 라디오를 샀다.

백모님이 보고 좋다고 하면서 다음과 같이 말씀하셨다. "매우 좋구나, 네가 내대신 부쳐 주거라! 부칠 돈도 내가 주마." 백모님의 태도는 매우 분명하였는데, 그녀는 지지하는 일에는 반드시 본인이 처리해야 했다.

우리에 대한 백부님의 교육과 요구는 우리가 보통의 백성, 보통의 노동자가 되기를 요구한 것이라고 생각한다. 나는 그가 옛날의 봉건관념, 봉건적 관계와 결별하고 이런 옛 사상 관념을 뿌리 뽑기를 원했다고 생각한다. 그는 새로운 길을 가고자 했으며, 이는 충심에서 우러나오는 것으로 온 마음을 다해 인민을 위하는 관점으로 단호한 길을 가자는 것이었다. 그는 줄곧 이렇게 걸었으며, 다른 사람에게 보여주려 하는 생각이 추호도 없었다. 그는 바로 단호하게 그렇게 행했던 것이다.

나의 혼인과 연애에 대해서 백부님과 백모님이 모두 관심을 가져 주었으며 게다가 가르침을 주었다. 그러나 두 분은 각자 특색이 있었다. 백모님은 일리가 있는 방면으로 나를 인도하려 하였지만, 백부님은 오히려 태연하게 자신의 첫사랑을 이야기하곤 하였다. 백모님조차도 마치 당초 유럽에서 온 백부님이 자신에게 '끈기 있게 진공(執著進攻)'해왔던 배경을 갑자기 깨달은 것처럼 보였다. 서로 뜻이 같고 일치하는 것처럼 이는 백부님과 백모님이 반세기 동안 서로 아끼고 사랑하며, 곤경 속에서 서로 도와주었던 가장 단단한 기초였던 것이다.

나의 결혼과 연애에 대한 그분의 교육은 매우 잊기 어려운 것이었다. 1956년 여름 어느 날 저녁에 나는 두 분과 식사를 했다. 나는 남자친구를 사귀는 것에 대하여 이야기를 했는데, 그들의 의견을 듣고 싶었다. 백모님이 말씀하시길, "젊은 사람은 늘 친구를 사귀어야 한다. 너에게 적합한 반려자를 찾아야 한다. 네가 그 사람을 찾았다면, 먼저 서로 뜻이 같고 일치하는 지를 고려해야 한다. 외면을 고려해서는 안 되고 직위를 고려해서도 안 된다.

먼저 그와 서로 뜻이 같고 일치하는지를 고려해야 한다." 백부님이 자신의 경험을 예로 들어 말씀하셨다. "젊어서 프랑스에서 유학할 때에도 비교적 가까운 여자 친구가 있었는데, 원래 함께 5·4운동을 함께한 사람으로 이름은 ○○○라 했다. 나는 일찍이 그녀와 함께 쟈오우사(覺悟社)를 창립했단다. 당시 5·4운동 여성 지도자 중 한 명이었으며, 그녀와 접촉이 비교적 많았고 게다가 함께 프랑스 유학도 같이 갔단다." 그는 계속해서 말했다. "우리는 왕래가 비교적 많았다. 그때 우리는 당시 봉건제도의 군벌들을 공동으로 반대했으며, 우리는 하나의 민주사회를 희망했기 때문에, 우리는 당시 민주주의자라고 할 수 있었으며 그것을 지키기 위해 나아갔다. 그러나 나는 프랑스, 영국, 유럽에서 다년간 마르크스주의를 접한 후, 나는 나 스스로 사회주의에 투신해야겠다는 생각을 가지게 되었고, 공산주의라는 하나의 목표에 투신을 했다. 나의 이 목표가 무산계급의 해방을 위하여 분투하는 것이었다. 이 때문에 나는 이 여자와 적합하지 않다고 생각했다. 나는 바로 혁명의 고달픔을 고려해야 했고 혁명의 사나운 파도를 견뎌야 했다. 이런 사람을 찾아야 만이 비로소 나와 서로 뜻이 같고 일치하여 혁명을 끝까지 할 수 있다고 생각했던 것이다.

혁명은 한평생 해야 하는 일이다. 그래서 그때 나는 매우 의연하게 그녀와 헤어졌고 너의 백모를 만난 것이다. 나는 너의 백모와 많은 편지를 주고받았다. 그런 후에 우리는 연락을 하면서 관계를 명확히 했다." 그는 이렇게 나에게 그 자신이 반려를 선택한 과정을 이야기 해 주면서, 내가 먼저 상대방의 혁명의지를 고려해야 한다고 했는데, 사실상 이는 서로 뜻이 같고 일치하는 지의 문제였다.

이때, 백모님이 말했다. "그러게 말이야! 당신이 원래 막 유럽에 갔을 때는 내게 편지를 안 보냈는데 어떻게 후에 또 그렇게 많은 편지를 보냈는지 이제 알겠네요!" 우리는 후에 그들 내외가 그때 주고받은 편지가 250통이 넘었다는 것을 알게 되었다. 당연히 주로 혁명에 대하여 이야기했는데, 그는 유럽에서 본 약간의 정황, 예를 들면 통신, 그가 신문에 투고한 것, 그가 거기서 느꼈던 것 등에 대해 연락을 주고받은 후 그들의 관계는 확립되었던 것이다.

백모님도 이렇게 말씀하셨다. "원래 그가 톈진고학운동(天津搞學運動)에 참여하였을 때, 그는 온 마음을 다 바쳐 운동을 했는데, 그때 그는 자신이 독신주의자라고 선포했지. 그때 나는 너무 어렸었지!" 나의 백모님은 당시 15, 6세였다. 그녀는 계속해서 말했다. "그때 우리 모두는 그의 이 독신주의를 지지해야 한다고 생각했다." 그녀는 그때, 여인은 결혼하면 끝난다고 생각했었다고 한다.

즉 어떤 것도 할 수 없다고 생각했다는 것이다. 그녀는 그녀의 동창생들이 결혼 이후 봉건적 예교의 속박을 받아 완전히 인신의 자유를 모두 잃는 것을 보았기 때문이라는 것이다. 그래서 그녀는 여인은 결혼해서는 안 된다고 생각했다. 이 때문에 그녀는 텐진에 있을 때 백부가 유럽에 가기 전까지 그들은 아무런 관계도 아니었다고 했다. 그래서 그때의 그들은 매우 순결하고 단순한 혁명 동지였다. 함께 학생운동을 하고 반봉건적 운동을 하고 전심전력으로 그 속으로 들어갈 수 있었던 것이다.

이러한 기초 때문에 그들은 1925년에 결혼하여 1976년 백부님이 돌아가시기 전까지 50년 동안 그들의 관계는 매우 긴밀했고 서로를 존경하고 배웠으며, 가정은 매우 화목했다. 그들은 잠시 떨어져 있을 때마다 서신으로 왕래를 하고 전화를 했으며, 사람들에게 서신을 부탁하면서 서로에게 관심을 가지고 서로 이해를 했다.

백부님이 제네바에 갔을 때, 백모님은 그에게 많은 편지를 보냈다. 어느 날 편지를 보내려 할 때, 마침 시화청에 해당화가 피어 있었다. 그녀는 백부가 해당화를 매우 좋아하는 것을 알고 시화청의 해당화를 잘라 눌러 평평하게 한 후 서신에 넣어 보냈다. 백부로 하여금 일종의 정감을 느끼게 하고 집의 해당화를 볼 수 있게 했던 것이다.

정감과 정서가 있고, 서로를 존중하고 서로에게 관심을 가지고 보살피고 의지하여 떨어져 있을 때가 같이 있었던 때보다 많았던 백부, 백모의 반세기 동안의 부부생활을 참되고 온화하게 할 수 있었던 것이다.

그들 사이는 일반적으로 네가 좋고 내가 좋은 것이 아니라 그들은 매우 정감이 있는 사람이라는 것이었다. 두 분의 일과 휴식 시간은 서로가 달랐다. 백부님은 매우 바빴는데 대량의 공문 자료를 처리하여 상황을 이해해야만 했다. 그는 늘 늦게까지 일을 했고 그날의 일은 그날 열심히 처리하여 끝냈는데 어떤 때는 심야까지 일을 했다. 심지어 이튿날 여명까지 일했다. 어떤 때는 여명에 밖으로 나가 신선한 공기를 마시고 마당을 돌거나 혹은 공원을 걷곤 했다. 어떤 때는 나 혹은 빙쿤, 빙이를 만나 같이 돌기도 했다.

어떤 때는 중산 공원에 가서 이른 새벽, 특히 일찍 일어난 노인들이 신체를 단련할 때 그도 산책을 했다. 돌아와서는 백모가 아직 일어나지 않았을 때, 그는 조용히 그의 방으로 들어가 잠을 청했다. 그가 자고 있을 때 백모는 일어나 매우 조심스럽게 직원들과 우리들에게 큰소리를 내서는 안 되고 걸을 때도 조용히 걸어야 한다고 일러주었다. 후에는 백모가 그곳에 '조용히 해주세요'라는 팻말을 세우기까지 했다. 이 팻말이 문에 걸려 있으면 모두 백부가 아직 일어나지 않았다는 것을 알고 조용히 움직였다.

1950년 막 베이징 성에 들어왔을 때, 백모님의 건강이 좋지 않았다. 이화원의 청리관(廳鸝館) 뒤에는 당시 매우 평범한 작은 방에 있었는데 그녀는 거기서 요양을 했다. 백부님은 일이 매우 바빴고 어떤 때는 밤이 늦어서야 그곳으로 가 백모님을 보면서 그도 휴식을 취했다. 마침 여름휴가를 맞이하여 나, 빙쿤과 빙이 모두가 있었을 때, 그는 우리들을 데리고 백모님을 만나러 갔다.

이화원에 있을 때는 일반적으로 저녁때였는데 조용하지는 않았다. 그러나 이화원에 사람들이 많지는 않았다. 우리는 동문으로 들어가

긴 복도를(長廊)을 지나 곧장 청리관에 뒤에 도착했는데 매우 긴 길이었다. 그는 절대 여행객을 통제하지 않도록 하고 또 많은 경호원을 대동하지 않았다. 두 명의 경호원과 경호장을 대동했을 뿐이었다. 어떤 때는 우리들과 같이 누구든지 만났다. 유원(遊園)의 대다수는 근본적으로 우리 일행을 상대하지 않았다. 멀리서 매우 기뻐하는 것을 보았고 인사를 하고 손을 흔드는 등 그런 모습이었다. 특히 감격해 하는 사람도 있었는데 앞으로 뛰어와서는 그와 악수를 했다.

나는 그때 매우 자연스러워 보통 여행객처럼 생각되었다. 백모님을 만나고고 한담을 나누거나 산책을 했다. 자주 걸었던 길이 후호(後湖)였다. 후호는 사람이 적었고 비교적 조용했으며, 보기 좋았고 한적했다. 우리는 호변을 따라서 걸었는데, 자주 세취원(諧趣園)까지 걸었다. 세취원의 작은 정원은 정원 중의 정원이다. 작고 정교한데 주위에 방갈로와 정자가 있으며 중간에 연못이 있었다. 백부는 항상 그곳에 가는 것을 좋아했는데 우리 3명을 데리고 거기서 사진을 찍었다. 그가 왜 그곳을 좋아했는지는 나도 모른다. 1988년 나는 처음으로 화이안에 가서 화이안의 작은 샤오호(勺湖)를 보았다.

샤오호의 면적은 작았는데 주위에 많은 정자와 방갈로가 있었다. 그 분위기가 세취원과 매우 비슷했다. 그래서 나는 백부가 그렇게 여러 번 세취원에 간 이유가 그가 이전 어렸을 때 고향의 원림을 회고했기 때문이라고 생각하게 되었다. 그러나 그것에 대한 이야기는 하지 않았다. 당신이 그가 화이안을 회상했는지 안 했는지를 떠나서 그는 그의 어렸을 때의 이러한 문화적 분위기를 매우 그리워했다.

같은 이야기로 백모님은 백부님의 각 방면에 대하여 매우 관심을 가졌다. 예를 들어, 백부님은 늘 책상에서 책을 보고 서류를 봐야 했으며, 회의를 해야 해서 운동시간이 매우 적었다. 그래서 백모님은 그가 운동할 수 있는 기회가 있기를 희망했다. 어떤 때는 언제 돌아와야 하는지를 알고는 우리들을 중문으로 보내 중문에서 내려서 걸어 들어오도록 했다. 한 200미터는 걸어야 했다.

백부님의 입장에서는 이것은 일종의 운동이었다. 우리는 산책을 하면서 이야기를 하면서 어떤 때는 노래를 불렀다. 이는 그에게는 사무실 책상에서 벗어나게 하는 한 방법이었다. 바로 차에 타는 것보다 차에서 나와 또 사무실로 걸어 들어가는 것이 긴장을 푸는 그런 시간이었다. 그는 우리와 함께 산책을 할 때, 특히 이야기하는 것과 노래 부르는 것을 좋아했다. 그때 그는 "훙호수, 랑타랑(洪湖水浪打浪)"을 부르며 걸어가면서 손을 저으며 지휘도 하고 박자를 타면서 매우 기뻐했다. 약간의 신가곡, 민족가곡, 민가와 비슷한 『류산지에(劉三姐)』 등 이런 것들은 모두 그가 좋아하는 노래였다.

이밖에 활동이 매우 적은 백부님을 위해 백모님은 그가 토요일에 춤을 추러 가기를 희망했다. 그때 중난하이 즈광각(紫光閣)이나 혹은 베이징 호텔에서 춤을 추곤 했는데, 수요일, 토요일 모두 열렸다. 그러나 그는 토요일에만 갈 수가 있었다. 백모님 자신은 무도회에 참석하지 않고 그에게 가기를 종용했다. 경호팀장에게는 백부님이 토요일에 춤을 추러 갈 수 있도록 계획해 주기를 바랐다. 게다가 춤을 추는 것도 일종의 기층의 정황을 이해할 수 있는 기회이기도 했다.

당시 어떤 단위는 모두 여 동지들이거나 문화선전공단, 문화예술단체였으며, 또 기관도 있었다. 춤을 출 때 그는 하나하나 그들의 상황을 이해할 수 있었다. 백부님은 춤을 정말 잘 추셨다. 춤사위가 매우 안정되고 매우 정확했다. 스텝이 특히 깨끗했으며 매우 아름다웠다. 백부와 춤을 추면 특히 편했다. 당연히 기회는 매우 적었지만 수많은 사람들이 그와 춤을 추고자 했다. 이는 백부의 생활에 있어서 일종의 휴식이었다. 그만큼 그의 생활은 매우 바빴던 것이다.

백모님의 백부님에 대한 관심과 사랑, 그리고 백부님의 백모님에 대한 관심은 각 방면에서 나타났다.

나에게 보낸 서신에도 그러한 내용이 있다. 예를 들어 1959년 나는 나의 회사인 조양구 위원회(朝陽區委)에 파견되어 밀운수고(密雲水庫)에서 2년 동안 일했다. 그 시기에 백모님이 나에게 편지를 썼는데 모두 백부님의 근황이었다. 편지에는 다음과 같이 적혀 있었다. "기쁜 일을 너에게 알려 주마. 그것은 내가 베이징에 돌아가기 전에 잠시 먼저 너에게 편지를 쓴다는 것이다. 이는 네가 가장 관심을 갖는 일인데, 나의 건강이 확실히 호전되었다. 이후 당과 인민을 위하여 봉사하는 것에 있어 희망이 있고 확실히 가능할 것 같다.

너는 반드시 나를 위하여 기뻐해 줄 수 있겠지? 다시 네가 가장 관심을 갖는 백부는 일이 매우 바쁘고 빠듯하여 잠을 못자서 요즘 야위었다. 그러나 건강은 아직 괜찮으니 너는 안심해도 된다. 그리고 내가 옆에서 열심히 보살피고 있다. 그의 일상생활을 위해 할 수 있는 일은 다하고 있어 많은 도움이 되고 있으니 너는 우리들을 위해 걱정하지 않아도 된다. 너에게 가장 중요한 것은 역시 자신의 일을 잘 하는 것이다. 이미 많이 훌륭한 너이지만 더욱 열심히 해야 한다."

그녀는 그렇게 백부에 대한 관심을 표해주었으며, 우리가 밖에서 안심할 수 있도록 했다.

백부님이 세상을 떠나신 후, 백모님은 나에게 약간의 유품을 주었는데, 그중 하나가 작은 검정색 가죽 지갑으로 그 안에는 나의 할아버지 사진이 한 장 들어있었다. 백부님 자신이 친히 사진 뒤에 '아버지 사진'이라고 쓰셨다. 이 밖에 3통의 편지가 있었는데 모두 접혀 있어 매우 작았고 아주 오래된 편지였다. 한 통은 1939년 백부님이 모스크바에서 병을 치료할 때의 것으로 백모님과 떨어져 있을 때였다. 이때 백부님이 그녀에게 편지를 쓴 것으로 그 자신의 치료 상황과 오른쪽 어깨의 회복상황을 언급하였다. 또 두 통의 편지는 산베이(陝北)를 전전할 때 쓴 것으로 1947년의 것이었다. 두 편지는 모두 매우 간단한 내용인데 단지 백모님에게 안부를 묻는 것으로 현재의 상황이 어떠한지와 백모님의 상황에 대한 관심이 주요 내용이었다. 그 정도로 그들은 서로 관계가 매우 좋았으며 매우 친밀했다.

세상에는 후회에 대한 약이란 없다. 백부님이 병이 위중했을 때 몇 가지 일이 있었다. 그 일을 회상하기만 하면 나는 아직도 자책하고 후회하곤 한다. 1974년 백부님이 입원을 결정했을 때, 백부님이 베이징 의원의 의료진에게 물었다. "내가 일 년은 더 살 수 있습니까?" 그런 상황을 알게 된 후 나는 계속해서 전화로 백부가 잘못 말한 것이라고 그 말을 부정했다! 백부에 대한 병을 나는 하나도 듣지를 않았던 것이다. 나는 세상에 백부님을 무너뜨릴만한 중병이 있다고는 한 번도 생각해 본 적이 없었기 때문이었다.

백부님은 1년 반 동안 백모님을 제외하고 기타 친속의 문병을 허락하지 않았는데, 이 규정은 매우 잔인한 것이었다. 그 사이 백부님이 두 차례나 시화청에 돌아 온 적이 있었는데, 첫 번째 때 나는 그를 보았지만 사진을 찍지는 않았다. 두 번째 때에는 집에 일이 있어 시화청을 가지 못했는데, 결과는 그와의 영원한 이별이 되었다. 백모님의 특별한 배려로 나는 겨우 여섯째 동생과 같이 백부님의 유체와 사진을 찍을 수 있었다.

1974년 나는 외지에서 일하다가 베이징으로 돌아오게 되었다. 5월 31일 특별히 그들을 뵈러 가겠다고 하고 정오에 두 분과 나 이렇게 3명이 함께 식사를 했다. 그때 백부님은 나에게 다음과 같이 말씀하셨다. "나는 내일 입원해야 한다. 이후에는 우리가 만날 기회가 매우 적을 것이다." 나는 백부가 수십 년 동안 바빴으며 일평생 바빴었기 때문에 휴양을 할 기회가 없었다고 생각했는데, 마침 입원을 한다고 해서 나는 매우 기뻐하며 말했다. "백부님, 이제야 아셨군요. 백부님도 입원하실 수 있다는 사실 말입니다. 거기서 푹 쉬시면서 건강을 잘 돌보세요!" 그런 나를 보면서 그는 나에게 두 장의 사진을 주었는데 그와 백모님의 다자이(大寨) 시절에 찍은 독사진이었다. 나는 당시 그가 무슨 병에 걸렸는지를 알지 못했고 여기에 고별의 의미가 있었음을 전혀 몰랐었다.

1975년 5월 12일 그의 간호사가 갑자기 나를 찾아와 나에게 이야기하기를 어제 저우 총리가 베이징병원에 도착했는데, 사전에 원래 시화청에서 일하는 베이징병원의 의사와 간호사에게 통지를 했기에 그래서 그가 베이징 병원에 갔을 때 그와 만날 수 있었는데, 모두가 당연히 기뻐하며 그를 만났었다고 했다. 그도 우리에게 이것저것 물으면서 함께 한담을 나누었고 그 스스로도 매우 편안해 했다는 것이었다. 그러면서 잠시 걷던 그가 갑자기 고개를 돌려 간호사에게 "내가 아직 일 년은 더 살 수 있겠습니까?"하고 물었다는 것이다. 그가 이렇게 묻자 모두가 멍해졌는데, 의사와 간호사는 당시 그를 치료하던 사람들이 아니었기 때문에 그의 실제 병환을 알기 못했던 것이었다.

그러나 저우 총리가 스스로 이 말을 꺼내자 이것은 간단한 문제가 아니라고 생각한 모두는 매우 불안해했다고 했다. 어떤 사람은 밤새토록 잠을 이루지 못했고, 그 중 한 사람이 다음날 나를 찾아 왔던 것이다. 그는 나에게 "그래서는 안 됩니다. 총리의 그런 마음과 정서가 어째서 그렇게 됐습니까? 우리는 초조하고 불안해서 모두 울었습니다. 당신은 방법을 생각하여 총리에게 가서 이에 대하여 이야기를 나누어야 합니다. 그가 그렇게 생각하고 있는 것은 그의 건강과 병을 치료하는 것에 있어 이롭지 않습니다."

나는 당시 듣자마자 긴장되어 계속 울면서 나는 이런 일이 어떻게 일어날 수 있는지를 물었다. 나는 곧바로 시화청으로 가서 백모님을 뵈었다. 그리고 백모님에게 "저는 백부님을 만나야 합니다. 저는 백부님께서 그런 말씀을 하시게 할 수 없습니다. 그런 생각은 그의 치료에 도움이 되질 않습니다." 그러자 백모님이 말씀하셨다. "규정이다. 네가 아무리 그래도 가서는 안 된다." 나는 초조한 나머지 빙빙 돌면서 말했다. "어떻게 그럴 수 있습니까? 나는 반드시 백부님을 만나야 겠습니다."

그러자 백모님이 전화를 걸어주어서 나는 단지 전화상으로만 백부님과 이야기를 나눌 수 있었는데 연결이 되자마자 말했다. "백부님, 아십니까? 백부님이 잘못 말씀하신 것이지요?" 그러자 그가 말했다. "무엇을 말이냐?" 내가 말했다. "백부님은 어떻게 간호사들에게 그런 말씀을 하실 수 있습니까?" 백부님이 매우 편안하게 "그게 뭐 대단한 거라고, 그저 농담을 했을 뿐이다!"라고 하였다. 내가 말했다.

"그런 농담을 해서는 안 됩니다! 게다가 백부님의 그런 생각은 치료에 도움이 전혀 되지 않습니다!" 나는 또 다시 여쭤보았다.

"그럼 백부님 지금 건강은 어떻습니까? 건강이 도대체 어떠냐 이런 말씀입니다" 그가 말했다. "나는 현재 잘 치료하고 있다!" 나는 당시 그의 병을 이해할 수도 없었고, 또한 그때는 기밀을 지키는 것이 매우 엄격했던 시절이었다. 나는 말했다. "백부님 밖으로 나가서 햇볕을 쬐면서 운동을 하실 수는 있습니까?" 그가 말했다. "네가 잘 모르는구나, 현재 이집은 겨울에도 햇볕이 들어온단다." 그곳의 밖에는 복도가 있기 때문에 그런 말을 했던 것이다. 내가 말했다. "그래도 백부님, 병원에만 계시지 마세요. 병원 안에는 모두 간호사와 의사뿐입니다. 별로 마음에 좋지 않은 곳입니다. 당연히 집으로 돌아오셔서 요양을 하시는 게 좋지 않겠습니까?" 그가 말했다.

"너는 이해하지 못하고 있구나. 현재 나의 상황은 아직 치료가 필요하단다." 내가 말했다. "그럼 어제 하신 말씀이 모두에게 큰 영향을 미친다는 것은 알고계십니까? 그 말씀이 너무 큰 풍파를 일으켰다는 사실 말입니다. 모두가 백부님의 건강을 매우 걱정하고 있습니다." 그가 말했다. "너희들은 그렇게 걱정할 필요가 없단다. 너는 공산당원이며 유물주의자이다. 사람은 항상 그러한 날이 있다! 너는 항상 이러한 사상적 준비를 해야 한다." 내가 말했다. "이러한 사상적 준비는 매우 잔인합니다! 백부님은 아직 인민을 위해 좋은 일을 더 하셔야 합니다. 우리나라는 아직 많은 부분에서 백부님을 필요로 하고 있습니다." 그가 말했다. "어떠한 사람이든 모두 그런 날이 있단다. 나도 그런 점에서는 똑같단다." 내가 말했다.

"그것은 일 만의 문제가 아닙니다. 저는 친족이라는 입장에서 가족의 입장에서 백부님이 그렇게 하도록 그냥 지나칠 수가 없습니다. 백부님은 반드시 건강을 회복하셔야 합니다." 그가 말했다. "너는 공산당원이지 않느냐? 너는 유물론자이지 않느냐? 너는 당연히 이 현실을 똑바로 봐야 한다. 누구에게도 그런 날은 있는 것이다. 너는 그런 사상적 준비를 해야만 한다." 당시 나는 이를 듣고 매우 괴로웠으며, 또 반나절을 설득했다. 당연히 그도 그의 실제 상황에 대해서는 나에게 알려주지를 못했던 것이다.

5월 20일 그는 병원에서 집으로 돌아왔다. 집에 돌아오기 전에 백모님이 친히 나에게 전화를 걸어 집에서 그를 만날 수 있다고 하였다. 나는 빨리 휴가를 내어 시화청으로 가서 그의 비서도 보기 힘든 그를 만나 함께 얼굴을 보고 이야기를 나누었다. 그가 병원으로 돌아가야 할 때 내가 말했다. "백부님과 함께 사진을 찍고 싶습니다!" 백부님이 말했다. "오늘은 피곤하니 우리 다음에 찍자구나!" 6월 15일에 그가 또 집에 왔는데, 백모님이 또 다시 나에게 전화를 주었다. 그러나 그때는 일요일이라 집에 1년 넘게 보지 못하던 동창이 방문하여 나는 그에게 밥을 해주어야 했다.

나는 그때 생각하기를 1개월 만에 집에 돌아오실 정도면 이후 반드시 자주 집에 오실 수 있을 것이라고 생각했다. 그의 병환이 어떤 건지 정말 몰랐던 한심한 나의 작태였던 것이다. 그래서 나는 다음에 가겠다고 말하고 시화청으로 가지 않았다. 그러나 이후 그는 집으로 돌아올 수 없었고 나는 그때 그를 뵈러 가지 않았던 것이 일생의 한이 되고 있는 것이다.

"말 없는 가운데 마음과 마음으로 뜻이
서로 통한다(心心相印)"

노동하던 중의 모습

경기하는 장면을 보는 모습

탁구 치는 모습

사랑하는 마음(愛心)

덩잉차오는 징쥐(京劇) 보는 것을 좋아할 뿐만 아니라, 유명한 단락 여러 곳을 잘 부를 수 있었다. 사진은 저우언라이와 징쥐의 대 스승인 메이란팡(梅蘭芳)이 시화청(西花廳)에서 덩잉차오의 즉흥적인 창을 바라보고 있는 모습(60년대)

어린아이 같은 흥취

헤엄치는 것을 배우는 모습

다퉁(大同) 화옌사(華嚴寺)에서 경
전을 보고 있는 모습

장시(江西) 난창(南昌) 바다이산런(八代山人) 기념관에서 그림을 감상하는
모습(1961년 9월)

후기

- 덩자이쥔(鄧在軍)

후 기

덩자이쮠(鄧在軍)

"목소리와 모습이 선하다. 영원한 이별을 잊기 어렵다! 목소리와 모습이 선하다. 영원한 이별을 잊기 어렵다! 목소리와 모습이 선하다. 영원한 이별을 잊기 어렵다!" 연속해서 외친 이 삼창의 깊은 호소는 놀랍게도 이미 기억을 잃은 근 100세 노인의 입에서 나온 말이다. 저우언라이, 덩잉차오의 옛 전우이자 쟈오우사(覺梧社)의 마지막 사원인 관이원(管易文)의 입에서 기적이 발생한 것이다. 쟈오우사는 5·4운동 시기 저우언라이, 덩잉차오 등 20여 명의 학생이 세운 청년진보단체였다. 당년에 그들은 50개의 번호를 만들어서 제비를 뽑는 방식으로 자신들의 번호를 정했는데, 저우언라이가 뽑은 것은 '5호'였다. 이 때문에 음을 빌려 '오호(伍豪)'라고 이름을 지었던 것이다. 그때 이후 그는 이 필명을 이용하여 수차례 문장을 발표했다. 1932년 2월 국민당 특무가 '오호'라는 이 필명을 이용하여 상하이의 『시대』, 『신문보』, 『시사신문』과 『신보』에 '오호탈당공고'를 게재했다. 이는 저우언라이를 비방하고 공산당을 와해시킬 목적으로 시도한 일이었다. '문혁' 중에는 장청(江青)등이 이 일을 들춰내 저우언라이를 음해하려고 했다. 이것이 바로 역사적으로 유명한 '오호사건'이다. 이는 오호라는 필명의 영향력이 매우 컸다는 것을 의미한다. 덩잉차오는 '1호'를 뽑아서 '일호(逸豪)'라고 했다. 관이원은 '18호'라서 '스파(石霸)'라고 했다. 이 일이 발생한 때가 1995년 10월 3일이었다.

내가 저우 총리 탄생 100주년을 기념하기 위해 12회 째 텔레비전 다큐 멘터리 『백년은래(百年恩來)』를 찍기 시작한 당일이자 첫 번째 카메 라였다. 톈진 저우언라이·덩잉차오 기념관의 리아이화(李愛華) 부관 장에게 감사를 드린다. 그녀는 나를 위해 첫 번째로 정보를 제공했고, 직접 나를 베이징에 사시는 관 어르신의 집에 데리고 가는 등 전 과정에서 나를 도와 촬영을 진행했다. 이번 인터뷰를 마치고 50여 일 후에 중환 중인 관 어르신이 세상을 떠났다. 세상의 모든 사물과 기억을 상실한 관이원 어르신은 왜 유독 저우언 라이에 대한 사념만은 잊지 않고 가지고 있었을까? 이는 의학계가 깊이 토론해야 할 문제이다. 그러나 나는 2년이 넘는 시간 동안 『백년은래』의 촬영을 하면서 300여 명의 각계인사를 인터뷰 한 후 머리 속에 하나의 매우 분명한 답안이 떠올랐다. 이는 저우 총리가 모든 사랑을 인민에게 주었고, 그렇기 때문에 중국 인민들의 마음속에 그에 대한 사랑이 깊이 사무쳐 있었다는 것에서 기인한 것이었다. 저우 총리는 인민의 행복과 안위를 항상 머리와 가슴속에 담고 있었으며, 그것이 인민들에게 전해져 인민이 자연스럽게 그를 영원히 마음속에 새기게 되었던 것이다. 초등 여교사 한 분이 『백년은래』를 시청한 후 나에게 말했다.

　　"비석은 무너질 수 있고, 나무는 썩을 수 있어도 인민의 마음속에 있는 큰 비석은 영원히 존재할 것입니다." 존경하는 저우 총리는 바로 중국 인민의 마음속에 있는 썩지 않는 비석인 것이다. 『백년은래』의 촬영은 내 영혼의 정화 과정이었다. 이 기간 동안 나는 가장 진귀한 심리변화의 과정과 인생의 좋은 기회를 얻을 수 있었다. 나는 일찍부터 백부, 백모인 저우 총리와 그의 부인 덩잉차오에 대하여 어느 정도는 접촉해 왔고 이해하고 있었다고 여겼었다. 그러나 이번 취재 후에야 비로소 진정으로 언라이 백부님이 위대한 인격을 가진 분이라는 것을 느끼게 되었고, 그가 우리 민족의 해방과 진흥을 위해 행한 모든 것에 대하여 나는 과거 이해했던 것이 사실은 아주 미미한 것이었다는 것을 깨달았다. 『백년은래』를 찍은 후인 2008년에 나는 또 저우언라이 탄생 110주년을 기념하는 인민대회당에서 거행한 대형 문예연회의 총감독을 맡았다. 계속해서 수많은 총리에 대한 깊은 감정을 가진 각계 인사를 취재했다. 게다가 문서로 증명할 수 있는 내용도 수백만 자나 되었다. 그중 취재를 허락한 수많은 인사들은 이미 세상을 떠났다. 그들이 생존해 있을 때의 가슴으로부터 우러나오는 깊은 기억과 당시 수집한 수많은 잘 알려져 있지 않은 진귀한 사료들은 애석하게도 이미 사라져 없어졌다. 저우 총리의 탄생 115주년을 기념하기 위해 『당신은 이런 사람 입니다 - 저우언라이 구술실록』이 출판하게 되었다. 인민출판사의 깊은 관심과 정성을 다한 계획에 감사하고, 중앙 문헌연구실의 랴오신원(廖心文) 동지의 도움에 감사한다. 상술한 바와 같이 그것은 하나의 신선하고 생동감 있는 고사로 구성된 한 권의 우수한 책이다. 책 제목인 『당신은 이런 사람입니다』는 "백년은래"의 주제가 제목에서 기원한다. 이것은 송샤오밍(宋小明) 작사, 산바오(三寶) 작곡, 류환(劉歡)이 노래한 가곡이다. 이미 널리 유전되어 쇠하지 않는 유명한 가곡이 되었다. 가사에서는 한 자도 저우언라이를 언급하지는 않았지만 『당신은 이런 사람입니다』의 음악이 들리기만 하면 우리는 즉시 저우언라이를 떠올리게 되었다.

　　모든 마음을 당신의 마음속에 담아
　　당신의 가슴으로 씁니다.

당신은 이런 사람입니다.

모든 사랑을 당신의 손에 잡고
당신의 눈으로 알려줍니다.
당신은 이런 사람입니다.
모든 상처를 당신의 몸에 숨기고
당신의 미소로 대답해줍니다.
당신은 이런 사람입니다.

모든 생명을 세계에 돌리고
사람들 마음속에 호소합니다.
당신은 이런 사람입니다.
생각할 필요도 없고 물을 필요도 없이
당신은 이런 사람입니다.

생각할 필요도 없고 물을 필요도 없이 정은 매우 무겁고 사랑은 매우 깊습니다. 이 때문에 『당신은 이런 사람입니다』를 본 책의 제목을 삼았는데 이는 매우 적절한 제목이라고 생각한다. 친애하는 독자 여러분 당신들이 '실록'을 읽은 후에는 나와 같은 심령이 울리는 듯한 느낌을 느낄 수 있을 것이라고 믿는다. 그리고 우리는 일찍이 이런 인민의 좋은 총리를 가졌었으며, 중화민족은 이런 매우 귀중한 정신적 재산을 가졌었다. 저우언라이 정신은 비교할 수 없는 자랑이며 기쁨인 것이다.

2013년 8월

(Endnotes)

1 대약진운동 전후 과정에서 나타난 사회주의 경제건설에 대한
  논쟁으로 발묘 조장식으로 합작사를 건립하는데 반대한 것.